그림 동화 1

Kinder- und Hausmärchen

그림 동화

아이들과 가정의 동화

1

야코프 그림, 빌헬름 그림
전영애 옮김

KINDER- UND HAUSMÄRCHEN

JACOB LUDWIG CARL GRIMM WILHELM CARL GRIMM

민음사

* 아이콘 표시된 본문의 QR 코드를 스캔하시면 전영애 역자의 동화 구연을 감상하실 수 있습니다.

1권

2권

전해지는 이야기는 결코 완전히 사라지지 않는다.
널리 퍼져 민중의 입술 위를 감돈다.
불멸의 여신이기 때문이다.

— 헤시오도스, 763

동화 할머니*
Märchenfrau

* ‘동화 할머니’로 알려진 이야기꾼 도로테아 피만(Dorothea Viehmann, 1755~1815)의 초상화. 그림 형제의 동생인 화가 루트비히 그림(Ludwig Emil Grimm, 1790~1863)이 그렸다. 2권에 주로 실린 피만의 이야기들은 그림 형제에게 중요한 사료를 제공했다.

베티나 폰 아르님[1]에게

빌헬름 그림

사랑하는 베티나, 이 책이 또다시 댁으로 갑니다, 날아갔던 비둘기가 고향을 다시 찾다 거기서 평화롭게 햇볕을 쬐듯이. 이십오 년 전 아르님[2]이 먼저 그대를 위해 초록 장정에 금색 글씨를 넣어 크리스마스 선물들 사이에 이 책을 놓아두었지요. 아르님이 그걸 그토록 귀히 여긴 것이 저희

1 베티나 폰 아르님(Bettina von Arnim , 1785~1859)은 독일의 소설가이자 삽화가다. 소외된 이들을 대변하는 작품을 썼다.

2 아힘 폰 아르님(Ludwig Achim von Arnim, 1781~1831)은 독일 낭만주의 문학에 공헌한 시인이자 소설가다. 아르님이 그림 형제에게 민담 수집을 권한 것으로 알려져 있다.

는 기뻤습니다. 그가 저희 형제에게 그보다 더 아름다운 감사의 말을 할 수는 없었습니다. 카셀에 있는 저희 집에서 몇 주일 머물 때 책을 펴내도록 강권했던 사람도 그였습니다. 진정한 삶을 가리키는 모든 것에 그가 얼마나 관심을 보였는지. 가장 작은 것도 그는 관찰했습니다. 초록 잎 하나, 들꽃 한 송이를 특별히 노련하게 붙잡고 의미 있게 관찰하는 법을 알았습니다. 저희 수집들 중에서 이 동화들을 가장 마음에 들어 했습니다. 저희가 너무 오래 붙들어 두지 말아야 한다고 생각했지요. 완벽을 추구하다 보면 일이 결국 마무리되질 않는다고 하면서요. "모든 것이 이미 이렇게 말쑥하고 깨끗하게 쓰여 있는걸."이라고 그는 사람 좋은 말로 덧붙였습니다. 그분은 분명한 글씨를 중시하지 않은 탓에, 필적이 대담하고 읽기가 쉽지 않았거든요. 아르님은 방 안을 오락가락하면서 한 장 한 장 읽더군요. 그동안 길든 카나리아가 날개를 사랑스레 파닥거리고 균형을 유지하면서 머리 위에 앉아 있었는데 그 풍성한 곱슬머리가 새한테 아주 편안해 보였죠. 이 고귀한 머리가 이제 벌써 몇 해나 무덤 속에 누워 있습니다. 그러나 오늘까지도 그에 대한 기억이 제 마음을 움직입니다. 마치 어제 마지막으로 보았듯이, 마치 그가 여전히 초록 땅 위에 한 그루 나무처럼 서서 그 꼭대기 수관을 아침 햇살 속에서 흔들기라도 하듯이.

‘자제분들은 다 커서 이제 동화를 필요로 하지 않겠지요. 스스로 다시 읽을 계기가 생기긴 어렵겠지요. 그렇지만 그대 마음의 결코 메마르지 않는 젊음이 저희가 보내는 변함없는 우정과 사랑의 선물을 기꺼이 받아 주실 겁니다.’

이런 말을 곁들여 제가 삼 년 전 괴팅겐에서 이 책을 보내 드렸는데 오늘 제 고향에서 처음인 듯 이 책을 다시 보냅니다. 괴팅겐, 제 서재 밖 겨우 몇 지붕 건너서 뻗어 있는 보리수나무가 보입니다. 하이네가 집 뒷마당에 심은 것이 대학교의 명성과 더불어 자랐습니다. 그 잎들은 제가 1838년 10월 3일 집을 떠날 때 노랗게 물들어 떨어지려 했습니다.

언제 봄 치장하는 그 보리수를 다시 보겠나 했지요. 그러고는 몇 주일 더 그곳에 머물러야 해서 친구 집에서 지냈습니다. 제가 좋아하게 된 사람들, 변함없이 좋아하는 사람들과 교류하면서요. 떠날 때 제 마차는 한 행렬로 인해 멈추었습니다. 관을 뒤따르는 대학교 사람들이었습니다. 어두워서야 이곳에 도착해 팔 년 전 혹한 속에서 떠났던 바로 그 집으로 들어섰습니다. 사랑하는 베티나, 당신이 제 식구들 곁에 앉아 아픈 제 아내를 간호하고 있는 것을 보고 제가 얼마나 놀랐던지. 저희의 조용한 생활이 깨어진 그 숙명적인 시기부터 당신은 변함없는 따뜻함으로 우리 운명에 관심을 가지셨고, 그 관심은 지금 제 방 안으로 비쳐 드는 푸른 하늘의 온기처럼 자선적으로 느껴졌습니다. 제 방에서는 아침이면 해가 다시 뜨고 산을 넘어갈 길 가는 것이 다 보입니다. 그 아래로 강물이 반짝이며 흘러가고요. 오렌지와 보리수 향기가 공원에서 밀려 올라오고, 저는 사랑과 미움 가운데에서 스스로가 젊은이처럼 생생해지는 것을 느낍니다. 이 동화들에 다시 열중하기 위해 이보다 나은 시간을 소망할 수 있을까요. 하지만 1813년 저희 형제자매들이 러시아군의 숙영으로 비좁게 몰려 살고 군인들이 옆방에서 시끄럽게 굴던 때에도 저는 둘째 권을 쓰고 있었습니다. 당시 해방의 감정을 준 건 봄의 입김이었습니다. 그것이 가슴을 넓혀 주고 모든 근심을 지워 주었지요.

이번에는, 사랑하는 베티나, 여느 때는 먼 곳에서 부치던 책을 직접 그대 손에 놓아 드릴 수 있군요. 사람들이 저희를 위해 성벽 바깥에 집 한 채를 찾아 주었습니다. 숲가에 새 도시가 생겨나고, 나무들의 보호를 받고, 초록 풀밭과 장미 언덕과 휘늘어져 얽힌 꽃들로 에워싸인 곳입니다. 요란한 소음은 아직 거기까지 닿진 않고요. 지난해 뜨거운 여름에 아침 일찍 참나무 그늘 속을 이리저리 거닐 때, 또 식혀 주는 바람이 중병의 압박에서 힘 있게 저를 풀어 줄 때 감사함을 느꼈습니다. 그대가 얼마나 선하게 그 가운데서도 저희를 돌보았는지. 제가 그대에게 드리는 것은 여기 티어가르텐 공원에서 가꾸는 화려한 온실 식물 중 하나가 아닙니다. 그리스 신상이 미소 지으며 내려다보고 서 있는 깊은 물속에서 나온 황금 물고기도 아닙니다. 그러나 늘 다시 신선하게 땅에서 솟아 나오는 이 티 없는 꽃들을 제가 어찌 그대에게 또다시 드리지 못하겠습니까? 저는 보았습니다. 그대가 소박한 한 송이 꽃 앞에서 가만히 멈추어 첫 젊음의 흥겨움으로 그 꽃을 들여다보던 모습을.

1843년 봄, 베를린

민중 문학의 바탕은 초록 풀밭과 같다

그림 형제

구연 동화 듣기

폭풍이나 하늘이 보내는 다른 불운으로 이삭 하나가 통째로 땅바닥에 내동댕이쳐질 때 그래도 길가의 낮은 생울타리나 덤불 곁에는 작은 자리가 안전하게 지켜져 군데군데 그대로 바로 서 있는 이삭들이 보인다. 그러다 태양이 다시 호의적으로 빛나면 그것들은 외롭게, 눈여겨보지 않아도 계속 자란다. 그런 이삭들까지 큰 곳간에 가져다 쌓겠다고 굳이 베는 낫은 없다. 늦여름에 무르익어 가득 차면 그걸 찾는 가난한 손들이 와서 이삭에 이삭을 가지런히 얹고 세심하게 묶어 여느 온전한 곡식단보다 더 소중히 여기며 집으로 가져간다. 그리하여 겨우내 양식이 되고, 어쩌면 훗날을 위한 유일한 씨앗이 되기도 한다. 그처럼 느껴졌다. 전 시대에 꽃피었던 많은 것에서 아무것도 더 남아 있지 않고, 그 기억마저 민중 속의 노래, 몇 권의 책, 설화, 그리고 무후한 가정 동화 외에는 완전히 상실된 것을 볼 때면 그랬다. 동화를 들려주는 난롯가의 자리들, 부엌 화덕, 다락방 계단, 여전히 잔치를 벌이는 축제일이며 고요에 잠긴 풀밭과 숲이 무엇보다 흐려지지 않은 환상을 안전하게 지켜 주고 한 시대에서 다른 시대로 전승시키는 생나무 울타리였다.

그것이 어쩌면 다름 아닌 이 동화들을 붙잡아 둘 시간이었다. 간직해야 할 사람들이 점점 드물어지고 있으니까. 물론 이 동화들을 아직 읽는 사람들은 정말 많은 것도 함께 알고 있을 것이다. 동화를 읽는 인간은 멸종해 가지만 인간에게는 동화가 결코 멸종하지 않기 때문이다. 그러나 할아버지로부터 손주까지 있어 왔던 집 안이나 뜰의 비밀스러운 장소들처럼 동화를 들려주는 풍속 자체가 점점 사라지고 공허하게 호화로운 지속적 변화에 자리를 내주고 뒤로 물러나고 있다. 이 가정 동화를 이야기할 때 띠게 되는 미소는, 고귀해 보이지만 값이 별로 나가지 않는 미소와 비슷하다. 그것들이 아직 지켜지는 곳에서 동화들은 그렇게 살고 있다. 좋은지 나쁜지, 시적인지, 똑똑한 사람들한테는 입맛 떨어지는 것인지 그런 건 생각하지 않고.

사람들은 그냥 알고, 사랑한다. 받아들이는 것도 바로 그랬기 때문이다. 그리고 그럴 이유가 하나도 없어도 거기서 기쁨을 느낀다. 살아 있는 풍습이란 그렇게나 멋지다. 바로 그런 점을 시(詩)가 모든 영원한 것과 공유한다.

그리하여 시에, 다른 어떤 의지에 맞서 그것에 마음 기울지 않을 수 없다. 보다 활발한 시에 대한 감수성이, 또는 인생이 이리저리 뒤집히다 보면 희미해지는 환상이 그래도 한 가닥 아직 존재하는 곳, 그곳에 시는 다만 붙박혀 있음을 쉽게 알아볼 것이다. 같은 의미에서 우리가 이 동화들을 찬양하거나 심지어 반대 의견에 맞서 옹호하려는 게 아니다. 그것이 여기 있다는 것 자체가 시를 보호하기에 충분하다. 참으로 다채롭게 거듭거듭 새롭게 기뻐하며 마음 움직이고 가르쳐 놓은 것, 그것은 그 안에 필수 불가결성을 품고 있으며 분명 모든 생명을 이슬로 적시는 저 영원한 샘에서 왔다. 그것은 단 한 방울이더라도, 작은 한 방울이더라도 나무나 풀에 달린 잎을 붙들면 첫 아침 햇살을 받아 반짝인다.

내면적으로 이 문학을 관통하는 것은 순수함이다. 우리 눈에 아이들이 참으로 놀랍고 축복받은 것으로 보이는 그 순수함 말이다. 아이들은 똑같이 흠 없고 파르스름한 반짝이는 잎눈을 가졌다. 다른 지체들이 연하고, 약하고, 지상의 봉사에 잘 맞지 않는 동안에는 더 자라지 않는다. 그렇기에 우리의 의도 역시 수집을 통해 그저 시와 신화의 역사에 봉사하는 것이 아니라 동시에 그 안에 살아 있는 시 자체가 작용하고, 그것이 기쁘게 할 사람을 기쁘게 하면, 그러니까 교육서로 쓰이면 하는 것이었다. 우리는 그런 것을 위해 앞의 순수함을 찾고 있다. 날마다 일어나고 어떤 방법으로도 감추어질 수 없는 어떤 상태와 상황에 연관되며, 그럼에도 동시에 인쇄된 책에서나 현실 생활에서나 실행될 수 있다는 착각에 빠지게 하는 무언가는 겁먹고 잘라 냄으로써 도달되는 그런 순수함을 찾는 것이 아니다. 우리가 찾는 것은 등 뒤에 아무런 부당한 것도 감추고 있지 않은 올곧은 이야기의 진실 가운데 있는 순수함이다. 우리는 이 새 판에서 아이들의 연령에 맞지 않는 표현은 뭐든 세심하게 지웠다. 그럼에도 이런저런 것이 부모님들을 당황케 하고 거슬리게 보여 이 책을 곧장 어린이들 손에 쥐여 주고 싶지 않다고 이의를 제기한다면, 그런

개별적인 경우에서 근심이야 나름 이유가 있을 것이다. 그런 경우라면 쉽게 가려 뽑아 읽을 수 있다.

전체적으로는, 즉 건강한 오성을 위해서는 그런 선(選)은 확실히 불필요하다. 무엇보다 우리를 더 잘 옹호해 주는 것은 이 꽃과 잎들을 그 색깔과 모습으로 자라게 한 자연 자체다. 뭔가 특별한 욕구가 있는 사람이라도 그런 자연이 몸에 해롭다면서 자연더러 다른 색이 되고 다른 모습이 되라고 요구할 수는 없을 것이다. 혹은 비와 이슬이 땅 위에 있는 모든 것을 위해서 떨어지는데 자기 식물들만은 너무나 민감하고 해를 입으면 안 되어서 바깥에 내놓을 엄두를 못 내고 차라리 방 안에서 식힌 물을 주는 사람도 그런 이유로 비와 이슬더러 내리지 말라고 요구하지는 않을 것이다. 모든 자연적인 것은 번성할 수 있고 그것을 위해 우리는 노력한다. 아무려나 그런 의심이 성서를 맨 윗자리에 놓아 버리면, 민중을 교화하는 건강하고 힘 있는 다른 책은 눈에 들어오지 않게 된다. 그런 의심스러움은 성서에서도 고루 들어설 수 있을 텐데 말이다. 동화를 바르게 사용하면 아무런 나쁜 것도 찾아내지 못한다. 그것은 좋은 말 한마디와 똑같이 우리 심성의 증언이다. 아이들은 두려움 없이 별들을 가리키며 풀이한다. 반면 어떤 어른들은 민중 신앙에 따라서만 해석하며 천사들을 모욕한다.

우리는 이 동화들을 십삼 년 전쯤부터 모았다. 1812년에 나온 첫 권에 담긴 것은 헤센 지방, 고향인 하나우 백작령의 마인강과 킨치히 지역에서 구전되던 것을 수집했다. 둘째 권은 1814년에 끝났는데 더 빠르게 이루어졌다. 부분적으로는 책 자체가, 무엇이 어떤 뜻으로 있는지를 확실하게 본 곳에서 지원해 주는 친구들을 만나게 해 주었기 때문이고, 부분적으로는 행운이 우리에게 유리하게 작용했기 때문이다. 우연으로 보이지만 보통 꾸준하고 부지런한 수집가들을 돕는 행운 말이다. 그 같은 것을 유의하는 데 익숙하면 여느 때 믿는 것보다 더 자주 행운과 마주친다. 민중의 풍습과 특성, 경구, 농담이 대체로 그런 경우다. 뮌스터와 파더보른 제후령에서 나온 아름다운 저지 독일어 동화들은 특별한 호의와 우정 덕분에 모으게 되었다. 나름 완벽하고 친근한 사투리가 여기서는 특별히 유리하게 나타난다. 그곳, 예전부터 독일 특유의 자유로움이 있는 것으로 유명한 지방들에서는 여러 곳에서 설화와 동화가 축제일들에 빼놓을 수 없는 즐거움으로 받아들여졌다. 그런 곳에는 지금까지 이어져 온 풍속과 노래들이 풍부하다. 낯선 것을 도입하느라 아직까지 문자가 훼방을 놓지 못하거나 그것 자체가 과부하를 통해 둔감해진 곳, 부분적으로는 문자가 기억력에 온전함을 보장해 주고 안전하게 하는 곳에서는, 즉 글로 된 문학이 미미한 민족에게

서는 전반적으로 구전 전승이 문자의 대체물이 되어 보다 강하고 원형적인 모습을 보이곤 한다. 그래서 니더작센 지방에서 다른 모든 지역보다 [설화와 동화가] 많이 보존된 듯하다. 15세기 혹은 16세기 한스 작스와 피샤르트의 시대만 해도 지금보다는 훨씬 완벽하고 또 내적으로 풍부한 수집이 독일에서 가능했으리라.

멋진 우연 중 하나는 우리가 카셀 근교에 있는 니더츠베른 마을에서 농부 아내를 알게 된 것이다. 그녀가 우리에게 둘째 권의 가장 아름다운 동화들 대부분을 들려주었다. 피만 부인은 건강했고 오십을 많이 넘기지 않았다. 얼굴 표정에는 어딘지 단호함과 이해력과 편안함이 있었고, 큰 두 눈은 눈빛이 맑고 예리했다. 그녀는 옛 설화들을 기억 속에 단단히 간직하고 있었으며 스스로 이런 재능은 누구에게나 부여되는 것이 아니라고, 많은 사람이 관련된 무엇도 간직하지 못한다고 말했다. 그러면서 이야기를 들려주었는데 신중하고, 확실하고, 엄청나게 생생했다. 스스로 이야기 들려주는 것을 좋아했으며, 처음에는 온전히 자유롭게, 그다음에는 원하면 다시 한번 천천히 들려주었다. 그리하여 얼마간 연습을 통해 그녀가 들려주는 이야기를 받아 적을 수 있었다. 이런 방식으로 많은 것이 낱말 하나하나 그대로 충실하게 기록되었다. 그 진실성에 있어서는 오인의 여지가 없을 것이다. 전승에서 쉽게 일어나는 왜곡, 기록의 소홀함, 그래서 오랜 지속의 불가능함을 철칙처럼 믿는 사람이라면 그녀가 이야기를 들려주면서 변함없이 얼마나 정확했는지, 또 정확하게 하려고 얼마나 열성적이었는지를 직접 들어 봐야 하리라. 이야기를 반복할 때 그녀는 결코 사안 자체에서 무엇 하나 고치는 법이 없었으며, 잘못이 있으면 알아차리자마자 한참 이야기를 하다가도 즉시 스스로 바로잡았다. 똑같은 생활 양식을 변함없이 이어 가는 사람들은 변화에 대한 성향이 있는 우리가 이해하는 것보다 전승된 것에 대한 집착이 훨씬 강하다. 그렇게 여러 입으로 간직된 터라 확실하고 절실하며 내용이 충실하다. 외적으로 훨씬 더 반짝이는 모습을 보이는 다른 것은 쉬이 거기에 미치지 못한다. 민중 문학의 서사적인 바탕은 온 자연을 아우르며 층층으로 펼쳐진 초록 풀밭과 같다. 지침 같은 것이 없어도 충만하고 부드러운 풀밭 말이다.

우리는 2권에 담긴 동화들 외에도 1권을 보충하기 위해 1권의 동화들과 같은 원천 혹은 다른 비슷한 원천에서 전승되어 온 보다 많은 이야기를 풍부하게 모았다. 헤센 지방은 큰 군사 도로들에서 비켜나 있는 산지로, 주로 경작에 열중하는 곳이라 오래된 풍습과 전승이 보다 잘 간직될 수 있다는 장점이 있다. 확고한 진지함, 건강하고 유능하고 용감한 신념은 역사도 주목한 바 있다. 원래 그늘 많은 자리였던 이 지방 남자들의 키 크고 아름다운 자태도 이런 식으로 유지되었고, 평안함과 사랑스러움의 결핍도 다른 곳들과 반대로 오히려 장점으로 여겨진다. 이를테면 작센 지방 같은 데서 온 사람에게는 쉽게 눈에 띄는 단점인데 말이다. 거친 편이기는 해도 경치가 빼어난 지역, 그리고 상당한 엄격함과 생활 방식의 근검함도 함께 살펴야 한다. 오랜 거주지를 지켜 가듯 시대가 바뀌어도 본질의 고유함을 변함없이 고수하는 헤센 사람들은 우리 민족으로 헤아려야 한다.

지금까지 우리의 수집을 위해 구한 것을 이 두 번째 판에서 책으로 묶었다. 첫 권도 거의 완전히 개정했다. 불완전한 것은 보충하고, 많은 것은 좀 더 단순하게 군더더기 없이 서술했다. 그러니 보다 나은 모습이 되지 않은 것이 별로 없을 것이다. 다시 한번 점검했고, 다른 나라에서 왔거나 덧붙이다 보니 왜곡되었을지 모르는 것은 잘라 냈다.

대신 새롭게 추가한 것들이 있는데, 그중에는 오스트리아와 독일어를 쓰는 보헤미아 지방에서 온 기고문들도 있다. 지금껏 잘 알려지지 않은 이런저런 이야기들이 포함되었다. 전에는 주석에 아주 적은 지면이 할애되었으나 책의 규모를 키우면서 주석만 실은 3권을 별도로 펴냈다. 이를 통해 우리가 전에 애석하게도 책에 싣지 못하고 남겨 두었던 것들을 알리고 새로운 시기와 관련된 것들도 제공하게 되었다. 바라건대 이는 이 전승들의 학문적 가치를 보다 분명하게 만들 것이다.

수집 방법으로 말하자면, 우리에게 중요한 것은 무엇보다 충실함과 진실함이었다. 우리는 고유한 도구들에서는 무엇도 더하지 않았고, 설화의 어떤 정황과 흐름도 미화하지 않았다. 우리가 전해받은 내용 그대로를 전한다. 개별적인 표현이나 필력은 분명히 큰 부분 우리로부터 비롯되었으나, 이런 상황에서도 자연의 다양성을 수집에 그대로 두기 위해 우리가 알게 된 특색들 하나하나 유지하려고 했다. 비슷한 작업을 하는 사람이라면 누구나 이런 것을 무신경하고 부주의한 이해라고 할 수 없으리라. 반대로 이것은 주목이며, 시간과 더불어 획득되는 절제를 필요로 한다. 보다 단순한 것, 보다 순수한 것, 그러면서 그 안에서 보다 완성된 것을 그릇된 것과 구별하기 위해서 말이다. 다양한 이야기들은 보완하여 결합하는 데 어긋나는 것들을 잘라 내고 하나의 이야기가 되게 했다. 그런데 그것이 고유한 면모에서 벗어나는 경우, 제일 나은 것에 원래 상태의 단순한 변화나 왜곡을 보는 사람들과 달리, 우리는 이러한 차이들에 주목했다. 차이란 단순한 변화나 왜곡이 아니라 어쩌면 이미 정신 안에 들어 있고, 무궁무진한 어떤 것에 다양한 길로 접근하려는 시도이기 때문이다. 개별 문장들의 반복, 흐름과 도입부 문장의 반복은 건드리는 음이 나오기만 하면 되풀이해서 나오는 서사시의 행들처럼 볼 수 있다. 다른 의미로는 이해되지 않는다.

결정적인 사투리는 웬만하면 그대로 두려 했다. 어디서나 그럴 수 있었다면 의심의 여지없이 이야기는 득을 얻었을 것이다. 요구된 교양, 섬세함, 그리고 언어 기술이 여기서는 오히려 치욕이 된다. 정화된 문어(文語)가 여타 모든 것에서야 노련할지 모르겠으나, 더욱 분명하고 투명해지

겠으나 풍미마저 없어져 버려 더 이상 단단하게 뿌리에 연결된 것 같지 않게 느껴진다. 유감스럽게도, 카셀 부근의 저지 헤센 지방의 사투리는, 옛 작센과 프랑켄 헤센가우의 경계점 안에서, 니더 작센어와 표준 독일어가 불규칙하고 깨끗하지 않게 혼합되어 있다.

이런 의미에서 우리가 알기로 이 밖에 독일에는 어떠한 동화 모음도 없다. 다만 몇몇 개, 우연히 간직되거나 아니면 그저 좀 더 큰 이야기를 빚어내기 위한 거친 원 소재로 간주된다. 그런 윤문들에 맞서며 우리는 어디까지나 있는 그대로임을 밝힌다. 시문에 대한 모든 살아 있는 감정 속에서는 시적 형성과 지속적 형성이 들어 있다. 이것 없이는 전승도 결실도 의심의 여지없이 죽어 버린 것이다. 지역마다 그 특성에 따라 다르게, 입마다 다르게 이야기하는 이유가 실로 바로 여기에 있다. 그러나 저 반쯤 의식된 것, 고요히 계속되는 작용, 식물들과 비슷하고 생명의 근원에서 곧바로 흠뻑 적셔져 전개되는 이것은 어떤 의도적인 것, 모든 것을 자의로 한데 연결시켜 아교로 잘 붙여 놓는 개작(改作)과는 차이가 크다. 이런 개작을 우리는 인정할 수 없다. 그럴 때 유일한 원칙은 아마도 이끌어 가는 시인의 생각, 시인의 교양이리라.

한편 저 자연적이고 지속적인 형성 하나하나에는 민중

의 정신이 담겨 있으며, 어떤 특별한 욕구에 따라 앞서 나아가는 것을 허락하지 않는다. 전승들에 학문적 가치를 주면, 즉 그것들 가운데서 전 시대의 관조와 교양이 유지된다는 것을 인정하면 이 점은 명확하다. 이런 가치는 윤문을 해 버리면 거의 언제나 망쳐진다. 그것을 통해서 시(詩)는 득이 없다. 그도 그럴 것이 영혼을 만나는 곳이 아닌 다른 그 어디에서 시가 진정 살겠는가, 서늘해지고 신선해지고 혹은 더워지고 강해지는 곳이 아닌 다른 그 어디에서 진정 시가 살까? 그러나 설화들의 단순성과 무후함, 화려함 없는 순수함을 빼앗는 이런 설화 윤문은 어느 것이든 그것이 속하는 테두리로부터, 또 그것을 지겨워하지 않고 거듭 갈망하는 곳으로부터 설화를 잡아채 버린다. 섬세함과 정신, 특히 시대의 우스꽝스러움을 함께 끌어들이는 위트나 다감한 감정 묘사는 모든 민족의 시로 자양분을 취하는 교양에 큰 부담을 주지 않기에 최상의 대우를 한다.

그러나 이런 재능은 득보다 광채가 더 많고, 우리 시대는 그저 한 번 듣는 것이나 읽는 것에 익숙하기에, 모이고 극대화되는 건 자극뿐이다. 하지만 재미있는 말은 자꾸 되풀이되다 보면 사람을 지치게 한다. 무언가 안정적이고 고요하고 순수한 것이 지속한다. 매끄러운 윤문에 숙련된 손은 저 불행하고 재능 있는 손, 즉 건드리는 모든 것을, 음식 또한 황금으로 변화시키는 손과 비슷하다. 부유함 한가운데서도 우리를 배불리지도 갈증을 가라앉혀 주지도 못한다. 심지어 그저 상상 속 신화가 그 이미지들과 함께 조달되는 곳에서는 최상의 말들로 이루어지더라도, 모든 것이 얼마나 황량하게, 내적으로 공허하고 형태 없이 보이겠는가! 그저 이만큼만, 동화를 미화하고 좀 더 시적으로 무장시킬 의도만큼만 윤문에 항변한다. 온전히 시대에 속하는, 자기 나름의 자유로운 문학 이해에 맞서려는 것은 아니다. 그도 그럴 것이 누가 문학에다 경계 표지를 꽂아 두려 하겠는가.

우리는 이 책을 호의적인 손에 넘겨준다. 우리는 그 가운데 있는 축복하는 힘을 생각하고, 이런 시의 쇄편(碎片)을 가난하면서도 자족한 사람들에게 허락하지 않으려는 사람들 수중으로는 이 책이 들어가기를 원치 않는다.

1819년 7월 3일, 카셀

두 번째 부분에 덧붙인 동화들의 수는 우리 수집서의 3판에서 다시 늘어났다. 그중 몇몇은 스위스 사투리가 두드러지며, 가능한 한 완벽을 기하고 독자에게 보다 가깝게 다가간다. 그 밖에 예전 것의 다수를 다시 손질했는데, 추가분과 구전 이야기에서 얻은 개별적인 면모들을 보충하고 풍부하게 했다.

3권은 내용이 오로지 수집서의 학문적 사용과 연관되기 때문에 아주 좁은 범위의 사람들만 다가갈 수 있으나 이번에 함께 인쇄했다. 그 별도 권이 여전히 베를린의 라이머 서점에 남아 있기 때문이다. 이 3권은 이후 독자적인 책으로 출판되어야 할 것이다. 거기에도 앞서 권들에 있는 동화의 본질과 아이들의 풍습에 관한 서문이 들어갈 것이다.[3]

전승된 것의 충실한 이해와 찾지 않았던 표현, 그리고 겸손하지 않게 들리겠지만, 수집서의 풍부함과 다채로움에 힘입어 수집서에 대한 지속적인 관심을 받았고, 외국에서는 존경을 받게 되었다. 다양한 번역들 가운데 영국이 가장 완벽하고, 가까운 언어[같은 인도 게르만어!]가 가장 정확하게 연결되어 단연 우수하다. 1825년에 출판된 선집, 즉 한 권으로 된 작은 판에서는 큰 수집서에 실린 작품 모두가 아이들이 읽기에 적절하지 않다고 생각하는 사람들의 염려를 고려했다. 이 선집은 1833년과 1836년에 다시 새로운 판이 나왔다.

이 전승들의 학문적 가치는 옛 신들에 관한 설화들과 놀라운 유사성을 많이 간직하고 있다. 독일 신화는 드물지 않게 거기로 소급되는데, 실로 독일 신화와 북구 신화가 일치하는 근원적인 연관성의 증거도 발견했다. 이 책에

---

3 번역에서 3권은 제외되었다.

대한 호감이 계속된다면 이런 면을 계속 살피는 일도 소홀히 하지 않겠다.

1837년 5월 15일, 괴팅겐

이 모음집을 또다시 늘려 준 새로운 글들 가운데서 한 편은 다시금 우리 고향 이야기라 기쁘다. 인간의 수명에 대한 아름다운 동화(176번)는 츠베른 출신 한 농부가 내 친구 하나에게 들려준 것인데, 친구는 그 농부와 들판에서 대화하다 이 이야기를 듣게 되었다고 한다. 골목길의 지혜가 아직 완전히 사라진 것은 아님을 볼 수 있다.

1840년 9월 17일, 카셀

이 5판에는 다시금 상당수의 새 동화가 포함되어 있다. 더해진 다른 것들은 보다 완전한 전승에 따라 보정되거나 보충된 것이다. 이 모음집이 처음 나온 이래 차츰 오십 편이 넘게 더해졌다. 노이로이터가 지었고 스스로 삽화도 넣은, 재치 있는 커다란 종이로 된(1836년 뮌헨) 「가시 장미」는 이 글이 미술에 끼친 영향을 보여 준다. 「빨강 모자」의 얌전한 그림들도 우리는 보았다. 그에 못지 않게 한 편 한 편의 동화에 대한 프란츠 포치의 예쁜 그림들 역시 언급될 만하다. 그것들은 뮌헨에서 나왔고, 「눈처럼 하얀」(53번)은 1837년에, 「헨젤과 그레텔」(15번)은 1838년에, 「가시

속의 유대인」(110번)은 '작은 프리더에 관한 신나는 이야기'라는 제목으로 1839년에 나왔고, 마지막으로 「무서움을 배우러 나선 소년 이야기」(4번)가 연도 표시 없이 나왔다. 우리의 작은 판은 1839년과 1841년에 다시 나왔다.

1843년 4월 4일, 베를린

이 6판에서는 아홉 편의 이야기가 늘어났으며, 개별적인 것이 개선되거나 완전하게 되었다. 내가 늘 귀 기울여 듣는 경구와 민중의 독특한 관용구를 기입해 두려 계속해서 애썼으며 예를 한 가지 들려고 했는데, 그것이 동시에 설명을 필요로 했기 때문이다. 시골 사람은 자신이 느끼는 만족감을 뭔가로 표현하려고 할 때면 이렇게 말한다. "그건 내가 초록 클로버 이상으로 칭송해야겠는걸." 그러면서 그는, 그것을 보노라면 자기 마음이 기쁜, 빽빽하게 자라 신선하게 푸르러지는 클로버 밭의 이미지를 가져온다. 이미 옛 독일 시인이 그 광경을 이런 뜻으로 기린다.

1850년 9월 30일, 쉴레지엔의 에르트만스도르프

15세기에 나온 동화 한 편(151*번)이 7판에 더해졌으며, 생생한 전승에서 가져온 다른 세 편이 제외된 몇 편을 대체했다. 새로 찍어 낸 3권에서 밝혔듯, 다른 나라에서 비롯한 것들이었다. 이 책에서는 전에 머리말에 이어지던

참고 문헌 조감도보다 적절한 자리를 얻게 되었다.

1857년 5월 23일, 베를린

민족의 정신적 뿌리를 찾아가는 여정

전영애

'그림 동화'로 짧게 불리는 『아이들과 가정의 동화(Kinder- und Hausmärchen)』는 그림 형제가 1권은 1812년에, 2권은 1815년에 출판을 시작하여 꾸준한 재작업과 재구성을 거쳐 1857년 1권 동화 86편(1~86번), 2권 동화 114편(87~200) 및 '아이들을 위한 성스러운 이야기 열 가지' 그리고 3권 주석본으로 최종본을 펴낸 독일의 전래 동화 모음집이다. 200여 년 전 독일에서 나왔지만 여전히 세계 문학을 대표하는 동화집이며, 번역은 1857년판을 저본으로 삼았다. 2권에 실린 '부록 스물여덟 가지'는 레클람 종합본(하인츠 뢸레케, 2014년판)을 참고했다. 주석본인 3권은

608쪽에 달하는 분량으로 동화 한 편 한 편의 독일적 유래, 범유럽적 얽힘을 밝히는 것으로 그림 형제가 서문에서 썼듯 "연구자를 위한" 방대한 주석이다. 주석은 번역하지 않았고 동화 238편은 빠짐없이 번역했다. 동화에는 일련번호가 매겨져 있으며, 판독이 어려운 사투리로 된 동화들이 포함되어 있다.

그림 형제가 이 전래 동화들을 수집한 시점은 독일 역사와 독일 문학사의 한 특별한 국면이다. 프랑스 혁명의 영향이 목하 범유럽적으로 확산되었으며, 그것을 억누르려는 구체제의 강경한 대응 가운데서도 새로운 지적, 예술적 경향이 대두하며 나름으로 새로운 시대가 준비되는 시기였다. "한 번도 혁명이 성공한 적 없는" 독일에서 사회적 변혁의 추구가 현실적으로 어려웠던 지식인과 예술가들은 그들의 고유한 활동 영역 내에서 내용에서나 형식에서나 여러 종류의 벽을 허물었다. 고답한 '고전적 완성'의 추구 대신 경계를 허무는 '무한에의 지향' 같은 것이 시대정신으로 불붙어 자국에서는 민족, 특히 민중의 뿌리를 찾아가고, 밖으로는 먼 바깥 세계로 시선을 활짝 열어 동방의 연구, 세계의 탐구가 이루어졌으며, 종교 역시 몸담고 있는 신교보다는 원초적인 구교 쪽으로 기울었다. 이런 흐름은 '낭만주의'로 수렴하여 지칭되기도 하는데, 지리멸렬한 현실에서 벗어날 대응으로 볼 수도 있다. 비현실적인 외관과 달리 예술가로서, 또 학자로서 무엇을 할 수 있을지에 대한 깊은 숙고와 시대적 고민이 반영되어 있기 때문이다.

이런 정신적 흐름을 잘 보여 주는 이들이 바로 언어학자이자 인문학자였던 그림 형제다. 이들은 민족의 뿌리를 찾는 도정에서 전래 동화를 본격적으로 수집했다.(그 전까지 거의 이루어지지 않던 일이다.) 그 결과물이 『그림 동화』(원제는 '아이들과 가정의 동화')이며, 또 하나는 독일어의 가장 방대한 사전인 '그림 사전', 즉 『야코프 그림과 빌헬름 그림의 독일어 사전(Deutsches Wörterbuch von Jacob Grimm und Wilhelm Grimm)』이다. 두 형제가 1838년에 착수하여 1852년부터 펴내기 시작했다. 두 형제는 A에서 시작한 일을 D파트까지 작업했고, 후학들이 뒤를 이어 작업을 이어 가다 123년 뒤인 1961년에야 서른두 권으로 완성되었다. 그러고도 십 년 뒤 보충편이 한 권 더 나왔다.(사라져 갔고 사라져 가는 어휘들을 포괄하는 민족 언어가 담겨 있으며, 오늘날에도 많이 사용되는 사전이다.)

『그림 동화』는 세계 문학사에서 큰 자릿값을 갖는 책이므로 이제는 널리 알려진 각색된 판본 대신 그림 형제가 펴낸 원본의 충실한 번역이 좋은 세계 문학 전집 안에 자리 잡아야 할 때다. 그런 만큼 번역에서는 — 가독성을 소홀히 할 수야 없지만 — 원문에 최대한 충실한 것에 중점을 두었다. 가장 고심한 부분은 번역의 기본 텍스트를 기존처럼 존대어로 하느냐 평서문으로 하느냐였다. 동화는 존대어로 번역하는 것이 관행이지만 오랜 숙의 끝에 대화는 존대어로 번역하더라도 본문은 평서문으로 번역하기로 결정했다. 본문까지 존대어가 될 경우 많은 존대어 어미에 비중이 실려 서사 자체가 덜 선명해 보이기 때문이었다. 다음으로 원문이 사투리인 동화들의 경우 어떻게 번역할지를 놓고 고심했다. 표준어와는 다른 각별한 묘미가 있어서 어떻게든 살려 보고 싶어 사투리 번역본들을 만들었으나 현실적으로 무리가 있어 최종적으로는 표준어 번역본을 택했다.

1권은 혼자 옮겼으나 2권은 젊은 동료와 함께 옮겼고, 좋은 결정이었다. 2권의 번역은 중간쯤에서 만나기로 하고, 1권을 번역한 전영애는 앞에서부터, 김남희는 뒤에서부터 매주 번역을 주고받으며 긴밀하게 검토했다. 2권의 맨 끝부분 부록 역시 그렇게 했다. 디즈니 필름 등 여러 매체를 통해 각색되어 널리 알려진 작품이 많은 1권은 한 필치로 원문을 살리려 했고, 상대적으로 덜 알려진 작품이 많은 2권은 함께 의논하며 즐겁게 천천히 새로운 필치를 만들어 갔다.

한국에서 새로이 나온 『그림 동화』 정본 완역본

알프레드 메설리
(스위스 민담·동화 연구가, 전 취리히 대학교 사회문화학과 교수)

2019년 10월 20일, 한없이 크고 끝없이 아름다운 대한민국 수도 서울 이곳저곳을 걷다가 이화여자대학교 근처 어느 상가 건물 외벽의 네온사인과 마주치게 되었다. 영문으로 쓰인 '라푼첼'이라는 미용실 상호였다. 그 순간, 야코프 그림과 빌헬름 그림의 『그림 동화』가 한국의 일상에 자리 잡은 걸 알 수 있었다. 동화 속 열두 번째 이야기에 등장하는 긴 머리 주인공 라푼첼은 독일어권에서 가장 인기 있는 이야기 중 하나인데, 이곳 동쪽 먼 나라에서도 이토록 친숙하다니. 그렇다면 '동화가 포함되는 낭만주의 문학은 모든 것을 서로 연결시킬 수 있는 진보적 보편문학'이라고 한 프리드리히 슐레겔의 주장은 현실에 부합한 듯하다. 독일 낭만주의를 이끈 슐레겔은 『아테네움』(1798)에서 "낭만주의 문학은 문학에 생기를 주고, 어울림을 만들어 내며, 삶과 사회를 시적으로 만든다."라고 말한 바 있다.

그림 형제의 동화는 여러 차례 한국어로 번역되었고, 덕분에 오늘날에는 어린이뿐 아니라 성인에게도 널리 읽힌다. 잘 알려진 것이 「눈처럼 하얀」(백설공주), 「재투성이」(신데렐라), 「헨젤과 그레텔」, 「황금 거위」, 「개구리 왕과 쇠줄 동여맨 하인리히」(개구리 왕자), 「빨강모자」와 「가시장미」(잠자는 숲속의 공주)와 앞서 언급한 「라푼첼」과 같은 몇몇 작품에 한정되어 있더라도 말이다. 그림 형제의 『그림 동화』는 독일 문학 중에서도 가장 널리 알려진 작품이며, 세계화의 과정 속에서 전 세계 수많은 언어로 번역되었다. 무역과 문화 간의 관계가 확장되고 동시화되는 세계화가 지금도 현재 진행형이니 이 책의 번역은 앞으로도 이어질 것이다. 그런 가운데 이번 전영애, 김남희 역자의 번역으로 한국에서 출간된 『그림 동화』(전 2권, 원제는 '아이들과 가정의 동화')는 그림 형제의 생전 마지막 판본인 1857년 7판 정본 완역본으로, 한국어 첫 번역본 출간 이후 번역이 거듭되다 이번에 별도의 고운 장정본으로 번역의 결실을 맺게 되었다.

한국에서 『그림 동화』 번역의 역사는 1913년 《붉은 저고리》와 《아이들 보이》라는 청소년 잡지에 동화 몇 편이 실리면서 시작되었다. 원본 『아이들과 가정의 동화』 1권의 초판이 1812년에 발간되었으니 100년 만에 이루어진 일이다. 원문에서 상당히 자유로운 이 초기 번역은 일본어 번역을 토대로 한 것이었고, 동화를 수집하고 다듬은 빌헬름 그림과 야코프 그림이라는 원저자의 이름을 찾아볼 수 없다. 동화 초입이나 끝에 번역자의 이름이 쓰인 경우도 있으나 작자 미상인 경우도 많다. 이처럼 초기 그림 형제의 동화는 상당 부분 생소하게 읽히다 여러 차례 번역되고 난 이후부터 한국의 어린이와 어른에게 두루 읽히는 이야기가 되었다.

번역이란 언제나 수용의 한 형태다. 낯선 독일 문화로 인식되다 부분적으로 자국의 문화에 동화되고, 부분적으로 낯섦에 매혹되는 면모를 지닌다. 하나의 텍스트를 온전히 이해하기 위해서는 전 세계적인 수용이 있어야 비로소 가능하다는 것을 한국의 사례에서도 알 수 있다. 다른 문화의 시각에서 텍스트에 대한 올바른 질문들이 제기되고, 그 과정에서 더욱 완벽하게 이해될 수 있다.

보통 '동화'로 번역되는 집합 개념인 '메르헨(Märchen)'은 『그림 동화』에 담긴 여러 텍스트를 포괄하고 있다. 그림 형제가 집필한 사전에 따르면, (사실이 아닌) 이야기, 지식, 소식, 소문에서부터 거짓말, 허황된 상상을 거쳐 환상적인 단편을 모두 아우르며, 한국어에서는 동화, 이야기, 옛날 이야기, 민담으로 번역된다. 한국에서 『그림 동화』를 번역할 적임자로 전영애 역자와 김남희 역자만큼 유능하고 경험 많은 번역가를 바랄 수 있을까. 두 분의 번역은 정확할 뿐 아니라 읽기에도 아주 친숙할 것이다. 독일어는 물론 독일 문화에 친숙할 뿐 아니라 텍스트를 변증법적으로 다룰 능력이 있는 역자이기 때문이다. 두 역자는 독일어 원문과 한국어의 차이를 인식하며 그 차이를 조율하기 위해 정교히 연출하는 방식을 아는 분들이다.

그림 동화

1

1

개구리 왕 혹은 쇠줄 동여맨 하인리히

구연 동화 듣기

옛날에 소원을 빌면 도움이 오던 때 왕이 있었는데 그 딸들이 모두 예뻤지만 막내딸은 어찌나 예뻤는지 참 많은 것을 보아 온 해조차 참으로 자주 놀라며 공주의 얼굴을 비추었다. 왕의 성 가까이 울창한 큰 숲이 있고, 숲속에는 오래된 보리수나무 아래 샘물이 있었다. 날이 정말 더우면 공주는 숲으로 가서 서늘한 샘물가에 앉곤 했다. 또 심심할 때면 금공 하나를 높이 던져 올렸다가 다시 받곤 했다. 그게 공주가 제일 좋아하는 놀이였다.

한번은 공이 공주의 손이 아니라 땅에 떨어져 그만 물속으로 굴러 들어가는 일이 있었다. 공주가 눈길로 공을 뒤쫓았지만 공은 사라져 버렸고 샘은 깊었다. 어찌나 깊은지 바닥이 보이지도 않았다. 그러자 공주는 울음을 터뜨렸고, 점점 더 크게 울었다. 마음을 달랠 길이 없었다. 공주가 엉엉 울고 있는데 누군가가 공주에게 말했다.

"왜 그러세요, 공주님, 그렇게 우시니 돌덩이라도 가엾어하겠어요." 공주는 어디서 목소리가 들려오나 하고 둘러보았다. 그러다 개구리 한 마리가 눈에 들어왔다. 퉁퉁하고 못생긴 대가리를 물 밖으로 쑥 내밀고 있었다. "아, 너로구나, 늙은 물첨벙아." 하고 공주가 말했다. "금공을 잃어버려서 울고 있단다. 공이 물속으로 빠져 버렸어." "진정하고 그만 우세요." 개구리가 대답했다. "제가 방법이 있는데요. 하지만 제가 공주님 장난감을 건져 오면 저한테 뭘 주시겠어요?" "뭘 갖고 싶니, 개구리야." 공주가 말했다. "내 옷? 내 진주와 보석들? 아님 내가 쓰고 있는 황금 왕관?" 개구리가 대답했다. "공주님 옷도, 진주와 보석들도, 황금 왕관도 나는 싫어요. 다만 공주님이 절 좋아해 주시면 되죠. 저를 공주님 동무이자 놀이 친구로 삼고, 공주님 식탁에서 곁에 앉게 하고, 공주님 금 접시로 밥을 먹게 하고, 공주님 작은 잔으로 마시게 하고, 공주님 작은 침대에서 잠자게 해 주면요. 그 약속을 해 주시면 제가 내려가서 공을 건져 올게요." "아, 그래." 공주가 말했다. "뭐든 네가 원하는 걸 약속할게, 공만 찾아다 주면 말이야.” 그러면서 공주는 생각했다. ‘멍청한 개구리가 뭘 지껄이는 거야. 물속에서 저하고 똑같은 것이랑 앉아 개굴거리잖아, 사람과 동무가 될 리 없지.’

개구리는 그러겠다는 답을 듣자 머리를 담그고 아래로 가라앉더니 조금 있다가 공을 입에 물고 다시 물을 쑥쑥 헤치며 올라와 풀밭에 던졌다. 공주는 예쁜 장난감을 다시 보자 한껏 기뻐하며 공을 주워 들고는 팔짝팔짝 뛰어가 버렸다. “기다려요, 기다려.” 개구리가 외쳤다. “날 데리고 가요. 난 공주님처럼 달릴 수 없어요.” 하지만 개구리가 제아무리 힘껏 개골개골해도 소용없었다! 공주는 귀 기울이지 않고 집으로 갔고, 가엾은 개구리는 금방 잊어버렸다. 개구리는 다시 물속으로 내려가야 했다.

다음 날 공주가 왕이며 모든 궁정 사람과 연회석에 앉

아 금접시로 식사를 하고 있을 때 찰싹 철썩 무엇인가가 대리석 계단을 기어 올라왔다. 위에 다다르자 그것이 문을 두드리며 불렀다. "공주님, 막내 공주님, 문을 열어 주세요." 밖에 누가 있는지 보려고 공주가 달려갔다. 문을 열자 개구리가 앞에 앉아 있었다. 공주는 황급히 문을 쾅 닫고 다시 식탁에 가 앉았지만 몹시 겁이 났다. 공주의 가슴이 펄떡펄떡 뛰는 것을 보고 왕이 말했다. "얘야, 왜 무서워하니? 문 앞에 거인이라도 서서 널 잡아가려 하더냐?" "아, 아니요." 공주가 대답했다. "거인이 아니라 징그러운 개구리예요." "개구리가 너한테서 뭘 바라지?" "아, 아버지, 어제 숲에서 샘가에 앉아 놀다가 금공이 물에 빠졌어요. 그래서 우니까 개구리가 공을 건져다 주었어요. 그리고 개구리가 어찌나 조르는지 저는 약속을 했어요, 제 친구가 되자고요. 하지만 개구리가 물에서 나올 수 있으리라고는 꿈에도 생각지 못했어요. 지금 저기 문밖에 와서는 들어오겠다네요." 그사이 개구리가 두 번째로 문을 두드리며 큰 소리로 말했다.

"공주님, 막내 공주님,
문을 열어 주세요!
기억 안 나세요, 어제
시원한 샘물 곁에서
제게 한 말이?

공주님, 막내 공주님,

문을 열어 주세요!"

그러자 왕이 말했다. "약속한 것은 지켜야지. 가서 문을 열어 주거라." 공주가 가서 문을 열었다. 그러자 개구리가 폴짝 뛰어 한 걸음 한 걸음 공주를 바싹 따라 의자까지 왔다. 개구리가 거기 앉아 큰 소리로 말했다. "저를 공주님 있는 데로 들어 올려 주세요." 공주는 마침내 왕이 명령할 때까지 망설였다. 개구리는 우선 의자로 올라오자 식탁으로 가려 했고, 식탁 위에 앉자 말했다. "이제 공주님과 같이 밥을 먹도록 공주님 금접시를 제 쪽으로 가까이 밀어 주세요." 그렇게 해 주면서도 공주가 내키지 않아 하는 게 눈에 보였다. 개구리는 맛있게 먹었다. 하지만 공주는 한 입씩 베어 먹는 것마다 거의 다 목에 걸렸다. 그런 판에 개구리가 말했다. "배부르게 먹었어요. 이제 피곤하니 저를 공주님 방으로 데려가 비단 이불을 펴세요. 그리고 우리 같이 누워 자요." 공주는 울음을 터뜨렸다. 차가운 개구리가 무서웠다. 손으로 만지지도 못하는데 이제 예쁘고 깨끗한 침대에서 잠까지 자겠다니 말이다. 그러나 왕이 노여워했다. "네가 어려울 때 도와준 이를 나중에 무시하면 안 된다." 그래서 공주는 손가락 두 개로 개구리를 집어 들어 위층으로 데려가 방구석에 내려놓았다. 그런데 공주가 잠자리에 들 때 개구리가 기어와 말했다.

"피곤하네요. 공주님처럼 편히 자고 싶어요. 저를 들어 올려 주세요. 안 그러면 아버님께 말씀드리겠어요." 그러자 공주는 몹시 화가 북받쳐 개구리를 집어서 있는 힘을 다해 벽에 패대기를 쳤다. "이젠 조용해지겠지, 이 징그러운 개구리야." 그러나 개구리가 나가떨어졌을 때 개구리는 개구리가 아니라 아름답고 다정한 눈을 가진 왕자가 되었다. 왕자는 이제 공주 아버지의 뜻에 따라 공주의 좋은 동무가 되고 신랑이 되었다. 왕자가 공주에게 이야기해 주었다. 나쁜 마녀의 저주를 받았는데 공주 말고는 아무도 자기를 샘에서 꺼내 마법에서 풀어 줄 수 없었다고. 그리고 다음 날 함께 그의 나라로 가기로 했다. 그리하여

그들은 잠이 들었고, 다음 날 아침 햇살이 그들을 깨웠을 때 여덟 필의 백마가 끄는 마차 한 대가 달려왔다. 머리에 꽃다발 같은 갈기가 달린 말들이 황금 사슬로 마차에 매여 있고, 뒤쪽에는 젊은 왕의 하인이 서 있었다. 충직한 하인리히였다. 충직한 하인리히는 주인이 개구리로 변했을 때 어찌나 슬펐는지 가슴이 괴로움과 슬픔으로 터져 버리지 않도록 쇠줄 세 개를 가슴에 동여맸다. 마차는 젊은 왕을 왕국으로 모셔 갈 것이었다. 충직한 하인리히가 마법이 풀린 것을 한껏 기뻐하며 두 사람을 마차에 오르게 하고 다시 뒤에 섰다. 한참을 달렸을 때 왕자는 뒤에서 뭔가가 부서진 듯 우두둑하는 소리가 들려서 소리쳤다.

"하인리히, 마차가 부서지고 있어."

"아닙니다, 전하, 마차가 부서지는 게 아니에요.
제 가슴을 동여맸던 쇠줄이 터진 겁니다.
폐하께서 샘 안에 앉아 있으실 때
괴로움에 가슴을 동여맸죠.
폐하께서 개구리였을 때요."

가는 도중에 다시 한번, 그리고 또 한 번 우두득 소리가 났고 그때마다 왕자는 마차가 부서진다고 생각했다. 그렇지만 부서지는 건 쇠줄일 뿐이었다. 쇠줄이 끊어져 충직한 하인리히의 가슴에서 떨어졌다. 주인이 구원받아 행복했기 때문이다.

2

함께 사는 고양이와 생쥐

구연 동화 듣기

고양이 한 마리가 생쥐 한 마리와 알게 되었는데 자기가 생쥐에게 품고 있는 큰 사랑과 우정에 관해 은근히 참 많은 이야기를 하여 마침내 생쥐가 고양이와 한집에 살면서 함께 살림을 꾸려 가기로 했다. "그런데 겨울을 대비해 놓아야지. 그러지 않으면 굶주림에 시달릴 테니까." 하고 고양이가 말했다. "생쥐야, 넌 모든 곳에 가 보려 하지 마. 결국은 내 덫 속으로 들어와." 좋은 충고가 이어졌고, 고기 기름이 든 작은 단지 하나를 사들였다. 그러나 단지를 어디에다 두어야 할지 몰랐다. 오래 깊이 생각한 끝에 드디어 생쥐가 말했다. "아 한 군데 알겠다. 아무도 무얼 가져갈 엄두를 내지 못하니 교회보다 더 좋은 곳은 모르겠네. 우리 단지를 제단 밑에 놔두고 꼭 필요해지기 전까지는 건드리지 말자." 그래서 단지를 그 안전한 곳에 놓아두었는데 오래지 않아 고양이가 먹고 싶은 마음이 생겨서 생쥐에게 말했다. "너한테 할 말이 있어, 생쥐야. 숙모한테서 대부가 되어 달라는 부탁을 받았단다. 조카가 아들을 낳았거든. 흰색에 갈색 반점이 있는데 나더러 세례식에 참석해 달라네. 오늘은 내가 외출을 좀 하게 해 주고 집은 네가 혼자 지키자." "그래, 그래." 하고 생쥐가 대답했다. "나는 상관없으니 가 봐. 뭔가 좋은 걸 먹거든 내 생각도 해 주고. 세례 때 마시는 달콤한 적포도주는 나도 한 방울 마시고 싶거든."

그러나 이 모든 것은 사실이 아니었다. 고양이는 조카가 없었고, 대부가 되어 달라는 부탁을 받은 적도 없었다. 고양이는 곧장 교회로 가 기름 단지에 살금살금 다가가서 핥기 시작했다. 표면에 굳은 기름을 다 핥아 먹었다. 그런 다음 도시의 지붕들 위를 산책하며 기회를 보아 햇볕을 쬐면서 기름 단지 생각이 날 때마다 몸을 쭈욱 펴고 수염을 쓸었다. 저녁이 되어서야 고양이는 집으로 돌아왔다. "이제 돌아왔구나." 하고 생쥐가 말했다. "분명히 즐거운 하루를 보냈겠구나." "자알 지냈지." 하고 고양이가 대답했다. "그런데 아기 이름은 뭐야?" 하고 생쥐가 물었다.

"껍질 벗겨."라고 고양이가 건조하게 말했다. "껍질 벗겨?" 생쥐가 외쳤다. "그거참 놀랍고 이상한 이름이네. 너희 집안에서는 많이 쓰는 이름이니?" "뭐 어때." 고양이가 말했다. "'빵 부스러기 도둑'보단 낫잖아. 네 조카 이름이 그렇지."

오래지 않아 고양이는 또 식욕이 동했다. 고양이가 쥐에게 말했다. "한 번 더 혼자 집을 지켜야겠다. 또 대부가 되어 달라는 부탁을 받았어. 목둘레에 하얀 테두리가 있는 아기인데 거절할 수 없지." 착한 생쥐는 그러라고 했고, 고양이는 성벽 뒤를 지나 살금살금 교회에 가서 기름 단지의 절반을 비웠다. "직접 먹는 것보다 더 좋은 건 없지." 하고 고양이가 말했다. 그러면서 하루 일과에 아주 만족했다. 고양이가 돌아왔을 때 생쥐가 물었다. "이번 아기는 어떤 이름으로 세례를 받았어?" "절반 비워."라고 고양이가 대답했다. "절반 비워! 무슨 말을 하는 거야, 대체! 그런 이름은 평생 들어 본 적이 없네. 그런 이름은 달력에도 없다는 데 내기를 걸지."

고양이는 맛난 음식 생각에 또 입에 침이 돌았다. "좋은 건 다 삼세판이지." 하며 고양이가 생쥐에게 말했다. "나더러 또 대부를 서라네. 아기가 완전히 까맣고 앞발만

희다네. 앞발 말고는 온몸에 흰 털이 한 올도 없대. 몇 년에 한 번 있는 일이라는데. 날 가게 해 주겠지?" "껍질 벗겨! 절반 비워!" 하고 생쥐가 말했다. "정말 이상한 이름들이군. 생각을 해 보게 만드네." "넌 우중충한 쥐색 마대 치마를 입고 긴 털 다발에 싸여 집에 앉아 있지." 하고 고양이가 말했다. "그러니 망상이 시작되는 거야. 망상은 낮에 외출을 하지 않아서 생기는 거거든." 고양이가 없는 동안 생쥐는 청소를 하고 집을 정돈했다. 그리고 고양이는 기름 단지를 깨끗하게 싹 비웠다. "다 먹어 치우면 어느 정도 진정이 되지."라고 혼잣말을 하며 고양이는 배부르고 뚱뚱해져서 밤에야 집으로 왔다. 생쥐가 대뜸 셋째 아기가 받은 이름은 뭐냐고 물었다. "그것도 네 맘엔 들지 않을 거야."라고 고양이가 말했다. "그 애 이름은 싹 비워야." "싹 비워!" 생쥐가 외쳤다. "거 가장 수상한 이름이네. 그런 게 인쇄되어 적힌 것을 아직 본 적이 없어. 싹 비워! 그게 무슨 뜻이지?" 고개를 가로저으며 생쥐는 자려고 몸을 오그리고 누웠다.

그다음부터는 고양이에게 대부가 되어 달라는 이가 없었다. 그러나 겨울이 오고 바깥에서 더는 먹을 것을 찾을 수 없게 되자 생쥐가 아껴 둔 양식 생각을 하고 말했다. "고양이야, 우리가 아껴 둔 기름 단지로 가자. 맛있을 거야.” “그래 좋지.” 고양이가 말했다. “네가 고운 혓바닥을 창밖으로 쑥 내밀 때처럼 맛있어할 거야.” 둘은 길을 나섰고, 도착했을 때 기름 단지가 아직 그 자리에 놓이기는 했지만 비어 있었다. “아!” 하고 생쥐가 말했다, “무슨 일이 있었는지 알겠군. 이제 실상이 백일하에 드러나네. 네가 진짜 친구라니! 대부 노릇을 하면서 네가 다 먹어 치웠지. 처음에는 ‘껍질 벗겨’, 다음에는 ‘절반 비워’, 다음에는…….” “입 다물어.” 하고 고양이가 외쳤다. “한마

디만 더 하면 널 먹어 버린다." "싹 비워."라는 말이 벌써 가엾은 생쥐의 혀끝에 놓여 있었다. 말이 입 밖으로 나오자마자 고양이가 생쥐를 낚아채어 움켜잡고는 꿀꺽꿀꺽 삼켰다. 보이지, 세상사 어떻게 돌아가는지.

3

성모가 보살피는 아이

큰 숲 부근에 나무꾼이 아내와 살고 있었다. 아이는 하나뿐이었는데 세 살 난 여자애였다. 어찌나 가난한지 하루하루 먹을 빵도 이제 없었고, 아이에게 무얼 먹여야 할지 몰랐다. 어느 아침 나무꾼은 근심에 가득 차 집을 나와 숲 속으로 일하러 갔다. 그리고 나무에 도끼질을 하는데 문득 아름다운 여자가 앞에 서 있었다. 머리에는 빛나는 별들이 달린 관을 쓰고 있었다. 여자가 나무꾼에게 말했다. "나는 아기 예수의 어머니 동정녀 마리아다. 너는 가난하고 궁핍하구나. 네 아이를 내게 데려오너라. 그러면 내가 데려다가 엄마가 되어 아이를 보살피겠다." 나무꾼은 시키는 대로 아이를 데려와 동정녀 마리아에게 넘겨주었다.

마리아는 아이를 데리고 하늘로 올라갔다. 거기서 아이는 잘 지냈다. 단 빵을 먹고 단 우유를 마셨으며 옷은 황금이었고 작은 천사들이 아이와 놀아 주었다. 그리고 열 살이 되었을 때 한번은 동정녀 마리아가 아이를 불러 말했다. "내가 긴 여행을 앞두고 있다. 그러니 이 열쇠를 받아 잘 간직하거라. 천국의 열세 개 문을 여는 것이다. 그중 열두 개는 네가 열어서 그 안의 찬란함을 보아도 된다. 그러나 이 작은 열쇠가 필요한 열세 번째 문은 열어서는 안 된다. 그 문을 열지 않도록 조심하거라. 그러지 않으면 네가 불행해진다." 소녀는 말을 잘 듣겠다고 약속했다.

동정녀 마리아가 떠나고 나자 그때부터 아이는 천국의 집들을 살펴보았다. 열두 집을 다 돌 때까지 날마다 문 하나씩을 열었다. 집집마다 사도 한 분이 큰 광채에 감싸여 앉아 있었다. 모든 게 화려하고 찬란해서 아이는 기뻤다. 늘 같이 다니는 작은 천사들도 함께 기뻐했다. 이제 남은 건 금지된 문뿐. 문 앞에 서면 그 뒤에 뭐가 숨겨져 있을지 알고 싶은 마음이 커졌다. 그래서 아이가 천사들에게 말했다. "아주 다 열지는 않고 들어가지도 않을 거야. 우리가 문틈으로 조금 들여다볼 만큼만 열겠어." "아, 안 돼." 하고 천사들이 말했다. "그건 죄가 될걸. 동정녀 마리아께서 금하셨잖아. 또 그건 쉽게 네 불행이 될 수도 있어." 아

이는 잠자코 입을 다물었다. 그러나 마음속 욕망은 입 다물지 않고 마음을 제대로 갉아먹고 찍어 대며 잠시도 아이를 내버려 두지 않았다.

한번은 작은 천사들이 모두 밖에 나갔을 때 아이가 생각했다. '이제 나는 완전히 혼자이니 들여다봐도 되겠지. 그래도 아무도 모를 거야.' 아이는 열쇠를 찾았다. 열쇠를 손에 쥐니 자물쇠에 꽂았고, 열쇠를 꽂고 나니 돌리기까지 했다. 그러자 문이 홱 열렸고, 아이는 보았다. 거기 성삼위 일체가 불과 광채에 감싸여 앉아 있었다. 아이는 멈칫 서서 모든 것에 놀라며 바라보았다. 이번에는 광채에 손가락을 살짝 대었다. 그러자 손가락이 황금이 되었다. 더럭 겁이 나서 아이는 문을 쾅 닫고 뛰어 달아났다. 겁먹은 마음이 사라지지 않고 뭐든 시작해 보려 했지만 가슴이 계속 쿵쿵 뛰며 도무지 가만히 있지를 않았다. 손가락에 묻은 황금도 그대로여서 아무리 씻고 문질러도 없어지지 않았다.

얼마 지나지 않아 동정녀 마리아가 여행에서 돌아왔다. 동정녀 마리아는 소녀를 불러 천국 열쇠들을 돌려 달라고 했다. 소녀가 열쇠 꾸러미를 내밀자 동정녀는 아이의 눈을 들여다보며 말했다. "열세 번째 문은 열지 않았겠지?" "안 열었습니다."라고 아이가 대답했다. 그러나 마리아는 손을 아이의 가슴에 대고 얼마나 심장이 뛰고 또 뛰는지 느끼고는 소녀가 명을 어기고 문을 열었음을 알아차렸다. 동정녀 마리아가 다시 한번 말했다. "분명 그러지 않았느냐?" "안 그랬어요." 하고 소녀가 두 번째로 말했다. 그러자 마리아는 천상의 불을 건드려 황금이 된 손가락을 보고 아이가 죄를 지었다는 것을 알고는 세 번째로 말했다. "그러지 않았느냐?" "안 그랬습니다."라고 소녀가 세 번째로 말했다. 그러자 마리아가 말했다. "너는 내 말을 듣지 않았고, 게다가 거짓말을 했다. 더 이상 하늘에 있을 자격이 없다."

그때 소녀는 깊은 잠에 빠졌고, 다시 잠을 깨어 보니 낮은 곳, 땅 위, 황야 한가운데에 누워 있었다. 소리치려 했으나 아무런 소리도 낼 수 없었다. 벌떡 일어나 달아나고 싶었지만 몸을 돌리는 곳 어디든 뚫을 수 없는 빽빽한 가시 울타리가 막았다. 아이가 갇힌 인적 없는 곳에는 속이 빈 오래된 나무가 한 그루 서 있었다. 이 나무가 아이의 거처일 수밖에 없었다. 밤이 오면 거기로 기어 들어가 잤고, 폭풍이 치고 비가 오면 그 안에서 비를 피했다. 비참한 삶이었다. 하늘에서 얼마나 행복했는지, 또 천사들과 어떻게 함께 놀았는지 생각할 때면 아이는 서럽게 울었다. 풀뿌리와 야생 열매들이 유일한 양식이었다. 아이는 그런 걸 한껏 찾았다. 가을이면 떨어진 호두 같은 열매들과 나뭇잎을 모아 구멍으로 날랐다. 딱딱한 열매는 아이의 겨울 양식이 되었다. 눈이 오고 얼음이 얼면 아이는 몸이 얼지 않도록 가엾은 작은 짐승처럼 나뭇잎들 속으로 기어 들어갔다. 오래지 않아 옷은 찢겨 한 조각 한 조각 몸에서 떨어져 나갔다. 머지않아 해가 다시 따뜻하게 비추자 아이는 밖으로 나와 나무 앞에 앉았는데 긴 머리가 외투처럼 사방으로 몸을 덮었다. 한 해 또 한 해를 그렇게 앉아 세상의 고통과 비참함을 온몸으로 느꼈다.

한번은 나무들이 다시 신선한 초록빛으로 덮였을 때 나라의 왕이 숲에서 사냥을 하다 노루 한 마리를 뒤쫓았다. 노루가 숲속 평지를 에워싼 덤불 속으로 도망가자 왕은 말에서 내려 덤불을 헤치고 칼로 쳐서 길을 내었다. 마침내 뚫고 들어갔을 때 그는 나무 밑에 앉아 있는 놀랍도록 아름다운 소녀를 보았다. 소녀는 금발 머리가 발가락 끝까지 몸을 덮고 있었다. 왕은 멈추어 서서 놀라움에 가득 차 소녀를 살피고는 말을 건넸다. "너는 누구냐? 왜 여기 인적 없는 곳에 앉아 있느냐?" 그러나 대답이 없었다. 소녀는 입을 열 수 없었기 때문이다. 왕은 계속 말했다. "나와 함께 내 성으로 가겠느냐?" 그러자 소녀가 고개만 조금 끄덕였다. 왕은 소녀를 안아 말에 태우고 집으로 데려갔다. 왕궁에 도착하자 왕은 소녀에게 아름다운 옷을 입히고 모든 것을 넘치게 주었다. 말은 못 해도 아름답고 우아해서 왕은 소녀를 진심으로 좋아하게 되었고, 오래지 않아 혼인했다.

한 해쯤 흘러 왕비는 아들을 낳았다. 그 후 밤에 혼자 침대에 누워 있을 때 동정녀 마리아가 나타나 말했다. "진실을 말하고 금지된 문을 열었다고 고백한다면 네 입을 열어 다시 말하도록 해 주겠다. 그러나 굽히지 않고 죄에 빠진 채 부인하면 갓 태어난 네 아이를 내가 데려가겠다." 그

러자 왕비는 대답할 기회가 주어졌건만 계속 고집을 부리며 말했다. "아니요, 저는 금지된 문을 열지 않았습니다." 그래서 동정녀 마리아는 갓 태어난 아기를 왕비의 품에서 빼앗아 데리고 사라졌다. 다음 날 아침 아기는 어디에도 없었고 사람들 사이에서는 왕비가 식인종이고 자기 아이를 죽였다는 수근거림이 돌았다. 이 모든 말을 듣고 왕비는 아니라고 말할 수 없었다. 하지만 왕은 그녀를 참으로 사랑했기 때문에 그 말을 믿지 않았다.

한 해가 지나 왕비가 다시 아들을 낳았다. 밤에 또다시 동정녀 마리아가 방으로 들어와서 말했다. “네가 금지된 문을 열었다고 고백하면 네 아이를 돌려주고 네 혀도 풀어주겠다. 그러나 고집스럽게 죄에 빠져 있으면서 부인한다면 이 갓난아이도 내가 데려가겠다.” 그런데 왕비는 또 “아뇨, 금지된 문은 열지 않았습니다.”라고 했고 동정녀는 아기를 왕비의 품에서 빼앗아 하늘로 데려갔다. 다음 날 아침 아기가 또다시 사라지자 사람들은 왕비가 아기를 먹었다고 아주 큰 소리로 말했다. 왕의 신하들은 왕비를 재판에 회부해야 한다고 요구했다. 그러나 왕은 그녀를 참으로 사랑하여 들리는 말을 믿으려 하지 않았으며, 대신들에게 목숨이 아깝거든 더 이상 아무 말 말라고 명령했다.

다음 해에 왕비가 예쁜 딸을 낳자 세 번째로 동정녀 마리아가 밤에 그녀에게 나타나 말했다. “나를 따르거라.” 마리아는 왕비의 손을 잡고 하늘로 인도하여 큰 두 아이들을 보여 주었다. 아이들은 그녀를 보고 웃었고, ‘세상 모습이 담긴 공’을 가지고 놀고 있었다. 왕비가 보고 기뻐하자 동정녀 마리아가 말했다. “네 마음이 아직도 누그러지지 않았느냐? 금지된 문을 열었다고 고백하면 두 아들을 돌려주겠다.” 그러나 왕비는 세 번째로 대답했다. “아뇨, 금지된 문을 열지 않았습니다.” 그러자 동정녀 마리아는 왕비를 다시 땅으로 내려앉게 하고 그녀에게서 셋째 아이를 빼앗았다.

다음 날 아침 이 소식이 전해지자 모든 사람이 "왕비는 식인종이다. 재판을 받아야 한다." 하고 큰 소리로 외쳤다. 왕은 휘하 대신들을 더 이상 물리칠 수 없었다. 그리하여 재판이 열렸고 왕비는 아무런 대답도 방어도 하지 못해 산 채로 불태워 죽이는 판결을 받았다. 장작을 한데 쌓고 기둥에 묶여 있는데 불이 사방에서 타들어 오기 시작하자 그때야 오만의 단단한 얼음이 녹으며 왕비의 마음이 뉘우침으로 움직였다. 그녀는 생각했다. '죽기 전에라도 문을 열었다고 고백할 수 있으면…….' 그러자 목소리가 돌아와 그녀는 크게 외쳤다. "네, 성모님, 제가 그랬습니다!" 곧 하늘에서 비가 내리기 시작하여 불꽃이 꺼지고 그 머리 위에서 한 줄기 빛이 터져 나왔다. 동정녀 마리아가 두 아들을 데리고 갓난 딸은 품 안에 안고 내려왔다. 마리아가 다정하게 왕비에게 말했다. "죄를 뉘우치고 고백하는 이는 죄를 사함받는다." 그러면서 세 아이를 건네주었고, 그녀의 혀를 자유롭게 해 주고는 그녀에게 평생토록 행복을 허락했다.

4

무서움을 배우러 나선 소년 이야기

구연 동화 듣기

어떤 아버지에게 아들이 둘 있었다. 형은 영리해서 무슨 일이든 잘해 나갔지만 동생은 어리석어 아무것도 알아듣거나 배우지를 못했다. 그래서 동생을 보면 사람들은 말했다. “재는 평생 아버지에게 짐이나 되겠군!” 무슨 일을 해야 할 때는 언제나 형이 도맡아 했다. 그러나 가끔 아버지가 저녁 늦게나 깊은 밤중에 심부름을 시켜 공동묘지나 다른 무시무시한 곳을 지나가야 될 때면 형은 불평했다. “아이, 아버지, 안 되겠어요. 소름이 끼쳐서 거기로는 못 가겠어요!” 무서웠던 것이다. 혹은 밤에 난롯가에 앉아 무서운 옛날이야기를 들을 때 살갗이 오돌도돌해지면 이따금 사람들은 "아이, 소름 끼쳐!" 하고 소리를 질렀다. 동생은 구석에 앉아 다른 사람들이 하는 말을 들으면서 무슨 소린지 도무지 알아듣지 못했다. "사람들은 늘 소름 끼쳐! 소름 끼쳐! 한단 말이야. 그런데 나는 소름이 안 끼치니 소름 끼친다는 건 아마 내가 모르는 기술인가 봐."

한번은 아버지가 동생한테 말했다. "얘, 거기 구석에 앉은 아이야, 잘 들어라. 너도 이제 다 컸으니 밥벌이할 뭔가를 배워야 하지 않겠니. 보아라, 네 형이 어떻게 일하는지. 그런데 너는 어째서 그렇게 싹수가 노랗니." 동생이 대답했다. "아이참, 아버지, 저도 뭘 배워 보겠어요. 괜찮다면 소름 끼치는 법을 배우고 싶어요. 그게 뭔지 통 모르겠거든요." 이 말을 들은 형이 큰 소리로 웃으며 생각했다. '오, 하느님, 제 동생은 왜 이렇게 바보일까요! 얘는 평생 가야 아무것도 못 될 거야. 갈고리가 될 건 제때 구부려야지.' 아버지는 한숨을 쉬며 대답했다. "소름 끼치는 법이라고? 그런 걸 배우겠다니…… 배우려면 배우거라. 하지만 그걸로 밥벌이는 못 할 거다."

그로부터 얼마 지나지 않아 교회지기가 집으로 찾아왔다. 아버지가 손님에게 괴로움을 하소연했다. 둘째 아들이 뭐 하나 제대로 하는 게 없을 뿐 아니라 아무것도 배우지 못한다고. "아, 글쎄, 무엇으로 밥벌이를 하겠냐고 했더니 걔가 한다는 말이 소름 끼치는 법을 배우겠다는 겁니다.” “다른 도리가 없다면…….” 교회지기가 말했다. “소름 끼치는 법이라면야 저한테 배울 수 있으니 보내만 주십시오. 아니 지금 그 애를 데려가겠습니다.” 아버지는 기뻐했다.

둘째 아들을 데려간 교회지기는 소름 끼치는 훈련을 위해 아이에게 종 치는 일을 맡겼다. 며칠 뒤 교회지기는 한밤중에 그를 깨워 교회 꼭대기에 매달린 종을 치라고 했다. ‘넌 이제야말로 소름 끼치는 게 뭔지 배우게 될 거다.’ 라고 생각하며 교회지기는 아이보다 앞서 몰래 그곳으로 갔다. 소년이 교회 꼭대기에 올라가 몸을 돌려 종 치는 줄을 잡으려는 순간 종탑 구멍 맞은편 계단 위에 하얀 것이 보였다. “누구야?” 하고 소년이 소리쳤지만 하얀 것은 대답하지 않고 불뚝 솟은 채 움직이지 않았다. “대답을 해!” 소년이 다시 소리쳤다. “아니면 꺼져. 이 밤중에 여기서 네가 할 일은 아무것도 없어!” 그래도 교회지기는 꼼짝하지 않고 서 있었다. 소년이 유령이라고 믿도록 해야 하니까. 소년이 세 번째로 소리쳤다. “원하는 게 뭐야? 말하라고, 정직하게! 만약 그러지 않으면 계단 아래로 내동댕이쳐 버릴 거야!” ‘정말로 그렇게 고약한 짓을 하려는 건 아니겠지.’ 생각하며 교회지기는 돌이라도 된 듯 꼼짝 않고 서 있었다. 그때였다. 소년이 냅다 달려들어 유령을 계단 아래로 밀쳤다. 유령은 열 계단 아래로 굴러떨어져

귀퉁이에 꼼짝달싹 못 하고 누워 있었다. 소년은 곧 종을 치고 돌아가 아무 말 없이 자리에 누워 단잠에 빠졌다. 교회지기의 아내는 오래도록 남편을 기다렸다. 기다리고 기다려도 남편이 돌아오지 않자 마침내 걱정이 되어 소년을 깨웠다. "혹시 아저씨 어디 계신지 아니? 아저씨는 너보다 먼저 탑으로 올라가셨는데." "모르는데요." 소년이 대답했다. "그렇지만 종탑 구멍 맞은편 계단에 누가 서 있었어요. 내가 말을 해도 대답을 하지 않았어요. 장난꾸러기인 것 같아 밀쳐 버렸지요. 가 보세요. 그러면 그 사람이 혹시 아저씨였는지 알게 될 테죠. 그랬다면 안됐네요.” 교회지기 아내는 깜짝 놀라 종탑으로 달려갔다. 남편이 구석에 누운 채 부러진 한쪽 다리를 움켜쥐고 신음하고 있었다.

교회지기 아내는 남편을 부축해 내려다 놓은 다음 고래고래 소리를 지르면서 소년의 아버지에게로 달려갔다. “당신 아들이 말예요…….” 교회지기 아내는 숨이 찼다. “큰일을 저질러 놓았다고요. 우리 남편을 계단 아래로 내동댕이쳐서 다리를 부러뜨렸어요. 그 아무짝에도 쓸모없는 녀석을 우리 집에서 당장 데려가요!” 아버지가 달려가 소년을 꾸짖었다. “이게 도대체 무슨 배은망덕한 짓이냐? 악마가 너한테 그런 짓을 시키더냐?” “아버지.” 소년이 대답했다. “좀 들어 보세요. 전 아무 죄가 없어요. 아저씨가 컴컴한 데서 도둑처럼 서 있을 줄은 몰랐어요. 전 누군지 몰랐다고요. 그뿐인 줄 아세요? 대답을 하든지 꺼지라고 세 번이나 경고했다니까요.” “맙소사.” 아버지가 말했다. “너 때문에 난 불운한 일만 당하는구나. 내 눈앞에서 사라지거라. 다시는 널 보고 싶지 않다!” “네, 아버지. 그렇게 하겠어요. 날이 밝을 때까지만 기다려 주세요. 그러면 집을 나가서 소름 끼치는 법을 배우겠습니다. 그래야 먹고 살 기술 하나는 터득할 테니까요.” “뭐든지 배워라.” 아버지가 말했다. “나하곤 상관없는 일이니까. 여기 50탈러가 있으니 이걸 가지고 넓은 세상으로 나가거라. 아무에게도 네가 어디서 왔는지, 아버지가 누구인지 말하지 말아라. 나는 네가 부끄러워 죽을 지경이니까." "예, 아버지, 하라는 대로 하지요. 아버지가 바라지 않는 일은 절대 하지 않겠어요."

날이 밝자 소년은 50탈러를 주머니에 넣고 큰길로 나가서 혼자 중얼중얼하며 쉬지 않고 걸었다. "소름 한번 끼쳐 봤으면! 소름 한번 끼쳐 봤으면!" 그때 어떤 남자가 소년이 중얼거리는 말을 들었다. 한참 소년을 따라가던 남자는 교수형 집행에 쓰이는 커다란 나무가 보이자 소년에게 말했다. "보아라, 저기 나무가 하나 있지. 거기 일곱 사람이 교수형을 당해 매달려 있는데 지금 나는 법을 배우는 중이다. 그 밑에 앉아 밤이 올 때까지 기다려 봐. 그럼 소름 끼친다는 게 뭔지 알게 될 거야." "그야 쉽죠." 하고 소년이 대답했다. "소름 끼치는 법을 그렇게 빨리 배우게 되면 제 은화 50탈러를 드리지요. 내일 아침 일찍 저한테로 오세요."

소년은 죽은 사람들이 매달린 나무 아래로 가서 저녁이 오기를 기다렸다. 날씨가 추워 불을 피웠다. 그러나 자정이 지나자 바람이 어찌나 차갑게 부는지 조금도 따뜻하지 않았다. 바람이 불 때마다 나무에 대롱대롱 매달린 사람들이 이리저리 흔들리다가 딱딱 소리를 내며 서로 부딪쳤다. 소년은 생각했다. '난 불 옆에서도 추운데 저기 꼭대기에 있는 사람들은 얼마나 춥고 괴로울까!' 나무에 매달린 사람들이 불쌍해진 소년은 사다리를 놓고 올라가서 하나씩 하나씩 동아줄을 풀었다. 그렇게 일곱 명 모두를 내려놓았다. 소년은 후후 입바람을 불어 불길을 키우고는 몸을 녹일 수 있게 일곱 명을 주욱 둘러앉혔다. 그러나 그들은 앉아서 꼼짝도 하지 않았다. 불이 옷에 옮겨 붙어도 뜨겁지 않은 모양이었다. 소년이 말했다. "조심들 하세요, 안 그러면 저기 꼭대기에 도로 매달아 버릴 테니." 하지만 죽은 사람들은 듣지 못하니 대답이 없었다. 누더기 옷이 타 들어가도 그냥 앉아 있기만 했다. 소년은 화가 났다. "주의하지 않으면 도와줄 수가 없어요." 소년은 죽은 사람들을 다시 나무에 매달았다. 그러고는 불가에 앉아 잠이 들었다.

다음 날 아침 남자가 소년에게로 와서는 약속한 50탈러를 달라고 했다. "자, 이제 소름 끼치는 게 뭔지 알겠지?" "아니요." 소년이 대답했다. "그걸 어떻게 안단 말이에요. 저 위에 있는 사람들은 말도 할 줄 모르고 입은 옷이 타 들어가도 모르는 바보들인데." 남자는 이날 50탈러를 받기는 틀린 줄 알고 길을 떠나면서 말했다. "저런 사람은 평생 처음 보네." 소년도 갈 길을 떠나며 중얼거리기 시작했다. "아아, 소름 한번 끼쳐 봤으면! 아아, 소름 한번 끼쳐 봤으면!" 소년의 뒤를 따라오던 마부가 이 말을 들었다. "너

는 누구냐?" "모릅니다." 하고 소년이 대답했다. 마부가 다시 물었다. "그럼 네 아버지는 누구냐?" "그건 말씀드릴 수가 없습니다." "뭘 그렇게 줄곧 중얼거리고 있느냐?" "아, 네." 소년이 대답했다. "소름 한번 끼쳐 보고 싶다는 거예요. 그런데 아무도 제게 그걸 가르쳐 주지 않네요." "멍청한 소리 하지 말아라." 하고 마부가 말했다. "자, 나와 함께 가자. 내가 너를 가르칠 수 있나 없나 한번 해보자꾸나."

소년은 마부와 같이 가다가 저녁이 되자 잠을 자려고 여관에 들어갔다. 방에 들어서면서 소년은 또다시 아주 큰 소리로 말했다. "소름 한번 끼쳐 봤으면! 소름 한번 끼쳐 봤으면!" 여관 주인이 웃으면서 말했다. "그렇게 소름이 끼치고 싶다면 여기서 좋은 기회를 만날 거다." "아, 조용히 하세요." 여관 주인 아내가 말했다. "겁 없는 사람들이 벌써 얼마나 많이 목숨을 잃었는데, 저 잘생긴 두 눈이 다시는 햇빛을 보지 못한다면 너무 슬픈 일이에요." 소년이 물었다. "무슨 일인데요? 아무리 어렵더라도 한번 배워 보겠어요. 그걸 배우기 위해 집을 떠나온걸요."

소년은 주인이 이야기를 들려줄 때까지 조르고 또 졸랐다. 할 수 없이 여관 주인이 말했다. "여기서 멀지 않은 곳에 마법에 걸린 성이 있단다. 거기 가서 사흘 밤만 지내면 아마 소름 끼치는 게 뭔지 배우게 될 거야. 그런 용기를 낸 사람에게는 왕이 딸을 아내로 주겠다고 약속했단다. 공주는 이 세상에서 가장 아름다운 여인이지." 여관 주인은 계속해서 말했다. "성에는 많은 보물이 있는데 악령들이 지키고 있지. 만약에 그걸 빼내 온다면 너는 굉장한 부자가 될 거야. 이미 많은 사람이 그 성으로 들어갔지만 살아서 나온 사람은 한 명도 없단다." 그 말을 들은 소년은 다음 날 아침 왕에게 가서 말했다. "허락하신다면 마법에 걸린 성에서 하룻밤 지내 보겠습니다." 왕은 그를 유심히 보더니 마음에 들어 했다. "너는 성안으로 가지고 들어갈 세 가지를 청할 수 있다. 다만 생명이 없는 것들이어야 한다." 소년이 대답했다. "그러면 성냥과 선반 기계와 칼 달린 작업대를 청하겠습니다."

왕은 어두워지기 전에 소년이 말한 세 가지 물건을 성 안으로 나르게 했다. 밤이 되자 소년은 성으로 올라갔다. 그는 한 방에 들어가 불을 환하게 피워 놓고는 칼 달린 작업대를 옆에 놓고 선반 기계에 걸터앉았다. "아아, 나도 소름 한번 끼쳐 봤으면! 그렇지만 여기서도 그걸 배우지는 못할 거야." 소년이 말했다. 자정쯤 소년이 다시 한번 불씨를 살리려고 입바람을 훅훅 부는데 갑자기 한구석에서 이상한 소리가 들렸다. "야, 야아옹! 왜 이렇게 춥지!" "이 바보들아." 소년이 소리쳤다. "뭐라고 떠들고 있니? 추우면 와서 불가에 앉아 몸이나 녹이지." 그때였다. 그가 말을 마치자마자 커다란 검은 고양이 두 마리가 힘차게 뛰어와 소년의 양옆에 앉는 게 아닌가? 두 고양이는 이글이글 불타는 눈으로 소년을 몹시 사납게 노려보았다. "어이, 친구, 카드놀이 좀 하지 않겠어?" "거 좋지." 소년이 말했다. "그렇지만 먼저 너희 앞발을 좀 보여 다오." 고양이들이 앞발을 내밀었다. "아이……." 소년이 말했다. "발톱이 왜 이렇게들 길어? 기다려. 발톱부터 깎아야겠다."

소년은 고양이의 덜미를 움켜잡고는 칼 달린 작업대에 올려놓았다. 그러고는 나사를 돌려 앞발을 단단히 죄었다. "너희 발톱을 보니……." 소년이 말을 이었다. "카드놀이하고 싶은 마음이 싹 사라져 버렸어." 소년은 고양이 두 마리를 죽여 성벽 아래에 있는 물속으로 던졌다. 그러나 다시 불가에 앉으려 할 때 이번에는 방 이 구석 저 구석에서 이글이글 달궈진 사슬에 매인 검은 고양이와 개들이 자꾸자꾸 수없이 나와 소년은 더 이상 몸을 숨길 수가 없었다. 고양이와 개들은 끔찍한 소리를 지르며 불을 짓밟고 사방으로 흐트러뜨려 끄려고 했다. 소년은 이 광경을 한참 동안 태연하게 바라보다 너무 화가 나자 작업대에 달린 칼을 잡고 외쳤다. "썩 꺼져, 이 버릇없는 놈들아!" 그러고는 달려드는 동물들을 마구 치기 시작했다. 어떤 놈들은 급히 달아났고, 어떤 놈들은 소년의 칼에 맞아 죽어 바깥의 연못으로 던져졌다. 소년은 다시 돌아와 모닥불의 불꽃을 후후 불어 살리고는 몸을 녹였다. 한동안 앉아서 불을 쬐던 소년은 어느새 졸음을 못 이기고 자꾸 눈이 감겼다. 그때 구석에 커다란 침대가 보였다. "마침 잘됐구나." 하며 소년은 침대에 드러누웠다. 그런데 눈을 감으려니 침대가 저절로 움직이기 시작하며 온 성안을 돌아다녔다. "거 괜찮은데." 소년이 말했다. "그럼 어디 좀 더 잘 달려 보시

지!" 그러자 침대가 마치 앞에서 말 여섯 필이 끌고 있기라도 하듯 문턱을 넘고 계단을 오르내리며 쏜살같이 내달렸다. 그러고는 후딱 뒤집혀 이제 침대가 산처럼 소년의 몸을 덮었다. 소년은 아무 일 없었던 것처럼 이불과 베개를 공중으로 높이 던지고 침대 밑에서 나와 중얼거렸다. "에이, 이젠 타고 싶은 사람이나 타라지." 소년은 불가에 앉아 날이 밝을 때까지 잤다.

아침이 되자 왕이 왔다. 왕은 땅바닥에 누워 있는 소년을 보고는 유령들이 죽인 것이라고 생각했다. 왕은 슬픈 표정을 지었다. "잘생긴 소년이었는데 아깝구나!" 그러자 소년이 벌떡 일어나며 말했다. "폐하, 안녕히 주무셨습니까?" 왕은 놀라고 기뻐서 물었다. "어떻게 밤을 지냈느냐?" "아주 잘 지냈습니다." 소년이 말했다. "하룻밤을 넘겼으니 나머지 두 밤도 잘 넘길 겁니다." 소년은 여관으로 돌아갔다. 주인이 눈을 동그랗게 뜨고 말했다. "살아 있는 너를 다시 보리라고는 생각하지 않았는데. 이제 소름 끼친다는 게 뭔지 배웠느냐?" "아니요." 하고 소년이 말했다. "다 소용없었어요. 그것이 뭔지 누가 말이라도 해 준다면 얼마나 좋을까요!"

두 번째 밤, 소년은 또다시 낡은 성으로 올라가 불가에 앉았다. 곧 입에 붙은 소리를 또 늘어놓기 시작했다. "나도 소름 한번 끼쳐 봤으면!" 자정이 가까워지자 우당탕하는 소리가 요란하게 들려왔다. 처음에는 나즈막했지만 점점 더 커지더니 그다음부터는 잠시도 그치지를 않았다. 한참 후 큰 비명을 지르며 몸이 반 토막뿐인 사람이 굴뚝을 타고 내려와 그의 앞에 뚝 떨어졌다. "어이, 이보세요!" 소년이 소리쳤다. "반 토막이 더 있어야겠어요. 이것만으로는 모자라잖아요." 그때 다시 시끄러운 소리가 났다. 날뛰고 부르짖는 소리도 들렸다. 갑자기 나머지 반 토막이 또 뚝 떨어졌다. "기다려요." 하고 소년이 말했다. "당신이 쬘 수 있도록 입바람을 불어 불을 살려 놓을게요." 소년이 불을 살리고 다시 돌아보니 두 토막이 한데 붙어서 생긴 끔찍한 남자가 소년의 자리에 앉아 있었다. "이런 장난을 치

자고 한 적은 없는데." 소년이 말했다. "그 자리는 내 것이라고." 남자가 소년을 밀치려고 했으나 소년은 쓰러지지 않았다. 오히려 남자를 힘차게 밀어내고 다시 자리에 앉았다. 그러자 더 많은 남자들이 줄줄이 떨어졌다. 그들은 아홉 개의 뼈와 해골 두 개를 가져와 주욱 늘어놓고는 해골을 굴려 쓰러뜨리며 놀기 시작했다. 소년이 보기에도 재미있는 장난이어서 그들에게 다가가 물었다. "이봐요. 나도 함께 할 수 있을까요?" "물론이지, 돈이 있다면 말이야." "돈은 충분히 있어요." 소년은 대답했다. "그런데 공이 너무 울퉁불퉁하군요." 소년은 해골들을 집어다가 선반 기계에 갈아서 동그랗게 다듬었다. "자, 이제 잘 굴러갈 거예요." 하고 소년이 말했다. "야아, 참 재미있네!" 소년은 같이 놀며 돈을 조금 잃었다. 그러나 12시가 되자 모든 것이 눈앞에서 사라졌다. 소년은 그 자리에 드러누워 편안하게 잠이 들었다.

다음 날 아침 다시 왕이 와서 소년을 찾았다. "이번에는 어떻게 지냈느냐?" "공굴리기 놀이를 했습니다." 소년이 대답했다. "그러다 몇 푼 잃었습니다." "그런데도 소름이 끼치진 않았단 말이냐?" "아이, 소름이라뇨?" 소년이 말했다. "신나게 논걸요. 소름 끼친다는 게 뭔지 좀 알면 얼마나 좋을까요!"

세 번째 밤에 그는 다시 의자에 앉아 아주 언짢은 듯이 말했다. "나도 소름 한번 끼쳐 봤으면!" 밤이 깊어가자 키 큰 남자 여섯 명이 관 하나를 떠메고 왔다. 그걸 보고 소년이 말했다. "하하하, 그건 분명히 며칠 전에 죽은 내 사촌일 거야." 소년은 신호로 손가락을 까닥까닥하며 소리쳤다. "어이, 사촌, 나오라고!" 여섯 남자가 관을 바닥에 내려놓았다. 그러자 소년이 관 옆으로 가서 뚜껑을 떼어 냈다. 관에는 죽은 사람 하나가 누워 있었는데 얼굴이 얼음처럼 차가웠다. 소년이 말했다. "몸을 녹여 줄게." 소년은 불가로 가서 자기 손을 데우고는 그 손으로 죽은 사람의 얼굴을 만져 주었다. 그러나 죽은 사람은 여전히 차가웠다. 소년은 죽은 사람을 관에서 일으켜 불가로 끌어다 앉혔다. 넘어지지 않도록 무릎으로 등을 받쳐 주기까지 했다. 소년이 두 팔을 문질러 피가 잘 통하게 했지만 아무 소용이 없었다. 이번에는 따뜻한 몸으로 죽은 사람의 몸을 데워 보기로 했다. 그래서 그를 침대로 데려가 눕힌 다음 함께 이불을 덮고 누웠다. 잠시 후 죽은 사람의 몸이 따뜻해지더니 곧 움직이기 시작했다. 소년이 말했다. "이봐, 사촌, 내가 널 녹여 주지 않았더라면 어떻게 됐을까?" 죽은 사람이 갑자기 벌떡 일어나더니 소리쳤다. "이제 너를 목 졸라 죽일 테다." "뭐라고?" 소년이 말했다. "이게 고맙다는 인사냐? 다시 관 속으로 들어가 버려!" 소년은 남자를 불끈 들어 관에 던져 넣고는 뚜껑을 쾅쾅 못질해 버렸다. 그러자 여섯 남자가 다시 관을 들고 나갔다. "도무지 소름이 끼치질 않네." 소년이 말했다. "여기선 평생 있어 봐야 못 배우겠다."

그때 다른 모든 사람보다 키가 큰 남자가 들어왔는데 무시무시한 모습이었다. 그러나 나이를 많이 먹어 길고 하얀 수염이 있었다. "오, 이 꼬마 녀석." 유령이 소리쳤다. "소름 끼친다는 게 뭔지 곧 배울 게다. 넌 죽어야 하니까." "그렇게 빨리……." 하고 소년이 말했다. "내가 죽지는 않을걸요." "너를 곧 잡아 죽이겠다." 유령이 말했다. "자아, 어디 해보시지. 그렇지만 너무 자신하지 말라고요. 너무 얕보다간 큰코 다칠걸요." "두고 보면 알지." 노인 유령이 말했다. "나보다 힘이 세다면 물론 살려 주지. 자, 어디 해보자!" 유령은 어두운 복도를 지나 대장간 아궁이로 소년을 데려갔다. 그러고는 보란 듯이 도끼를 들어 모루를 한 번 내려찍었는데 단단한 모루가 그대로 땅속으로 들어가 버렸다. "그건 내가 더 잘할 수 있어요."라면서 소년이 다른 모루로 갔다. 유령도 따라갔는데 모루 위에 유령의 흰 수염이 늘어져 있었다. 소년은 재빨리 도끼를 들어 한 방에 모루를 쪼개어 노인의 수염이 그 사이에 끼게 만들었다. "이젠 꼼짝 못 하겠지." 소년이 말했다. "유령아, 넌 이제 죽었다!" 소년은 쇠막대기를 들어 노인을 향해 휘둘렀다. 노인은 눈물을 뚝뚝 흘리면서 큰 재물을 줄 테니 제발 풀어 달라고 애원했다. 소년은 도끼를 뽑고 노인을 놓아 주었다. 노인은 소년을 성안에 있는 지하실로 데려가 황금으로 가득 찬 상자 셋을 보여 주었다. 유령이 말했다. "저 중에서 하나는 가난한 사람을 위한 것이고, 하나는 왕에게 드릴 것이고, 나머지 하나는 네 것이다." 그사이 시계가 12시를 쳤다. 유령은 사라지고 소년은 캄캄한 어둠 속에 혼자 남겨졌다. "어떻게든 나가 봐야겠구나." 소년은 이리저리 더듬어 방으로 가는 길을 찾았다. 그리고 방에 들어가자 모닥불 곁에서 잠이 들었다.

다음 날 아침 왕이 소년을 찾아왔다. "이제 너는 소름 끼친다는 게 뭔지 배웠을 테지?" "아니요." 하고 소년이 대답했다. "그게 도대체 뭘까요? 죽은 제 사촌이 왔었어요. 수염이 하얀 노인도 와서 저한테 황금 상자를 보여 줬지요. 그렇지만 소름 끼친다는 것이 뭔지 아무도 말해 주지 않았습니다." 그러자 왕이 말했다. "너는 내 성을 마법에서 풀어 주었다. 자, 이제 내 딸과 결혼하거라." "그것참 잘됐네요." 하고 소년이 대답했다. "그런데 저는 소름 끼친다는 게 뭔지는 아직도 모르겠습니다."

그 후 성의 지하실에 가득 찬 황금을 꺼내 왔고, 곧 성대한 결혼 잔치가 열렸다. 젊은 왕은 아내를 지극히 사랑하면서 만족하게 살면서도 여전히 항상 말했다. "나도 소름 한번 끼쳐 봤으면, 나도 소름 한번 끼쳐 봤으면." 이 말을 듣기가 지겨워진 공주는 마침내 시녀와 의논했다. 시녀가 말했다. "제가 도와 드리지요. 소름 끼친다는 게 뭔지 반드시 아시게 될 겁니다." 시녀는 마당을 흐르는 개울로 나가 양동이 가득 미꾸라지를 잡았다. 밤이 되어 젊은 왕이 자고 있을 때 공주가 이불을 걷고 차가운 물과 미꾸라지가 가득 찬 양동이를 잠든 남편의 몸에 쏟아부었다. 작은 물고기들이 온통 그의 침대와 옷 속에서 퍼덕거렸다. 젊은 왕이 벌떡 일어나 외쳐 대기 시작했다. "아, 소름 끼쳐, 아 소름 끼쳐, 여보! 아, 이제 알겠어, 소름 끼친다는 게 뭔지 알겠다고!"

5

늑대와 일곱 마리 아기 염소

옛날에 늙은 염소 한 마리가 있었다. 새끼가 일곱이었는데 엄마가 아이들을 사랑하듯 새끼들을 사랑했다. 어느 날 염소는 숲으로 가서 먹이를 구해 오려 했다. 그래서 일곱 모두를 불러서 말했다. "얘들아, 내가 숲으로 가려 하니 늑대를 조심하고 있거라. 늑대가 집 안으로 들어오면 너희를 모두 통째로 꿀꺽 삼킨단다. 이 악당은 자주 변장을 해. 그렇지만 쉰 목소리와 검은 발을 보면 너희는 금방 알 거야." 새끼 염소들이 말했다. "엄마, 조심할게요. 걱정 말고 가세요." 그래서 엄마 염소는 메에에 하며 안심하고 길을 떠났다.

오래지 않아 누군가 집 문을 두드리며 외쳤다. “문을 열어라, 얘들아, 엄마다. 너희 하나하나에게 줄 걸 가지고 왔어.” 그러나 아기 염소들은 쉰 목소리를 듣고 늑대라는 걸 알았다. “우린 문을 안 열어.” 하고 외쳤다. “넌 우리 엄마가 아니야. 엄마 목소리는 곱고 사랑스러운데 네 목소리는 쉬었잖아. 넌 늑대야.” 그러자 늑대는 구멍가게에 가서 커다란 백묵 한 덩이를 샀다. 그걸 먹어 목소리를 곱게 한 다음 돌아와 문을 두드리며 외쳤다. “문을 열어라, 얘들아, 엄마다. 너희 하나하나에게 줄 걸 가지고 왔어.” 그리고 늑대는 검은 앞발을 창문 안으로 들이밀었다. 그걸 보고 새끼 염소들이 외쳤다. “우린 문을 안 열어, 우리 엄마 발은 너처럼 검지 않아. 넌 늑대야.” 그러자 늑대는 빵집으로 가서 말했다. “발을 찧었으니 발에다 밀가루 반죽을 좀 쓱 발라 주셔.” 빵집 주인이 앞발에 반죽을 쓱 발라 주자 늑대는 방앗간 주인에게로 달려가 말했다. “내 발에다 밀가루를 좀 뿌려 주셔.” 방앗간 주인은 ‘늑대가 누굴 속이려나 보다.’ 생각하고 거절했으나 늑대가 말했다. “그렇게 안 해 주면 잡아먹겠어.” 그러자 방앗간 주인은 무서워서 늑대의 두 발을 하얗게 만들어 주었다. 정말이지, 사람들이 그래.

악당이 세 번째로 집 문으로 가서 두드리며 말했다. “문 열어라, 얘들아, 엄마가 돌아왔다. 너희 하나하나에게 줄 걸 숲에서 가져왔단다." 새끼 염소들이 외쳤다. "우리 엄마가 맞는지 앞발을 보여 줘요." 그러자 늑대는 앞발을 창문 안으로 들이밀었다. 새끼 염소들은 하얀 발을 보고 늑대가 한 말이 전부 참말이라고 믿으며 문을 열어 주었다. 그러나 들어오는 것은 늑대였다. 아기 염소들은 놀라서 숨었다. 하나는 식탁 밑으로, 또 하나는 침대 속으로, 셋째는 난로 속으로, 넷째는 부엌으로, 다섯째는 장롱 속으로, 여섯째는 빨래통 속으로, 일곱째는 커다란 벽시계 속으로 달아났다. 그러나 늑대는 모두를 척척 찾아내어 하나하나 차례로 꿀꺽꿀꺽 삼켰다. 벽시계에 숨어 있던 막내만 찾지 못했다. 실컷 먹고 나자 늑대는 슬슬 떠나서 바깥 푸른 풀밭의 나무 아래 누워 잠을 잤다.

얼마 지나지 않아 엄마 염소가 숲에서 돌아왔다. 아, 엄마가 봐야 했던 광경이라니! 문들이 있는 대로 활짝 다 열어젖혀져 있었다. 식탁, 의자, 벤치가 다 넘어지고, 빨래통이 박살 나고, 이불과 베개는 침대 밖으로 끌어 내려져 있었다. 엄마 염소는 아이들을 찾았지만 어디에도 보이지 않았다. 이름을 차례로 불렀지만 아무도 대답하지 않았다. 마침내 엄마 염소가 막내에게 가까이 왔을 때 가녀린 목소리가 말했다. "엄마, 나 벽시계 속에 있어요." 엄마는 막내를 꺼내 주었고, 막내는 늑대가 와서 다른 새끼 염소들을 모두 먹었다고 이야기했다. 엄마 염소가 가엾은 아이들 때문에 얼마나 울었는지는 여러분도 짐작이 갈 것이다.

마침내 엄마가 슬퍼하면서 밖으로 나갔고, 막내 염소도 함께 달려갔다. 엄마 염소가 풀밭으로 갔을 때 거기 늑대가 나무 밑에 누워 나뭇가지들이 떨릴 만큼 코를 골고 있었다. 엄마 염소는 늑대를 이쪽저쪽 살피다가 그의 잔뜩 부푼 배 속에서 뭔가가 꼼지락거리고 버둥거리는 걸 보았다. '아, 맙소사.' 엄마는 생각했다. '저놈이 저녁 식사로 꿀꺽꿀꺽 삼킨 가엾은 내 아이들이 혹시 아직 살아 있는 건가?' 그래서 엄마 염소는 집으로 달려가 가위와 실과 바늘을 가져왔다. 그러고는 괴물의 불뚝 배를 갈랐다. 한번 썩둑 자르자마자 벌써 아기 염소 한 마리가 머리를 내밀었다. 계속 자르니 여섯 모두가 하나하나 튀어나왔다. 모두 살아 있었고 상처도 입지 않았다. 괴물이 욕심에 사로잡혀 씹지 않고 통째로 꿀꺽꿀꺽 삼켰기 때문이었다. 기쁜 일이었다! 엄마는 결혼하는 재단사처럼 아이들을 품에 안고 겅중겅중 뛰었다. 엄마 염소가 말했다. "이제 가서 돌덩이들을 찾아보자. 잠에서 깨기 전에 저 무례한 짐승의 배를 돌덩이로 채워 놓자." 그래서 일곱 아기 염소들은 서둘러 돌덩이들을 가져와 들어갈 수 있는 한 잔뜩 늑대 배에 집어넣었다. 그런 다음 엄마가 아주 재빠르게 다시 꿰매어 늑대는 아무것도 알아차리지 못했고 몸 한 번 꼼짝하지 않았다.

실컷 자고 늑대가 드디어 일어섰는데 배 속에 돌이 든 탓에 몹시 목이 말라 우물로 가서 물을 마시려고 했다. 그런데 가려고 몸을 움직이자 배 속의 돌들이 이리저리 부딪쳐 덜그럭거렸다. 늑대가 소리쳤다.

"내 배 속에서 뭐가 이리저리
덜컹덜컹 덜컥덜컥 하는 거야?
여섯 아기 염소라고 생각했는데
온통 돌덩이네."

늑대가 우물에 도착해 몸을 숙이고 물을 마시려 했을 때 무거운 돌들이 몸을 안쪽으로 쏠리게 만들어, 늑대는 그만 딱하게도 물에 빠져 죽어야 했다. 일곱 아기 염소들이 그걸 보고 달려와 큰 소리로 "늑대가 죽었다! 늑대가 죽었어!" 외치며 기뻐서 엄마와 함께 우물 주위를 돌면서 덩실덩실 춤을 추었다.

6

충성스러운 요하네스

옛날에 어떤 늙은 왕이 병에 걸려 혼자 생각했다. '이제 다시는 자리에서 일어나지 못하겠구나.' 그래서 말했다. "충성스러운 요하네스를 불러라." 충성스러운 요하네스는 왕이 가장 사랑하는 신하였고, 그렇게 불리는 것은 그가 평생 참으로 충직했기 때문이었다. 충성스러운 요하네스가 침대 앞으로 오자 왕은 말했다. "더없이 충성스러운 요하네스, 나는 내 끝이 다가옴을 느낀다. 다른 근심은 없으나 아들이 걱정되는구나. 그 애는 아직 어린 나이라 늘 어디서 조언을 구해야 할지 알지 못한다. 그 애가 알아야 할 모든 걸 가르치고 그 애의 양아버지가 되겠다고 자네가 약속하지 않으면 나는 평안히 눈을 감을 수가 없다.” 충성스러운 요하네스가 대답했다. “왕자님을 떠나지 않겠습니다. 충성스럽게 섬기겠습니다. 제 목숨이 걸리더라도요.” 그러자 늙은 왕이 말했다. “그럼 내가 안심하고 평화롭게 죽겠다.” 그리고 덧붙여 말했다. “내가 죽은 뒤 자네가 그에게 성 전체를 보여 주게. 모든 방, 홀, 지하실, 그 안에 있는 모든 보물을. 다만 긴 복도 끝에 있는 마지막 방은 보여 주지 말게. 황금 지붕의 공주 그림이 숨겨져 있는 방 말일세. 그 애가 그림을 보면 격렬한 사랑을 느끼게 될 걸세. 정신을 잃어 바닥에 쓰러지고 그녀 때문에 큰 위험에 빠지게 될 거야. 그러지 않도록 그 애를 지키게.” 충성스러운 요하네스가 늙은 왕에게 또 한 번 그러겠다고 손잡으며 약속하고 나서야 왕은 더 이상 말하지 않고 베개에 머

리를 얹고서 숨을 거두었다.

늙은 왕이 무덤으로 실려 갈 때 충성스러운 요하네스는 젊은 왕에게 임종의 침상에 있었던 그 아버지에게 약속한 이야기를 들려주며 말했다. "저는 약속을 꼭 지키려고 합니다. 설령 제 목숨이 걸린 일이더라도 그분께 그러했듯 폐하께 충직하고자 합니다." 애도의 기간이 지나갔다. 그러자 충성스러운 요하네스가 젊은 왕에게 말했다. "이제 상속받은 것을 보실 때입니다. 아버님의 성을 보여 드리겠습니다." 그러고는 젊은 왕을 위아래 온 사방으로 두루 안내하면서 모든 재물과 호화로운 방들을 보여 주었다. 다만 위험한 그림이 있는 방 하나만은 문을 열지 않았다. 그 그림은 문을 열면 바로 보이게끔 세워져 있었고, 어찌나 찬란하게 그려졌는지 그림에 육신이 있고 살아 있으며 온 세상에 그보다 더 사랑스럽고 아름다운 건 없으리라는 생각이 들 정도였다. 그런데 젊은 왕이 충성스러운 요하네스가 하나의 문만 늘 지나쳐 간다는 것을 눈치채고는 말했다. "왜 이 문은 한 번도 안 열지?" "안에 뭐가 있는데요……." 하고 충성스러운 요하네스가 대답했다. "놀라실 거라서요." 그러나 왕은 "성 전체를 보았으니 그 방 안에 뭐가 있는지도 알아야겠다."라며 완력으로 문을 열려고 했다. 그러자 충성스러운 요하네스가 왕을 말리며 말했다. "아버님이 돌아가시기 전에 약속을 드렸습니다.

이 방에 있는 것을 폐하께서 보지 못하게 한다고요. 그것은 폐하와 제게 큰 불행을 가져올 수도 있습니다." "아, 그만……." 하고 젊은 왕이 대답했다. "들어가지 않으면 그것이 확실한 나의 파멸이다. 내 두 눈으로 그걸 보기 전에는 밤이건 낮이건 내게 평화가 없을 것이다. 이제 나는 그대가 문을 열 때까지 꼼짝도 하지 않겠다."

충성스러운 요하네스는 이제 도리가 없음을 알고 무거운 마음으로 깊은 한숨을 내쉬며 커다란 열쇠 꾸러미에서 열쇠를 찾았다. 문을 열고 먼저 들어가 그 앞에 서서 그림을 가려 왕이 보지 못하게 할 생각이었지만 무슨 소용이겠는가? 왕은 발뒤꿈치를 들고 그의 어깨 너머를 보았다. 그리하여 참으로 찬란하고 황금과 보석들로 반짝이는 소녀의 초상을 보았을 때 그는 정신을 잃고 바닥에 쓰러졌다. 충성스러운 요하네스는 왕을 들어 올려 침대로 옮기며 근심에 가득 차 생각했다. '불행한 일이 일어나고 말았으니, 주님, 어찌 되려는 걸까요!' 그러고는 포도주로 왕의 기운을 북돋아 마침내 다시 의식이 돌아왔다. 왕이 뱉은 첫마디는 "아! 그 아름다운 그림이 누구지?"였다. "황금 지붕의 공주입니다."라고 충성스러운 요하네스가 대답했다. 왕이 말했다. "그녀에 대한 내 사랑은 하도 커서 나무에 달린 모든 잎이 혀라도 그 말을 다 하지 못할 것이다. 내 목숨을 그녀를 얻는 데 걸겠다. 그대는 나의 더없이 충성스러운 요하네스다. 그대는 나를 도와야만 한다."

충성스러운 신하는 이 문제를 어디서부터 풀어야 할지 오랫동안 골똘히 생각했다. 공주의 얼굴을 한번 보는 것도 어려웠기 때문이다. 마침내 방법을 하나 생각해 내어 왕에게 말했다. "공주가 가진 물건은 모두 황금으로 되어 있습니다. 탁자, 의자, 대접, 잔, 접시, 모든 집기가요. 폐하의 보물 가운데는 5톤의 금이 있습니다. 그중 1톤을 왕국의 금 세공사들로 하여금 가공하게 하여 갖가지 그릇과 집기, 갖가지 새와 들짐승과 신기한 짐승을 만드십시오. 마음에 들어 할 겁니다. 그걸 가지고 가서 우리의 행운을 시험해 보지요." 왕은 모든 금 세공사를 불러들였고, 금 세공사들이 밤낮으로 일하여 마침내 더없이 찬란한 물건들이 완성되었다. 그것을 모두 배에 싣고 나자 충성스러운 요하네스는 장사꾼 옷을 입었고, 왕도 사람들이 전혀 몰라보도록 똑같은 차림을 했다. 그러고는 바다를 건너 오래오래 가서 마침내 황금 지붕의 공주가 사는 도시에 닿았다.

충성스러운 요하네스는 왕더러 배에 남아서 기다리라고 했다. "어쩌면……" 하고 그가 말했다. "제가 공주님을 모시고 올 겁니다. 모든 게 질서 정연하도록 신경 쓰십시오. 금 그릇들을 전시하고 전체 배를 장식하게 하십시오." 그러고는 전대에 온갖 금붙이를 한데 모아 담고 뭍으로 올라 곧장 왕의 성으로 갔다. 그가 성 안뜰로 들어갔을 때 우물가에 아름다운 아가씨가 서서 황금 양동이 둘을 손에 들고 물을 긷고 있었다. 아가씨가 출렁거리는 물을 들고 가기 위해 몸을 돌리다가 낯선 사람을 보고 물었다. “누구시지요?” 그러자 그가 “나는 상인이라오.” 하며 전대를 열어 보여 주었다. 그러자 그녀가 “와, 얼마나 아름다운 금붙이인지!” 외치며 두 손에 든 양동이를 내려놓고는 하나하나 살펴보았다. “이건 공주님이 보셔야 해요. 공주님이 이 금 제품을 보시면 너무 기뻐서 모조리 사들일 거예요.” 아가씨는 그의 손을 잡고 위쪽으로 안내했다. 공주의 시녀였기 때문이다. 공주는 물건들을 보고 아주 흡족해서 말했다. “참 곱게 만들어졌네. 내가 모조리 사들이겠다.” 그러나 충성스러운 요하네스가 말했다. “저는 부유한 상인의 하인일 뿐입니다. 제가 여기 가지고 있는 건 주인이 배에 두신 것에 비하면 아무것도 아닙니다. 일찍이 금으로 가공된 가장 정교하고 가장 값진 것이죠.” 공주가 모두 가져와 달라고 했지만 그는 말했다. “그러자면 여러 날이 걸립니다. 양이 엄청나게 많거든요. 그걸 놔두자면 큰 홀이 정말 많이 필요하고, 공주님 댁에는 그만한 공간이 없습니다.” 그러자 공주는 호기심과 보고 싶은 마음이 점점 더 끓어올라 마침내 말했다. “나를 배로 인도하거라. 내가 직접 가서 네 주인의 보물을 보겠다.”

그리하여 충성스러운 요하네스는 아주 기뻐하며 공주를 배로 안내했다. 왕은 공주를 보자 그림이 묘사한 것보다 훨씬 더 아름다워서 심장이 터질 것 같다는 생각뿐이었다. 그녀는 배에 올랐고, 왕이 그녀를 안내했다. 그러나 충성스러운 요하네스는 물러나 항해사 곁에 머물며 배를 급히 띄우라고 명령했다. "돛을 모두 팽팽히 펼쳐 배가 공중의 새처럼 날아가게 하라." 왕은 배 안에서 공주에게 황금 식기를 보여 주고 있었다. 주발들, 잔들, 접시들, 새들, 들짐승들과 신기한 동물들을 하나하나 모두 보여 주었다. 공주가 그 모든 것을 보는 동안 많은 시간이 흘렀고, 기쁨에 빠져 공주는 배가 떠나는 것을 알아차리지 못했다. 마지막 것을 보고 난 다음 공주는 상인에게 감사를 표하고 돌아가려 했다. 그러나 뱃전으로 가 보니 배는 육지에서 먼 망망대해 위를 돛을 잔뜩 부풀려 급히 가고 있었다."

"아……." 공주는 놀라 소리쳤다. "속았구나! 납치당했

어. 한낱 장사꾼의 손아귀에 들어갔구나. 차라리 죽어 버렸으면!" 그러나 왕이 그녀의 손을 잡고 말했다. "나는 장사꾼이 아닙니다. 태생에서 그대보다 미미하지 않습니다. 내가 꾀를 써서 그대를 납치한 것은 너무나도 큰 사랑 때문에 벌어진 일입니다. 그대의 초상을 처음 보고 나는 기절해서 바닥에 쓰러졌습니다." 그 말을 듣자 황금 지붕의 공주는 위안을 얻었고, 그에게 마음이 기울어 아내가 되는 걸 기꺼이 승낙했다.

그들이 망망대해 위를 떠가는 동안 배 앞쪽에 앉아 연주를 하고 있던 충성스러운 요하네스는 공중에서 세 마리 까마귀를 보았다. 그는 연주를 그치고 새들이 하는 말에 귀 기울였다. 그 말을 잘 알아들었기 때문이다. 한 마리가 외쳤다. "아이, 저기 그가 황금 지붕의 공주를 집으로 데려가네." "그래." 둘째가 대답했다. "하지만 왕은 공주를 아직 차지하지 못해." 셋째가 말했다. "차지했어, 배 안에서 공주가 계속 그의 곁에 앉아 있는걸." 그러자 첫째가 다시 외쳤다. "그런들 무슨 소용이야! 육지에 닿으면 여우 털빛 빨간 말이 달려 나올걸. 왕자는 올라타고 싶어 할 거고, 그러면 말이 그를 싣고 달아나 하늘로 올라가 버릴걸. 그는 아가씨를 다시 보지 못하지." 둘째가 말했다. "모면할 길은 없어?" "있지. 다른 사람이 재빨리 말에 올라앉아 양쪽 총집에 꽂혀 있는 총을 꺼내 말을 쏴 죽이면 젊은 왕은 안전하지. 그러나 누가 그걸 알겠어! 그걸 알고 그에게 말하는 사람은 발끝부터 무릎까지 돌이 될 거야." 그러자 둘째가 말했다. "난 좀 더 알지. 말을 죽이더라도 젊은 왕이 신부를 붙잡아 두진 못해. 그들이 함께 성으로 들어가면 거기 금과 은으로 짠 것처럼 보이는 공들인 혼례복이 함지박에 걸쳐 있을 거야. 하지만 실은 유황과 역청이거든. 그걸 입으면 옷이 사람을 불태워 버려, 골수까지." 셋째가 말했다. "그럼 모면할 길은 전혀 없는 거야?" "아, 있지." 둘째가 말했다. "누군가 장갑을 끼고 혼례복을 집어 불 속에 던져 태워 버리면 젊은 왕은 안전하지. 그러나 그게 무슨 소용이겠어! 누가 그걸 알아서 왕에게 말하겠어. 그러는 사람은 몸 절반이 돌이 될 텐데, 무릎부터 심장까지." 그때 셋째가 말했다. "내가 좀 더 알지. 혼례복을 불태우더라도 젊은 왕이 아내를 차지하지는 못해. 결혼식이 끝나고 춤이 시작되어 춤을 추면 젊은 왕비는 금방 창백해져서 죽은 듯 쓰러질 거야. 누가 들어 올려 왼쪽 가슴에서 피를 세 방울 빨아 뱉지 않으면 그녀는 죽어. 그러나 이걸 아는 누군가 누설하면 그는 온몸이 돌이 돼, 등뼈부터 발끝까지." 이렇게 서로 이야기하고 까마귀들은 날아가 버렸다. 충성스러운 요하네스는 모든 것을 잘 알아들었다. 그때부터 그는 말이 적어지고 비통해했다. 들은 말을 숨기면 왕이 불행해지고, 왕에게 밝히면 자신이 생명을 내놓아야 했기 때문이다. 마침내 그는 혼자 말했다. "그로 인하여 나 자신이 죽더라도 내가 모시는 분을 구하겠다."

그들이 육지에 닿았을 때 앞서 까마귀들이 말한 대로 멋진 여우 털빛 붉은색 말 한 필이 달려왔다. "잘됐구나. 이놈이 나를 성으로 태워다 줄 것이다." 하며 왕이 올라타려 했다. 하지만 충성스러운 요하네스가 앞으로 나와 재빨리 말에 올라타더니 양쪽 총집에서 총을 꺼내 말을 쏘아 쓰러뜨렸다. 그러자 충성스러운 요하네스를 탐탁지 않아 하던 왕의 다른 신하들이 외쳤다. "왕을 성까지 태우고 갔어야 할 저 아름다운 말을 죽이다니!" 왕은 말했다. "입 다물고 그를 놓아 두거라. 더없이 충성스러운 나의 요하네스다. 이러는 게 무엇에 좋은지 누가 알겠는가!" 그들은 성으로 들어갔고, 홀에는 합지박에 금과 은으로 짠 듯 보이는 공들인 혼례복이 걸쳐 놓여 있었다. 젊은 왕이 걸어가 그걸 잡으려 했다. 그런데 충성스러운 요하네스가 왕을 밀치고 장갑을 끼고 그걸 잡아 잽싸게 불 속으로 던져 태웠다. 다른 신하들은 다시 툴툴거리며 말했다. "보아라, 이제 저자는 심지어 왕의 혼례복을 불태웠다!" 그러나 젊은 왕은 말했다. "이러는 게 무엇에 좋은지 누가 알겠는가. 그를 내버려 두어라. 그는 나의 가장 충성스러운 요하네스다."

결혼식이 거행되었다. 춤이 시작되고 신부가 들어왔다. 그러자 충성스러운 요하네스가 신부의 안색을 살폈는데 갑자기 신부가 창백해지더니 바닥에 쓰러졌다. 그는 다급히 뛰어가 그녀를 안아 올려 방으로 데려다 내려놓고는 무릎을 꿇고 그녀의 오른쪽 가슴에서 피 세 방울을 빨아 뱉어 냈다. 곧 그녀가 다시 숨을 쉬며 회복되었다. 그러나 젊은 왕이 그것을 보았고, 충성스러운 요하네스가 왜 그런 짓을 했는지 알지 못한 채 화가 나 외쳤다. "저자를 감옥에 처넣어라." 다음 날 아침 충성스러운 요하네스는 재판을 받고 처형장으로 끌려갔다. 교수대에 서서 형 집행을 앞두었을 때 그가 말했다. "죽어 마땅한 사람도 죽기 전에는 누구든 마지막 말을 할 수 있습니다. 저도 권리를 요구해도 됩니까?" "그래." 하고 왕이 말했다. "그 권리를 허락한다." 그러자 충성스러운 요하네스가 말했다. "저는 부당하게 재판을 받습니다. 저는 언제나 충직했습니다." 그리고 어떻게 해서 바다 위 까마귀들의 이야기를 듣게 되었으며, 자기가 모시는 분을 구하기 위해 그 모든 것을 해야만 했는지 이야기를 들려주었다. 그러자 왕이 소리쳤다. "오, 나의 더없이 충성스러운 요하네스. 사면이다! 사면! 그를 교수대에서 내려라." 그러나 충성스러운 요하네스는 마지막 단어를 말하면서 생명을 잃고 쓰러져 한 덩이 돌이 되었다. 그 일로 왕과 왕비는 크게 괴로웠다. 왕이 말했다. "아, 큰 충성심에 대해 어째서 나는 그렇게 고약하게 보답했단 말인가!" 그러면서 돌이 된 모습을 들어다 자기 침대 곁에 세워 두게 했다. 그걸 볼 때마다 왕은 울며 말했다. "아, 내가 자네를 다시 살릴 수만 있다면, 더없이 충성스러운 나의 요하네스."

시간이 흘러 왕비가 쌍둥이를 낳았다. 두 아들은 자라날수록 왕비의 기쁨이었다. 한번은 왕비가 교회에 있고 두 아이가 아버지 곁에 앉아 놀고 있을 때 아버지가 석상을 다시금 슬픔에 차서 바라보며 한숨을 쉬고 외쳤다. "아, 자네를 다시 살릴 수만 있다면, 더없이 충성스러운 나의 요하네스." 그러자 돌이 이야기를 시작했다. "네, 가장 사랑하시는 것을 그 대가로 주신다면 저를 다시 살릴 수 있습니다." 그러자 왕이 외쳤다. "세상에서 내가 가진 모든 걸 자네를 위해 내놓을 것이다." 돌이 계속 말했다. "두 아이의 머리를 직접 베고 그 피를 저에게 칠하면 저는 다시 생명을 얻습니다."

더없이 사랑하는 아이들을 제 손으로 죽여야 한다는 말을 듣자 왕은 놀랐다. 하지만 그 큰 충성심을, 충성스러운 요하네스가 자기를 위해 죽었다는 사실을 생각하고 칼을 빼어 아이들의 머리를 베었다. 그러고는 그 피를 돌에 문지르자 생명이 돌아와 충성스러운 요하네스가 다시 생생하고 건강하게 그의 앞에 서 있었다. 그가 왕에게 말했다. "폐하의 신실함에 보답이 없지 않도록 하렵니다." 그러고는 아이들의 머리를 집어 몸통 위에 올려놓고 그들의 피를 상처에 문질렀다. 그러자 아이들이 금방 다시 멀쩡해져서 아무 일도 없었다는 듯이 여기저기 뛰어다니며 놀았다.

이제 왕은 기쁨으로 가득 찼다. 왕비가 오는 것을 보자 충성스러운 요하네스와 두 아이를 커다란 장롱 안에 숨겼다. 왕비가 들어서자 왕이 말했다. "교회에서 기도를 했지요?" "네." 왕비가 대답했다. "저는 내내 충성스러운 요하네스를 생각했어요. 그 사람이 우리 때문에 그렇게나 불행해진 것을요." 그러자 왕이 말했다. "여보, 우리가 그에게 다시 생명을 줄 수 있소. 하지만 우리 두 아들의 목숨을 값으로 치러야 한다오. 우리가 그 애들을 희생해야만 해." 왕비는 창백해지며 마음속으로 몹시 놀랐지만 말했다. "그의 큰 충성심으로 우리가 그에게 빚을 지고 있지요." 그러자 왕은 아내가 자기와 똑같이 생각한 것이 기뻐 장롱을 열고 아이들과 충성스러운 요하네스를 나오게 하며 말했다. "주님을 찬양하여라. 그가 구원을 받고 우리도 아들들을 되찾았다." 그러고는 왕비에게 모든 일을 이야기했다. 그리하여 그들은 죽을 때까지 함께 아주 행복하게 살았다.

7

좋은 거래

어떤 농부가 기르던 소를 장터로 몰고 가서 7탈러에 팔았다. 집으로 돌아가는 길에 연못 하나를 지나야 했다. 그때 벌써 멀리에서부터 개구리들이 "왁 왁 왁 왁 왁 왁 왁 왁."[4] 하고 우는 소리가 들렸다. "그래." 하고 그가 혼잣말을 했다. "쟤들은 조리라곤 없이 되자마자 울어 대지. 내가 받은 건 여덟이 아니라 일곱이라고." 농부는 물 가까이 다다르자 개구리들에게 큰 소리로 외쳤다. "멍청하구

4 원문은 'ak'로 개구리 울음소리 의성어다. 이것이 농부한테는 8(acht)로 들려서 벌어진 이야기인데 번역에서 의성어를 살릴 길이 없어 '왁'을 여덟 번 썼다.

나, 너희들! 좀 더 잘 알지 못하겠니? 은화 7탈러를 받았어. 여덟이 아니고." 그러나 개구리들은 여전히 "왁 왁 왁 왁 왁 왁 왁 왁." 울었다. "그럼, 자, 믿지 않겠다면 내가 헤아려 보여 줄 수 있어." 하며 농부는 주머니에서 돈을 꺼내어 7탈러를 세었다. 24그로셴이면 늘 1탈러를 셈했다. 그러나 개구리들은 그의 계산에 응하지 않고 또다시 "왁 왁 왁 왁 왁 왁 왁 왁." 했다. 농부는 잔뜩 화가 나 "너희가 나보다 더 잘 안다고 주장한다면 어디 직접 세어 보거라." 소리치고 돈을 몽땅 물속으로 던졌다. 농부는 가만히 개구리들이 계산을 마치고 자기 돈을 돌려줄 때까지 기다리려고 했다. 그런데 개구리들이 고집을 부리며 계속해서 "왁 왁 왁 왁 왁 왁 왁 왁." 울고 돈도 밖으로 다시 던져 주지 않았다. 농부는 마침내 저녁이 될 때까지 또 한참을 기다렸고, 이제는 집에 가야 했다. 그래서 농부는 개구리들에게 욕을 하며 소리쳤다 "너희 물첨벙이들, 너희 큰 대가리들, 너희 불뚝눈이들아, 주둥이가 커다래서 울어 대며

남의 귀를 아프게 하면서 7탈러도 헤아릴 줄 모르다니! 내가 여기 서서 너희가 계산 마칠 때를 기다려야 한단 말이냐?" 그러면서 그는 떠났지만 개구리들은 농부가 몹시 지긋지긋해하며 집으로 갈 때까지 그의 등 뒤에서 여전히 "왁 왁 왁 왁 왁 왁 왁 왁." 울었다.

얼마 후 농부는 다시 소 한 마리를 사들여 도살하며 계산을 했다. 고기를 잘 팔면 소 두 마리 값만큼 될 것 같은 데다 가죽도 생길 터였다. 그리하여 농부가 그 고기를 가지고 시내로 갔을 때 커다란 사냥개를 선두로 성문 앞에 개들이 떼거리로 모여 있었다. 사냥개는 고기에 달려들어 겅중겅중 뛰면서 코를 킁킁거리며 짖어 댔다. "멍, 멍, 멍, 멍." 개가 전혀 멈추려 하지 않자 농부가 말했다. "그래, 잘 알았어. 고기를 좀 원하니까 네가 '뭐, 뭐.' 하는 거지. 하지만 그걸 네게 주면 내가 비참해질 거야." 개는 아무 대답도 않고 "멍, 멍." 하기만 했다. "너도 그걸 먹어 치우지 않고 네 친구들도 잘 지키고 있을 거지?" "멍, 멍." 개가 말했다. "음, 네가 고집을 부린다면 고기를 맡기겠다. 내가 널 잘 알고 또 주인이 누구인지도 알거든. 하지만 이 말은 해 두마. 사흘 내로 나는 돈을 받아야 해. 안 그러면 네가 무사하지 않을 거야. 넌 돈을 내게 가져오면 돼." 그러고는 고기를 내려놓고 다시 돌아섰다. 개들이 고기에 와락 달려들며 크게 짖었다. "멍, 멍." 멀리서 그 소리를 들은 농부는 혼잣말을 했다. "잘 들어 봐. 지금 쟤네들은 모두 뭘 좀 원하는 거야. 그러나 큰 개가 그것에 대해 책임질 거야."

사흘이 지났을 때 농부는 '오늘 저녁에는 돈이 내 호주머니에 들어 있겠구나.' 생각하며 아주 흡족했다. 그러나 아무도 돈을 갚지 않았다. "세상에 믿을 놈 없군." 했다. 마침내 참을성도 다해서 그는 도시의 푸줏간 주인에게 가서 돈을 요구했다. 푸줏간 주인은 장난이려니 했다. 그러나 농부가 말했다. "농담은 치우시고. 나는 받을 돈을 받으려는 거요. 큰 개가 사흘 전에 도살한 소 한 마리를 댁으로 가져오지 않았소?" 그러자 푸줏간 주인이 화가 나서 빗자루를 찾아 들고는 그를 내쫓았다. "기다려." 하고 농부가 말했다. "세상에는 아직 정의가 있어!" 그러고는 왕궁에 탄원하러 갔다.

농부는 왕 앞으로 인도되었다. 딸과 함께 앉아 왕이 농부에게 무슨 괴로운 일이 일어났느냐고 물었다. "아……." 하고 농부가 말했다. "개구리와 개들이 제게서 재산을 빼앗아 갔고, 푸줏간 주인이 그걸 몽둥이 찜질로 갚았습니다." 그러면서 어떻게 된 일인지를 장황하게 늘어놓았다. 공주가 듣다가 큰 소리로 웃기 시작했다. 그러자 왕이 말했다. "네가 옳다고 할 수는 없지만 그 대신 내 딸을 아내로 주겠다. 아이가 평생 웃지 않았는데 방금 너 때문에 웃었다. 나는 이 아이를 웃게 하는 사람에게 결혼을 허락하겠다고 약속했다. 네 행운에 대해 하느님께 감사하거라." "아……." 하고 농부가 대답했다. "저는 공주를 전혀 원하지 않습니다. 집에 하나뿐인 아내가 있고, 그 하나도 제게는 이미 너무 많습니다. 집에 가면 집 구석구석마다 아내가 서 있는 것만 같은걸요." 그러자 왕이 화가 나서 말했다. "넌 어벌벌이로구나." "아, 폐하." 하고 농부가 말했다. "소 한 마리에서 소고기 말고 무얼 기대하시겠어요!" "기다려라." 왕이 말했다. "네게는 다른 보상을 해 주어야겠구나. 지금은 썩 가거라. 그러나 사흘 후에 다시 오거라. 그러면 500을 꼭 채워 주겠다."

농부가 성문을 나오자 보초병이 말했다. "공주님을 웃게 했으니 뭔가 제대로 된 걸 받겠군." "그래요, 그렇게 생각해요." 하고 농부가 말했다. "500을 받게 될 거야." "들어 봐." 하고 병정이 말했다. "나한테도 좀 줘. 그 돈 다 가지고 뭘 할 거야!" "자네니까……." 하고 농부가 말했다. "200을 줄게. 사흘 후 왕에게 가서 자네에게 그것을 달라고 하게." 가까이에 섰다가 그 대화를 들은 유대인이 농부를 뒤쫓아가 저고리를 붙들고 말했다. "하느님의 기적입니다. 얼마나 행운아인지! 제가 교환해 드리겠습니다.

잔돈으로 바꿔 드리죠. 무거운 은화로 무얼 하겠어요?" "어이, 유대인." 하고 농부가 말했다. "300은 자네가 갖고 나에게 당장 그걸 동전으로 주게. 사흘 뒤 오늘 자네는 그 대신 왕에게서 받을 걸세." 유대인은 이득을 좀 볼 게 기뻐서 그 금액을 값 떨어지는 그로셴으로 가져왔다. 세 개가 있어야 좋은 것 두 개의 가치가 있었다.

사흘이 지난 뒤 농부는 명령에 따라 왕 앞으로 갔다. "저놈의 저고리를 벗겨라." 왕이 말했다. "저자는 합당한 500을 받아야 한다. "아!" 하고 농부가 말했다. "그건 이제 제가 받을 게 아닙니다. 200은 보초병한테 주고, 300은 유대인이 바꾸어 주었습니다. 법률상 제게는 전혀 아무것도 돌아올 게 없습니다." 그사이 병정이 들어왔고 유대인도 들어와 그들이 농부에게서 얻어 냈다는 몫을 요구했다. 그리고 매를 제대로 합당하게 맞았다. 병정은 참을성 있게 견뎠다. 그 맛이 어떤지 이미 알고 있었다. 그러나 유대인은 비참했다. "아얏 소리치는군! 저게 그 무거운 은화인가?"

왕은 농부 때문에 웃지 않을 수 없었다. 그리고 모든 노여움이 사라지자 말했다. "네가 받을 보상을 네 몫이 되기도 전에 이미 잃어버렸으니 그 대신 무언가를 주겠다. 내 보물 창고로 가서 네가 원하는 만큼 돈을 가져와라." 농부는 그 말은 두 번 하게 하지 않고 얼른 큰 주머니 두 개를 아무거나 들어가는 만큼 가득 채웠다. 그런 다음 여관으로 가서 돈을 세어 보았다. 유대인이 그 뒤를 살금살금 따라와 농부가 혼자 툴툴거리는 소리를 들었다. "그런데 왕 녀석이 날 속였어! 나한테 직접 돈을 줬다면 내가 얼마나 가졌는지 알 것 아냐. 내가 이렇게 무턱대고 쑤셔 넣은 게 맞는지 아닌지 어떻게 안단 말이야!" "오, 맙소사." 유대인이 혼자 말했다. "저자가 우리 왕에 대해 무례하게 말하는구나. 달려가서 고해 바쳐야지. 그러면 나는 보상을 받고, 저자는 또한 벌을 받을 테지." 왕이 농부에 대한 이야기를 듣고는 화가 나 유대인을 보내 죄인을 불러오게 했다. 유대인은 농부에게로 달려갔다. "지금 입은 그대로 당

장 왕에게 가시오." "뭐가 합당한지는 내가 더 잘 알지." 하고 농부가 대답했다. "우선 새 저고리를 맞추어야 해. 주머니에 그렇게나 많은 돈을 가진 사람이 낡은 넝마 저고리를 입고 가야 한단 말이오?" 유대인은 농부가 다른 저고리를 입기 전엔 꿈쩍하지 않을 것을 알았다. 또 왕의 화가 사그라질까 겁이 나고, 그렇게 되면 그가 받을 보상도 없어지고 농부가 받을 벌도 없어질 테니 이렇게 말했다. "내가 멋진 저고리를 잠깐 빌려주겠소. 그저 우정에서 말이지요. 애정이 있으면 사람이 무언들 못 하겠소." 농부는 못 이기는 척 유대인의 저고리를 입고 그와 함께 떠났다. 왕은 유대인이 뒤로 전한 농부의 험담을 꾸짖었다. "아, 네." 하고 농부가 말했다. "유대인이 하는 말은 늘 거짓말입니다. 참말은 하나도 입에서 나오질 않아요. 저기 서 있는 녀석으로 말하자면 제가 입은 저고리도 자기 것이라고 주장하지요." "뭐라고?" 유대인이 외쳤다. "그 저고리가 내 것이 아니라고? 네가 왕 앞에 나설 수 있도록 그저 우정에서 빌려주지 않았나?" 그 말을 듣자 왕이 말했다. "저 유대인이 나든 농부든 한 명은 분명히 속였구나." 그러고는 그가 얻은 은화에서 추가로 좀 더 값을 치르게 했다. 농부는 좋은 저고리를 입고 주머니에 돈까지 두둑하게 넣고 집으로 가며 말했다. "이번에는 내가 제대로 맞혔군."

8

이상한 악사

옛날에 이상한 악사가 있었는데 혼자 달랑 숲을 지나며 이리저리 생각했다. 그리고 생각할 게 아무것도 남지 않자 혼잣말을 했다. "여기 이 숲에서는 참 심심하네. 다른 동무를 하나 불러야겠어." 그래서 등에 지고 있던 바이올린을 내려 나무들이 왱왱 울리도록 한 곡을 켰다. 얼마 안 있어 늑대 한 마리가 무성한 숲을 뚫고 어슬렁어슬렁 왔다. 늑대는 그에게 다가와 말했다. "와, 악사님, 어떻게 그리 멋지게 켜! 나도 좀 배우고 싶네." "그거야 금방 배우지." 악사가 말했다. "내가 하라는 걸 다 하기만 하면." "오, 악사님." 늑대가 말했다. "제자가 스승의 말을 듣듯 말을 잘

들을게.” 악사는 늑대에게 같이 가자고 했다. 한참 함께 갔을 때 그들은 안이 파이고 가운데가 쪼개진 늙은 참나무 한 그루에 닿았다. “여기를 봐.” 하고 악사가 말했다. “네가 바이올린 켜는 법을 배우려면 두 앞발을 여기 쪼개진 틈에 넣어야 해.” 늑대는 시키는 대로 했다. 그런데 악사가 재빨리 돌을 하나 들어 일격으로 쐐기 박듯 두 앞발에 단단히 고정해 놓아 늑대는 차꼬에 매인 죄수처럼 꼼짝없이 거기 붙들려 있어야 했다. “내가 다시 올 때까지 기다려.” 하고 악사는 갈 길을 갔다.

얼마 후 그는 또다시 혼잣말을 했다. “여기 이 숲에서는 참 심심하네. 다른 동무를 하나 불러야겠어.” 하며 그는 바이올린을 들고 다시 숲을 향해 연주했다. 얼마 지나지 않아 여우 한 마리가 나무들 사이로 슬금슬금 왔다. “아, 여우 한 마리가 오네!” 하고 악사가 말했다. “쟤는 보고 싶진 않은데.” 여우가 그에게 다가와 말했다. “와, 악사님, 어떻게 그리 멋지게 켜! 나도 좀 배우고 싶네.” “그거야 금방 배우지.” 악사가 말했다, “내가 하라는 걸 다 하기만 하면.” “오, 악사님.” 여우가 말했다. “제자가 스승의 말을 듣듯 말을 잘 들을게.” “따라와.” 악사가 말했다. 한참 길을 갔을 때 그들은 양쪽에 높은 덤불이 있는 길에 이르렀다. 악사는 거기 가만히 서서 한쪽 옆에서 작은 개암나무 하나를 길 쪽으로 구부려 한 발로 끝을 밟은 다음 다른 쪽에서도 작은 나무 하나를 구부려 놓고는 말했다. “좋아, 여우야, 네가 무얼 배우고 싶거든 네 왼쪽 앞발을 내밀어.” 여우는 시키는 대로 했고 악사가 왼쪽 앞발을 왼쪽 가지에 묶었다. “여우야,” 악사가 말했다. “이제 오른쪽 앞발을 내밀어.” 악사는 오른쪽 앞발을 오른쪽 가지에 묶었다. 그러고는 매듭이 충분히 단단한지 살펴보고 나서 손을 놓았다. 나뭇가지 두 개가 다시 공중으로 올라가며 퉁겨 올려 여우는 공중에 떠서 바둥거렸다. “내가 다시 올 때까지 기다려.” 하고 악사는 갈 길을 갔다.

또다시 그는 혼잣말을 했다. “여기 이 숲에서는 참 심심하네. 다른 동무를 하나 불러야겠어.” 그는 바이올린을 꺼냈고, 바이올린 소리가 숲에 울려 퍼졌다. 그러자 작은 토끼 한 마리가 폴짝 뛰어왔다. “아, 토끼 한 마리가 오네!”

하고 악사가 말했다. "애가 있었으면 한 건 아닌데." "와, 악사님." 작은 토끼가 말했다. "어떻게 그리 멋지게 켜! 나도 좀 배우고 싶네." "금방 배우지." 악사가 말했다. "내가 하라는 걸 다 하기만 하면." "오, 악사님." 토끼가 말했다. "제자가 스승의 말을 듣듯 말을 잘 듣겠어요." 그들은 사시나무 한 그루가 서 있는 숲속 환한 지점에 다다를 때까지 한참을 함께 갔다. 악사는 토끼 목에 긴 줄을 묶고 다른 끝은 나무에 묶었다. "이제 신나게, 토끼야, 나무 주위를 스무 바퀴 뛰어라." 하고 악사가 외쳤다. 토끼는 시키는 대로 했다. 그리하여 스무 바퀴를 돌고 나자 동아줄이 나무 등걸에 스무 번 감기고 토끼는 사로잡혔다. 토끼가 힘껏 끌어 보고 당겨 보았지만 끈이 부드러운 목살을 파고들 뿐이었다. "내가 다시 올 때까지 기다려." 하고 악사는 갈 길을 갔다.

그사이 늑대는 몸을 틀고 당기고 돌을 깨물며 두 앞발이 자유로워질 때까지 오래 애쓴 끝에 쪼개진 나무 틈을 벗어났다. 화가 잔뜩 난 늑대는 악사를 뒤쫓아 가 짓찢어 놓으려 했다. 늑대가 달려가는 것을 보자 여우가 울음을 터뜨리며 있는 힘을 다해 소리쳤다. "늑대 형님, 도와주세요. 악사가 저를 속였어요." 늑대는 어린 나무들을 끌어 내려 밧줄을 깨물어 끊고 여우를 풀어 주었다. 여우는 악사에게 복수하기 위해 늑대와 함께 갔다. 그들은 묶인 토끼 역시 구해 주었다. 그러고는 모두 함께 적을 찾아 나섰다.

악사는 길을 가는 중에 또다시 바이올린을 켰고, 이번에는 좀 더 운이 좋았다. 음악 소리가 가난한 나무꾼의 귀에 들어갔고, 나무꾼은 곧 자기 뜻이든 아니든 일에서 손을 놓고 도끼를 옆구리에 낀 채 음악을 들으러 왔다. "드디어 진짜 동무가 오네." 하고 악사가 말했다. "내가 찾은 게 사람이지 들짐승은 아니거든." 그러고는 참으로 멋들어지게 연주를 했다. 가난한 남자는 마법에 걸린 듯 거기 서 있었고 마음이 기쁨으로 부풀었다. 그렇게 서 있는데 늑대와 여우와 작은 토끼가 다가왔다. 나무꾼은 짐승들이 은밀히 뭔가 나쁜 일을 꾀하고 있는 걸 알아차렸다. 그러자 번득이는 도끼를 들어 악사 앞에 내려놓았다. 마치 "이 사람에게 가까이 오는 자는 조심해라. 그는 나를 상대해야 할 것이다." 하고 말하는 듯했다. 그래서 짐승들은 겁에 질려 숲으로 달아났고, 악사는 감사의 표시로 한 곡을 더 연주해 주고는 계속 길을 갔다.

9

열두 명의 오빠

옛날에 왕과 왕비가 있었는데 둘은 행복하게 살았고 열두 명의 아이들이 있었다. 그런데 모두 사내아이들이었다. 왕이 아내에게 말했다. "당신이 낳는 열세 번째 아이가 딸이면 사내애 열두 명은 죽어야 하오. 딸아이의 부가 커지고 왕국이 그 애한테 돌아가게 하려면." 왕은 또한 열두 개의 관을 만들게 했다. 벌써 대팻밥으로 채워지고 하나하나 시체를 누일 베개까지 놓인 관들을 어떤 방에 가져다 두고 문을 잠그게 했다. 그런 다음 왕비에게 열쇠를 주며 거기에 대해 누구에게든 아무 말 하지 말라고 명했다.

어머니인 왕비는 하루 종일 앉아서 슬퍼했다. 늘 어머

니 곁에 있었으며 성서에 따라 베냐민이라고 불리던 막내 아들이 말했다. "어머니, 왜 그리 슬퍼하세요?" "더없이 사랑하는 아이야." 어머니가 대답했다. "나는 네게 그 말을 하면 안 된단다." 그러나 막내는 마침내 어머니가 방문을 열고 대팻밥이 채워진 열두 개의 관을 보여 줄 때까지 계속 졸랐다. 그때 왕비가 말했다. "더없이 사랑하는 베냐민, 네 아버지가 너와 네 열한 명의 형들을 위해 이 관들을 만들었단다. 내가 딸을 낳으면 너희를 모두 죽여 저 안에 넣어 파묻을 거란다." 어머니가 그 말을 하며 눈물을 흘리자 아들은 어머니를 위로하며 말했다. "울지 마세요, 어머니. 저희가 미리 자구책을 강구해 떠나겠어요." 그러자 어머니가 말했다. "열한 명의 형들과 함께 숲으로 가거라. 그리고 한 명은 늘 찾을 수 있는 가장 높은 나무 위에 앉아 성안의 탑을 바라보며 망을 보거라. 내가 아들을 낳으면 흰 깃발을 꽂겠다. 그러면 돌아와도 된다. 내가 딸을 낳으면 빨간 깃발을 꽂겠다. 그러면 될 수 있는 대로 서둘러 떠나거라. 하느님께서 너희를 지켜 주시기를. 밤마다 나는 일어나 너희를 위해 기도하겠다. 겨울에는 너희가 불가에서 몸을 녹일 수 있기를, 여름에는 너희가 더위에 허덕이지 않기를."

그리하여 왕비가 아들들을 축복한 후 그들은 집을 떠

나 숲으로 갔다. 한 명은 다른 사람들을 위해 망을 보느라 가장 높은 참나무에 앉아 탑 쪽을 바라보았다. 열하루가 지나 차례가 되었을 때 베냐민은 깃발 하나가 꽂히는 것을 보았다. 그러나 흰색이 아니라 모두 죽어야 한다는 걸 알리는 빨간 핏빛 깃발이었다. 그 말을 듣고 형제들이 화가 나서 말했다. "여자애 하나 때문에 우리가 떼죽음을 당하다니! 우리는 복수하기로 맹세한다. 여자애와 마주치기만 하면 누구든 붉은 피가 흐르리라."

형제들은 숲속으로 더 깊이 들어갔고, 그 한가운데 가장 숲이 울창한 곳에서 마법에 걸린 작은 집 한 채를 보았다. 집은 비어 있었다. "우리 여기서 살자. 그리고 베냐민, 너는 제일 어리고 약하니 집에 머물면서 살림을 해라. 우리는 나가서 먹을 것을 구해 오겠다." 그들은 숲으로 가서 토끼, 야생 노루, 새와 작은 비둘기, 그 밖의 먹을 것들을 사냥했다. 그걸 베냐민에게로 가져왔고 베냐민은 형제들이 허기를 달래도록 요리를 했다. 그들은 작은 집에서 십 년을 함께 살았고, 시간은 휙휙 지나갔다.

그들의 어머니 왕비가 낳은 어린 딸이 이제 자랐다. 여자아이는 마음씨가 고왔으며, 얼굴이 예쁘고 이마에 황금별이 박혀 있었다. 한번은 큰 빨래를 하는 날 빨래들 속에 남자 셔츠가 열두 벌 있는 것을 보고 어머니에게 물었다. "이 열두 벌의 셔츠는 아버지에게는 너무 작은데 누구 거예요?" 그러자 어머니가 무거운 마음으로 대답했다. "사랑하는 아이야, 네 열두 오빠들 것이란다." 소녀가 말했다. "열두 오빠들은 어디 있어요. 이제껏 그들 얘기를 한 번도 들은 적이 없어요." 어머니가 대답했다. "그 애들이 어디 있는지는 하느님이 아신다. 숲속을 헤매고 있다." 그러고는 소녀를 데려가 방문을 열고 대팻밥과 시체를 누일 베개가 든 열두 개의 관을 보여 주었다. "이 관들은……."

하고 어머니가 말했다. "네 오빠들을 위한 것이란다. 그러나 그 애들은 네가 태어나기 전에 몰래 떠났단다." 그러면서 벌어진 모든 일을 소녀에게 들려주었다. 그러자 소녀가 말했다. "어머니, 울지 마세요. 제가 가서 오빠들을 찾아보겠어요."

소녀는 종일 걸어 저녁이 되자 마법에 걸린 작은 집에 닿았다. 그리하여 들어가 어린 소년을 보았다. 소년이 물었다. "넌 어디서 왔고 어디로 가는 거니?" 그러면서 공주가 참 예쁘고 왕녀의 옷을 입었고 이마에 별이 박혀 있어서 놀랐다. 공주가 대답했다. "나는 공주이고 내 열두 오라버니를 찾고 있어요. 하늘이 푸르른 한 나는 그곳까지 걸어갈 거예요, 그이들을 찾아낼 때까지." 공주는 그에게 셔츠 열두 벌을 보여 주었다. 그러자 베냐민이 누이를 알아보고 말했다. "나는 베냐민, 네 막내 오빠다." 공주는 기뻐서 울기 시작했다. 둘은 큰 사랑으로 입을 맞추고 서로 얼싸안았다. 그런 후 베냐민이 말했다. "사랑하는 누이야, 문제가 하나 있단다. 우리가 만나게 되는 여자애는 죽이기로 약속했거든. 여자애 하나 때문에 우리 왕국을 떠나야 했기 때문이지." 그러자 공주가 말했다. "그렇게 해서 열두 오라버니를 지킬 수 있다면 제가 기꺼이 죽겠어요." "안 돼." 그가 대답했다. "네가 죽어선 안 돼. 이 커다란 통에 들어가 열한 명의 형들이 올 때까지 앉아 있어라. 그러면 내가 얘기해 볼게." 공주는 그렇게 했다.

밤이 되자 다른 형제들이 사냥에서 돌아왔다. 그들은 식탁에 앉아 식사를 하면서 물었다. "뭐 새로운 소식 있니?" 베냐민이 말했다. "아무것도 아는 게 없어요?" "없는데." 하고 형들이 말했다. 베냐민이 계속 말했다. "형들이 숲에 있는 동안 나는 집에 있었는데 내가 형들보다 아는 게 많네." "그럼 얘기해 줘." 그들이 외쳤다. 베냐민이 대답했다. "우리가 마주치게 되는 첫 번째 여자애를 죽이지 않겠다고 약속해 줄래요?" "그러지." 하고 모두가 외쳤다. "그 애에게 은사를 베풀 테니 이야기해 줘." 그러자 베냐민이 "우리 누이가 여기 있어." 하고 통 뚜껑을 여니 공주 옷을 입고 황금 별을 이마에 단 공주가 나왔다. 참으로 아름답고 다정하고 고왔다. 그러자 모두 기뻐하면서 껴안고 입 맞추며 진심으로 공주를 좋아했다.

공주는 집에서 베냐민 곁에 머물며 그의 일을 도왔다. 열한 명은 먹을 것을 구하기 위해 숲으로 가 야생 짐승, 노루, 새, 비둘기를 잡고 누이와 베냐민이 그걸 요리했다. 공주는 요리를 위한 나무와 야채로 먹을 풀을 찾고, 열한 명이 돌아오면 식사가 늘 준비되어 있도록 냄비들을 불 위에 올렸다. 그 밖에도 집 안을 정돈하고 침대들을 새하얗고 깨끗하게 덮어 놓았다. 오빠들은 내내 만족했고 누이와 크게 조화를 이루며 살았다.

한번은 둘이서 집에 좋은 음식을 차려 놓았고, 모두 한 자리에 모이자 앉아서 먹고 마시며 한껏 즐거워했다. 그런데 마법에 걸린 집에는 작은 뜰이 하나 있었고, 그 뜰에는 '학생'이라고 불리는 열두 송이의 백합이 있었다. 공주는 오라버니들을 기쁘게 해 주고 싶었고, 열두 송이 꽃을 꺾어 한 명 한 명의 음식 위에 한 송이씩 놓아 줄 생각이었다. 그러나 공주가 꽃을 꺾는 순간 열두 오빠들이 열두 마리 까마귀로 변하더니 숲 너머로 날아가 버렸다. 집도 뜰과 함께 사라졌다. 가엾은 소녀는 우거진 숲속에 혼자 남아 있었다. 사방을 둘러보니 웬 할머니가 옆에 서 있었다. "얘야, 무슨 일을 저지른 거니? 열두 송이 흰 백합을 왜 그냥 놔두지 않았어? 그건 네 오빠들이었는데 이제 영원토록 까마귀로 변해 버렸다." 소녀가 울며 말했다. "오빠들을 구할 방법이 없나요?" "없다." 하고 할머니가 말했다. "이 세상에 하나도 없단다, 한 가지만 빼고는. 그 한 가지가 참으로 어려워서 네가 그 방법으로 오빠들을 풀어 주지 못한다. 칠 년 동안 말을 해서는 안 되고 웃어서도 안 된다. 단 한 마디라도 하면, 일곱 해에서 단 한 시간이라도 빠지면 모든 것이 헛일이야. 그 한 마디 말로 네 오빠들은 죽게 된다."

그러자 소녀는 마음속으로 말했다. '내가 오빠들을 구하리라는 걸 난 확실히 알아.' 그러고는 길을 떠나 높은 나무를 찾아 그 위에 앉아 실을 자으며 말을 하지도 웃지도 않았다. 그런데 어떤 왕이 숲에서 사냥하는 일이 있었다. 그 왕에게는 커다란 사냥개 한 마리가 있었는데 그 개가 소녀가 올라앉은 나무로 달려와 주위를 빙빙 돌고 뛰면서 위를 보고 짖었다. 그러자 왕이 와서 이마에 황금 별이 박힌 아름다운 공주를 보았다. 왕은 그녀의 아름다움에 매혹되어 아내가 되어 줄 수 있는지 큰 소리로 물었다. 그녀는 대답하지 않았으나 머리를 살짝 끄덕였다. 그래서 왕은 직접 나무로 올라가 그녀를 안고 내려와서 말에 태워 궁궐로 갔다. 그 후 결혼식이 아주 화려하고 기쁘게 거행되었는데 신부는 말을 하지 않고 웃지도 않았다. 몇 년 동안 그들이 함께 기쁘게 살았을 때 사악한 여자인 왕의 어머니가 젊은 왕비를 헐뜯기 시작해 왕에게 말했다. "네가 데려온 건 천한 거지 소녀다. 왕비가 남몰래 무슨 나쁜 짓을 저지르는지 누가 알겠느냐. 벙어리이고 말을 못하면 그래도 한 번 웃기는 하련만. 웃지도 않는 사람은 양심에 걸리는 게 있는 거야." 처음에 왕은 그 말을 믿지 않았다. 그러나 할멈이 계속해서 많은 고약한 일을 두고 왕비에게 죄를 덮어 씌웠고, 마침내 설득당해 왕비에게 사형 선고를 내렸다.

궁정 뜰에 왕비가 불태워질 큰 불이 타올랐다. 왕은 높은 창가에 서서 눈물 어린 눈으로 바라보았다. 여전히 왕비를 무척 좋아했기 때문이다. 왕비가 기둥에 단단히 묶이고 불길이 넘실거리며 옷자락을 핥을 때 일곱 해의 마지막 순간이 지났다. 그러자 공중에 어지러운 소리가 들리더니 열두 마리 까마귀들이 날아와 내려앉았다. 까마귀들이 땅에 닿았을 때 그것은 마술에서 풀려난 열두 오빠들이었다. 그들은 불을 헤쳐 불길을 끄고 사랑하는 누이를 풀어 주고는 입을 맞추고 얼싸안았다. 왕비는 입을 열고 말해도 되자 왜 말을 못 하고 한 번도 웃지 못했는지를 왕에게 들려주었다. 왕은 그녀가 죄가 없다는 말을 듣고 기뻐했고, 그들은 죽을 때까지 모두 한마음으로 함께 살았다. 고약한 계모는 재판을 받고 펄펄 끓는 기름과 독사로 채운 커다란 술통 속에 처넣어져 고약하게 죽었다.

10

불량배

구연 동화 듣기

암탉이 수탉에게 말했다. "지금은 호두가 여물 철이야. 다람쥐가 죄다 가져가 버리기 전에 우리 함께 호두밭으로 가서 제대로 한번 실컷 먹자." "그러자." 수탉이 대답했다. "자, 우리 함께 흥을 내 보자." 그래서 그들은 함께 떠나 산비탈 호두밭으로 갔다. 날이 화창해 저녁까지 머물렀다. 그런데 그들이 너무 뚱뚱해지도록 먹었는지, 아니면 지나치게 용감해진 것인지 나는 아직 모르겠다. 그들은 걸어서 집으로 가고 싶지 않았다. 그래서 암탉이 호두 껍질로 작은 수레를 만들어야 했다. 수레가 완성되자 수탉이 그 안에 타며 암탉에게 말했다. "넌 앞에서 수레를 끌 수 있겠구나." "너 말 한번 잘하는구나." 암탉이 말했다. "앞에서 수레 끄는 걸 맡느니 차라리 걸어서 집에 가겠어. 아니, 우리가 이렇게 협의하지는 않았지. 난 마부가 되어 마부석에 앉겠어. 직접 수레를 끄는 건 하지 않겠단 말이야."

그렇게 다투고 있는데 거위 한 마리가 꽥꽥거리며 왔다. "이 도둑들아, 누가 너희더러 내 호두밭으로 가라고 그랬어? 기다려. 어디 혼 좀 나 봐라!" 하며 커다란 부리를 딱 벌리고 암탉을 향해 달려들었다. 암탉도 게으르지 않아 후딱 거위 몸에 올라타 마침내 뾰족한 부리로 어찌나 힘차게 쪼아 댔는지 거위는 한 번만 봐 달라고 빌었고, 기꺼이 수레 앞에 매여 수레를 끄는 벌을 받았다. 이제 암탉은 마부석에 앉아 마부가 되었다. 그리하여 그들은 전속력으로 달렸다. "거위야, 달려, 힘껏!" 그렇게 한참 길을 갔을 때 도보 여행자 둘을 만났다. 바늘과 시침 핀이었다. 그들이 외쳤다. "정지! 정지!" 그러고는 말했다. 금방 깜깜해질 텐데 한 걸음도 더 걸을 수 없고 길도 더러우니 좀

끼여 탈 수 있겠냐고. 성문 앞에 있는 재단사 숙소에서 맥주를 한잔하다 늦었다고 했다. 암탉은 그 둘이 자리를 많이 차지하지 않는 마른 사람들이라 타게 했다. 그러나 시침 핀과 바늘은 암탉과 수탉에게 발을 밟지 않겠다는 약속부터 해야 했다.

저녁 늦게 그들은 여관에 닿았다. 밤에 더 가고 싶지 않고 거위도 발이 시원치 않아 이쪽저쪽으로 넘어져 그들은 여관에 들었다. 처음에 여관 주인은 자기 집은 이미 다 찼다며 이런저런 구실을 대면서 내켜 하지 않았다. 기품 있는 손님들이 아니라는 생각도 아마 했을 것이다. 그러나 손님들이 도중에 암탉이 낳은 계란을 받고 매일 하나씩 알을 낳는 거위도 붙잡아 두라는 달콤한 말을 늘어놓았기 때문에 결국 하룻밤 머물러도 된다고 말했다. 그들은 상을 새로 차리게 하여 흥청거리고 떠들며 마음껏 먹었다.

아침 일찍 날이 새고 아직 모두 자고 있을 때 암탉이 수탉을 깨워 달걀을 가져다 쪼아서 구멍 내어 함께 먹었다. 껍데기는 화덕에 던졌다. 그런 다음 그들은 아직 자고 있는 바늘한테 가서 대가리를 붙잡아 집주인 방석에 꽂아 놓고 시침 핀은 주인의 수건에 꽂아 놓고는 마침내 앞뒤 안 돌아보고 들판 너머로 줄행랑을 쳤다. 바깥에서 자기를 좋아하여 마당에 있던 거위가 그들이 씽씽 도망치는 소리를 듣고 기운이 나서는 개울을 하나 찾아내어 물 위를 둥

둥 떠내려갔다. 수레 앞에 매여 있는 것보다 더 빨랐다.

주인은 몇 시간 뒤에야 깃털 이불에서 나와 몸을 씻고 수건으로 닦으려 했다. 그러자 시침 핀이 그의 얼굴을 가로로 그으며 한쪽 귀에서 다른 쪽 귀까지 붉은 선을 그려 놓았다. 그다음에 그는 부엌으로 가 파이프에 불을 붙이려 했는데 화덕가로 가자 계란 껍질이 눈으로 달려들었다. "오늘 아침에는 죄다 내 머리로 덤비네." 하면서 그는 지긋지긋해하며 할아버지 의자에 앉았다. 그러나 금방 다시 펄쩍 뛰어오르며 외쳤다. "아얏!" 바늘이 더욱 고약하게 찔렀기 때문이다. 머리는 아니었다. 이제 그는 완전히 화가 나 전날 밤 늦게 온 손님들을 의심했다. 그래서 그들을 찾아 두리번거려 보았으나 이미 떠나고 없었다. 그 후 집주인은 다시는 불량배를 집 안에 들이지 않겠다고 다짐했다. 많이 먹고, 돈은 내지 않고, 게다가 감사 표시로 골탕까지 먹이는 불량배 말이다.

11

오누이

오빠가 누이동생의 손을 잡고 말했다. "엄마가 돌아가시고부터 우리에겐 좋은 시간이 없구나. 계모는 매일 우리를 때리고, 우리가 다가가면 발길질로 밀쳐 내지. 남은 딱딱한 빵 껍질이 우리 식사이고. 식탁 밑 강아지도 우리보다는 나아. 그래도 강아지한테는 계모가 이따금 한 입 먹을 만한 걸 던져 주잖아. 하느님이 불쌍히 여기시길, 이걸 우리 엄마가 아신다면! 자, 우리 함께 넓은 세상으로 가자." 둘은 온종일 풀밭을 지나 들판과 돌 위를 걸었다. 비가 오자 누이가 말했다. "하느님과 우리 마음이 함께 우네!" 저녁에 둘은 큰 숲으로 들어갔는데 슬프고, 배고프고, 먼길을 걸어 몹시 지쳐서 속이 빈 나무 등걸에 들어가 앉아 잠이 들었다.

다음 날 아침 잠에서 깨었을 때 이미 해가 하늘 높이 떠서 나무 속으로 뜨겁게 비쳐 들었다. 그러자 오빠가 말했다. "동생아, 목이 마르구나. 만약 샘이 어디 있는지 안다면 가서 마실 텐데. 샘물 소리가 들리는 것 같아." 오빠는 일어나 누이의 손을 잡았고, 둘은 샘을 찾으러 나섰다. 그런데 나쁜 계모는 마녀였고, 두 아이가 떠난 것을 알자 마녀가 원래 그러듯 몰래 뒤를 따라가서 숲속의 모든 샘에 마법을 걸어 놓았다. 오누이가 돌 위로 반짝이며 솟아오르는 샘물을 발견했을 때 오빠가 그걸 마시려고 했다. 그러나 누이는 졸졸 소리 가운데서 말소리를 들었다. "나를 마시는 사람은 호랑이가 돼, 나를 마시는 사람은 호랑이가 돼." 그러자 누이가 외쳤다. "안 돼, 오빠, 마시지 마. 마시면 오빠가 사나운 짐승이 되어서 나를 찢어 죽일 거야." 오빠는 목이 몹시 말랐는데도 마시지 않고 말했다. "다음 샘물이 나올 때까지 기다릴게." 오누이가 두 번째 샘물로 갔을 때 동생에게는 이 샘물이 하는 말이 들렸다. "나를 마시는 사람은 늑대가 돼, 나를 마시는 사람은 늑대가 돼." 동생이 외쳤다. "오빠, 부탁이야, 마시지 마. 마시면 오빠는 늑대가 되어서 나를 잡아먹을 거야." 오빠는 마시지 않고 말했다. "다음 샘물에 갈 때까지 기다릴게.

하지만 네가 무슨 말을 하든 거기선 마셔야 해, 목이 너무나 마르거든." 오누이가 세 번째 샘물로 갔을 때 누이는 졸졸거리는 물소리를 알아들었다. "나를 마시는 사람은 노루가 돼, 나를 마시는 사람은 노루가 돼." 동생이 말했다. "아, 오빠, 부탁이야, 마시지 마. 마시면 오빠가 노루가 되어서 나를 떠나 버려." 그러나 오빠는 곧장 샘가에 꿇어앉아 몸을 숙여 물을 마셨고, 첫 물방울이 입술에 닿자 그곳엔 아기 노루 한 마리가 누워 있었다.

누이는 마법에 걸린 가엾은 오빠 때문에 울었고, 노루도 눈물을 흘리며 비탄에 잠겨 누이 곁에 앉아 있었다. 그러나 소녀가 말했다. "진정해, 노루야, 너를 절대로 떠나지 않을게." 그러고는 금색 양말 대님을 풀어 노루의 목에 두르고 갈대를 뜯어 부드러운 밧줄을 엮었다. 거기다 작은 짐승을 묶어 계속 데리고 점점 더 깊이 숲속으로 들어갔다. 오래오래 가다 마침내 작은 집에 다다르자 소녀가 안을 들여다보았다. 집이 비어 있기에 생각했다. '여기 머물러 살 수 있겠구나.' 그리하여 소녀는 노루를 위해 부드러운 잠자리를 마련할 나뭇잎과 이끼를 찾았다. 아침마다 나가서 나무 뿌리와 부드러운 열매와 견과류를 모으고 노루에게 줄 연한 풀을 가져왔다. 노루는 소녀의 손에서 풀을 받아먹고 좋아하며 그 주위를 빙빙 맴돌았다. 저녁에 피곤해진 누이는 기도를 하고 나면 아기 노루 등에 머리를 얹었다. 그건 누이의 베개였고, 그 위에서 누이는 편안히 잠이 들었다. 오빠가 사람 모습이기만 했더라면 멋진 생활이었으리라.

한동안 둘은 그렇게 숲속에서 둘이서만 지냈다. 그런데 나라의 왕이 숲속에서 큰 사냥을 벌이는 일이 있었다. 나팔 소리가 울리고, 개들이 짖고, 사냥꾼들의 신나는 외침이 숲을 뚫고 울려 퍼졌다. 노루는 그 소리를 듣고 너무나 그곳에 가고 싶었다. "아……." 하고 누이에게 말했다. "사냥하러 가게 해 줘. 더 이상 참지 못하겠어." 오빠가 하도 애원해서 누이는 결국 그러라고 했다. "하지만……." 하고 누이가 말했다. "저녁에는 돌아와. 거친 사냥꾼들이 못 들어오게 문을 잠글 거거든. 내가 오빠인 줄 알도록 문을 두드리며 누이야, 날 들여보내 줘라고 말해. 오빠가 그렇게 말하지 않으면 문을 안 열어 줄 거야." 그러자 노루는 뛰어 나갔다. 바깥으로 나오니 참 편안하고 참 신이 났다. 왕과 사냥꾼들이 그 아름다운 짐승을 보고 뒤쫓았으나 따라잡을 수가 없었다. 분명 잡았구나 생각하면 풀숲으로 뛰어 사라졌다. 어두워지자 그는 작은 집으로 달려가 문을 두드리며 말했다. "누이야, 들여보내 줘." 그러자 작은 문이 열렸고, 노루는 뛰어 들어가 부드러운 잠자리에서 밤새 잘 쉬었다.

다음 날 아침 사냥이 새롭게 시작되었고, 다시 나팔 소리와 사냥꾼들의 훠이! 훠이! 몰이 소리가 들리자 아기 노루가 가만있지 못하고 말했다. "누이야, 문을 열어 줘, 가야겠어." 누이가 문을 열어 주며 말했다. "저녁에는 여기로 돌아와 주문을 말해야 해." 금색 목줄을 한 노루를 다시 보자 왕과 사냥꾼들이 모두 그 뒤를 쫓았다. 그러나 노루는 너무 빠르고 민첩했다. 그것이 종일 계속되다 마침내 저녁에 사냥꾼들이 에워쌌고, 그중 한 명이 발에 상처를 조금 입혀서 노루는 절뚝거리며 천천히 달렸다. 한 사냥꾼이 뒤를 밟아 작은 집까지 와서 노루가 "누이야, 나를 들여보내 줘." 하는 소리를 들었고, 그다음에 문이 열렸다가 곧 다시 닫히는 것을 보았다. 사냥꾼은 모든 것을 머릿속에 단단히 새기고 왕에게로 가서 보고 들은 것을 이야기했다. 그러자 왕이 말했다. "내일 다시 한번 사냥을 해야겠구나.”

누이는 노루가 다친 것을 보고 몹시 놀랐다. 누이가 피를 닦고 약초를 발라 주며 말했다. “잠자리로 가, 노루야, 그래야 낫지.” 그러나 상처가 워낙 미미해서 노루는 아침이 되자 더 이상 아픈 느낌이 없었다. 바깥에서 신나는 사냥 소리가 다시 들려오자 노루가 말했다. “못 참겠어. 나도 저기 있어야 해. 아무도 나를 쉽게 잡지 못할 거야.” 누이가 울면서 말했다. “이번에는 저들이 오빠를 죽일 거고, 나는 여기 숲속에서 혼자 모든 세상으로부터 버림받을 거야. 내보내 줄 수 없어.” “그럼 나는 여기서 슬퍼서 죽어.” 노루가 대답했다. “나팔 소리를 들으면 당장에 펄쩍 뛰어올라야 할 것만 같은걸!” 그러자 누이는 달리 길이 없어 무거운 마음으로 문을 열어 주었고, 노루는 건강하고 즐겁게 숲속으로 뛰어 들어갔다. 왕이 노루를 보자 사냥꾼들에게 말했다. “이제는 하루 종일 밤까지 노루만 뒤쫓거라. 그러나 누구도 노루에게 상처를 입혀서는 안 된다.” 해가 지자마자 왕은 사냥꾼에게 말했다. “자 이제 내게 숲속의 작은 집을 보여 다오.” 왕은 문 앞에 서서 문을 두드리며 외쳤다. “누이야, 나를 들여보내 줘.” 그러자 문이 열리고 왕이 들어섰는데 거기 아직 본 적 없는 아름다운 소녀가 있었다. 노루가 아니라 황금 관을 머리에 쓴 남자가 들어오는 것을 보고 소녀는 깜짝 놀랐다. 왕은 소녀를 다정히 바라보고 손을 내밀며 말했다. "나와 함께 성으로 가서 내 아내가 되어 주겠소?" "아, 네." 하고 소녀가 대답했다. "노루도 데려가야 해요, 노루를 저버릴 수 없어요." "노루는 그대가 사는 동안 곁에 있게 하겠소. 그에게 아무것도 부족함이 없도록 하겠소." 노루가 뛰어 들어오자 누이는 노루를 다시 갈대 밧줄에 묶어 직접 손에 잡고 함께 숲속 집을 떠났다.

왕은 아름다운 소녀를 말에 태워 성으로 데려갔고, 결혼식이 성대하게 거행되었다. 소녀는 왕비가 되어 오랫동안 행복하게 함께 살았다. 노루는 보살핌을 받고 소중히 여겨 성의 정원을 여기저기 뛰어 돌아다녔다. 오누이를 세상으로 나가게 만든 나쁜 계모는 누이가 숲속에서 거친 동물들에 의해 짓찢기고 오빠인 노루는 사냥꾼들이 쏘아 죽였을 거라고 생각했다. 그런데 오누이가 그렇게나 행복하고 그렇게나 잘 지낸다는 소식을 듣자 마음속에서 증오와 질투가 샘솟아 잠시도 가만있을 수 없었다. 어찌하면 둘을 당장 불행에 빠뜨릴까 하는 생각뿐이었다. 캄캄한 밤처럼 못생기고 눈도 하나뿐인 계모의 친딸이 엄마를 비난하며 말했다. "왕비가 되는 행운을 나한테는 안 줬잖아." "진정해라." 하며 노파가 느긋이 말했다. "때가 되면 내가 다 손을 쓰마."

시간이 후딱 지나가서 왕비가 아름다운 사내아이를 낳았는데 마침 왕이 사냥을 나가 있을 때였다. 늙은 마녀가 시녀의 모습을 하고 방으로 들어와 자리에 누운 왕비에게 말했다. "자, 목욕 준비가 되었습니다. 목욕이 왕비님을 편안하게 해 주고 원기를 북돋을 거예요. 물이 식기 전에 얼른 하시지요." 딸도 옆에 있어서 둘은 허약한 왕비를 욕실로 데려가 욕조에 뉘었다. 그런 다음 문을 잠그고 달아났다. 그런데 욕실에 지독하게 뜨거운 불을 피워 놓아 아름다운 젊은 왕비는 곧 숨이 막혔다.

이 일이 끝나자 노파는 딸을 데려다 너울 모자를 씌우고 왕 대신 침대에 눕혔다. 딸에게 왕비의 몸매와 모습을 주었는데 잃어버린 한쪽 눈만은 다시 주지 못했다. 그래서 왕이 알아차리지 못하게끔 딸은 눈이 없는 쪽으로 누워야 했다. 저녁에 돌아와 아들이 태어났다는 이야기를 듣자 왕

이 기뻐하며 왕비가 어떻게 지내는지 보려고 사랑하는 아내의 침대로 갔다. 노파가 잽싸게 외쳤다. "반드시 휘장은 그대로 쳐 두십시오. 왕비님은 아직 빛을 보면 안 되고 쉬셔야 합니다." 왕은 뒤로 물러났고, 그리하여 가짜 왕비가 침대에 누워 있는 것을 알지 못했다.

한밤중이 되어 모두 잠들었을 때 아기 방에서 요람 곁에 앉아 홀로 아직 깨어 있던 유모가 문이 열리며 진짜 왕비가 들어오는 것을 보았다. 왕비는 아이를 요람에서 들어 올려 품에 안고 젖을 먹였다. 그런 다음 입맞춤을 퍼붓고 다시 아이를 누이고는 이불을 덮어 주었다. 왕비는 잊지 않고 노루가 누워 있는 구석으로 가서 등을 쓰다듬었다. 그러고는 아무 말 없이 다시 문을 나갔다. 다음 날 아침 유모가 밤에 누가 성안으로 들어왔느냐고 물었으나 경비병들은 대답했다. "아니요, 우리는 아무도 보지 못했어요." 왕비는 여러 날 밤을 왔고, 그러면서 한마디 말도 하지 않았다. 유모는 늘 왕비를 보았지만 감히 누군가에게 그 이야기를 할 엄두를 못 냈다.

그렇게 한참 시간이 흘렀을 때 왕비가 밤에 이야기를 하기 시작했다.

"내 아기 어쩌지? 내 노루는 어쩌지?

나는 두 번만 더 오고 다시 못 오는데."

유모는 대답하지 않았다. 왕비가 다시 사라지자 유모는

왕에게 가서 모든 이야기를 했다. “아 이런, 이게 뭐지! 내일 밤에는 내가 아이 곁을 지켜야겠다.” 저녁이 되어 왕은 아기 방으로 갔다. 자정에 왕비가 다시 나타나 말했다.

“내 아기 어쩌지? 내 노루는 어쩌지?

나는 한 번만 더 오고 다시 못 오는데.”

그러고는 늘 그랬듯이 아기를 돌보고 사라졌다. 왕은 왕비에게 말을 건넬 엄두를 내지 못했다. 왕은 다음 날 밤에도 아기 방을 지켰다. 왕비가 또다시 말했다.

“내 아기 어쩌지? 내 노루는 어쩌지?

내가 오는 건 이번뿐 다시는 못 오는데.”

이제 물러나 있을 수만은 없었다. 왕은 그녀에게로 달려가 말했다. “당신은 사랑하는 내 아내가 아니고 달리 누구일 수 없어.” 그러자 왕비가 대답했다. “네, 제가 사랑하는 당신 아내예요.” 그 순간 왕비는 신의 은총으로 다시 생명을 얻어 생생하고 빰이 붉고 건강해졌다. 그 후 왕비는 나쁜 마녀와 딸이 저지른 악행을 왕에게 들려주었다. 왕은 둘을 재판받게 했고, 그들에게 판결이 내려졌다. 딸은 숲속으로 끌려가 들짐승들에게 갈기갈기 찢겼고, 마녀는 불에 던져져 비참하게 타 죽어야 했다. 마녀가 타서 재가 되자 아기 노루가 변해서 사람의 모습을 다시 얻었다. 그리하여 오누이는 죽을 때까지 행복하게 함께 살았다.

12

라푼첼[5]

구연 동화 듣기

옛날에 한 부부가 살고 있었다. 오랫동안 아기를 원했지만 아직 아기가 없었다. 그러다가 드디어 아내는 하느님이 소원을 이루어 주시리라는 희망을 가지게 되었다.

두 사람 집 뒤쪽에는 더없이 아름다운 꽃과 채소들이 가득한 멋진 뜰이 내다보이는 작은 창문이 나 있었다. 그러나 높은 담으로 둘러싸이고 온 세상이 두려워하는 요술쟁이 할멈의 뜰이어서 누구도 감히 들어가지 못했다.

5 Rapunzel. 이 이름은 '들상추(Feldsalat)'라는 뜻이다. 요즘 우리나라에서도 '비타민'이라는 이름으로 재배되고 있다.

어느 날 창가에 서서 뜰을 내려다보던 아내는 아주 먹음직스러운 들상추를 보았다. 들상추가 어찌나 신선하고 파랗던지 아내는 그 들상추를 먹어 보고 싶은 마음이 간절해졌다. 요술쟁이 할멈의 뜰에 난 상추라 먹을 수 없다는 걸 아는데도 상추를 먹고 싶은 아내의 소망은 날마다 커 갔다. 아내는 점점 야위고 얼굴이 창백해졌고, 보다 못해 남편이 물었다. "아니 여보, 무슨 일이오?" 아내가 대답했다. "우리 집 뒤쪽에 있는 뜰의 들상추를 먹지 못하면

죽을 것 같아요.” 아내를 사랑하는 남편은 생각했다. ‘아내를 죽게 내버려 두느니 무슨 대가를 치르더라도 저 들상추를 구해다 주자.’ 어스름 녘 남편은 담장을 넘어 요술쟁이의 뜰로 가 황급히 들상추 한 움큼을 뜯어다 아내에게 주었다. 아내는 그 자리에서 들상추로 샐러드를 만들어 허겁지겁 먹었다. 그런데 얼마나 맛있던지 다음 날 아내는 먹고 싶은 마음이 세 배나 커졌다. 아내를 진정시키기 위해 남편은 또 한 번 뜰로 들어갔다. 그러나 담장을 기어 내려가다 깜짝 놀랐다. 요술쟁이 할멈이 바로 앞에 버티고 서 있었기 때문이다. “어떻게 감히…….” 할멈이 성난 눈초리로 말했다. “내 뜰에 들어와 들상추를 훔쳐 가지? 어디 혼 좀 나 봐라.” “아, 할머니.” 남편이 사정했다. “옳고 그름보다는 자비로움을 먼저 베풀어 주십시오. 저도 어쩔 수 없어서 이런 결심을 하게 되었습니다. 아내가 창문에서 할머니 댁 들상추를 보았고, 그것을 먹지 못하면 죽을 것 같았거든요.” 요술쟁이 할멈은 노여움을 조금 누그러뜨리고 남편에게 말했다. “사정이 네 말대로라면 들상추를 가져가게 해 주마, 네가 원하는 만큼. 다만 조건이 하나 있어. 아내가 낳을 아이를 나한테 주어야 한다. 그 애는 잘 자라게 될 거야. 내가 친어미처럼 돌볼 테니까.” 남편은 겁이 나서 그렇게 하겠노라고 약속했고, 그 후 아기가 태어나자 곧 할멈이 ‘라푼첼’이라는 이름을 지어 주고는 데려가 버렸다.

라푼첼은 태양 아래에서 가장 어여쁜 아이로 자라났다. 열두 살이 되자 요술쟁이 할멈은 숲속의 아주 높은 탑에 라푼첼을 가두었다. 탑에는 작은 창문이 하나 있을 뿐 문도 계단도 없었다. 탑 안으로 들어가고 싶을 때면 요술쟁이 할멈이 언제나 그 아래에서 소리쳤다.

"라푼첼, 라푼첼,

나에게 네 머리카락을 내려다오."

라푼첼의 머리카락은 금실처럼 고왔으며 길고 아름다웠다. 요술쟁이 할멈의 목소리가 들리면 라푼첼은 묶은 머리를 풀어서 위쪽을 창문 문고리에 둘둘 감은 다음 길고 긴 머리카락을 내려뜨렸고, 요술쟁이 할멈이 그 머리카락을 타고 탑 위로 올라갔다.

그렇게 몇 년이 지나 어떤 왕자가 말을 타고 숲을 지나다가 이 탑을 보았다. 탑에서 노랫소리가 들렸는데 어찌나 아름다운지 왕자는 멈추어서 귀를 기울였다. 그건 외로워서 아름다운 목소리로 노래를 부르며 시간을 보내는 라푼첼이었다. 왕자는 라푼첼에게 올라가려고 문을 찾았지만 찾을 수가 없었다. 그러나 집에 돌아가서도 그 노랫소리가 도무지 잊히지 않아 날마다 숲으로 와서 노래를 들었다. 한번은 나무 뒤에 서 있던 왕자가 요술쟁이 할멈이 오는 것을 보았고, 할멈이 위를 쳐다보며 어떻게 소리치는지 들었다.

"라푼첼, 라푼첼,

나에게 네 머리카락을 내려다오."

그러자 라푼첼이 머릿단을 내려 주었고, 요술쟁이 할멈이 그걸 타고 올라갔다. 왕자는 생각했다. '저것이 올라가는 사다리라면 나도 한번 해 봐야지.' 다음 날 어두워지기 시작했을 때 왕자가 탑으로 가서 외쳤다.

"라푼첼, 라푼첼,

나에게 네 머리카락을 내려다오."

금방 머리카락이 내려왔고, 왕자는 그 머리카락을 타고 올라갔다. 아직 한 번도 남자를 본 적이 없어 처음에 라푼첼은 왕자가 들어왔을 때 무척 놀랐다. 하지만 왕자가 아주 다정하게 이야기를 했고, 그녀의 노래가 마음을 흔들어 놓아 도저히 안정되지 않아 그녀를 직접 보아야만 했다고 말했다. 그러자 라푼첼은 두려움이 사라졌다. 그리고 왕자가 남편으로 맞아 주겠냐고 묻자 라푼첼은 그가 젊고 멋진 것을 보고 생각했다. '엄마보다 이 사람이 나를 더 좋아하는 것 같아.' 그래서 "네." 하며 손을 왕자의 손 위에 놓았다. "기꺼이 왕자님과 함께 가겠어요. 하지만 어떻게 이 탑을 내려갈지 모르겠어요. 왕자님이 오실 때마다 비단실을 한 타래 가져오세요. 그걸로 사다리를 짜겠어요. 완성이 되면 내려갈 테니 말 위에서 저를 받아 말에

태워요." 그때까지 왕자가 밤마다 그녀에게 오기로 두 사람은 약속했다. 낮에는 할멈이 왔기 때문이다. 요술쟁이 할멈은 이 일을 전혀 눈치채지 못했다. 그런데 한번은 라푼첼이 말했다. "할머니, 어찌 된 일인지. 젊은 왕자님보다 할머니를 끌어 올리기가 훨씬 더 힘들어요. 왕자님은 순식간에 제 곁에 와 있는데요." "아니, 이런 나쁜 것." 요술쟁이 할멈이 외쳤다. "대체 무슨 소리냐! 난 너를 온 세상으로부터 떼어 놓았다고 생각했는데 네가 나를 속였구나.” 화가 난 할멈은 라푼첼의 아름다운 머리채를 왼손에 둘둘 감고는 오른손으로 가위를 잡아 싹둑싹둑 잘라 버렸다. 아름다운 머릿단이 이제 바닥에 놓여 있었다. 모진 할멈은 그러고도 성이 안 차 가엾은 라푼첼을 아무도 살지 않는 황야로 내쫓았다. 거기서 라푼첼은 온갖 고생을 하며 비참하게 살아야 했다.

라푼첼이 쫓겨난 날 저녁 요술쟁이 할멈은 잘라 낸 머릿단을 높다란 창문 갈고랑이에 단단히 매어 놓았다. 얼마 지나지 않아 왕자가 와서 외쳤다.

“라푼첼, 라푼첼,

나에게 네 머리카락을 내려 다오.”

할멈이 머릿단을 내려 주었다. 왕자가 올라갔다. 그러나 위에 더없이 사랑스러운 라푼첼은 없고 요술쟁이 할멈이 독기 어린 사악한 눈초리로 왕자를 노려보았다. “아하!” 그녀가 비웃으며 소리쳤다. “사랑스러운 아내를 데리러 오셨구먼. 하지만 그 예쁜 새는 이제 둥지 속에 없어. 더 이상 노래도 하지 않고. 고양이가 물어 갔지, 네 눈알도 할퀴어 빼낼걸. 라푼첼은 이제 없어졌어. 넌 다시는 그 애를 못 볼 거야.” 왕자는 너무 괴로워서 제정신이 아니었고 절망한 나머지 탑에서 뛰어내렸다. 간신히 목숨은 건졌지만 가시넝쿨로 떨어져 두 눈이 가시에 찔리고 말았다.

그리하여 왕자는 눈이 먼 채로 숲을 헤맸다. 풀뿌리와

열매 말고는 아무것도 먹지 못했고, 더없이 사랑하는 아내를 잃어 슬퍼하고 우는 일밖에는 아무것도 하지 못했다. 그렇게 몇 해를 비참하게 떠돌다 마침내 라푼첼이 그 사이 낳은 쌍둥이 남매를 데리고 근근이 살아가고 있는 황야에 이르렀다. 왕자에게 목소리가 들렸는데 아주 귀에 익은 목소리 같았다. 그 목소리를 향해 왕자가 다가가자 라푼첼이 그를 알아보고는 얼싸안고 울었다. 그녀의 눈물 두 방울이 그의 눈을 적셨다. 그러자 눈이 다시 밝아져 왕자는 이제 예전처럼 볼 수 있게 되었다. 왕자는 라푼첼을 자기 나라로 데려갔다. 그곳에서 다들 기뻐하며 왕자를 맞이했고, 두 사람은 오래오래 행복하게 살았다.

13

숲속의 세 난쟁이

옛날에 아내가 죽은 남자와 남편이 죽은 여자가 있었다. 남자에게는 딸이 하나 있었고 여자에게도 딸이 하나 있었다. 두 소녀가 서로 아는 사이여서 함께 산책을 나갔다가 그 뒤에 여자의 집으로 갔다. 그때 여자가 남자의 딸에게 말했다. "아버지한테 가서 말하거라. 내가 그와 결혼하고 싶어 한다고. 너는 날마다 우유로 씻고 포도주를 마시게 할 거야. 그러나 내 딸은 물로 씻고 맹물을 마시게 할 거고." 소녀는 집으로 가서 아버지에게 그 여자가 한 말을 전했다. 남자가 말했다. "어떻게 한단 말인가? 결혼은 기쁨이지만 괴로움이기도 한데." 어떤 결심도 할 수 없었기 때문에 마침내 그는 장화를 벗으며 말했다. "바닥에 구멍이 나 있는 이 장화를 가지고 다락으로 가서 큰 못에다 걸어 놓고 물을 부어 넣으렴. 물이 그대로 있으면 내가 다시 아내를 얻겠으나 물이 새면 그러지 않겠다." 딸은 시키는 대로 했다. 그런데 물로 가죽이 불면서 구멍이 메워져 장화 꼭대기까지 물이 가득 찼다. 딸은 어떻게 되었는지 아버지에게 알렸다. 그러자 아버지는 직접 올라가 정말 그런 걸 보고는 과부에게 가서 청혼하고 결혼식을 올렸다.

다음 날 아침 두 소녀가 일어났을 때 남자의 딸 앞에는 씻을 우유와 마실 포도주가 있었지만 여자의 딸 앞에는 씻을 물과 마실 물이 놓여 있었다. 두 번째 아침에는 남자의 딸과 여자의 딸 앞에 씻을 물과 마실 물이 놓여 있었다. 그리고 세 번째 아침에는 남자의 딸 앞에 씻을 물과 마실 물이, 여자의 딸 앞에 씻을 우유와 마실 포도주가 놓여 있었으며, 그다음에는 계속 변함없이 그랬다. 여자는 의붓딸을 원수같이 대했고, 하루하루 어떻게 하면 더욱 고약하게 굴지 궁리했다. 제 딸은 못생기고 혐오감을 불러일으키는데 의붓딸은 아름답고 사랑스러워 질투가 났다.

한번은 겨울에 얼음이 돌덩이같이 얼어붙고 산과 골짜기가 온통 눈으로 덮였을 때 여자가 종이로 옷을 만들어서는 소녀를 불러 말했다. " "이 옷을 입고 숲으로 가서

딸기를 한 바구니 따다 주렴. 딸기가 먹고 싶구나." "세상에……." 하고 소녀가 말했다. "겨울에는 딸기가 없어요. 땅은 얼었고, 눈이 온 세상을 다 덮었어요. 그리고 왜 종이옷을 입고 가야 하나요? 바깥은 참으로 추워서 쉬는 숨도 얼어붙는데요. 바람이 씽씽 불고 가시도 몸을 찌르는데요." "너 또 내 말을 안 듣겠다는 거냐?" 새엄마가 말했다. "썩 나가서 바구니 가득 딸기를 따기 전에는 다시 꼴도 보이지 말거라." 그러고는 작은 빵 한 조각을 주며 "이거면 종일 먹을 수 있을 거다." 하고는 생각했다. '바깥에서 얼어 죽거나 굶어 죽어서 다시는 내 눈앞에 나타나지 않겠지.'

그리하여 소녀는 순순히 종이옷을 입고 바구니를 들고 나갔다. 넓고 넓은 천지에는 눈뿐이었고 초록 풀줄기라고는 보이지 않았다. 소녀가 숲속으로 들어가자 작은 집이 보였는데 세 명의 고깔 모자 쓴 난쟁이들이 창문에서 내다보고 있었다. 소녀는 인사를 하고 조심스럽게 문을 두드렸다. 난쟁이들은 "들어와." 하고 외쳤고, 소녀는 방으로 들어가서 난로 옆 긴 의자에 앉았다. 거기서 몸을 녹이고 아침을 먹기 시작했다. 난쟁이들이 말했다. "우리도 좀 줘." "그럴게요." 하며 소녀는 빵을 둘로 나누어 절반을 주었다. 그들이 물었다. "이 겨울에 그 얇은 옷을 입고 숲에서 무얼 하려는 거지?" "아." 하고 소녀가 대답했다. "나는 한 바구니 가득 딸기를 찾아야 해요. 그러기 전에는 집에 못 가요." 소녀가 빵을 먹고 나자 난쟁이들은 소녀에게 빗자루 하나를 주면서 말했다. "그걸로 뒷문 밖 눈을 쓸거라." 소녀가 바깥에 있는 동안 세 난쟁이는 의논했다. "저렇게 얌전하고 착해서 자기 빵을 우리와 나누었는데 우리가 저 애에게 무얼 선물해야 할까?" 그러자 첫째 난쟁이가 말했다. "나는 저 애가 날마다 더 예뻐지게 해 주겠어." 둘째가 말했다. "나는 저 애가 한마디 말할 때마다 입에서 황금이 나오게 해 주겠어." 셋째가 말했다. "나는 왕이 와서 저 애를 아내로 맞게 해 주겠어."

소녀는 난쟁이들이 말한 대로 작은 집 뒤에서 빗자루로 눈을 쓸었는데 그러다 무얼 찾았을 거라고 너희는 생각해? 온통 잘 익은 딸기였어. 아주 검붉은 것들이 눈속에서 나왔지. 소녀는 기쁜 마음으로 서둘러 바구니를 가득 채우고 난쟁이들에게 감사하며 한 사람 한 사람 악수하고는 집으로 달려갔다. 계모가 간절히 원하던 것을 가져다주려 한 거지. 소녀가 집에 들어서면서 "안녕." 하자 곧 소녀의 입에서 금화가 떨어졌다. 그러고는 숲에서 있었던 일을 들려주었는데 한 마디 할 때마다 입에서 금화가 떨어졌고, 곧 방 전체가 금화로 뒤덮였다. "그런데 이 오만함을 좀 보라지." 의붓 자매가 외쳤다. "돈을 이렇게 내던지다니!" 의붓 자매는 남몰래 샘이 나서 딸기를 찾아 숲으로 가고 싶었다. 어머니가 말했다. "안 된다. 사랑하는 딸아, 너무 추워서 얼어 죽을 수도 있어." 그러나 딸이 계속 조르자 마침내 못 이겨 딸을 위해 호사스러운 털 외투를 만들고 버터 바른 빵과 케이크를 주어 길을 떠나게 했다.

딸은 숲으로 들어가 곧장 작은 집을 향해 갔다. 세 난쟁이가 다시 내다보았다. 그러나 딸은 인사하지 않았고, 그들을 돌아보지도 않고 말도 건네지 않은 채 엎어지듯 방으로 들어가 난롯가에 앉아 버터 바른 빵과 케이크를 먹기 시작했다. 난쟁이들이 말했다. "우리도 좀 줘." 딸이 대답했다. "나 먹기도 부족한데 어떻게 남한테 줘?" 딸이 다 먹고 나자 난쟁이들이 말했다. "저기 빗자루가 하나 있으니 그걸로 뒷문 밖을 깨끗하게 쓸거라." "에이, 비질은 너희가 직접 해." 하고 딸이 대답했다. "난 너희 하녀가 아니야.” 난쟁이들이 아무것도 주려 하지 않는 것을 알고 딸은 문밖으로 나갔다. 그러자 난쟁이들이 의논했다. “저렇게 버릇없고 아무에게도 뭘 주는 법이 없는 시샘 많은 나쁜 마음을 가졌는데 저 애에게 뭘 줘야 할까?” 첫째가 말했다. “저 애가 날마다 더 미워지게 하겠어.” 둘째가 말했다. “말 한마디 할 때마다 입에서 두꺼비가 한 마리씩 튀어나오게 하겠어.” 셋째가 말했다. “불행하게 죽도록 하겠어.” 소녀는 바깥에서 딸기를 찾아보았지만 하나도 찾지 못해 성을 내며 집으로 갔다. 그리고 딸이 입을 열고 숲에서 있었던 일을 이야기하려 하자 말 한 마디 한 마디에 두꺼비 한 마리가 튀어나와 모두 그 애를 끔찍스러워했다.

새엄마는 더욱 화가 나 그다음부터는 날이 갈수록 더 아름다워지는 남편의 딸을 온갖 방법으로 괴롭힐 궁리만 했다. 마침내 솥을 불 위에 올리고 실타래를 삶았다. 그것이 다 끓자 가엾은 소녀의 어깨에 걸어 주고는 얼어붙은 강물로 가서 얼음에 구멍을 내어 실타래를 물에 헹구도록 도끼를 하나 주었다. 소녀는 고분고분히 가서 얼음에 구멍을 냈다. 한참 구멍을 뚫는데 화려한 마차가 다가왔고, 그 안에 왕이 타고 있었다. 마차가 서더니 왕이 물었다. “아가씨는 누구이며 거기서 무얼 하지?” “저는 가엾은 소녀이고, 실타래를 헹구고 있습니다.” 왕은 가엾게 여겼고 소녀가 참으로 예쁜 것을 보고는 말했다. “나와 함께 가겠느냐?" 어머니와 의붓자매의 눈을 벗어나는 것이 기뻐 소녀는 "네, 가고말고요." 하고 대답했다. 그래서 소녀는 마차에 올라 왕과 함께 갔고, 왕의 성에 닿자 결혼식이 성대하게 거행되었다. 난쟁이들이 소녀에게 해 주겠다고 한 그대로였다. 한 해가 지나자 젊은 왕비는 아들을 낳았다. 새엄마가 이 큰 행운에 대해 듣자마자 딸과 함께 성으로 가서 마치 방문하러 온 것처럼 굴었다.

한번은 왕이 나가고 달리 아무도 없을 때 나쁜 여자가 머리를 움켜잡고 딸은 두 발을 붙잡아 왕비를 침대에서 들어내어 창 밖으로 흘러가는 강물에 내던졌다. 그런 다음 못생긴 딸이 침대에 누웠고, 할멈이 이불을 머리끝까지 덮어 주었다. 왕이 다시 돌아와 아내에게 말을 건네려 하자 할멈이 외쳤다. "가만, 가만, 지금은 안 됩니다. 왕비는 땀을 몹시 흘리며 누워 있습니다. 오늘은 쉬게 해야 해요." 왕은 나쁜 생각은 전혀 하지 못하고 다음 날 아침에야 다시 왔다. 그가 아내와 이야기하고 그녀가 대답했는데 말 한마디 할 때마다 두꺼비가 한 마리씩 튀어나왔다. 전에는 금화가 튀어나왔는데 말이다. 그러자 왕이 무슨 일이냐고 물었지만 할멈은 왕비가 땀을 너무 흘려서 생긴 일이며 곧 다시 없어질 거라고 말했다.

그러나 밤에 부엌일을 돕는 소년이 보니 오리 한 마리가 배수구를 통해 헤엄쳐 와서 말했다.

"왕은 무얼 하고 있나?

주무시나, 아니면 깨어 있나?"

대답이 없자 오리가 말했다.

"내 손님들은 무얼 하고 있나?"

그러자 부엌일 돕는 소년이 말했다.

"쿨쿨 자고 있어요."

오리가 또 말했다.

"내 아이는 무얼 하고 있나?"

소년이 말했다.

"요람에서 잘 자고 있어요."

그러자 오리는 왕비의 모습으로 올라가 아기에게 젖을 먹이고 요람을 흔들어 주고 이불을 덮어 주고는 다시 오리가 되어 배수구를 통해 헤엄쳐 떠났다. 그렇게 두 밤을 오리가 왔고, 세 번째 밤에는 부엌일 돕는 소년에게 말했다.

"가서 왕께 말씀드리거라. 칼을 들어 문지방 위에서 내 머리 위로 세 번 휘두르시라고." 그리하여 부엌일하는 소년이 달려가 왕께 그 말을 하니, 왕이 칼을 들고 와서 유령의 머리 위로 칼을 세 번 휘둘렀다. 세 번째 휘두를 때 왕비가 생생하고 활기 있고 건강하게 예전처럼 앞에 서 있었다. 그러나 왕은 아기가 세례를 받는 일요일까지 왕비를 방에 숨겨 두었다. 아기가 세례를 받고 나자 왕이 노파에게 말했다. "남을 침대에서 들어내어 물속으로 던지는 인간에게는 무엇이 마땅한가?" "더 나은 건 없지요……." 하고 노파가 말했다. "그런 악당은 그저 술통에다 처넣고 못질을 쾅쾅 해서 비탈로 굴려 물속으로 집어넣어야죠." "그러자 왕이 말했다. "네가 네 판결을 했구나." 그러고는 술통을 가져오게 해서 노파와 딸을 함께 넣고는 뚜껑에 못질을 해 산 아래로 술통을 강물까지 데굴데굴 굴렸다.

14

실 잣는 세 여인

옛날에 한 소녀가 있었는데 게을러서 길쌈을 하려 들지 않았다. 어머니가 무슨 말을 해도 실을 잣게 할 수 없었다. 한번은 어머니가 화가 나고 더 참기 힘들어 딸을 때렸고, 딸은 큰 소리로 울기 시작했다. 그런데 마침 왕비가 지나가다 울음소리를 듣고는 가던 길을 멈추고 집 안으로 들어가 어머니에게 왜 딸을 길에서도 비명 소리가 들리도록 때렸는지 물었다. 그러자 어머니는 딸의 게으름을 만천하에 드러내는 게 부끄러워 이렇게 말했다. "저 애가 실 잣는 걸 그만두게 하지 못하겠어요. 노상 끝없이 실을 자으려 하는데 저는 가난해서 아마를 마련할 수가 없어요."

그러자 왕비가 말했다. “나는 실 잣는 소리보다 더 듣기 좋은 게 없고, 덜그덕덜그덕 돌아가는 물레보다 더 흡족한 게 없다. 딸을 성으로 데려가게 해 다오. 나는 아마가 충분하니 거기서 저 아이가 실컷 실을 잣게 해 주겠다.” 어머니는 싫을 리 없었고, 왕비는 딸을 데려갔다.

성에 들어가자 왕비는 바닥에서 천장까지 가장 아름다운 아마로 가득 차 있는 세 개의 방으로 소녀를 데려갔다. “이제 이 아마로 실을 잣거라.” 왕비가 말했다. “네가 저걸 다 자으면 내 맏아들을 남편으로 주마. 너는 가난하지만 그건 마음에 두지 않겠다. 너의 지침 없는 근면이 충분한 혼수니까.” 소녀는 속으로 몹시 놀랐다. 아마를 자을 줄 몰랐기 때문에 일을 다 하자면 매일 아침부터 밤까지 앉아 짜더라도 삼백 살은 될 것 같았다. 혼자 남자 소녀는 울기 시작해 사흘을 손 하나 까딱하지 않고 앉아 있었다. 사흘째 되는 날 왕비가 와서 전혀 실을 잣지 않은 것을 보고 의아해했으나 소녀는 어머니 집을 멀리 떠난 슬픔에 시작하지 못했다고 변명했다. 왕비는 이를 좋게 여겼다. 그러나 떠나면서 말했다. “내일은 분명히 일을 시작하겠지.”

혼자 남은 소녀는 도무지 어찌할 바를 몰라 침울해져서 창가로 갔다. 여자 셋이 오는 게 보였는데 첫째는 한쪽 발이 넓적하고, 둘째는 아랫입술이 어찌나 큰지 턱 아래까지 늘어졌고, 셋째는 엄지 하나가 납작했다. 그들이 창 앞에 멈추어 위를 올려다보며 소녀에게 무슨 일이 있느냐고 물었다. 소녀는 어려운 사정을 한탄했다. 그러자 세 여자가 도와주겠다며 말했다. "우리를 결혼식에 초대해서 부끄러워하지 않고 친구라고 말하면, 그리고 네 식탁에 앉게 하면 빠른 시간 안에 네 아마를 자아 주지." "좋다마다요." 하고 소녀가 대답했다. "어서 들어와서 바로 일을 시작하세요." 그러고는 이상한 여자 셋을 맞아 들여 첫 번째 방에 자리를 만들었다. 그들은 거기에 앉아 실을 잣기 시작했다. 첫째는 실을 뽑으며 물레 발판을 밟았고, 둘째는 실가닥을 이었고, 셋째는 그것을 꼬며 손가락으로 물레판을 쳤다. 그녀가 한 번 칠 때마다 더할 나위 없이 곱게 자아진 실타래가 땅으로 떨어졌다. 소녀가 실 잣는 세 여자들을 숨기고 왕비가 올 때마다 자아진 실 뭉치를 보여 주자 왕비의 찬사가 끝을 몰랐다. 첫 번째 방이 비자 두 번째 방 차례가 되었고, 마침내 세 번째 방으로 갔는데 이 방 역시 빨리 비워졌다. 세 여자들은 작별을 하며 소녀에게 말했다. "우리에게 한 약속을 잊지 마. 그게 네 행복이 될 거다."

소녀가 빈방들과 커다란 실 더미를 보여 주자 왕비는 결혼식을 지시했고, 신랑은 그런 솜씨 있고 부지런한 아내를 얻는 것이 기뻐 그녀를 크게 칭찬했다. "저는 친한 친구가 셋 있어요." 하고 소녀가 말했다. "그런데 그 애들이 좋은 일을 많이 해 줬기 때문에 제가 행복할 때 그들을 잊지 않으려고 해요. 그들을 결혼식에 초대해 함께 식탁에 앉도록 허락해 주세요." "왜 허락하지 않겠나?" 하고 왕비와 왕자가 말했다.

그리하여 잔치가 열리고 이상한 옷차림의 소녀 셋이 들어왔을 때 신부가 말했다. "잘 왔어, 친구들." "아……." 하고 신랑이 말했다. "어떻게 저런 못생긴 사람들과 친하지?" 그러고는 넓은 평발을 가진 첫째에게 물었다. "어쩌다 그런 넓적한 발을 가졌나?" 첫째가 대답했다. "물레 발판을 밟느라고요." "신랑은 둘째에게 가서 말했다. "어쩌다 그렇게 늘어진 입술을 갖게 되었나?" 둘째가 대답했다. "침으로 실을 축이느라고요." 그러자 셋째에게 가서 물었다. "어쩌다 그렇게 납작한 엄지를 가지게 되었나?"

셋째가 대답했다. "실을 꼬느라고요." 왕자는 몹시 놀라 말했다. "내 아름다운 신부가 이제 절대로 물레를 건드리지 않도록 해야겠다." 그렇게 그녀는 고약한 아마실 잣기에서 벗어났다.

15

헨젤과 그레텔

구연 동화 듣기

큰 숲에 가난한 나무꾼이 아내하고 두 아이와 함께 살고 있었다. 사내아이는 헨젤이고 여자아이는 그레텔이었다. 나무꾼은 도무지 먹을 거라고는 씹을 것도 쪼갤 것도 없는 데다 한번은 나라에 큰 기근까지 들어 이제 그날 먹을 빵조차 마련할 수 없었다. 저녁에 잠자리에 누워 이 생각 저 생각에 근심으로 몸을 뒤척이다 그는 한숨을 쉬며 아내에게 말했다. “어떻게 해야 하지? 이제 우리는 먹을 게 없는데 어떻게 가엾은 아이들을 먹여 살릴까?” “이러면 어때, 여보.” 하고 아내가 대답했다. “내일 아침 일찍 아이들을 데리고 나가 숲으로, 숲이 제일 무성한 곳으로

가. 거기서 불을 피워 주고 빵을 한 개씩 준 다음 우리는 일하러 가면서 애들만 떼어 놓고 오는 거야. 애들은 집으로 오는 길을 찾지 못할 테고, 우리는 애들을 떨치게 되는 거지." "안 돼, 여보." 하고 남편이 말했다. "그러진 않겠어. 아이들만 숲속에 버려두고 어떻게 내가 견디겠어. 곧 야수들이 와서 애들을 짓찢을 텐데." "오, 당신 바보네!" 하고 아내가 말했다. "안 그러면 우리 넷이 다 굶어 죽어. 당신은 관을 짤 판장이나 대패질하겠지." 그러면서 남편이 동의할 때까지 계속 졸랐다. 남편은 말했다. "그래도 애들이 가엾어 어쩌나."

배가 고픈 두 아이도 잠을 이루지 못해 새어머니가 아버지에게 하는 말을 들었다. 그레텔은 흐느껴 울며 헨젤에게 말했다. "이제 우린 죽었어." "조용히 해, 그레텔." 하고 헨젤이 말했다. "내가 방법을 찾아볼 테니 슬퍼하지 마." 그러고는 어른들이 잠이 들자 일어나서 옷을 입고 개구멍으로 살그머니 빠져나왔다. 밖에는 달빛이 환히 빛나고 집 앞에 깔린 하얀 자갈들이 온통 은화처럼 반짝였다. 헨젤은 몸을 숙여 그 자갈돌을 호주머니에 잔뜩 넣었다. 그런 다음 돌아와서 말했다. "걱정 마, 그레텔, 이제 잘 자. 하느님이 우리를 버리지는 않을 거야." 둘은 다시 잠자리에 누웠다.

날이 밝자 아직 해도 뜨기 전에 아내가 두 아이를 깨웠다. “일어나거라, 이 게으름뱅이들아, 우린 나무를 하러 숲으로 갈 거다.” 그러고는 빵을 하나씩 주며 말했다. “너희 점심이다, 더 줄 건 없으니 미리 먹진 마라.” 헨젤은 주머니에 돌이 들었기 때문에 그레텔이 앞치마 밑에 빵을 넣었다. 그리고 모두 함께 숲을 향해 길을 떠났다. 한참을 가자 헨젤이 자꾸자꾸 멈추어 집 쪽을 돌아다보았다. 아버지가 말했다. “헨젤, 뭘 그렇게 보며 뒤처져 있니, 발 헛디디지 않게 주의하거라.” “아, 아버지…….” 하고 헨젤이 말했다. “제 하얀 고양이를 보는 거예요. 걔가 지붕 꼭대기에 앉아서 제게 작별 인사를 해요.” “이 바보야, 그건 고양이가 아니라 굴뚝 위로 뜨는 아침 해야.” 하고 여자가 말했다. 그러나 헨젤은 고양이를 바라본 것이 아니라 하얀 자갈돌을 주머니에서 꺼내 길에 던지고 있었다.

숲 한가운데로 들어갔을 때 아버지가 말했다. “이제 나뭇가지를 모아라, 얘들아. 나는 너희가 얼지 않도록 불을 피우마.” 헨젤과 그레텔은 삭정이를 모아 작은 무더기

를 만들었다. 삭정이에 불이 붙고 불꽃이 적당히 높이 타오르자 여자가 말했다. "얘들아, 이제 불가에 누워 푹 쉬어라. 우린 숲으로 가서 나무를 벨 거야. 끝나면 돌아와서 너희를 데리고 갈게."

헨젤과 그레텔은 불가에 앉았고, 점심때가 되자 각자 빵을 먹었다. 나무를 찍는 도끼 소리가 들렸기 때문에 아이들은 아버지가 가까이 있다고 생각했다. 그러나 나무를 찍는 도끼가 아니었다. 아버지가 마른 나무에 묶어 두어 바람에 이리저리 흔들리는 나뭇가지였다. 아이들은 너무 오래 앉아 있어서 두 눈이 피로로 내려 감겼고 거의 잠이 들었다. 마침내 눈을 떴을 때는 이미 캄캄한 밤이었다. 그레텔이 울음을 터뜨리며 말했다. "이제 어떻게 숲을 나가지!" 헨젤이 동생을 위로했다. "달이 떠오를 때까지 조금만 기다려. 길을 찾아보자." 보름달이 떠오르자 헨젤은 동생의 손을 잡고 자갈돌을 따라갔다. 자갈돌은 금방 찍어 낸 은화같이 빛을 내며 길을 알려 주었다. 그들은 밤새 걸어서 동이 틀 무렵 아버지 집에 다다랐다. 아이들은 문을 두드렸고, 여자가 문을 열고 헨젤과 그레텔을 보자 말했다. "이 못된 애들아, 어쩌자고 숲에서 그렇게 오래 잤니? 우린 너희가 다시는 안 돌아오는 줄 알았잖아!" 그러나 아이들을 두고 온 것이 마음 아팠던 아버지는 기뻐했다.

그 후 오래지 않아 다시 구석구석이 죄다 궁핍해졌고, 아이들은 어머니가 밤에 침대에서 아버지에게 하는 말소리를 들었다. "먹을 게 또 동이 났어. 이제 우리에겐 빵 반 덩어리뿐이고, 그다음엔 끝장이야. 애들이 떠나야만 해. 길을 다시 찾아오지 못하도록 더 깊은 숲으로 데려갑시다. 달리 우리를 구할 방법이 없어." 남편은 마음이 무거워 생각했다. '네가 먹을 마지막 한 입을 아이들과 나누는 편이 낫지 않을까.' 그러나 아내는 남편이 하는 말은 전혀 듣지 않고 남편을 비난하고 질책했다. 뭔가를 한번 시작한 사람은 그다음도 해야 하는 법, 처음에 굴복했기 때문에 두 번째도 굴복해야 했다.

아이들은 아직 깨어 있었고 그 대화를 같이 들었다. 어른들이 자고 있을 때 헨젤이 다시 일어나 밖으로 나가 지난번처럼 조약돌을 주우려고 했지만 여자가 문을 잠가 놓아 나갈 수 없었다. 그러나 헨젤은 동생을 위로하며 말했다. "울지 마, 그레텔. 잘 자, 하느님이 우리를 도우실 거야."

다음 날 이른 아침에 여자가 와서 아이들을 잠자리에서 불러냈다. 아이들은 작은 빵을 하나씩 받았는데 지난번보다 작았다. 숲으로 가는 길에 헨젤은 주머니 속에서 빵을 떼어 자주 멈추어 서서 빵 부스러기를 땅으로 던졌다. "헨젤, 너는 왜 서서 두리번거리느냐?" 하고 아버지가 말했다. "길을 가야지." "제 비둘기를 바라봐요. 비둘기가 지붕에 앉아 제게 작별 인사를 하거든요." 하고 헨젤이 말했다. "이 바보야, 그건 비둘기가 아니라 굴뚝 위로 뜨는 아침 해야." 하고 여자가 말했다. 그러나 헨젤은 천천히 빵 부스러기를 모두 길에 떨어뜨렸다.

여자는 아이들을 더욱 깊숙한 숲속으로 데리고 갔다. 그들이 와 본 적이 없는 곳이었다. 거기서 다시 큰불을 피우고 엄마가 말했다. "여기 가만 앉아 있거라, 얘들아. 피곤해지거든 조금 자도 돼. 우리는 숲에 가서 나무를 벨 거다. 저녁에 끝나면 와서 너희를 데리고 갈게." 점심때가 되자 그레텔은 빵을 길에다 뿌린 헨젤과 자기 빵을 나누었다. 그런 다음 잠이 들었고, 저녁이 지나도록 아무도 가엾은 아이들에게 오지 않았다. 캄캄한 밤이 되어서야 아이들은 눈을 떴다. 헨젤이 동생을 위로하며 말했다. "기다려 봐, 그레텔, 달이 뜰 때까지. 그러면 내가 뿌려 둔 빵 부스러기가 보일 거고, 그게 우리에게 집으로 가는 길을 알려 줄 거야." 달이 뜨자 그들은 일어났다. 그러나 빵 부스러기를 찾을 수가 없었다. 숲과 벌판을 빙빙 나는 수천 마리 새들이 다 집어 가 버렸기 때문이다. 헨젤은 그레텔에게 말했다. "우린 길을 찾을 거야." 그러나 길을 찾지 못했다. 그들은 온 밤을, 또 하루를 아침부터 저녁까지 걸었다. 그러나 숲에서 나오지 못했고, 참으로 배가 고팠다. 땅 위에는 딸기 몇 개뿐이었다. 그리고 워낙 지쳐서 두 다리가 그들을 더 이상 지탱하려 하지 않았기 때문에 나무 아래 누워 잠이 들었다.

아버지 집을 떠난 지 어느새 세 번째 아침이었다. 아이들은 다시 걷기 시작했으나 숲속으로 점점 더 깊이 들어갔고, 곧 도움이 오지 않으면 분명 굶주리다 죽게 될 터였다. 정오가 되었을 때 흰 눈처럼 하얀 아름다운 작은 새 한 마리가 나뭇가지 위에 앉아 노래했다. 어찌나 아름답게 노래하는지 아이들은 멈추어서 귀를 기울였다. 노래가 끝나자 새는 날개를 펼치고 아이들 앞을 날아갔다. 아이들은 새를 따라가다 어떤 작은 집에 닿았다. 그 집 지붕 위에 새가 내려앉았다. 가까이 다가가 보니 빵으로 지어지고 지붕은 케이크로, 창문은 흰 설탕으로 되어 있었다. "우리 여기에서……." 하고 헨젤이 말했다. "축복받은 식사 시간을 갖자. 나는 지붕을 한 조각 떼어 먹을게, 그레텔. 너는 창문을 떼어 먹어. 달콤할 거야." 헨젤은 맛이 어떤지 보기 위해 발꿈치를 들고 지붕을 조금 떼 냈다. 그레텔은 창가로 다가가 떼어 먹었다. 그때 방에서 가는 목소리가 외쳤다.

"와작, 와작, 와자작,
누가 내 집을 잡아떼고 있지?"

아이들이 대답했다.

"바람, 바람이야,

하늘에서 온 아이지."

그러고는 그 말에 절대 흔들리지 않고 계속 먹었다. 지붕이 맛났던 헨젤은 큰 조각을 하나 떼었고 그레텔은 둥그런 창문 하나를 통째로 밀어 떼 내어 앉아서 맛있게 먹었다. 그때 문이 홱 열리더니 지팡이에 의지한 노파가 슬슬 걸어 나왔다. 헨젤과 그레텔은 몹시 놀라 손에 들고 있던 것들을 떨어뜨렸다. 그러나 할멈은 머리를 건들건들하며 말했다. “아이고, 애들아, 누가 너희를 여기로 보냈느냐? 들어와서 내 집에 머물거라. 너희한테 어떤 나쁜 일도 없을 거야.” 노파는 둘의 손을 잡고 집 안으로 이끌었다. 거기에는 좋은 음식이 차려져 있었다. 설탕을 넣은 팬케이크와 우유, 사과, 견과류. 나중에는 멋진 작은 침대 두 개에 하얗게 이불이 덮여 있었고, 헨젤과 그레텔은 그 침대에 누워 자기들이 천국에 와 있다고 생각했다.

노파는 다정한 척했을 뿐이었다. 아이들을 노리는 나쁜 마녀였고, 그저 아이들을 꾀기 위해 빵 집을 지었을 뿐이었다. 아이가 손아귀에 들어오면 죽여서 먹었고, 그건 노파에게 잔칫날이었다. 마녀들은 눈이 빨갛고 멀리 보지 못한다. 그러나 짐승들처럼 냄새를 잘 맡아 사람이 다가오면 알아차린다. 헨젤과 그레텔이 가까이 왔을 때 마녀는 심술궂게 웃으며 비웃듯 말했다. “한번 잡은 애들은 다시는 나한테서 벗어나지 못한다!” 아이들이 잠에서 깨기 전 이른 아침에 마녀는 이미 일어나 두 아이가 참으로 사랑스럽게 통통한 빨간 뺨을 하고 자는 것을 보고 혼자 웅얼웅얼했다. “이거 베어 물기 좋겠는데!” 그러고는 말라비틀어진 손으로 헨젤을 움켜잡아 쇠창살 문이 있는 작은 광에 가두었다. 비명을 질러도 아무 소용없었다. 그다음에 그레텔에게 가서 흔들어 깨우며 소리쳤다. “일어나, 게으름뱅이 계집애야. 물을 길어다 오빠한테 뭔가 좋은 걸 요리해 줘. 그 아이는 바깥 광 속에 앉아 있는데 토실토실해져야 한다. 토실토실해지면 내가 잡아먹을 거야." 그레텔은 흐느껴 울기 시작했지만 소용없었다. 나쁜 마녀가 시키는 걸 해야만 했다.

가엾은 헨젤을 위해 가장 좋은 음식이 준비되었지만 그레텔은 게 껍질 말고는 먹을 것이 없었다. 아침마다 노파는 광으로 가서 외쳤다. "헨젤, 네가 곧 토실토실해질지 내가 만져 보게 손가락을 내밀어라……." 그러나 헨젤은 뼈다귀를 내밀었고, 눈이 침침한 노파는 그것을 보지 못해서 헨젤의 손이려니 하며 아이가 도무지 토실토실해지지 않는 것을 이상해했다. 사 주가 지나도 헨젤이 여전히 비쩍 말라 있자 마녀는 참을성이 다해서 더 이상 기다리려 하지 않았다. "이봐, 그레텔." 하고 노파가 소녀에게 외쳤다. "잽싸게 가서 물을 길어 와. 헨젤이 토실토실하든 비쩍 말랐든 내일은 잡아서 끓이겠다." 아, 물을 길어 와야 했을 때 가엾은 동생이 얼마나 비참했고 뺨 위로 얼마나 눈물이 흘렀는지! "하느님, 저희를 도우소서." 하고 아이는 외쳤다. "숲에서 야수들에게 잡아먹혔더라면 함께 죽었을 텐데요." "그 웅얼웅얼 그쳐." 하고 노파가 말했다. "그래 봤자 아무 소용없다."

아침 일찍 그레텔은 집을 나가 물이 든 솥을 걸고 불을 피웠다. "먼저 굽기부터 하자." 노파가 말했다. "화덕은 이미 달구었고 밀가루 반죽을 해 놓았다." 마녀는 가엾은 그레텔을 빵 굽는 화덕으로 밀쳤는데 화덕에서 벌써 활활 타는 불길이 밖으로 나오고 있었다. "기어 들어가." 마녀가 말했다. "우리가 빵을 밀어넣을 수 있게끔 제대로 달구어졌는지 보거라." 그레텔이 들어가면 마녀는 화덕을 닫을 생각이었다. 그레텔이 구워지면 이 아이도 먹으려 했다. 그러나 그레텔은 마녀의 생각을 알아차리고 말했다. "어떻게 하는지 모르겠어요. 저기로 어떻게 들어가죠?" "이 멍청아." 마녀는 "아궁이는 충분히 커, 너도 잘 보이잖아. 나라도 들어갈 수 있어." 하며 기어서 다가가 빵 굽는 화덕 속으로 머리를 집어넣었다. 그때 그레텔이 세차게 밀쳐 마녀를 화덕 안으로 밀어 넣고는 쇠뚜껑을 닫고 빗장을 질렀다. 휴! 그때 마녀가 아주 끔찍하게 울부짖기 시작했다. 그레텔은 달아났고 사악한 마녀는 비참하게 불에 타 죽었다.

그레텔은 곧장 헨젤에게 달려가 광문을 열고 외쳤다. "헨젤, 우리는 살았어! 마귀할멈이 죽었어." 문이 열리자마자 새장을 벗어나는 새처럼 헨젤이 튀어나왔다. 둘이 얼마나 기뻐하며 얼싸안고 펄쩍펄쩍 돌면서 입을 맞추었는지! 이제 더 이상 겁낼 필요가 없는 둘은 마녀의 집으로 들어갔다. 곳곳에 진주며 보석이 든 궤짝들이 있었다. "이것들은 조약돌보다 훨씬 좋네." 하며 헨젤이 주머니에 한껏 집어넣었고, 그레텔은 "나도 조금 가져갈래." 하며 앞치마에 가득 담았다. 헨젤이 말했다. "하지만 이제 떠나야 해. 우리가 마녀의 숲을 벗어나려면."

몇 시간을 걷자 둘은 큰 물가에 닿았다. "건널 수가 없네." 하고 헨젤이 말했다. "판자 다리도 보이지 않는걸." "여기는 배도 다니지 않아." 하고 그레텔이 말했다. "그런데 저기 흰 오리 한 마리가 헤엄쳐 오네. 내가 부탁하면 오리가 건너게 해 줄 거야."

"오리야, 오리야,
여기 그레텔과 헨젤이 멈추어 있는데
판자 다리조차 없구나
네 하얀 등에 우릴 태워 주렴."

오리가 다가왔다. 헨젤이 등에 타고 동생에게 와 앉으라고 했다. "아니." 하고 그레텔이 대답했다. "작은 오리한테 너무 무거울 거야. 오리가 우리를 차례차례 실어다 주면 되지." 착한 동물은 그렇게 했다. 그렇게 무사히 물을 건너 조금 더 가니 숲이 점점 더 익숙하게 느껴졌고, 마침내 멀리 아버지 집이 보였다. 그들은 달리기 시작해 방으로 곤두박질쳐 들어가 아버지에게 매달리며 안겼다. 아버지는 아이들을 숲에 두고 온 다음부터 한시도 즐거운 때가 없었다. 그사이 아내는 죽었다. 그레텔이 앞치마를 털자 진주와 보석들이 방 안에 이리저리 굴렀다. 헨젤은 한

줌씩 주머니에서 꺼내 던졌다. 그리하여 모든 근심이 끝났고, 그들은 오직 행복하게 함께 살았다. 내 이야기는 끝났어. 저기 생쥐 한 마리가 달려가네. 저걸 잡는 사람은 커다랗고 커다란 털모자를 만들어도 되겠다.

16

뱀 잎 셋

옛날에 가난한 사람이 있었는데 그는 하나뿐인 아들에게 더 이상 먹일 게 없었다. 그러자 아들이 말했다. "아버지, 형편이 이렇게 어려우니 제가 짐이 되지 않고 차라리 집을 떠나 스스로 밥벌이할 길을 찾아보렵니다." 아버지는 축복을 내려 주고 아주 슬프게 아들과 작별했다. 어느 힘 있는 왕국의 왕이 전쟁을 하고 있어서 젊은이는 그 왕을 섬기고 그와 함께 전장으로 나갔다. 그가 적 앞에 다다랐을 때 전투가 벌어졌으니, 그건 아주 큰 위험이었고, 총알이 비 오듯 쏟아져 사방에서 동료들이 푹푹 쓰러졌다. 지휘관마저 일어나지 못하자 나머지 사람들은 도망치려

했다. 그런데 젊은이가 나서서 용기를 북돋우며 외쳤다. "우리는 조국이 멸망하게 두지 않는다!" 그러자 다른 사람들이 그를 따랐고, 그는 밀고 들어가 적을 쳤다. 승리가 오로지 그의 덕분이라는 말을 들은 왕은 다른 사람들 위에 그를 드높이고 큰 보물을 주며 왕국의 일인자로 만들었다.

왕에게는 아주 예쁜 딸이 하나 있었다. 그러나 공주는 몹시 이상하기도 했다. 서약해 놓길 만약 공주가 먼저 죽었을 때 산 채로 함께 묻힌다고 약속하는 사람이 아니면 누구도 남편으로 맞지 않겠다고 했다. "나를 진심으로 사랑한다면……." 하고 그녀가 말했다. "그 목숨이 무엇에 또 쓰이겠는가?" 공주는 그가 먼저 죽으면 똑같이 함께 무덤으로 들어가겠다고 했다. 이 기이한 서약이 지금까지 모든 구혼자를 겁먹게 했으나 젊은이는 그 아름다움에 어찌나 매료되었는지 아랑곳하지 않고 왕에게 딸을 달라고 간청했다. "이것도 아는가?" 하고 왕이 말했다. "자네가 무얼 약속해야 하는지?" "그녀와 함께 무덤으로 가야 합니다." 하고 그가 대답했다. "만약 그녀가 죽은 후 제가 살아 있다면요. 그러나 제 사랑은 너무 커서 그 위험을 대수롭게 여기지 않습니다." 그리하여 왕은 허락했고 결혼식이 성대하게 열렸다.

한동안 그들은 행복하게 만족하며 함께 살았다. 그런데 젊은 왕비가 중병에 걸리자 어떤 의사도 그녀를 도울 수 없었다. 그녀가 죽어서 누워 있을 때 젊은 왕은 자기가 한 약속을 떠올리고, 산 채로 무덤 속에 누울 생각에 소름이 끼쳤다. 그러나 빠져나갈 길은 없었다. 왕은 모든 성문에 보초를 세웠지만 운명을 벗어날 방법이 없었다. 시신을 왕실 무덤 현실에 안치하는 날이 왔을 때 그는 함께 들어갔

고, 그런 다음에 문이 잠겼다.

관 가까이에 촛불 네 자루와 빵 네 조각, 포도주 네 병이 놓인 탁자가 놓여 있었다. 이 음식이 다 떨어지면 굶어 죽어

야 했다. 그는 고통과 슬픔에 차서 날마다 빵을 한 입 베어 먹고 포도주를 한 모금 마셨다. 하지만 죽음이 한 걸음 한 걸음 다가오는 것이 보였다. 그렇게 혼자 앞을 응시하고 있는데 지하 무덤 구석에서 뱀 한 마리가 기어 나와 시신에 다가가는 게 보였다. 그는 뱀이 시체를 먹으려 한다고 생각해서 칼을 뽑아 들고는 "내가 살아 있는 한 너는 시체를 건드리지 못한다." 하며 뱀을 내리쳐 세 토막을 냈다. 조금 지나 구석에서 뱀이 또 기어 나왔는데 다른 뱀이 토막 나 죽어서 누워 있는 것을 보고는 되돌아갔다. 그러나 곧 입에 초록 잎 세 개를 물고 다시 왔다. 그러더니 세 토막 난 뱀을 원래대로 모아 놓고 상처마다 잎을 하나씩 놓았다. 곧이어 잘린 부분이 붙으면서 뱀이 움직이며 다시 살아났고, 두 마리가 함께 서둘러 떠났다. 잎은 땅바닥에 그대로 놓여 있었고, 모든 것을 본 불행한 남자에게 이런 생각이 떠올랐다. 뱀을 다시 살린 잎의 놀라운 힘이 인간도 도울 수 있지 않을까. 그래서 잎들을 주워 하나는 죽은 사람의 입에, 다른 둘은 눈 위에 놓았다. 그러자 그녀의 혈관에서 피가 돌아 창백한 얼굴로 올라오더니 얼굴이 다시 발그레해졌다. 그녀가 숨을 쉬고 눈을 뜨며 말했다. "아, 이런, 내가 어디 있는 거지?" "당신은 내 곁에 있어요, 여보." 하고 그가 그녀에게 어떤 일이 있었고 어떻게 그녀를 다시 살렸는지 이야기해 주었다. 그런 다음 포도주와 빵을 건넸다. 그녀가 다시 기운을 차리고 몸을 일으켜 문으로 가서 두드리며 큰 소리로 외치니 보초들이 그 소리를 듣고 늙은 왕에게 보고했다. 왕이 몸소 내려와 문을 열었다. 그리고 두 사람이 살아 있고 건강한 걸 보고 이제 모든 어려움을 극복했다고 그들과 함께 기뻐했다. 젊은 왕은 초록 뱀 잎 세 장을 가지고 가서 신하에게 주며 말했다. "나를 위해 조심해서 간수하고 언제나 지니고 다니도록 해라. 어떤 어려움에서 우리를 또 도울지 누가 알겠느냐!"

그런데 다시 깨어난 뒤로 아내에게 한 가지 변화가 나타났다. 마음속에서 남편에 대한 모든 사랑이 사라진 것 같았다. 얼마 뒤 그가 늙은 아버지를 만나기 위해 바다를 건너려고 배에 올랐을 때 그녀는 그가 보여 준 사랑, 그녀를 죽음에서 건져 준 변함없는 큰 사랑을 잊고 고약하게도 선원에게 마음이 기울었다. 한번은 젊은 왕이 자고 있는데 선원을 불러들여 자기는 잠자는 사람의 머리를 잡고 선원은 두 발을 잡도록 했다. 그렇게 두 사람은 왕을 물속으로 던졌다. 이 파렴치한 일을 완수하자 그녀가 선원에게 말했다. "이제 우리 집으로 돌아가서 그가 도중에 죽었다고 말해요. 나는 아버지께 차차 당신을 소개하고 칭찬하겠어요. 아버지께서 당신과 혼인시키고 당신을 후계자로 앉히도록 말이지요." 그러나 모든 것을 지켜본 충직한 신하가 배반자들이 떠나도록 놔둔 채 눈에 띄지 않게 큰 배에서 작은 배를 내어 올라타고는 모시던 분을 따라 배를 저어 갔다. 신하는 죽은 사람을 건지고 그동안 간직했던 뱀 잎 세 장을 두 눈과 입 위에 놓아 그를 무사히 다시 살려 냈다.

두 사람은 있는 힘을 다해 밤낮으로 노를 저었고, 작은 배를 쏜살같이 달려 다른 사람들보다 일찍 늙은 왕에게 닿았다. 늙은 왕은 그들만 오는 걸 보자 이상하게 여기며 무슨 일이 있었는지 물었다. 늙은 왕이 딸의 악행을 듣고 말했다. "그 애가 그런 나쁜 행동을 했다니 믿을 수가 없구나. 하지만 곧 진실이 드러나겠지." 왕은 두 사람에게 숨겨진 방으로 가서 다른 사람들이 모르게 숨어 있으라고 명했다. 머지않아 큰 배가 왔고, 천인공노할 여자가 슬픈 얼굴로 아버지 앞에 나타났다. 늙은 왕이 말했다. "왜 혼자 돌아오느냐? 네 남편은 어디에 있느냐?" "아, 아버지……." 하고 그녀가 대답했다. "저는 큰 슬픔에 잠겨 집으로 돌아왔습니다. 항해 도중에 남편이 갑자기 병들어 죽었습니다. 만약 착한 선원이 도와주지 않았다면 저도 병들었을 겁니다. 그가 죽을 때 저 사람도 있었으니 모든 걸 이야기해 드릴 수 있습니다." "내가 죽은 사람을 되살리겠다." 하고 늙은 왕이 방문을 열어 둘을 나오게 했다. 남편을 본 아내는 벼락을 맞은 듯 주저앉아 용서해 달라고 빌었다. 늙은 왕이 말했다. "용서는 없다. 네 남편은 너와 함께 죽을 준비가 되어 있었고 너에게 생명을 다시 주었다. 그런데 너는 자고 있는 그를 죽였다. 그러니 마땅한 보상을 받거라." 그리하여 그녀는 공범자와 함께 구멍 난 배에 실려 바다로 보내졌고 곧 파도 속으로 가라앉았다.

17

흰 뱀

아주 오래된 얘기는 아닌데, 온 나라에서 그의 지혜로움을 기리는 왕이 있었다. 모르는 것이 없고, 숨겨진 것들에 대한 소식도 공기가 전해 주는 것만 같았다. 그러나 왕에게는 이상한 습관이 한 가지 있었다. 매주 수요일, 식탁의 음식을 다 내가고 아무도 남아 있지 않을 때면 심복이 대접 하나를 가져다주어야 했다. 대접은 뚜껑이 덮여 있었고, 시종도 그 안에 무엇이 들었는지 몰랐다. 그걸 아는 사람은 아무도 없었다. 완전히 혼자 있기 전까지 왕이 뚜껑을 열지 않았기 때문이다. 이미 오래 계속된 일이었다. 그러던 어느 날, 빈 그릇을 다시 내가던 시종이 호기심에 사로잡혀 견디지 못하고 대접을 자기 방으로 가져갔다. 시종이 방문을 조심스럽게 잠근 다음 뚜껑을 여니 그 안에 흰 뱀 한 마리가 들어 있었다. 뱀을 보자 그는 맛보고 싶은 마음을 억누를 수 없어 한 조각을 입에 베어 물었다. 그것이 혀에 닿자 창문 밖에서 이상하게 찍찍거리는 작은 목소리들이 들렸다. 그는 귀를 기울였고, 그러다 참새들이 벌판과 숲에서 본 온갖 이야기를 서로 재잘거리고 있다는 것을 알아차렸다. 뱀을 먹어서 동물의 말을 이해하는 능력이 생긴 것이었다.

이날 왕비가 가장 아름다운 반지를 잃어버렸고, 어디든 드나들어도 되는 심복이 훔쳤다는 혐의를 받았다. 왕은 그를 불러오게 하고는 다음 날까지 범인이 누군지 말하지 않으면 그를 범인으로 알고 처형하겠다며 잔뜩 화가 나서 위협했다. 심복이 맹세코 죄가 없다고 해도 아무 소용없었고, 더 나은 대답을 해 봐도 묵살되었다. 불안하고 겁이 나서 그는 뜰로 내려가 어찌하면 곤경에서 벗어날지 곰곰 생각했다. 그때 오리들이 흐르는 물가에 평화롭게 옹기종기 앉아 쉬고 있었다. 그들은 부리로 매끈하게 몸치장을 하고 허물없는 이야기를 나누었다. 시종은 멈추어 서서 그들의 말에 귀 기울였다. 오리들은 그날 아침에 모두 어디서 돌아다녔으며 무슨 좋은 먹이를 찾아냈는지 서로 이야기하는 중이었다. 그때 하나가 짜증을 내며 말했다. "내 배 속에서 뭔가 무겁게 짓누르고 있어. 급하게 먹다가 왕비의 창문에 놓인 반지 하나를 함께 삼켜 버린 거야." 그러자 시종은 당장 그 오리의 덜미를 잡아 부엌으로 가져가 요리사에게 말했다. "이놈을 잡게, 살이 제대로 찐 것 같네." "네." 하며 요리사가 손으로 오리를 받아 무게를 달아 보았다. "이놈을 잡는 걸 주저할 필요는 없겠습니다. 이미 오랫동안 구워지길 기다렸는데요." 하고 요리사는 오리의 목을 잘랐다. 배를 가르자 왕비의 반지가 위 속에 있었다. 시종은 이제 왕 앞에서 결백을 증명할 수 있었다. 왕은 자신의 부당함을 만회하기 위해 시종이 궁정에서 원하는 제일 명예로운 직책을 주겠다고 약속했다. 하지만 시종은 모든 것을 거절하고 말 한 필과 여비를 청했다. 세상 구경을 하며 한동안 돌아다니고 싶었기 때문이다.

요청이 받아들여지자 그는 길을 떠났고, 어느 날 연못

을 지나는데 그곳에서 갈대 속에 뒤엉켜 나오지 못하고 물로 돌아가려고 허우적거리는 물고기 세 마리를 보게 되었다. 물고기들이 바보 같다고 생각했지만 그는 이렇게 비참하게 죽어야 하느냐고 한탄하는 그들의 탄식을 들었다. 연민을 가진 터라 그는 말에서 내려 사로잡혀 있는 물고기 세 마리를 다시 물에 놓아주었다. 물고기들은 기뻐서 버둥거리며 머리를 쑥 내밀고 그를 향해 외쳤다. "우린 당신을 기억하고 당신께 보답하겠어요."

그는 계속 말을 타고 갔고, 한참 지나 발치의 모래 속에서 나는 소리를 들었다. 귀를 기울이니 개미 왕이 탄식하는 소리였다. "인간들이 제발 서툰 동물들하고 같이 우리 곁으로 다가오지 말았으면! 멍청한 말이 그 무거운 발굽으로 내 백성들을 무참하게 짓밟잖아!" 시종은 길 옆으로 말을 몰았다. 개미 왕이 그를 향해 외쳤다. "우린 당신을 기억하고 당신께 보답하겠어요."

길은 그를 어느 숲으로 인도했고 거기서 그는 까마귀 한 쌍을 보았다. 매정한 아비와 매정한 어미가 둥지 곁에 서서 새끼들을 내던지고 있었다. "나가, 아무짝에 쓸모없는 녀석들아!" 하고 그들이 소리쳤다. "더는 너희를 먹이지 못해. 너희는 충분히 컸으니 제 힘으로 먹고살 수 있다." 가엾은 새끼들은 땅 위에 누워 날개를 파닥거리며 외쳤다. "우리 가엾은 아이들, 이제 우리 힘으로 먹고살아야 하는데 아직 날지조차 못해요! 여기서 굶어 죽는 것 말고 우리에게 뭐가 남았겠어요!" 착한 젊은이는 말에서 내려 칼로 말을 죽여 그것을 어린 까마귀들에게 먹이로 주었다. 어린 까마귀들이 풀쩍풀쩍 뛰어와 배불리 먹고는 외쳤다. "우린 당신을 기억하고 당신께 보답하겠어요."

이제 그는 자기 다리를 써야 했고, 한참 길을 걸어 큰 도시에 이르렀다. 거리가 몹시 시끄럽고 혼잡했다. 어떤 사람이 말을 타고 와 큰 소리로 알렸다. "공주가 남편을 찾는다. 그런데 구혼하려는 사람은 막중한 과제를 완수해야 하고, 그걸 무사히 해내지 못하면 목숨을 잃는다." 이미 많은 사람이 나섰으나 헛되이 목숨만 건 셈이었다. 젊은이는 공주를 보자 아름다움에 눈이 멀어 모든 위험을 잊고 왕 앞으로 나아가 구혼자를 자청했다.

얼마 지나지 않아 그는 바닷가로 인도되었고 그의 눈

앞에서 커다란 금반지가 바다에 던져졌다. 왕은 이 반지를 바다 밑에서 다시 꺼내 오라고 명령하면서 덧붙였다. "만약 반지 없이 올라오면 너는 파도 속에서 죽을 때까지 계속해서 뛰어들어야 한다." 모두가 아름다운 젊은이를 애석해하며 혼자 외롭게 바닷가에 남겨 두고 떠났다. 그는 해변에 서서 어떻게 해야 좋을지 곰곰이 생각했다. 그때 갑자기 물고기 세 마리가 헤엄쳐 오는 것이 보였다. 그가 목숨을 구해 준 물고기들이었다. 가운데 물고기는 조

개를 입에 물고 있었는데 그걸 해변에 서 있던 시종의 발치에 놓았다. 시종이 주워 들어 여니 금반지가 들어 있었다. 기쁨에 가득 차 그는 반지를 왕에게 가져갔고, 왕이 약속한 보상을 주리라 기대했다. 그러나 오만한 공주는 시종이 자기와 동등한 신분이 아니라는 말을 듣고 그를 물리치며 요구하기를 그가 두 번째 과제를 풀어야 한다고 했다. 공주는 뜰로 내려가 자기 손으로 열 자루의 좁쌀을 풀밭에 흩뿌리고는 말했다. "내일 아침 해가 뜨기 전에 이걸 다 주워 담아야 한다. 단 한 알도 빠뜨려서는 안 된다." 젊은이는 뜰에 앉아 어떻게 과제를 풀까 곰곰이 생각했으나 아무 생각도 떠오르지 않아 날이 밝으면 죽겠거니 하며 슬픔에 잠겨 있었다. 그런데 첫 아침 햇살이 들었을 때 그는 열 자루가 모두 잘 채워져 나란히 서 있는 것을 보았다. 한 알도 놓친 게 없었다. 개미 왕이 수천 마리 개미를 거느리고 밤에 도착했고, 그 감사해하는 개미들이 바지런히 좁쌀을 주워 자루들에 담았다. 공주가 직접 뜰로 내려오더니 시종이 주어진 과제를 완수한 것을 보고 놀랐다. 그런데도 공주는 오만한 마음을 억누르지 못하고 말했다. "두 가지 과제를 풀긴 했지만 생명의 사과를 따다 주기 전에는 내 남편이 될 수 없어." 젊은이는 생명의 나무가 어디 있는지 몰랐지만 길을 떠나 다리가 지탱해 주는 한 하염없이 갔다. 그러나 찾을 희망이라곤 없었다. 세 개의 왕국을 지나 저녁에 어떤 숲으로 들어갔을 때 그는 나무 아래 앉아 잠을 청했다. 그때 나뭇가지들 사이로 술렁이는 소리를 들었고 황금 사과 하나가 그의 손안으로 떨어졌다. 그와 동시에 까마귀 세 마리가 날아와 무릎 위에 앉으며 말했다. "우리는 그대가 배고픔에서 구해 준 새끼 까마귀들이에요. 우리는 크게 자랐고, 당신이 황금 사과를 찾는다는 이야기를 듣고 바다 건너 세상 끝까지 날아갔지요. 생명의 나무가 서 있는 곳으로요. 그리고 당신을 위해 사과를 가져왔습니다." 기쁨에 가득 차 젊은이는 집으로 향했고 아름다운 공주에게 황금 사과를 가져다주었다. 공주에게는 더 이상 어떤 핑계도 남아 있지 않았다. 그들은 생명의 사과를 함께 나누어 먹었다. 그러자 공주의 가슴은 그에 대한 사랑으로 채워졌고, 두 사람은 티없이 행복하게 오래오래 살았다.

18

밀짚, 숯, 콩

구연 동화 듣기

어떤 마을에 사는 가난한 할머니가 식사를 마련하기 위해 콩을 모아 끓이려고 했다. 그래서 화덕에 불을 피우며 불이 더 빨리 붙으라고 밀짚 한 줌에 불을 붙였다. 그런데 콩을 솥에 쏟을 때 모르는 사이 한 개가 떨어져 땅바닥 위 지푸라기 옆에 놓이게 되었다. 얼마 있지 않아 이글거리는 숯 한 점이 화덕에서 튀어 그 옆으로 떨어졌다. 그러자 밀짚이 나서서 말했다. "이보게 친구들, 어디에서 여기로 왔나?" 숯이 대답했다. "나는 운 좋게 불에서 튀어나왔어. 만약 내가 힘껏 도망치지 않았더라면 분명 죽었어. 다 타서 재가 되었을 거거든." 콩이 말했다. "나도 무사히 멀쩡하게 피했어. 만약 할머니가 나를 솥 안에 넣었더라면 인정사정없이 끓어 지금쯤 내 동무들처럼 죽이 되어 있을 거야." "내게도 보다 나은 운명이 주어진 걸까?" 하고 밀짚이 말했다. "내 모든 형제는 할머니가 태워 불과 연기로 타올랐어. 예순 명의 친구를 한꺼번에 움켜쥐어 죽여 버렸거든. 다행히 나는 그 손가락 사이로 살짝 빠져나왔어." "한데 이제 우린 어떻게 하지?" 하고 석탄이 말했다. "내 생각에……." 콩이 말했다. "우리 모두 정말 운 좋게 죽음을 모면했으니 좋은 동무로 함께 지내자. 그리고 여기서 다시 새로운 불행을 당하지 않도록 함께 떠나 다른 나라로 가자." 그 제안이 다른 둘의 마음에 들어 셋은 함께 길을 떠났다. 곧 작은 개울가에

다다랐는데 다리가 없고 판장조차 없어서 어떻게 건너야 할지 알 수 없었다. 밀짚이 좋은 방법을 떠올리며 말했다. "내가 저 위에 가로누울게. 그러면 너희가 다리를 건너듯이 나를 밟고 갈 수 있어." 그리하여 밀짚은 한쪽 물가에서 다른 쪽 물가로 몸을 뻗었고, 열정적 기질인 숯은 새로 지은 다리를 아주 대담하게 종종걸음으로 건너갔다. 그러나 중간쯤 왔을 때 발밑에서 물소리를 듣고는 겁이 나 멈추어 서서 더 갈 엄두를 못 내었다. 그러자 밀짚이 타기 시작했고, 두 토막으로 나뉘어 개울 속으로 떨어졌다. 숯은 뒤따라 미끄러져 푸지직 물속으로 빠지며 꺼져 버렸다. 조심조심 여태 물가에 남아 있던 콩은 그 광경을 보고 웃을 수밖에 없었다. 웃음을 그칠 수가 없었는데 어찌나 크게 웃었는지 그만 터져 버렸다. 운 좋게도 방랑 중이던 재봉사가 개울가에서 쉬고 있지 않았더라면 콩도 끝장이 났으리라. 재봉사가 연민 어린 마음이 있어 바늘과 실을 꺼내 터진 콩을 꿰매어 붙여 주었다. 콩은 그에게 매우 고마워했다. 그런데 재단사가 검정 실을 썼기 때문에 그때부터 모든 콩이 검은 솔기를 가지고 있다.

19

어부와 그의 아내[6]

구연 동화 듣기

옛날에 바닷가 작은 오두막에 어부와 아내가 살았는데 어부는 매일 낚시를 하러 나갔다. 낚시를 하고 또 했다. 한 번은 낚싯대를 들고 앉아 맑은 물을 하염없이 들여다보고 있었다. 그렇게 앉아 있고 또 앉아 있었다. 그러다 낚싯줄

---

6 원문 전체가 사투리로 쓰인 그림 형제본이 아닌 표준어 번역본을 옮겼다. 1812년 첫 수록 시에는 동부 저지 독일어(폼머른 방언)로 쓰였으나, 추후 함부르크 근교 저지 독일어로 수정되었다. 텍스트 전체가 거의 판독이 어렵고 현대 표준어본을 번역하면서도 많은 보충을 해야 했다. 우리말 사투리로 옮겨 본 낭독본은 별도 영상으로 제작했다.

이 바닥으로 깊이 내려갔다. 어부가 다시 끌어올리자 커다란 넙치 한 마리가 올라왔다. 그때 넙치가 말했다. "들어 보세요, 어부님, 제발 저를 살려 주세요. 저는 진짜 넙치가 아니라 마법에 걸린 왕자예요. 저를 죽여서 무슨 도움이 되겠어요? 제대로 맛도 나지 않을 텐데. 저를 다시 물속에서 헤엄치게 놔 주세요." "그렇다면……." 하고 어부가 말했다. "그렇게 말을 많이 할 필요 없다. 말할 줄 아는 넙치니 내가 놔줘야지." 그러면서 어부는 넙치를 다시 맑은 물속에 넣어 주었다. 넙치는 한 자락 핏자국을 리본처럼 남기고 바닥으로 내려갔다. 그 뒤 어부는 일어나서 아내가 있는 작은 오두막으로 갔다.

"여보……." 하고 아내가 말했다. "오늘은 아무것도 못 잡았어?" "응." 남편이 말했다. "넙치를 한 마리 잡았는데 자기가 마법에 걸린 왕자라고 하잖아. 그래서 다시 놔줬어." "당신 아무것도 부탁하지 않았어?" 하고 아내가 말했다. "응." 어부가 말했다. "어째서 내가 뭘 바라야 하지?" "이런……." 하고 아내가 말했다. "노상 이 오두막에서만 사는 건 나쁘잖아. 오두막은 냄새 나고 정말 구질구질한데. 작은 집 한 채를 바라도 되었을 텐데. 다시 가서 넙치를 불러. 넙치에게 우리가 작은 집 한 채 원한다고 말해. 분명히 들어줄 거야." "아……." 하고 남편이 말했다. "뭐하러 내가 거길 또 가야 한단 말이지?" "아이 이런!" 아내가 말했다. "당신이 넙치를 잡았는데 다시 놔줬잖아. 넙치가 분명히 해 줄 거라니까. 당장 가!" 남편은 굳이 그러고 싶지 않았지만 아내에게 맞서기 싫어서 바닷가로 갔다.

어부가 갔을 때 바다는 온통 초록빛과 누런빛이고 더 이상 그렇게 맑지 않았다. 어부가 거기 서서 말했다.

"만체, 만체, 팀페 테,
넙치야, 바닷속 넙치야,
내 아내가, 일제빌이
나와는 바라는 게 다르구나."

그러자 넙치가 헤엄쳐 와서 말했다. "그런데 대체 무얼 바라는데요?" "아……." 하고 어부가 말했다. "내가 너를 잡았잖니, 그래서 아내가 이러는구나, 내가 뭘 좀 바라야 한다고. 아내가 오두막에 살고 싶지 않다네. 작은 집 한 채를 원해." "가 보세요." 하고 넙치가 말했다. "그분은 이미 그걸 가졌어요."

어부가 집으로 돌아갔을 때 아내는 더 이상 작은 오두막에 앉아 있지 않았다. 오두막 자리에 작은 집이 서 있고, 아내는 문 앞 의자에 앉아 있었다. 아내가 그의 손을 잡으며 말했다. "좀 들어 봐. 보라니까, 이제 훨씬 나아." 두 사람은 안으로 들어갔다. 작은 현관과 작고 깨끗한 거실, 침실, 부엌, 식품 저장실이 있었고 최고로 좋은 집기가 최고로 아름답게 배치되어 있었다. 집 뒤로는 닭과 오리들이 노는 작은 뜰이 놓이고 푸성귀와 과일이 자라는 작은 텃밭도 있었다. "봐." 하고 아내가 말했다. "안 좋아?" "좋네." 하고 남편이 말했다. "계속 이렇기만 하기를. 이제 정말 만족하고 삽시다." "그건 좀 생각해 봐야지." 하고 아내가 말했다. 두 사람은 식사를 조금 하고 잠자리에 들었다.

그렇게 두어 주일이 지나자 아내가 말했다. "들어 봐, 여보, 이 집은 너무 비좁아. 마당과 텃밭도 저렇게 작고. 넙치가 우리에게 좀 더 큰 집을 선물해 줄 수 있지 않을까. 나는 돌로 된 커다란 성에 살고 싶어. 넙치한테 가, 넙치가 우리에게 성을 한 채 선물하게 해." "아 여보……." 하고 남편이 말했다. "이 집은 충분히 좋잖아. 어째서 우리가 성에서 살아야 하지?" "아이 이런……." 하고 아내가 말했다. "넙치가 다 해 줄 테니 당신은 가기만 해." "아니, 여보……." 하고 어부가 말했다. "넙치는 우리에게 이 집을 줬어. 난 또 가고 싶지 않아. 넙치가 언짢을 수도 있어." "가기나 해." 하고 아내가 말했다. "넙치는 그걸 정말 잘할 수 있고 또 즐겁게 해. 당신은 가기만 하라고." 남편은 마음이 무겁고 내키지 않아 혼자 중얼거렸다. "이건 옳지 않아." 그렇지만 그는 갔다.

그가 바다에 이르렀을 때 바닷물은 완전히 보라색에 짙은 청색에 회색이었고 걸쭉했으며 더 이상 초록색과 누런색이 아니었다. 하지만 여전히 잠잠했다. 어부가 거기 서서 말했다.

"만체, 만체, 팀페 테,
넙치야, 바닷속 넙치야,
내 아내가, 일제빌이
나와는 바라는 게 다르구나."

그러자 넙치가 헤엄쳐 와서 말했다. "아내분이 대체 무얼 바라는데요?" "아……." 하고 어부가 반쯤 침울해서 말했다. "아내는 돌로 된 큰 성에서 살겠단다." "가 보세요, 그분은 이미 문 앞에 서 있어요." 하고 넙치가 말했다.

남편은 가면서도 집으로 가고 싶지 않다고 생각했다.

그러나 도착했을 때 돌로 된 큰 궁전이 서 있었고, 아내가 막 계단 위 높은 곳에 서서 들어가려고 했다. 그녀는 남편의 손을 잡으며 말했다. "들어와 봐." 그가 아내와 함께 들어가니 안에는 대리석을 깐 큰 복도가 있고, 수많은 하인이 문들을 활짝 열어 주었다. 벽은 모두 아름다운 벽지로 눈부시고 방들에는 온통 황금 의자와 황금 탁자들이 있고 천장에는 수정 샹들리에가 달려 있었다. 크고 작은 모든 방에 양탄자가 깔려 있었다. 식탁에는 최고의 음식과 술이 차려져 있어 두 사람은 배가 터질 지경이었다. 집 뒤에는 외양간과 마차가 있는 큰 마당이 자리했다. 모든 것이 최상이었다. 더없이 아름다운 꽃과 과일나무들이 놓인 커다랗고 멋진 뜰도 있고 노루, 사슴, 토끼, 그리고 소망할 수 있는 모든 게 있는 길이가 800미터쯤 되는 멋진 공원도 있었다. "자아……." 하고 아내가 말했다. "멋지지 않아?" "아, 그래." 하고 남편이 말했다. "계속 이러면 좋겠네. 우리는 이 아름다운 성에서 살며 만족할 거야." "그건 생각해 보고." 하고 아내가 말했다. "하룻밤 자면서 생각해 보자." 그러고는 잠자리에 들었다.

다음 날 아침 아내가 먼저 일어났다. 날이 밝았을 때 침대에 누워서 보니 멋진 땅이 눈앞에 펼쳐져 있었다. 남편이 아직 기지개를 켜고 있는데 그녀가 팔꿈치로 옆구리를 찌르며 말했다. "여보, 일어나서 창밖을 좀 봐. 봐, 우리가 이 땅 위에 있는 모든 것을 다스리는 왕이 될 수 있지 않겠어? 넙치에게 가, 우리는 왕이 될 거야." "아, 여보……." 하고 남편이 말했다. "왜 왕이 되어야 하지? 나는 왕이 되고 싶지 않아." "음……." 하고 아내가 말했다. "당신이 왕이 되지 않겠다면 내가 될 거야. 당장 넙치한테 가, 나는 왕이 되어야겠어." "아, 여보……." 하고 남편이 말했다. "어째서 왕이 되려는 거지? 넙치에게 그런 말은 하고 싶지 않아." "왜?" 하고 아내가 말했다. "당장 가, 나는 왕이 되어야겠어!" 그래서 남편은 갔는데 아내가 왕이 되겠다니 몹시 침울했다. '그건, 그건 옳지 않다.'라고 남편은 생각했다. 그는 가고 싶지 않았지만 갔다. 그가 도착하니 때 바다는 완전히 검은 회색이었고, 물이 아래에서부터 솟구쳐 올랐으며 썩은 악취가 진동했다. 어부가 거기 서서 말했다.

"만체, 만체, 팀페 테,
넙치야, 바닷속 넙치야,
내 아내가, 일제빌이
나와는 바라는 게 다르구나."

"그런데 대체 무얼 바라는데요?" 하고 넙치가 말했다. "아……." 하며 남편이 말했다. "아내는 왕이 되겠대." "가 보세요, 그분은 이미 왕이 되어 있을 거예요." 하고 넙치가 말했다.

남편은 갔고, 도착했을 때 성은 훨씬 더 커지고 큰 탑과 멋진 장식이 있었다. 문 앞에 방패를 든 수비대가 서 있고 팀파니와 나팔을 든 수많은 군인들이 있었다. 건물 안으로 들어가니 모든 것이 진짜 대리석과 황금으로 되어 있고 벨벳 덮개와 커다란 황금 술이 달려 있었다. 그때 홀의 문들이 열렸다. 그곳에 궁정 사람이 모두 있었고, 아내가 커다란 황금 관을 쓰고 순금과 보석으로 된 왕홀을 손에 쥐고 황금과 다이아몬드로 장식한 드높은 왕좌에 앉아 있었다. 양쪽에 여섯 명의 처녀들이 줄지어 서 있는데 저마다 옆 사람보다 머리 하나씩 작았다. 그가 거기 서서 말했다. "아, 여보, 당신이 이제 왕인가?" "응." 하고 아내가 말했다. "이제 내가 왕이야." 그는 서서 그녀를 바라보았고, 한동안 그렇게 바라보고 나서 말했다. "아, 여보, 당신이 이제 왕이니 이 얼마나 멋진지! 이제 더는 아무것도 바라지 말자고." "아니, 여보." 하고 아내가 꽤 불안해져서 말했다. "나는 벌써 심심한걸, 견디지 못하겠어. 넙치한테 가서 말해. 왕이지만 이제 황제가 되어야겠다고." " 아, 여보……." 하고 남편이 말했다. "어째서 황제가 되려 하지?" "여보……." 하고 아내가 말했다. "넙치한테 가, 나는 황제가 되겠어!" "아, 여보……." 하고 남편이 말했다. "넙치가 황제는 만들지 못해. 나는 넙치에게 그런 말을 하고 싶지 않아. 황제는 제국에 한 분뿐이야. 넙치가 당신을 황제로 만들 수는 없어." "뭐라고?" 하고 아내가 말했다. "내가 왕이야, 당신은 그저 내 남편이고. 당장 안 갈 거야? 가! 넙치가 왕을 만들 수 있으면 황제도 만들어. 나는 황제가, 황제가 되어야겠어! 당장 가!" 그래서 그는 가야 했다. 가는 동안 남편은 두려워서 혼자 생각했다. '안 돼, 끝이 좋지 않을걸. 황제라니 너무 염치없는 일이야! 넙치도 결국은 뻔뻔스럽게 여길 거야.' 그사이 그는 바닷가에 도착했다. 바다는 완전히 검정색이고, 걸쭉하고, 밑에서부터 거품이 올라와 사방으로 튀었다. 바다 위로 한 줄기 회오리바람이 불어와 빙글빙글 돌았다. 남편은 무서웠다. 어부가 거기 서서 말했다.

"만체, 만체, 팀페 테,

넙치야, 바닷속 넙치야,

내 아내가, 일제빌이

나와는 바라는 게 다르구나."

"그런데 대체 무얼 바라는데요?" 하고 넙치가 말했다. "아, 넙치야……." 하고 그가 말했다. "아내는 황제가 되려 해." "가 보세요." 하고 넙치가 말했다. "그분은 이미 그것이 되어 있어요."

남편은 갔고, 도착했을 때 성은 전체가 광택이 나는 대리석에 석고상과 황금 장식들이 있었다. 문 앞에서 군인들이 나팔을 불고 징과 북을 치며 행진하고 있었다. 건물 안에서는 남작과 백작과 공작이 돌아다니며 시종 노릇을 했다. 그들이 그를 위해 순금으로 된 문을 열어 주었다. 들어가니 아내가 한 덩이인 금으로 만든 높이가 2미터나 되는 왕좌에 앉아 있었다. 커다란 황금 왕관을 썼는데 높이가 3미터에 금강석과 홍옥이 박혀 있었다. 한 손에는 왕홀을 잡고 다른 손에는 제국을 상징하는 황금 사과를 들었다. 양쪽에 측근들이 늘어서 있는데 키가 3미터는 되는 더없이 큰 거인부터 새끼손가락만 한 자그만 난쟁이에 이르기까지 저마다 앞사람보다 조금씩 작았다. 앞에는 여러 제후와 공작들이 도열해 있었다. 남편이 그들 사이로 들어서며 말했다. "여보, 당신이 이제 황제야?" "그래." 하고 그녀가 말했다. "내가 황제야." 거기 서서 그는 그녀를 잘 살펴보았고, 한동안 그렇게 바라보고 나서 말했다. "아, 여보, 황제인 게 당신한테 얼마나 멋지게 어울리는지." "여보……." 하고 그녀가 말했다. "왜 거기 서 있어? 나는 황제야. 이제 교황이 될 거야. 넙치에게 가." "아, 여보……." 하고 남편이 말했다. "어째서 당신은 모든 것을 원하지? 당신은 교황이 될 수 없어. 교황은 기독교 세계에 단 한 분뿐이야. 그건 넙치도 못 해!" "여보, 멍청한 소리 지껄이지 마!" 하고 아내가 말했다. "넙치가 황제를 만들 수 있다면 교황도 만들어. 당장 가. 나는 황제이고, 당신은 그저 남편이야. 갈 거지?" 그는 몹시 겁이 났다. 갔으나 가면서도 맥이 다 빠져 있었다. 와들와들 떨었다. 무릎과 허벅지가 후들거렸다. 바람이 한차례 땅을 휩쓸고 구름이 씽씽 떠갔다. 그리고 저녁 무렵처럼 어둑해졌다. 나무에서 나뭇잎이 바람에 뜯겨 날아갔고, 바닷물이 높이 치솟아 마치 끓어오르는 듯 솨솨 철썩철썩 해안을 때렸고, 멀리 조난 신호의 총성을 울리며 파도 위에서 춤추고 튀어 오르는 배들이 보였다. 그래도 하늘 한가운데는 조금 파랬지만 양옆은 거센 천둥 번개처럼 아주 빨갛게 물들었다. 거기 서서 그는 절망에 가득 차 두려움에 사로잡혀 말했다.

"만체, 만체, 팀페 테,
넙치야, 바닷속 넙치야,
내 아내가, 일제빌이
나와는 바라는 게 다르구나."

"그런데 대체 무얼 바라는데요?" 하고 넙치가 물었다. "아……." 하고 남편이 말했다. "아내는 교황이 되겠다는구나." "가세요, 그분은 이미 되어 있어요." 하고 넙치가 말했다.

그는 갔고, 도착했을 때 큰 교회가 궁전들에 에워싸여 서 있었다. 그는 군중을 헤치고 나아갔다. 어쨌든 안에는 모든 것이 수천 개의 등불로 밝게 빛났다. 아내는 황금 옷에 감싸여 훨씬 더 높은 왕좌에 앉았는데 세 개의 커다란 황금 관을 쓰고 있었다. 주위에는 수많은 성직자 대표가 있었다. 양옆으로는 세상에서 가장 높은 탑만큼이나 우람하고 커다란 촛불들이 가장 큰 것부터 더없이 작은 부엌 양초까지 줄지어 늘어서 있었다. 모든 황제와 왕이 무릎을 꿇고 엎드려 그녀의 신발에 입을 맞추었다. "여보." 하며 남편이 아내를 바라보았다. "당신 이제 교황인가?" "그래." 하고 그녀가 말했다. "내가 교황이야." 그는 서서 그녀를 바라보았다. 마치 환한 태양을 보고 있는 것만 같았다. 한동안 그렇게 바라보고 나서 말했다. "아, 여보, 교황이 당신한테 얼마나 잘 어울리는지!" 그러나 그녀는 나무처럼 완전히 뻣뻣하게 앉아 꼼짝달싹도 하지 않았다. 그래서 그가 말했다. "여보, 교황이니 이제 만족하지. 당신은 더 이상 아무것도 될 게 없으니까." "그건 좀 생각해 보겠어." 하고 아내가 말했다. 그러고 나서 둘은 잠자리에 들었다. 그러나 그녀는 만족하지 않았고, 욕심은 그녀를 잠들지 못하게 했다. 그녀는 또 무엇이 더 될 수 있을지 계속 생각했다.

남편은 낮에 많이 달려야 했기 때문에 깊이 잤다. 그러나 아내는 전혀 잠들 수 없었고 또 뭐가 될 수 있을지 온 밤을 이리저리 뒤척이며 곰곰이 생각했다. 그렇지만 아무것도 더 이상 생각해 낼 수 없었다. 마침내 해가 뜨려 했고, 붉은 서광이 비치자 아내는 침대에 꼿꼿하게 앉아 그것을 뚫어지게 바라보았다. 창밖에 해가 떠오르는 것을 보았을 때 하, 그녀는 생각했다, 내가 해와 달을 뜨게 할 수 있을까? "여보……." 하며 아내가 팔꿈치로 남편의 갈비뼈를 툭툭 쳤다. "일어나, 넙치한테 가. 나는 하느님처럼 되겠어." 남편은 여전히 잠에 취해 있었다. 그러나 어찌나 놀랐는지 침대에서 굴러떨어졌다. 그는 잘못 들었다고 생각하며 두 눈을 비비면서 말했다. "아, 여보, 뭐라고?"

"여보……." 하고 그녀가 말했다. "내가 해와 달을 뜨게 하지 못한다니 견딜 수가 없어. 해와 달을 내가 직접 뜨게 할 수 있을 때까지 나는 더는 평안한 시간이 없을 거야." 그러면서 아주 심술궂게 노려봐 남편은 소름이 끼쳤다. "당장 가. 나는 하느님처럼 되겠어." "아 여보……." 하며 남편이 그 앞에 무릎을 꿇었다. "그건 넙치가 못 해. 황제와 교황은 만들어도. 당신, 정신을, 정신을 좀 차려. 그리고 교황에 머물러." 그러자 심술이 압도해 곤두선 머리카락을 사방으로 거칠게 휘날리며 그녀가 소리 질렀다. "난 견디지 못해! 난 그걸 더는 견디지 못해! 당신 가지 않을 거야?" 그러자 그는 바지를 입고 실성한 사람처럼 달려 그 자리를 피했다.

바깥은 폭풍이 일며 포효해 그가 두 발로 서 있기도 힘들었다. 집과 나무들이 바람에 쓰러지고, 산들이 흔들리고, 바위들이 바닷속으로 굴러 들어가고, 하늘은 온통 역청처럼 새까맸다. 천둥이 치고 번개가 쳤으며, 바다는 교회 탑과 산들처럼 높다란 검은 파도가 일고, 그 꼭대기에 모두 흰 거품 관을 쓰고 있었다. 거기서 그가 소리쳤지만 자기 말이 들리지 않았다.

"만체, 만체, 팀페 테,
넙치야, 바닷속 넙치야,
내 아내가, 일제빌이

나와는 바라는 게 다르구나."

"그런데 대체 무얼 바라는데요?" 하고 넙치가 물었다.

"아……." 하고 그가 말했다. "아내는 하느님이 되겠단다." "가세요, 그녀는 다시 오두막에 앉아 있어요."

거기에 그들은 지금도 여전히 앉아 있다.

20

용감한 꼬마 재단사

어느 여름날 아침 꼬마 재단사가 창가에 놓인 작업대에 앉아 있었다. 그는 기분이 좋아서 있는 힘껏 바느질을 했다. 그때 농부의 아내가 길을 따라 내려오며 외쳤다. "좋은 잼이 싸요! 좋은 잼이 쌉니다!" 그 소리가 귀에 기분 좋게 들려서 꼬마 재단사는 작은 머리를 창문으로 쑥 내밀고 외쳤다. "여기로 올라오세요, 아주머니. 여기다 물건을 내려놓고 가세요." 여자는 무거운 바구니를 이고 3층을 올라 재단사에게로 와서 그 앞에 항아리들을 모두 풀어놓아야 했다. 그는 모든 것을 살펴보고 들어 올려 코에 대 보고는 드디어 말했다. "잼이 좋아 보이는데요. 100그

램 정도 달아 덜어 주세요, 아주머니, 그게 반의 반 파운드쯤이어도 괜찮아요.” 좋은 매상을 올릴 줄 알았던 부인은 그가 원하는 만큼을 주고는 몹시 화가 나 툴툴거리며 갔다. “이 잼에 신이 축복을 내리시기를.” 하고 재단사가 외쳤다. “그리고 내게 힘과 강건함을 주시기를.” 그렇게 그는 찬장에서 빵을 꺼내 와 큰 덩어리에서 한 조각을 얇게 잘라내어 잼을 발랐다. “쓴맛이 나진 않겠지.” 하고 그가 말했다. “그런데 한 입 먹기 전에 조끼를 마저 만들어야겠어.”

그는 빵을 옆에 두고 바느질을 계속했는데 기뻐서 바늘 땀이 점점 더 커졌다. 그사이 달콤한 잼 냄새가 벽까지 퍼져 거기에 무더기로 붙어 있던 파리들이 유혹당해 떼를 지어 빵 위로 내려앉았다. “에이, 누가 너희를 초대했어?” 하며 재단사는 불청객들을 쫓아냈다. 그러나 독일어를 알아듣지 못하는 파리들은 물러나지 않고 점점 더 큰 무리를 지어 다시 왔다. 그러자 재단사는 마침내 화가 치밀어 올라 생지옥을 나와서 걸레를 집어 들었다. 그러고는 “기다려, 맛 좀 보여 주겠어!” 하며 인정사정없이 내리쳤다. 걸레를 들고 헤아려 보니 일곱은 되게 죽어서 다리를 뻗고 있었다. “너 이런 대단한 녀석이었어?” 하고 그는 자신의 용기에 감탄했다. “이건 온 도시에 알려야겠어.” 그러고는 급히 허리띠를 재단하여 꿰매고는 그 위에 “일격에 일곱!"이라고 큰 글씨를 수놓았다. "에이, 도시가 뭐야!" 그는 계속 말했다. "온 세상이 알게 해야지!" 그러면서 그의 가슴은 기쁨으로 양의 꼬리처럼 콩닥콩닥 뛰었다.

꼬마 재단사는 허리띠를 두르고 세상에 나가기로 결심했다. 작업장이 그의 담력에 비해 너무 작다고 생각했기 때문이었다. 떠나기 전에 그는 가지고 갈 게 있는지 집을 뒤지며 찾았다. 그러나 오래된 치즈 한 조각뿐이어서 그 치즈를 호주머니에 집어넣었다. 대문 앞에서 덤불에 걸린 새 한 마리가 보여 그것도 호주머니 속 치즈 곁으로 가야 했다. 이제 그는 길을 떠나 용감하게 썩썩 걸었고, 몸이 가볍고 날렵하여 피로도 느끼지 않았다.

길은 그를 산으로 인도했는데, 산꼭대기에 닿으니 힘센 거인 하나가 앉아 아주 느긋하게 둘러보고 있었다. 꼬마 재단사는 담대하게 그를 향해 가서 말을 걸었다. "안녕하시오, 친구. 이보쇼, 거기 앉아 넓은 세상을 바라보는 거요? 나는 막 그리로 가는 길이고 거기서 나를 시험해 볼 참이오. 함께 갈 맘 없소?" 거인은 재단사를 경멸스럽게 바라보며 말했다. "이런 어벌벌! 가엾은 녀석!" "그럴지도 모르겠지만……." 하고 재단사가 대답하며 저고리 단추를 열고 거인에게 허리띠를 보여 주었다. "내가 어떤 사람인지 읽을 수 있겠지!" 거인은 "일격에 일곱." 하고 읽고는 꼬마 재단사가 때려죽인 사람들의 숫자라고 생각해 그 작은 대단한 녀석에게 존경심을 조금 품게 되었다. 하지만 우선 시험해 보려고 돌 하나를 손에 쥐고 으스러뜨리니 거기서 물까지 몇 방울 똑똑 떨어졌다. "이거 해 봐." 하고 거인이 말했다. "네가 힘이 세다면 말이야." "그게 다야?" 하고 꼬마 재단사가 말했다. "그건 우리 같은 사람한테는 애들 장난이야." 그러면서 주머니에 손을 넣어 연한 치즈를 꺼내어 누르니 즙이 줄줄 흘러내렸다. "봐." 그가 말했다. "이게 조금 더 낫지 않았어?" 거인은 무슨 말을 해야 좋을지 몰랐고, 쪼끄만 사람이 그러는 게 믿기지 않았다. 그래서 돌멩이 하나를 들어 눈에 보이지 않을 만큼 높이 던졌다. "자아, 꼬맹아, 이걸 따라 해 봐." "잘 던졌네." 하고 재단사는 "하지만 돌은 분명히 다시 땅으로 떨어졌지. 난 다시는 돌아오지 않게끔 던지겠어." 하며 주머니를 뒤져 새를 꺼내어 공중으로 던졌다. 새는 자유를 반기며 솟아올라 계속 날아가서는 돌아오지 않았다. "이 재주가 마음에 드나, 친구?" 하고 재단사가 물었다. "던지기는 좀 하는군." 하고 거인이 대답했다. "그럼 이제 네가 뭔가 제대로 된 걸 질 수 있는지 보자." 그는 베어져 바닥에 가로 놓인 우람한 참나무로 꼬마 재단사를 데리고 가서 말했다. "네가 그만큼 힘이 세다면 내가 숲에서 나무를 져 내리는 것을 돕거라." "좋지." 하고 작은 사람이 말했다. "넌 등걸을 어깨에 매. 내가 굵은 잔가지들을 들어 올려 짊어질게, 그게 제일 무겁잖아."

거인은 등걸을 어깨에 멨고 재단사는 굵은 가지 위에 앉았다. 뒤를 돌아보지 못하는 거인은 나무 전체를, 게다가 재단사까지 더해서 지고 가야 했다. 그의 뒤쪽에서 재단사는 아주 신나고 기분이 좋아 휘파람으로 노래를 불렀다. "재단사 셋이 말 타고 성문을 나서네." 마치 나무를 지고 가는 건 애들 놀이라는 듯이 말이다. 거인은 무거운 짐을 끌고 한참을 간 다음에 더는 갈 수가 없어서 외쳤다. "들어 봐, 난 나무를 내려놓아야겠어!" 꼬마 재단사는 여태 나무를 나른 듯이 냉큼 뛰어내려 나무를 두 팔로 안았다. 그러고는 거인에게 말했다. "넌 몸이 그렇게 크면서 나무 하나를 못 나른단 말이지."

그들은 함께 계속 갔다. 벚나무를 지나게 되자 거인이 잘 익은 열매들이 달린 나무 꼭대기를 잡고 가지를 구부려 꼬마 재단사의 손에 쥐여 주며 먹으라고 했다. 그러나 꼬마 재단사는 나무를 붙잡고 있을 힘이 없었다. 거인이 손을 놓자 나무가 공중으로 올라갔고, 꼬마 재단사도 함께 튕겨져 올랐다. 그가 다시 말짱하게 떨어져 내리자 거인이 말했다. "뭐지, 넌 그 호리호리한 가지를 붙잡고 있을 힘도 없잖아?" "그 힘은 없는데……." 하고 재단사가 대답했다. "혹시 너는 한 번 갈겨 일곱을 맞히는 사람에게 그런 게 대수라고 생각하는 거야? 난 뛰어서 나무를 넘은 거야, 저기 아래 사냥꾼들이 덤불 숲으로 총을 쏘니까. 너도 할 수 있거든 날 따라서 뛰어 봐." 거인은 해 보았으나 나무를 뛰어넘지 못하고 나뭇가지들에 걸렸다. 이것도 재단사가 계속 우위였다. 거인이 말했다. "네가 그렇게 대단

한 녀석이라면 동굴로 같이 들어가 우리 집에서 밤을 보내자." 꼬마 재단사는 기꺼이 그를 따라갔다.

그들이 동굴에 도착했을 때 다른 거인들은 불가에 앉아 구운 양을 한 마리씩 손에 들고 먹고 있었다. 재단사는 둘러보며 생각했다. '여기는 내 작업실보다 훨씬 더 넓군.' 거인은 그에게 침대 하나를 정해 주며 들어가서 푹 자라고 말했다. 그러나 그 침대가 너무 커서 꼬마 재단사는 안에 눕지 않고 한쪽 귀퉁이로 기어 들어갔다. 자정이 되어 꼬마 재단사가 깊이 잠들었다고 생각하자 거인이 일어나 커다란 쇠막대기로 한 번 쳐서 침대를 두 동강 내고는 그 메뚜기 같은 녀석을 끝장냈다고 생각했다. 아주 이른 아침 거인들은 숲으로 갔고 꼬마 재단사를 까맣게 잊어버렸다. 그때 갑자기 매우 우습고도 대담하게 그가 썩썩 걸어 따라왔다. 거인들은 놀랐고, 꼬마 재단사가 그들을 모두 때려죽일까 봐 겁이 나 황급히 내뺐다.

꼬마 재단사는 뾰족한 코를 따라서 계속 갔다. 한참을 걷다가 왕궁 뜰에 이르렀고, 그는 피로를 느껴 풀밭에 누워 잠이 들었다. 그가 누워 있는 동안 사람들이 와서 사방에서 그를 살피다가 허리띠에 적힌 것을 읽었다. "일격에 일곱." "아……." 하고 사람들이 말했다. "이런 큰 전쟁 영웅이 여기 평화의 한복판에서 무얼 하는 걸까? 막강한 영주가 틀림없는데." 사람들은 가서 왕에게 이 사실을 전하며 만약 전쟁이 터지면 쓸모 있을 중요한 사람인 듯하니 떠나게 두면 안 되겠다고 말했다. 왕은 그 조언이 마음에 들어 재단사가 깨면 전쟁 복무를 제안하라고 궁인을 보냈다. 특사는 잠자는 사람 곁에 서서 그가 기지개를 켜며 눈을 뜰 때까지 기다렸다가 제안을 전달했다. "바로 그래서 제가 여기에 왔습니다." 하고 그가 대답했다. "저는 왕에게 봉사할 마음이 있습니다." 그리하여 그는 영예롭게 받아들여졌고 특별한 거처를 배정받았다. 그러나 병사들은 적대적이어서 꼬마 재단사가 천 리 밖에 머물기를 바랐다. "이 끝이 어떻게 되겠어?" 그들은 이야기했다. "시비가 붙어 저 사람이 치면 우리 같은 사람은 한 번에 일곱이 쓰러져 그에게 맞서지 못해."

그리하여 그들은 결단을 내려 모두 함께 왕에게로 가서 떠나게 해 달라고 부탁했다. "저희는 한 방에 일곱을 쓰러뜨리는 사람을 견디도록 생기지 않았습니다." 왕은 한 사람 때문에 충직한 신하를 모두 잃는 것이 슬퍼서 자기 두 눈이 그 사람을 보지 않았으면 했고, 그를 다시 떨치고만 싶었다. 그러나 떠나보낼 엄두가 나지 않았다. 그가 백성들을 모조리 때려죽이고 왕좌에 앉을지 몰라 겁이 났기 때문이다. 왕은 오래 이리저리 생각하다 마침내 방책을 하나 찾아냈다. 그러고는 사람을 보내어 꼬마 재단사가 참으로 큰 전쟁 영웅인 것 같으니 한 가지 제안을 하겠다고 전했다. 숲에 거인이 둘 사는데 강도, 살인, 약탈, 방화로 큰 해를 입혔고 목숨을 거는 위험을 무릅쓰지 않고는 누구도 거인들에게 가까이 갈 수 없었다고, 만약 꼬마 재단사가 두 거인을 제압해 죽여 준다면 왕은 하나뿐인 딸을 아내로 주고 왕국의 절반을 지참금으로 주겠다고 했다. 기사 100명이 함께 가서 그를 도울 터였다. '그야말로 나 같은 사람한테 딱 맞는 일 같은데.'라고 재단사는 생각했다. '아름다운 공주와 왕국 절반을 누가 날마다 주겠다고는 하진 않지.' "아 네." 하고 그는 회답했다. "거인은 제가 제압할 테니 기사 100명은 필요 없습니다. 한 번 갈겨 일곱을 때리는 사람이 둘 앞에서 두려울 필요는 없지요."

재단사는 출발했고, 기사 100명이 그를 뒤따랐다. 숲 가장자리에 다다랐을 때 그는 함께 온 사람들에게 말했다. "여기서 기다리시오. 거인들은 나 혼자 끝내려 하오." 한참 지나 그는 두 거인을 보았다. 그들은 나무 밑에 누워 코를 골고 있었고, 콧김에 나뭇가지들이 오르락내리락했다. 꼬마 재단사는 바지런히 두 주머니에 돌을 가득 채우고 나무 위로 올라갔다. 나무를 반쯤 올라가 그는 잠들어 있는 거인들 머리 위까지 가지 하나를 타고 미끄러졌다. 그러고는 거인 하나의 가슴 위에 돌멩이를 하나씩 떨어뜨렸다. 거인은 오랫동안 아무것도 느끼지 못했지만 마침내 눈을 뜨고 친구를 밀치며 말했다. "왜 때려?" "너 꿈을 꾸는구나." 하고 다른 거인이 말했다. "난 널 때리지 않아." 그들은 다시 누웠다. 그러자 재단사가 두 번째 거인에게 돌멩이를 떨어뜨렸다. "이건 뭐지?" 하고 두 번째 거인이 외쳤다. "왜 때리는 거야?" "난 너를 때리지 않아." 하고 첫 번째 거인이 대답하며 툴툴거렸다. 둘은 한동안 이리저리 다투었지만 지쳐서 그만두었고, 눈꺼풀이 다시 내려왔다. 꼬마 재단사는 놀이를 새롭게 시작해 가장 굵은 돌멩이를 골라 첫 번째 거인의 가슴 위에 힘껏 던졌다. "이건 너무 심하잖아!" 하고 그가 소리 지르며 정신 나간 사람처럼 펄쩍 뛰어 일어나 나무가 들들 떨리도록 친구를 나무에 밀어붙였다. 상대방도 똑같이 앙갚음을 했고, 둘은 너무 화가 나 나무들을 통째로 마구 뽑아 서로를 쳤다. 어찌나 오래 그랬는지 마침내 둘 다 동시에 땅에 쓰러져 죽었다. 그러자 꼬마 재단사가 뛰어 내려왔다. "참 행운일세." 하고 꼬마 재단사가 말했다. "저들이 내가 앉아 있는 나무를 뽑지 않아서. 그랬더라면 내가 다람쥐처럼 다른 나무로 건너뛰어야 했을 텐데. 우리 같은 사람이 날렵하기야 하지만!" 그는 칼을 뽑아 두 거인의 가슴을 몇 번 찌르고는 숲을 나와 기사들에게로 가서 말했다. "다 끝났네, 내가 둘을 끝장냈지. 하지만 어려웠어! 그들이 급한 김에 나무를 뽑아 방어했거든. 그런데 한 번 갈겨 일곱인 사람이 오면 다 소용 없지." "다치진 않으셨나요?" 하고 기사들이 물었다. "다 수가 있지." 하고 재단사가 대답했다. "그들은 내 머리카락 한 올 휘어 놓지 못했어." 기사들은 도무지 믿을 수 없어서 말을 타고 숲속으로 들어갔다. 거기서 거인들이 피를 흥건히 흘리고 있는 것을 보았다. 사방에는 뽑힌 나무들이 가로놓여 있었다.

꼬마 재단사는 약속한 보상을 왕에게 요구했다. 그러나 왕은 약속이 후회되어 어찌하면 영웅을 떨칠 수 있을지 생각했다. "내 딸과 왕국의 절반을 받기 전에……." 하고 왕이 말했다. "자네는 영웅적인 행위를 하나 더 완수해야 하네. 숲속에 일각수 한 마리가 돌아다니는데 큰 해악을 저질러. 그걸 우선 사로잡아야 하네." "일각수 한 마리야 거인 둘보다는 훨씬 덜 무섭죠. 일격에 일곱, 그게 제 일인걸요." 그는 밧줄 하나와 도끼 하나를 들고 나가 숲으로 들어갔다. 함께 온 사람들은 또다시 바깥에서 기다리

게 했다. 오래 찾을 필요 없이 일각수가 곧 나타나더니 당장 재단사에게 그 외뿔을 꽂겠다는 듯이 곧장 달려왔다, "살살, 살살……." 하고 그가 말했다. "그렇게 재빨린 안 돼." 하며 멈추어 서서 그 동물이 아주 가까워질 때까지 기다렸다가 날렵하게 나무 뒤로 뛰었다. 일각수는 온 힘을 다해 나무로 돌진해 그만 뿔이 나무 등걸에 단단히 박히고 말았다. 다시 몸을 뺄 힘이 남아 있지 않아 일각수는 사로잡혔다. "이제 새를 잡았군." 하고 재단사는 나무 뒤에서 나와 일각수의 목에 밧줄을 걸고 나서 나무에 박힌 뿔을 도끼로 쳐 나무에서 떼어 냈다. 모든 게 준비되자 그는 짐승을 왕에게 끌고 갔다.

왕은 여전히 약속한 보상을 해 주고 싶지 않아 세 번째 요구를 했다. 재단사는 왕을 위해 결혼식 전에 숲에서 큰 해악을 끼치는 멧돼지 한 마리를 사로잡아야 했다. 사냥꾼들이 도울 터였다. "그러죠, 뭐." 하고 재단사가 말했다. "그건 애들 장난이죠." 그는 사냥꾼들을 숲으로 데리고 들어가지 않았고, 사냥꾼들도 그것에 만족했다. 멧돼지는 이미 여러 번 그들을 맞아 준 터라 또 그 뒤를 쫓고 싶지 않았던 것이다. 재단사를 보자 멧돼지는 입에 거품을 물고 달려와 송곳 같은 이빨로 그를 땅에 쓰러뜨리려고 했다. 그러나 우리의 날렵한 주인공은 가까이 있던 작은 기도실로 뛰어들었다가 위쪽 창문으로 펄쩍 뛰어 금방 다시 나왔다. 멧돼지가 뒤를 따랐지만 재단사가 바깥으로 뛰어 나오며 문을 쾅 닫았다. 화가 난 짐승은 사로잡혔다. 창문으로 뛰기에는 너무 무겁고 둔했던 것이다. 재단사는 사냥꾼들을 불러 사로잡힌 짐승을 직접 보여 주었다. 그리고 영웅은 왕에게 갔다. 이제 왕은 원하든 말든 약속을 지킬 수밖에 없어서 그에게 딸과 왕국의 절반을 넘겨주었다. 왕이 앞에 서 있는 사람이 전쟁 영웅이 아니라 재단사라는 걸 알았더라면 더더욱 마음이 아팠으리라. 그리하여 결혼식이 크고 호화롭게 또 조금 기쁘게 거행되었고 일개 재단사는 왕이 되었다.

얼마 후 젊은 왕비는 밤에 남편이 꿈을 꾸며 하는 말을 들었다. "애야, 조끼 만들고 바지 꿰매 줘, 안 그러면 손자국이 남도록 따귀를 갈길 거야." 그때 왕비는 젊은 영주가 어떤 골목 출신인지를 알아차리고 다음 날 아침 아버지에

게 괴로움을 하소연하며 한낱 재단사일 뿐 아무것도 아닌 사람을 떠나게 도와달라고 청했다. 왕은 딸을 위로하며 말했다. "오늘 밤에는 방문을 열어 놓거라. 시종들에게 바깥에 서 있다가 그가 잠들거든 들어가서 그를 묶어 배로 옮기게 하겠다. 배가 먼 나라로 데려가겠지." 아내는 만족했다. 그러나 모든 말을 들은 왕의 병사가 젊은 주인에게 마음이 기울어 그에게 모든 정보를 알려 주었다. "빗장을 질러 두지." 하고 재단사가 말했다. 저녁에 그는 평소대로 아내와 함께 잠자리에 들었다. 그가 잠들었다고 믿었을 때 그녀가 일어나 문을 열어 놓고 다시 누웠다. 자는 척하던 꼬마 재단사가 또렷한 목소리로 외치기 시작했다. "얘야, 내 조끼를 만들고 바지를 꿰매 줘, 안 그러면 손자국이 남도록 뺨을 갈길 거야! 나는 한 번 갈겨 일곱을 맞히고, 거인 둘을 죽이고, 일각수를 없애고, 멧돼지 한 마리를 사로잡았거든. 바깥 방 앞에 서 있는 자들을 두려워할까!" 재단사가 하는 말을 듣자 바깥에 서 있던 사람들은 겁이 덜컥 나 마치 난폭한 군대가 뒤쫓아 오기라도 하는 듯이 내뺐다. 그리고 누구도 더 이상 그에게 다가설 엄두를 못 냈다. 그리하여 꼬마 재단사는 평생 변함없이 왕이었다.

21

재투성이[7]

구연 동화 듣기

어떤 부유한 사람의 아내가 병이 들었다. 자기가 얼마 더 살지 못한다는 것을 알았을 때 아내는 하나뿐인 어린 딸을 머리맡으로 불러 말했다. "얘야, 언제나 경건하고 착하게 살도록 해라. 그러면 사랑의 하느님께서 너를 지켜 주실 거야. 나는 하늘에서 내려다보며 늘 네 주위에 있으

7 Aschenputtel. 신데렐라로 라틴어화되어 알려진 이름의 본디 뜻을 살렸다. Aschenputtel은 이름이지만 '재(Asche)'라는 명사와 (닭이나 비둘기처럼) '뒹굴다, 구르다(putteln)'라는 동사의 어근을 합성한 것으로, 재를 뒤집어쓴 지저분한 모습을 연상시키는 이름이다.

마.” 얼마 후 어린 딸의 어머니는 세상을 떠났다. 소녀는 날마다 어머니 무덤으로 가서 울었다. 그리고 언제나 경건하고 착하게 살았다. 겨울이 오자 무덤 위에는 하얀 천을 펼친 것처럼 눈이 덮였다. 봄볕이 다시 내리쬐었을 때 소녀의 아버지는 새 아내를 맞았다.

새 아내는 딸 둘을 데리고 들어왔는데 얼굴이 예쁘고 하얗지만 마음씨는 못나고 새까맸다. 가엾은 소녀에게는 어려운 시절이 시작되었다. 그들은 “저 멍청한 계집애가 방안에만 들어앉아 있어야 한단 말이야!” 하고 말했다. “밥을 먹으려거든 밥값을 해야지. 부엌일하는 애와 같이 나가거라.” 새엄마와 새 언니들은 소녀의 예쁜 옷을 벗기고 낡은 잿빛 작업복을 입히고 나막신을 신겼다. 잿빛 옷을 입은 소녀를 보고 두 딸이 깔깔대며 웃었다. “이 뽐내는 공주님 좀 봐, 어떻게 치장

을 했는지!" 하고 외치고 그들은 소녀를 부엌으로 데려갔다. 부엌에서 소녀는 아침부터 밤까지 힘든 일을 해야 했다. 날이 새기도 전에 일어나 물을 긷고 불을 지피고 요리를 하고 빨래를 했다. 게다가 의붓언니들은 별의별 못된 일을 다 생각해 내서 소녀를 괴롭히고 놀렸으며 완두콩과 불콩을 잿더미에 쏟아 놓고 소녀더러 쪼그리고 앉아 다시 골라내라고 시켰다. 밤이 되면 일에 지친 소녀는 침대로 가는 게 아니라 아궁이 옆 잿더미에서 잠을 잤다. 그래서 노상 재를 뒤집어쓰고 더럽게 보였기 때문에 그들은 소녀를 '재투성이'라고 불렀다.

한번은 아버지가 장에 가게 되었다. 아버지는 두 의붓딸에게 무엇을 사다 줄지 물었다. 큰딸은 "예쁜 옷이요." 하고, 둘째 딸은 "진주와 보석들요." 했다. "그런데 너, 재투성이야." 하고 아버지가 물었다. "넌 무얼 갖고 싶으냐?" 재투성이가 대답했다. "돌아오시는 길에 아버지 모자에 부딪히는 첫 번째 어린 나뭇가지를 꺾어다 주세요." 아버지는 두 의붓딸을 위해 옷과 진주와 보석을 샀다. 그리고 돌아오는 길에 초록 덤불 숲을 말을 타고 지나다 개암나무 어린 가지에 스쳐 모자가 땅에 떨어졌다. 그래서 아버지는 그 가지를 꺾어 왔다. 집으로 돌아온 아버지는 의붓딸들에게 옷과 보석을 주었고, 재투성이한테는 개암나무 어린 가지를 주었다. 재투성이는 고마워하며 어머니 무덤으로 가서 그 어린 가지를 심고 오래도록 울었다. 얼마나 울었던지 눈물이 어린 가지를 적셨다. 어린 가지는 날마다 자라나 멋진 나무가 되었다. 재투성이는 하루에 세 번씩 나무 아래로 가서 울며 기도했다. 그때마다 하얀 새 한 마리가 날아왔고, 소녀가 소망을 이야기하면 작은 새는 소녀가 바라던 것을 떨어뜨려 주었다.

왕이 사흘 동안 계속되는 잔치를 베풀었고 왕자의 신부를 찾기 위한 이 잔치에 나라 안 모든 아름다운 소녀가 초대를 받았다. 두 의붓언니는 자기들도 참석한다는 말을 듣고 기분이 좋아 재투성이를 불러서 소리쳐 말했다. "우리 머리를 빗겨 줘, 구두를 손질해 주고. 허리띠도 단단히 조여 줘. 우린 왕의 성에서 열리는 결혼 잔치에 가거든!" 재투성이는 시키는 대로 했지만 함께 잔치에 가고 싶어 울다가 새어머니한테 자기도 가게 해 달라고 말했다. "너 같은 재투성이가?" 새어머니가 말했다. "이렇게 재투성이에다 더러우면서 결혼 잔치에 가겠다고? 옷도 구두도 없으면서 어떻게 춤을 출래?" 그러나 재투성이는 계속해서 가게 해 달라고 부탁했다. 마침내 새어머니가 말했다. "여기 불콩 한 양푼을 잿더미 속에 쏟아 놓았다. 두 시간 안에 다 골라내면 데려가마." 소녀는 뒷문을 통해 뜰로 나가 외쳤다. "순한 비둘기들아, 산비둘기들아, 하늘 아래 모든 새들아,

와서 내가 콩 줍는 걸 좀 도와 다오.

좋은 콩은 냄비에다

나쁜 콩은 자루에다."

그러자 부엌 창문으로 하얀 비둘기 두 마리가 들어왔다. 그다음에 산비둘기들이, 마지막으로 하늘 아래 사는 모든 새가 훽훽 떼 지어 몰려 들어와 잿더미 둘레에 내려앉았다. 비둘기들이 작은 머리를 끄덕끄덕하며 콕, 콕, 콕, 콕 콩을 쪼기 시작했고 나머지 새들도 콕, 콕, 콕, 콕 쪼기 시작해 쓸 만한 콩알을 그릇에다 주워 담았다. 한 시간도 채 지나지 않아 새들은 벌써 콩 줍기를 다 끝내고 모두 다시 날아갔다.

소녀는 결혼 잔치에 가도 되리라고 믿으며 기뻐했다. 곧 소녀는 콩을 담은 그릇을 새어머니에게 가져갔다. 그러나 새어머니가 말했다. "안 된다, 재투성이야, 넌 옷도 없고 춤도 출 줄 모르잖니. 비웃음만 당할걸!" 소녀가 울자 새어머니가 말했다. "네가 두 양푼에 가득 찬 불콩을 한 시간 안에 잿더미에서 깨끗하게 골라낸다면 데리고 가마." 그러면서 새어머니는 생각했다. '이건 정말 절대로 못 할 거야.' 새어머니가 불콩 두 양푼을 잿더미 속에 쏟아붓자 소녀는 뒷문을 통해 뜰로 나가 외쳤다.

"순한 비둘기들아, 산비둘기들아, 하늘 아래 모든 새들아,

와서 내가 콩 줍는 걸 좀 도와다오.

좋은 콩은 냄비에다

나쁜 콩은 자루에다.”

그러자 부엌 창문으로 하얀 비둘기 두 마리가 들어왔고, 그다음에 산비둘기가, 마지막으로 하늘 아래 모든 새가 휙휙 떼 지어 몰려 들어와 잿더미 둘레에 내려앉았다. 비둘기가 고개를 끄덕끄덕하며 콕, 콕, 콕, 콕 콩을 쪼기 시작했다. 나머지 새들도 콕, 콕, 콕, 콕 쪼기 시작해 쓸 만한 콩알을 모두 그릇에 담았다. 삼십 분도 지나지 않아 새들은 벌써 콩 줍기를 다 끝내고 모두 다시 날아갔다. 소녀는 양푼을 새어머니에게 들고 가면서 이제는 결혼 잔치에 가게 됐다고 믿으며 기뻐했다. 그러나 새어머니가 말했다. “그래 봤자 아무 소용 없어. 넌 같이 가지 못해. 옷도 없고 춤도 못 추니까. 우린 네가 창피할 거야.” 그러고는 등을 돌리고 뽐내는 두 딸을 데리고 서둘러 떠났다.

아무도 집에 남아 있지 않자 재투성이는 개암나무 아래 어머니의 무덤으로 가서 외쳤다.

“흔들어라 나무야, 털어라 나무야,
금을, 은을 내 위에 떨어뜨려 다오.”

그러자 새가 금과 은으로 짠 옷을 떨어뜨려 주었다. 은실과 비단실로 수놓은 신발도 같이 떨어뜨려 주었다. 서둘러 옷을 입고 소녀는 결혼 잔치에 갔다. 언니들과 새어머니는 소녀를 알아보지 못하고 어느 먼 나라 공주일 거라고 생각했다. 황금 옷을 입은 소녀는 그토록 아름답게 보였다. 그 소녀가 재투성이일 거라고는 꿈에도 생각하지 못했다. 재투성이야 집 안 더러운 곳에 앉아 잿더미 속에 뿌려진 콩이나 골라내고 있을 거라고 생각했다. 왕자가 소녀에게 다가와 손을 잡고 함께 춤을 추었다. 왕자는 다른 누구와도 춤을 추려 하지 않았고 소녀의 손을 놓아주지도 않았다. 어떤 사람이 소녀에게 춤을 청하러 오면 왕자는 말했다. "이분은 제 상대입니다."

재투성이는 저녁까지 춤을 추고 집으로 돌아가려 했다. 그러나 왕자가 말했다. "함께 가요, 바래다 드릴게요." 왕자는 아름다운 소녀가 어느 집 딸인지 알고 싶었다. 왕자와 소녀는 함께 집 가까이까지 갔다. 그러나 소녀가 왕자의 손을 벗어나 비둘기 집으로 뛰어들었다. 왕자는 아버지가 올 때까지 기다렸다가 어떤 소녀가 비둘기 집으로 뛰어들었다고 말했다. 아버지는 '혹시 재투성이였을까?' 생각했다. 그들은 비둘기 집을 부수기 위해 도끼와 곡괭이를 가져와야 했다. 그러나 안에는 아무도 없었다. 다들 집에 돌아왔을 때 재투성이는 더러운 옷을 입고 잿더미 속에 누워 있었다. 굴뚝에서는 작은 기름 등불이 흐릿하게 타고 있었다. 그도 그럴 것이 재투성이는 재빨리 비둘기 집 뒤쪽으로 뛰어내려 개암나무로 달려가 아름다운 옷을 벗어 무덤 위에 놓았고, 새가 그걸 다시 가져간 다음 잿빛 옷을 입고 부엌으로 가서 잿더미 위에 앉아 있었기 때문이다.

다음 날 잔치가 새로 시작되고 아버지와 새어머니, 의붓 언니들이 다시 왕궁으로 떠나자 재투성이는 개암나무 아래로 가서 말했다.

"흔들어라 나무야, 털어라 나무야,

금을, 은을 내 위에 떨어뜨려 다오."

그러자 새는 전날보다 훨씬 더 훌륭한 옷을 떨어뜨려 주었다. 이 옷을 입은 재투성이가 결혼 잔치에 나타나자 누구나 그 아름다움에 놀랐다. 소녀가 오기를 기다렸던 왕자는 즉시 그 손을 잡고 오직 소녀하고만 춤을 추었다. 다른 사람들이 와서 춤을 청하면 왕자는 말했다. "이분은 제 상대입니다."

저녁이 되자 재투성이는 떠나려 했고, 왕자는 따라가서 재투성이가 어느 집으로 들어가는지 알아보려 했다. 그러나 재투성이는 펄쩍 뛰어 왕자에게서 떨어져 집 뒤뜰로 들어갔다. 뜰에는 먹음직스러운 배가 주렁주렁 달린 멋지고 커다란 나무가 서 있었다. 소녀가 다람쥐처럼 날쌔게 가지들 사이로 기어 올라가 버려 왕자는 소녀가 어디로 갔는지 알 수 없었다. 왕자는 아버지가 올 때까지 기다렸다가 말했다. "어떤 소녀가 제게서 빠져나갔습니다. 배나무 위로 뛰어 올라간 것 같습니다." 아버지는 '혹시 재투성이였을까?' 생각하고는 도끼를 가져오게 해서 나무를 베어 넘겼다. 그러나 나무 위에는 아무도 없었다. 다들 부엌으로 들어갔을 때 재투성이는 여느 때와 다름없이 잿더미 속에 누워 있었다. 그도 그럴 것이 재투성이는 나무에서 반대쪽으로 뛰어내려 개암나무에 앉은 새에게 입고 있던 아름다운 옷을 돌려주고 잿빛 옷을 다시 입었기 때문이다.

셋째 날 부모와 언니들이 떠나고 나자 재투성이는 다시 어머니의 무덤으로 가서 나무에게 말했다.

"흔들어라 나무야, 털어라 나무야,

금을, 은을 내 위에 떨어뜨려 다오."

그러자 새는 소녀가 한 번도 본 적 없는 화려하고 반짝이는 옷 한 벌을 떨어뜨려 주었다. 혼례용 신부복이었고 신발은 순금이었다. 소녀가 그 옷을 입고 나타나자 사람들은 너무 놀라 입을 딱 벌리고 아무 말도 하지 못했다. 왕자는 재투성이하고만 춤을 추었고, 누가 재투성이한테 춤을 청하면 왕자는 말했다. "이분은 제 상대입니다."

저녁이 되자 재투성이는 떠나려 했다. 왕자는 바래다주려 했지만 재투성이가 너무 빨리 도망쳐서 따라갈 수 없었다. 그런데 왕자는 꾀를 내어 계단에 온통 끈적끈적한 역청을 칠해 놓게 했다. 그래서 재투성이가 뛰어 내려갈 때 왼쪽 신발이 달라붙어 벗겨지고 말았다. 왕자가 주워 드니 조그맣고 예쁜 순금 신발이었다.

다음 날 아침 왕자는 황금 신발을 가지고 아버지에게

가서 말했다. “다른 누구도 아니고 이 황금 신발에 발이 맞는 사람을 내 아내로 삼겠소.” 그러자 발이 예쁜 두 언니는 기뻐했다. 큰언니가 구두를 들고 방으로 들어가 신어 보려 했다. 어머니가 곁에 서 있었다. 그러나 발가락이 너무 길어 들어가지 않았다. 어머니가 딸에게 칼을 내밀며 말했다. “그 발가락을 잘라 버려라! 왕비가 되면 더 이상 걸어 다닐 필요가 없을 테니.” 딸은 발가락을 자르고 발을 억지로 구두에 쑤셔 넣고는 입술을 깨물며 아픈 걸 참고 왕자에게 갔다. 그리하여 왕자는 큰언니를 신부로 삼으려고 말에 태워 함께 떠났다. 두 사람은 무덤 곁을 지나야 했는데 거기 개암나무 가지에 비둘기 두 마리가 앉아 울었다.

“구구 저것 좀 봐, 구구 저것 좀 봐,
구두 속에 피가 들었네.
구두는 너무 작고

진짜 신부는 아직 집에 앉아 있네."

왕자는 큰언니의 발에 눈길을 주게 되었고 피가 솟아 나오는 것을 보았다. 왕자는 말을 돌려 가짜 신부를 집에 데려다주고는 이 사람은 아니니 다른 언니더러 신어 보라고 말했다. 둘째 언니가 방으로 들어가 신을 신어 보니 발가락은 다행히 들어갔으나 뒤꿈치가 너무 컸다. 그러자 어머니가 딸한테 칼을 건네며 말했다. "뒤꿈치를 뭉텅 잘라 버려라! 네가 왕비가 되면 더 이상 걸어 다닐 필요가 없을 테니." 딸은 뒤꿈치를 뭉텅 잘라 내고는 발을 억지로 구두에 집어넣고 이를 악물어 아픈 걸 참으며 왕자에게 갔다. 왕자는 둘째를 신부로 삼으려고 말 위에 태워 함께 떠났다. 두 사람이 개암나무 곁을 지나갈 때 비둘기 두 마리가 가지에 앉아 울었다.

"구구 저것 좀 봐, 구구 저것 좀 봐,
구두 속에 피가 들었네.
구두는 너무 작고
진짜 신부는 아직 집에 앉아 있네."

왕자는 둘째 언니의 발에 눈길을 주게 되었고 신발에서 피가 솟아 흰 양말이 온통 빨갛게 물든 것을 보았다. 왕자는 말을 돌려 가짜 신부를 다시 집에 데려다주었다. "이 사람도 아니오." 하고 왕자가 말했다. "댁에 다른 따님은 없소?" "없습니다." 하고 아버지가 말했다. "죽은 제 전처 소생으로 아직 어리고 미운 재투성이가 하나 있긴 합니다만 그 애는 왕자님의 신부가 될 수 없습니다." 왕자는 그 딸을 불러 오라고 명했다. 새어머니가 나서서 대답했다. "아, 안 됩니다. 그 앤 너무 더러워 감히 왕자님 앞에 나서게 할 수 없습니다." 그러나 왕자가 엄하게 그 딸도 봤으면 해서 재투성이를 부를 수밖에 없었다. 재투성이는 손과 얼굴을 깨끗하게 씻고 왕자 앞에 와서 사뿐히 절했다. 왕자는 재투성이에게 황금 구두를 내밀었다. 그리하여 재투성이가 의자에 앉아 무거운 나막신을 벗고 구두를 신으니 발에 맞춘 듯 꼭 맞았다. 왕자가 소녀의 얼굴을 보니 함께 춤을 춘 아름다운 소녀였다. 왕자가 외쳤다. "이 사람이 진짜 신부다!" 새어머니와 두 언니는 놀라고 화가 나 얼굴이 백지장처럼 하얘졌다. 왕자는 재투성이를 말에 태워 함께 떠났다. 그들이 개암나무 곁을 지나갈 때 두 마리 비둘기가 울었다.

"구구 저것 좀 봐, 구구 저것 좀 봐,
이젠 구두 속에 피가 없네.
구두는 잘 맞고,
왕자님이 진짜 신부를 모셔 가네."

그렇게 울고 나서 비둘기 두 마리가 날아와 재투성이의 어깨 위에 내려앉더니 하나는 오른쪽에, 다른 하나는 왼쪽에 그대로 앉아 있었다.

왕자의 결혼식이 거행되자 가짜 언니들이 와서 아양을 떨며 그 행복을 나누려고 했다. 신랑 신부가 교회로 갈 때 큰언니가 오른쪽에, 둘째가 왼쪽에 서니 비둘기들이 그들의 한쪽 눈을 쪼아 냈다. 결혼식이 끝난 뒤 나갈 때는 큰언니가 왼쪽에, 작은언니가 오른쪽에 있었고 비둘기들은 각각 다른 쪽 눈을 쪼아 냈다. 그리하여 둘은 심술부리고 거짓말한 벌을 평생토록 앞을 못 보는 것으로 받았다.

22

수수께끼

구연 동화 듣기

옛날에 왕자가 있었는데 세상을 돌아다니고 싶은 마음이 들어 충직한 시종 하나만 데리고 나섰다. 어느 날 왕자는 큰 숲에 들어갔고, 저녁이 되자 묵을 곳을 찾을 수 없어 어디에서 밤을 보내야 할지 몰랐다. 그때 작은 집으로 향하는 소녀가 보여 가까이 가 보니 어리고 예뻤다. 그가 말을 건넸다. "아가씨, 저와 제 시종이 작은 집에서 하룻밤 묵어도 될까요?" "아, 네." 하고 소녀가 슬픈 목소리로 말했다. "그럴 수는 있지만 그러지 않기를 권해요. 들어가지 마세요." "왜죠?" 하고 왕자가 물었다. 소녀가 한숨을 쉬며 말했다. "제 의붓어머니가 사악한 마술을 써요.

낯선 사람들을 좋게 생각하지 않는답니다." 그러자 왕자는 마녀의 집에 왔다는 것을 알아차렸다. 하지만 캄캄해지고 더는 갈 수 없는 데다 겁도 나지 않아 집 안으로 들어섰다. 할멈은 창가에 놓인 팔걸이의자에 앉아 있다가 빨간 눈으로 낯선 이들을 유심히 바라보았다. "어서 오시게." 할멈이 콧소리를 내며 아주 다정하게 굴었다. "앉아 쉬게나." 그녀는 입으로 후후 입김을 불어 뭔가를 끓이고 있던 작은 솥에 불길을 살렸다. 딸은 두 사람에게 아무것도 먹거나 마시지 말라고 주의를 주었다. 할멈이 고약한 음료를 만들기 때문이었다.

그들은 이른 아침까지 별일 없이 잤다. 다시 떠날 채비를 마치고 왕자가 말에 앉았을 때 할멈이 말했다. "잠깐만 기다려, 이별주를 한잔 줄 테니." 할멈이 마실 것을 가져오는 동안 왕자는 말을 타고 떠났다. 나쁜 마녀가 음료를 가져왔을 때는 말 안장을 단단히 조여야 했던 시종만 남아 있었다. “이건 주인에게 갖다 줘.” 하고 할멈이 말했는데 그 순간 유리잔이 터지고 독이 말에게 튀었다. 독이 어찌나 독한지 짐승이 그 자리에서 쓰러져 죽었다. 하인은 주인에게 달려가 있었던 일을 들려주었다. 그러나 안장을 버려두고 싶지 않아 가지러 되돌아갔다. 죽은 말에게 가 보니 까마귀 한 마리가 앉아 뜯어 먹고 있었다. “오늘 우리가 뭔가 더 나은 걸 찾을지 누가 알겠어.” 하며 시종은 까마귀를 죽여서 들고 갔다. 그들은 온종일 숲속을 계속 걸었지만 벗어나지 못했다. 어둠이 내리기 시작할 때 그들은 여관 하나를 발견하고 들어갔다. 시종은 저녁 식사로 준비해 달라며 여관 주인에게 까마귀를 주었다. 그러나 그들은 도둑 소굴에 걸려든 것이었다. 어둠 속에서 열두 명의 살인자들이 낯선 사람들을 죽이고 금품을 털려 하고 있었다. 작업을 시작하기 전 그들은 식탁에 앉았다. 여관 주인과 마녀가 같이 앉았고, 까마귀 고기를 썰어 넣은 국을 함께 먹었다. 그런데 몇 입 삼키자마자 모두 쓰러져 죽었다. 까마귀가 말고기를 먹을 때 독도 먹었기 때문이다. 집에는 여관 주인의 딸만 남았는데 딸은 생각이 올곧았고 불경한 일과는 아무런 상관이 없었다. 딸은 모든 문을 열어 낯선 사람에게 쌓여 있는 보물들을 보여 주었다. 그러나 왕자는 모든 걸 계속 지니라며 아무것도 원하지 않고 시종과 함께 계속 길을 갔다.

오래 돌아다니고 난 뒤 그들은 아름답지만 오만한 공주가 있는 도시로 들어갔다. 공주는 풀 수 없는 수수께끼를 내는 사람이 그녀의 남편이 되리라 선포해 놓았다. 공주가 답을 맞히면 그 수수께끼를 낸 사람은 목이 잘려야 했다. 공주는 사흘간 생각할 시간이 있었다. 그러나 어찌나 똑똑한지 제시된 수수께끼를 언제나 정한 시간 전에 알아맞혔다. 왕자가 도착해서 그녀의 엄청난 아름다움에 현혹되어 목숨을 걸려 했을 때는 이미 아홉 명이 이런 식으로 죽었다. 왕자가 그녀 앞에 나아가 수수께끼를 냈다. "이게 뭘까요?" 하고 그가 말했다. "한 사람이 아무도 안 쳤는데 열두 명을 쳤어요." 공주는 뭔지 몰라 생각하고 또 했지만 알아낼 수 없었다. 수수께끼책을 폈으나 그런 건 쓰여 있지 않았다. 간단히 말해 그녀의 지혜는 끝났다. 어쩔 줄 모르던 공주는 하녀에게 신사의 침실로 숨어들어 그의 꿈을 엿들으라고 명령했다. 어쩌면 그가 잠꼬대를 하다가 수수께끼를 폭로할 거라고 생각했다. 그러나 똑똑한 시종이 주인 대신 침대에 누웠다. 하녀가 다가오자 그는 몸을 감싼 망토를 잡아채어 벗기고 회초리로 하녀를 쫓아냈다.

두 번째 밤에 공주는 운이 좀 더 좋아 잘 엿듣게 될까 보려고 시녀를 보냈다. 그러나 시종은 또 그녀의 망토를 벗기고 회초리로 쫓아냈다. 세 번째 밤에는 안전하려니 해서 왕자가 침대에 누웠다. 그날은 공주가 직접 와서 안개 같

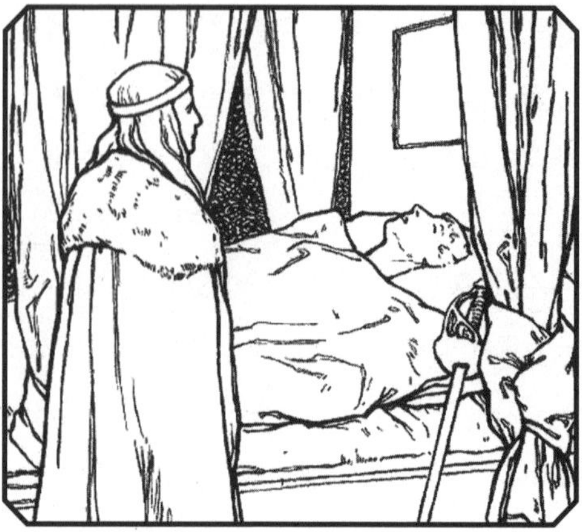

은 잿빛 망토로 몸을 감싸고 그 옆에 앉았다. 왕자가 잠들어 꿈을 꾼다고 생각할 때 많은 사람이 그러듯 꿈속에서 대답하기를 바라면서 말을 건넸다. 그러나 사실 왕자는 깨어 있었고 모든 것을 잘 이해하고 잘 들었다. 그때 공주가 물었다. "어떤 사람이 아무도 안 쳤다는 게 뭐죠?" 그가 대답했다. "독에 중독되어 죽은 말 고기를 먹고 죽은 까마귀." 계속 그녀가 물었다. "그럼 열두 명을 쳤다는 건 뭐에요?" "그 까마귀 고기를 먹고 죽은 열두 명의 살인자들이죠." 수수께끼의 답을 알자 공주는 살그머니 떠났다. 그러나 왕자가 망토를 꽉 붙잡아 망토는 남겨 두고 가야 했다. 다음 날 아침 공주는 수수께끼를 풀었다고 알리고 열두 명의 심판관을 불러 그들 앞에서 답을 말했다. 그런데 왕자가 귀 기울여 줄 것을 부탁하며 말했다. "공주가 밤에 숨어 들어와 제게 꼬치꼬치 물었습니다. 그러지 않았더라면 수수께끼를 맞히지 못했을 겁니다." 재판관들이 말했다. "증거를 대시오." 그러자 시종이 세 개의 망토를 가져왔고, 판관들은 공주가 평소에 입던 안갯빛 회색 망토를 보고 말했다. "이 망토에 금실과 은실로 수를 놓아라, 그러면 그것이 그대들의 결혼 예복이 될 것이다."

23

생쥐와 작은 새와 구이용 소시지

구연 동화 듣기

옛날에 생쥐와 작은 새와 구이용 소시지가 동무가 되어 함께 살며 오래도록 평안하고 행복하게 잘 지내며 탁월하게 재산을 늘렸다. 작은 새가 하는 일은 날마다 숲으로 날아가 땔감을 가져오는 것이었다. 생쥐는 물을 길어 오고 불을 피우고 밥상을 차려야 했고, 소시지는 요리를 해야 했다.

너무 편한 사람은 늘 새로운 것을 탐하게 마련이지! 그러니까 어느 날 작은 새가 길을 가던 중 다른 큰 새와 마주치게 되었는데, 그에게 자기가 잡은 탁월한 기회를 자랑하며 이야기했다. 그러나 큰 새는, 좋은 세월은 집에 있는 다른 둘이 보낼 거라며 작은 새를 가엾은 바보라고 불렀다. 생쥐는 불이나 피우고 물이나 날라다 놓으면 밥상을 차리라고 할 때까지 방으로 쉬러 가고, 꼬마 소시지는 그저 냄비 옆에서 음식이 잘 익는지 보고, 식사 시간이 가까워지면 죽이나 채소를 서너 번 휘휘 저으며 기름에 볶고 소금을 치면 준비가 된 거다. 그다음에 작은 새가 집에 돌아와 무거운 짐을 내려놓으면 그들은 식탁에 앉았고 식사를 끝내면 다음 날 아침까지 늘어지게 잠을 잤다. 멋들어진 인생이었다.

다음 날 작은 새는 시위를 하느라 일부러 땔감을 가지러 가지 않았다. 자기는 충분히 오래 머슴 노릇을 했고, 이를테면 친구들의 어릿광대였음이 틀림없었다면서 한번

바꾸어 다른 방식으로 해 보자고 했다. 생쥐와 소시지도 격하게 찬성했다. 그리하여 새가 대장이 되었다. 한번 해 봐야 했다. 그들은 제비를 뽑아 구이용 소시지는 땔감을 가져오고, 생쥐는 요리사가 되고, 새는 물을 길어 왔다.

무슨 일이 일어났을까? 소시지는 땔감을 가지러 떠났고, 작은 새는 불을 피웠고, 생쥐는 냄비를 얹어 놓고 소시지가 땔감을 가지고 돌아오기만 기다렸다. 그러나 소시지가 길에 너무 오래 머물러 둘은 무언가 잘못되었을까 봐 겁이 났고, 작은 새가 공중을 날아 한 구간 마중을 나갔다. 멀지 않은 곳에서 개 한 마리를 보았는데 그 개는 가엾은 소시지를 마음대로 해도 되는 약탈물인 양 공격해서 움켜잡아 때려눕혀 놓았다. 작은 새는 공공연한 탈취라고 개에게 매우 불평했지만 한마디도 소용이 없었다. 개는 소시지에게서 가짜 편지들을 발견했고, 그렇기 때문에 소시지의 목숨은 평생 자기에게 귀속된다고 했다.

작은 새는 슬퍼하며 장작을 지고 집으로 돌아와 보고 들은 것을 이야기했다. 그들은 매우 침울했으나 최선을 다해 함께 머물기로 합의했다. 그리하여 작은 새는 상을 차렸고, 생쥐는 식사를 준비하고 조리를 하려 했다. 그리고 전에 작은 소시지가 했던 것처럼 채소를 휘익 넣어 살짝 휘젓고 주르륵 당겨 숨을 죽여 놓으려고 냄비 속에 들어갔다. 그러나 한가운데로 들어가기도 전에 멈추어야 했고,

그러한 시도로 살갗과 털과 목숨을 잃었다.

작은 새가 음식을 식탁에 올리려고 왔을 때 거기에 요리사가 없었다. 작은 새는 당황해서 땔감을 이리저리 던지고 부르며 찾았으나 요리사는 찾을 수 없었다. 작은 새의 부주의로 장작에 불이 붙었고, 곧 화재로 이어졌다. 작은 새는 서둘러 물을 가지러 갔다가 두레박을 우물에 빠뜨렸고, 두레박에 딸려 내려갔는데 되돌아올 길이 없어 물에 빠져 죽고 말았다.

24

홀레 할머니

구연 동화 듣기

어떤 과부에게 딸이 둘 있었는데 하나는 예쁘고 부지런했고, 다른 하나는 밉고 게을렀다. 여자는 밉고 게으른 딸이 진짜 자기 딸이라서 훨씬 더 좋아했다. 다른 딸은 의붓딸로 모든 일을 혼자 다 하고 집 안 재투성이 부엌데기가 되어야 했다. 가엾은 소녀는 날마다 큰길가 우물 곁에 앉아 손가락에 피가 맺히도록 물레를 돌려 실을 자았다.

한번은 실감개가 완전히 피투성이가 되어 우물 안으로 몸을 숙이고 피를 씻어 내려다 실감개가 그만 손에서 미끄러져 떨어졌다. 소녀는 울면서 새어머니에게 달려가 이 불운한 일을 이야기했다. 새어머니는 소녀를 심하게 야단치며 인정사정없이 말했다. "실감개를 빠뜨렸으니 다시 건져 와라." 소녀는 우물로 돌아갔는데 어찌할 바를 모르다 너무 겁이 나 실감개를 건지려고 그만 우물로 뛰어들었다. 소녀는 의식을 잃었다. 정신이 들었을 때는 해가 빛나고 수천 가지 꽃들이 피어 있는 아름다운 풀밭 위였다. 소녀는 풀밭을 계속 걸었고, 마침내 빵으로 가득 찬 화덕에 다다랐다. 빵이 소리쳤다. "아, 날 좀 꺼내 줘, 날 좀 꺼내 줘, 안

그러면 내가 다 타 버려. 나는 벌써 오래전에 다 구워졌거든." 소녀는 다가가 빵 꺼내는 부삽으로 빵을 하나하나 모두 꺼냈다. 그런 다음 계속 걸어 사과가 가득 열린 나무에 다다랐다. 나무가 소녀에게 외쳤다. "아, 날 좀 흔들어 줘, 날 좀 흔들어 줘, 우리 사과들은 다 익었거든." 소녀는 사과들이 비 오듯 떨어져 위에 하나도 남지 않을 때까지 나무를 흔들고는 모두 모아 놓고 계속 걸어갔다.

마침내 소녀는 작은 집에 닿았다. 거기서는 할머니가 내다보고 있었다. 이가 어찌나 큰지 소녀는 겁이 나서 달아나려 했다. 그러나 뒤에서 할머니가 소녀를 불렀다. "왜 겁을 내니, 예쁜 아이야? 내 집에 있거라. 네가 모든 집안일을 제대로 하면 잘 지내게 해 주마. 내 잠자리를 정돈하고 이불의 깃털이 날리도록 부지런히 터는 것만 잊지 않으면 된다. 그러면 세상에 눈이 내리거든. 나는 홀레 할머니란다." 할머니가 친절하게 말을 건네니 소녀는 마음을 다잡고 할머니를 위해 일하는 데 동의했다. 소녀는 할머니가 만족하도록 모든 일에 마음을 쓰고 침대는 늘 세차게 털어 이불의 깃털이 눈송이처럼 이리저리 날렸다. 소녀는 할머니 집에서 잘 지냈다. 나쁜 말은 하나도 없었고, 매일매일 고기를 삶거나 구웠다. 그런데 홀레 할머니 집에 한동안 머물던 소녀는 슬퍼졌다. 처음에는 뭐가 잘못됐는지 몰랐다가 마침내 향수라는 걸 알아차렸다. 집에 있을 때보다 수천 배 잘 지냈지만 집이 그리웠다. 결국 소녀는 홀레 할머니에게 말했다. "저는 집이 애절히 그리워요. 여기서 이렇게 잘 지내는데도 더 이상 못 있겠어요. 다시 가족에게 가야겠어요." 홀레 할머니가 말했다. "네가 다시 집을 그리워한다는 게 내 마음에 드는구나. 그처럼 충직하게 나를 위해 봉사했으니 내가 직접 데리고 올라가마." 그런 다음 홀레 할머니는 소녀의 손을 잡고 큰 성문 앞으로 데려갔다. 성문이 열렸고, 마침 소녀가 그 아래 서 있는데 세찬 황금비가 쏟아져서 모든 황금이 달라붙어 소녀는 온통 황금으로 뒤덮였다. "네가 그처럼 열심이었기 때문에 주는 거란다." 하고 홀레 할머니가 말했다. 그리고 소녀가 우물에 빠뜨린 실감개도 돌려주었다. 곧 문이 닫혔고, 소녀는 어머니 집에서 멀지 않은 땅 위에 있었다.

소녀가 마당으로 들어서니 닭이 우물가에 앉아 울었다.

"꼬끼오!

우리 황금 아가씨가 돌아왔네!"

소녀는 어머니에게 갔다. 소녀가 황금으로 뒤덮여 도착했기 때문에 어머니와 자매는 극진히 맞아 주었다. 소녀는 있었던 일을 다 이야기했다. 어떻게 소녀가 큰 부자가 되었는지 듣자 어머니는 못생기고 게으른 딸에게도 똑같은 행운을 마련해 주고 싶었다. 그 딸은 우물가에 앉아 실을 자

아야 했고, 실감개에 피를 묻히기 위해 손가락을 찌르고 장미 울타리에 손을 쑤셔 넣었다. 그런 다음 실감개를 우물 속에 던져 넣고 자기도 뛰어들었다. 그 딸도 다른 딸처럼 아름다운 풀밭으로 왔고 같은 길을 계속 걸어갔다. 빵 굽는 화덕에 이르자 빵들이 다시 소리쳤다. "아, 날 꺼내 줘, 날 꺼내 줘, 안 그러면 내가 다 타 버려. 나는 벌써 오래전에 다 구워졌거든." 그러나 게으른 소녀는 이렇게 대답했다. "그러자면 내 손을 더럽힐 마음이 나야 할 테지." 그러고는 계속 갔다. 머지않아 사과나무에 도착했다. 사과나무가 외쳤다. "아, 날 좀 흔들어 줘, 날 좀 흔들어 줘, 우리 사과들은 다 익었거든." 딸이 대답했다. "네 말이 옳은 것 같지만 사과가 내 머리 위로 떨어질 수도 있잖아." 그러고는 계속 갔다.

홀레 할머니 집 앞에 다다랐을 때 딸은 그 큰 이에 대해 이미 들은 터라 겁을 먹지 않았고, 곧바로 할머니에게 고용되었다. 첫날 딸은 있는 힘을 다해 부지런히 일해야 했고, 무엇이든 홀레 할머니가 하라는 대로 따랐다. 할머니가 줄 많은 황금을 생각했기 때문이다. 그러나 둘째 날은 게으름을 부리기 시작했고, 셋째 날은 아침에 아예 일어나지 않았다. 마땅히 해야 할 홀레 할머니의 잠자리 정돈도 하지 않고 깃털들이 날리도록 이불을 털지도 않았다. 머지않아 홀레 할머니가 지쳐서 게으른 딸에게 떠나라고 했다. 홀레 할머니는 그 딸도 성문까지 바래다주었다. 딸이 성문 아래 서자 황금 대신 커다란 통에서 시꺼멓고 끈적끈적한 역청이 쏟아졌다. "이것이 네 봉사에 대한 보답이다." 하고 홀레 할머니가 말하며 성문을 닫았다. 게으른 소녀는 완전히 역청에 뒤덮여 집으로 돌아왔다. 우물가의 닭이 딸을 보자 울었다

"꼬끼오!
우리 더러운 아가씨가 돌아왔네!"

그런데 역청이 딸에게 단단히 들러붙어서 사는 동안 떨어지지 않았다.

25

일곱 마리 까마귀

옛날에 아들이 일곱인 사람이 있었는데 아무리 원해도 딸이 없었다. 드디어 아내가 다시 그에게 아이에 대한 희망을 주었고, 아이가 태어나니 딸이라 기쁨이 컸다. 그러나 아이는 병약하고 작았으며, 워낙 허약해서 교회에 못 가고 집에서 세례를 받아야 했다. 신부가 아들 중 하나를 급히 우물로 보내 세례를 위해 물을 길어 오게 했다. 다른 여섯이 함께 갔고, 저마다 먼저 물을 채우려다 그만 항아리가 우물에 빠졌다. 거기 서서 그들은 어찌할 바를 몰랐고 누구도 집에 돌아갈 엄두를 못 냈다. 아버지는 아무리 기다려도 아들들이 돌아오지 않자 참을성을 잃고 말했다. "분명히 또 놀다가 잊어버렸겠지, 몹쓸 녀석들." 아버지는 딸이 세례도 못 받은 채 세상을 떠날까 봐 걱정되어 화가 나 소리쳤다. "이 녀석들이 죄다 까마귀나 되어 버렸으면." 말이 나오기가 무섭게 그의 머리 위 공중에서 푸드덕거리는 소리가 들려 올려다보니 숯처럼 새까만 까마귀 일곱 마리가 날아가는 것이 보였다. 입 밖에 내 버린 저주는 이제 부모도 돌이킬 수 없었다. 일곱 아들을 잃어 굉장히 슬펐지만 사랑스러운 딸로 어느 정도 위안을 삼았다.

딸은 곧 건강해지고 날마다 예뻐졌다. 딸은 오랫동안 오빠들이 있는 것조차 알지 못했다. 부모가 그들에 대한 이야기를 삼갔기 때문이다. 소녀는 어느 날 우연히 사람들이 자기에 대해 이야기하는 소리를 들었다. 소녀가 예쁘기는 하지만 사실상 오빠들의 불행에 책임이 있다고 했다. 소녀는 매우 슬퍼하며 아버지와 어머니에게 정말 오빠들이 있느냐고, 어디에 있느냐고 물었다. 이제 부모도 더는 비밀을 숨길 수 없었다. 그들은 그건 하늘의 뜻이었고, 딸이 태어난 건 아무 죄가 없다고 말했다. 소녀는 그게 날마다 양심의 가책이 되었고, 오빠들을 다시 구해야 한다고 생각했다. 조금도 평안할 날이 없어 마침내 소녀는 오빠들의 자취를 찾아내어 마법에서 풀어 주기 위해 남몰래 길을 떠나 넓은 세상으로 나갔다. 어떤 대가든 치를 작정이었다. 소녀가 가져간 것이라고곤 정표로 부모에게 받은 반

지 하나, 배고플 때 먹을 빵 한 쪽, 목마를 때 마실 물 한 병, 피곤할 때 앉을 작은 의자 하나뿐이었다.

소녀는 계속 걸어 멀리멀리 세상 끝까지 갔다. 소녀는 해에게 갔는데 해는 너무 뜨겁고 무서웠으며 어린아이들을 잡아먹었다. 소녀는 급히 달아나 달에게 갔다. 달은 너무 차갑고 소름 끼치고 사악해서 소녀를 알아차리자 말했다. "킁 킁, 사람 고기 냄새가 나네." 그래서 잽싸게 달아

나 소녀는 별들에게 갔다. 별들은 소녀에게 다정하고 친절했으며 하나하나 특별하고 자그만 자기만의 의자에 앉아 있었다. 그런데 샛별이 일어나더니 소녀에게 닭의 다리뼈 하나를 주며 말했다. "이 뼈 열쇠가 없으면 너는 유리 산에 오르지 못해. 저기 유리 산에 네 오빠들이 있어."

소녀는 닭 다리 모양 열쇠를 수건에 고이 싸서 다시 길을 떠나 유리 산에 닿을 때까지 걸었다. 성문이 잠겨 있어 소녀는 열쇠를 꺼내려고 했다. 그런데 수건을 풀었을 때 그 안에 아무것도 없었다. 착한 별들의 선물을 잃어버렸네. 이제 어쩌나? 오빠들을 구하고 싶지만 유리 산에 닿을 열쇠가 없었다. 착한 누이는 칼을 가지고 작은 손가락 하나를 잘라 성문에 꽂아 넣었고, 다행히 문이 열렸다. 소녀가 들어가자 작은 난쟁이가 다가와서 말했다. "얘야, 무얼 찾고 있니?" "제 오빠들을 찾아요, 일곱 마리 까마귀요." 하고 소녀가 대답했다. 난쟁이가 말했다. "까마귀 어르신들은 지금 집에 안 계셔. 하지만 여기서 그분들이 돌아오실 때까지 기다리거라." 그러고 나서 난쟁이는 일곱 개의 작은 접시와 일곱 개의 작은 잔에 까마귀들의 식사를 담아왔다. 누이는 접시마다 빵 한 입씩 먹고 잔마다 한 모금씩 마셨다. 그러고는 마지막 잔에 가지고 온 반지를 떨어뜨렸다. 갑자기 공중에서 휙, 퍼드득 하는 소리가 들렸다. 그러자 난쟁이가 말했다. "이제 까마귀 어르신들이 집으로 돌아오고 있네." 그들이 와서 먹고 마시기를 원하며 각자 접시와 잔을 찾았다. 그러고는 하나, 또 하나가 연이어 말했다. "누가 내 접시에서 벌써 덜어 먹었지? 누가 내 잔을 마셨지? 이건 어떤 인간의 입이야." 그리고 일곱 번째가 잔에 담긴 음료를 거의 다 마셨을 때 반지가 그의 입으로 굴러왔다. 그는 반지를 유심히 보고 그것이 아버지와 어머니의 반지임을 알아보고는 말했다. "세상에, 우리 여동생이 여기 와 있는 것 같아. 그러면 우리는 구원받을 거야." 문 뒤에 서 있던 소녀가 그 소망을 듣자 앞으로 나섰고, 모든 까마귀가 다시 사람의 모습을 찾았다. 그들은 서로 부둥켜안고 입을 맞추고는 즐겁게 집으로 돌아갔다.

26

빨강 모자

옛날에 누구든 보기만 하면 좋아하는 곱고 작은 소녀가 있었다. 그 애를 누구보다 사랑한 건 할머니였고, 할머니는 아이에게 주지 못할 것이 없었다. 한번은 할머니가 빨강 벨벳으로 만든 작은 모자를 선물했는데 그게 어찌나 잘 어울리는지 소녀가 다른 건 쓰려고 하지 않았다. 소녀는 항상 '빨강 모자'로 불렸다. 어느 날 어머니가 소녀에게 말했다. "자아, 빨강 모자야, 여기 케이크 한 조각과 포도주 한 병이 있다. 이걸 할머니께 갖다 드려라. 편찮으시고 기운이 없으신데 이걸 드시면 도움이 되실 거다. 날이 뜨거워지기 전에 출발하고, 갈 때는 아주 얌전하게 걷고 길을 벗어나지 말아야 한다. 안 그러면 넘어져서 유리병을 깰 수 있고, 그럼 할머니는 아무것도 못 받으시겠지. 또 할머니 방에 들어가거든 안녕히 주무셨어요 하고 인사하는 걸 잊지 말아야 한다. 이 구석 저 구석 둘러보기부터 하지 말고." "다 잘할게요." 하며 빨강 모자가 어머니에게 손을 내밀었다.

할머니는 마을 밖, 마을에서 삼십 분쯤 떨어진 숲속에 살고 있었다. 빨강 모자가 숲으로 들어갈 때 늑대를 만나게 되었다. 빨강 모자는 늑대가 어떤 나쁜 동물인지 몰라 무서워하지 않았다. "안녕, 빨강 모자야." 하고 늑대가 말했다. "고마워, 늑대야." "이렇게 일찍 어디를 가니, 빨강 모자야?" "할머니 댁에." "앞치마에 담은 게 뭐니?" "포도주와 케이크야. 어제 우리 집에서 구웠거든. 편찮으시고 기운이 없는 할머니가 좋아지시라고, 이것 드시고 기운 좀 내시라고." "빨강 모자야, 네 할머니는 어디 사시니?" "십오 분은 더 숲을 가서 커다란 참나무 세 그루 아래. 거기 할머니 집이 있어. 아래쪽에는 개암나무 울타리가 있고. 그건 너도 알 거야." 하고 빨강 모자가 말했다. 늑대는 속으로 '이 어리고 연한 것, 이건 기름진 한입 감이야. 할멈보다 훨씬 맛이 좋겠지. 꾀 있게 움직여야 한다, 둘 다 손아귀에 넣자면.'

늑대는 한참을 빨강 모자 곁을 따라 걷다가 말했다. “빨강 모자야, 사방에 둘러선 예쁜 꽃들을 봐. 넌 왜 둘러보지 않는 거니? 새들이 얼마나 사랑스럽게 노래하는지 너는 전혀 듣지 못하는 것 같구나? 마치 학교에 가는 것처럼 앞만 보고 가네. 숲속에선 이렇게 모두 즐거운데 말이야.”

빨강 모자는 눈을 들었다. 나무들 사이로 햇살이 비쳐 들어 이리저리 춤추고 모든 곳이 아름다운 꽃들로 가득 차 있는 것을 보고 생각했다. ‘갓 꺾은 꽃다발을 가져다 드리면 할머니도 기뻐하시겠지. 아직 이른 아침이니 그래도 제때 도착할 거야.’ 그래서 소녀는 꽃을 찾아 길에서 벗어나 숲으로 들어갔다. 꽃 하나를 꺾을 때마다 더 멀리에 좀 더 예쁜 꽃이 있으리라 생각되어 그것을 따라 달렸고, 점점 더 깊이 숲속으로 빠져들었다.

그사이 늑대는 곧장 할머니 집으로 가서 문을 두드렸다. “밖에 누가 왔나?” “빨강 모자예요. 케이크와 포도주를 가져왔어요, 문을 열어 주세요.” “걸쇠를 들어 올리면 돼.” 하고 할머니가 소리쳤다. “기운이 너무 없어서 일어설 수가 없구나.” 걸쇠를 들어 올리니 문이 활짝 열려 늑대는 한마디 말도 없이 침대로 가서 할머니를 삼켰다. 그런 다음 할머니 옷을 입고 할머니 머리쓰개를 쓰고 할머니 침대에 누워 침대에 휘장을 쳤다.

빨강 모자는 꽃을 찾아 뛰어다녔다. 더 이상 들 수 없을 만큼 많이 모으자 할머니 생각이 나서 할머니 집을 향해 출발했다. 문이 열려 있어 놀랐는데 방으로 들어가니 이상한 느낌을 받아 빨강 모자는 생각했다 ‘아이, 세상에, 오늘은 왜 이리 겁이 나지. 다른 때는 할머니 집에 오면 참 좋았는데!’ 소녀가 외쳤다. “안녕하세요.” 하지만 대답이 없어 침대로 가서 휘장을 들추었다. 거기에 할머니가 누워 있는데 머리쓰개를 얼굴까지 깊이 눌러 썼고 참 이상하게 보였다. “아이 할머니, 귀가 왜 이렇게 커요!” “네 말을 더 잘 들으려고.” “아이, 할머니, 눈이 왜 이렇게 커요!” “널 더 잘 보려고.” “아이, 할머니, 손이 왜 이렇게 커요!” “널 더 잘 움켜잡으려고.” “하지만 할머니, 입이 왜 이렇게 끔찍하게 커요!” “널 좀 더 잘 잡아먹으려고.” 그 말을 하자마자 늑대가 침대에서 펄쩍 뛰어 일어나 가엾은 빨강 모자를 삼켰다.

식욕이 좀 가라앉자 늑대는 다시 침대에 누워 잠이 들

어 드르렁드르렁 코를 골기 시작했다. 마침 사냥꾼이 집 앞을 지나가다가 생각했다. '할머니가 어떻게 저리 코를 골지. 무슨 일이 있는지 살펴봐야겠다.' 그래서 그는 방으로 들어섰고, 침대 앞으로 와 늑대가 누워 있는 것을 보았다. "내가 너를 여기서 보는구나, 늙고 죄 많은 짐승아." 하고 사냥꾼이 말했다. "너를 오랫동안 찾았다." 그런데 총을 겨누려다 보니 늑대가 할머니를 잡아먹었을 테고, 어쩌면 아직 할머니를 구할 수 있으라는 생각이 떠올랐다. 그래서 총을 쏘지 않고 가위를 가져와 자고 있는 늑대의 배를 갈라 열었다. 가위질을 몇 번 하자 빨강 모자가 빛나는 게 보였고, 몇 번 더 하자 소녀가 튀어나와 외쳤다. "아, 얼마나 놀랐다고요. 늑대 배 속은 정말 깜깜했어요!" 그 다음에 할머니도 살아서 나왔는데 숨을 잘 못 쉬었다. 빨강 모자가 얼른 큰 돌들을 가져다 늑대의 몸통을 채웠다. 그리하여 늑대는 잠에서 깼을 때 도망가려 했지만 돌이 너무 무거워 금방 도로 주저앉아 쓰러져 죽었다. 그러자 셋 모두 흡족했다. 사냥꾼은 늑대의 털을 벗겨 가지고 갔고, 할머니는 빨강 모자가 가져온 케이크를 먹고 포도주를 마셔 원기를 되찾았다. 그리고 빨강 모자는 생각했다. '평생 다시는 혼자서 길을 벗어나 숲으로 가지 않을 거야, 엄마가 그러지 말라고 했을 때는 말이지.'

또 이렇게도 이야기한다. 언젠가 빨강 모자가 늙은 할머니께 케이크를 또 갖다 드리러 갈 때 다른 늑대가 빨강 모자를 꼬드겨 길을 벗어나게 하려 했다. 그러나 빨강 모자는 조심하며 똑바로 가던 길을 갔고, 할머니한테 늑대를 만났는데 늑대가 안녕 하고 인사를 하면서도 사악한 눈으로 보았다고 이야기했다. "만약 사람이 많이 다니는 길이 아니었더라면 늑대가 날 잡아먹었을 거예요." "자아……." 하고 할머니가 말했다. "우리 문을 죄다 잠그자, 늑대가 들어오지 못하게." 그 후 얼마 지나지 않아 늑대가 문을 두드리며 외쳤다. "열어 주세요, 할머니, 빨강 모자예요. 케이크를 가져왔어요." 그러나 두 사람은 소리 죽이고 문을 열어 주지 않았다. 그러자 회색 대가리가 집 주위를 몇 바퀴나 슬금슬금 돌아다니다 마침내 지붕으로 뛰어 올라가 빨강 모자가 저녁에 집으로 갈 때까지 기다리려고 했다. 살금살금 뒤따라가서 어두워지면 잡아먹을 속셈이었다. 그러나 할머니는 늑대가 품은 생각을 알아차렸다. 집 앞에 커다란 돌확이 하나 있어서 할머니는 소녀에게 말했다. "빨강 모자야, 어제 내가 소시지를 삶았으니 두레박으로 그 물을 가져다 저 돌확에 부어라." 빨강 모자는 크나큰 돌확이 가득 찰 때까지 오래 퍼 날랐다. 그러자 소시지 냄새가 늑대의 코에 들어갔고, 늑대는 킁킁거리며 슬쩍 내려다보다 마침내 목을 어찌나 길게 뺐는지 몸을 가누지 못하고 미끄러지기 시작했다. 그렇게 지붕에서 미끄러져 내려와 늑대는 곧장 커다란 돌확에 빠져 죽었다. 빨강 모자는 즐겁게 집으로 돌아갔고, 그 뒤에는 아무도 빨강 모자에게 해를 끼치지 않았다.

27

브레멘 시립 음악대

구연 동화 듣기

어떤 사람이 당나귀 한 마리를 가지고 있었는데, 그 당나귀는 긴 세월 꾸준히 곡식 자루들을 물방아로 날랐으나 이제 힘이 다해 점점 쓸모가 없어졌다. 그래서 주인이 사료를 주지 않으려 했다. 당나귀는 분위기가 좋지 않은 것을 알아차리고 달아나 브레멘을 향해 길을 떠났다. 브레멘에 가서 시립 음악대의 음악가가 될 생각이었다. 어느 정도 갔을 때 그는 지치도록 달린 것처럼 숨을 헐떡이며 길에 누워 있는 사냥개를 보았다 "그런데 자네 왜 그렇게 헐떡이나, '움켜잡게' 군?" 하고 당나귀가 물었다. "아……." 하고 개가 말했다. "내가 늙어서 나날이 약해지고 더 이상 사냥을 갈 수 없으니까 주인이 때려죽이려고 해. 그래서 삼십육계 줄행랑을 쳤어. 한데 이제 뭘로 밥벌이를 하나?" "있잖아……." 하고 당나귀가 말했다. "난 브레멘으로 가서 시립 음악대의 연주자가 되려 해. 같이 가지, 자네도 음악에 합류해. 나는 류트를 연주할 테니 자네는 팀파니를 쳐."

개는 그게 마음에 들었고, 둘은 계속 갔다. 오래 지나지 않아 고양이 한 마리가 사흘 내리 비가 내린 날씨 같은 얼굴을 하고 길가에 앉아 있었다. "그런데 뭐가 자네 길을 가로막나, '수염 치장꾼' 친구?" 하고 당나귀가 말했다. "모가지가 달렸는데 누가 신이 나겠어." 하고 고양이가 대답했다. "이제 이빨이 뭉툭해지는 세월에 이르니 쥐를 뒤쫓기보다 난로 뒤에 앉아 공상하는 걸 더 좋아하니까 주인 아주머니가 나를 물에 빠뜨려 죽이려 했어. 도망쳐 나오기는 했지만 지금 좋은 충고가 값진 형편일세. 난 어디로 가야 할까?" "우리와 함께 브레멘으로 가세. 자넨 세레나데에 정통하잖아. 그러니 시립 음악대 연주자가 될 수 있어." 고양이는 그걸 좋게 여기고 함께 떠났다.

시골에서 도망 온 셋은 어떤 농장을 지나게 되었는데 수탉이 대문 위에 앉아 젖 먹던 힘을 다해 울었다. "넌 듣는 사람의 골수에 박히도록 우는구나." 하고 당나귀가 말했다. "뭐 하러 그러니?" "나는 좋은 날씨를 예고한 거야." 하고 수탉이 말했다. "성모 마리아의 날이야, 성모께서 아기 예수의 저고리를 빨아 말리려는 날이거든. 그런데 내일 일요일에는 손님들이 오기 때문에 아주머니가 인정사정 없이 요리사에게 말했지, 내일 나를 국에 넣어 먹겠다고, 그래서 오늘 저녁에 내 머리를 잘라야 한다고. 지금 나는 아직 할 수 있을 때 목청껏 우는 거야." "에이, 이런, 너 '빨강 대가리 친구.'" 하고 당나귀가 말했다. "차라리 우리와 함께 가자. 우리는 브레멘으로 가. 어디서든 넌 죽음보다는 더 나은 뭔가를 찾아낼 거야. 너는 목청이 좋으니 우리가 함께 연주하면 나름 일가를 이룰 예술일 테지." 수탉은 이 제안이 마음에 들었고, 그들은 넷이 함께 떠났다.

그러나 그날로 브레멘시에 도착할 수 없어 저녁에 그들은 숲으로 들어가서 밤을 보내려 했다. 당나귀와 개는 커다란 나무 아래 눕고 고양이와 수탉은 나뭇가지 사이에 자리를 잡았다. 수탉은 그에게 제일 안전한 나무 꼭대기까지 날아올랐다. 잠이 들기 전에 수탉은 다시 한번 온 사방을 둘러보았고, 멀리서 작은 불꽃이 타는 걸 본 듯해 멀지 않은 곳에 집이 있는 게 틀림없다고 친구들에게 외쳤다. "불빛이 한 점 빛나니까." 하고 당나귀가 말했다. "그럼 일어나서 더 가야지. 이곳 잠자리는 좋지 않으니까." 개는 불빛이 있는 곳에 살이 조금 붙은 뼈다귀라도 몇 개 있으면 좋겠다고 생각했다.

그리하여 그들은 길을 떠나 빛이 있는 곳을 향했고, 머지않아 불빛이 좀 더 밝게 빛나는 것을 보았다. 불빛은 점점 더 커졌고, 마침내 당도하니 환하게 불 밝힌 도둑의 집이었다. 제일 키가 큰 당나귀가 창가로 다가가 안을 들여다보았다. "뭐가 보여, 회색 말님?" 하고 수탉이 물었다. "뭐가 보이냐고?" 당나귀가 대답했다. "근사한 먹을 것과 마실 것이 차려진 식탁. 그리고 도둑들이 편안히 둘러앉았네." "그거라면 우리한테도 괜찮겠는데." 하고 수탉이 말했다. "그래, 그래, 아, 우리가 거기 있다면 얼마나 좋을까!" 하고 당나귀가 말했다. 그러자 동물들은 도둑들을 몰아내려면 어떻게 해야 할지 의논했고, 마침내 방법을 찾았다. 당나귀가 두 앞발로 창문을 짚고, 개가 당나귀 등에 올라타고, 고양이가 개 위로 기어오르고, 마지막에 수탉이 날아올라 고양이 목 위에 앉았다. 그러자마자 그들은 주어진 신호에 따라 다 함께 음악을 연주하기 시작했다. 당나귀는 소리치고, 개는 짖고, 고양이는 야옹야옹하고, 수탉은 꼬꼬댁거렸다. 그런 다음 창문을 뚫고 방 안으로 곤두박질쳐 들어가니 유리창들이 와장창 소리를 냈다. 도둑들은 유령이 들어왔다고밖에 생각할 수 없어 끔찍하게 소리치며 펄쩍 뛰어올라 겁에 질려 숲으로 도망쳤다. 이제 네 친구가 식탁에 앉아 남은 음식에 만족해하며 마치 한 달은 굶은 듯이 먹었다.

네 연주자는 다 먹고 나자 각자 그 본성과 편안함에 따라 불을 끄고 잠자리를 찾았다. 당나귀는 거름 위에 눕고, 개는 문 뒤에, 고양이는 화덕 위 따뜻한 재 곁에, 닭은 지붕의 도리 위에 올라앉았다. 먼 길을 걸어 피곤했기 때문에 곧 잠이 들었다. 자정이 지났을 때 도둑들이 멀리에서

보니 집에 더 이상 불빛이 없고 모든 것이 조용했다. 대장이 말했다. "우리가 겁먹어서는 안 되었잖아." 그러고는 한 명을 보내 집을 살피게 했다. 전령은 모든 것이 고요한 것을 보고 불을 밝히기 위해 부엌으로 들어갔다. 그는 고양이의 이글거리는 불 같은 눈이 타고 있는 숯인 줄 알고 불을 붙이려고 성냥개비를 갖다 대었다. 그런데 고양이가 장난을 이해하지 못하고 그의 얼굴로 달려들어 침을 뱉고 할퀴었다. 그는 심하게 놀라 뒷문으로 달아나려 했다. 그러나 거기 누워 있던 개가 튀어 올라 그의 다리를 물었다. 마당을 가로질러 거름 더미 옆을 지나는데 당나귀가 또 뒷발로 한 번 흠씬 차 주었다. 소란으로 잠에서 깬 수탉이 생기를 되찾아 지붕 도리 위에서 요란하게 울어 댔다. "꼬오끼오오!" 그러자 도둑은 힘껏 달려 대장에게 돌아가 말했다. "아, 집 안에는 끔찍한 마녀가 하나 앉아서 제게 입김을 불고 기다란 손가락으로 얼굴을 있는 대로 할퀴었어요. 문 앞에는 칼을 든 남자가 서서 제 다리를 찔렀어요. 마당에는 검은 괴물이 누워 있는데 나무 몽둥이를 들고 저를 향해 달려들며 때렸고요. 또 지붕 도리 위, 거기에는 심판관이 앉아 '악당을 이리 데려오너라.' 하고 외쳤어요. 그래서 도망쳐 올 수밖에 없었습니다."

이후 도둑들은 다시는 그 집에 발을 들일 엄두를 못 내었고, 네 명의 브레멘 음악가들은 집이 마음에 들어 떠나고 싶어 하지 않았다. 그리고 바로 얼마 전에 이 이야기를 들려준 이의 입[illegible] 여전히 따뜻하다.

28

노래하는 뼈

옛날 어떤 나라에서 멧돼지가 농부들의 농토를 엉망으로 만들고 가축을 죽이고 두 엄니로 사람 몸을 찢어 놓았다고 큰 불평을 호소했다. 왕은 누구든 나라를 이 걱정거리로부터 벗어나도록 해 주는 사람에게 큰 보상을 하겠다고 약속했다. 그러나 짐승이 어찌나 크고 강한지 아무도 그것이 사는 숲 가까이 갈 엄두를 못 냈다. 마침내 왕은 멧돼지를 사로잡거나 죽이는 이에게 하나뿐인 딸을 아내로 주겠다고 공표했다.

그 나라에 가난한 사람의 아들 두 형제가 살았는데, 그들이 그 대담한 일을 맡겠노라고 나섰다. 꾀 많고 영리한

맏이는 자만심에서, 순진무구하고 어리숙한 막내는 마음씨가 좋아서 그랬다. 왕이 말했다. "너희가 그 짐승을 더 확실하게 찾기 위해 서로 반대편에서 숲에 들어가거라." 그래서 맏이는 해가 지는 쪽에서, 막내는 해가 뜨는 쪽에서 숲으로 들어갔다. 막내가 한참을 가자 작은 난쟁이가 다가왔다. 난쟁이는 검은 창 하나를 손에 쥐고서 말했다. "이 창을 네게 주겠다. 네 마음이 순진무구하고 착하기 때문이다. 이걸 가지고 너는 안심하고 멧돼지를 공격해도 된다. 멧돼지가 너를 해치지 못할 것이다." 막내는 난쟁이에게 감사하고 창을 어깨에 메고는 겁 없이 계속 갔다. 오래지 않아 그를 향해 돌진하는 짐승이 눈에 들어왔다. 막내는 창을 겨누어 잡고 화가 난 멧돼지에 맞서 물불 가리지 않고 힘껏 달려들어 심장을 둘로 갈라 버렸다. 그러고는 괴물을 어깨에 메고 왕에게로 돌아갔다.

막내가 숲의 다른 쪽으로 나왔을 때 입구에 집 한 채가 보였고, 사람들이 춤과 술로 흥겨워하고 있었다. 형도 거기에 있었다. 멧돼지가 자기한테서 달아나지 않겠지 하는 생각에 우선 한잔하며 용기를 내려 한 것이다. 그런데 포획물을 메고 숲을 나오는 막내를 보자 시샘 많고 심술궂은 형은 도무지 안정이 되지 않았다. 그는 동생을 향해 외쳤다. "들어와, 동생아, 쉬면서 술 한잔하고 기운을 좀 돋우렴." 그 말 뒤에 무슨 나쁜 뜻이 있으리라고 짐작하지 못한 막내는 들어가 멧돼지를 찌른 창을 준 착한 난쟁이 이야기를 들려주었다. 형은 그를 저녁까지 붙잡아 두었다가 함께 떠났다. 그런데 어둠 속에서 그들이 시냇물 위에 가로놓인 다리에 도착했을 때 형이 동생을 앞서가게 했다. 그러고는 물 위 한가운데쯤 다다르자 형이 뒤에서 쳐서 막내가 떨어져 죽었다. 형은 동생을 다리 밑에 묻고 자기가 멧돼지를 죽였다며 왕에게 가져갔다. 그 결과 그는 공주를 아내로 얻었다. 막내가 돌아올 기미가 없자 그는 "멧돼지가 그의 몸을 찢었다." 했고 모두 그 말을 믿었다.

그러나 하느님 앞에서는 아무것도 끝까지 숨겨지지 않는 법이라 이 시커먼 비행도 드러날 수밖에 없었다. 여러 해가 지나 한번은 양치기가 양 떼를 몰고 다리를 건너다 아래 모래 속에 눈처럼 흰 조그만 뼈가 놓여 있는 것을 보고 물부리가 되겠다고 생각했다. 그래서 내려가 그걸 집어다 깎아 뿔피리에 붙일 물부리를 만들었다. 그런데 처음으로 그걸 불자 놀랍게도 그 작은 뼈가 저절로 노래했다.

"아, 양치기님,
내 뼈를 부네요!
형이 나를 때려죽여
다리 밑에 묻었어요,
멧돼지를 뺏으려고

왕의 딸을 얻겠다고.”

“이 무슨 기이한 뿔피리인가!” 하고 양치기가 말했다. “저절로 노래하다니 왕께 가져가야겠어.” 양치기가 그걸 가지고 왕 앞에 왔을 때 피리가 또다시 노래를 부르기 시작했다. 왕이 모두 알아듣고 다리 밑 땅을 파게 했다. 그러자 살해당한 이의 유골이 나왔다. 나쁜 형은 범행을 부인하지 못하고 자루에 담겨 산 채로 물에 던져졌다. 한편 살해당한 사람의 뼈는 안식을 얻도록 교회 마당의 아름다운 무덤에 묻혔다.

29

황금 머리카락 세 가닥이 달린 악마

옛날에 아들을 낳은 가난한 여자가 있었다. 그 아이가 행운의 양막을 쓰고 태어나자 열네 살이 되면 왕의 딸을 아내로 맞이할 거라는 예언을 들었다. 머지않아 왕이 마을에 왔는데 아무도 왕인 줄 몰랐다. 왕이 사람들에게 무슨 새로운 소식이 있는지 물으니 사람들이 대답했다. "근래에 양막을 쓰고 태어난 아기가 있어요. 그런 사람은 하는 일에 운이 따른다지. 그 애에게는 열네 살이 되면 왕의 딸을 아내로 맞는다는 예언이 있었다오."

마음씨가 나쁘고 예언에 대해 화가 난 왕은 아이 부모에게 가서 아주 다정하게 굴며 말했다. "가난한 당신들,

내가 아이를 돌봐 줄 테니 내게 맡기시오." 부모는 처음에는 거절했으나 낯선 남자가 묵직한 황금을 대가로 제시했고, '행운이 깃든 아기이니 분명히 최고의 결과가 나올 거야.'라고 생각했기에 마침내 동의하고 그에게 아기를 주었다.

왕은 아기를 상자에 담아 계속 말을 달려 마침내 깊은 물가로 왔다. 거기서 그는 상자를 물에 던져 넣으며 생각했다. '내 딸이 예기치 않은 구혼자에게서 벗어나도록 도

왔다.' 그러나 상자는 가라앉지 않고 작은 배처럼 둥둥 떠서 물 한 방울 스며들지 않았다. 그렇게 물방아가 있는 어떤 마을까지 떠가다 물방아 둑에 걸려 멈추었다. 다행히 거기 서 있던 물방앗간 젊은이가 보고는 큰 보물을 발견했다고 생각하며 갈퀴로 상자를 끌어냈다. 상자를 열자 아주 기운차고 활기 넘치는 잘생긴 사내아이가 누워 있었다. 젊은이는 아기를 물방앗간 주인 부부에게 데려갔고, 부부는 아이가 없었기 때문에 "하느님이 우리에게 큰 선물을 주셨다."라며 기뻐했다. 그들은 버려진 아이를 잘 보살폈고, 아이는 모든 미덕을 갖추며 자랐다.

한번은 비바람이 쳐서 왕이 물방앗간으로 몸을 피했다가 물방앗간 주인에게 키 큰 소년이 아들이냐고 물었다. "아닙니다." 하고 그들이 대답했다. "버려진 아이예요. 십사 년 전 상자에 담겨 물방아 둑까지 떠내려왔는데 우리 방앗간 총각이 물에서 끌어냈답니다." 그러자 왕은 자기가 물에 던진 그 운 좋은 아기라는 것을 알아차리고 말했다. "선하신 분들, 저 소년이 편지 한 통을 왕비에게 전하게 할 수 있을까요? 내가 금화 두 닢을 삯으로 주려는데?" "명하시는 대로 하지요." 하며 부부는 소년더러 준비하라고 말했다. 왕은 왕비에게 편지 한 장을 썼고, 편지에는 이렇게 적혀 있었다. "소년이 이 편지를 들고 도착하는 대로 죽여서 파묻으시오. 그리고 그 모든 건 내가 돌아가기 전에 다 되어 있어야 하오.”

소년은 편지를 들고 길을 떠났다. 그러나 길을 잃어 저녁에 큰 숲으로 들어가게 되었다. 어둠 속에서 작은 불빛을 보고 그걸 향해 가니 작은 집에 닿았다. 소년이 들어서자 할머니가 불가에 혼자 앉아 있었다. 할머니는 소년을 보자 놀라서 말했다. “넌 어디서 오며 어디로 가려는 거냐?” “저는 물방앗간에서 오는 길이고…….”라고 소년이 대답했다. “편지 한 통을 전하러 왕비께 가요. 그런데 숲에서 길을 잃어 여기서 밤을 보내면 좋겠어요.” “가엾은 소년아…….” 하고 할머니가 말했다. “넌 강도들 소굴에 빠져든 거다. 강도들이 돌아오면 널 죽여.” “누가 오든 겁나지 않아요. 또 워낙 피곤해서 더는 갈 수도 없어요.” 하며 소년은 긴 의자에 몸을 뻗고 누워 잠이 들었다.

얼마 지나지 않아 강도들이 돌아와 화를 내며 저기 웬 낯선 아이가 누워 있느냐고 물었다. “아…….” 하고 할머니가 말했다. “죄 없는 아이예요. 숲에서 길을 잃어 가엾어서 내가 들였어요. 왕비께 편지를 가져다 드려야 한답니다.” 강도들이 편지를 뜯어서 읽어 보니 소년이 도착하는 대로 죽이라고 쓰여 있었다. 무정한 도둑들도 불쌍한 마음이 들었다. 대장이 그 편지를 찢고 다시 썼는데 소년이 도착하거든 공주와 혼인시키라고 했다. 그들은 다음 날 아침까지 긴 의자에 누워 있게 두었다가 소년이 잠에서 깨자 편지를 주고는 바른 길을 가르쳐 주었다. 왕비는 편지를 받아 읽고 나서 편지에 쓰인 대로 했다. 화려한 결혼 잔치를 열라고 명령했고, 공주는 행운이 깃든 아이와 결혼했다. 청년이 멋지고 다정했기 때문에 공주는 기뻐하고 만족하며 그와 함께 살았다.

얼마 뒤 왕이 성으로 돌아와 예언이 이루어져 행운이 깃든 아이가 딸과 혼인한 것을 보았다. "어떻게 된 일이지?" 왕이 말했다. "나는 편지에 전혀 다른 명령을 내렸는데." 그러자 왕비가 편지를 내밀며 뭐라고 쓰여 있는지 직접 보라고 했다. 편지를 읽은 왕은 편지가 뒤바뀐 것을 알아차렸다. 왕은 맡겼던 편지는 어떻게 되었느냐고, 왜 그 편지 대신 다른 편지를 들고 왔느냐고 청년에게 물었다. "저는 아무것도 모릅니다." 하고 그가 대답했다. "제가 숲속에서 잤던 날 밤에 뒤바뀐 게 틀림없습니다." 화가 잔뜩 나서 왕이 말했다. "네 일이 그렇게 쉽게 되어선 안 되지. 내 딸을 가지려는 사람은 지옥에 가 악마의 머리에서 황금 머리카락 세 가닥을 가져와야 한다. 내가 요구하는 것을 가져오면 내 딸을 그대로 데리고 있어도 된다." 그러면서 왕은 그를 영영 떨쳐 버리기를 바랐다. 그러나 행운이 깃든 아이는 말했다. "황금 머리카락을 가져오겠습니다. 저는 악마가 무섭지 않습니다." 그러고는 여정을 시작했다.

길은 그를 큰 도시로 인도했고, 거기서 성문 앞 문지기가 그에게 생업이 무엇이며 아는 게 뭐냐고 이것저것 물었다. "모르는 게 없습니다." 하고 행운이 깃든 소년이 대답했다. "그렇다면 네가 우리한테 좋은 일을 한 가지 해 줄 수 있겠구나." 하고 문지기가 말했다. "항상 포도주가 철철 솟던 장터 우물이 왜 말라 버려서 다시는 물조차 나오지 않는지 말해 다오." "알려 드리죠." 하고 소년이 대답했다. "제가 돌아올 때까지 기다리세요." 그리고 계속 가서 다른 도시에 다다랐다. 그곳 문지기도 그에게 생업이 무엇이며 아는 게 뭐냐고 물었다. "모르는 게 없습니다." 하고 청년이 대답했다. "그렇다면 네가 우리한테 좋은 일을 한 가지 해 줄 수 있겠구나. 항상 황금 사과가 주렁주렁 열리던 나무 한 그루가 왜 지금은 잎조차 나지 않는지 말해 다오." "알려 드리죠." 하고 그가 대답했다. "제가 다시 돌아올 때까지 기다리세요." 계속 가서 큰 물가에 닿았는데 그 물을 건너야 했다. 사공이 그에게 생업이 무엇이며 아는 게 뭐냐고 물었다. "모르는 게 없습니다." 하고 그가 대답했다. "그렇다면 나에게 좋은 일을 한 가지 해 주겠구나." 하고 사공이 말했다. "나는 왜 노상 이리저리 배를 몰아야 하고 한 번도 교대해 주는 사람이 없는지 말해 다오." "알려 드리죠." 하고 그가 대답했다. "제가 다시 돌아올 때까지 기다리세요."

그가 물을 건너가니 지옥 입구가 있었다. 안이 시커멓고 검게 그을렸으며, 악마는 집에 없었지만 악마 할머니가 커다란 안락의자에 앉아 있었다. "왜 왔지?" 하는 걸 보니 그리 나쁘게 보이지 않았다. "악마의 머리에서 황금 머리카락 세 가닥을 가져가려고요." 하고 소년이 대답했다. "안 그러면 아내와 계속 같이 지낼 수 없어요." "바라는 게 많구나." 하고 할머니가 말했다. "악마가 집에 와서 너를 보면 목숨이 오락가락할 텐데. 그렇지만 안됐구나. 내가 너를 도울 수 있을지 보겠다." 악마의 할머니는 청년을 개미로 변하게 하고 말했다. "내 치맛주름 속으로 기어 들어가거라. 거기 있으면 안전하다." "예." 하고 청년이 대답했다. "지금까지는 좋아요. 그런데 알고 싶은 게 세 가지 더 있어요. 여느 때 포도주가 철철 솟던 샘이 말라 지금은 물조차 나오지 않는데 왜 그런 건지. 황금 사과가 주렁주렁 열리던 나무가 오랫동안 잎조차 돋지 않는데 왜 그런 건지. 사공은 항상 건너갔다 건너와야 하고 아무도 교대해 주지 않는데 왜 그런 건지." "어려운 질문들이네." 하고 할머니가 대답했다. "그러니 조용히 가만있거라. 내가 황금 머리카락 세 가닥을 뽑으면 악마가 무슨 말을 하는지 주의해서 듣거라."

저녁 무렵 악마가 돌아왔다. 악마는 들어서자마자 공기가 깨끗하지 않다는 걸 알아차리고 "냄새가 나는데, 냄새가 나, 사람 냄새가." 했다. "여긴 뭔가 제대로가 아니야." 그러고 나서 방 구석구석을 샅샅이 들여다봤지만 아무것도 찾지 못했다. 악마 할머니가 한껏 꾸짖었다. "방금 비질을 했어. 모든 걸 정돈했지. 그런데 다시 뒤죽박죽을 만들고 있어. 넌 노상 코에 사람 냄새를 달고 있다니까! 앉아서 저녁이나 먹거라." 악마는 먹고 마시자 피곤해져서 할머니 무릎에 머리를 누이면서 이를 잡아 달라고 했다. 오래 지나지 않아 졸더니 푸우푸 드르렁드르렁 코를 골았다. 그러자 할머니가 황금 머리카락 한 가닥을 잡아 뽑아 옆에 두었다. "아이고, 아파!" 악마가 소리를 질렀다. "뭐 하는 거예요?" "내가 악몽을 꾸었다." 하고 어머니가 말했다. "그래서 네 머리카락을 잡았구나." "무슨 꿈을 꾸었는데요?" 하고 악마가 물었다. "시장에 있는 우물 꿈이었는데 늘 포도주가 철철 솟던 우물이 말라 버리고 물조차 솟지 않는구나, 뭐가 잘못되어서 그럴까?" "히히, 사람들이 알면 좋아하겠지!" 하고 악마가 대답했다. "두꺼비 한 마리가 우물 안 돌 밑에 앉아 있는데 그걸 죽이면 포도주가 다시 흐를걸요."

악마가 잠이 들어 코 고는 소리에 창문들이 덜덜 떨릴 때까지 할머니는 다시 이를 잡아 주었다. 그런 다음 두 번째 머리카락을 뽑았다. "아이고! 뭐 하는 거예요?" 악마가 화가 나 소리쳤다. "나쁘게 생각 말거라." 하고 할머니가 대답했다. "내가 꿈에 그랬구나." "또 무슨 꿈을 꾸었

는데요?" 하고 악마가 물었다. "어떤 나라에 있는 과일나무 꿈을 꾸었다. 늘 황금 사과가 주렁주렁 달렸는데 지금은 잎조차 돋으려 하지 않는단다. 이유가 뭘까?" "히히, 사람들이 알면 좋아하겠지!" 하고 악마가 대답했다. "생쥐 한 마리가 뿌리를 갉아 먹고 있지. 그 생쥐를 죽이면 다시 황금 사과가 주렁주렁 달릴 텐데. 더 오래 갉으면 나무가 전부 말라 죽지. 그런데 꿈을 꾸더라도 난 좀 내버려 둬요. 한 번만 더 깨우면 따귀를 갈길 거예요."

할머니는 그에게 부드럽게 말하고 마침내 잠이 들어 코를 골 때까지 다시 이를 잡아 주었다. 잠이 들자 세 번째 황금 머리카락을 잡아 뽑았다. 악마가 펄쩍 뛰어오르고 소리치며 할머니에게 달려들려 했다. 그러나 할머니는 또 다시 그를 진정시키며 말했다. "나쁜 꿈을 누가 꾸고 싶겠니!" "도대체 무슨 꿈을 꾸었는데요?" 악마가 물었는데 궁금하기도 했다. "뱃사공 꿈을 꾸었는데 그는 늘 이리저리 배를 몰고 교대해 주는 사람이 없다고 탄식하더라. 뭐가 잘못일까?" "히히, 바보!" 하고 악마가 대답했다. "누가 와서 건너가려 하면 그 손에 노를 넘겨줘야지. 그러면 물을 건너게 하는 건 딴 사람이 하고 자기는 풀려나지." 어머니는 황금 머리카락 세 가닥을 뽑고 세 가지 질문의 답도 들은지라 그 늙은 괴룡을 가만히 내버려 두었고, 그는 동이 틀 때까지 잤다.

악마가 다시 떠나자 할머니는 개미를 치맛주름에서 꺼내어 행운이 깃든 아이에게 인간의 모습을 돌려주었다. "너는 이제 황금 머리카락 세 가닥을 가졌다." 하고 할머니가 말했다. "네 세 가지 질문에 대해 악마가 뭐랬는지 잘 들었겠지." "예." 하고 그가 대답했다. "잘 기억해 두겠습니다." "네가 원하는 것을 얻었구나." 하고 할머니가 말했다. "이제 너는 길을 가도 된다." 그는 어려울 때 도움을 준 노파에게 감사하며 지옥을 떠났고, 모든 일이 잘되어 흡족했다.

뱃사공에게 왔을 때 그는 약속한 답을 해야 했다. "나를 우선 건너가게 해 주세요." 하고 행운이 깃든 아이가 말했다. "그러면 당신이 구원받을 방법을 말해 드리지요." 그러고는 건너편 강둑에 닿고 나자 그에게 악마의 충고를 전했다. "누가 와서 건너게 해 달라고 하면 그의 손에 노를 쥐여 주세요." 그는 계속 갔고, 열매가 달리지 않는 나무가 있는 도시에 닿으니 파수꾼이 대답을 원했다. 그래서 악마에게 들은 대로 말해 주었다. "나무뿌리를 갉아 먹는 생쥐를 죽이면 다시 황금 사과가 주렁주렁 달릴 거예요." 그러자 파수꾼이 그에게 감사하며 황금이 잔뜩 실린 나귀 두 마리를 사례로 주어 그를 뒤따르게 했다. 마지막으로 그는 우물이 마른 도시로 갔다. 거기 파수꾼에게도 악마가 말한 대로 전했다. "두꺼비 한 마리가 우물속 돌 밑에 앉아 있으니 그것을 찾아 죽여야 해요. 그러면 다시 포도주가 철철 흐를 거예요." 파수꾼은 감사 인사를 하고 황금을 실은 나귀 두 마리를 그에게 주었다.

행운이 깃든 아이는 드디어 아내가 있는 집에 도착했다. 아내는 남편을 다시 보자 진심으로 기뻐했고 어떻게 그 모든 것이 이루어졌는지 들었다. 그는 왕이 요구한 악마의 황금 머리카락 세 가닥을 왕에게 가져다주었다. 황금이 실린 네 마리 나귀까지 보자 왕은 아주 흡족해서 말했다. "이제 모든 조건들이 채워졌으니 너는 내 딸을 그대로 데리고 있어도 된다. 그러나 이보게 사위, 어디서 이 많은 황금이 왔는지 말해 주게, 엄청난 보물이거든!" "저는 강을 건넜습니다." 하고 그가 대답했다. "그리고 거기서 가져왔습니다. 그곳에는 강가에 모래 대신 황금이 있었습니다." "나도 좀 가져올 수 있을까?" 하고 왕이 말하는데 욕심에 가득 차 있었다. "원하시는 만큼 얼마든지요." 하고 행운이 깃든 아이가 대답했다. "강물 위에 뱃사공이 있는데 건너게 해 달라고 말하십시오. 그러면 건너편에서 자루들을 채울 수 있을 겁니다." 욕심 많은 왕은 최대한 서둘러 길을 떠났다. 물가에 이르자 사공에게 손짓했고 사공은 그가 건너가게 했다. 사공이 와서 왕을 배에 태웠다. 그들이 건너편 강둑에 도착하자 사공은 왕의 손에 노를 쥐여 주고 배에서 뛰어내렸다. 왕은 이때부터 죄에 대한 벌로 배를 몰아야 했다. "그가 아직 배를 몰고 있을까?"

"뭐? 아직 아무도 그에게서 노를 넘겨받지 않았을걸."

30

작은 이와 작은 벼룩

구연 동화 듣기

작은 이와 작은 벼룩이 한집에 함께 살며 계란 껍질에 맥주를 만들었다. 그러다 이가 그만 술통에 빠져 타 버렸다. 그걸 보고 벼룩이 크게 소리치기 시작했다. 그때 작은 문이 말했다. "왜 소릴 지르니, 벼룩아?" "이가 타 버렸어."

그러자 작은 문이 덜그덕거리기 시작했다. 구석에 있던 작은 빗자루가 말했다. "왜 덜그덕거리니, 작은 문아?" "나더러 덜그덕거리지 말라는 거야?

작은 이는 타 죽고

작은 벼룩은 우는데."

그래서 작은 빗자루는 끔찍하게 비질을 시작했다. 그러

자 작은 손수레가 지나가다가 말했다. "왜 쓸고 있니, 빗자루야?" "나더러 쓸지 말라는 거야?

작은 이는 타 죽고

작은 벼룩은 울고

작은 문은 덜그덕거리는데."

그래서 작은 손수레는 "그럼 나는 달릴 거야." 하며 끔찍하게 달리기 시작했다. 그러자 손수레 곁을 지나던 작은 거름 더미가 말했다. "왜 달리고 있니, 작은 손수레야?" "나더러 달리지 말라는 거야?

작은 이는 타 죽고

작은 벼룩은 울고

작은 문은 덜그덕거리고

작은 빗자루는 쓰는데."

그래서 거름 더미는 "그럼 나는 끔찍하게 타겠어." 하며 환한 불로 활활 타기 시작했다. 거기 거름 더미 곁에서 있었던 작은 나무가 말했다. "왜 타니, 작음 거름 더미야?" "나더러 타지 말라는 거야?

작은 이는 타 죽고

작은 벼룩은 울고

작은 문은 덜그덕거리고

작은 빗자루는 쓸고

작은 손수레는 달리는데."

그래서 작은 나무는 "그럼 나는 몸을 털어야겠어." 하며 몸을 흔들기 시작하니 잎이 모조리 떨어져 버렸다. 물동이를 들고 다가오던 소녀가 그걸 보고 말했다. "왜 몸을 터니, 작은 나무야?" "나더러 몸을 털지 말라는 거야?

작은 이는 타 죽고
작은 벼룩은 울고
작은 문은 덜그덕거리고
작은 빗자루는 쓸고
작은 손수레는 달리고

작은 거름 더미는 불타는데."

그래서 소녀는 "그럼 나는 내 물동이를 깨 버려야겠어." 하며 물동이를 깨뜨렸다. 그러자 물이 솟는 작은 샘이 말했다. "왜 네 물동이를 깨뜨리니, 소녀야?" "나더러 내 물동이를 깨뜨리지 말라는 거야?

작은 이는 타 죽고

작은 벼룩은 울고

작은 문은 덜그덕거리고

작은 빗자루는 쓸고

작은 손수레는 달리고

작은 거름 더미는 불타고

작은 나무는 몸을 터는데."

"에이." 하고 작은 샘이 말했다. "그럼 나는 흐르기 시작해야겠어." 하고는 맹렬하게 흐르기 시작했다. 그리고 그 물에 모두 빠져 죽었다. 소녀, 작은 나무, 작은 거름 더미, 작은 손수레, 작은 빗자루, 작은 문, 작은 벼룩, 작은 이 모두 함께.

31

손 없는 소녀

어떤 물방앗간 주인이 차츰차츰 가난해져 물방아와 그 뒤에 서 있는 사과나무 한 그루밖에는 가진 게 없었다. 한 번은 나무를 하러 숲에 갔는데 한 번도 본 적 없는 노인이 와서 말했다. "뭐 하러 나무를 찍느라 애쓰느냐. 네 물방아 뒤에 서 있는 걸 내게 준다고 약속하면 내가 너를 부자로 만들어 주겠다." '그게 우리 사과나무 말고 무엇이겠는가?' 생각하고 물방앗간 주인은 "좋습니다." 하며 낯선 남자에게 그러겠다고 약속했다. 노인은 비웃듯 웃으며 말했다. "삼 년 뒤에 와서 내 것을 가져가겠다." 그러고는 떠났다. 물방앗간 주인이 집에 도착했을 때 아내가 말했다.

"여보, 말해 봐요, 이 갑작스러운 재물이 어디서 우리 집으로 온 거예요? 갑자기 모든 상자와 궤짝이 가득가득 차 있네, 그걸 가져온 온 사람도 없었는데. 어찌 된 셈인지 모르겠어." 그가 대답했다. "어떤 낯선 남자에게서 온 거요. 숲에서 만났는데 큰 보물을 주겠다 약속했소. 나는 그 대가로 물방아 뒤에 서 있는 걸 주겠다 약속했고. 아마 우리는 큰 사과나무를 주게 될 거요." "아, 여보……." 하고 아내가 놀라서 말했다. "그건 악마였어요. 사과나무를 뜻한 게 아니라 우리 딸이라고요. 그 애가 물방아 뒤에서 마당을 쓸고 있었어요."

물방앗간 딸은 예쁘고 믿음 깊은 소녀였고 그 삼 년 동안 신을 경외하며 죄짓지 않고 살았다. 시간이 지나 악마가 데려가겠다던 날이 오자 소녀는 몸을 정결히 씻고 백묵으로 자기 주변에 둥그렇게 원을 그렸다. 악마는 아주 일찍 나타났다. 그러나 소녀에게 가까이 다가갈 수 없었다. 성이 난 악마가 물방앗간 주인에게 말했다. "재한테서 물을 다 뺏거라, 더는 몸을 씻지 못하도록. 그러지 않으면 내가 힘을 쓸 수가 없다." 물방앗간 주인은 겁이 나서 그렇게 했다.

다음 날 아침 악마가 다시 왔다. 그러나 얼굴을 감싼 두 손으로 눈물이 흘러 소녀는 아주 깨끗했다. 악마가 또다시 소녀에게 접근하지 못하자 화를 내며 물방앗간 주인에게 말했다. "재 두 손을 잘라 버려. 안 그러면 내가 재를 건드릴 수 없어." 물방앗간 주인은 경악해서 대답했다. "어떻게 자식의 두 손을 잘라낸단 말이오!" 그러자 악마가 위협하며 말했다. "그러지 않으면 네가 내 것이다. 너를 데리고 가겠다." 아버지는 겁이 나 말을 따르겠다고 약속했다. 그러고는 소녀에게 가서 말했다. "얘야, 내가 네 두 손을 자르지 않으면 악마가 나를 데리고 간단다. 겁이 나서 그러겠다고 약속해 버렸구나. 곤경에 처한 나를 도와 네게 못할 짓을 하는 걸 용서해 다오." 소녀가 대답했다. "아버지, 뜻대로 하세요. 전 아버지와 어머니의 자식이잖아요." 그러고 나서 소녀는 두 손을 자르게 했다.

악마가 세 번째로 왔다. 그러나 얼마나 오래, 또 어찌나 울었는지 손이 잘려 나간 자리가 눈물로 다 젖어 소녀는 아주 깨끗했다. 결국 악마도 소녀에 대한 모든 권리를 포기하고 물러났다. 물방앗간 주인이 딸에게 말했다. "나는 너를 통해 이렇듯 큰 재산을 얻었구나. 너를 평생 가장 귀하게 지키겠다." 그러나 소녀가 대답했다. "저는 여기 머물 수 없습니다. 떠나겠어요. 인정 많은 사람들이 제가 필요로 하는 만큼 줄 거예요." 소녀는 손이 잘려 나간 뭉툭한 팔을 등에 묶게 했다. 그러고는 해가 뜰 때 길을 떠나 밤이 될 때까지 하루 종일 걸었다.

어느덧 소녀는 왕의 뜰로 가게 되었다. 은은한 달빛 속에서 그 뜰에 먹음직한 과일들이 가득 달린 나무들이 서 있는 게 보였다. 그러나 물이 뜰을 둘러싸고 있어서 들어갈 수 없었다. 종일 걷고 한 입도 먹은 게 없어서 몹시 배가 고픈 소녀는 생각했다. '아, 저 과일들을 조금 먹을 수 있도록 내가 저 안에 있다면. 안 그러면 난 분명 배고프고 목이 타서 죽을 거야.' 그러고는 무릎을 꿇고 하느님을 부르며 기도했다. 그러자 갑자기 천사가 와서 물속에 있는 수문을 닫아 구덩이의 물이 말라 소녀는 지나갈 수 있었다. 소녀는 그 뜰로 들어갔고 천사가 함께 갔다. 열매가 주렁주렁 달린 나무 한 그루가 보이는데 배였다. 그러나 배는

모두 숫자가 헤아려져 있었다. 그래도 소녀는 다가섰고, 배고픔을 가라앉히려고 입으로 나무에서 배 하나를 따 먹었는데 그 이상은 먹지 않았다. 정원사가 그걸 보았지만 천사가 옆에 서 있어서 겁이 났고, 소녀가 유령인가 보다 하며 차마 부르거나 유령에게 말을 걸 엄두를 못 냈다.

배를 먹고 난 소녀는 배가 불러 덤불나무 밑으로 들어가서 몸을 숨겼다. 뜰의 주인인 왕이 다음 날 아침 내려와서 개수를 헤아려 보고는 배 하나가 없는 걸 알고 정원사에게 어떻게 된 일인지 물었다. 배는 나무 아래 떨어져 있지 않고 아주 없어진 것 같았다. 그러자 정원사가 대답했다. "어젯밤 유령 하나가 들어왔는데 두 손이 없고 입으로 배 하나를 따 먹었습니다." 왕이 말했다. "그 유령은 어떻게 물을 건너 들어왔느냐? 또 배를 먹은 다음에는 어디로 갔느냐?" 정원사가 대답했다. "눈처럼 흰옷을 입은 누군가가 하늘에서 왔고, 유령이 물 빠진 구덩이를 지나갈 수 있도록 그가 수문을 닫아 물을 막았습니다. 그건 천사가 틀림없기 때문에 저는 무서워서 묻거나 부르지 못했습니다. 배를 먹고 나자 유령은 다시 돌아갔습니다." 왕이 말했다. "사정이 네가 말한 대로라면 오늘 밤은 내가 너와 함께 망을 보겠다."

날이 어두워지자 왕이 유령에게 말을 건넬 사제를 데리고 뜰로 들어왔다. 세 사람 모두 나무 아래에 앉아 기도

했다. 자정이 되자 소녀가 덤불숲에서 기어 나와 나무로 다가가더니 다시 입으로 배 한 개를 따 먹었다. 그 곁에는 흰옷 입은 천사가 서 있었다. 그때 사제가 나아가 말했다. "하늘에서 오셨습니까, 아니면 땅에서 오셨습니까? 유령이오, 아니면 사람이오?" 소녀가 대답했다. "저는 유령이 아니라 가엾은 사람입니다. 모두로부터 버림받았지요. 하느님만 빼고는요." 왕이 말했다. "네가 온 세상으로부터 버림받았다면 나라도 너를 버리지 않겠노라." 왕은 소녀를 성으로 데려갔다. 소녀가 어찌나 예쁘고 신심이 깊은지 왕은 충심으로 소녀를 사랑했으며, 소녀에게 은으로 된 두 손을 만들어 주고 배우자로 삼았다.

한 해가 지나 왕이 전장으로 나가야 했다. 그러자 왕은 어머니에게 젊은 왕비를 부탁하며 말했다. "왕비가 아기를 낳게 되면 잘 지키고 돌봐 주시고 그 소식을 곧 편지에 적어 보내 주세요." 왕비가 예쁜 아들을 낳았다. 그러자 늙은 어머니는 급히 편지를 써서 왕에게 이 기쁜 소식을 알렸다. 그런데 사신이 도중에 개울가에서 쉬다가 먼 길을 가느라 지쳐 잠이 들었다. 그때 신심 깊은 왕비를 늘 해치려 하던 악마가 와서 편지를 바꿔치기했고, 새 편지에는 왕비가 '괴물 아기'를 낳았다고 적혀 있었다. 왕은 편지를 읽자 깜짝 놀라고 몹시 슬펐다. 하지만 자기가 돌아갈 때까지 왕비를 잘 지키고 돌보라고 답장을 썼다. 사신은 편지를 들고 돌아가다 같은 자리에서 쉬다가 다시 잠이 들었다. 그때 또다시 악마가 와서 다른 편지를 그의 주머니에 넣었다. 편지에는 왕비를 아이와 함께 죽이라고 적혀 있었다. 편지를 받은 늙은 어머니는 격심하게 놀라고 믿을 수가 없어서 왕에게 또 한 번 편지를 썼다. 그러나 다른 답을 받지 못했다. 악마가 사신에게 번번이 다른 편지를 밀어 넣어 주었기 때문이다. 마지막 편지에는 왕비의 혀와 두 눈을 증거로 간수해 두라고까지 쓰여 있었다.

그러나 늙은 어머니는 참으로 죄 없는 피를 흘려야 하는 걸 두고 울다 밤에 사슴 한 마리를 데려오게 하여 혀와 두 눈을 도려내어 간수했다. 그런 다음 왕비에게 말했다. "너를 왕의 명령대로 죽일 수는 없다. 그러나 네가 여기에 머물러서는 안 되겠다. 아이를 데리고 넓은 세상으로 가서 다시는 돌아오지 말아라." 가엾은 여자는 울어서 부운 눈으로 아기를 등에 업고 떠났다. 그러다 우거진 큰 숲에 들어가 꿇어앉아 하느님에게 기도하니 천사가 나타나 작은 집으로 인도했다. 그 집에는 "여기서는 누구든 그냥 살면 된다."라고 쓰인 작은 팻말이 붙어 있었다. 눈처럼 흰 소녀가 집 밖으로 나와 "어서 오세요, 왕비님." 하며 인도해 들어갔다. 그런 다음 그들은 아이를 등에서 내려 품에 안고 젖을 먹이고는 준비된 예쁘고 작은 침대에 누였다. 그때 가엾은 여자가 말했다. "내가 왕비라는 걸 어떻게 알았어요?" 흰옷의 소녀가 대답했다. "나는 천사예요. 당신과 아이를 돌보라고 하느님께서 보내셨죠." 왕비는 그 집에서 칠 년을 머물며 보살핌을 잘 받았고, 신심이 깊어 하느님이 내리신 은총으로 잘려 나간 두 손이 다시 자라났다.

드디어 왕이 전장에서 집으로 돌아왔다. 그의 첫 번째 바람은 아내와 아이를 보는 것이었다. 늙은 어머니가 울음을 터뜨리며 말했다. "이 무정한 사람아, 어째서 내게 죄 없는 두 영혼을 죽이라고 적어 보냈나!" 그러고는 악마가 위조한 편지 두 통을 보여 주면서 "나는 자네 명령대로 했네." 하며 증거물인 혀와 두 눈을 그에게 보여 주었다. 그러자 왕이 가엾은 아내와 아들을 두고 훨씬 더 심하게 울기 시작하니 늙은 어머니는 그게 가엾어서 왕에게 말했다. "진정하게, 왕비는 아직 살아 있네. 내가 몰래 사슴을 잡게 해 거기서 징표를 취했네. 하지만 자네 아내에게는 아기를 등에 업혀 묶어 주고 넓은 세상으로 가라고 했지. 다시는 여기로 돌아오지 않겠다는 다짐을 받았고. 자네가 몹시 화가 나 있었으니까." 그러자 왕이 말했다. "저도 가겠습니다, 하늘이 푸른 한. 그리고 사랑하는 아내와 아기를 다시 찾을 때까지 먹지도 마시지도 않겠습니다. 그사이 그들이 재해로 죽었거나 굶어 죽지 않았다면요."

그 후 왕은 칠 년을 떠돌며 모든 절벽이며 바위 동굴을 뒤졌으나 왕비를 찾지 못해 그녀가 굶주리고 목말라 죽었으려니 했다. 이 기간 동안 왕은 먹지도 마시지도 않았다. 그러나 하느님이 지켜 주었다. 드디어 그는 큰 숲으로 들어갔고 거기서 작은 집을 보았다. 집에는 이런 팻말이 붙어 있었다. "여기서는 누구든 그냥 살면 된다." 거기서 흰옷의 소녀가 나와 손을 잡고 안으로 인도하며 말했다. "어서 오세요, 임금님." 그리고 그에게 어디서 오느냐고 물었다. 왕이 대답했다. "아내와 아이를 찾아 돌아다닌 지 곧 칠 년이 됩니다만 찾지 못했습니다." 천사가 먹을 것과 마실 것을 주었으나 그는 먹지 않고 다만 조금 쉬기를 바랐다. 그는 자려고 누워서 수건으로 얼굴을 덮었다.

그 후 천사는 왕비가 평소 '괴로움 많은'이라고 부르는 아들을 데리고 앉아 있는 방으로 들어가서 말했다. "아

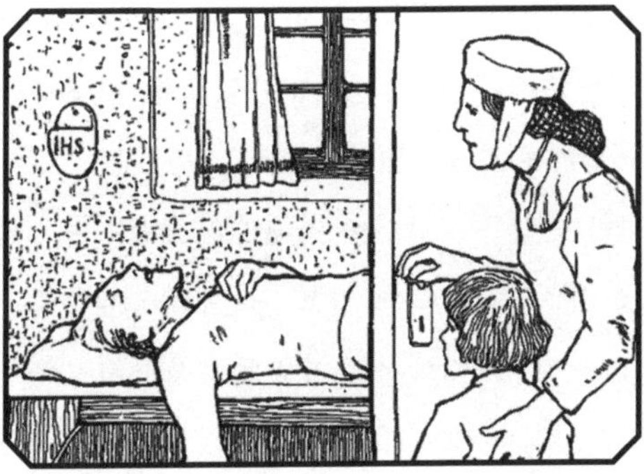

이를 데리고 나가거라. 남편이 왔다." 왕비가 그가 누워 있는 곳으로 가니 그의 얼굴에서 수건이 떨어졌다. 그녀가 말했다. "'괴로움 많은'아, 수건을 집어 아버지의 얼굴을 다시 덮거라." 아이는 수건을 들어 다시 얼굴을 덮었다. 왕이 잠결에 그 소리를 듣고 천을 또 한 번 떨어뜨렸다. 그런데 소년이 참을성을 잃고 말했다. "어머니, 저는 세상에 아버지가 없는데 제가 어떻게 아버지 얼굴을 덮겠습니까? 저는 기도를 배웠습니다. 우리 아버지, 그분은 하늘에 계시죠. 어머니도 말씀하셨죠, 우리 아버지는 하늘에 계시다고, 사랑하는 하느님이라고. 어떻게 제가 이렇게 거친 분을 알겠어요? 이분은 제 아버지가 아니에요." 그 말을 듣자 왕이 몸을 일으키고 누구인지 물었다. 그러자 왕비가 대답했다. "당신 아내예요. 이 아이는 당신 아들 '괴로움 많은'이고요." 그리하여 그는 그녀의 생기 있는 두 손을 보고 말했다. "내 아내는 두 손이 은으로 되었는데." 그녀가 대답했다. "자비로운 하느님이 본래의 두 손이 돋아나게 하셨어요." 이때 천사가 은으로 된 두 손을 가지고 들어와 왕에게 보여 주었다.

그리하여 왕은 사랑하는 아내이고 사랑하는 아들이라는 것을 비로소 확실하게 알고 그들에게 입맞추고 기뻐하며 말했다. "내 가슴에서 무거운 돌이 떨어져 나갔다." 그러자 하느님의 천사가 그녀와 함께 두 사람에게 식사를 주었고, 그 뒤 두 사람은 늙은 어머니에게로 갔다. 온 사방에서 크게 기뻐했다. 왕과 왕비는 다시 한번 결혼식을 올리고 죽을 때까지 행복하게 살았다.

32

명석한 한스

한스의 어머니가 묻는다. "한스야, 어디 가니?" 한스가 대답한다. "그레텔한테요." "잘해라, 한스." "잘할게요. 잘 지내요, 엄마." "잘 가거라, 한스."

한스가 그레텔에게로 온다. "안녕, 그레텔." "안녕, 한스. 무슨 좋은 걸 가져오니?" "아무것도 안 가져왔어, 주면 좋지." 그레텔은 바늘 하나를 한스에게 선물한다. 한스가 말한다. "잘 있어, 그레텔." "잘 가, 한스."

한스는 바늘을 받아 건초 수레에 꽂고 수레를 뒤따라 집으로 간다. "안녕, 엄마." "안녕, 한스. 어디 다녀왔니?" "그레텔한테 다녀왔지." "걔한테 무얼 가져갔니?" "아무것도 안 가져갔어요. 주던데요." "그레텔이 무얼 주었니?" "바늘을 주었어요." "바늘은 어디 있니, 한스?" "건초 수레에 꽂아 두었죠." "멍청했구나, 한스, 바늘은 옷 소매에 꽂았어야지." "괜찮아요. 이담엔 더 잘할게요."

"한스야, 어디 가니?" "그레텔한테요, 엄마." "잘해라, 한스." "잘할게요. 잘 지내요, 엄마." "잘 가거라, 한스."

한스가 그레텔에게로 온다. "안녕, 그레텔." "안녕, 한스. 무슨 좋은 걸 가져오니?" "아무것도 안 가져왔어, 주면 좋지." 그레텔은 칼 하나를 한스에게 선물한다. 한스가 말한다. "잘 있어, 그레텔." "잘 가, 한스."

한스는 칼을 받아 옷소매에 꽂고 집으로 간다. "안녕, 엄마." "안녕, 한스. 어디 다녀왔니?" "그레텔한테 다녀왔지." "걔한테 무얼 가져갔니?" "아무것도 안 가져갔어요. 주던데요." "그레텔이 무얼 주었니?" "칼을 주던데요." "칼은 어디 있니, 한스?" "옷소매에 꽂아 두었죠." "멍청했구나, 한스, 칼은 주머니에 넣었어야지." "괜찮아요. 이담엔 더 잘할게요."

"한스야, 어디 가니?" "그레텔한테요, 엄마." "잘해라, 한스." "잘할게요. 잘 지내요, 엄마." "잘 가거라, 한스."

한스가 그레텔에게로 온다. "안녕, 그레텔." "안녕, 한스. 무슨 좋은 걸 가져오니?" "아무것도 안 가져왔어, 주면 좋지." 그레텔은 새끼 염소 한 마리를 한스에게 선물한다. 한스가 말한다. "잘 있어, 그레텔." "잘 가, 한스."

한스는 염소를 받아 다리를 한데 묶어 주머니에 넣는다. 집에 도착했을 때 염소는 숨이 막혀 죽었다. "안녕, 엄마." "안녕, 한스. 어디 다녀왔니?" "그레텔한테 다녀왔지." "걔한테 무얼 가져갔니?" "아무것도 안 가져갔어요. 주던데요." "그레텔이 무얼 주었니?" "염소를 주던데요." "염소는 어디 있니, 한스?" "주머니에 넣었죠." "멍청했구나, 한스, 염소는 밧줄에 묶었어야지." "괜찮아요. 이담엔 더 잘할게요."

"한스야, 어디 가니?" "그레텔한테요, 엄마." "잘해라, 한스." "잘할게요. 잘 지내요, 엄마." "잘 가거라, 한스."

한스가 그레텔에게로 온다. "안녕, 그레텔." "안녕, 한스. 무슨 좋은 걸 가져오니?" "아무것도 안 가져왔어, 주면 좋지." 그레텔이 베이컨 한 덩이를 한스에게 선물한다. 한스가 말한다. "잘 있어, 그레텔." "잘 가, 한스."

한스는 베이컨을 받아 밧줄로 묶어 뒤에 끌고 온다. 개들이 와서 베이컨을 먹어 버린다. 집에 도착했을 때 밧줄은 손에 있는데 아무것도 매달려 있지 않다. "안녕, 엄마." "안녕, 한스. 어디 다녀왔니?" "그레텔한테 다녀왔지."

"개한테 무얼 가져갔니?" "아무것도 안 가져갔어요. 주던데요." "그레텔이 무얼 주었니?" "베이컨 한 덩이를 주던데요." "베이컨은 어디 있니, 한스?" "밧줄에 묶어 집으로 끌고 오는데 개들이 가져갔죠." "멍청했구나, 한스, 베이컨은 머리에 이고 왔어야지." "괜찮아요. 이담엔 더 잘할게요."

"한스야, 어디 가니?" "그레텔한테요, 엄마." "잘해라, 한스." "잘할게요. 잘 지내요, 엄마." "잘 가거라, 한스."

한스가 그레텔에게로 온다. "안녕, 그레텔." "안녕, 한스. 무슨 좋은 걸 가져오니?" "아무것도 안 가져왔어, 주면 좋지." 그레텔이 송아지 한 마리를 한스에게 선물한다. 한스가 말한다. "잘 있어, 그레텔." "잘 가, 한스."

한스가 송아지를 받아 머리 위에 얹는데 송아지가 그의

얼굴을 찬다. "안녕, 엄마." "안녕, 한스. 어디 다녀왔니?" "그레텔한테 다녀왔지." "걔한테 무얼 가져갔니?" "아무것도 안 가져갔어요. 주던데요." "그레텔이 무얼 주었니?" "송아지를 주던데요." "송아지는 어디 있니, 한스?" "머리에 올려놓으니 그게 얼굴을 찼어요." "멍청했구나, 한스, 송아지는 끌고 와서 마구간 건초대에 묶어 두었어야지." "괜찮아요. 이담엔 더 잘할게요."

"한스야, 어디 가니?" "그레텔한테요, 엄마." "잘해라, 한스." "잘할게요. 잘 지내요, 엄마." "잘 가거라, 한스."

한스가 그레텔에게로 온다. "안녕, 그레텔." "안녕, 한스. 무슨 좋은 걸 가져오니?" "아무것도 안 가져왔어, 주면 좋지." 그레텔이 한스에게 말한다. "내가 너와 함께 갈게."

한스는 그레텔을 밧줄에 묶어 마구간 건초대 앞으로 끌고 와 단단히 묶는다. 그다음에 한스는 어머니에게로 간다. "안녕, 엄마." "안녕, 한스. 어디 다녀왔니?" "그레텔한테 다녀왔지." "걔한테 무얼 가져갔니?" "아무것도 안 가져갔어요. 주던데요." "그레텔이 무얼 주었니?" "아무것도 안 주던데요. 같이 왔어요." "그레텔은 어디 두었니?" "밧줄로 묶어 끌고 와서 마구간 건초대에 묶어 놓았어요. 앞에 건초를 던져 줬고요." "멍청했구나, 한스, 그레텔에게는 다정한 눈빛을 던졌어야지." "괜찮아요. 이담엔 더 잘할게요.”

한스가 마구간으로 가 모든 송아지와 양의 눈을 찔러 빼내서는 그레텔의 얼굴에 던진다. 그러자 그레텔은 화가 나서 홱 몸을 빼내어 달아난다. 한스의 약혼녀였는데…….

33

세 가지 언어

옛날에 스위스에 늙은 백작이 살았는데 그는 아들 하나뿐이었다. 그 아들은 멍청하고 아무것도 배울 줄을 몰랐다. 그래서 아버지가 말했다. "듣거라, 아들아, 네 머릿속에는 내가 아무것도 넣어 주지 못하겠다. 내 뜻대로 시작해 보자. 너는 여기서 떠나야 한다. 내가 너를 유명한 명장에게 맡기려고 한다. 그가 너를 데리고 어찌할지 보겠다."

소년은 낯선 도시로 보내져 명장의 집에서 일 년을 꼬박 머물렀다. 기간이 지나 그는 다시 집으로 돌아왔고, 아버지가 물었다. "자, 아들아, 무얼 배웠느냐?" "아버지, 저는 개가 뭐라고 짖는지 배웠습니다." "맙소사." 하고 아버지가 버럭 소리를 질렀다. "배운 게 그게 다냐? 다른 도시 다른 명장에게 보내야겠다."

소년은 그리로 보내져 이 명장의 집에서도 일 년을 머물렀다. 아들이 돌아왔을 때 아버지가 다시 물었다. "아들아, 무얼 배웠느냐?" 아들이 대답했다. "아버지, 새들이 뭐라고 말하는지 배웠습니다." 그러자 아버지는 화가 치밀어 말했다. "어, 이 가망 없는 인간아, 귀한 시간을 보내고 아무것도 배우지 못했구나. 그러면서 내 앞에 오는 것이 부끄럽지도 않으냐? 너를 세 번째 명장에게 보내겠다. 이번에도 배우는 게 없으면 나는 더 이상 네 아비가 아니다."

아들은 세 번째 명장 집에서 역시 꼬박 일 년을 머물렀다. 다시 집으로 돌아오자 아버지가 물었다. "아들아, 무얼 배웠느냐?" 아들이 대답했다. "아버지, 이번 일 년은 개구리들이 뭐라고 개골개골하는지 배웠습니다." 그러자 아버지는 극도로 화가 치밀어 펄쩍 뛰어오르며 하인들을 불러 말했다. "이 인간은 더 이상 내 아들이 아니다. 너희가 이 애를 숲속으로 데려가 죽이기를 엄히 명한다." 하인들은 아들을 멀리 데리고 갔다. 그러나 막상 죽이자니 불쌍해서 그를 놓아주었다. 하인들은 노루의 눈과 혀를 잘라 백작에게 증거로 가져갔다.

청년은 떠돌다가 얼마 뒤 어떤 성에 이르러 하룻밤 묵게 해 달라고 청했다. "그러지." 하고 성주가 말했다. "자네가 저 아래 오래된 탑에서 밤을 보내겠다면 가게. 그러나 경고하건대 자네 생명이 위태로울 거야. 탑은 들개로 가득한데 들개들이 계속 컹컹 짖고 울부짖어. 일정 시간이 되면 그것들이 당장 뜯어 먹을 사람 하나를 바쳐야 하지." 온 지역이 그로 인해 슬픔과 괴로움에 빠져 있지만 아무도 막을 방법이 없었다. 그러나 청년은 겁내지 않고 말했다. "저를 짖는 개들에게 보내 주세요. 제가 개들한테 던져 줄 것을 좀 주시고요. 개들이 저한테 아무 짓도 하지 않게요." 그가 달리 원하는 게 없는 터라 사람들은 들개들에게 줄 음식을 조금 주고 그를 탑으로 데려갔다. 그가 탑 안으로 들어섰을 때 개들은 그를 보고 짖지 않고 꼬리를 아주 다정하게 흔들며 주위를 맴돌았으며 그가 놔준 것을 먹으며 그의 머리카락 한 올 건드리지 않았다.

다음 날 아침 모두가 놀랄 만큼 아무 데도 상한 곳 없이 그가 다시 나타나 성주에게 말했다. "왜 거기에 살면서 나라에 해를 입히는지 개들이 그들의 말로 제게 밝혔습니다. 그들은 마법에 걸려 탑 아래 놓인 큰 보물을 지켜야 하고, 보물이 없어지기 전에는 조용히 쉬지 못합니다. 보물을 어떻게 꺼내야 하는지도 그들의 이야기에서 제가 알아냈습니다." 그러자 그 말을 들은 모두가 기뻐했고, 성주는 그가 일을 성공적으로 완수하면 아들로 삼겠다고 말했다. 그는 다시 내려갔다. 뭘 해야 하는지 알기 때문에 일을 완수하고 황금으로 채워진 궤짝을 가지고 나왔다. 들개들의 요란한 울음소리는 더 이상 들리지 않았다. 개들이 사라지고 나라는 괴로움에서 해방되었다.

한참이 지나 그는 로마로 가 보기로 했다. 늪을 지나는데 개구리들이 앉아 개골개골거리고 있었다. 귀 기울여 개구리들이 하는 말을 알아듣자 그는 깊은 생각에 잠기며 슬퍼했다. 드디어 로마에 도착하니 마침 교황이 죽어 추기경들은 누구를 후계자로 정할지 결정하지 못하고 있었다. 추기경들은 마침내 신의 기적의 표지가 보이는 사람을 교황으로 뽑자고 합의했다. 그렇게 막 결정되었을 때 젊은 백작이 교회로 들어섰고, 갑자기 눈같이 흰 비둘기 두 마리가 그의 두 어깨 위로 날아와 계속 앉아 있었다. 성직자들은 여기서 하느님의 표지를 보고 그 자리에서 그에게 교황이 되지 않겠냐고 물었다. 그는 결단하지 못했다. 자신이 그만한 사람이 되는지 알 수 없었다. 그러나 비둘기들이 그러라고 격려해 마침내 그는 "그러겠습니다." 하고 대답했다. 그러자 그에게 향유를 바르고 축성했으며, 그로써 그가 길에서 개구리들한테 들은 말이 이루어졌다. 그를 참으로 당황하게 만든 말이었으니, 그가 신성한 교황이 되어야 한다는 것이었다. 그 후 미사를 집전해야 했는데 그는 한마디도 할 줄 몰랐다. 하지만 비둘기 두 마리가 항상 어깨 위에 앉아 모든 것을 그의 귀에 속삭여 주었다.

34

똑똑한 엘제

옛날에 똑똑한 엘제라고 불리는 딸을 둔 남자가 있었다. 그 아이가 다 자라자 아버지가 말했다. "저 아이를 결혼시켜야겠어." "그래." 하고 어머니가 말했다. "데려가겠다는 남자가 나서기만 하면." 드디어 먼 곳에서 한 사람이 와 그녀에게 구혼했고 이름은 한스였다. 다만 똑똑한 엘제가 정말로 명석해야 한다고 조건을 내걸었다. "오……." 하고 아버지가 말했다. "저 아이 머릿속엔 실타래가 들었다네." 또 어머니가 말했다. "아, 저 아이는 골목에서 부는 바람도 보고 파리가 기침하는 소리도 듣지." "그래요?" 하고 한스가 말했다. "만약 정말 명석하지 않으면 저는 데려가지 않겠어요."

그들이 식탁에 앉아 밥을 먹고 나자 어머니가 말했다. "엘제야, 지하실에 가서 맥주를 가져와라." 그러자 똑똑한 엘제가 벽에 걸린 주전자를 집어 지하실로 가며 용감하게 뚜껑을 딸깍거렸다. 가는 시간이 지루하지 않도록 말이다. 지하실에 가서는 작은 걸상 하나를 가져다가 술통 앞에 놓았다. 몸을 굽히거나 등이 아프거나 뜻밖의 해를 입지 않도록 말이다. 그다음에는 주전자를 앞에 놓고 술통 꼭지를 돌려 열었다. 맥주가 흐르는 동안 두 눈이 심심하게 놔두지 않고 벽을 따라 위를 쳐다보던 엘제는 여러 번 이리 보고 저리 본 끝에 곡괭이 하나가 마침 자기 위에 있는 것을 보았다. 미장이가 실수로 꽂아 두고 간 것이었다. 그러자 똑똑한 엘제가 울음을 터뜨리며 말했다. "만약 내가 한스를 얻으면, 한스와 내가 아이를 얻으면, 그 애가 커서 우리가 술통에서 맥주를 받아 오라고 그 애를 지하실로 보내면 곡괭이가 머리 위로 떨어져서 맞아 죽을 거야." 엘제는 앉아서 눈물을 흘리며 있는 힘을 다해 임박한 불행을 두고 울부짖었다.

위에 있던 사람들은 마실 것을 기다리는데 똑똑한 엘제가 도무지 오지 않았다. 그러자 부인이 하녀에게 말했다. "지하실에 내려가서 엘제가 대체 어디 있는지 보

거라.” 하녀가 가 보니 엘제는 술통 앞에 앉아 큰 소리로 울고 있었다. “엘제, 왜 울어?” 하고 하녀가 물었다. “아…….” 하고 엘제가 대답했다. “나더러 울지 말라고? 내가 한스를 얻으면, 한스와 내가 아이를 얻으면, 그 애가 커서 여기로 마실 걸 가지러 오면, 곡괭이가 머리에 떨어져서 그 애가 맞아 죽을 거야.” 그러자 하녀는 “우리 엘제 똑똑도 하지!” 하며 곁에 앉아 그 불행을 두고 자기도 울기 시작했다.

한참이 지나도 하녀가 돌아오지 않고 위에서는 마실 걸 기다리며 목이 마르자 남편이 하인에게 말했다. “지하실에 내려가서 엘제와 하녀가 대체 어디 있는지 보거라.”

하인이 내려가니 똑똑한 엘제와 하녀가 앉아서 둘이 같이 울고 있었다. 그러자 하인이 물었다. "대체 왜 울어?" "아……." 하고 엘제가 대답했다. "나더러 울지 말라고? 내가 한스를 얻으면, 한스와 내가 아이를 얻으면, 그 애가 커서 여기로 마실 걸 가지러 오면, 곡괭이가 머리에 떨어져서 맞아 죽을 거야." 그러자 하인은 "우리 엘제 똑똑도 하지!" 하며 곁에 앉아 큰 소리로 엉엉 울기 시작했다.

위에서는 사람들이 하인을 기다렸는데 도무지 오지 않아 남편이 아내에게 말했다. "지하실에 내려가서 엘제가 대체 어디 있는지 좀 봐요." 아내가 내려가 보니 세 명이 모두 슬프게 탄식하고 있어서 그 이유를 물었다. 그러자 엘제가 장래 자기 아이가 커서 맥주를 가지러 지하실에 왔는데 곡괭이가 떨어지면, 아마 곡괭이에 맞아 죽을 거라고 이야기했다. 그러자 어머니도 "우리 엘제 똑똑도 하지!" 하며 곁에 퍼질러 앉아 같이 울었다.

위에 있던 남편은 다시 한참을 기다려도 아내가 돌아오지 않고 갈증이 점점 더 심해지자 말했다. "내가 직접 지하실로 가서 엘제가 대체 어디 있는지 봐야겠어." 그러나 그가 지하실에 가니 모두 모여 앉아 울고 있는데 그 이유인즉 언젠가 태어날 아이가 마침 곡괭이가 떨어지는 시각에 술통에서 맥주를 받기 위해 그 밑에 앉아 있을지 모르고, 곡괭이에 맞아 죽을 수도 있다는 말을 듣자 그는 "우리 엘제 똑똑도 하지!" 하고 외치며 앉아 같이 울었다. 신랑감은 오랫동안 혼자 앉아 있었다. 아무도 돌아오는 기미가 없자 '사람들이 아래에서 기다리고 있을지 몰라. 가서 뭘 하는지 봐야지.'라고 생각했다.

그가 내려갔을 때 거기 다섯 명이 앉아 소리 높여 아주 비참하게 울고불고 하는데 저마다 점점 더했다. "대체 무슨 안 좋은 일이 생긴 겁니까?" 하고 그가 물었다. "아, 이봐요, 한스." 하고 엘제가 말했다. "우리가 결혼해서 아이를 가지면 그 애가 크죠, 우리가 마실 걸 받아 오라고 그 애를 혹시 여기로 보내면 저 위에 계속 박혀 있는 곡괭이가 떨어지면, 머리를 부수어 애가 일어나지 못하고 마냥 누워 있을 거예요. 그런데 우리더러 울지 말라고요?" "그렇군요." 하고 한스가 말했다. "내 집 살림을 위해 더 이상의 분별은 필요하지 않아요. 이렇게 똑똑한 엘제이니 나는 당신을 얻어야겠어요." 하며 그녀의 손을 잡고 함께 올라가서 결혼식을 올렸다.

엘제가 한스와 함께한 지 한참이 되었을 때 한스가 말했다. "나는 나가서 일을 하고 돈을 벌어 와야겠으니 당신은 들판으로 나가서 밀을 베요. 그래야 빵이 생기지." "그래요, 한스, 그러겠어요." 한스가 떠난 다음 엘제는 맛있는 죽을 끓여 들판으로 들고 갔다. 엘제는 밭 앞에 다다르자 혼잣말을 했다. "무얼 하지? 먼저 벨까, 아니면 먹을까, 뭐, 먹기부터 해야지." 그러더니 가져온 죽이 든 냄비를 다 비웠고, 뚱뚱하게 배가 부르자 다시 말했다. "무얼 하지? 먼저 벨까, 아니면 잘까? 뭐, 자기부터 해야지." 그래서 옥수숫대 가운데 드러누워 잠이 들었다.

한스는 벌써 오래전에 집에 와 있었는데 도무지 엘제가 오지 않았다. 그래서 말했다. "우리 엘제 똑똑도 하지. 워낙 부지런해서 밥 먹으러 집에 오지도 않네." 그러나 엘제가 여전히 밖에서 돌아오지 않고 저녁이 되어 가자 한스는 엘제가 얼마나 베었는지 보러 나갔다. 그러나 엘제는 하나도 베지 않고 옥수숫대 속에 누워서 자고 있었다. 한스는 서둘러 집으로 돌아와서 작은 방울들이 달린 새 잡는 그물을 가져다 그녀 몸에 둘러쳤다. 그녀는 여전히 계속 자고 있었다. 그런 다음 그는 집으로 달려와 현관문을 잠그고 의자에 앉아 일을 했다.

마침내 완전히 어두워졌을 때 똑똑한 엘제는 잠이 깨었고, 일어나 보니 사방에서 딸랑거리고 디디는 걸음마다 작은 방울들이 울렸다. 그러자 놀라서 자기가 정말로 똑똑한 엘제인지 아닌지 혼란스러워서 말했다. "내가 그걸까, 아니면 아닐까?" 그러나 그 대답을 어떻게 해야 할지를 몰라 한동안 절망한 채 서 있었다. 마침내 그녀는 생각했다. '집에 가서 물어봐야지. 내가 그 엘제가 맞는지 아닌지 사람들은 알 테니.' 그녀는 자기 집 현관으로 달려갔다. 그러나 문이 잠겨 있었다. 그래서 창문을 두드리며 외쳤다. "한스, 엘제가 안에 있나요?" "네." 하고 한스가 대답했다. "안에 있어요." 그러자 그녀가 깜짝 놀라 말했다. "아, 하느님, 그럼 나는 똑똑한 엘제가 아니군요." 하며 다른 문 앞으로 갔다. 그러나 사람들은 방울 소리를 듣자 문을 열어 주려 하지 않았고, 그녀는 어느 집에도 들어갈 수 없었다. 마을을 떠난 이후로 아무도 엘제를 다시 보지 못했다.

35

천국에 간 재단사

어느 좋은 날에 하느님이 하늘 정원에서 좀 거닐려고 모든 사도와 성자를 데리고 나가 천국에는 베드로 성인만 남아 있었다. 하느님은 베드로에게 당신이 없는 동안 아무도 들이지 말라고 명했다. 오래 지나지 않아 누군가가 문을 두드렸다. 베드로는 누구이며 왜 왔느냐고 물었다. "저는 가난하고 정직한 재단사입니다." 하고 가녀린 목소리가 대답했다. "들여보내 주실 것을 청합니다." "정말, 정직하구나……." 하고 베드로가 말했다. "교수대에 선 도둑처럼 너는 손버릇이 나빠 사람들이 맡긴 천을 잘라 냈지. 너는 천국으로 들어오지 못한다. 주님은 내게 그분이 바깥에 계신 동안 아무도 들여보내지 말라고 하셨다.”

“불쌍히 여겨 주십시오.” 하고 재단사가 외쳤다. “재단대에서 저절로 떨어진 조그만 헝겊 조각은 훔친 게 아니고 얘깃거리도 아닙니다. 제가 절뚝거리는 걸 보세요. 먼 길을 오느라 발에 물집이 생겼어요. 다시 돌아갈 수 없어요. 저를 좀 들여보내 주세요. 온갖 궂은일을 다 하겠습니다. 아이들을 업어 주고, 기저귀를 갈아 주고, 아이들이 놀고 난 의자를 깨끗이 소독해 닦고 찢어진 옷들을 꿰매겠습니다.”

베드로 성인은 연민으로 마음이 움직여 절뚝거리는 재단사가 비쩍 마른 몸으로 살짝 지나갈 만큼 천국 문을 열어 주었다. 하느님이 돌아오면 눈에 띄어 노하지 않도록 재단사는 문 뒤 구석에 앉아 조용히 있어야 했다. 재단사는 귀를 기울이다 베드로 성인이 문밖으로 나가자 일어나서 호기심에 가득 차 천국 구석구석을 돌아다니며 기회를 엿보았다. 마침내 어떤 광장에 다다르니 아름답고 값진 의자들 한가운데에 번쩍이는 보석들이 박힌 순금 안락의자가 있었다. 그 의자는 다른 의자들보다 훨씬 높았고 그 앞에 황금 발판이 있었다. 하느님이 집에 계실 때 앉는 의자로 거기 앉으면 지상에서 일어나는 일을 모두 볼 수 있었다. 재단사는 멈춰 서서 의자를 한참 바라보았다. 그 의자가 다른 모든 것보다 마음에 들었기 때문이다. 마침내 그는 주제넘은 호기심을 다스리지 못하고 올라가 의자에 앉

앉다. 거기서는 지상에서 일어나는 모든 일이 보였다. 웬 못생긴 늙은 여자가 개울가에 서서 빨래를 하다 베일 두 개를 슬쩍 곁으로 뺐다. 그걸 보자 재단사는 어찌나 격분했는지 황금 발판을 집어 들어 하늘을 가로질러 그 늙은 도둑을 향해 내던졌다. 그러나 발판을 다시 가지고 올라올 길이 없어 슬그머니 의자를 떠나 문 뒤 자기 자리로 가서 마치 물 하나 흐려 놓지 않은 척하고 앉아 있었다.

주님이자 명인인 분이 천국 수행원들과 더불어 돌아오셨을 때 그분은 문 뒤 재단사를 알아채지 못했지만 의자에 앉으니 발판이 없었다. 하느님이 베드로 성인에게 발판이 어디로 갔는지 묻자 베드로 성인은 그걸 알지 못했다. 그러자 하느님은 계속해서 혹시 누굴 들여보냈느냐고 물었다. "모르겠습니다, 누가……." 하고 베드로가 대답했다. "혹시 다녀갔는지는, 절뚝거리는 재단사 하나 말고는요. 그는 아직 문 뒤에 앉아 있습니다." 그러자 주님이 재단사를 불러오게 하여 혹시 발판을 가져갔냐고, 발판을 어디에 두었냐고 물었다. "오, 주님……." 하고 재단사가 기쁘게 대답했다. "제가 화가 나서 그걸 지상으로 늙은 아낙을 향해 던졌습니다. 아낙이 빨래를 하다 베일 두 개를 훔치는 걸 봤거든요." "오, 이 악당아……." 하고 주님이 말했다. "만약 내가 네가 하듯 심판하려 했다면 어떻게 생각하느냐, 벌써 오래전에 넌 어떻게 되었을 것 같으냐? 내가 죄인들을 향해 죄다 내던졌을 테니 여긴 이미 오래전에 의자, 긴 의자, 안락의자, 실로 부지깽이 하나 남은 게 없을 것이다. 이제 너는 더 이상 천국에 머물 수 없고 다시 문밖으로 나가야 한다. 어디로 가는지 잘 봐두어라. 여기서는 누구도 벌을 줘서는 안 된다. 그건 주인인 나만이 할 일이다." 베드로는 재단사를 다시 천국 밖으로 데려가야 했다. 찢어진 구두를 신고 두 발은 물집이 가득했기 때문에 재단사는 지팡이 하나를 손에 들고 '좀 기다려 마을'로 갔다. 거기서는 천국 병사들이 앉아 놀고 있었다.

36

식탁아 차려져라, 황금 나귀, 몽둥이야 자루에서 나와

옛날에 아들 셋에 염소 한 마리를 가진 재단사가 있었다. 염소가 모두에게 젖을 주기 때문에 좋은 먹이를 먹이고 날마다 풀밭으로 데리고 나가야 했다. 아들들이 그 일을 번갈아 했다. 어느 날 맏이가 염소를 가장 좋은 풀이 있는 교회 마당에 데려가 먹고 뛰놀게 했다. 저녁에 집으로 갈 시간이 되자 맏이가 물었다. "염소야, 배부르니?" 그러자 염소가 대답했다.

"얼마나 배부른지
이파리 하나도 더 먹고 싶지 않아요. 매! 매!"

"그럼 집으로 가자." 하며 소년은 염소를 줄에 매어

외양간으로 데려가 묶어 두었다. "그런데……." 하고 늙은 재단사가 말했다. "염소가 충분히 먹이를 먹었느냐?" "오……." 하고 아들이 대답했다. "어찌나 배부른지 이파리 하나도 더 먹고 싶지 않대요." 아버지는 직접 확인하려고 외양간으로 내려가 사랑스러운 짐승을 쓰다듬으며 물었다. "염소야, 배부르냐?" 그러자 염소가 대답했다.

"뭘로 내가 배부르겠어요?

그저 구덩이 위를 뛰었을 뿐

작은 이파리 하나 찾지 못했는걸요. 매! 매!"

"이게 무슨 소리야!" 하고 재단사가 소리치고 달려 올라가 소년에게 말했다. "이런, 거짓말쟁이야, 염소가 배부르다고 했지. 그런데 염소를 굶겼어?" 그러고는 화가 나서 벽에 걸린 자를 집어 여러 차례 때려서 쫓아냈다.

다음 날은 둘째 아들 차례였다. 둘째는 뜰의 생나무 울타리 곁에서 좋은 풀이 자라는 자리를 찾았고, 염소는 좋은 풀을 깨끗하게 먹어 치웠다. 저녁에 집으로 가려 할 때 둘째가 물었다. "염소야, 배부르니?" 그러자 염소가 대답했다.

"얼마나 배부른지

이파리 하나도 더 먹고 싶지 않아요. 매! 매!"

"그럼 집으로 가자." 하며 소년은 염소를 줄에 매어

외양간으로 데려가 묶어 두었다. "그런데……." 하고 늙은 재단사가 말했다. "염소가 충분히 먹이를 먹었느냐?" "오……." 하고 아들이 대답했다. "어찌나 배부른지 이파리 하나도 더 먹고 싶지 않대요." 아버지는 그 말을 믿으려 하지 않고 외양간으로 내려가 염소에게 물었다. "염소야, 배부르냐?" 그러자 염소가 대답했다

"뭘로 내가 배부르겠어요?
그저 구덩이 위를 뛰었을 뿐
작은 이파리 하나 찾지 못했는걸요. 매! 매!"

"이 패덕한 악당 같으니라고! 이런 순한 짐승의 배를 골리다니!" 하고 소리치며 재단사는 달려 올라가 자로 소년을 때려서 문밖으로 쫓아냈다.

순서는 이제 셋째에게 돌아갔다. 셋째는 일을 잘하려고 가장 좋은 잎이 있는 덤불 나무를 찾아 염소에게 먹였다. 저녁에 집으로 가려 할 때 셋째가 물었다. "염소야, 배부르니?" 그러자 염소가 대답했다

"얼마나 배부른지
이파리 하나도 더 먹고 싶지 않아요. 매! 매!"

"그럼 집으로 가자." 하며 소년은 염소를 줄에 매어 외양간으로 데려가 묶어 두었다. "그런데……." 하고 늙은 재단사가 말했다. "염소가 충분히 먹이를 먹었느냐?"

"오……." 하고 아들이 대답했다. "어찌나 배부른지 이파리 하나도 더 먹고 싶지 않대요." 아버지는 믿지 않고 내려가서 염소에게 물었다. "염소야, 배부르냐?" 그 악랄한 짐승이 대답했다.

"뭘로 내가 배부르겠어요?
그저 구덩이 위를 뛰었을 뿐
작은 이파리 하나 찾지 못했는걸요. 매! 매!"

"오, 거짓말쟁이 족속 같으니라고!" 하고 재단사가 소리쳤다. "이 녀석이든 저 녀석이든 이렇게 패덕하고 의무를 잊어버리다니! 너희는 더 이상 나를 바보로 만들지 마라!" 화가 나서 제정신을 잃고 재단사가 뛰어 올라가 등을 자로 어찌나 흠씬 무두질하듯 팼는지 가엾은 소년이 집 밖으로 튕겨 나갔다.

재단사는 이제 염소하고 단둘이 있었다. 다음 날 아침 재단사는 외양간으로 내려가 염소를 쓰다듬으며 말했다. "자, 사랑스러운 짐승아, 내가 직접 풀밭으로 데려가마." 재단사는 염소를 끈에 묶어 푸른 생나무 울타리 밑 궁궁이풀, 그 밖에도 염소가 즐겨 먹는 풀로 데리고 갔다. "여기서 한번 실컷 배를 불려도 된다." 하고 그는 염소에게 저녁까지 풀을 뜯게 했다. 저녁이 되자 재단사가 물었다. "염소야, 배부르냐?" 그러자 염소가 대답했다.

"얼마나 배부른지
이파리 하나도 더 먹고 싶지 않아요. 매! 매!"

"그럼 집으로 가자." 하며 재단사는 외양간으로 데려가 묶어 두었다. 외양간을 떠나려다 재단사가 한번 되돌아보며 말했다. "이번에는 배가 부르겠구나!" 그러나 염소는 재단사에게라고 더 잘 굴지 못하고 소리쳤다.

"뭘로 내가 배 부르겠어요?
그저 구덩이 위를 뛰었을 뿐
작은 이파리 하나 찾지 못했는걸요. 메에! 메에!"

그 말을 듣자 재단사는 멈칫하며 아들 셋을 이유 없이 내쳤다는 것을 똑똑히 알게 되었다. "기다려." 하고 소리쳤다. "배은망덕한 놈아, 너를 쫓아내는 것만으로는 부족하다. 네가 정직한 재단사들 사이에서 다시는 모습을 보이지 못하도록 표시를 해 주마." 그는 황급히 뛰어 올라가 면도기를 가지고 와서 염소의 머리에 비누칠을 하고는 털을 손바닥처럼 매끈하게 밀었다. 그리고 자로 패 주는 건 너무 과하게 영예로운 듯하여 채찍을 가져와 흠씬 때려 주었다. 염소가 힘껏 뛰어 달아나도록. 혼자 집에 외롭게 앉아 있던 재단사는 큰 슬픔에 빠졌고, 아들들이 돌아왔으면 했다. 그러나 아이들이 어디로 갔는지 아무도 몰랐다.

맏이는 소목장이에게 배우러 갔다. 거기서 부지런히 배웠고, 수련 기간이 지나 방랑을 떠나야 할 때가 되자 명장이 전혀 특별한 구석이 없는 평범한 나무로 만든 작은 탁자를 선물했다. 그러나 한 가지 좋은 특성을 가지고 있었다. 누구든 펴 놓고 "식탁아, 차려져라." 하면 그 착한 식탁은 곧 깨끗한 식탁보로 덮이고, 거기에 접시 하나, 그 옆에 칼과 포크가 있고, 삶은 고기와 구운 고기가 담긴 그릇들이 공간이 되는 만큼 자리를 잡고, 붉은 포도주가 담긴 큰 잔이 빛나 사람의 마음을 기쁘게 했다. '이거면 네 평생 넉넉하겠구나.' 생각하며 젊은 도제는 즐겁게 세상을 돌아다녔고 어떤 여관이 좋을지 나쁠지, 뭘 찾을지 못 찾을지 같은 건 전혀 걱정하지 않았다. 마음에 들면 어디 들어가지 않고 내키는 대로 들판에서, 숲에서, 풀밭에서 작은 식탁을 등에서 내려 펴고는 "식탁아, 차려져라." 하고 말했고, 그러면 그의 마음이 갈망하는 모든 것이 거기 있었다. 마침내 그는 이제 노여움이 가라앉아 작은 요술 식탁과 함께 그를 기꺼이 다시 받아들일 아버지에게 돌아갈 생각이었다.

집으로 돌아가는 어느 날 저녁에 맏이는 손님들로 가득 찬 여관에 들어갔다. 사람들이 그를 환영하며 함께 앉아 식사하자고 초대했다. 그러지 않으면 따로 뭘 얻어먹기 어려울 거라고 했다. "괜찮습니다." 하고 목수가 대답했다. "얼마 안 되는 음식을 못 먹게 뺏진 않겠어요. 그보다는 여러분이 제 손님이 되어 주시지요." 사람들은 웃으며 그가 농담을 한다고 생각했다. 그런데 그가 작은 나무 식탁을 방 한가운데에 펴고 말했다. "식탁아, 차려져라." 순식간에 작은 식탁이 여관 주인은 만들어 낼 수 없을 만큼 훌륭한 음식으로 가득 찼다. 그 냄새가 먹음직스럽게 손님들의 콧속으로 들어왔다. "드세요, 친구들." 소목장이가 말했고 손님들은 그게 무슨 뜻인지 알자 두 번 권하게 하지 않고 썩 다가앉아 나이프를 들고 맹렬하게 먹기 시작했다. 그들이 가장 놀란 노릇은 대접 하나가 비면 금방 가득

찬 대접 하나가 저절로 그 자리에 놓이는 것이었다. 여관 주인이 한구석에서 그 상황을 지켜보았다. 무슨 말을 해야 할지 전혀 알 수 없었지만 그래도 그는 생각했다. '이런 요리사는 영업에도 잘 쓰이겠는걸.'

젊은 도제와 일행은 늦은 밤까지 흥겹게 보내다 마침내 다들 잠자리에 들었다. 젊은 도제도 침대로 가서 작은 '기적의 식탁'을 벽에 기대어 세워 두었다. 그러나 여관 주인만은 그의 생각들이 휴식을 주지 않았다. 잡동사니를 두는 헛간에 마침 똑같아 보이는 낡고 작은 식탁이 있다는 생각이 나서 아주 살그머니 가져와 '기적의 식탁'과 바꿔치기했다.

다음 날 아침 소목장이는 숙박비를 치르고 식탁을 꾸려서는 그게 가짜일 거라고는 꿈에도 생각하지 못 한 채 길을 떠났다. 점심 무렵 집에 도착하니 아버지가 크게 기뻐하며 그를 맞았다. "그런데 사랑하는 아들아, 넌 무얼 배웠느냐?" 하고 아버지가 그에게 말했다. "아버지, 저는 소목이 되었어요." "좋은 직업이구나." 하고 노인이 대꾸했다. "방랑에서는 무얼 가져왔니?" "아버지, 제가 가져온 가장 좋은 것은 이 작은 식탁이에요." 재단사는 그걸 이쪽저쪽 두루 살펴보고 말했다. "명품을 만들진 못했구나. 소박한 낡은 식탁인데." "하지만 이건 '차려져라 식탁'인걸요." 하고 아들이 말했다. "이걸 펴 놓고 식탁아, 차려져라 외치면 금방 더없이 멋진 음식들이 그 위에 있고 그 옆에 마음을 기쁘게 하는 술도 놓이지요. 모든 친척과 친구를 초대하세요. 한번 즐겁게 먹고 마시고 힘이 나게 해 드리죠. 이 작은 식탁은 모두를 배부르게 해 주니까요." 사람들이 다 함께 모였을 때 맏이는 작은 식탁을 방 가운데 놓고 말했다. "식탁아, 차려져라." 그러나 식탁은 꼼짝하지 않고 말을 못 알아듣는 여느 식탁처럼 그대로 비어 있었다. 그러자 가엾은 도제는 식탁이 뒤바뀌었다는 것을 알아차리고 자신이 거짓말쟁이가 되어 거기 서 있는 것이 부끄러웠다. 친척들은 그를 비웃으며 먹지도 마시지도 못한 채 다시 집으로 돌아가야 했다. 아버지는 다시 천을 꺼내 재단을 했고 아들은 어떤 명장의 집에 일하러 갔다.

둘째 아들은 물방앗간 주인에게 가서 수련을 했다. 수

련 기간이 끝나자 명장이 말했다. "네가 잘 버텨 주었으니 특별한 나귀 한 마리를 주겠다. 이 나귀는 수레를 끌지 않고 곡식 자루들을 나르지도 않는다." "그렇다면 대체 뭐에 쓰지요?" 하고 젊은 도제가 물었다. "이 나귀는 황금을 토한다." 하고 물방앗간 주인이 말했다. "네가 나귀를 천 위에 세우고 '브리클레브리트'라고 말하면 이 착한 짐승이 금화를 토할 게다." "그거 멋진 일이네요." 하며 도제는 명장에게 감사를 표하고 세상으로 나갔다. 황금이 필요할 때 그가 나귀에게 "브리클레브리트" 하면 금화가 비 오듯 쏟아져서 그걸 줍는 것 말고는 아무런 수고도 필요하지 않았다. 어딜 가든 그에게는 최고의 것이 충분했다. 돈주머니가 늘 가득 차 있었으니 비싸면 비쌀수록 더 좋았다.

한동안 두루 세상 구경을 한 다음 그는 생각했다. '아버지를 찾아 뵈어야겠다. 황금 나귀를 데려가면 아버지도 화를 잊고 맞아 주실 거야.' 그렇게 해서 형에게서 작은 식탁을 바꿔치기했던 여관에 그가 들어갔다. 그가 나귀를 끌고 가자 여관 주인이 짐승을 넘겨 받아 매어 놓으려고 했다. 그러나 젊은 도제가 "괜찮아요, 나귀는 제가 직접 마구간으로 데려가 묶어 두겠어요. 나귀가 어디에 서 있는지 알아야 하니까요." 하고 말했다. 여관 주인은 그걸 이상하게 여겼다. 그리고 하인 대신 나귀를 직접 돌봐야 하는 인물이 음식을 많이 먹지는 않을 거라고 생각했다. 그런데 낯선 손님이 주머니를 뒤져 금화 두 잎을 꺼내 주며 식사로 뭔가 좋은 것을 마련하라고 하자 여관 주인은 눈이 휘둥그레져서 달려가 조달할 수 있는 최고의 재료를 찾았다. 식사 후 둘째가 지불할 게 얼마냐고 물었다. 여관 주인은 계산서에 두 배 가격을 적는 걸 주저하지 않았고, 금화를 몇 잎 더 내놓아야 한다고까지 했다. 도제는 주머니를 뒤졌으나 가진 금화가 마침 동이 났다. 그가 "잠깐 기다리세요, 주인장. 가서 돈을 가져오겠습니다." 하고 식탁보를 들고 갔다. 여관 주인은 그게 무슨 의미인지 궁금해서 살금살금 뒤따라갔고, 손님이 마구간 문에 빗장을 지르자 판장에 난 구멍을 통해 들여다보았다. 낯선 손님은 나귀 아래에 천을 펴 놓고 "브리클레브리트."라고 외쳤다. 그러자 순식간에 짐승이 금화를 앞뒤로 토해 내어 땅 위에 제대로 황금 비가 내렸다. "저런, 수천 개잖아." 하고 여관 주인이 말했다. "저기서 방금 금화가 만들어졌네! 저런 돈주머니는 나쁘지 않은걸!" 손님은 음식값을 내고 잠자리에 누웠으나 주인은 밤에 살금살금 내려와 마구간으로 들어가서 동전 주조 명장을 데려가고 다른 나귀 한 마리를 그 자리에 묶어 두었다.

다음 날 아침 일찍 도제는 나귀를 데리고 떠났고, 자신의 황금 나귀려니 생각했다. 점심때 아버지 집에 도착하니 아버지가 아들을 다시 보게 되어 기뻐하며 그를 맞이했다. "넌 뭐가 되었느냐, 아들아?" 하고 노인이 물었다. "물방앗간 일꾼이 되었어요, 아버지." 하고 아들이 대답했다. "방랑에서는 무얼 가져왔니?" "나귀 한 마리밖에는 없어요." "나귀야 여기도 충분한데." 하고 아버지가 말했다. "내게는 좋은 염소가 더 좋았을 것 같다만." "예." 하고 아들이 대답했다. "하지만 보통 나귀가 아니라 황금 나귀예요. 제가 '브리클레브리트'라고 말하면 저 착한 짐승은 한 보자기 가득 금화를 쏟아 준답니다. 친척을 모두 불러 오면 부자로 만들어 주겠어요." "그거 괜찮구나." 하고 재단사가 말했다. "그러면 나도 더 이상 바느질로 고생할 필요 없겠네."

아버지는 뛰어가서 친척들을 불러왔다. 친척들이 모이자 물방앗간 일꾼은 그들에게 자리를 청하고 천을 펴 놓고는 나귀를 방으로 데리고 들어왔다. 그는 "이제 잘 보세요." 하며 외쳤다. "브리클레브리트." 그러나 금화는 떨어지지 않았다. 짐승은 그 기술을 전혀 모르는 것이 분명했다. 모든 당나귀가 그만큼은 안 되니까. 가엾은 물방앗간 일꾼은 망신으로 얼굴이 실쭉해져서 친척들에게 용서를 빌었다. 친척들은 왔을 때나 마찬가지로 가난하게 집으로 돌아갔다. 별수 없이 노인은 다시 바늘을 집어야 했고 젊은이는 어떤 물방앗간 주인 아래에서 고용살이를 해야 했다.

형제 중 셋째는 선반공이 되는 수련에 들어갔고, 그건 기술이 많은 수공이기 때문에 가장 오래 배워야 했다. 그러나 형제들이 편지로 자기네 형편이 얼마나 나쁜지, 또 여관 주인이 마지막 밤에 그들의 멋진 소망을 이루어 주는 물건들을 어떻게 빼앗았는지 그에게 알렸다. 선반공이 수련을 마치고 떠나야 했을 때 명장은 참 잘 지내 준 그에게 자루 하나를 주면서 말했다. "이 안에는 몽둥이가 하나 들었다." "자루야 둘러멜 수 있으니 제게 쓰임새가 있겠습니다만 그 안에 든 몽둥이로는 무얼 하죠? 자루만 무거워지는데요." "이유를 말해 주마." 하고 명장이 말했다. "누구든 너에게 어떤 해를 입히거든 '몽둥이야, 자루에서 나와.'라고만 말해. 그러면 몽둥이가 사람들 가운데로 튀어나와 그들의 등짝 위에서 신나게 돌며 춤출 게다. 한 여드레는 꼼짝달싹할 수 없도록 말이야. 그리고 네가 '몽둥이야, 자루로 들어가.'라고 말하기 전에는 그치지 않을 거야." 도제는 감사의 뜻을 전하고 자루를 둘러멨다. 그리고 누군가 너무 가까이 오거나 공격하려고 할 때 그는 "몽둥이야, 자루에서 나와."라고 외쳤고, 그러면 금방 몽둥이가 튀어나와 한 사람 한 사람 차례로 저고리든 조끼든 등짝처럼 흠씬 두드려 주며 그가 나서서 힘을 잃게 하기 전까지 쉬지 않았다. 그런데 이 일이 어찌나 신속히 일어나는지 누구든 순식간에 자기 차례가 되었다.

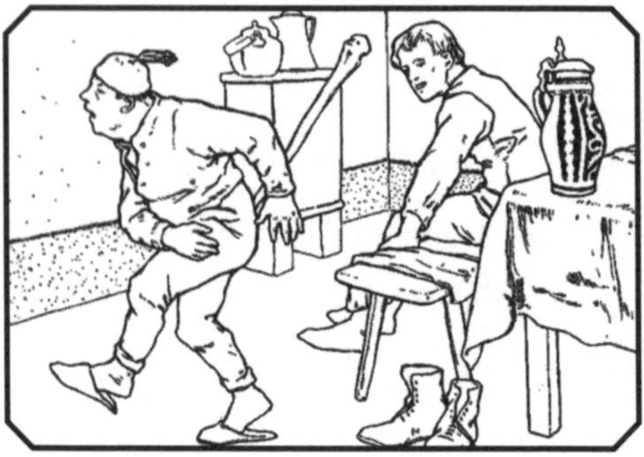

저녁에 젊은 선반공은 형들이 사기를 당한 여관에 도착했다. 그는 연장 가방을 내려 식탁 위에 놓고 무슨 별별 이상한 것을 세상에서 보았는지 이야기하기 시작했다. "그래요……." 하고 그가 말했다. "'저절로 차려지는 식탁'이나 '황금 나귀' 같은 것도 보지요. 온통 좋은 것들이죠. 하지만 제가 여기 자루에 담아 가지고 다니는 보물에 비하면 아무것도 아니지요." 여관 주인은 두 귀를 쫑긋했다. '도대체 그게 무얼까?' 하고 그는 생각했다. '자루가 아마도 보석으로 가득 찼겠구나. 난 저 자루도 쉽게 얻을걸. 모든 좋은 건 다 삼세판이잖아.'

잘 시간이 되자 손님은 긴 의자 위에 몸을 뻗고 누우면서 자루를 베개 밑에 놓았다. 여관 주인은 손님이 깊이 잠들었다고 생각했을 때 그에게 와서 아주 조심스럽게 자루를 살살 밀고 잡아당겼다. 자루를 빼내고 그 자리에 다른 걸 놓을 수 있는지 보기 위해서였다. 그러나 선반공이 이미 오래전부터 주인이 힘껏 빼내려고 하는 순간을 기다렸다가 외쳤다. "몽둥이야, 자루에서 나와." 작은 몽둥이는 금방 튀어나와 여관 주인의 몸 위를 달리며 더 참을 수 없을 만큼 구석구석 문질러 주었다. 여관 주인은 불쌍할 만큼 비명을 질렀다. 그러나 몽둥이는 소리가 크면 클수록 그만큼 더 세게 비명에 박자까지 맞추어 그의 등을 쳤고, 마침내 주인이 땅바닥에 쓰러졌다. 그러자 선반공이 말했다. "스스로 채워지는 식탁과 황금 나귀를 내주지 않으면 춤을 새로 시작하겠다." "아, 아니오." 여관 주인이 완전히 기가 죽어 부르짖었다. "모든 걸 기꺼이 내주겠소, 이 저주받은 심부름꾼을 다시 자루에 기어 들어가게만 해 주시오." 그러자 도제가 말했다. "은사의 판결을 내리겠지만 나쁜 장난을 치지 않도록 조심하시오!" 그런 다음에야 그는 "몽둥이야, 자루로 들어가!" 하고 외쳐 몽둥이를 멈추었다.

다음 날 아침 선반공은 '차려져라' 식탁과 황금 나귀를 가지고 아버지에게 갔다. 재단사는 아들을 다시 보자 기뻐하며 그에게도 타향에서 무얼 배웠느냐고 물었다. "아버지." 하고 그가 대답했다. "저는 선반공이 되었습니다." "기술이 많이 드는 수공이구나." 하고 아버지가 말했다.

"방랑에서는 무얼 가져왔느냐?" "값진 겁니다, 아버지." 하고 아들이 대답했다. "자루에 든 몽둥이 하나예요." "뭐라고!" 하고 아버지가 소리쳤다. "몽둥이 하나라니! 그건 수고를 들일 가치가 없어! 아무 나무나 찍어 만들 수 있지." "하지만 이런 건 안 됩니다, 아버지. 제가 '몽둥이야, 자루에서 나와.' 하면 몽둥이가 튀어나와 저를 좋지 않게 생각하는 사람과 고약한 춤을 추며 그가 땅바닥에 드러누워 좋은 날씨를 빌 때까지 그치지 않거든요. 보세요, 이 몽둥이로 제가 여관 주인이 형님들한테서 빼앗은 요술 식탁과 황금 나귀를 찾아왔어요."

늙은 재단사는 그닥 믿으려 들지 않았지만 친척들을 불러모았다. 그러자 선반공이 방에 천을 깔고 황금 나귀를 데리고 들어와 형에게 말했다. "자, 형님, 이제 말해 보세요." 물방앗간 일꾼이 "브리클레브리트." 했고, 순식간에 금화가 천 위로 소나기가 쏟아지듯 떨어졌으니, 나귀는 모두가 더 이상 들 수 없을 만큼 가지기 전까지 그치지 않았다. 듣고 있는 당신도 거기 있고 싶어 하는 게 내 눈에 보이는걸. 그다음에 선반공은 작은 식탁을 가져와 말했다. "형님, 이제 말해 보시죠." 소목장이가 "식탁아, 차려져라." 하자마자 식탁은 더없이 멋진 그릇들로 넉넉히 채워졌다. 이어 식사를 했는데 선한 재단사가 그 집에서 아직 경험한 바 없는 일이었고, 모든 친척이 밤까지 함께 머물며 다들 흥겹고 즐거웠다. 재단사는 바늘과 실패, 자, 다리미를 장롱에 넣어 두고 세 아들들과 함께 기쁘고 멋들어지게 살았다.

그런데 재단사가 아들 셋을 내쫓게 만든 죄를 지은 염소는 어디로 갔을까? 그 이야기도 해 주지. 염소는 대머리인 게 부끄러워 달려가서 어느 여우굴로 기어 들어갔다. 여우가 집으로 오니 커다란 눈 한 쌍이 어둠 속에서 마주 빛을 뿜어 놀라서 다시 달아났다. 여우는 곰과 마주치게 되었는데 여우가 몹시 당황한 것을 보고 곰이 말했다. "무슨 일이야, 여우 형제, 왜 얼굴이 그래?" "아……." 빨강 여우가 대답했다. "끔찍한 짐승이 내 굴에 들어앉아서 나를 불같은 눈으로 노려보았어." "우리 빨리 몰아내자." 하고 곰이 말하고 함께 가서 굴을 들여다보았다. 그러나 불같은 두 눈을 보자 곰 역시 두려움이 엄습했다. 그는 무서운 짐승과 상종하지 않고 줄행랑을 쳤다. 곰은 벌을 만나게 되었는데 벌은 곰이 속이 편치 않다는 걸 알아차리고 말했다. "곰아, 아주 언짢은 얼굴을 하고 있구나. 네 신명은 어디로 간 거야?" "너 말 한번 잘한다." 하고 곰이 대답했다. "이 빨간 아이네 집에 왕눈을 가진 끔찍한 짐승이 앉아 있는데 우린 그걸 쫓아낼 수가 없어." 벌이 말했다. "불쌍하구나, 곰아, 나야 너희가 길 가다 쳐다도 안 보는 가엾고 약한 생물이지만 그래도 너희를 도울 수 있을 것 같아." 벌이 여우굴로 날아 들어가 염소의 매끈하게 민 머리 위에 내려앉아 어찌나 세게 쏘았는지 염소가 펄쩍 뛰며 "매! 매!" 소리치고는 미친 듯이 세상으로 달아나 버렸다. 염소가 어디로 가 버렸는지는 지금 이 시간까지 아무도 모른다.

37

엄지 아이[8]

한 가난한 농부가 저녁때 화덕옆에 앉아 부지깽이로 불씨를 쑤석거렸고, 그 아내는 앉아서 실을 자았다. 그때 농부가 말했다. "우린 아이들이 없으니 어찌 이리 슬픈지! 우리 집은 이렇게 조용한데 다른 집들은 참 시끄럽고 신나잖아!" "그래요." 하고 아내가 한숨을 쉬었다. "하나라도 있으면 좋으련만. 아주 작더라도, 엄지손가락만 하더라도 나는 정말 만족할 텐데. 우린 그 애를 충심으로 사랑할 텐데." 그

8 제목의 원어는 Daumendick, 즉 '엄지손가락 굵기'라는 뜻이다. '엄지손가락 굵기만 한 아이'를 지칭하므로 제목을 '엄지 아이'로 했다.

런데 아내가 여기저기 아프더니 일곱 달 뒤에 아이 하나를 낳았고, 아이는 손발이 모두 완전했지만 엄지 하나보다 크지 않았다. 그러자 두 사람은 "우리가 원하던 대로네. 그러니 얘는 우리의 소중한 아이야." 하며 그 모습을 따서 '엄지 아이'라고 불렀다. 영양이 부족하지 않게 했으나 아이는 더 자라지 않고 금방 태어났을 때 그대로였다. 하지만 눈망울은 초롱초롱했고, 곧 똑똑하고 민첩한 모습을 보였으며, 이 아이가 시작하는 일은 안 되는 게 없었다.

어느 날 농부가 나무를 베러 숲으로 갈 채비를 하다 혼잣말을 했다. "수레를 밀어 줄 사람 하나만 있으면 좋으련만." "오, 아버지." 하고 엄지 아이가 외쳤다. "수레는 제가 가져갈 테니 안심하세요. 수레가 정해진 시각에 숲에 도착하게 할게요." 그러자 농부가 웃으며 말했다. "어떻게 그런 게 되겠니. 고삐를 잡고 말을 몰기에 넌 너무나 작잖아." "그건 아무것도 아니에요, 아버지. 어머니가 말만 매어 주시면 말 귓속에 앉아 말에게 어떻게 가야 하는지 외쳐 줄 거예요." "그럼……." 하고 아버지가 대답했다. "한번 해 보자." 때가 되자 어머니가 말을 수레에 매고 엄지를 말 귓속에 앉혀 주었다. 그러자 꼬마가 말에게 어떻게 가야 하는지 외쳤다. "이랴 이랴! 저라 저라!"[9] 그러

---

9 '저라'는 소를 몰 때 왼편으로 가라는 우리말 추임새다.

자 주인이 함께 있는 것처럼 아주 제대로 되어 수레는 숲으로 올바른 길을 갔다. 마침 모퉁이를 돌며 꼬마가 "이랴 이랴! 저라 저라!"를 외치는데 낯선 사람 둘이 다가왔다. "이런." 하고 한 사람이 말했다. "뭐지? 수레가 달리고 마부가 말한테 소리치는데 보이지 않잖아." "그럴 리가 없지." 하고 다른 사람이 말했다. "우리 수레를 따라가서 어디서 멈추는지 보세." 수레는 완전히 숲속으로 들어가 제자리로 정확히 갔다. 아버지를 보자 엄지 아이가 외쳤다. "보세요, 아버지, 여기 제가 수레를 가지고 왔어요. 저를 내려 주세요." 아버지는 왼손으로 말을 잡고 오른손으로 꼬마 아들을 귀에서 꺼내 주었다. 아들은 완전히 신이 나서 밀짚 위에 내려앉았다.

엄지 아이를 보자 두 낯선 남자는 놀라서 무슨 말을 해야 할지 몰랐다. 그러다 한 사람이 다른 사람을 옆으로 데리고 가면서 말했다. "들어 봐, 저 작은 녀석이 우리의 행운을 만들 수 있어. 우리가 큰 도시로 가서 돈을 받고 재

를 구경시키면 말이야. 재를 사자." 둘은 농부에게 가서 말했다. "잘 지내게 해 줄 테니 저 작은 사람을 우리한테 파세요." "안 되오." 하고 아버지가 대답했다. "내가 얼마나 사랑하는 아인데. 세상 어떤 황금을 준다 해도 팔 수 없소." 그 이야기를 듣자 엄지 아이가 아버지의 저고리 주름을 타고 기어 올라가 어깨에 서서 귀에 대고 속삭였다. "아버지, 저를 내주기만 하세요. 제가 문제없이 다시 돌아올 테니까요." 아버지는 상당한 돈을 받고 아이를 두 남자에게 주었다. "어디에 앉겠니?" 하고 그들이 엄지 아이에게 말했다. "아, 저를 쓰고 계신 모자챙 위에 올려 주세요. 그 위에서는 제가 이리저리 산보도 다니고 부근 구경도 할 수 있어요. 그래도 떨어지진 않을게요." 그들은 아이의 뜻대로 해 주었다. 엄지 아이는 아버지와 작별하고 두 사람과 함께 떠났다.

그렇게 그들은 어스름 녘까지 걸었다. 그러자 꼬마가 말했다. "저를 한 번만 내려 주세요, 급해요." "그 위에 그냥 있거라." 하고 머리 위에 꼬마가 앉아 있는 남자가 말했다. "난 괜찮거든. 새들도 이따금 그 위에 뭘 떨어뜨리지." "안 돼요." 하고 엄지 아이가 말했다. "어떻게 하는 게 예의에 맞는지는 저도 알아요. 얼른 잠깐만 내려 주세요." 남자는 모자를 벗고 꼬마를 길 옆 밭에 내려 주었다. 그러자 꼬마는 뛰어서 흙덩이 사이를 이리저리 조금 기어가다 찾아낸 쥐구멍 속으로 순식간에 미끄러져 들어갔다. "안녕, 신사분들, 그냥 저 없이 집으로 가세요." 아이가 외치며 그들을 놀렸다. 두 사람이 달려와 막대기로 쥐구멍을 쑤셨으나 헛수고였다. 엄지 아이는 점점 멀리 기어 들어갔고, 곧 완전히 깜깜해지자 그들은 화가 나고 돈주머니는 텅 빈 채 집으로 돌아가야 했다.

엄지 아이는 그들이 떠난 것을 보고 지하 통로를 다시 기어 나왔다. "캄캄할 때 밭 위를 걸어가는 건 정말 위험해. 얼마나 쉽게 목이며 다리를 부러뜨리겠어!" 다행히 그는 빈 달팽이 집에 부딪쳤다. "하느님 감사해라. 여기서 안전하게 밤을 보낼 수 있겠구나." 하며 엄지 아이는 달팽이 집에 들어가 앉았다. 오래 지나지 않아 막 잠이 들려는데 남자 둘이 지나가는 소리가 들렸다. 그중 한 사람이 말했다. "돈 많은 목사네 집에서 돈과 은 집기를 가져오려면 어떻게 해야 할까?" "내가 말해 줄게요." 하고 엄지 아이가 끼어들었다. "뭐지?" 하고 도둑이 놀라서 말했다. "누군가 말하는 소리가 들렸는데." 두 사람은 걸음을 멈추고 귀를 기울였다. 그러자 엄지 아이가 다시 말했다. "나를 데리고 가요. 그럼 내가 도와줄게요." "그런 말을 하는 넌 대체 어디에 있는 거냐?" "땅 위를 찾아봐, 목소리가 어디서 나는지 봐." 하고 엄지 아이가 대답했다. 그러자 도둑들이 마침내 그를 찾아내어 높이 들어 올렸다. "이 꼬마 녀석아, 네가 어떻게 우리를 돕겠다는 거야!" "보세요." 하고 엄지 아이가 대답했다. "내가 쇠창살 사이로 목사님 방에 기어 들어가서 아저씨들이 가지고 싶은 걸 건네줄게요." "괜찮은데." 하고 그들이 말했다. "네가 무얼 할 수 있는지 보자."

그들이 목사관에 도착했을 때 엄지 아이는 방으로 기어 들어갔다. 그러나 곧 있는 힘을 다해 소리쳤다. "여기 있는 것 다 가질래요?" 도둑들이 깜짝 놀라서 말했다. "아무도 깨지 않도록 좀 조용히 말해." 그러나 엄지 아이는 못 알아듣기라도 한 듯 다시 소리를 질렀다. "무얼 원해요? 여기 있는 것 전부 가지겠어요?" 옆방에서 자던 요리사가 그 말을 듣고 잠자리에서 몸을 일으켜 귀를 기울였다. 도둑들은 놀라서 조금 뒷걸음질을 치다 마침내 용기를 내며 생각했다. '꼬마 녀석이 우릴 놀리려는 게야.' 그들은 다시 돌아와 엄지 아이에게 나직이 말했다. "이제 장난 그만 치고 우리한테 뭔가 건네 다오." 그러자 엄지 아이가 또다시 가능한 한 큰 소리로 외쳤다. "뭐든 다 드릴 테니 두 손만 들이미세요." 귀 기울이고 있던 하녀가 그 말이 아주 똑똑하게 들리자 잠자리에서 튀어 일어나 엎어질 듯 문으로 들어왔다. 도둑들은 마치 난폭한 사냥꾼이 뒤쫓아오기라도 하듯 내달렸다. 그러나 하녀는 아무것도 알아볼 수가 없어서 등불을 켜러 갔다. 하녀가 등불을 들고 왔을 때 엄지 아이는 눈에 띄지 않게 나가서 헛간으로 갔다. 하녀는 구석구석 샅샅이 살폈지만 아무것도 찾지 못하자 두 눈 뜨고 두 귀 열고 꿈을 꾼 거라고만 믿으며 다시 잠자리에 누웠다.

엄지 아이는 작은 건초 줄기 속으로 들어가 멋진 잠자리를 찾아냈다. 거기서 날이 밝을 때까지 실컷 자고 다시 집으로 돌아갈 생각이었다. 그러나 다른 일들을 겪어야 했다! 세상에는 정말이지 많은 고난과 시련이 있는 법! 날이 어렴풋이 밝아 오자 가축들에게 먹이를 주기 위해 하녀가 잠자리에서 일어났다. 맨 먼저 헛간으로 들어가 건초를 한 아름 가득 집어 들었는데 마침 가엾은 엄지 아이가 그 안에 누워 자고 있었다. 그러나 엄지 아이는 어찌나 깊이 잠들었는지 아무것도 알아차리지 못하다 소의 입 속에 들어가서야 잠이 깼다. 소가 건초와 함께 그를 덥석 문 것이었다. "아, 맙소사." 하고 외쳤다. "어쩌다 내가 펠트직 공장 속으로 들어와 버렸지!" 그러나 곧 어디에 있는지 알아차렸고, 이빨들 사이로 들어가 으깨지지 않도록 주의해야 했다. 그렇지만 다음에는 함께 위 속으로 미끄러져 내려가야 했다. "이 작은 방엔 창문 다는 걸 잊었군." 하고 그가 말했다. "해도 들지 않고 등불 하나 밝히지 않았네." 그

숙소는 도무지 마음에 들지 않았고, 가장 고약하게는 문으로 점점 더 많은 건초가 들어와 자리가 점점 더 비좁아졌다. 엄지 아이는 겁이 나 마침내 가능한 한 크게 소리쳤다. "신선한 먹이 그만 줘요, 신선한 먹이 그만 줘요." 하녀가 마침 소 젖을 짜고 있었는데 말은 들리지만 아무도 보이지 않고, 간밤에 들은 그 목소리와 같아서 너무 놀라 의자에서 미끌어져 우유를 다 쏟았다. 하녀는 급히 주인에게 달려가서 외쳤다. "아, 하느님, 목사님, 소가 말을 했어요." "네가 미쳤구나." 하면서도 목사는 직접 외양간으로 가서 무슨 일이 벌어졌는지 살펴보려 했다. 발을 들여놓자마자 엄지 아이가 새롭게 소리쳤다. "신선한 먹이 그만 줘요, 신선한 먹이 그만 줘요." 그러자 목사가 놀라서 악령이 소의 몸 속으로 들어갔다고 생각하며 소를 죽이라고 했다. 소가 도살되었다. 그리고 엄지 아이가 박혀 있던 위는 거름 더미 위로 던졌다.

엄지 아이는 빠져나오느라 큰 어려움을 겪었다. 하지만 공간이 좀 나서 머리를 쑥 내밀려고 할 때 새로운 불행이 닥쳤다. 굶주린 늑대가 달려와 위를 단번에 꿀꺽 삼켰다. 엄지 아이는 용기를 잃지 않았다. '어쩌면…… 늑대와 이야기를 할 수 있겠지.'라고 생각하며 뱃구레에서 늑대에게 외쳤다. "이봐, 늑대, 난 널 위한 멋진 먹이를 하나 알고 있어." "그게 어디에 있는데?" 하고 늑대가 말했다. "이런 이런 집에 있는데 거기로 가자면 도랑을 지나 기어 들어가야 해. 그러면 케이크, 베이컨, 소시지를 네가 먹고 싶은 만큼 찾게 될 거야." 그러면서 엄지 아이는 늑대에게 아버지 집을 자세히 알려 주었다. 늑대는 그 말을 두 번 하게 만들지 않고 밤에 도랑으로 밀고 들어가 광에서 마음껏 먹었다. 배가 부르자 늑대는 다시 떠나려 했다. 그러나 어찌나 뚱뚱해졌는지 들어온 길로 다시 나갈 수가 없었다. 엄지 아이가 예상한 바였다. 그래서 이제 늑대의 몸 안에서 요란한 소음을 내며 있는 대로 날뛰고 소리를 질렀다. "조용히 하지 않으면……." 하고 늑대가 말했다. "사람들을 깨울 거야." "에이, 이런." 하고 꼬마가 대답했다. "넌 배부르게 먹었잖아. 나도 신을 낼 거야." 그러고는 새롭게 온 힘을 다해 소리치기 시작했다. 그 소리에 마침내 아버지와 어머니가 잠에서 깨어 저장실로 달려와 문틈으로 들여다보았다. 늑대 한 마리가 안에 들어앉아 있는 것을 보자 그 자리에서 물러났다가 남편은 도끼를, 아내는 낫을 가져왔

다. “뒤에 가만있어요.” 하고 남편이 아내가 광으로 들어설 때 말했다. “내가 한 번 쳤는데도 저놈이 아직 죽지 않거든 그때 당신이 위에서 내리쳐서 저놈 몸을 베어야 해.” 엄지 아이가 아버지의 목소리를 듣고 외쳤다. “어버지, 제가 여기 있어요. 늑대의 몸속에 처박혀 있어요.” 아버지가 기쁨에 넘쳐 “하느님, 감사해라, 사랑하는 우리 아이를 되찾았네.” 하며 아내에게 엄지 아이가 다치지 않도록 낫을 치우라고 했다. 아버지가 팔을 들어 머리에 일격을 가하자 늑대가 쓰러졌다. 그다음에는 칼과 가위를 찾아서 몸을 갈라 열고 꼬마를 다시 꺼냈다. “아…….” 하고 아버지가 말했다. “네 걱정을 얼마나 했는지!” “네, 아버지, 저는 세상을 많이 돌아다녔어요. 감사하게도 제가 다시 신선한 공기를 마시네요!” “대체 어딜 다녀온 거냐?” “아, 아버지, 저는 쥐구멍 속에, 암소 배 속에, 또 늑대 뱃구레에 들어갔어요. 이제 어머니 아버지 곁에 머물래요.” “세상 모든 부를 다 줘도 다시는 너를 팔지 않겠다.” 하며 어머니와 아버지가 사랑하는 엄지 아이를 안고 입을 맞추었다. 그들은 아이에게 먹을 것과 마실 것을 주고 아이를 위해 새 옷을 만들게 했다. 여행 중에 옷이 해졌기 때문이다.

38

여우 부인의 결혼식

이야기 하나

옛날에 꼬리가 아홉 개 달린 늙은 여우가 있었는데 아내가 정절을 지키지 않는다고 생각해 시험해 보기로 했다. 여우는 긴 의자 밑에 몸을 뻗고 까딱도 하지 않으며 죽은 쥐 시늉을 했다. 여우 부인이 방으로 올라가서 문을 잠갔고, 하녀인 고양이 소녀가 화덕에 앉아 요리를 했다. 늙은 여우가 죽었다는 소문이 나자 구혼자들이 나섰다. 누군가가 집 앞에 서서 문 두드리는 소리를 하녀가 들었다. 문을 여니 젊은 여우였는데 이렇게 말했다

"그녀는 무얼 하지요, 고양이 아가씨?

자나요, 아니면 깨어 있나요?"

그녀가 대답했다

"난 자지 않아요, 난 깨어 있어요.

내가 무얼 하는지 아시나요?

난 따뜻하게 맥주를 끓이고 버터를 넣어요.

신사분이 제 손님이 되실래요?"

"고맙습니다, 아가씨." 하고 여우가 말했다. "여우 부인께서는 무얼 하시나요?" 하녀가 대답하길.

"그녀는 자기 방에 앉아 있어요,

슬픔을 탄식하며

눈이 비단처럼 빨개지도록 울고 있지요,

여우 어르신이 돌아가셔서요."

"그녀에게 말해 줘요, 아가씨, 젊은 여우가 와 있는데 그가 구혼하려 한다고요." "그러지요, 젊은 신사분."

고양이가 터덜터덜 갔다.

문을 꽈당 콰당 닫았다.

"여우 부인, 계세요?"

"아 그래, 고양이야, 있어."

"바깥에 구혼자가 있어요."

"세상에, 어떻게 생겼든?

돌아가신 여우 어르신처럼 아름다운, 사람 홀리는 꼬리

가 아홉이더냐?" "아, 아니요." 하고 고양이가 대답했다. "꼬리는 하나예요." "그럼 싫다." 고양이 소녀는 내려가서 구혼자를 보냈다.

그 후 얼마 지나지 않아 다시 문 두드리는 소리가 났는데 다른 여우가 문 앞에 서 있었다. 그도 여우 부인에게 구혼하려 했다. 꼬리가 둘이었으나 처음 여우보다 형편이 낫지 않았다. 그다음에 또 다른 여우들이 왔는데 여우마다 꼬리가 하나씩 더 많았다. 그러나 모두 쫓겨나고 마침내 마지막으로 여우 어르신처럼 꼬리가 아홉인 여우가 왔다. 미망인이 그 말을 듣자 기쁨에 가득 차서 고양이에게 말했다.

"이제 나를 위해 대문과 방문을 열어젖혀라.

그리고 여우 어르신은 쓸어 내거라."

그러나 막 결혼식이 열리는 참에 긴 의자 아래에 있던 여우 어르신이 일어나 무리 전체를 흠씬 두들겨 패고 여우 부인과 함께 모조리 집 밖으로 몰아냈다.

이야기 둘

여우 어르신이 죽고 나자 늑대가 구혼자로 와서 문을 두드렸고, 여우 부인 집에서 하녀로 일하는 고양이가 문을 열었다. 늑대가 인사를 하며 말했다

"안녕, 폰 케레비츠 고양이 부인,

어째서 그녀는 홀로 앉아 있지요?

그곳에서 그녀는 무슨 좋은 걸 하고 있지요?"

고양이가 대답했다.

"우유에 빵이 너무 달아요,

신사분이 내 손님이 되시겠어요?"

"고맙소, 고양이 부인." 하고 늑대가 대답했다. "여우 부인은 집에 없나요?"

고양이가 말했다.

"그녀는 저 위 방에 앉아

슬픔을 두고 울고 있어요,

고난을 두고 울고 있어요,

여우 어르신이 돌아가셔서요."

늑대가 대답했다.

"다른 남자를 가지시려면,

그러면 내려오기만 하면 되는데."

고양이가 층계를 달려 올라간다.

꼬리를 이리저리 흔들며

마침내 긴 응접실 앞으로 와

금반지 다섯 개를 가지고 문을 두드린다.

"여우 부인, 안에 계세요?

다른 남자를 가지시려면

내려오기만 하면 되네요."

여우 부인이 물었다. "신사분이 빨강 바지를 입고 입은 뾰족하더냐?" "아니요." 하고 고양이가 대답했다. "그러면 그는 나를 섬기지 못해."

늑대가 떠나자 개, 사슴, 토끼, 곰, 사자와 숲의 모든 짐승이 차례차례 왔다. 그러나 여우 어르신이 가졌던 좋은 특성 중 늘 한 가지가 빠져 있었고, 고양이는 구혼자들을 번번이 돌려보내야 했다. 마침내 젊은 여우가 왔다. 그러자 여우 부인이 말했다. "신사분이 빨강 바지를 입고 입은 뾰족하더냐?" "네." 하고 고양이가 말했다. "그럼 그더러 올라오라고 해라." 하고 여우 부인이 말하고 하녀에게 결혼 잔치를 준비하라고 일렀다.

"고양이야, 방을 깨끗이 쓸어라,
늙은 여우는 창밖으로 내던져라,
아주 많은 살찐 쥐를 가져와서는
늘 혼자 먹었지
나한테는 한 마리도 안 주고."

여우 부인은 젊은 여우 신사와 결혼식을 올렸다. 모두 환호하고 춤을 추었는데 잔치가 끝나지 않았다면 다들 여전히 춤추고 있을 거야.

39

꼬마 요정들

이야기 하나

한 구두장이가 지은 죄도 없이 참 가난해져서 마침내 구두 한 켤레 지을 가죽밖에는 아무것도 남아 있지 않았다. 그는 저녁에 다음 날 아침 작업할 구두를 재단했다. 양심에 거리낄 게 없는 터라 편안히 잠자리에 들고 하느님께 자신을 맡기며 잠이 들었다. 아침에 기도를 마치고 나서 일하려고 앉으려는데 구두 한 켤레가 완성되어 작업대 위에 놓여 있었다. 그는 어리둥절해 무슨 말을 해야 할지 몰랐다. 좀 더 자세히 보려고 구두를 손에 들었다. 어찌나 깨끗하게 작업했는지 구두는 한 땀도 잘못된 게 없고 어디를 봐도 명장의 작품 같았다. 얼마 지나지 않아 벌써 살 사람이 들어왔고, 구두가 참 마음에 들어서 보통 때보다 값을 더 많이 주었다. 그리하여 구두장이는 그 돈으로 두 켤레를 만들 가죽을 살 수 있었다. 저녁에 재단을 해 놓고 다음 날 아침 생기 있게 작업할 생각이었다. 그러나 그럴 필요가 없었다. 아침에 일어나 보니 구두가 이미 완성되어 있었다. 또 살 사람들이 없지 않았다. 그들이 많은 돈을 주어 구두장이는 네 켤레를 만들 가죽을 구입할 수 있었다. 다음 날 아침 일찍 다시 네 켤레의 구두가 완성되어 있는 것을 보았다. 그렇게 늘 계속되었다. 그가 저녁에 재단해 놓은 것이 아침이면 작업이 되어 있었다. 그는 곧 다시 정직한 살림을 해 나갔고, 마침내 유복한 사람이 되었다.

크리스마스가 멀지 않은 어느 저녁이었다. 다시 재단을 해 놓고 잠자러 가기 전에 구두장이가 아내에게 말했다. "오늘 밤은 자지 말고 누가 우리에게 이런 도움 많은 손길을 보태는지 지켜보는 게 어떨까?" 아내도 그 생각이 마음에 들어 등불 하나를 켜 두었다. 그 뒤 두 사람은 방구석에 걸린 옷 뒤로 몸을 숨기고 가만히 지켜보았다. 자정이 되자 귀여운 벌거숭이 꼬마 요정 둘이 와서 구두장이의 작업대 앞에 앉아 재단해 놓은 모든 일을 맡아서 작은 손으로 잽싸게 꽂고, 꿰매고, 두드리기 시작해 구두장이는 놀라서 눈을 돌릴 수가 없었다. 그들은 모든 일이 끝나 구두가 완성되어 작업대 위에 놓일 때까지 쉬지 않았다. 그러고는 일어나 얼른 떠났다.

다음 날 아침 아내가 말했다. "그 작은 사람들이 우리를 부자로 만들어 주었으니 우리도 감사 표시를 해야지. 그렇게 돌아다니는데 몸에 아무것도 걸친 게 없어서 분명 추울 거야. 내가 그들을 위해 작은 셔츠, 저고리, 조끼, 바지를 만들게요. 하나에 한 결레씩 양말도 뜨고. 당신은 구두를 한 켤레씩 만들어요." 남편이 말했다. "좋은 생각일세." 저녁에 부부가 모든 것을 완성하자 꼬마 요정들이 어쩌는지 같이 보려고 그 선물들을 재단된 작업물 대신 작업대 위에 한데 모아 놓고는 몸을 숨겼다. 자정이 되어 꼬마 요정들이 오더니 곧장 작업을 하려고 했다. 그러나 재단된 가죽은 없고 예쁜 옷들이 있는 걸 보자 처음에 어리둥절했으나 다음에는 몹시 기뻐했다. 그들은 더할 나위 없이 재빠르게 옷을 입고 몸에 걸친 그 아름다운 옷들을 쓰다듬으며 노래했다.

"우린 말끔하고 세련된 소년들이지?
무엇 하러 우리가 더 이상 구두장이를 하겠나!"

그러고는 겅중겅중 뛰며 춤을 추고 의자와 긴 의자들 위로 펄쩍펄쩍 뛰어다녔다. 마침내 그들은 춤을 추며 문밖으로 나갔다. 그때부터 그들은 다시 오지 않았다. 그러나 구두장이는 사는 동안 내내 잘 지냈고 그가 하는 모든 일이 다 잘되었다.

이야기 둘

옛날에 가난한 하녀가 있었는데 부지런하고 깔끔해서 날마다 집을 비로 쓸고 쓰레기는 문 앞 커다란 더미에 갖다 쏟았다. 어느 날 아침 하녀가 다시 일하러 가다 더미 위에서 편지 한 통을 발견했다. 글을 읽을 줄 몰라 빗자루를 구석에 세워 놓고 주인에게 편지를 가져가 보니 그건 꼬마 요정들한테서 온 초대장이었다. 꼬마 요정들은 소녀에게 자기들 아이의 세례식에 입회해 달라고 부탁했다. 소녀는 어찌해야 할지 몰랐지만 마침내 권고를 받아 주인이 그런 초대를 거절하면 안 된다고 했기 때문에 승낙했다. 그러자 꼬마 요정들이 와서 소녀를 작은 이들이 사는 움푹 파인 산으로 인도했다. 그곳에서는 모든 것이 작았지만 참으로 사랑스럽고 호화로워 하녀는 말을 잃었다. 산모는 진주 단추가 달린 검정색 흑단목 침대에 누워 있었다. 이불은 금실로 수놓고, 요람은 상아에, 목욕통은 금이었다. 하녀는 대모를 선 다음 다시 집으로 돌아가려고 했는데 꼬마 요정들이 사흘만 그들 집에 머물라고 간곡하게 청했다. 그래서 남아서 즐겁고 기쁘게 시간을 보냈고 작은 이들은 하녀를 위해 뭐든 해 주었다. 드디어 하녀가 돌아가려고 하자 작은 이들이 주머니에 황금을 가득 넣어 주고 다시 산을 나가게 인도해 주었다. 하녀는 집으로 돌아와 일을 하려고 여태 구석에 세워져 있던 빗자루를 잡고 비질을 하기 시작했다. 그때 낯선 사람들이 집에서 나와 너는 누구이며 거기서 무얼 하느냐고 물었다. 그러니까 하녀가 산속 작은 이들 집에 머무른 게 그녀가 생각했듯 사흘이 아니라 칠 년이었고, 그사이 전 주인들은 죽었다.

이야기 셋

꼬마 요정들이 어떤 어머니에게서 요람 속 아기를 데려가고 대신 머리가 크고 눈이 붙박이인 바꿔치기 괴물 아이를 갖다 놓았다. 그 아이는 먹고 마시는 것 외에 아무것도 하지 않았다. 어머니는 괴로워서 이웃집 여자에게 어쩌면 좋을지 물었다. 이웃 여자가 말하기를 그 바꿔치기 괴물 아이를 부엌으로 데려가 부뚜막 위에 앉혀 놓고 불을 지펴 달걀 껍질 두 개에 물을 끓이라고 했다. 그게 바꿔치기 괴물 아이를 웃게 만들고, 만약 웃으면 그 애는 끝장이라고 했다. 어머니는 이웃집 여자가 말한 대로 했다. 물을 채운 달걀 껍질을 불 위에 올려 놓자 그 괴물 아이가 말했다.

"이제 나는 늙었네
베스터발트산[10]처럼,
그래도 계란 껍질에 뭘 끓이는 사람은 보지 못했네."

그러고는 웃기 시작했다. 그 애가 웃자 갑자기 한 무리의 꼬마 요정들이 오더니 진짜 아이를 데려다 부뚜막 위에 앉혀 놓고 바꿔치기 괴물 아이를 데리고 떠났다.

10 독일 서부의 유서 깊은 산. 해발 657미터로 코블렌츠 북동쪽과 본 남동쪽에 있으며, 라인강 오른쪽에 자리하고 있다.

40

강도 신랑

옛날에 물방앗간 주인에게 예쁜 딸이 있었다. 딸이 다 자라자 그는 딸이 시집을 잘 가서 부양받기를 바랐다. 그는 생각했다. '제대로 된 구혼자가 와서 청혼하면 딸을 줘야지.' 오래지 않아 구혼자가 나타났는데 아주 부유해 보였다. 물방앗간 주인은 아무런 흠도 잡아낼 수 없어 그냥 딸을 주겠다고 약속했다. 그러나 소녀는 여느 신붓감이 신랑감을 좋아하듯 그렇게 그가 정말 좋지 않고 믿음이 가지 않았다. 그를 바라보거나 생각할 때마다 마음속에 한 가닥 무서움을 느꼈다. 한번은 그가 말했다. "당신은 내 신부이니 나를 한번 찾아오지 않겠소." 소녀가 대답했다. "당신 집이 어디에 있는지도 모르는걸요." 그러자 신랑감이 말했다. "우리 집은 저 밖 울창한 숲속에 있다오." 소녀는 핑계를 찾다 자기는 그리로 가는 길을 찾지 못할 거라고 했다. 그가 말했다. "이미 손님들을 초대했으니 다음 일요일에 내게 와야 하오. 숲을 지나는 길을 찾도록 내가 당신을 위해 재를 뿌려 두지요."

일요일이 오고 길을 떠나야 하자 소녀는 몹시 겁이 났고 왜 그런지는 잘 알지 못했다. 길을 표시할 수 있도록 소녀는 주머니 두 개에 완두콩과 납작콩을 가득 담았다. 숲 입구에 재가 뿌려져 있어서 따라갔지만 걸음마다 왼쪽과 오른쪽에 완두콩 두 개를 땅에 던졌다. 종일을 걸어 마침내 가장 어두운 숲 한가운데에 다다랐다. 거기 외딴집이 한 채 서 있는데 참 어둡고 섬뜩해 보여 마음에 들지 않았다. 소녀가 들어갔지만 안에는 아무도 없고 더없이 깊은 적막만 가득했다. 갑자기 목소리 하나가 외쳤다.

"돌아가, 돌아가, 젊은 신부야,
넌 살인자들 집에 왔어."

소녀가 눈을 들어 보니 그 목소리는 벽에 걸린 새장 안의 새한테서 나왔다. 새가 또 한 번 외쳤다.

"돌아가, 돌아가, 젊은 신부야,
넌 살인자들 집에 왔어."

아름다운 신부는 방마다 들어가 온 집을 돌아다녔으나 텅 비었고 사람의 자취는 찾을 수 없었다. 드디어 지하실로 왔고, 거기 파파 할머니가 머리를 건들건들하며 앉아 있었다. "말해 주실 수 있나요?" 하고 소녀가 말했다. "제 신랑감이 여기 사나요?" "아, 가엾은 아가씨……." 하고 할머니가 대답했다. "어디를 온 거냐! 넌 살인자 소굴에 들어왔어. 넌 네가 곧 결혼할 신부라고 생각하지만 결혼식은 죽음과 하게 될 거야. 보이지, 저기 내가 커다란 솥을 물로 채워 불에 올려 놓아야 했다. 그들이 힘으로 너를 붙잡아 무자비하게 난도질해서 끓여 먹으라고. 사람 고기를 먹는 자들이니까. 내가 너를 불쌍하게 여겨 구하지 않으면 너는 끝장이야."

할머니는 커다란 술통 뒤로 소녀를 데리고 갔다. 거기서는 소녀가 보이지 않았다. "생쥐처럼 가만히 있거라." 하고 할머니가 말했다. "꼼짝달싹 마라. 안 그러면 죽어. 밤

에 강도들이 잠이 들면 달아나자. 나는 오랫동안 기회를 노렸단다." 이윽고 사악한 패거리가 집으로 돌아왔는데 다른 소녀 하나를 끌고 왔다. 그들은 취해 있었고 그 소녀의 비명과 한탄에 귀를 기울이지 않았다. 그들은 소녀에게 술을 먹였다. 세 잔을 먹이는데 한 잔은 흰색, 한 잔은 붉은색, 한 잔은 노란색이었다. 그러자 소녀의 심장이 터져 버렸다. 그 후 그들은 소녀의 고운 옷을 찢고 식탁에 눕히고는 그 아름다운 몸을 토막토막 자르고 소금을 뿌렸다. 술통 뒤에서 가엾은 신부는 덜덜 떨며 기도했다. 강도들이 자기를 위해 어떤 운명을 준비해 놓았는지 또렷이 봤기 때문이다. 그들 중 하나가 살해당한 여자의 작은 손가락에서 금반지를 보았다. 반지가 금방 빠지지 않자 도끼를 내리쳐 손가락을 잘라 냈다. 그런데 손가락이 공중으로 튀어 올라 술통을 넘어 곧장 신부의 품 안에 떨어졌다. 강도가 불을 켜고 반지를 찾으려 했지만 찾지 못했다. 그러자 다른 도둑이 말했다. "큰 술통 뒤도 찾아봤나?" 그러자 할머니가 외쳤다. "찾는 건 내일 하고 우선 와서 식사들 하지. 손가락이 달아나진 않잖아." "할멈이 옳아." 하며 강도들은 찾기를 그만두고 먹기 위해 자리에 앉았다. 할머니가 그들이 마실 술에 수면제를 몇 방울 떨어뜨려 놓아 그들은 곧 지하실에 드러누워 코를 골았다. 그 소리를 듣고 신부가 술통 뒤에서 나왔는데 땅바닥에 주욱 드러누워 자는 사람들을 뛰어넘어야 해서 한 사람이라도 깨우게 될까 봐 몹시 겁이 났다. 그러나 신이 도와 무사히 통과했다. 할머니는 그녀와 함께 위로 올라가 문을 열었고, 둘은 힘껏 서둘러 살인자들의 소굴을 벗어났다. 뿌려 놓은 재는 바람에 다 날아갔다. 그러나 완두콩과 납작콩 싹이 돋아나 달빛 속에서 길을 알려 주었다. 두 사람은 밤새 걸어서 마침내 아침에 물방앗간에 도착했다. 소녀는 겪은 일을 아버지에게 모두 들려주었다.

결혼식이 열리는 날이 되자 신랑감이 나타났다. 물방앗간 주인은 친척과 지인들을 모두 초대했다. 다들 식탁에 앉았을 때 저마다 무언가 이야기를 들려줄 과제를 부여받았다. 신부는 잠잠히 앉아 아무 말도 하지 않았다. 그러자 신랑이 신부에게 말했다. "자, 이봐요, 당신은 아무것도 할 얘기가 없나? 당신도 뭔가 얘길 해 줘요." 신부가 대답했다. "그렇다면 꿈 이야기를 하겠어요. 내가 혼자 숲을 지나가는데 마침내 어떤 집에 닿았어요. 안에는 사람 자취도 없었어요. 하지만 벽에 걸린 새장 안에 새 한 마리가 있었는데 이렇게 말했어요.

'돌아가, 돌아가, 젊은 신부야,

넌 살인자들 집에 와 있어.'

그리고 새는 다시 한번 말했지요. 내 사랑, 이건 그냥 꿈이에요. 그다음에 나는 모든 방을 돌아다녔는데 모두 텅 비어 있었고 그 안은 참 섬뜩했어요. 마침내 지하실로 내려가니 파파 할머니가 머리를 건들건들하며 앉아 있었지요. '이 집에 제 신랑감이 사나요?' 하고 물었어요. '아, 가엾은 아가씨.' 하고 할머니가 대답했어요. '어디를 온 거냐! 넌 살인자 소굴에 들어왔어. 네 신랑감은 여기 살아. 하지만 그는 너를 난도질해 죽여서 끓여 먹으려고 하지.' 내 사랑, 이건 그냥 꿈이에요. 그런데 할머니가 저를 커다란 술통 뒤에 숨겨 줬어요. 그리고 내가 숨자마자 강도들이 소녀 하나를 끌고 집으로 돌아왔어요. 그 소녀에게 희고 붉고 노란 세 가지 술을 먹이자 심장이 터져 버렸어요. 내 사랑, 이건 그냥 꿈이에요. 그 후 그들은 소녀의 고운 옷을 찢고 그 아름다운 몸을 식탁 위에서 토막토막 자르고는 소금을 뿌렸어요. 내 사랑, 이건 그냥 꿈이에요. 그리고 강도 중 하나가 손에 아직 금반지가 있는 것을 보았지요. 반지가 잘 빠지지 않자 도끼를 내리쳐 손가락을 잘랐어요. 그런데 손가락이 공중으로 튀어 올라 술통을 넘어 바로 내 품 안에 떨어졌어요. 반지를 낀 그 손가락이 여기 있어요." 이 말을 하면서 신부가 손가락을 꺼내어 거기 있던 사람들에게 보여 주었다. 이야기를 듣는 동안 얼굴이 하얗게 질린 강도는 벌떡 일어나 도망치려 했다. 그러나 손님들이 그를 단단히 붙잡아 법정에 넘겼다. 법정에서 그와 그의 도당은 파렴치한 범죄로 심판을 받았다.

41

코르베스 씨

옛날에 수탉 한 마리와 암탉 한 마리가 함께 여행을 하기로 했다. 암탉은 빨강 바퀴가 넷 달린 예쁜 수레를 만들어 생쥐 네 마리를 수레 앞에 매었다. 수탉은 암탉과 함께 수레에 올랐고 둘은 함께 떠났다. 오래 지나지 않아 고양이 한 마리를 만났는데 고양이가 말했다. "어디로 가시나요?" 암탉이 대답했다.

"쉴 새 없이 밖으로,

코르베스 씨, 그 댁을 향해."

"저도 태워 주세요." 하고 고양이가 말했다. 수탉이 대답했다. "좋아요. 뒤쪽에 올라앉아요, 앞으로 떨어지지 않도록 해요.

내 빨강 바퀴들을 더럽히지 않도록 주의하세요.

너희 바퀴들아, 돌아라,

너희 생쥐들아, 휘파람을 불어라,

쉴 새 없이 밖으로

코르베스 씨, 그 댁을 향해."

그 후 맷돌 하나가 왔다. 그다음에 달걀, 그다음에 오리, 그다음에 못바늘, 마지막으로 바늘이 모두 수레에 올라앉아 함께 달렸다. 그러나 코르베스 씨 집에 닿았을 때 코르베스 씨가 집에 없었다. 생쥐는 수레를 헛간 안으로 몰았다. 수탉은 암탉과 함께 횃대 위로 날아올랐다. 고양이는 벽난로 앞에 앉았다. 오리는 우물 기둥에 앉았다. 계란은 수건으로 굴러 들어가고, 못바늘은 의자 쿠션에 꽂히고, 바늘은 침대 위로 뛰어올라 베개 한가운데 꽂히고, 맷돌은 문 위에 누웠다. 그때 코르베스 씨가 집에 돌아와 벽난

로로 가서 불을 지피려고 했다. 그러자 고양이가 그의 얼굴에 재를 잔뜩 뿌렸다. 그는 얼른 부엌으로 달려가 씻어 내려 했다. 그러자 오리가 그의 얼굴에 물을 뿌렸다. 그는 수건으로 닦으려 했으나 계란이 그를 향해 굴러 나오며 깨져 두 눈을 붙여 버렸다. 그는 쉬려고 의자에 앉았다. 그러자 못바늘이 그를 찔렀다. 그는 화가 잔뜩 나서 침대 위로 몸을 던졌다. 그러나 머리를 베개에 얹자 바늘이 그를 찔러 비명을 지르고 잔뜩 화를 내며 넓은 세상으로 달려 나가려 했다. 그런데 그가 문으로 오자 맷돌이 뛰어내려 그를 때려 죽였다. 코르베스 씨는 정말 고약한 사람이었던 게 분명하다.

42

대부

어떤 가난한 남자가 아들이 어찌나 많은지 이미 온 세상 사람들에게 대부가 되어 달라고 부탁했다. 그런데 아이를 또 하나 얻자 부탁할 사람이 남아 있지 않았다. 어찌해야 할지 몰라 그는 슬픔에 잠겨 잠이 들었다. 그때 성문 앞으로 나가서 만나는 사람에게 대부가 되어 달라고 부탁하는 꿈을 꾸었다. 잠에서 깨자 그는 꿈을 따르기로 작정하고 성문 앞으로 나가 처음 만난 사람에게 대부가 되어 달라고 부탁했다. 낯선 사람은 물이 든 유리잔 하나를 그에게 주면서 말했다. "이건 기적의 물이오. 이걸로 병든 사람들을 낫게 할 수 있지. 다만 죽음이 어디에 서 있는지를 봐야 하오. 죽음이 머리맡에 있으면 아픈 사람에게 이 물을 좀 주면 건강해질 거요. 그러나 죽음이 발치에 서 있으면 모든 노력이 허사요. 그는 죽어야 하오." 이때부터 남자는 항상 어떤 환자가 살 수 있는지 아닌지를 말할 수 있었고, 그 재능으로 유명해져 돈을 많이 벌었다. 한번은 왕의 자녀에게 불려 갔는데 그가 들어섰을 때 죽음이 머리맡에 있는 걸 보고 그 물로 낫게 해 주었다. 두 번째도 그렇게 했다. 그러나 세 번째는 죽음이 발치에 서 있었고, 그리하여 아이가 죽어야 했다.

한번은 남자가 대부를 찾아가 자신이 그 물로 어떻게 성공했는지 말해 줄 생각이었다. 그런데 그 집에 들어섰을 때 집안 살림살이가 기이했다. 첫 번째 층에서는 가래

와 빗자루가 말다툼을 하다 서로 힘으로 치고받았다. "대부님은 어디 계시느냐?" 하고 그가 묻자 빗자루가 대답했다. "한 층 위에요." 그가 두 번째 층에 오르니 죽은 손가락들이 한 무더기 놓여 있었다. "대부님은 어디 계시느냐?" 하고 그가 묻자 손가락 중 하나가 대답했다. "한 층 더 위에요." 세 번째 층에는 죽은 머리들이 한 무더기 쌓여 있었다. 그것들은 다시 한 층 더 올라가라고 했다. 네 번째 층에서는 물고기들이 불 위 프라이팬에서 지글지글 구워지고 있었다. 물고기들도 말했다. "한 층 더 위에요."

그가 다섯 번째 층으로 올라가자 어떤 방 앞이었다. 열쇠 구멍을 통해 들여다보니 긴 뿔이 난 대부가 보였다. 그가 문을 열고 들어가자 대부가 급히 침대에 누워 이불을 덮었다. 남자가 말했다. "대부님, 이 무슨 기이한 살림살이인가요? 첫 번째 층에 오르니 가래와 빗자루가 말다툼을 하다 서로 힘으로 치고받았어요." "자네 어찌 그리 단순한가." 하고 대부가 말했다. "머슴과 하녀야. 그들은 서로 이야기하는 거야." "두 번째 층에서 죽은 손가락들이 놓여 있는 걸 보았어요." "에이, 자네 어찌 그리 멍청한가! 우엉 뿌리들이었어." "세 번째 층에는 죽은 머리가 한 무더기 쌓여 있었어요." "멍청한 사람, 양배추들이었어." "네 번째 층에서는 프라이팬에 든 물고기들을 보았는데 지글지글 구워지고 있었어요." 그가 그 말을 하는데 생선

들이 저절로 식탁에 올려졌다. "그리고 다섯 번째 층에 올라와서는 열쇠 구멍을 들여다보았어요. 거기서 저는 대부님을 보았는데 긴 뿔을 가지고 계셨어요." "에이, 그건 사실이 아니야." 남자는 겁이 나서 황급히 달아났다. 그러지 않으면 대부가 그에게 무슨 짓을 할지 누가 알겠는가.

43

트루데 부인

옛날에 고집 세고 아는 척하기를 좋아해서 부모가 하는 말을 도무지 듣지 않는 작은 소녀가 있었다. 어떻게 그런 아이가 잘되겠는가? 어느 날 소녀가 부모에게 말했다. "트루데 부인 이야기를 너무 많이 들었어요, 제가 한번 부인한테 가야겠어요. 사람들이 그 댁은 참 괴상하게 생겼고, 집 안에 이상한 물건들이 있다고들 이야기해요. 그래서 몹시 궁금해졌어요." 부모는 엄하게 말리며 말했다. "트루데 부인은 불경한 짓을 하는 사악한 여자란다. 네가 그 여자한테 가면 너는 더 이상 우리 자식이 아니다." 그러나 소녀는 부모의 금지령을 아랑곳하지 않고 트루데 부인에게 갔다. 소녀가 가자 트루데 부인이 물었다. "넌 왜 그렇게 창백하니?" "아……." 하고 소녀가 대답하는데 온몸을 덜덜 떨었다. "제가 본 것에 너무 놀라서요." "무얼 보았는데?" "아주머니네 가파른 계단 위에서 검은 사람을 보았어요." "사냥꾼이다." "그다음에는 피처럼 빨간 남자를 보았어요." "푸주한이다." "아, 트루데 부인, 저는 소름이 끼쳐요. 창문으로 보니 아주머니가 아니라 불타는 머리를 가진 악마가 보였어요." "오호……." 하고 부인이 말했다. "그렇게 네가 제대로 치장한 마녀를 보았구나. 나는 이

미 오래전부터 너를 기다렸고 너를 원했다. 넌 나를 위해 빛을 내야겠어." 하고는 소녀를 나무 토막으로 바꾸어 불 속에 던졌다. 나무 토막이 한껏 이글이글 타자 부인은 옆에 앉아 몸을 녹이며 말했다. "이번에는 환하게 빛나네."

44

대부가 된 죽음

한 가난한 남자가 자식이 열둘이라 아이들에게 빵이라도 주려면 밤낮으로 일해야 했다. 그런데 열세 번째가 태어나자 곤란한 상황에 어찌할 바를 몰라 큰길로 달려 나가 처음 마주치는 사람에게 대부가 되어 달라고 부탁했다. 처음 마주친 사람은 하느님이었다. 그의 마음이 왜 무거운지 벌써 알고 하느님이 말씀하셨다. "가엾은 사람아, 안됐구나. 내가 세례 때 네 아이를 붙들어 주고 그 애를 보살피며 이 땅에서 행복하게 해 주겠다." 남자가 말했다. "누구시죠?" "나는 하느님이다." "그렇다면 대부가 되어 달라고 바라지 못하겠습니다." 하고 남자가 말했다. "부자들에게는 주면서 가난한 사람들은 굶주리게 놔두잖아요." 남자가 그런 말을 한 것은 하느님이 부유함과 가난을 어떻게 현명하게 나누는지 몰랐기 때문이다. 그래서 그는 주님에게 등을 돌리고 계속 갔다. 그러자 악마가 다가와서 말했다. "뭘 찾고 있지? 네 아이의 대부가 되게 해 주면 내가 그 애에게 황금을 차고 넘치게, 또 세상의 모든 쾌락을 더해서 주겠다." 남자가 말했다. "누구시죠?" "나는 악마다." "그렇다면 당신을 대부로 바라지 않습니다." 하고 남자가 말했다. "사람들을 속이고 유혹하잖아요." 그는 계속 갔다. 그때 뼈만 앙상한 죽음이 성큼성큼 그를 향해 와서 말했다. "나를 대부로 삼거라." 남자가 말했다. "누구시죠?" "나는 죽음이다, 만인을 똑같이 만들지." 그러자 남자가 말했다. "바른 분이군요, 부자든 가난한 사람이든 구분하지 않고 데려가시죠. 당신이 대부가 되어 주십시

오.” 죽음이 대답했다. “나는 네 아이를 부유하고 유명하게 만들어 주겠다. 나를 친구로 가진 사람에게는 부족함이 없으니까.” 그러자 남자가 말했다. “이번 일요일에 세례가 있습니다. 그때 제시간에 와 주십시오.” 죽음은 약속한 대로 나타나 아주 제대로 대부가 되어 주었다.

사내아이가 나이가 차자 어느 날 대부가 나타나 같이 가자고 했다. 그는 아이를 숲속으로 데리고 가 거기서 자라는 약초 한 가지를 가리키며 말했다. “지금 네게 대부의 선물을 주마. 나는 너를 유명한 의사로 만들겠다. 네가 아픈 사람에게 불려 갈 때면 내가 나타나겠다. 내가 아픈 사람의 머리맡에 서거든 너는 대담하게 환자를 다시 건강하게 만들겠다고 말해도 된다. 그런 다음 이 약초를 먹이면 환자가 나을 거다. 그러나 내가 발치에 서 있으면 그는 내 것이니 모든 도움이 소용없으며 세상 어떤 의사도 구하지 못한다고 말해야 한다. 다만 약초를 내 뜻과 다르게 쓰지 않도록 조심하거라. 자칫 너에게 나쁠 수도 있으니까.”

오래 지나지 않아 청년은 온 세상에서 가장 유명한 의사가 되었다. “그는 환자를 보기만 해도 벌써 상태가 어떤지 안다니까. 환자가 다시 건강해질지, 아니면 죽어야 하는지도.” 그에 대해 그렇게 이야기했고, 도처에서 사람들이 찾아와 그를 환자에게 데려가고 많은 돈을 주어 그는 곧 부자가 되었다. 그런데 왕이 병드는 일이 있었다. 의사가 불려 갔는데 나을 수 있는지 말해야 했다. 그러나 그가 침상에 다가갔을 때 죽음이 환자의 발치에 서 있었다. 그럴 때는 그를 구할 약초가 자라지 않았다. '하지만 내가 죽음을 속일 수 있다면…….' 하고 그는 생각했다. '물론 언짢아하겠지만 내가 대자이니 눈감아 주겠지. 한번 해 보자.' 그래서 그는 죽음이 머리맡에 서도록 환자를 붙잡아 거꾸로 눕혔다. 그러고는 환자에게 약초를 먹였다. 왕은 회복되어 다시 건강해졌다. 그러나 죽음이 의사에게 찾아와 어둡고 화난 얼굴을 하고 손가락으로 위협하며 말했다. "너는 나를 속였다. 네가 내 대자이니 이번은 봐주겠다. 그러나 한 번만 더 그러면 목숨을 잃는다. 내가 너를 데리고 가겠다."

얼마 안 있어 왕의 딸이 중병에 걸렸다. 하나뿐인 자식이라 왕은 밤낮으로 눈이 멀도록 울었다. 그리고 딸을 죽음에서 구하는 사람은 사위로 삼고 왕관도 물려주겠다고 공표했다. 의사가 환자의 침대로 가니 발치에 있는 죽음이 보였다. 대부의 경고를 기억했어야 하련만 공주의 아름다움과 그녀의 남편이 된다는 행복에 홀려 그는 모든 생각을 바람에 날려 버렸다. 죽음이 노여운 시선을 던지고 손을 들어 메마른 주먹으로 위협하는 것도 보지 못했다. 그는 환자를 들어 머리를 두 발이 놓인 자리로 옮겼다. 그런 다음 공주에게 약을 먹이자 곧 뺨이 불그스레해지고 목숨이 새롭게 되살아났다.

죽음은 자신의 고유 권한이 두 번째로 기만당했음을 알자 그를 향해 성큼 와서 말했다. “넌 이제 끝났다. 이제 네 차례다.” 그러고는 얼음처럼 차가운 손으로 그를 저항할 수 없도록 억세게 움켜잡아 지하 동굴로 데려갔다. 거기서 그는 까마득히 줄을 지어 타고 있는 수천 개의 촛불들을 보았다. 어떤 것은 크고, 어떤 것은 절반만 하고, 어떤 것은 작았다. 매 순간 어떤 것은 꺼지고 어떤 것은 다시 불타올라 작은 불꽃들이 끊임없이 바뀌며 이리저리 껑충껑충 뛰어다니는 것처럼 보였다. “보이지.” 하고 죽음이 말했다. “이건 인간 생명의 불빛들이다. 큰 불빛은 아이들 것이고, 절반만 한 불빛은 한창 시절인 부부들 것이고, 작은 불빛은 노인들 것이다. 하지만 아이와 젊은 사람들도 종종 그저 작은 불빛만 갖기도 하지.” “제 생명의 불빛을 보여 주세요.” 하고 의사가 말했다. 아직 꽤 클 거라고 그는 생각했지만 죽음은 막 꺼지려 하는 작은 끄트머리 하나를 가리키며 말했다. “보이지, 이것이다.” “아, 대부님.” 하고 놀란 의사가 말했다. “제게 새 불을 하나 붙여 주세요. 저에 대한 사랑으로 그렇게 해 주세요. 인생을 즐기고 왕이 되고 공주의 남편이 되도록요.” “그럴 수 없다.” 하고 죽음이 대답했다. “새 불을 붙이기 위해서는 먼저 하나

가 꺼져야 한다." "그럼 오래된 불을 새 불 위에 놓아 주세요." 하고 의사가 청했다. "저 오래된 불이 끝나면 새 불이 바로 계속 타도록." 죽음은 마치 그의 소망을 이루어 주려는 듯 커다란 새 불을 가져왔다. 그러나 죽음은 복수하기를 원했고 불을 옮기면서 일부러 새 불을 엎어 꺼뜨렸다. 곧 의사는 스르르 바닥에 주저앉아, 이제 자신이 죽음의 손안에 들어가 있었다.

45

엄지의 방랑

재단사에게 아들이 있었는데 엄지 하나보다 크지 않아 늘 엄지라고 불렸다. 그러나 그는 용기가 넘쳐 아버지에게 말했다. "아버지, 저는 세상으로 나가야 마땅하고 또 그래야만 해요." "좋다, 아들아." 하고 노인은 등불 앞에서 바늘귀가 커다란 큰바늘 하나를 잡고는 거기에 밀랍으로 매듭 하나를 만들어 붙였다. "여기 대검이 있으니 이걸 가지고 길을 떠나거라."

꼬마 재단사는 어머니가 마지막을 위해 무얼 요리했는지 보고 함께 밥을 먹기 위해 폴짝폴짝 부엌으로 뛰어 들어갔다. 막 식사 준비가 되어 냄비가 화덕 위에 있었다. 꼬마 재단사가 말했다. "어머니, 오늘은 무얼 먹나요?" "네가 직접 보렴." 하고 어머니가 말했다. 그래서 엄지는 화덕 위로 올라가 냄비를 들여다보았는데 목을 너무 멀리 쏙 뻗는 바람에 음식에서 나오는 김에 휩쓸려 그만 굴뚝 밖으로 나가 버렸다. 한참을 공중의 수증기 위에서 이리저리 떠돌다 마침내 다시 땅에 내려앉았다. 이제 꼬마 재단사는 바깥 넓은 세상에 있었다. 그는 이리저리 돌아다니다가 어떤 명장의 집에서 일하게 되었지만 음식이 형편없었다. "부인, 더 나은 음식을 주지 않으면……." 하고 엄지가 말했다. "저는 떠나겠습니다. 아침 일찍 분필로 현관문에 적어 놓겠어요, '감자는 너무 많고, 고기는 너무 적고! 아듀, 감자 왕님.'이라고요." "원하는 게 뭐냐, 이 메뚜기야?" 하며 명장 부인이 화가 나 행주를 집어 그를 치려 했

다. 우리의 꼬마 재단사는 잽싸게 골무로 기어 들어가 그 밑에서 내다보며 부인에게 혀를 날름 내밀었다. 부인은 골무를 들고 그를 움켜잡으려 했으나 작은 엄지는 행주 속으로 강중강중 뛰어 들어갔고, 부인이 행주를 털며 그를 찾자 식탁 틈새로 들어갔다. "헤헤, 부인." 하고 그가 머리를 쑥 내밀었다. 그러다 부인이 치려고 하니 서랍 안으로 뛰어내렸다. 그러나 마침내 부인이 그를 붙잡아 집 밖으로 몰아냈다.

작은 재단사는 방랑을 하다 큰 숲으로 들어갔다. 거기서 왕의 보물을 훔치려는 강도 무리를 만났다. 그들은 꼬마 재단사를 보자 생각했다. '이런 작은 녀석은 열쇠 구멍으로 기어들 수 있어. 열쇠 대용으로 쓰이겠는걸.' "이봐." 하고 그중 하나가 불렀다. "거인 골리앗아, 같이 보물방에 갈래? 넌 살금살금 기어 들어가 돈을 꺼내서 던지면 돼." 엄지는 생각을 좀 해 보다 마침내 "그러죠." 하고는 함께 보물방으로 갔다. 거기서 그는 틈새가 없는지 위아래로 문들을 살펴보았다. 오래 지나지 않아 엄지가 충분히 통과할 만한 틈새를 찾아냈다. 엄지는 곧바로 들어가려고 했으나 문 앞에 서 있던 보초 두 명 중 하나가 그를 알아차리고 다른 보초에게 말했다. "저기 웬 못생긴 거미가 기어가네? 밟아 죽여야지." "가엾은 동물인데 가게 놔두지." 하고 다른 보초가 말했다. "저게 너한테 무슨 짓을 한 게 아니잖아."

엄지는 무사히 틈새를 통과해 보물방으로 들어가서 그 아래 강도들이 서 있는 창문을 열고 금화를 하나하나 던졌다. 한창 일을 잘하고 있는 참에 왕이 보물방을 살피러 오는 소리가 들려서 꼬마 재단사는 급히 숨었다. 왕은 금화가 많이 없어진 것을 알아차렸으나 누가 훔쳤는지 알 수 없었다. 자물쇠나 빗장도 이상이 없고 모든 것이 잘 지켜지고 있었다. 그래서 왕은 다시 떠나며 두 보초에게 말했다. "잘 지켜라, 누가 돈을 노리는구나." 엄지가 새롭게 일을 시작하자 보초들이 안에서 돈을 옮기며 쩔렁쩔렁 찰랑찰랑 하는 소리를 들었다. 그들은 도둑을 붙잡으려고 재빠르게 뛰어 들어갔다. 그러나 그들이 오는 소리를 들은 꼬마 재단사가 더 재빨라 구석으로 뛰어가 아무도 보지 못하게 금화 하나로 몸을 가렸다. 그러고는 보초들을 놀리며 외쳤다. "나 여기 있지!" 보초들이 달려갔다. 그러나 그들이 도착했을 때는 엄지가 벌써 폴짝폴짝 다른 구석으로 뛰어가 금화 아래에서 외쳤다. "헤, 나 여기 있지!" 보초들이 급히 달려왔으나 엄지는 오래전에 또 다른 구석에 가서 외쳤다. "헤, 나 여기 있지!" 그렇게 엄지는 보초들을 바보로 만들며 보물방 안에서 오래 몰고 다녔다. 마침내 그들이 지쳐서 떠났다. 그러자 엄지는 금화를 하나하나 모두 내던졌다. 마지막 금화는 온 힘을 다해 퉁겨 올리고는 잽싸게 그 위에 올라타고 창문을 통해 함께 아래로 내려왔다. 강도들은 그에게 큰 찬사를 보냈다. "넌 대단한 영웅이야. 우리 대장이 되지 않을래?" 그러나 엄지는 감사의 뜻을 전하고는 우선 세상 구경을 하겠다고 말했다. 그들은 노획물을 나누었다. 그러나 엄지는 더 들 수가 없기 때문에 금화 한 개만 달라고 했다.

엄지는 다시 대검을 허리에 차고 강도들에게 인사한 뒤 길을 나섰다. 엄지는 몇몇 명장의 집에서 일했으나 별로 재미가 없었다. 마침내 어떤 식당에서 머슴으로 고용살이를 했다. 그러나 하녀들은 엄지를 좋아할 수 없었다. 자기들은 엄지를 보지 못하는데 엄지는 하녀들이 몰래 하는 짓을 죄다 보고 그들이 접시에서 무얼 빼내고 지하실에서 무얼 가져갔는지 주인에게 일렀기 때문이다. 그러자 하녀들은 장난 삼아 그를 혼내 주기로 약속했다. "기다려, 우리가 너에게 복수할 거야."

그 뒤 얼마 지나지 않아 하녀 하나가 뜰에서 잔디를 깎다 엄지가 이리저리 폴짝폴짝 뛰며 풀아래로 기어 다니는 것을 보고 그를 잔디와 함께 재빨리 깎아 커다란 천에 둘둘 감아 슬쩍 소들 앞에 던져 주었다. 커다랗고 검은 암소가 엄지를 풀과 같이 꿀꺽 삼켰다. 엄지는 아프지 않았다. 그러나 그 아래쪽이 마음에 들지 않았다. 아주 캄캄하고 불빛 하나 타지 않았기 때문이다. 소젖을 짜고 있을 때 엄지가 외쳤다.

"좔좔 철철 좔좔

양동이가 곧 가득 차나?"

하지만 우유 짜는 소리 때문에 그의 말을 알아들을 수 없었다. 나중에 집주인이 외양간으로 들어와서 말했다. "내일은 이 소를 잡아야겠다." 그러자 엄지가 겁이 나서 날카로운 목소리로 외쳤다. "우선 나를 내보내 주세요. 내가 이 안에 있어요." 주인은 그 말이 잘 들렸지만 어디서 소리가 나는지 몰랐다. "어디에 있느냐?" 하고 주인이 물었다. "까만 거 속에요." 하고 엄지가 대답했다. 그러나 주인은 그게 무슨 말인지 알아듣지 못하고 가 버렸다.

다음 날 아침에 소를 잡았다. 토막을 내고 가르는데 다행히 엄지는 칼질을 하나도 맞지 않았다. 그러나 소시지용 고기 가운데로 빠졌다. 푸주한이 다가와 일을 시작하려 하자 엄지는 있는 힘을 다해 소리쳤다. "칼날을 너무 깊게 넣어 다지지 말아요, 너무 깊게 넣어 다지지 말아요, 그 아래에 내가 있어요." 다짐용 칼이 내는 소음 때문에 어떤 인간도 그 말을 듣지 못했다. 이제야말로 가엾은 엄지는 곤경에 처했다. 그러나 곤경은 건너갈 다리를 만드는 법. 엄지는 민첩하게 칼날 사이를 뚫고 튀어 올랐는데 어떤 칼도 그를 건드리지 않았으며 살갗 하나 다치지 않았다. 그러나 여전히 도망칠 수는 없었다. 베이컨 부스러기와 함께 피 소시지 속에 몸을 쑤셔 넣는 방법뿐이었다. 소시지 속은 자리가 비좁은 데다 연기를 쐬라고 소시지를 굴뚝에 걸었다. 굴뚝 속에서는 시간이 엄청나게 길었다. 드디어 겨울이 되자 내걸었던 소시지를 내렸다. 소시지를 손님 앞에 내야 했기 때문이다. 여관 안주인이 소시지를 얇게 썰 때 엄지는 머리를 너무 쑥 내밀지 않으려고 조심했다. 목 같은 데가 같이 잘리지 않도록 말이다. 드디어 그는 자기 장점을 깨닫고 몸을 움직일 여지를 마련해 튀어나왔다.

꼬마 재단사는 그다지 잘 지내지는 못했던 집에 더 이상 머물지 않고 곧바로 다시 방랑을 떠났다. 하지만 자유는 오래 지속되지 못했다. 탁 트인 벌판에서 여우 한 마리가 지나가는 길에서 걸리적거린 것이다. 여우는 아무런 생각 없이 엄지를 덥석 물었다. "에이, 여우님." 하고 꼬마 재단사가 외쳤다. "나예요, 목구멍에 걸렸어요. 다시 놔주세요." "네가 옳다." 하고 여우가 대답했다. "너한테는 내가 먹을 게 거의 없어. 아버지 마당에 있는 닭들을 주겠다고 약속하면 풀어 주지." "기꺼이요." 하고 엄지가 대답했다. "닭들은 죄다 가져요. 굳게 맹세하죠." 그러자 여우가 엄지를 놓아주고 집으로 데려갔다. 사랑하는 아들을 다시 보자 아버지는 그가 가진 모든 닭을 기꺼이 여우에게 주었다. "그 대신 아버지께 멋진 돈을 하나 가지고 왔어요." 하고 엄지가 방랑에서 얻은 금화를 내밀었다. "그런데 가엾은 병아리들을 왜 여우에게 먹으라고 주었어요?" "에이, 바보야, 아버지는 마당의 닭들보다는 자식이 더 소중한 거지."

46

피처의 새

옛날에 가엾은 남자의 모습을 하고 집들을 찾아다니며 구걸하며 예쁜 소녀들을 잡아가는 사악한 마법사가 있었다. 그가 소녀들을 어디로 데려가는지 아무도 몰랐다. 소녀들이 다시는 나타난 적이 없기 때문이다. 어느 날 그가 예쁜 딸 셋을 둔 남자의 집 앞에 나타났는데 힘없는 불쌍한 거지처럼 보였고, 마치 그 안에 온정의 선물을 모으려는 듯 등에 광주리를 지고 있었다. 그가 약간의 음식을 청해 맏딸이 나와서 빵 한 조각을 건넸다. 그때 마법사가 그녀를 살짝 건드리자 딸이 등에 멘 광주리 속으로 뛰어들었다. 마법사는 힘찬 걸음으로 서둘러 떠나 소녀를 어두운 숲속 한가운데 집까지 지고 갔다. 집 안에는 모든 게 호사스러웠다. 그는 소녀가 원하면 무엇이든 주었다. "내 사랑, 내 집이 마음에 들 거야. 네 마음이 원하는 건 뭐든 있단다." 며칠 뒤 남자가 말했다. "너를 잠시 혼자 두고 떠나야겠구나. 여기 집 열쇠들이 있다. 어디든 가고 뭐든 구경할 수 있다. 다만 여기 이 작은 열쇠로 열리는 방만은 들어가면 안 된다. 목숨이 달린 벌로 금한다." 마법사는 또 소녀에게 달걀을 하나 주며 말했다. "이 계란을 잃어버리면 큰 불행이 있을 거다." 소녀는 열쇠와 달걀을 받고 모두 잘 지키겠다고 약속했다.

마법사가 떠나자 소녀는 집 안을 아래에서 위까지 돌아다니며 구경했다. 방들이 금과 은으로 번쩍거려 소녀는 이처럼 굉장한 호화로움은 본 적이 없다고 생각했다. 마침내 금지된 방으로 왔다. 그냥 지나치려고 했지만 호기심이 소녀를 가만두지 않았다. 소녀가 열쇠를 살펴보니 다른 열쇠들과 똑같아 보였다. 열쇠를 꽂고 조금 돌리자 문이 벌컥 열렸다. 그런데 소녀가 들어갔을 때 무엇을 보았을까? 한가운데에 피를 담은 커다란 욕조가 있고, 그 안에 난도질된 사람이 죽어 있었다. 그 곁에는 나무 토막이 있고, 그 위에 번득이는 도끼가 놓여 있었다. 소녀는 너무 놀라 손에 들고 있던 달걀을 빠뜨렸다. 다시 꺼내어 피를 닦았지만 소용없었고, 피는 금방 다시 나타났다. 닦고 긁어 보았으나 피를 지울 길이 없었다.

오래 지나지 않아 남자가 여행에서 돌아와 처음 요구한 것은 열쇠와 달걀이었다. 소녀는 몸을 떨며 그걸 그에게 내밀었다. 마법사는 붉은 얼룩을 보고 소녀가 피의 방에 들어간 것을 금세 알아챘다. "너는 내 뜻을 거스르고 방에 들어갔구나. 그러니 이번에는 네 뜻을 거스르고 다시 들어가야 한다. 네 목숨은 끝났다." 마법사는 소녀를 태질쳐 머리채를 틀어쥐고 나무 토막 위에 올려 머리를 자르고 피가 바닥으로 철철 흐르도록 몸을 토막토막 냈다. 그러고는 다른 이들이 들어 있는 욕조에 던져 넣었다. "이제 둘째를 데려와야겠다." 하며 마법사는 다시 가엾은 사람의 모습으로 구걸을 하러 집을 나섰다.

그리하여 둘째 딸이 빵 한 쪽을 가져왔고, 마법사는 둘째를 첫째 딸처럼 그저 건드리는 것만으로 사로잡아 등에 지고 떠났다. 둘째도 언니보다 나은 일은 일어나지 않았다. 호기심의 유혹에 이끌려 피의 방 문을 열고 들여다보았으며 마법사가 돌아오자 그 대가를 목숨으로 치러야 했다. 이제 마법사는 가서 셋째를 데려왔는데 셋째는 똑똑하고 꾀가 있었다. 마법사가 열쇠와 달걀을 주고 떠나자 셋째는 먼저 달걀을 조심스럽게 보관해 놓고는 집을 구경했고 마지막으로 그 금지된 방에 들어갔다. 아, 무얼 보았을까? 두 언니가 비참하게 죽고 난도질당해 욕조 속에 누워 있었다. 셋째는 머리, 몸통, 팔과 다리를 다 찾아 가지런하게 맞춰 놓았다. 아무것도 빠진 게 없자 사지가 움직이기 시작하더니 서로 붙어 두 소녀가 눈을 뜨고 다시 살아났다. 그들은 기뻐하며 서로 얼싸안고 입을 맞추었다. 남자는 돌아오자 똑같이 열쇠와 달걀을 달라고 했다. 하지만 열쇠에서 핏자국을 찾지 못했다. 마법사가 말했다. "너는 시험을 견뎠으니 내 신부가 되어야겠다."

이제 마법사는 소녀를 마음대로 할 힘이 없어졌고 소녀가 하라는 대로 해야 했다. "좋습니다." 하고 그녀가 대답했다. "당신은 그전에 광주리 하나를 금으로 채워 등에 지고 우리 아버지 어머니에게 갖다 드려야 해요. 그사이 나는 결혼식 준비를 할게요." 그러고 나서 소녀는 방에 숨어 있던 언니들에게 달려가 말했다. "언니들을 구할 순간이

왔어. 악당이 언니들을 직접 집에 데려다주게 할 거야. 하지만 집에 닿는 대로 내게 도움을 보내 줘." 소녀는 두 사람을 광주리에 앉히고 보이지 않게 황금으로 덮었다. 그런 다음 마법사를 불러 말했다. "이제 광주리를 지고 가세요. 그런데 도중에 멈추어 쉬지 말아요. 내가 창문으로 내다보고 있는데 당신 쉬는 거 보여요. 당장 계속 가요."

마법사는 광주리를 등에 메고 떠났다. 광주리가 어찌나 무거운지 얼굴로 땀이 흘러내렸다. 그래서 주저앉아 잠시 쉬려 했지만 이내 광주리 속에서 하나가 외쳤다. "쉬는지 내가 창문으로 내다보고 있어요. 당장 계속 가요." 마법사는 신부가 외치는 말인 줄 알고 다시 일어났다. 또다시 그가 앉으려 하자 이내 누가 외쳤다. "내가 창문으로 내다보고 있는데 당신 쉬는 거 보여요. 당장 계속 가요." 멈출 때마다 그런 외침이 들려 그는 계속 가야 했고, 신음을 토하고 숨을 헐떡이며 황금과 두 소녀가 든 광주리를 마침내 그들 부모의 집까지 가져갔다.

집에서는 신부가 결혼 잔치를 준비하면서 마법사의 친구들을 불렀다. 그런 다음 이빨이 달린 히죽거리는 해골 머리를 하나 가져다 장식하고 신부 화환도 하나 얹어 다락방 창구멍 앞에 바깥을 내다보게 걸어 두었다. 모든 준비가 되자 소녀는 이상한 새처럼 보여 아무도 알아보지 못하도록 벌꿀 통에 들어갔다 나와서는 깃털 이불을 뜯고 그 위에서 몸을 굴렸다. 그러고는 집을 나와 걷는데 도중에 결혼식 손님 중 몇몇을 만나게 되었다. 그들이 물었다.

"피처의 새야, 어디서 오니?"

"피체 피처의 집에서 와요."

"젊은 신부는 무얼 하고 있니?"

"집을 아래에서 위까지 말끔하게 쓸어 놓고
다락방 창구멍으로 내다보고 있어요."

드디어 천천히 걸어오는 신랑을 만났다. 그가 다른 사람들처럼 물었다.

“피처의 새야, 어디서 오니?”

“피체 피처의 집에서 와요.”

“어린 내 신부는 무얼 하고 있니?”

“집을 아래에서 위까지 말끔하게 쓸어 놓고
다락방 창구멍으로 내다보고 있어요.”

신랑은 고개를 들어 치장한 해골 머리를 보고는 신부인 줄 알고 고개를 끄덕이며 다정하게 인사했다. 그런데 그와 손님들이 모두 집 안으로 들어갔을 때 신부의 형제와 친척들이 도착했다. 신부를 구하려고 보낸 사람들이었다. 그들은 아무도 도망칠 수 없도록 모든 문을 잠그고 집에 불을 질렀다. 그러니까 사악한 마법사를 그 패거리 모두와 함께 태워 버렸다.

47

노간주나무에 관하여[11]

구연 동화 듣기

오래전 일로 2000년은 되었다. 예쁘고 믿음 깊은 아내를 둔 부자가 있었는데 두 사람은 서로 참 사랑했다. 그들은 아이를 몹시 원했지만 아이가 없었다. 아내는 아기를 주십사 밤낮으로 기도했다. 그러나 기다리고 기다려도 아기는 생기지 않았다. 집 앞에는 마당이 있고, 마당에 노간주나무 한 그루가 서 있었다. 한번은 겨울에 아내가 그 나무 밑에 서서 사과를 깎다 손가락을 베어 붉은 피가 흰 눈

11 독일 남부 팔츠 지방 사투리로 적힌 이야기다. 사투리 낭독본은 별도로 제작했다.

에 뚝뚝 떨어졌다. "아……." 하고 아내는 깊은 한숨을 내쉬었다. 발 앞의 피를 보며 참으로 슬퍼했다. "이렇게 피처럼 붉고 눈처럼 하얀 아이가 있으면 얼마나 좋을까!" 그런데 그 말을 하니 마음이 참 즐거워졌다. 뭔가 이루어질 것만 같았다. 아내는 집으로 갔다. 한 달이 흘러 눈도 녹았다. 두 달 뒤에는 만물이 푸르러졌고, 석 달 뒤에는 땅에서 꽃들이 나왔다. 넉 달 후에는 모든 나무에서 굳은 목질 속으로 싹이 트고 초록 가지들이 모두 함께 얽혔다. 그때 새들이 노래 불러 온 숲에 노랫소리가 울리고 꽃들이 나무

에서 떨어졌다. 다섯 달이 지났다. 아내는 여전히 향기로운 노간주나무 아래에 서 있었는데 그 향기가 너무 달콤해 가슴이 기쁨으로 뛰어 무릎을 꿇고 어쩔 줄을 몰랐다. 여섯 달이 지나 열매들이 굵고 튼실해졌을 때 그녀는 아주 조용했다. 일곱 달에는 노간주나무 열매에 손을 뻗어 아주 게걸스럽게 먹었는데 그러고는 병이 나 슬퍼했다. 그렇게 여덟 달이 지났을 때 아내는 남편을 불러 울며 말했다. "내가 죽거든 노간주나무 아래 묻어 줘요." 그러고 나서 마침내 아홉 달이 지날 때까지 그녀는 위로를 받고 행복해했다. 그리하여 아기를 얻었는데 눈처럼 하얗고 뺨이 피처럼 붉었다. 아기를 보았을 때 그녀는 참으로 기뻐했고, 그러다 죽고 말았다. 남편은 아내를 노간주나무 아래 묻고 몹시 울기 시작했다. 울음은 한동안 계속되었다. 그러다가 눈물이 줄었고, 그러고도 좀 더 울고 났을 때 그쳤다. 그리하여 그는 다시 아내를 얻었다.

두 번째 아내와는 딸이 하나 있었다. 첫 아내가 낳은 아이는 아들이었다. 피처럼 붉고 눈처럼 하얀 아이 말이다. 새 아내는 딸을 보고 있으면 볼수록 예뻤다. 하지만 작은 사내아이를 보면 심장이 터지는 듯했다. 이 아이가 어디를 가도 걸리적거리는 것 같았다. 그래서 늘 생각했다. 어찌하면 딸에게 모든 재산이 돌아가게 할까. 그리하여 악마가 그 마음에 입김을 불어넣어 여자는 어린 소년에게 매우 잔인해졌다. 이 구석에서 저 구석으로 밀치고 팔꿈치와 주먹으로 여기를 치고 저기를 찔러 가엾은 아이는 늘 겁을 먹고 있었다. 학교에서 돌아오면 도무지 가만히 놔두지 않아 아이는 있을 곳이 없었다.

한번은 아내가 다락방에 올라갔는데 작은딸이 올라와서 말했다. "엄마, 사과 하나 주세요." "그러마, 아가야." 하며 여자가 먹음직한 사과 하나를 커다란 궤짝에서 꺼내 딸에게 주었다. 뚜껑이 아주 무거운 데다 날카롭고 커다란 자물쇠까지 달린 궤였다. "엄마." 하고 딸이 말했다. "오빠도 하나 줘야 하지 않아요?" 여자는 그 말이 끔찍하게 싫었지만 이렇게 말했다. "그래, 주자, 학교에서 돌아오거든." 그런데 창밖으로 소년이 돌아오는 모습이 보였을 때 마치 악마가 들어간 듯 여자는 딸의 사과를 빼앗으며 말했다. "네가 오빠보다 먼저 먹으면 안 되지." 그러고는 사과를 궤짝에 다시 던져 넣고 뚜껑을 닫았다. 그때 어린 소년이 문 안으로 들어섰다. 악마가 속삭여 그녀는 다정하게 소년에게 말했다. "얘야, 사과 하나 먹겠니?" 말은 그렇게 하면서 무섭게 노한 얼굴로 아이를 노려보았다. "엄마……." 하고 어린 소년이 말했다. "왜 그렇게 무서운 얼굴이세요! 네, 사과 주세요!" 그때 그녀는 소년을 설득해야 할 것 같았다. "자아, 이리 오렴." 하며 궤짝 뚜껑을 열었다. "사과를 하

나 꺼내라!” 그리고 어린 소년이 궤 속으로 몸을 숙였을 때 악마가 그녀를 재촉했다. 쾅! 그녀는 뚜껑을 닫았고, 머리통이 날아가 빨간 사과들 가운데로 떨어졌다. 그러자 그녀는 겁에 질려 생각했다. ‘이게 내가 한 짓이 아니라고 생각하게 만들 수 있었으면!” 그래서 자기 방으로 내려가 서랍장 제일 위 서랍에서 하얀 천을 꺼내 머리를 다시 목 위에 얹고 아무것도 보이지 않게 천으로 싸맸다. 그리고 아이를 문 앞에 앉히고는 손에 사과를 쥐여 놓았다.

그 후 마를렌이 어머니를 찾아 부엌으로 들어왔다. 어머니는 뜨거운 물이 담긴 냄비가 놓인 불가에 서서 계속 젓고 있었다. “엄마.” 하고 마를렌이 불렀다. “오빠가 문 앞에 앉아 있는데 아주 창백해 보이고 손에는 사과를 하나 쥐고 있어요. 내가 사과를 달라고 말했는데도 대답하지 않았어요. 그래서 아주 무서웠어요.” “한 번 더 가 보아라." 하고 어머니가 말했다. "그 애가 대답하지 않거든 귀싸대기를 올려붙여라." 그래서 마를렌이 가서 말했다. "오빠, 사과 줘!" 그러나 오빠는 말이 없었다. 그래서 오빠의 따귀를 올려붙였다. 그러자 머리통이 떨어졌다. 놀라서 울음과 비명을 터뜨리며 아이는 어머니한테 달려가 말했다. "아, 엄마, 내가 우리 오빠 머리를 쳐서 떨어뜨렸어요." 그러면서 울고 또 울며 도무지 울음을 그치지 않았다. "마를렌." 하고 어머니가 말했다. "무슨 짓을 한 거니! 하지만 아무 말 말자, 아무도 알아차리지 못하게. 하지만 이제 되돌릴 수 없는 일이니 이 아이로 곰국을 끓이자." 그러더니 어머니는 어린 소년을 데려다 조각조각 잘라서 솥에 넣고 푹 끓였다. 마를렌은 곁에 서서 울고 또 울었다. 눈물이 모두 솥 안으로 떨어져 소금을 넣을 필요가 없었다.

그때 아버지가 집으로 돌아와 식탁에 앉으며 말했다. “우리 아들은 어디 있지?” 어머니가 곰국이 담긴 커다란 대접을 내왔는데, 마를렌은 눈물을 흘렸고 울음을 멈출 수 없었다. 아버지가 다시 말했다. “우리 아들은 어디 있는 거야?” “아…….” 하고 어머니가 말했다. “저 너머 외가에 갔어. 한동안 거기 있겠대요.” “거기서 대체 뭘 하려는 거지, 나한테 인사도 하지 않았잖아?” 아버지는 먹기 시작하며 말했다. “마를렌, 너는 왜 우니? 오빠는 돌아올 건데 뭘.” ”그런데 여보…….” 하고 아버지가 말했다. “음식이 왜 이렇게 맛있지! 좀 더 줘요!” 그리고 먹을수록 더 많이 먹으려 하며 말했다. “더 줘요, 당신 건 없겠는데. 딱 나를 위해 만든 것만 같네.” 그리고 다 먹을 때까지 먹고 또 먹으며 뼈는 모두 식탁 밑으로 던졌다.

마를렌은 서랍장으로 가 서랍 제일 밑바닥에서 제일 좋은 비단을 꺼내다 크고 작은 뼈를 다 모아 보자기에 싸서 피눈물을 흘리며 문밖으로 들고 나갔다. 거기 노간주나무 아래 푸른 풀 속에 뼈를 놓았다. 그제야 아이는 마음이 편안해져 울음을 그쳤다. 그때 노간주나무가 움직이기 시작했다. 나뭇가지들이 서로 흩어지고 다시 모이고 했다. 마치 진심으로 기뻐하며 손뼉을 치는 것만 같았다. 동시에 나무에서 안개가 피어오르고 안개 한가운데서 불길이 이는 듯하더니 불에서 아름다운 새 한 마리가 참으로 멋지

게 노래하며 공중으로 높이 날아올랐다. 새가 사라졌을 때 노간주나무는 예전 그대로였고 보자기는 더 이상 그 자리에 없었다. 마를렌은 참으로 마음이 가벼워지고 행복했다. 그래서 즐겁게 집으로 왔고, 식탁에 앉아 저녁을 먹었다. 새는 날아가서 금 세공사의 집 지붕에 앉아 노래하기 시작했다.

"우리 엄마 나를 잡았어,
우리 아빠 나를 먹었어,
내 여동생 마를렌
내 뼈를 다 모아
비단 보자기에 싸서
놓았지, 노간주나무 밑에다.
푸르릉 푸르릉 참 고운 새 되어 나 날아가네!"

금 세공사는 공방에 앉아 금목걸이를 만들고 있었다.

그때 지붕에 앉아 노래하는 새소리를 듣고는 참 아름답다고 생각했다. 그래서 일어섰는데 문턱을 넘다 슬리퍼 한 짝을 잃었다. 하지만 슬리퍼와 양말을 한쪽만 신고 길 한복판으로 나갔다. 가죽 앞치마를 두른 채 한 손에는 금목걸이를 들고 다른 손에는 집개를 들고서. 해가 환하게 거리를 비추고 있었다. 거기 서서 그는 새를 바라보았다. "새야." 하고 그가 말했다. "어쩜 그렇게 아름답게 노래하니! 그 노래를 다시 한번 들려 다오!" "안 돼요." 하고 새가 말했다. "두 번째는 공짜로 안 돼요. 그 금목걸이를 내게 주세요. 그러면 다시 한번 들려줄게요." "옛다." 하고 금 세공사가 말했다. "금목걸이를 가지거라. 이제 다시 노래를 불러 다오!" 그러자 새는 와서 금목걸이를 오른발로 집어 들고는 금 세공사 앞에 앉아 노래를 불렀다.

"우리 엄마 나를 잡았어,
우리 아빠 나를 먹었어,
내 여동생 마를렌
내 뼈를 다 모아
비단 보자기에 싸서
놓았지, 노간주나무 밑에다.
푸르륵 푸르륵 참 고운 새 되어 나 날아가네!"

그다음에 새는 구두장이에게로 날아가 지붕 위에 앉아

노래했다.

"우리 엄마 나를 잡았어,
우리 아빠 나를 먹었어,
내 여동생 마를렌
내 뼈를 다 모아
비단 보자기에 싸서
놓았지, 노간주나무 밑에다.
푸르륵 푸르륵 참 고운 새 되어 나 날아가네!"

구두장이는 그걸 듣고 셔츠 소매를 걷어붙인 채 문 앞으로 달려가 지붕을 쳐다보았다. 태양에 눈이 멀지 않도록 손을 두 눈 앞에 대어야 했다. "새야." 하고 그가 말했다. "어쩜 넌 그리 아름답게 노래하니!" 그러고는 문 안쪽을 향해 외쳤다. "여보, 좀 나와 봐. 여기 새 한 마리가 있어. 새 좀 봐, 정말 아름답게 노래할 줄 아네." 그러더니 딸과 아이들, 도제들, 견습공과 하녀들도 불렀다. 모두 거리로 나와 새가 얼마나 아름다운지 보았다. 새는 참으로 아름다운 빨강과 초록 깃털을 가졌고, 목 주위는 순금으로 된 것 같았으며, 머리에서는 두 눈이 별처럼 빛났다. "새야." 하고 구두장이가 말했다. "자, 그 노래를 다시 한번 불러다오." "안 돼요." 하고 새가 말했다. "두 번째는 공짜로 노래하지 않아요, 뭔가 선물을 주어야 해요." "여보." 하고 남편이 말했다. "다락으로 가요. 제일 위층 선반에 빨강 구두 한 켤레가 있는데 그걸 가져와요!" 그러자 아내가 가서 구두를 가져왔다. "옛다, 새야." 하고 남편이 말했다. "이제 그 노래를 다시 한번 불러 다오!" 그러자 새가 와서 구두를 왼발로 집어 들고 다시 지붕으로 올라가 노래했다.

"우리 엄마 나를 잡았어,
우리 아빠 나를 먹었어,
내 여동생 마를렌
내 뼈를 다 모아
비단 보자기에 싸서
놓았지, 노간주나무 밑에다.
푸르륵 푸르륵 참 고운 새 되어 나 날아가네."

노래를 다 부르고 나자 새는 날아갔다. 왼발에는 목걸이를, 오른발에는 구두를 집은 채. 새는 계속 날아 물방앗간까지 갔다. 물방아가 돌아가고 있었다. 삐그덕 삐걱, 삐그덕 삐걱, 삐그덕 삐걱. 물방앗간 안에는 스무 명의 일꾼들이 앉아 맷돌을 돌려 곡식을 빻고 물방아는 삐그덕 삐걱, 삐그덕 삐걱, 삐그덕 삐걱 돌아갔다. 새가 거기 방앗간 앞 보리수나무에 앉아 노래를 불렀다.

"우리 엄마 나를 잡았어,"

그러자 한 사람이 하던 일을 멈춘다.

"우리 아빠 나를 먹었어,"

그러자 또 두 사람이 멈춘다. 그리고 귀를 기울인다.

"내 여동생 마를렌,"

이 대목에서는 다시 네 사람이 멈춘다.

"내 뼈를 다 모아
비단 보자기에 싸서"

이제 여덟만 빻는다.

"놓았지,"

이제 다섯밖에 안 남았다.

"노간주나무 밑에다."
이제 빻는 건 한 사람뿐.

"푸르륵 푸르륵 참 고운 새 되어 나 날아가네!"

그러자 마지막 사람마저 멈춘다. 그 사람은 마침 노래의 마지막을 들었다. "새야." 하고 그가 말했다. "어쩜 그리 곱게 노래하니! 나도 다 들어야겠다, 한 번만 더 불러라!" "안 돼요." 하고 새가 말했다. "두 번째는 공짜로 노래하지 않아요. 맷돌을 하나 주세요. 그러면 한 번 더 부를게요." "그러지." 하고 그가 말했다. "물방아가 내 거라면야 널 주겠지만……." "그렇게 하시오." 하고 다른 사람들이 말했다. "새가 한 번 더 노래한다면 맷돌을 줘 버려." 그러자 새가 날아왔고, 물방앗간 사람 스무 명이 큰 나무 막대를 가지고 달려들어 돌을 들어 올렸다. "여엉차, 여엉차, 여엉차!" 그래 놓으니 새는 맷돌 한가운데 있는 구멍에 머리를 넣어 맷돌을 목에 척 걸고 다시 나무 위로 올라가 노래했다.

"우리 엄마 나를 잡았어,
우리 아빠 나를 먹었어,
내 여동생 마를렌
내 뼈를 다 모아
비단 보자기에 싸서
놓았지, 노간주나무 밑에다.
푸르륵 푸르륵 참 고운 새 되어 나 날아가네."

노래를 다 부르고 나자 새는 두 날개를 펼치고 오른발에는 목걸이를, 왼발에는 구두를 들고 목에는 맷돌을 걸고서 멀리 아버지 집으로 날아갔다. 방에는 아버지, 어머니, 마를렌이 식탁에 앉아 있었다. 아버지가 말했다. "아, 왜 이렇게 마음이 가벼울까, 마음이 정말 좋구나." "아니." 하고 어머니가 말했다. "나는 참 겁이 나, 무서운 폭풍우가 올 것처럼 정말 그래." 그러나 마를렌은 앉아서 울고 또 울었다. 그때 새가 날아왔다. 새가 지붕 위에 앉자 아버지가 말했다. "난 참 기쁘구나, 태양이 참 아름답게 빛나고, 나는 정말이지 마치 예전부터 알던 사람을 다시 볼 것 같은 기분이야!" "아니." 하고 아내가 말했다. "나는 겁이 나, 이가 덜덜 떨리고 핏줄 속에서 불이 난 것 같아." 그러면서 그녀는 숨을 좀 쉬어 보려고 옷을 찢었다. 그러나 마를렌은 구석에 앉아 울었다. 앞치마를 눈에 대고 있었는데 눈물로 앞치마가 다 젖었다. 그때 새가 노간주나무 위에 앉아 노래했다.

"우리 엄마 나를 잡았어,"

그러자 어머니가 두 귀를 막고 두 눈을 질끈 감고 보지도 듣지도 않으려 했다. 그러나 귓속으로 거센 폭풍이 들이치고 두 눈이 불타 번개처럼 번쩍거렸다.

"우리 아빠 나를 먹었어,"

"아 여보." 하고 남편이 말했다." 저기 예쁜 새가 있어. 참 멋지게 노래하네, 햇살은 참 따뜻하고 온통 계피향 같은 향기가 나네."

"내 여동생 마를렌"

그러자 마를렌이 무릎에 머리를 얹고 계속 울었다. 남편이 말했다. "밖으로 나가야지, 새를 가까이에서 보아야겠어." "아, 가지 말아요." 하고 아내가 말했다. "나는 온 집이 뒤흔들리고 불길 속에 있는 것만 같아." 그러나 남편은 나가서 새를 보았다.

"내 뼈를 다 모아
비단 보자기에 싸서
놓았지, 노간주나무 밑에다.
푸르륵 푸르륵 참 고운 새 되어 나 날아가네!"

그러면서 새가 금목걸이를 떨어뜨렸고, 목걸이는 똑바로 아버지 목에 떨어졌다. 참 제대로 떨어져 아버지에게 아주 멋들어지게 어울렸다. 그러자 아버지가 집 안으로 들어가서 말했다. "좀 봐, 얼마나 예쁜 새인지, 내게 이런 예쁜 금목걸이를 선물했어, 참 예쁘네!" 그러나 아내는 겁에 질려 방바닥에 쓰러져 버리고 모자가 머리에서 떨어졌다. 그러자 새가 다시 노래했다.

"우리 엄마 나를 잡았어,"

"아, 땅 밑에 수천 개의 장작더미가 있는 것 같아, 이 소리 좀 그만 들렸으면!"

"우리 아빠 나를 먹었어,"

그러자 여자가 죽은 듯이 다시 쓰러졌다.

"내 여동생 마를렌"

"아." 하고 마를렌이 말했다. "나도 나가서 보고 싶어, 새가 내게 뭘 선물하는지?" 그녀는 밖으로 나갔다.

"내 뼈를 다 주워
비단 보자기에 싸서"

그러자 마를렌에게 구두가 떨어졌다.

"놓았지, 노간주나무 밑에다.
푸르륵 푸르륵 참 고운 새 되어 나 날아가네!"

그러자 마를렌은 마음이 참 가볍고 즐거웠다. 마를렌은 새 빨강 구두를 신고 춤을 추며 뛰어 들어왔다. "아." 하고 말했다. "나갈 때는 너무 슬펐는데 이제 참 마음이 가볍네. 정말 멋진 새야, 내게 빨강 구두를 한 켤레 선물했어!" "안 돼." 하며 여자가 펄쩍 뛰어 일어났는데 머리카락이 불꽃처럼 곤두서 있었다. "나는 세상이 멸망하는 것 같아. 나도 나가야겠어, 마음이 좀 가벼워지게." 그리고 문밖으로 나서자 꽈당! 새가 맷돌을 머리 위로 떨어뜨려 여자는 완전히 으깨졌다. 아버지와 마를렌이 소리를 듣고 밖으로 나갔다. 그러자 그 자리에서 연기와 불꽃과 불길이 일었고, 그것이 지나가자 거기에 어린 오빠가 서 있었다. 그는 아버지와 마를렌의 손을 잡았고, 셋이 모두 정말 즐거워하며 집으로 들어가 식탁에 앉아 저녁을 먹었다.

48

늙은 술탄

어떤 농부에게 충직한 개 한 마리가 있었는데 이름이 이슬람 군주를 뜻하는 '술탄'이었다. 개는 늙어서 이빨이 다 빠져 더 이상 아무것도 꽉 물 수가 없었다. 어느 날 농부가 아내와 함께 현관문 앞에 서서 말했다. "내일은 늙은 술탄을 쏴 죽여야겠어, 아무런 쓸모가 없어졌잖아." 충직한 개가 불쌍했던 아내가 대답했다. "참으로 오랜 세월 봉사했고 우리 집을 충직하게 지켰으니 죽을 때까지 돌봐 줘야 하지 않을까." "아니, 뭐라고?" 남편이 말했다. "당신 아주 똑똑하진 않네. 저 녀석은 이가 하나도 남지 않았고, 어떤 도둑도 재를 두려워하지 않아. 이제 떠날 때도 되었지. 저 녀석이 우리에게 봉사했다면 그 대가로 좋은 먹이를 얻어먹었잖아."

멀지 않은 곳에 몸을 뻗고 햇살을 쬐던 늙은 개가 모두 듣고는 내일이 그의 마지막 날이라는 것을 알고 슬퍼했다. 그에겐 좋은 친구가 있었는데 늑대였다. 개가 저녁에 살금살금 집을 나가 숲에 사는 늑대에게 가서 자기 앞에 닥친 운명을 두고 탄식했다. "이보게, 사촌." 하고 늑대가 말했다. "기운 내게, 내가 자네를 어려움에서 벗어나도록 돕겠어. 내게 생각이 있어. 내일 이른 새벽에 주인이 아내와 함께 건초를 베러 가고, 그럴 땐 어린아이를 데려가지, 집에 아무도 남아 있지 않으니까. 일하는 동안 그들은 아기를 생나무 울타리 뒤 그늘에 눕혀 두곤 해. 너도 그 옆에 누워, 마치 아기를 지키려는 것처럼 말이야. 그러면 내가 숲에서 나와 아기를 훔칠게. 너는 내게서 아기를 되찾으려는 듯이 열심히 뒤쫓아. 내가 아기를 떨어뜨리면 네가 부모에게 다시 데려다줘. 그들은 네가 아기를 구했다 여기고 너무 고마워서 너를 괴롭히지 못할 거야. 반대로 완전히 총애를 받고, 그 사람들이 너에게 더는 아무 부족한 게 없도록 해 주겠지."

개는 그 제안이 마음에 들어 생각한 대로 진행하기로 했다. 늑대가 아기를 물고 밭을 가로질러 달리는 것을 보자 아버지가 비명을 질렀다. 그런데 늙은 술탄이 아기를

되찾아 오자 기뻐서 개를 쓰다듬으며 말했다. “네 털끝 하나 건드리지 않으마, 네가 사는 동안 잘 돌봐 주겠다.” 그러고는 아내에게 말했다. “곧장 집으로 가서 늙은 술탄에게 죽을 끓여 줘요, 죽은 안 씹어도 되니 말이야. 그리고 내 침대에서 베개를 하나 가져다 잠자리에 놔 줘.” 그 후 늙은 술탄의 형편은 그가 소망하던 대로 순조로웠다.

머지않아 늑대가 찾아와 모든 게 그처럼 잘된 것을 기뻐했다. “그런데 사촌.” 하고 그가 말했다. “내가 이따금 주인의 살찐 양을 가져가면 눈감아 주겠지. 요즘 세월엔 생계를 이어 나가기가 어려워서 말이야.” “그런 예상은 못했는데.” 하고 개가 대답했다. “주인에게 나는 늘 충직했어, 내가 그런 걸 승인해서는 안 되지.” 이 말을 진지하게 듣지 않은 늑대는 밤에 살금살금 다가와 양을 가져가려 했다. 그런데 충직한 술탄에게 늑대의 계획을 들은 농부는 지키고 있다가 도리깨로 쳐서 털을 손보아 주었다. 늑대는 허둥지둥 몸을 내빼어야 했다. 그러나 개를 향해 소리쳤다. “기다려, 나쁜 녀석아, 이 대가를 치르게 할 거야.”

다음 날 아침 일을 결판내기 위해 멧돼지를 보내 개를 숲으로 불러 냈다. 늙은 술탄은 다리가 셋뿐인 고양이 한 마리 외에는 조력자를 찾을 수 없었다. 함께 걸어갈 때 가엾은 고양이는 아파서 꼬리를 높이 쳐들고 뒤뚱뒤뚱 따라왔다. 늑대와 조력자는 벌써 와서 자리를 잡고 있었다. 그러나 적수가 오고 있는 것을 보았을 때 그가 긴 칼을 들고 온다고 생각했다. 그리고 그 가엾은 동물이 세 다리로 겅중거리면 다름 아니라 그가 번번이 돌 하나를 쳐들어 그들을 향해 던지려 한다고 생각했다. 그러자 둘은 겁이 났다. 사나운 멧돼지는 나뭇잎 속으로 기어 들어가고 늑대는 풀쩍 나무 위로 올라갔다. 개와 고양이가 도착했을 때 아무도 보이지 않아 이상하게 여겼다. 하지만 멧돼지가 몸을 완전히 숨기지 못해 두 귀가 여전히 밖으로 솟아 나와 있었다. 고양이가 신중하게 둘러보는데 돼지가 두 귀를 쫑긋쫑긋했다. 거기 쥐 한 마리가 꼼지락거린다고 생각한 고양이가 뛰어올라 힘껏 깨물었다. 그러자 돼지가 크게 비명을 지르고 달아나면서 외쳤다. "범인은 저기 나무 위에 앉아 있어." 개와 고양이는 위를 쳐다보았다. 늑대가 보였다. 늑대는 그렇게 겁먹은 모습을 보인 게 부끄러워 개와 평화롭게 지냈다.

49

여섯 마리 백조

옛날에 어떤 왕이 큰 숲에서 사냥을 했는데 들짐승을 어찌나 열성적으로 뒤쫓았는지 신하들 중 누구도 그를 따라오지 못했다. 저녁이 되자 왕은 멈추어서 주위를 둘러보고 길을 잃었다는 걸 알았다. 숲을 나가는 길을 찾았으나 찾을 수 없었다. 그때 머리를 끄덕이며 그를 향해 다가오는 할머니를 보았다. 마녀였다. "안녕하세요." 하고 그가 할머니에게 말했다. "숲을 가로질러 나가는 길을 알려 주겠소?" "아, 그럼요, 임금님." 하고 마녀가 대답했다. "그럴 수 있습니다만 조건이 하나 있어요. 그대로 하지 못하면 다시는 나가지 못하고 숲에서 굶어 죽을 겁니다."

“무슨 조건이오?” 하고 왕이 물었다. “내게 딸이 하나 있는데…….” 하고 노파가 말했다. “참 예뻐요, 임금님이 이 세상에서 다시 찾을 수 없을 만큼. 그리고 임금님의 아내가 될 만해요. 그 애를 아내로 맞으시겠다면 나가는 길을 알려 드리지요.” 왕은 내심 겁이 나 그러겠다고 했다. 노파는 그를 집으로 데리고 갔다. 딸이 불가에 앉아 있다가 기다렸다는 듯 왕을 맞이했다. 매우 예쁜 건 왕도 똑똑히 보았지만 여전히 그 딸이 마음에 들지 않았고 남모르는 두려움 없이는 바라볼 수가 없었다. 그 소녀를 들어 말에 태우자 노파가 길을 알려 주었고, 왕은 다시 성에 이르러 결혼식을 올리게 되었다.

왕은 이미 결혼을 해 첫 아내에게서 일곱 아이들을 두었다. 사내아이 여섯과 여자아이 하나였는데 왕은 그 아이들을 세상 무엇보다 사랑했다. 왕은 새어머니가 잘 대해 주지 않고 심지어 상처를 줄까 두려워서 아이들을 숲 한가운데에 있는 외딴 성으로 데려갔다. 성이 숨겨져 있고 가는 길을 찾기 힘들어 점쟁이 여인이 놀라운 성질을 지닌 실뭉치를 주지 않았더라면 왕도 찾지 못했을 것이다. 그걸 앞에 던지면 실뭉치가 저절로 풀려 왕에게 길을 알려 주었다. 그러나 왕이 사랑하는 아이들을 워낙 자주 방문해 그가 없는 것이 왕비의 눈에 띄었다. 왕비는 호기심이 생겨 왕이 숲속에서 혼자 무얼 하는지 알고 싶었다. 왕비는 하인들에게 많은 돈을 주었고, 하인들이 비밀을 누설했다. 길을 알려 주는 실뭉치 이야기도 했다. 그러자 왕비는 안달을 하다 마침내 왕이 그 실뭉치를 어디에 보관하는지 알아내어 흰 비단으로 작은 셔츠를 만들고 어머니에게서 배운 대로 마법을 꿰매어 넣었다. 언젠가 왕이 사냥을 떠나자 왕비는 그 작은 셔츠들을 가지고 숲으로 향했고, 실뭉치가 길을 가르쳐 주었다. 멀리서 누가 오는 것을 본 아이들은 아버지인 줄 알고 기쁨에 가득 차서 뛰어가 맞이했다. 그때 왕비가 아이들에게 작은 셔츠를 하나씩 던졌는데 그것이 몸에 닿자 그들은 백조가 되어 숲 너머로 날아갔다. 왕비는 아주 흡족해서 집으로 돌아가며 의붓자식들을 떨쳐 버렸다고 생각했다. 그러나 소녀는 오빠들과 함께 달려 나가지 않았고, 왕비는 소녀에 대해 알지 못했다.

다음 날 왕이 아이들을 찾아왔는데 소녀 말고는 아무도 보지 못했다. "오빠들은 어디 있니?" 하고 왕이 물었다. "아, 아버지……." 하고 소녀가 대답했다. "오빠들은 떠났어요, 저만 혼자 남겨 두고요." 그리고 작은 창문에서 어떻게 오빠들이 백조가 되어 숲 너머로 날아갔는지 보았다고 왕에게 말했다. 그들이 마당에 떨어뜨린 깃털도 보여 주었다. 왕은 슬퍼했지만 왕비가 그런 못된 짓을 했으리라고는 생각하지 못했다. 그리고 소녀마저 빼앗길까 두려워 데리고 떠나려 했다. 그러나 소녀는 새어머니가 두려워 그날 밤만이라도 숲속 성에 머물게 해 달라고 왕에게 청했다. 가엾은 소녀는 생각했다. '여기 더 오래 머물면 안 돼. 가서 오빠들을 찾아야겠어.'

밤이 오자 소녀는 도망쳐 곧장 숲속으로 걸어 들어갔다. 밤새도록 걸었고, 마침내 지쳐서 더는 걸을 수 없을 때까지 다음 날도 계속 걸었다. 그러다 오두막을 발견하고 들어가 보니 여섯 개의 작은 침대가 놓인 방이 있었다. 그러나 감히 그중 하나에 눕지 못하고 밑으로 기어 들어가 거기서 밤을 보내려고 딱딱한 바닥에 누웠다. 해가 곧 지려고 할 때 술렁이는 소리가 들리더니 백조 여섯 마리가 창문으로 날아 들어오는 것이 보였다. 백조들은 바닥에 내려앉아 서로 불어 주어 깃털을 다 날려 버리고는 셔츠처럼 백조의 가죽을 벗었다. 그러자 소녀는 오빠들을 알아보고 기뻐하며 침대 밖으로 기어 나왔다. 오빠들도 동생을 보자 소녀 못지않게 기뻐했다. 하지만 "너는 여기 머물지 못해." 하고 오빠들이 말했다. "여기는 강도들 소굴이고, 그들이 돌아와서 너를 죽일 거야." "오빠들이 지켜 줄 수는 없어?" 하고 동생이 물었다. "그럴 수 없어." 하고 오빠들이 대답했다. "우리는 저녁마다 십오 분 동안만 백조의 가죽을 벗고 사람의 모습을 할 수 있어. 그다음에는 다시 백조로 변해." "오빠들이 마법에서 풀려날 방법은 없

을까?" 동생이 울며 말했다. "아, 안 돼." 하고 그들이 대답했다. "조건이 너무 어려워! 육 년 동안 너는 말을 해도 안 되고 웃어서도 안 돼. 그 기간에 별 같은 꽃으로 우리를 위한 셔츠 여섯 벌을 지어야만 해. 단 한 마디라도 네 입에서 나오면 모든 일이 허사가 돼." 이 말을 하고 십오 분이 지나 오빠들은 다시 백조가 되어 창밖으로 날아갔다.

소녀는 목숨을 걸고라도 오빠들을 구하기로 굳게 결심

했다. 소녀는 오두막을 떠나 숲 한가운데로 가서 나무 위에 앉아 밤을 보냈다. 다음 날 아침 소녀는 별꽃을 모아다 바느질을 하기 시작했다. 누구와도 이야기하지 못했고 웃을 마음도 없었다. 소녀는 거기 앉아 일거리만 보았다. 그렇게 오랜 시간을 보냈을 때 그 나라 왕이 숲으로 사냥을 나왔고, 그의 사냥꾼들이 소녀가 올라앉아 있는 나무로 왔다. 사냥꾼들이 소녀를 부르며 말했다. "너는 누구냐?" 그러나 대답이 없었다. "우리에게 내려오너라. 우리는 조금도 너를 괴롭힐 생각이 없다." 소녀는 고개를 가로저을 뿐이었다. 그들이 계속 질문을 하며 재촉하자 소녀는 금목걸이를 그들에게 던졌다. 그걸로 만족하리라고 생각했다. 그러나 사냥꾼들이 그치지 않아 소녀는 허리띠를 던졌고, 그조차 소용이 없자 양말 대님과 입고 있던 것을, 또 없이 지낼 수 있는 모든 것을 하나하나 던져 셔츠 말고는 아무것도 더 남은 것이 없었다. 하지만 사냥꾼들은 물러나지 않고 나무로 올라와 소녀를 끌어내려 왕 앞에 데려갔다. 왕이 물었다. "너는 누구냐? 나무 위에서 무얼 하느냐?" 그러나 소녀는 대답하지 않았다. 왕이 아는 모든 언어로 물었으나 소녀는 물고기처럼 계속 말이 없었다. 그러나 소녀가 참으로 예뻤기 때문에 마음이 움직여 왕은 소녀에게 큰 사랑을 품게 되었다. 왕은 소녀에게 자기 외투를 둘러 주고는 말에 함께 태워 성으로 데려갔다. 화려한 옷들을 입히니 그 아름다움이 환한 대낮처럼 빛났지만 소녀에게서 한마디도 끌어낼 수 없었다. 왕은 소녀를 식탁 곁에 앉혔는데 소녀의 겸손한 태도와 예절이 퍽 마음에 들어 말했다. "이 사람과 결혼하고 싶고 세상 다른 누구와도 하고 싶지 않다." 며칠 후 그는 소녀와 혼인했다. 그러나 왕에게는 이 결혼에 불만을 품고 젊은 왕비에 관해 나쁘게 말하는 고약한 어머니가 있었다. "어디서 온 여자인지 누가 알아……." 그녀는 말했다. "말을 하지 못하니. 왕에게 합당하지 않아."

한 해가 지나 왕비가 첫아이를 낳자 할멈은 아기를 빼앗은 뒤 자고 있는 왕비의 입에 피를 칠했다. 그러고는 왕에게 가서 왕비가 식인종이라고 죄를 돌렸다. 왕은 믿으려 하지 않았고, 누구든 그녀를 괴롭히는 것을 내버려 두려 하지 않았다. 그러나 왕비는 꾸준히 앉아 셔츠들을 지을 뿐 다른 아무것에도 마음 쓰지 않았다. 다음번에 왕비가 다시 예쁜 사내아이를 낳자 나쁜 시어머니는 똑같은 사기를 벌였다. 그러나 왕은 그 말을 믿지 않았다. 왕이 말했다. "왕비는 그런 짓을 하기에는 너무나도 경건하고 선합니다. 말을 못하지 않고 자신을 방어할 수 있다면 그녀의 무죄가 백일하에 드러날 겁니다." 그러나 세 번째로 노파가 갓 태어난 아이를 훔치고 자기를 방어할 말 한마디도 하지 못하는 왕비를 고발했을 때는 왕도 다른 도리가 없어 왕비를 재판에 넘겨야 했고, 왕비는 화형을 선고받았다.

판결이 집행되는 날이 왔다. 그날은 왕비가 말하거나 웃어서는 안 되는 육 년의 마지막 날이었다. 왕비는 사랑하는 오빠들을 마법에서 풀어 주었다. 여섯 벌의 셔츠가 완성되었고, 마지막 셔츠의 왼쪽 소매만 아직 달지 못했다. 그리하여 장작더미로 인도되었을 때 왕비는 셔츠들을 팔 위에 걸쳤다. 왕비가 높은 곳에 서고 불을 막 붙이려 할 때 그녀가 돌아보니 백조 여섯 마리가 허공을 가르며 날아왔다. 그러자 왕비는 오빠들의 구원이 가까운 것을 보고 가슴이 기쁨으로 뛰었다. 백조들이 부드럽게 곡선을 그리며 그녀에게 날아와 내려앉아 왕비는 그들 위로 셔츠를 던질 수 있었다. 셔츠가 닿자 백조의 깃털이 떨어져 나가고 오빠들이 원래 모습으로 그녀 앞에 서 있는데 다들 기운차고 잘생겼다. 막내 오빠만 왼쪽 팔이 없고 그 대신 등에 날개 하나가 달려 있었다. 그들은 얼싸안고 입을 맞추었다. 왕비는 몹시 놀란 왕에게로 가서 말했다. "사랑하는 여보, 이제 나는 말을 해도 되고 당신께 내가 죄 없이 무고를 당했다는 걸 밝힐 수 있습니다." 그러고는 세 아이를 빼앗아 감춘 왕비의 속임수를 들려주었다. 그러자 아이들이 돌아와 왕이 크게 기뻐했고, 나쁜 시어머니는 벌로 장작더미 위에 묶여 재가 되었다. 왕과 왕비는 여섯 오빠들과 함께 긴 세월 행복하고 평화롭게 살았다.

50

가시장미

구연 동화 듣기

옛날에 말끝마다 "아, 우리에게도 아이가 하나 있었으면!" 하고 말하는 왕과 왕비가 있었는데 그들은 여전히 아이를 얻지 못했다. 한번은 왕비가 목욕을 하고 있을 때 개구리 한 마리가 물 밖으로 기어 나와 말했다. "왕비님 소원이 이루어질 거예요. 한 해가 가기 전에 딸을 낳으실 겁니다." 개구리가 말한 대로 왕비는 딸을 낳았고, 어찌나 예쁜지 왕은 몹시 기뻐하며 큰 잔치를 열었다. 왕은 친척, 친구, 지인뿐만 아니라 점쟁이 여인들도 초대하여 그들이 아이에게 친절하고 호의를 베풀 수 있도록 했다. 그러나 나라에 점쟁이 여인들이 열세 명이었는데 그들이 식사

할 금 접시가 열두 개뿐이어서 그들 중 하나는 집에 머물러야 했다. 잔치는 더할 나위 없이 화려하게 치러졌고, 마지막에 점쟁이 여인들이 아이에게 놀라운 선물을 주었다. 하나는 미덕을, 다른 이는 아름다움을, 세 번째는 부유함을, 그리고 그렇게 사람이 세상에서 바랄 수 있는 모든 것을 주었다. 열한 번째가 축복의 말을 막 하고 났을 때 갑자기 열세 번째가 들어섰다. 그녀는 초대받지 않은 데 대해 복수하고 싶어 누구에게 인사를 하거나 바라보지 않고 큰 소리로 외쳤다. "공주는 열다섯 살이 되면 물렛가락에 찔려 죽는다." 그러고는 더 이상 한마디 말도 없이 돌아서서 넓은 방을 나갔다. 모두가 몹시 놀랐다. 그때 열두 번째가 앞으로 나섰고, 아직 소망이 하나 남아 있었다. 그녀는 이미 나온 나쁜 말을 되돌리지는 못하고 다만 누그러뜨릴 수 있을 뿐이었다. "공주는 죽음이 아니라 100년간의 깊은 잠에 빠질 것이다."

사랑하는 아이를 불운으로부터 지키려 한 왕은 왕국에 있는 물렛가락을 다 태우라고 명령했다. 소녀에게 점쟁이 여인들이 준 선물은 모두 실현되었다. 참으로 예쁘고, 얌전하고, 다정하고, 영리해 바라보는 사람은 누구든 공주를 사랑할 수밖에 없었다. 마침 열다섯 살이 되던 어느 날 왕과 왕비가 집에 없고 소녀만 혼자 성에 남아 있었

다. 소녀는 모든 곳을 돌아다니며 마음 내키는 대로 이런 저런 방들을 살펴보다 마침내 낡은 탑으로 갔다. 좁은 나선 계단을 올라 작은 문에 다다랐다. 자물쇠에 녹슨 열쇠가 꽂혀 있었고, 소녀가 돌리자 문이 벌컥 열렸다. 작은 방에는 노파가 앉아 물렛가락으로 부지런히 아마실을 잣고 있었다. "안녕하세요, 할머니." 하고 공주가 말했다. "거기서 무얼 하세요?" "실을 잣는단다." 하고 말하며 노파가 머리를 끄덕였다. “그렇게 신나게 빙빙 도는 게 무엇인가요?” 하며 공주가 물렛가락을 잡고 돌려 보고 싶어 했다. 그러나 물렛가락을 건드리자마자 마법 주문이 실현되어 손가락을 찔렸다.

따끔함을 느끼는 순간 공주는 거기 있던 침대에 쓰러져 깊이 잠이 들었다. 그리고 이 잠은 성 전체로 퍼져 나갔다. 방금 돌아와 홀에 들어섰던 왕과 왕비와 함께 궁전의 신하들이 잠에 빠졌다. 그러자 외양간의 말도, 마당의 개, 지붕 위의 비둘기, 벽에 붙은 파리도, 실로 화덕에서 깜박거리던 불까지 조용해지며 잠이 들었다. 구워지던 음식은 지글거리기를 그쳤고, 요리사는 뭔가를 잘못한 보조 소년의 머리카락을 잡아당기려다 아이를 놓아주고 잠이 들었다. 바람도 잦아들어 성 앞에 선 나무들에서는 이제 작은 잎 하나 들썩이지 않았다.

성을 에워싸며 사방으로 가시장미가 자랐는데 해마다 더 높아져 마침내 그 주변과 성 전체를 뒤덮어 지붕 위의 깃발조차 보이지 않았다. 그러나 잠자는 아름다운 가시장미 공주에 대한 이야기는 온 나라 안에 퍼졌다. 공주가 가시장미 공주라고 불렸기 때문이다. 이따금 왕자들이 와서 가시나무 울타리를 뚫고 성안으로 들어가 보려 했다. 하지만 가시가 마치 손이라도 가진 듯 단단히 얽혀 있어 불가능하다는 것을 알게 되었고, 청년들이 그 가시에 걸려들어

다시 빠져나오지 못하고 비참하게 죽었다.

긴 세월이 흐른 뒤 어떤 왕자가 그 나라에 왔다. 왕자는 한 노인으로부터 가시 울타리에 대한 이야기를 들었다. 그 뒤에 성이 있고, 성에는 '가시장미'라고 불리는 놀랍게 아름다운 공주가 벌써 100년째 잠들어 있다는 것이었다. 왕과 왕비, 그리고 궁정 전체가 잠들어 있었다. 노인은 또 그의 할아버지로부터 들어 이미 많은 왕자가 가시 울타리를 뚫고 들어가려 했지만 그 안에 갇혀 슬픈 죽임을 당했다는 것도 알았다. 왕자가 말했다. "겁나지 않습니다. 나는 가서 아름다운 가시장미 공주를 만나야겠습니다." 선한 노인은 만류하려 했으나 그는 노인의 말에 귀 기울이지 않았다.

이제 100년이 흘러 가시장미가 다시 깨어날 날이 왔다. 왕자가 가시 울타리에 다가가자 온통 크고 아름다운 꽃들이 저절로 열려 그를 다치지 않게 통과시키고 다시 닫혀 울타리가 되었다. 성 뜰에서 그는 말과 얼룩무늬 사냥개들이 누워 자는 것을 보았다. 지붕 위에는 비둘기들이 머리를 날개 아래 박고 앉아 있었다. 성안으로 들어가자 파리들이 벽에 붙어 자고 있고, 부엌에서는 요리사가 사내아이를 움켜잡으려는 듯 여전히 손을 들고 있었다. 그리고 하녀가 닭털을 뽑으려고 검은 닭 앞에 앉아 있었다.

왕자는 계속 갔다. 홀에는 전체 궁정 사람들이 누워 있고 위쪽 왕좌에 왕과 왕비가 잠들어 있었다. 더 가니 모든 것이 어찌나 조용한지 자기 숨소리가 들릴 정도였다. 마침내 그는 탑에 이르러 가시장미 공주가 잠든 작은 방으로 들어가는 문을 열었다. 거기 공주가 누워 있는데 눈을 돌릴 수 없을 만큼 아름다웠다. 왕자는 몸을 굽혀 공주에게 입을 맞추었다. 입맞춤을 하자마자 공주가 눈을 뜨고 깨어나 다정하게 왕자를 바라보았다. 두 사람이 함께 내려오니 왕과 왕비와 전체 궁정 사람들이 잠에서 깨어 눈이 휘둥그레져서 서로를 바라보았다. 뜰의 말들도 일어나 몸을 털었다. 사냥개들은 뛰며 꼬리를 쳤고, 지붕 위의 비둘기들은 날개 밑에 박았던 머리를 빼어 이리저리 둘러보다 벌판으로 날아갔다. 파리들은 계속 벽을 기어 다녔다. 부엌에서 불길이 일며 타닥거렸다. 굽던 음식이 다시 지글거리기 시작했고, 요리사가 따귀를 때려 소년이 비명을 질렀다. 하녀는 닭털을 뽑았다. 그리하여 왕자와 가시장미 공주의 결혼식이 더할 나위 없이 화려하게 치러졌고, 두 사람은 마지막 날까지 행복하게 살았다.

51

찾은 새

옛날에 한 산림지기가 숲으로 사냥을 갔다. 그가 숲에 들어갔을 때 어린아이인 듯한 울음소리가 들렸다. 그 소리를 따라가다 마침내 높은 나무에 닿으니 꼭대기에 어린아이가 앉아 있었다. 엄마가 아이와 함께 나무 밑에서 잠이 들었는데 맹금이 품에 안긴 아기를 보고 날아 내려가 부리로 채다 높은 나무 위에 올려 놓은 것이다. 산림지기는 올라가서 아이를 데리고 내려오며 생각했다. '이 애를 집에 데려가 우리 렌헨과 함께 키워야지.' 그리하여 아이를 집으로 데려왔고, 두 아이는 함께 자라났다. 그러나 나무 위에서 발견한 아이는 새가 채 갔었기 때문에 '찾은 새'라고 불렀다. '찾은 새'와 렌헨은 서로 무척 좋아해 서로를 보지 못하면 슬퍼했다.

산림지기네 집에는 늙은 요리사가 있었다. 이 할멈이 어느 날 저녁 양동이 두 개를 질질 끌며 물을 나르기 시작했고 한 번이 아니라 네 번이나 우물로 갔다. 렌헨이 그걸 보고 말했다. "있잖아요, 수잔 할머니, 왜 물을 그렇게 많이 길어 오세요?" "네가 아무한테도 말하지 않겠다면 말해 주마." 그래서 렌헨은 아무한테도 말하지 않겠다고 약속했다. 그러자 요리사가 말했다. "내일 일찍 산림지기가 사냥을 가면 내가 물을 끓일 거다. 솥에 물이 끓으면 '찾은 새'를 던져 넣고 끓일 거야."

다음 날 아침 꼭두새벽에 산림지기는 일어나 사냥을 갔다. 그가 떠났을 때 아이들은 아직 침대에 누워 있었다. 그

때 렌헨이 '찾은 새'에게 말했다. "네가 날 떠나지 않으면 나도 널 떠나지 않을 거야." 그러자 '찾은 새'가 말했다. "지금도 앞으로도 절대로 그러지 않을 거야." 그러자 렌헨이 말했다. "너한테만 말하는데 수잔 할머니가 어제 저녁에 물을 아주 여러 양동이를 퍼 날라서 왜 그러느냐고 물었더니 나더러 아무에게도 말하지 않는다고 약속하면 말해 주겠다는 거야. 내가 말했지, 확실히 아무에게도 말하지 않겠다고. 그랬더니 내일 아침 일찍 아버지가 사냥을 가면 솥에 물을 가득 채워 펄펄 끓여 너를 던져 넣겠다고 했어. 우리 얼른 일어나 옷을 입고 함께 달아나자." 두 아이는 일어나 얼른 옷을 입고 달아났다. 솥의 물이 끓자 요리사가 '찾은 새'를 데려가 던져 넣으려고 침실로 들어왔다. 그러나 침대에 가 보니 아이들이 둘 다 없었다. 그러자 할멈이 무척 놀라서 혼자 중얼거렸다. "산림지기가 돌아와서 아이들이 없어진 걸 보면 뭐라고 하지? 얼른 뒤쫓아가서 애들을 다시 잡아 와야겠어."

요리사는 달려가서 아이들을 붙잡으라고 머슴 셋을 보내 뒤쫓게 했다. 아이들은 숲속에 앉아 있다가 멀리서 머슴 셋이 달려오는 것을 보았다. 렌헨이 '찾은 새'에게 말했다. "네가 날 떠나지 않으면 나도 널 떠나지 않을 거야." 그러자 '찾은 새'가 말했다. "지금도 앞으로도 절대로 그러지 않을 거야." 렌헨이 말했다. "네가 작은 장미나무가 되면 난 그 위에 핀 작은 장미꽃이 될 거야." 머슴 셋이 숲에 다다랐을 때 거기에는 장미나무와 그 위에 핀 한 송이 작은 장미뿐 아이들은 어디에도 없었다. 그들이 말했다. "여기서는 아무것도 할 일이 없네." 그러고는 집으로 돌아가 숲에서 작은 장미 한 그루와 그 위에 핀 작은 장미 한 송이밖에는 보지 못했다고 요리사에게 말했다. 그러자 요리사 할멈이 야단을 쳤다. "어벌벌들아, 그 장미나무를 둘로 자르고 장미꽃을 꺾어 왔어야지. 얼른 가서 그렇게 해."

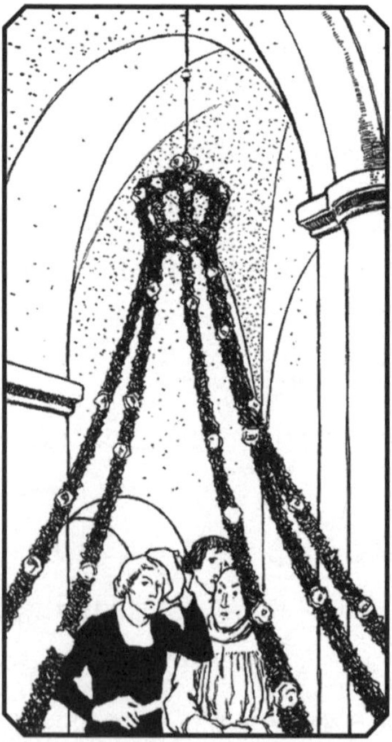

그들은 두 번째로 집을 나가 찾아봐야 했다. 그러나 아이들이 멀리서 그들이 오는 것을 보았다. 렌헨이 '찾은 새'에게 말했다. "네가 날 떠나지 않으면 나도 널 떠나지 않을 거야." 그러자 '찾은 새'가 말했다. "지금도 앞으로도 절대 그러지 않을 거야." 렌헨이 말했다. "네가 교회가 되면 나는 그 속의 왕관이 되겠어." 머슴 셋이 도착했을 때 교회와 그 안의 왕관 하나밖에는 아무것도 없었다. 그들이 말했다. "여기서 우리가 무얼 하겠어, 집으로 가자." 그들이 집에 오니 요리사가 아무것도 찾지 못했느냐고 물었다. 머슴들이 말했다. "교회 하나밖에는 아무것도 찾지 못했습니다. 그 안에 왕관이 하나 있었습니다." "바보들." 하고 요리사가 야단을 쳤다. "왜 교회를 깨부수고 왕관을 집으로 가져오지 않았어?"

요리사 할멈은 벌떡 일어나 세 머슴과 함께 직접 아이들을 쫓아갔다. 그러나 아이들은 멀리서 머슴 셋이 오고 요리사가 뒤뚱뒤뚱 따르는 것을 보았다. 렌헨이 '찾은 새'에게 말했다. "네가 날 떠나지 않으면 나도 널 떠나지 않을 거야." 그러자 '찾은 새'가 말했다. "지금도 앞으로도 절대 그러지 않을 거야." 렌헨이 말했다. "넌 연못이 되렴, 나는 그 위의 오리가 될게." 요리사가 와서 연못을 보았을 때 할멈은 연못에 엎드려 물을 다 마셔 버리려고 했다. 그러나 오리가 재빨리 헤엄쳐 와 부리로 머리를 물어 물속으로 끌어당겨 마귀 할멈이 물에 빠져 죽었다. 아이들은 함께 집으로 가 마음껏 기뻐했다. 그 아이들은 죽지 않았다면 아직 어딘가에 살고 있어.

52

지빠귀 수염 왕

왕에게 딸이 있었는데 비할 바 없이 아름다웠지만 오만하고 건방져서 어떤 구혼자도 공주의 눈에 차지 않았다. 한 사람 한 사람 모두 물리치고 그들을 조롱하기까지 했다. 한번은 왕이 큰 잔치를 열어 도처에서 결혼할 마음이 있는 남자들을 초대했다. 그들은 모두 지위와 계급에 따라 줄지어 도열했다. 처음에는 왕들이, 다음에는 공작들, 제후들, 백작들, 남작들, 마지막으로 귀족들이 있었다. 공주가 인도를 받아 대열을 두루 지나갔다. 공주는 한 사람 한 사람에게서 흠을 잡아냈다. 어떤 사람은 공주의 눈에 너무 뚱뚱해 보여서 "술통일세!"라고 했다. 다른 사람은 너무 길었다. "저렇게 길고 건들거리면 제대로 걷질 못하지." 세 번째는 너무 짧았다. "짜리몽땅하면 노련하질 않아." 네 번째는 너무 창백했다. "죽은 것처럼 창백하네!" 다섯 번째는 뺨이 너무 붉었다. "볏 붉은 수탉이로군!" 여섯 번째는 충분히 똑바르지 않았다. "난로 뒤에서 급히 말려 아직 덜 마른 장작이로군!" 그렇게 한 명 한 명에게서 뭔가 트집을 잡았다. 특히 어떤 착한 왕을 웃음거리로 삼았다. 그 왕은 서열이 높아 꽤 위쪽에 있었는데 조금 주걱턱이었다. "이런……." 하고 공주가 외치며 웃었다. "이 사람은 턱이 지빠귀 부리 같네." 그때부터 그는 '지빠귀 수염'이라는 이름을 얻었다. 늙은 왕은 딸이 사람들을 조롱하는 것 말고는 아무것도 하지 않고 모든 구혼자를 모욕하는 것을 보자 화가 나서 맹세했다. 딸이 누구든 성문 앞으로 오는 첫 번째 거지를 남편으로 맞게 하겠다고.

며칠 뒤 악사 하나가 적은 동냥이나마 받아 보려고 창문 아래에서 노래를 불렀다. 왕이 그 노래를 듣자 말했다. "저자를 올라오게 하라." 그리하여 악사가 더럽고 너덜너덜한 옷을 입은 채 들어와 왕과 딸 앞에서 노래를 부르고는 온정의 선물을 부탁했다. 왕이 말했다. "네 노래가 참으로 마음에 드니 내 딸을 아내로 주겠다." 공주는 깜짝 놀랐다. 그러나 왕이 말했다. "나는 너를 누구든 첫 번째

거지에게 주기로 맹세했다. 그 맹세를 지키려는 것이다." 어떤 항변도 소용없었다. 신부가 불려 왔고, 공주는 곧바로 그 악사와 혼인해야 했다. 왕이 말했다. "너는 거지의 아내이니 더 이상 성에 머무는 것은 맞지 않다. 네 남편과 함께 떠나거라." 거지가 그녀의 손을 잡고 바깥으로 인도했고, 공주는 그와 함께 걸어서 떠나야 했다. 두 사람이 큰 숲으로 들어갔을 때 그녀가 물었다.

"아, 이 아름다운 숲은 누구 거예요?"

"지빠귀 수염 왕의 것입니다.

당신이 그분을 택했더라면 이 숲이 당신 것일 텐데요."

"나는 가엾은 어린 소녀.

아, 내가 지빠귀 수염 왕을 택했더라면!"

그 후 그들은 넓은 초원에 다다랐다. 거기서 그녀가 다시 물었다.

"아, 이 아름다운 푸른 초원은 누구 거예요?"

"지빠귀 수염 왕의 것입니다.

당신이 왕을 택했더라면 이 초원은 당신 것일 텐데요."

"나는 가엾은 어린 소녀.

아, 내가 지빠귀 수염 왕을 택했더라면!"

그다음에 그들은 큰 도시를 지나갔다. 거기서 그녀가 다시 물었다.

"이 아름다운 큰 도시는 누구 거예요?"

"지빠귀 수염 왕의 것입니다.

당신이 그를 택했더라면 이 도시는 당신 것일 텐데요."

"나는 가엾은 어린 소녀,

아, 내가 지빠귀 수염 왕을 택했더라면!"

"전혀 내 마음에 들지 않는군." 하고 악사가 말했다. "당신이 항상 다른 남자를 남편으로 원하니. 당신한테는 내가 충분하지 않단 말이오?"

드디어 그들은 아주 작은 집에 닿았다. 그녀가 말했다. "아, 맙소사, 무슨 집이 이렇게 작아요! 이 비참한 눈곱만 한 집을 누가 좋아하겠어요?" 악사가 대답했다. "이게 내 집이고 당신 집이오, 우리가 함께 살 곳이지." 낮은 문으로 들어가기 위해 그들은 몸을 굽혀야 했다. "하인들은 어디 있죠?" 하고 공주가 물었다. "무슨 하인!" 하고 거지가 대답했다. "뭔가 되어 있었으면 하는 일은 당신이 직접 해야 하오. 곧장 불을 피우고 물을 길어 내가 먹을 걸 요리하시오. 나는 아주 피곤하다오." 그러나 공주는 불을 어떻게 피우는지 요리를 어떻게 하는지 아무것도 알지 못했고, 거지가 직접 거들어야 그럭저럭 되어 갔다. 빈약한 음식을 먹고 나서 그들은 잠자리에 누웠다.

아침이 되자 그는 아주 일찍부터 그녀를 내몰았다. 그녀가 집안일을 해야 했기 때문이다. 두 사람은 그렇게 며칠 그럭저럭 지내면서 모든 양식을 먹어 치웠다. 그러자 남편이 말했다. "여보, 우리가 여기서 아무것도 벌지 않고 먹기만 하는 건 더 이상 안 되겠소. 당신은 바구니를 엮구려." 그는 나가서 버드나무 가지들을 잘라 집으로 가져왔다. 그녀가 엮기 시작했으나 딱딱한 버들가지가 부드러운 손을 찔러 상처가 났다. "이건 못 보겠네." 하고 남편이 말했다. "차라리 실을 자아요, 어쩌면 그걸 더 잘할 수 있겠지." 그녀는 앉아서 실을 자으려고 했지만 약한 손가락들이 억센 실가닥에 금방 베여 피가 흘렀다. "당신도 알겠지." 하고 남편이 말했다. "어떤 일에도 쓸모가 없으니 당신과는 어찌해 볼 도리가 없소. 이제 내가 나서서 냄비와 도기 그릇 장사를 시작해 봐야겠소. 당신은 장터에 앉아 상품을 펴 놓고 팔아요." '아…….' 하고 그녀는 생각했다. '우리 아버지 나라 사람들이 장터에 와서 내가 앉아 전을 펴고 있는 걸 보면 비웃겠지!' 그런 생각을 해 봐야 소용없다. 그녀는 굶어 죽지 않으려면 순응할 수밖에 없었다.

처음에는 잘되었다. 그녀가 예뻤기 때문에 사람들이 물건을 사 주려고 했고 그녀가 요구하는 값을 치렀다. 실로 많은 사람이 돈을 내고도 냄비는 그대로 두고 가기까지 했다. 그들은 그렇게 번 돈으로 살았다. 그러자 남편이 다시 새 그릇을 한 무더기 사들였다. 그녀는 장터 한 귀퉁이에 앉아 그것들을 주위에 늘어놓으며 전을 폈다. 그때 갑자기 취한 경기병이 말을 타고 달려와 곧장 그녀의 도기 그릇들로 돌진해 모두 산산조각이 났다. 그녀는 울음을 터뜨렸고, 겁이 나서 어찌해야 할지 몰랐다. "아, 이런 일이 있다니! 남편이 뭐라고 할까!" 그녀는 집으로 달려가 남편에게 그 불행에 대해 말했다. "도기 그릇들을 가지고 누가 장터 길모퉁이에 전을 편단 말이오!" 하고 남편이 말했다. "울음을 그쳐요. 어떤 제대로 된 일에도 당신은 쓸모가 없다는 걸 잘 알겠네. 그래서 내가 우리 왕의 성에 갔다 물어보았소. 혹 부엌일을 도울 하녀가 필요하지 않은지. 거기 사람들이 당신을 써 주겠다고 약속했소. 그 대가로 당신은 공짜 음식을 받을 거요."

이제 공주는 부엌일을 하는 하녀가 되어 요리사가 시키는 대로 아주 고된 일을 해야 했다. 그녀는 양쪽 주머니에 작은 그릇을 달아 놓았는데, 남은 음식에서 그녀에게 주어진 것을 그릇에 담아 집으로 가져와 먹고 살았다. 마침 왕의 맏아들이 결혼식을 올리게 되어 가엾은 여자는 올라가서 큰 홀 문 앞에 서서 구경을 했다. 초에 불이 켜지고 하나둘 점점 더 멋진 사람들이 들어왔다. 모든 것이 화려함과 찬란함으로 가득 찼을 때 그녀는 침울한 마음으로 자기 운명을 생각했다. 그리고 스스로를 이토록 굴욕적으

로 만들고 큰 빈곤에 빠뜨린 자신의 오만과 교만을 저주했다. 들어오고 나가는 음식 냄새가 그녀에게 닿았고, 이따금 하인들이 부스러기 몇 개를 던져 주었다. 집으로 가져가기 위해 그녀는 주머니 속 그릇에 그것을 담았다. 갑자기 빌로드와 비단을 두르고 목에는 황금 목걸이를 한 왕자가 들어왔다. 왕자는 문 가까이에 서 있는 예쁜 여자를 보자 함께 춤추려고 그녀의 손을 잡았다. 그러나 그녀는 몹시 놀라 거절했다. 그녀가 조롱하며 물리친 지빠귀 수염 왕인 걸 알았기 때문이다. 그녀가 거절해도 아무 소용 없이 왕자는 그녀를 이끌고 들어갔다. 그때 주머니에 매달려 있던 끈이 끊어지며 그릇들이 떨어졌다. 국이 엎질러지고 먹다 남은 음식들이 사방으로 튀었다. 사람들은 그걸 보자 다들 웃고 조롱했다. 그녀는 너무 부끄러워 차라리 수천 길 땅속으로 가라앉았으면 했다. 그녀는 문을 뛰쳐나가 도망치려 했다. 그러나 계단에서 어떤 남자가 그녀를 따라잡아 다시 데리고 왔다. 자세히 보니 지빠귀 수염 왕이었다. 그가 다정하게 말했다. "무서워하지 말아요. 당신과 함께 비참한 작은 집에서 살던 악사와 나는 하나요. 당신을 사랑해서 내가 변장을 했소. 당신의 도기 그릇들을 말 타고 짓밟아 부순 경기병도 나였소. 그 모든 일이 일어난 건 당신의 오만한 뜻을 꺾고 나를 조롱했던 당신의 교만을 벌하려 함이었소." 그러자 그녀가 쓰디쓴 눈물을 쏟으며 말했다. "너무나도 부당했어요. 나는 당신의 아내가 될 자격이 없어요." 그가 말했다. "슬퍼 말아요, 나쁜 날들은 지나갔어요. 지금은 우리의 결혼 잔치를 합시다." 그때 시녀들이 와서 그녀에게 더없이 화려한 옷을 입혔고, 그녀의 아버지와 궁정 전체가 와서 그녀와 지빠귀 수염 왕의 혼인에 행운을 빌어 주었다. 그리하여 진정한 기쁨이 이제 비로소 시작되었다. 너와 나, 우리도 거기 함께 있었으면 좋았을 텐데.

53

눈처럼 하얀

구연 동화 듣기

언젠가 한겨울에 눈송이들이 하늘에서 깃털처럼 떨어질 때 왕비가 창틀이 검정 흑단인 창가에 앉아 바느질을 하고 있었다. 그렇게 바느질을 하며 눈을 쳐다보다가 그만 바늘에 손가락을 찔려 피 세 방울이 눈 위로 떨어졌다. 눈에 떨어진 빨간 피가 어찌나 아름답게 보였는지 왕비는 속으로 생각했다. '눈처럼 하얗고, 피처럼 붉고, 창틀의 나무처럼 까만 아이가 있었으면.' 그 후 머지않아 왕비는 딸을 낳았는데 눈처럼 하얗고, 피처럼 붉고, 흑단처럼 까맸다. 그래서 '눈처럼 하얀'이라고 불렸다. 그런데 아이가 태어났을 때 왕비가 죽었다.

한 해가 지나 왕은 다른 아내를 얻었다. 아름다운 여자였지만 오만하고 건방졌으며, 누가 자기보다 더 아름다우면 견디지 못했다. 여자에게는 놀라운 거울이 있었고, 그녀는 그 거울 앞에 서서 자기 모습을 바라보며 말했다.

"거울아, 벽에 걸린 거울아,

이 나라에서 누가 가장 예쁘지?"

그러자 거울이 대답했다.

"왕비님이죠, 왕비님이 이 나라에서 제일 예뻐요."

왕비는 거울이 진실을 말하는 걸 알기 때문에 만족했

다. 그러나 '눈처럼 하얀' 공주가 자랐고, 자랄수록 점점 더 예뻐졌다. 일곱 살이 되었을 때는 맑은 날처럼 예뻤고, 왕비보다 더 예뻤다. 한번은 왕비가 거울에게 물었다.

"거울아, 벽에 걸린 거울아,

이 나라에서 누가 가장 예쁘지?"

그러자 거울이 대답했다.

"왕비님, 왕비님이 여기서 제일 예쁩니다.

하지만 '눈처럼 하얀' 공주가 더 예뻐요."

그러자 왕비는 깜짝 놀라 시샘으로 붉으락푸르락했다. 그때부터 왕비는 '눈처럼 하얀' 공주를 보면 미워서 심장이 몸속을 빙빙 돌았다. 시샘과 오만이 마음속에서 잡초처럼 쑥쑥 자라 왕비는 밤이고 낮이고 편한 때가 없었다. 왕비는 사냥꾼을 불러 말했다. "저 애를 숲속으로 데려가거라. 나는 더 이상 저 아이를 내 눈앞에 두지 않겠다. 쟤를 죽이고 허파와 간을 그 증거로 가져와라." 사냥꾼은 복종하며 소녀를 데리고 나갔다. 그러나 사냥꾼이 사냥칼을 꺼내 죄 없는 심장을 찌르려 했을 때 '눈처럼 하얀' 공주가 울음을 터뜨리며 말했다. "아, 사냥꾼 아저씨, 제 목숨을 살려 주세요. 험한 숲속으로 들어가서 다시는 집에 돌아가지 않겠어요." 공주가 참으로 예뻤기 때문에 사냥꾼은 가엾어서 말했다. "그럼 도망가거라, 너 가엾은 아이야." '머지않아 들짐승들이 너를 잡아먹겠지.'라고 그는 생각했다. 하지만 가슴에 얹힌 돌덩이가 굴러떨어진 것만 같았다. 공주를 죽일 필요가 없었기 때문이었다. 마침 어린 멧돼지 새끼가 달려오자 사냥꾼은 그것을 찔러 허파와 간을 떼어 왕비에게 증거로 가져갔다. 요리사는 그것을 소금물에 삶아야 했다. 사악한 여자는 그걸 남김없이 먹어 치우고는 '눈처럼 하얀'의 허파와 간을 먹었다고 생각했다.

가엾은 아이는 큰 숲에 달랑 혼자였고, 너무 무서워 나무들에 붙은 잎들을 하나하나 바라보며 어찌해야 할 바를 몰랐다. 그러다 달리기 시작했고, 뾰족한 돌을 넘고 가시를 뚫고 마냥 달렸다. 들짐승들이 곁을 지나갔지만 공주에게는 아무 해도 끼치지 않았다. 공주는 마침내 저녁이 다 되도록 두 발이 움직이는 한 계속 달렸다. 그때 작은 오두막이 보여 쉬려고 안으로 들어갔다. 오두막 안은 모든 것이 작았지만 참 곱고 깨끗해서 흠잡을 데 없었다. 하얀 식탁보가 깔린 작은 식탁에 일곱 개의 작은 접시마다 작은 나이프와 포크가 놓이고 일곱 개의 작은 잔이 있었다. 벽에는 눈같이 흰 이불보가 덮인 일곱 개의 작은 침대가 나란히 있었다. '눈처럼 하얀'은 몹시 배가 고프고 목이 말라 접시마다 조금씩 야채와 빵을 먹고, 작은 잔마다 한 모금씩 포도주를 마셨다. 한 사람에게서 다 뺏고 싶지 않았기 때문이다. 그러고는 참으로 피곤하여 작은 침대에 누웠으나 어느 것도 맞지 않았다. 하나는 너무 길고 하나는 너무 짧았다. 그러다 마침내 일곱 번째 침대가 딱 맞아서 그 침대에 누워 모든 걸 하느님에게 맡기고 잠이 들었다.

완전히 어두워졌을 때 오두막 주인들이 왔다. 산에서 청동을 캐는 일곱 난쟁이들이었다. 그들은 일곱 개의 등불을 켰다. 오두막 안이 환해지자 그들은 누군가가 온 것을 알았다. 모든 것이 그들이 떠났을 때와 같이 질서 있지 않았다. 첫째가 말했다. "누가 내 의자에 앉았지?" 둘째가 말했다. "누가 내 접시에서 먹었지?" 셋째가 말했다. "누가 내 빵을 떼어 먹었지?" 넷째가 말했다. "누가 내 야채를 먹었지?" 다섯째가 말했다. "누가 내 포크로 찍었지?" 여섯째가 말했다. "누가 내 칼로 잘랐지?" 일곱째가 말했다. "누가 내 잔으로 마셨지?" 그때 첫째가 둘러보니 그의 침대에 누운 자리가 나 있었다. "누가 내 침대에 들어왔었지?" 다른 난쟁이들이 달려와서 "내 침대에도 누가 누웠었어." 하고 저마다 외쳤다. 일곱째는 자기 침대를 들여다보았을 때 거기 누워 자고 있은 '눈처럼 하얀'을 발견했다. 그래서 다른 난쟁이들을 불렀고, 그들이 달려와 놀라서 소리치며 일곱 개의 등불을 가지고 '눈처럼 하얀'을 비추어 보았다. "이런, 세상에! 이런, 세상에!" 하고 그들은 소리쳤다. "무슨 소녀가 이렇게 예뻐!" 하며 그들은 어찌나 기뻐했는지 공주를 깨우지 않고 침대에서 계속 자게 두었다. 일곱째는 친구들 곁에서 각각 한 시간씩 잤고 그렇게 밤이 지나갔다.

아침이 되어 잠이 깼을 때 '눈처럼 하얀'은 일곱 난쟁이들을 보자 몹시 놀랐다. 그러나 난쟁이들은 다정했고 이름이 무엇인지 물었다. "난 '눈처럼 하얀'이야." 하고 공주가 대답했다. "어떻게 우리 집에 왔지?" 하고 난쟁이들이 계속 물었다. 그러자 공주는 이야기를 들려주었다. 새어머니가 죽이려고 했는데 사냥꾼이 목숨을 살려 주어 종일 달리다가 마침내 그들의 집을 찾게 되었다고. 난쟁이들이 말했다. "네가 살림을 맡아 요리를 하고 이부자리를 정돈하고 빨래를 하고 바느질을 하고 뜨개질을 하겠다면, 모든 것을 제대로 깨끗하게 유지해 주겠다면 우리 집에 머물러도 돼. 그러면 네게 부족한 게 없게 해 줄게." "그럴게요." 하고 '눈처럼 하얀'이 말했다. "충심으로 즐겁게요." 공주는 그들 집에 머무르며 집을 질서 있게 잘 정돈했다. 아침이면 난쟁이들은 산으로 가서 청동과 황금을 찾았다. 저녁이면 다시 돌아왔는데 그때 그들의 식사가 준비되어 있어야 했다. 낮에는 내내 소녀 혼자 집에 있었다. 착한 난쟁이들은 공주에게 경고하며 말했다. "네 새엄마를 조심해. 그 여자가 머지않아 네가 여기 있다는 걸 알게 될 거야. 아무도 집 안으로 들이지 마."

‘눈처럼 하얀’의 허파와 간을 먹었다고 생각한 왕비는 다시금 자기가 가장 예쁘다고 생각했다. 왕비는 거울 앞으로 가서 말했다.

“거울아, 벽에 걸린 거울아,

이 나라에서 누가 가장 예쁘지?”

그러자 거울이 대답했다.

“왕비님, 왕비님이 여기서 제일 예쁩니다.

하지만 산을 넘고 넘어

일곱 난쟁이네 집에 있는 ‘눈처럼 하얀’ 공주가

천배는 더 예쁩니다.”

왕비는 거울이 진실 아닌 말을 하지 않는다는 것을 알기 때문에 깜짝 놀랐다. 그리고 사냥꾼이 자기를 속였으며 ‘눈처럼 하얀’이 아직 살아 있다는 걸 알아차렸다. 그리하여 어찌하면 공주를 죽일까 새롭게 생각하고 또 생각했다. 자기가 이 나라에서 가장 예쁜 사람이 아닌 한 시샘이 왕비를 가만두지 않았기 때문이다. 드디어 뭔가를 생각해 냈을 때 왕비는 얼굴에 칠을 하고 행상 할멈같이 차려입었다. 누구도 전혀 알아볼 수가 없었다. 이런 모습으로 왕비는 일곱 개의 산을 넘어 일곱 난쟁이 집에 가서 문을 두드리며 외쳤다. “좋은 물건이 싸요! 쌉니다!” ‘눈처럼 하얀’이 창문으로 내다보며 소리쳤다. “안녕하세요, 할머니, 무얼 파시려고 그래요?” “좋은 물건이라오, 좋은 물건.” 하고 왕비가 대답했다. “색색깔 허리띠가 있다오.” ‘정직한 할머니는 들어오게 해도 되겠지.’ 생각하며 ‘눈처럼 하얀’이 문을 열고 예쁜 허리띠를 샀다. “애야…….” 하고 할멈이 말했다. “참 곱기도 해라! 자, 내가 한번 제대로 묶어 주마.” ‘눈처럼 하얀’은 아무런 의심도 하지 않고 할멈 앞에 서서 새 허리띠를 묶게 했다. 그러나 할멈이 잽싸게 어찌나 단단히 조였는지 ‘눈처럼 하얀’은 숨이 멎어 죽은 듯 쓰러졌다. “이제 네가 제일 예쁜 사람인 건 다 옛날 얘기야.” 하며 왕비는 서둘러 떠났다.

그 후 오래지 않아 저녁에 일곱 난쟁이들이 집으로 돌아왔다. 난쟁이들은 아끼는 그들의 ‘눈처럼 하얀’이 땅바닥에 누워 있는 것을 보고 몹시 놀랐다. 공주는 죽은 듯이 꼼짝달싹하지 않았다. 그들은 공주를 들어 올렸다. 그리고 끈을 너무 단단히 조인 것을 보고 허리띠를 잘랐다. 그러자 공주가 조금씩 숨을 쉬기 시작하며 차츰차츰 되살아났다. 난쟁이들은 무슨 일이 있었는지 듣고는 말했다. “행상 할멈은 다름 아닌 악독한 왕비였어. 조심하고 우리가 곁에 없을 때는 누구도 들이지 마.”

사악한 여자는 집에 도착하자 거울 앞으로 가서 물었다.

“거울아, 벽에 걸린 거울아,
이 나라에서 누가 가장 예쁘지?”

그러자 거울이 여느 때와 같이 대답했다.

"왕비님, 왕비님이 여기서는 제일 예쁩니다.

하지만 산을 넘고 넘어 일곱 난쟁이 집에 있는

'눈처럼 하얀' 공주가

천배는 더 예쁘지요."

그 말을 듣고 왕비는 '눈처럼 하얀' 공주가 다시 살아났다는 걸 똑똑히 알고 너무 놀라 모든 피가 가슴으로 치솟았다. "하지만 이제는……." 하고 왕비가 말했다. "내가 너를 파멸시킬 뭔가를 생각해 내야겠어." 왕비는 할 줄 아는 마법을 이용해 독이 든 빗을 만들었다. 그런 다음 다른 할멈으로 변장했다. 그렇게 왕비는 일곱 개의 산을 넘어 일곱 난쟁이 집으로 가서 문을 두드리며 외쳤다. "좋은 물건이 싸요! 쌉니다!" '눈처럼 하얀'이 내다보며 말했다. "그냥 가세요, 저는 아무도 집 안에 들이면 안 돼요." "하지만 구경하는 거야 어떨라고." 하며 할멈이 독이 든 빗을 꺼내어 높이 쳐들었다. 공주는 빗이 어찌나 마음에 들었는지 속아 넘어가 문을 열었다. 공주가 거래에 합의하자 할멈이 말했다. "이제 내가 머리를 한번 제대로 빗어 주마." 가엾은 '눈처럼 하얀'은 아무 생각도 하지 못하고 할멈에게 허락했다. 그러나 빗이 머리에 꽂히자마자 독이 효력을 발휘해 소녀는 의식을 잃고 쓰러졌다. "너 아름다움의 화신…… 너도 이젠 끝장이야." 하며 사악한 여자는 떠났다.

그러나 다행히 곧 저녁이 되어 일곱 난쟁이들이 집으로 왔다. '눈처럼 하얀'이 죽은 듯이 바닥에 누워 있는 것을 보자 그들은 곧 새어머니를 의심하고 독이 든 빗을 찾아냈다. 그 빗을 빼자마자 '눈처럼 하얀' 공주가 정신이 돌아와 있었던 일을 이야기했다. 그러자 난쟁이들은 또 한 번 조심하라고 하며 아무에게도 문을 열어 주지 말라고 경고했다.

왕비는 거울 앞으로 가서 말했다.

"거울아, 벽에 걸린 거울아,

이 나라에서 누가 가장 예쁘지?"

그러자 거울이 이전과 같이 대답했다.

"왕비님, 왕비님이 여기서는 제일 예쁩니다.

하지만 산을 넘고 넘어 일곱 난쟁이 집에 있는

'눈처럼 하얀' 공주가

천배는 더 예쁘지요."

거울이 그렇게 말하는 것을 듣자 왕비는 분노로 와들와들 덜덜 몸을 떨었다. "'눈처럼 하얀'을 죽이고 말겠어……." 하고 왕비가 소리쳤다. "설령 내 목숨을 걸어야 하더라도." 곧 왕비는 아무도 찾지 않는 완전히 숨겨진 외딴 방으로 가서 독을 겹겹이 바른 사과를 만들었다. 겉으로는 먹음직스럽게 보였다. 겉은 빨갛고 속은 하얘서 누구든 보면 먹고 싶은 마음이 들었다. 그러나 작은 조각이라도 먹으면 죽어야 했다. 사과가 완성되자 왕비는 얼굴에 칠을 하고 농부 아낙으로 변장했다. 그렇게 일곱 개의 산을 넘어 일곱 난쟁이들 집에 갔다. 문을 두드리자 '눈처럼 하얀'이 창밖으로 고개를 내밀며 말했다. "저는 아무도 집에 들이면 안 돼요. 일곱 난쟁이들이 그러지 못하게 했어요." "나는 괜찮아." 하고 농부 아낙이 대답했다. "내 사과를 모두 처리해야 해. 하나를 네게 그냥 주마." "아니에요." 하고 '눈처럼 하얀'이 말했다. "저는 아무것도 받으면 안 돼요." "독이 겁나니?" 하고 할멈이 말했다. "봐라, 내가 사과 하나를 둘로 쪼개마. 빨간 겉면은 네가 먹고 흰 안쪽은 내가 먹으마." 사과는 어찌나 정교하게 만들었는지 빨간 겉면에만 독이 들어 있었다. '눈처럼 하얀'은 아름다운 사과가 먹음직스러워 보였다. 농부 아낙이 먹는 걸 보자 공주는 더 이상 저항하지 못하고 손을 내밀어 독이 든 절반을 받았다. 그러나 한 입 베어 물자 공주가 죽어 바닥에 쓰러졌다. 그때 왕비는 잔인한 눈길로 바라보다 큰 소리로 웃고는 말했다. "눈처럼 희고, 피처럼 붉고, 흑단처럼 검고! 이번에는 난쟁이들이 너를 다시 살리지 못할걸." 그리고 집으로 돌아가서 거울에게 물었다.

"거울아, 벽에 걸린 거울아,
이 나라에서 누가 가장 예쁘지?"

그러자 거울이 이전과 같이 대답했다.

"왕비님, 왕비님이 이 나라에서 제일 예쁩니다."

그제야 왕비의 시샘 많은 마음이 웬만큼 가라앉았다.

난쟁이들이 저녁에 집으로 오니 공주가 땅바닥에 누워 있었다. 그 입에서 더 이상 숨이 새어 나오지 않았다. 죽어 있었다! 공주를 일으켜 독이 든 것이 있는지 찾아보고, 허리띠를 풀고, 머리를 빗질하고, 물과 포도주로 씻겨 보았으나 모두 헛일이었다. 사랑스러운 소녀는 죽어서 깨어나지 않았다. 공주를 들것에 눕히고 일곱 명이 모두 그 주변에 둘러앉아 공주를 위해 울었다. 사흘을 울었다. 그러고는 묻으려고 했지만 공주가 아직 살아 있는 사람처럼 보였고, 두 뺨이 여전히 곱고 붉었다. 그들이 말했다. "이런 사람을 우리가 검은 땅속으로 내려보낼 수는 없어." 그래서 사방

에서 볼 수 있도록 유리로 된 투명한 관을 만들어 공주를 눕히고 그 위에 황금 글씨로 이름을 썼다. 그런 다음 관을 산 위에 갖다 놓고 그들 중 하나가 늘 곁에 머물며 지켰다. 새들도 와서 '눈처럼 하얀' 공주를 위해 울었다. 처음에는 올빼미가, 다음에는 까마귀가, 마지막으로 비둘기가.

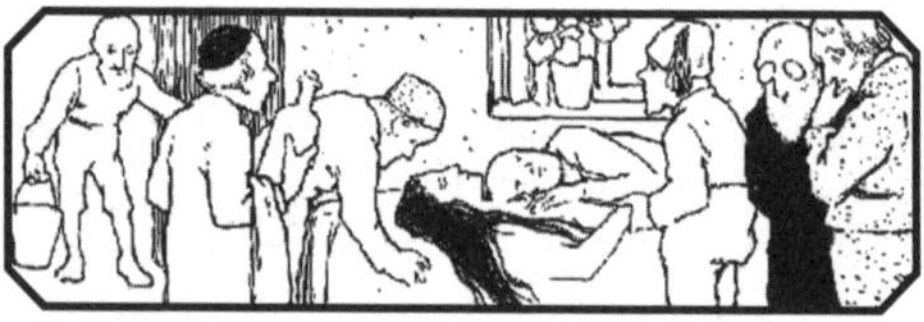

'눈처럼 하얀' 공주는 오래오래 관 속에 누워 있었지만 썩지 않고 마치 잠자는 듯 보였다. 여전히 눈처럼 희고, 피처럼 붉고, 머리가 흑단처럼 검었기 때문이다. 그런데 마침 왕자가 숲으로 들어오게 되어 난쟁이들 집에서 밤을 지냈다. 왕자는 산 위에서 관에 누운 아름다운 '눈처럼 하얀' 공주를 보고 그 위에 황금 글씨로 적힌 것을 읽었다. 그가 난쟁이들에게 말했다. "원하는 걸 뭐든 줄 테니 관을 나에게 다오." 그러나 난쟁이들이 대답했다. "세상에 있는 황금을 다 줘도 관은 못 내줘요." 그러자 왕자가 말했다. "그러면 내게 관을 선물해 다오. '눈처럼 하얀' 공주를 보지 않고는 내가 살 수가 없겠구나. 나는 공주를 애인처럼 받들고 귀하게 여기겠다." 왕자가 그렇게 말하자 착한 난쟁이들은 그를 불쌍히 여겨 관을 내주었다. 왕자는 하인들에게 관을 어깨에 메고 나르게 했다. 그러다 하인들이 나무 등걸이에 걸려 비틀거렸고, 그 바람에 '눈처럼 하얀' 공주가 베어 물었던 독이 든 사과 조각이 목구멍에서 빠져나왔다. 머지않아 공주가 눈을 뜨고 관 뚜껑을 들어 올리며 몸을 일으켰다. 다시 살아난 것이다. "아, 세상에, 내가 어디에 있는 거지?" 하고 공주가 외쳤다. 왕자가 기쁨에 가득 차서 "내 곁에 있지요." 하며 그사이 있었던 이야기를 들려주며 말했다. "나는 당신을 세상 모두보다 더 사랑하니 나와 함께 우리 아버지 성으로 갑시다. 내 아내가 되어 주오." 그러자 '눈처럼 하얀' 공주가 기꺼이 그와 함께 갔고, 그들의 결혼식이 아주 성대하고 화려하게 열렸다.

그런데 '눈처럼 하얀'의 사악한 새어머니도 잔치에 초대받았다. 그녀는 예쁜 옷을 입고 거울 앞으로 가서 말했다.

"거울아, 벽에 걸린 거울아,
이 나라에서 누가 가장 예쁘지?"

그러자 거울이 대답했다.

"왕비님, 왕비님이 여기서는 제일 예쁩니다.
하지만 젊은 왕비가 천배 더 예쁩니다."

그러자 사악한 여자는 저주를 퍼부었고, 너무 비참하고 끔찍하여 어쩔 줄을 몰랐다. 처음에는 결혼식에 가지 않으려 했지만 도무지 안정이 안 되어 젊은 왕비를 보러 가야 했다. 그리하여 결혼식장에 들어섰을 때 '눈처럼 하얀' 공주를 알아보았고, 두려움과 충격으로 그 자리에 멈추어 서서 꼼짝할 수 없었다. 그러나 이미 쇠 신발이 석탄불에서 달구어져 쇠집게로 집혀 와 앞에 놓였다. 벌겋게 이글거리는 신을 신고 그 여자는 땅바닥에 쓰러져 죽을 때까지 춤을 추어야 했다.

54

배낭, 작은 모자, 작은 뿔피리

옛날에 삼형제가 있었는데 점점 가난에 빠져들어 마침내 어찌나 곤궁한지 굶어야 했고 더 이상 입에 풀칠할 것도 없었다. 그러자 그들이 말했다. "계속 이럴 수는 없어. 우리가 세상으로 나가서 행운을 찾아보는 게 낫겠다." 그래서 그들은 떠났다. 이미 한참 먼 길을 걷고 많은 풀포기를 지났지만 행운을 만나지 못했다. 어느 날 큰 숲으로 들어갔는데 그 한가운데 언덕이 있었다. 더 가까이 가 보니 언덕은 온통 은으로 되어 있었다. 맏이가 말했다. "이제 나는 소망하던 행운을 찾았고 더 큰 행운은 바라지 않아." 그는 은을 들 수 있을 만큼 가지고 집으로 돌아갔다.

다른 둘은 "우리는 은보다 더 많은 행운을 바라지." 하며 손대지 않고 계속 갔다.

또다시 며칠을 걷고 나서 그들은 온통 금으로 된 언덕에 다다랐다. 둘째 형이 멈추어 궁리하며 결정을 내리지 못했다. "어쩌지?" 하고 그가 말했다. "이 황금을 내 평생 충분할 만큼 가지고 가야 할까, 아니면 계속 더 가야 할까?" 마침내 그는 결심하고 두 주머니를 최대한 가득 채우고는 아우에게 작별 인사를 한 뒤 집으로 돌아갔다. 그러나 셋째는 말했다. "은과 금은 내 마음을 그닥 움직이지 않아. 나는 내 행운을 포기하지 않아, 뭔가 더 나은 것이 내게 큰 선물로 주어질 거야."

막내는 계속 갔고, 사흘을 걸었을 때 어떤 숲속으로 들어가게 되었다. 그 숲은 앞서의 숲들보다 훨씬 컸으며 도무지 끝이 안 보였다. 먹을 것도 마실 것도 찾지 못해 죽을 지경이었다. 그는 숲의 끝이 보일까 하고 높은 나무로 올라갔다. 그러나 나무 꼭대기 말고는 눈이 닿는 한 아무것도 보이지 않았다. 그래서 다시 내려오며 배고픔에 괴로운 그는 생각했다. '딱 한 번만 배부르게 먹을 수 있었으면!' 막내가 내려왔을 때 놀랍게도 나무 밑에 음식이 풍성하게 차려진 식탁이 보였고, 그 음식이 그를 맞이하며 김을 내뿜었다. "이번에는……." 하고 그가 말했다. "내 소원이 제

때 이루어졌구나.” 누가 음식을 가져왔고 요리했는지 묻지 않고 막내는 식탁으로 다가가 배고픔이 가라앉을 때까지 실컷 먹었다. 다 먹고 나자 그는 ‘이 좋은 식탁이 숲속에서 망가지면 안타까울 거야.’라고 생각하며 식탁을 가지런히 접어 넣었다. 그는 계속 갔고, 저녁때 다시 배가 고파지자 시험해 보려고 식탁을 펴 놓고 말했다. “네가 또다시 좋은 음식들로 차려져 있기를 바란다.” 그 소망이 입 밖으로 나오자마자 더없이 좋은 음식이 담긴 접시들이 식탁 위에 가득 놓였다. “이제 알았다.” 하고 막내가 말했다. “어느 부엌에서 나를 위해 요리하는지. 네가 내게는 금은 산

보다 더 좋구나.” 말만 하면 차려지는 요술 식탁이라는 걸 그가 분명히 봤기 때문이다. 그러나 그 식탁은 집으로 돌아가 쉬기에는 충분하지 않았다. 그는 숲속을 더 돌아다니며 계속 행운을 찾아보기를 원했다.

어느 날 저녁 인적 없는 숲에서 까맣게 먼지를 뒤집어쓴 숯쟁이를 만났는데 그는 숯을 구우면서 식사를 위해 감자를 불 옆에 묻어 두었다. “안녕하세요, 검은지빠귀님.” 하고 막내가 말했다. “이렇게 외로운 곳에서 어떻게 지내시나요?” “만날 똑같지 뭐.” 하고 숯쟁이가 대꾸했다. “그리고 저녁마다 감자야. 내 손님이 되어 함께 먹겠나?” “참 고맙습니다.” 하고 여행자가 대답했다. “드실 식사를 빼앗고 싶지 않아요. 손님을 예상하지 못하셨잖아요. 괜찮으시다면 제가 초대하고 싶은데요.” “상은 누가 차려 주는데?” 하고 숯쟁이가 말했다. “아무것도 가진 게 없어 보이고, 이 주변 몇 시간 거리 안에는 자네에게 뭔가를 줄 만한 사람이 없어.” “그래도 식사가 있도록 해야죠.” 하고 막내가 대답했다. “아직 맛보지 못한 좋은 식사로요.” 그러고는 배낭에서 작은 식탁을 꺼내 땅에 펼치고 말했다. “식탁아, 차려져라.” 그러자 끓인 것과 구운 것이 당장 차려졌고, 방금 부엌에서 나오기라도 한 듯 따끈따끈했다. 숯쟁이는 두 눈이 휘둥그레졌지만 오래 머뭇거리지 않고 손을 뻗어 점점 더 큰 덩이를 까만 입 안으로 밀어 넣었다.

두 사람이 다 먹고 나자 숯쟁이가 싱긋싱긋 웃으며 말했다. "들어 봐, 네 작은 식탁에 박수를 보낸다. 이건 나를 위해 뭔가 좋은 것을 요리해 줄 사람이 아무도 없는 이 숲속에서 나에게 필요한 물건인 것 같은데. 교환을 제안하지. 저 귀퉁이에 작은 병정 배낭이 걸렸는데 낡고 보잘것없어 보이지만 그 속에 놀라운 힘이 숨어 있어. 나는 이제 필요하지 않으니 저걸 이 식탁 대신 자네에게 주지." "무슨 놀라운 힘이 있는지 우선 제가 알아야지요." 하고 막내가 대답했다. "말해 줄게." 하고 숯쟁이가 대답했다. "네가 손으로 그것을 두드릴 때마다 상사 하나가 여섯 명의 병사를 거느리고 나올 거야. 그들은 머리부터 발끝까

지 무장하고 네 명령을 완수하지." "저로서는……." 하고 막내가 대답했다. "별다른 수가 없다면 바꿔 보지요." 그는 숯쟁이에게 식탁을 주고 못에 걸린 배낭을 집어 메고 작별을 했다. 한동안 길을 가자 그는 놀라운 힘을 시험해 보려고 배낭을 두드렸다. 그러자 곧 일곱 명의 전사가 앞에 나타났다. 그중 상사가 말했다. "주인이자 명령자여, 무얼 바라십니까?" "빠른 걸음으로 숯쟁이에게 행군해 가서 내 요술 식탁을 돌려 달라고 해라." 병정들은 왼쪽으로 돌더니 오래지 않아 그가 요구한 것을 가지고 돌아왔다. 숯쟁이에게서 다짜고짜 빼앗아 온 것이다. 막내는 그들에게 다시 퇴각을 명령하고 계속 나아가며 행운이 자기에게 더욱 환히 빛나기를 바랐다.

해가 질 무렵 그는 불가에서 저녁 식사를 준비하고 있는 다른 숯쟁이를 만났다. "나하고 같이 식사를 하겠나." 하고 그을음투성이 동무가 말했다. "소금 친 감자야, 발라 먹을 굳기름은 없고. 내 옆에 앉게." "아닙니다." 하고 막내가 대답했다. "이번에는 아저씨가 제 손님이 되세요." 그가 식탁을 펴자 금방 더없이 멋진 음식이 차려졌다. 두 사람은 함께 먹고 마셨으며 기분이 좋았다. 먹은 다음에 숯쟁이가 말했다. "저기 저 시렁 위에 떨어진 헌 모자가 하나 있는데 저건 이상한 성질이 있네. 저 모자를 쓰고 머리를 돌리면 열두 문의 대포들이 나란히 나와 모든 것을 쏘아 쓰러뜨려서 누구도 당해 낼 수 없지. 나한테는 이제 모자가 쓸모없으니 자네 식탁을 내게 주면 그걸 주겠네."

"그거 괜찮은데요." 하고 막내가 대답하며 모자를 받아 쓰고 식탁은 남겨 두고 떠났다. 그러나 한동안 길을 갔을 때 곧 배낭을 두드려 그의 병사들이 식탁을 되찾아 왔다. '하나둘 오는군.' 하고 그는 생각했다. '내 행운이 아직 끝나지 않은 것 같은데.' 그의 생각은 그를 속이지 않았다.

또다시 하루를 걷고 나서 그는 세 번째 숯쟁이를 만났고, 그 사람은 앞서 숯쟁이들처럼 아무것도 바르지 않은 감자를 먹으라고 초대했다. 그러나 그가 그 사람을 요술 식탁에서 함께 먹게 했고, 그게 어찌나 맛있는지 숯쟁이는 모자와 전혀 다른 특성이 있는 작은 뿔피리를 대가로 제안했다. 그 뿔피리를 불면 모든 성벽이며 요새가, 마침내는 모든 도시와 마을이 무너졌다. 그는 숯쟁이에게 식탁을 대가로 주었지만 나중에 그의 부대원들이 되찾아 왔다. "이제……." 하고 그가 말했다. "나는 이제 성공한 사람이야. 그러니 집으로 돌아가 형들이 어떻게 지내는지 볼 시간이다."

막내가 집에 도착했을 때 형들은 은과 금으로 멋진 집을 짓고 떵떵거리며 살고 있었다. 그가 형들 집으로 들어섰다. 그러나 반쯤 찢어진 저고리에 초라한 모자를 쓰고 낡은 배낭을 메고 왔기 때문에 형들은 그를 형제로 인정하려 들지 않았다. 그들은 "네가 우리 동생이라고 우기는데 우리 동생은 금은을 마다하며 더 나은 행운을 원했다. 분명히 한껏 화려하게 힘있는 왕이 되어 수레를 타고 오지 거지가 되어 오진 않아." 하며 그를 비웃고 문밖으로 내쫓았다. 그러자 동생이 화가 나 150명의 병사가 자기 앞에 줄 맞추어 설 때까지 오래도록 배낭을 두드렸다. 그는 형들의 집을 포위하라고 명령했다. 그중 둘은 편도나무 가지를 들고 가 그가 누구인지 알 때까지 건방진 두 사람을 살거죽이 물렁해지도록 무두질하듯 오랫동안 흠씬 두들겨 주었다. 요란한 소동이 일었고, 사람들이 달려와서 곤궁에 처한 두 사람을 도와주려 했으나 군인들에 맞서서는 아무것도 할 수 없었다.

마침내 왕에게 소식이 전해졌고, 왕은 마지못해 군대와 함께 대위 하나를 보내 그 소란을 일으킨 자를 도시에

서 쫓아내게 했다. 그러나 배낭을 가진 사람이 더 큰 부대를 모아 대위와 그 부하들을 격파해 그들은 코피를 흘리며 퇴각해야 했다. "어디서 굴러왔는지 모를 녀석을 제압해야 한다." 하고 왕이 다음 날 더 많은 병력을 보냈지만 그들은 더더욱 한 일이 없었다. 그가 더 많은 병사를 배치했고, 더 빨리 끝내기 위해 머리에 쓴 모자를 몇 번 빙빙 돌리니 격심한 총격이 시작되어 왕의 병사들이 격파당해 쫓겨 갔다. "이제 나는 휴전하지 않겠다." 하고 그가 말했다. "왕이 딸을 아내로 주고, 내가 그의 이름으로 왕국 전체를 다스리기 전까지는." 이를 왕에게 알리도록 하니 왕이 딸에게 말했다. "쉽지 않구나. 그가 요구하는 것을 행하는 수밖에 내가 달리 어쩌겠니? 휴전하고 왕관을 유지하려면 너를 내주어야겠구나."

결혼식이 열렸다. 그러나 공주는 남편이 초라한 모자에 낡은 배낭을 멘 천한 남자인 것이 싫었다. 공주는 그를 떨치고 싶어서 어찌하면 그 일을 해낼지 밤낮으로 생각했다. 그리하여 '그의 놀라운 능력이 아마도 배낭 속에 들어 있겠지.' 생각하고 본심을 숨기며 그를 친절하게 대했다. 그의 마음이 부드러워지자 공주가 말했다. "그 흉한 배낭만 좀 내려놓으면 좋겠어요. 그게 당신을 얼마나 볼품없게 만드는지 내가 당신을 부끄러워하지 않을 수 없어요." "여보…….” 하고 그가 대답했다. “이 배낭은 내 가장 큰 보물이오. 이걸 가지고 있는 한 나는 세상의 어떤 힘도 두렵지 않아요.” 그러면서 배낭에 어떤 능력이 있는지 말해 주었다. 그러자 공주는 입을 맞추려는 듯 그의 목을 껴안으며 안겼지만 잽싸게 그의 어깨에서 배낭을 벗겨 내어 그것을 들고 달아났다.

혼자가 되자마자 공주는 배낭을 두드려 전사들에게 전 주인을 붙잡아 왕궁에서 내보내라고 명령했다. 병사들은 시키는 대로 했고, 가짜 아내는 더 많은 병사를 보내 그를 완전히 나라 밖으로 쫓아냈다. 그때 만약 모자가 없었더라면 그는 끝장이었으리라. 그러나 두 손이 자유로워지자마자 그가 모자를 몇 번 돌렸다. 금방 포격이 우레같이 울리며 모두 쓰러뜨려 공주는 직접 와서 용서를 빌어야 했다. 공주가 무척 감동적인 말로 간청하며 보다 나은 사람이 되겠노라 약속하자 그는 그녀의 휴전 제의를 받아들였다. 공주는 다정하게 굴고 그를 아주 좋아하는 척했다. 얼마 후 그는 공주에게 누가 배낭을 손에 넣든 낡은 모자가 그의 것인 한 맞설 수 없다고 털어놓았다. 그 비밀을 알자 공주는 그가 잠들 때까지 기다렸다가 모자를 빼앗고 그를 길거리로 내쳤다. 그러나 그에게는 아직 뿔피리가 남아 있었다. 그는 무척 화가 나 힘껏 뿔피리를 불었다. 곧 성벽, 요새, 도시와 마을이 무너지고 왕과 공주가 깔려 죽었다.

그가 피리를 내려놓지 않고 조금만 더 오래 불었더라면 모든 것이 허물어져 돌덩이 하나 성하게 남아 있지 않았으리라. 그리하여 누구도 더 이상 그에게 맞서지 않았으며 그는 왕이 되어 왕국 전체를 발아래에 두었다.

55

룸펠슈틸츠헨

옛날에 가난하지만 어여쁜 딸을 둔 물방앗간 주인이 살고 있었다. 어느 날 우연히 왕과 이야기할 기회가 생긴 물방앗간 주인은 자기를 좀 돋보이겠다는 마음으로 왕에게 거짓말을 했다. "저에게 딸이 있는데 그 애는 물레를 돌려 밀짚으로 황금을 만들 수 있답니다." 왕은 물방앗간 주인에게 말했다. "그것참 마음에 드는 기술이구나. 네 딸이 그토록 재주가 좋다면 내일 궁전으로 데리고 오너라. 어디 한번 시험해 보자." 물방앗간 주인이 딸을 데려가자 왕은 딸을 짚이 가득 찬 방으로 데려가서 물레와 북을 주고는 말했다. "자, 이제 일을 해라. 만일 내일 아침 일찍까지 이 짚을 금실로 자아 놓지 못하면 너는 죽어야 한다!" 왕은 물방앗간 딸을 혼자 방 안에 남겨 두고 직접 문을 잠갔다.

가엾은 물방앗간 딸은 아무리 생각하고 생각해도 어찌 해야 할지 알 수 없었다. 어찌하면 짚을 자아 금실로 만들지 몰라 참으로 답답했다. 무서움만 더해져서 마침내 울음을 터뜨렸다. 그때 갑자기 문이 열리더니 조그만 난쟁이가 들어왔다. "안녕하세요, 물방앗간 따님, 왜 그리 우는 거죠?" 소녀가 대답했다. "짚을 자아 금실을 만들라는데 난 할 줄 몰라요." 난쟁이가 말했다. "내가 대신 자아 주면 나한테 뭘 줄래요?" 그러자 소녀가 대답했다. "내 목걸이를 드릴게요." 난쟁이는 목걸이를 받더니 물레 앞에 앉아 스르르, 스르르, 스르르 세 번을 돌렸다. 금방 실감개에 금실이 가득 감겼다. 다음에는 다른 실감개를 꽂아 스르르, 스르르, 스르르 또 세 번을 돌렸다. 두 번째 실감개에도 금실이 가득 감겼다. 그렇게 아침까지 계속하니 쌓여 있던 짚을 모두 자아 방 안에 황금 실꾸리들이 가득 찼다.

새벽이 되어 왕이 왔다. 황금을 보자 왕은 깜짝 놀라며 기뻐했다. 그의 마음에 욕심이 생겼다. 왕은 물방앗간 딸을 짚이 가득한 아주 큰 방으로 데려가서는 그걸 또 하룻밤 안에 다 자으라고 명령했다. 소녀는 다시 어찌할 바를 몰라 울었다. 그때 또 문이 열리더니 난쟁이가 나타나 말했다. "내가 이 짚을 자아 황금으로 만들어 주면 나한테 뭘 줄래요?" 그러자 소녀가 대답했다. "내 반지를 드릴게요." 난쟁이는 반지를 받더니 또다시 스르르 물레를 돌려 아침까지 짚을 전부 반짝이는 금실로 바꾸어 놓았다.

왕은 많은 황금을 보고 매우 기뻐했다. 그러나 그 황금으로도 만족하지 않았다. 왕은 물방앗간 딸을 더욱더 큰 방으로 데려갔다. 방에는 엄청나게 많은 짚이 들어차 있었다. "이걸 오늘 밤 안으로 다 자아야 한다. 그렇게 해 놓으면 너를 내 아내로 삼겠다." 비록 물방앗간 딸이지만 더 부자인 여자는 온 세상을 다 뒤져도 못 찾을 것이라고 왕은 생각했다. 소녀가 혼자 있게 되자 다시 난쟁이가 와서 말했다. "이번에도 짚을 자아 주면 나한테 뭘 줄래요?" 그러자 소녀가 대답했다. "난 이제 드릴 게 아무것도 없어요." "그럼 나하고 약속해요, 만일 왕비가 되어 첫아이를 낳으면 나한테 준다고요." 앞으로 어떻게 될지 모르고, 또 워낙 급했기 때문에 물방앗간 딸은 난쟁이와 약속해 버렸다. 난쟁이는 다시 한번 짚을 자아 금으로 만들어 주었다. 다음 날 아침 왕은 모든 것이 원한 대로 된 데 만족했고 소녀와 결혼했다. 아름다운 물방앗간 딸이 이제 왕비가 되었다.

일 년이 지나 왕비는 예쁜 아기를 낳았다. 왕비는 난쟁이 생각은 벌써 까마득히 잊었다. 그런데 갑자기 난쟁이가 방으로 들어서며 말했다. "이제 약속한 걸 주세요." 왕비는 깜짝 놀라 간청했다. "제발, 나라의 모든 재물을 다 줄 테니 아기는 데려가지 마세요." 그러나 난쟁이가 말했다. "안 돼요. 세상의 모든 보물보다 나한테는 아기가 더 소중한걸요." 왕비가 슬프게 울기 시작했다. 난쟁이는 왕비가 불쌍해졌다. "사흘 동안 시간을 줄게요." 그가 말했다. "그때까지 왕비님이 내 이름을 알아맞히면 아기를 데려가지 않겠어요."

왕비는 자기가 들어 본 모든 이름을 밤새 생각했다. 그리고 무슨 이름이 더 있는지 알아보라고 한 신하를 시골로 보냈다. 다음 날 난쟁이가 왔을 때 왕비는 카스파르, 멜히오르, 말차르부터 시작해 아는 이름을 모두 차례로 말했다. 그러나 번번이 틀렸다. 난쟁이가 말했다. "내 이름

은 그게 아닌데요.” 둘째 날 왕비는 이웃 나라들까지 두루 이름을 알아보았다. 그러고는 난쟁이한테 별별 이상한 이름을 다 대었다. “혹시 ‘갈비뼈 자식’이나 ‘숫양 장딴지’나 ‘오라기 뼈다구’는 아닌가요?” 대답은 한결같았다. “내 이름은 그게 아닙니다.” 셋째 날 신하가 돌아와 말했다. “제가 어떤 높은 산 모퉁이를 돌아오는데 인적이 끊어진 곳에서 조그만 집을 보았습니다. 집 앞에 모닥불이 타고 있었고, 아주 우스꽝스럽게 생긴 난쟁이가 불 주위를 뛰어다니더군요. 한쪽 다리로 겅중겅중 뛰면서 소리를 질렀습니다.

“오늘은 빵을 굽고, 내일은 국을 끓이고,
모레는 왕비한테서 아기를 데려와야지.
아아, 얼마나 좋아, 아무도 모르니,
내 이름이 룸펠슈틸츠헨이라는 걸!”

왕비가 얼마나 기뻐했는지 여러분도 상상이 갈 테지! 곧 난쟁이가 들어와서 물었다. “자, 왕비님, 내 이름이 뭐죠?” 그러자 왕비가 말했다. “쿤츠인가요?” “아뇨.” “그럼 하인츠인가요?” “아뇨.” “그럼 혹시 룸펠슈틸츠헨인가요?” “이건 악마가 말해 주었군. 분명히 악마가 말해 주었어!” 난쟁이는 화가 나서 소리치며 오른발을 쾅쾅 굴렀다. 어찌나 세게 굴러 댔는지 땅이 깊이 꺼져 몸까지 기우뚱 쏠려 들어갔다. 그러자 더 화가 나서 펄펄 뛰다가 난쟁이는 왼발을 두 손으로 잡고 자기 몸을 한가운데서 두 쪽이 나게 찢어 버렸다.

56

애인 롤란트

옛날에 진짜 마녀인 여자가 있었다. 딸이 둘이었는데 하나는 밉고 고약했다. 여자는 그 딸이 자기 딸이었기 때문에 사랑했다. 곱고 착한 딸은 의붓딸이었기 때문에 미워했다. 한번은 의붓딸이 예쁜 앞치마를 하나 가지고 있었는데 다른 딸이 그 앞치마가 마음에 들어 샘을 내며 꼭 가져야겠다고 어머니에게 말했다. "가만있거라, 얘야." 하고 노파가 말했다. "네가 그걸 가지도록 해 주마. 네 의붓언니는 벌써 오래전에 죽어 마땅했어. 오늘 밤 그 애가 자면 내가 와서 머리를 베겠다. 다만 네가 마음 쓸 건 침대 안쪽에 누웠다가 그 애를 바깥쪽으로 밀거라." 때마침 의붓딸이 구석에 서서 모든 말을 듣지 않았다면 가엾은 소녀는 죽었을 것이다. 하루 종일 아이는 감히 문밖을 나가지 못했고, 잘 시간이 되자 마녀의 딸이 먼저 침대에 들어갔는데 잠이 들자 자매를 살짝살짝 밀어 벽에 가까운 안쪽 자리를 차지했다. 밤에 할멈이 살금살금 들어와 오른손에는 도끼를 들고 왼손으로는 바깥쪽에 누가 누웠는지 만져 본 다음 두 손으로 도끼를 들어 내리치고 또 내리쳐 자기 딸의 머리를 잘랐다.

할멈이 떠나자 소녀는 일어나서 롤란트라고 불리는 애인의 집으로 가서 문을 두드렸다. 그가 나오자 소녀가 말했다. "들어 봐, 사랑하는 롤란트, 우린 서둘러 도망쳐야 해. 새어머니가 나를 죽이려고 하다 자기 자식을 죽였어. 날이 밝으면 자기가 한 짓을 알 테고, 그러면 우리는 끝장이야." "하지만 우선……." 하고 롤란트가 말했다. "새어머니의 마술 지팡이를 빼앗아. 그러지 않고는 그 여자가 뒤쫓아 올 때 도망칠 길이 없어." 소녀는 마술 지팡이를 가져왔다. 그리고 죽은 소녀의 머리를 잡고 피 세 방울을 떨어뜨렸다. 한 방울은 침대 앞에, 한 방울은 부엌에, 한 방울은 계단에. 그러고 나서 애인과 함께 서둘러 떠났다.

아침에 마귀 할멈이 일어나 딸을 불러 앞치마를 주려고 했는데 오지 않았다. 그래서 소리쳤다. "어디 있니?" "에

이, 여기 계단에 있어요. 여기서 비질을 하는 중이에요." 하고 피 한 방울이 대답했다. 밖으로 나왔는데 계단 위에 아무도 보이지 않아 할멈이 또다시 불렀다. "어디 있니?" "에이, 여기 부엌에 있어요. 여기서 몸을 녹이는 중이에요." 하고 두 번째 핏방울이 말했다. 할멈은 부엌으로 들어갔지만 아무도 찾을 수 없었다. 그러자 또 한 번 불렀다. "어디 있니?" "여기 침대에요. 여기서 자고 있어요." 하고 세 번째 핏방울이 외쳤다. 할멈은 방에 들어가 침대로 갔다. 거기서 무엇을 보았을까? 흥건한 핏속에 누워 있는 딸이었다. 그 머리를 직접 쳐 낸 제 자식이었다.

마녀는 분노에 휩싸여 창가로 뛰어갔다. 마녀는 멀리 세상을 내다볼 수 있었기 때문에 의붓딸이 애인 롤란트와 서둘러 도망치는 것을 알아차렸다. "그래 봤자 소용없을걸." 하고 마녀가 외쳤다. "제아무리 멀리 가도 너희가 날 벗어나진 못해.” 마녀는 천리화를 신었다. 그걸 신으면 한 걸음에 한 시간 거리를 갔다. 오래 걸리지 않아 마녀는 둘을 따라잡았다. 소녀는 할멈이 쫓아오는 것을 보자 마술 지팡이로 애인 롤란트를 호수로 만들고 자신은 호수에서 헤엄치는 오리가 되었다. 마녀가 물가에 서서 빵 부스러기를 던지며 오리를 부르려고 온갖 노력을 다 했지만 오리는 다가오지 않았다. 할멈은 목적을 이루지 못한 채 돌아서야 했다. 그러자 소녀는 애인 롤란트와 함께 다시 본디 모습으로 돌아왔고, 그들은 날이 밝을 때까지 밤새 걸었다. 그 후 소녀는 한 송이 예쁜 꽃으로 변신해 가시울타리 한가운데에 서 있고 애인 롤란트는 바이올린을 켜는 악사로 변하게 했다. 머지않아 마녀가 다가와 악사에게 말했다. “악사님, 제가 예쁜 꽃을 꺾어도 되겠지요? “아, 네.” 하고 악사가 대답했다. “거기에 맞추어 연주를 해 드리지요.”

그런데 마녀가 그 꽃이 누구인지 잘 알기 때문에 급히 생울타리로 기어 들어가 꽃을 꺾으려 할 때 악사가 연주를 시작했고, 마녀는 원하든 원하지 않든 춤을 추어야 했다. 마법의 춤이었기 때문이다. 그가 빨리 연주하면 할수록 그만큼 더 힘차게 펄쩍펄쩍 뛰어야 했다. 그리하여 가시가 그녀의 옷을 찢고 몸을 찔러 상처가 나고 피가 흘렀다. 그러고도 악사가 연주를 그치지 않았기 때문에 마녀

는 땅에 쓰러질 때까지 춤을 추었다.

두 사람이 자유의 몸이 되었을 때 롤란트가 말했다. “이제 나는 아버지에게 가서 결혼식 준비를 하라고 하겠어.” “그럼 나는 그동안 여기 그대로 있을게.” 하고 소녀가 말했다. “너를 기다리겠어. 아무도 나를 알아보지 못하도록 들판의 붉은 돌로 변신할래.” 그리하여 롤란트는 떠나고 소녀는 붉은 돌이 되어 벌판에 서서 애인을 기다렸다. 그러나 집에 도착했을 때 롤란트는 다른 여자의 덫에 걸려 그 여자에게 넘어가 소녀를 잊어버렸다. 가엾은 소녀는 오랫동안 서 있었다. 그러나 그가 돌아오지 않자 마침내 슬퍼하며 꽃으로 변하면서 생각했다. '아마 누군가 와서 나를 짓밟겠지.'

그런데 양치기가 들판에서 양들을 지키다 꽃을 보고 너무 예뻐서 그 꽃을 꺾어 궤짝 속에 넣어 두었다. 그때부터 양치기의 집에 이상한 일이 일어났다. 아침에 양치기가 일어나면 이미 모든 일이 되어 있었다. 방은 비질이 되어 있고, 탁자와 의자가 닦여 있고, 화덕에 불이 피워져 있고, 물도 길어져 있었다. 점심때 집에 오면 식탁이 차려져 맛있는 음식이 놓여 있었다. 어떻게 그런 일이 있는지 양치기는 의아했다. 집에서 사람을 본 적이 없고, 그 작은 오두막에는 누가 몸을 숨길 수도 없었다. 이 좋은 대우가 물론 마음에 들었지만 마지막에는 겁이 나서 점쟁이에게 가서 방책을 물었다. 점쟁이가 말했다. "그 뒤에는 마법이 있습니다. 아침에 아주 일찍 방 안에서 뭔가가 움직이는지 주의해서 보세요. 무언가를 보면 그게 뭐든 얼른 그 위로 흰 천을 던지세요. 그러면 마법이 풀릴 겁니다."

다음 날 아침 막 날이 밝을 때 양치기는 궤짝이 열리고 꽃이 나오는 것을 보았다. 양치기는 점쟁이가 말한 대로 재빠르게 뛰어가 흰 천을 던졌다. 곧 변신이 풀리고 아름다운 소녀가 눈앞에 서 있었다. 소녀는 자기가 꽃이었으며 지금껏 살림을 해 왔다고 고백했다. 그러고는 자신의 운명에 대해 들려주었다. 소녀가 마음에 들어 양치기는 결혼하지 않겠냐고 물었다. 그러나 소녀는 "아니오." 하고 대답했다. 그가 자기를 버리기는 했지만 애인 롤란트를 변함없이 사랑하겠다고, 그러나 양치기를 떠나지 않고 앞으로도 그를 위해 살림을 돌보겠다고 했다.

이제 롤란트의 결혼식이 거행될 때가 다가왔다. 그러자 그 지역의 오랜 풍습에 따라 모든 소녀가 참석해 신랑 신부를 축하하는 노래를 불러야 한다고 두루 알렸다. 롤란트에 대한 마음이 변함없는 소녀는 그 이야기를 듣자 슬퍼서 몸속의 심장이 터져 버리는 것만 같아 가지 않으려고 했다. 하지만 다른 사람들이 와서 소녀를 데리고 갔다. 그러나 노래를 부를 차례가 오면 소녀는 뒤로 물러났다. 마침내 소녀만 남게 되자 어쩔 도리가 없었다. 그런데 소녀가 노래를 시작했을 때 그 노래가 귀에 가닿자 롤란트가 펄쩍 뛰어 일어나 외쳤다. "내가 잘 아는 목소리야. 이게 내 진짜 신부야, 다른 신부는 원하지 않아." 그가 잊어버렸고 그의 생각에서 사라져 버렸던 모든 것이 갑자기 롤란트의 마음속에 되살아났다. 그리하여 소녀는 애인 롤란트와 결혼식을 올렸고, 큰 슬픔이 끝나고 기쁨이 시작되었다.

57

황금 새

옛날에 왕이 있었는데 그의 성 뒤편에는 황금 사과가 열리는 나무가 있는 아름다운 뜰이 있었다. 사과가 익자 정원지기가 열매를 모두 헤아려 두었으나 그다음 날 아침 다시 세어 보니 한 개가 모자랐다. 그 사실을 보고받고 왕은 밤마다 나무 아래에 보초를 세우게 했다. 왕에게는 아들이 셋 있었는데 그날 밤 맏아들을 뜰로 보내 나무를 지키게 했다. 그러나 한밤중이 되자 그는 쏟아지는 졸음을 도저히 참을 수가 없었다. 아침에 일어나 보니 또 사과 하나가 없어졌다.

그다음 날 밤에는 둘째 아들이 지켰는데 형보다 나을

게 없었다. 12시가 되자 잠이 들었고, 아침에 또 사과 하나가 없어졌다. 이제 막내 아들이 지킬 차례였다. 막내는 이미 각오하고 있었다. 그러나 왕은 막내가 그 일을 해 내리라고는 믿지 않았고 두 형들만 못할 거라고 생각했다. 막내 왕자는 나무 아래에 드러누워 나무를 지키며 이를 악물고 졸음을 견뎠다. 12시를 치자 무언가 공중에서 서걱이는 소리가 나더니 달빛 속에서 새 한 마리가 날아오는 모습이 보였다. 깃털이 온통 황금빛으로 반짝였다. 새가 나무에 앉아 막 사과 하나를 부리로 쪼았을 때 막내 왕자가 새를 향해 화살을 쏘았다. 새는 날아가 버렸지만 화살이 새의 황금빛 깃털 하나를 맞추어 떨어뜨렸다. 막내 왕자는 그걸 주워 들고 다음 날 아침 왕에게 가지고 가서 지

난밤에 무슨 일이 있었는지 이야기했다. 왕은 신하들을 불러 모아 의논했다. 모두 이 깃털 하나만으로도 나라 전체보다 값지다고 말했다. "이 깃털이 그토록 귀하다면……." 하고 왕이 말했다. "이 깃털 하나로 무슨 소용이 있겠느냐. 난 그 새를 통째로 가지고 싶다, 가지고야 말겠다."

맏아들이 황금 새를 찾기 위해 길을 떠났다. 그는 자신이 영리하다고 생각했기 때문에 황금 새는 이미 찾은 거나 다름없다고 여겼다. 한참을 걷다 보니 숲 가장자리에 여우 한 마리가 앉아 있었다. 맏아들이 화살을 재어 겨냥했다. 그러자 여우가 외쳤다. "나를 쏘지 말아요. 그 대신 좋은 충고를 해 드리겠어요. 황금 새를 잡으러 가는 중이지요? 오늘 저녁에 왕자님은 두 여관이 마주 서 있는 마을에 들어가게 될 거예요. 하나는 환하게 불을 밝히고 모두 흥겹게 놀고 있을 텐데 거기로는 가지 말아요. 비록 보기 좋지 않더라도 다른 쪽 여관으로 가세요." '저런 멍청한 짐승이 나한테 분별 있는 충고를 하겠는가!'라고 생각하며 왕자는 활을 쏘았다. 그러나 맞히지 못했다. 여우는 꼬리를 내뻗고 재빨리 숲속으로 달아났다. 그는 가던 길을 가서 저녁 무렵 마침내 여관이 둘 있는 마을에 들어섰다. 한 집에서는 사람들이 노래 부르며 놀았고, 다른 집은 보기에도 초라하고 처량했다. '내가 바보겠지…….' 하고 그는 생각했다. '멋진 여관을 두고 저런 누추한 여관에 든다면.' 맏아들은 사람들이 흥겹게 놀고 있는 여관으로 들어갔다. 거기서 흥청망청 지내다 보니 황금 새며 아버지며 그동안 배운 좋은 가르침을 모두 잊어버리고 말았다.

시간은 흘렀고, 아무리 기다려도 맏아들이 돌아오지 않자 둘째가 황금 새를 찾아보겠다고 길을 떠났다. 맏아들처럼 둘째 아들도 여우를 만났고, 여우가 좋은 충고를 해 주었지만 무시했다. 둘째 아들도 여관이 둘 있는 곳에 이르렀다. 환호성이 울려 나오는 창문에서 형이 그를 불렀다. 둘째 아들은 거절하지 못하고 안으로 들어가 모든 것을 잊은 채 즐거움에 취해 지냈다.

또다시 시간이 흘러 막내 왕자가 길을 떠나 자신의 용기와 능력을 시험해 보려고 했지만 아버지가 허락하지 않았다. "소용없는 짓이야." 하고 왕이 말했다. "저 애는 형들보다 황금 새를 더 못 찾을 거야. 만일 불행한 일을 당하게 되면 자신을 구할 방법도 모를 테지. 저 애는 아주 뛰어나지 않으니까." 하지만 막내 왕자가 자꾸 조르자 마침내 왕은 떠나게 했다. 숲 앞에 또 여우가 앉아 있었고, 살려 달라고 했고, 좋은 충고를 해 주었다. 막내 왕자는 너그러운 사람이었다. 그가 "진정해라, 여우야, 너를 해치지 않으마." 하고 말하자 여우가 고마워하며 말했다. "후회하지 않게 해 드릴게요. 더 빨리 갈 수 있게 내 꼬리에 타세요.” 막내 왕자가 꼬리에 앉자 여우는 달리기 시작했다. 그루터기며 돌을 휙휙 넘고 바람에 털을 휘날리며 달려갔다. 마을에 닿자 막내 왕자는 여우의 등에서 내려 뒤도 돌아보지 않고 허름한 여관으로 들어가 편안하게 밤을 지냈다.

다음 날 아침 막내 왕자가 들판으로 나오자 벌써 여우가 와 있었다. 여우가 말했다. “무얼 해야 할지 또 말씀드릴게요. 계속 똑바로만 가세요. 그러면 어느 성에 닿을 거고 성 앞에 군인들이 드러누워 있을 겁니다. 그래도 아무 상관 마세요. 모두 코를 골며 자고 있을 테니까. 그 한가운데를 지나 곧장 성으로 들어가세요. 성안의 모든 방을 지나면 마지막 방에 황금 새가 든 나무 새장이 매달려 있답니다. 옆에는 화려하게 꾸민 황금 새장이 텅 빈 채 놓여 있을 거고요. 그렇지만 새를 나무 새장에서 꺼내어 화려한 새장에 넣지 않도록 조심하세요. 그러지 않으면 나쁜 일이 있을 테니까요.” 말을 마치자 여우는 또 꼬리를 내주었다. 왕자가 올라탔다.

여우는 그루터기며 돌을 휙휙 넘어 달렸고 털이 바람에 나부꼈다. 왕자가 성에 도착하니 모든 것이 여우가 말한 그대로였다. 왕자는 마지막 방에 들어갔다. 여우의 말대로 황금 새가 나무 새장 속에 앉아 있었고 그 옆에 황금 새장이 있었다. 또 황금 사과 세 개가 방 안 여기저기에 굴러다녔다. 왕자는 생각했다. '아름다운 새를 저렇게 보기 흉하고 값싼 새장에 넣어 두다니. 말도 안 돼.' 왕자는 새장을 열고 새를 잡아 황금 새장에 옮겨 넣었다. 그 순간 새가 찢어질 듯한 소리로 울어 댔다. 그 소리에 잠을 깬 병사들이 달려 들어와 왕자를 감옥에 넣었다. 다음 날 막내 왕자는 재판을 받았다. 막내 왕자는 모든 것을 고백하고 사형 선고를 받았다. 왕은 만약 막내 왕자가 바람보다 빨리 달린다는 황금 말을 가져다주면 목숨을 살려 주겠다고 한 가지 조건을 제시했다. 또한 상으로 황금 새를 받게 될 거라고 했다.

왕자는 길을 떠났다. 한숨이 절로 나오고 슬펐다. 어디에서 황금 말을 찾아야 할지 알 수 없었다. 그때 옛 친구인 여우가 길가에 앉아 있는 것이 보였다. "왕자님." 하고 여우가 말했다. "내 말을 듣지 않아서 이렇게 되었군요. 그렇지만 기운을 내요. 황금 말이 있는 곳으로 가는 방법을 일러 드리겠어요. 곧장 가세요. 그러면 어느 성에 닿을 텐데 그곳 마구간에 그 말이 있어요. 마구간 앞에는 마구간지기들이 누워 있을 거예요. 그렇지만 모두 코를 골며 쿨쿨 자고 있을 테니 아무 걱정 없이 말을 꺼내 올 수 있어요. 그러나 한 가지 주의하세요. 말한테 나무와 가죽으로 된 안 좋은 안장을 얹어요. 그 옆에 걸린 황금 안장을 얹지 말고요. 그러지 않으면 나쁜 일이 있을 테니까요." 여우가 꼬리를 펼쳤고 왕자가 올라앉았다.

여우는 그루터기며 돌을 휙휙 넘어 털이 바람에 휘날리게 달렸다. 성으로 가자 모든 것이 여우가 말한 대로였다. 왕자가 황금 말이 있는 마구간으로 들어갔다. 나쁜 안장을 얹으려다 왕자는 생각했다. '말에 어울리는 훌륭한 안장을 얹지 않는다면 이렇게 멋진 말에게 치욕을 주는 셈이지.' 그러나 황금 안장이 닿자마자 말이 큰 소리로 울기 시작했다. 마구간지기들이 깨어나 왕자를 감옥에 집어넣었다. 다음 날 아침 왕자는 재판에서 사형 선고를 받았다. 그런데 왕이 만약 황금 성의 공주를 데려올 수 있다면 목숨을 살려 주고 황금 말까지 주겠다고 약속했다.

무거운 마음으로 왕자는 길을 떠났다. 그러나 다행히 곧 여우를 다시 만났다. "그냥 내버려 두어야 마땅하겠지만……." 하고 여우가 말했다. "그래도 왕자님이 불쌍하니 한 번만 더 어려움을 벗어날 수 있도록 도와 드리겠어요. 이 길을 똑바로 가면 황금 성에 닿아요. 저녁때 도착할 텐데 밤이 되어 사방이 고요해지면 아름다운 공주님이 목욕을 하러 욕실로 갑니다. 공주님이 탕에 들어가거든 재빨리 뛰어들어 입을 맞추세요. 그러면 공주님이 왕자님을 따라올 거예요. 단 공주가 떠나기 전에 부모에게 작별 인사를 하겠다고 청해도 절대 허락해선 안 됩니다. 그러지 않으면 나쁜 일이 있을 테니까요." 여우가 꼬리를 펼쳤고 왕자가 올라앉았다.

여우는 그루터기며 돌을 휙휙 넘어 털이 바람에 휘날리게 달렸다. 황금 성에 도착하니 여우가 말한 대로였다. 왕자는 한밤중까지 기다렸다. 모두 깊이 잠들고 아름다운 공주가 욕실로 갔을 때 왕자는 뛰어나와 입을 맞추었다. 공주는 기꺼이 왕자를 따라가겠노라고 말했다. 그러나 떠나기 전에 부모와 작별 인사를 하게 해 달라고 눈물을 흘리며 간청했다. 왕자는 처음에 거절했지만 공주가 한없이 울고 발밑에 쓰러지기까지 하자 결국 생각을 바꾸었다. 그러나 공주가 아버지 침대로 다가가자마자 왕이 잠에서 깨어났다. 성안에 있는 병사들도 모두 깨어나 결국 왕자는 붙잡혀 감옥에 들어가고 말았다.

다음 날 아침 왕이 말했다. "네 목숨은 이제 끝이야. 그

렇지만 네가 내 방의 풍경을 가로막는 창 너머 저 산을 옮길 수 있다면, 그것도 여드레 안에 해낸다면 은혜를 베풀겠다. 그렇게 할 수 있으면 상으로 내 딸을 주지.” 왕자는 일을 시작해 쉬지 않고 땅을 파고 흙을 퍼냈다. 이레가 지났다. 왕자는 자신이 해 놓은 일이 얼마나 보잘것없고 안 한 것이나 다름없는지를 보고 큰 슬픔에 잠겨 모든 희망을 버렸다. 그런데 일곱째 날 저녁에 여우가 나타났다. “왕자님은 용서받을 자격이 없어요. 그렇지만 그냥 가서 자요. 내가 대신 일을 하지요.” 다음 날 아침 왕자가 잠에서 깨어 창밖을 내다보니 산이 사라지고 없었다. 왕자는 기뻐하며 왕에게 달려갔다. 정말 산이 없어진 것을 본 왕은 싫든 좋든 약속을 지켜 왕자에게 딸을 주어야 했다.

왕자와 공주는 함께 길을 떠났다. 얼마 가지 않아 충직한 여우가 다시 나타났다. “제일 좋은 것을 가지기는 하셨습니다만…….” 하고 여우가 말했다. “황금 성을 나온 공주님에게는 황금 말이 있어야 하지 않겠어요?” “어떻게 내가 그걸 얻겠느냐?” 하고 왕자가 물었다. “말씀드리죠.” 하고 여우가 말했다. “우선 왕자님을 황금 성으로 보냈던 왕에게 아름다운 공주님을 데려가요. 그러면 모두 이루 말할 수 없이 기뻐할 거예요. 사람들은 고마워하며 기꺼이 왕자님한테 황금 말을 주려고 그 말을 끌어내 올

테지요. 그러면 곧장 말에 올라타고 모든 사람에게 손을 내밀어 작별의 악수를 하세요. 마지막으로 아름다운 공주님께도 손을 내밀어야 하세요. 공주님의 손을 잡거든 얼른 말에 태워 그냥 내달려요. 그러면 누구도 왕자님을 따라잡지 못해요. 그 말은 바람보다 빠르니까요."

모든 일이 잘되어서 왕자는 아름다운 공주를 황금 말에 태워 떠날 수 있었다. 여우가 쫓아와 말했다. "이제 황금 새를 가지도록 도와 드리겠어요. 새가 있는 성 가까이 가거든 공주님을 말에서 내리게 하세요. 그러면 내가 돌봐 드릴게요. 그리고 황금 말을 타고 성의 뜰로 들어가세요. 왕이 말을 보고 크게 기뻐서 왕자님께 새를 가져다줄 거예요. 새장을 받아 들자마자 내달려 우리가 있는 곳으로 와서 공주님을 다시 말에 태워 데려가세요."

모든 일이 뜻대로 이루어져 왕자는 공주와 황금 말과 황금 새를 가지고 고향으로 돌아가려 했다. 그때 여우가 말했다. "이제 왕자님이 나를 도와주어야겠어요." "무얼 원하느냐?" 하고 왕자가 물었다. "우리가 저기 숲을 지날 때 나를 죽이세요. 목과 앞발을 잘라요." "아니 그런 배은망덕한 일이 어디 있느냐. 그렇게는 못 하겠다." "만약 하지 않겠다면 왕자님을 떠나야겠군요. 그렇지만 떠나기 전에 충고를 드리겠어요. 두 가지를 주의하세요. 목매단 고기를 사지 말고 샘가에 앉지 마세요." 그러고 나서 여우는 숲속으로 뛰어 들어가 버렸다. 왕자는 생각했다. '참 이상한 짐승이야, 별 괴상한 생각을 다 하는군. 목매단 고기를 누가 사겠어. 그리고 샘가에 앉고 싶은 마음은 아직 한 번도 가져 본 적이 없는데."

왕자는 아름다운 공주와 내처 달려 두 형들이 머물고 있는 마을까지 다시 왔다. 마을에는 큰 소동이 있었다. 왕자가 무슨 일인지 묻자 두 사람이 교수형을 받게 되었다고 했다. 가까이 가 보니 그의 형들이었다. 두 사람은 온갖 나쁜 짓을 저지르고 재산을 모두 써 버리고 말았다. 왕자는 그들을 풀어 줄 방법이 있는지 물었다. "몸값을 내겠다면 그럴 수 있지! 그렇지만 무엇 때문에 이런 나쁜 사람들을 위해 돈을 쓴단 말이오!" 하고 간수장이 말했다. 그러나 왕자는 생각도 해 보지 않고 몸값을 치렀다. 형들이 풀려나자 다들 함께 길을 떠났다.

걷다 보니 처음 여우를 만난 숲이 보였다. 바깥에는 뜨거운 해가 내리쬐었지만 숲속은 서늘하고 아늑했다. 두 형이 말했다. "여기 샘가에서 조금 쉬면서 물도 마시고 뭘 좀 먹자!" 막내 왕자는 그러자고 했다. 여우의 주의를 깜빡 잊었고, 나쁜 일은 꿈에도 생각하지 않았다. 그때 뒤에서 두 형이 왕자를 샘으로 밀어 넣었다. 그러고는 공주와 말과 새를 가지고 아버지에게 갔다. "저희가 가져온 건 황금 새만이 아닙니다." 두 형들은 아버지에게 말했다. "황

금 말에 황금 성의 공주까지 데려왔습니다." 아버지는 크게 기뻐했다. 그러나 말은 아무것도 먹지 않고 새는 울지 않았으며 공주는 앉아서 울기만 했다.

한편 왕자는 죽은 게 아니었다. 다행히 샘이 말라 있어서 왕자는 다치지 않고 부드러운 이끼 위에 떨어졌다. 그렇지만 샘이 워낙 깊어 다시 나올 수가 없었다. 충직한 여우가 왕자를 버려두지 않았다. 여우는 곧 달려와서 충고를 잊은 왕자를 나무랐다. "그렇지만 이대로 둘 수는 없군요. 다시 나오게 도와 드리겠어요." 여우는 꼬리를 꼭 잡으라면서 왕자를 끌어냈다. "아직 모든 위험을 벗어난 게 아닙니다." 하고 여우가 말했다. "형들이 왕자님이 아직 죽지 않았으면 어쩌나 하고 숲을 빙 둘러 파수병들을 세워 놓았어요. 왕자님이 나타나면 죽일 거예요."

성으로 길을 떠난 왕자는 도중에 한 가난한 사람과 옷

을 바꿔 입고 무사히 성에 도착했다. 아무도 왕자를 알아보는 사람이 없었지만 새가 울기 시작했고, 말은 먹이를 먹기 시작했으며, 예쁜 공주가 울음을 그쳤다. 이상하게 여긴 왕이 물었다. "이게 어찌 된 일이냐?" 그러자 공주가 대답했다. "저는 무척이나 슬펐습니다. 그런데 왠지 모르지만 지금은 아주 기뻐요. 진짜 약혼자가 돌아온 것 같아요." 두 왕자가 사실을 입 밖에 내면 죽이겠다고 위협했지만 공주는 왕에게 모든 사실을 이야기했다. 왕은 성 안에 있는 사람을 모두 불렀다. 누더기를 입은 막내 왕자도 왔다. 누더기 차림이었지만 공주는 금방 왕자를 알아보고 달려가 목을 얼싸안았다. 악독한 두 형은 붙잡혀서 큰 벌을 받고 막내 왕자는 공주와 결혼해 왕의 상속자가 되었다.

그런데 가엾은 여우는 어떻게 되었을까? 오랜 세월이 지난 어느 날 다시 숲으로 간 왕자는 우연히 여우를 만나게 되었다. 여우가 말했다. "이제 왕자님은 원하던 모든 것을 가졌어요. 그렇지만 내 불행은 끝이 없군요. 나를 구원해 줄 힘이 왕자님한테 있는데도요." 여우는 또다시 자기를 쏴 죽이고 머리와 앞발을 베어 달라고 간절히 부탁했다. 왕자는 할 수 없이 여우의 간청을 들어주었다. 그런데 머리와 손발을 베자마자 여우가 사람으로 변했다. 여우는 다름 아닌 아름다운 공주의 오빠였다. 공주의 오빠가 드디어 마법에서 풀려났다. 그 후 그들은 조금도 부족함 없이 오래오래 행복하게 살았다.

58

개와 참새

사냥개 한 마리가 굶주림에 시달리게 하는 주인을 더 이상 견딜 수 없어 아주 구슬프게 길을 떠났다. 거리에서 참새를 만났는데 참새가 말했다. "개 형님, 왜 그렇게 슬퍼하세요?" 개가 대답했다. "배가 고파, 먹을 게 아무것도 없어." 그러자 참새가 말했다. "형님, 같이 도시로 가요." 그래서 둘은 함께 도시로 갔고, 그들이 푸줏간 앞에 다다랐을 때 참새가 "여기 계세요. 형님 드릴 고기를 한 점 물어 올게요." 하며 푸줏간 판매대로 내려앉아 누가 알아채지 않는지 둘러보고는 가장자리에 놓인 고기 조각을 떨어질 때까지 쪼고 밀고 당겼다. 그러자 개가 그걸 물고 한 귀퉁이로 가서 먹었다. 참새가 말했다. "이제 함께 다른 가게에 가 봐요, 거기서 형님이 배부를 만한 조각을 더 가져다 드릴게요." 개가 두 번째 조각까지 먹고 났을 때 참새가 물었다. "개 형님, 이제 배부르세요?" "그래, 고기는 실컷 먹었다." 하고 개가 대답했다. "하지만 빵은 아직 못 먹었어." "그것도 먹게 해 드릴게요, 함께 가기만 하세요." 하고 참새가 말했다. 그러고는 개를 빵 가게로 데려가 작은 빵 몇 개를 굴러떨어질 때까지 쪼았다. 개가 좀 더 원하자 다른 빵 가게로 인도해 다시 한번 빵을 떨어뜨려 주었다. 그걸 먹고 나자 참새가 말했다. "개 형님, 이젠 배부르시죠?" "그래." 하고 개가 대답했다. "이제 우리 교외로 가자."

그리하여 둘은 신작로로 나왔다. 하지만 날씨가 따뜻해 모퉁이를 돌고 나자 개가 말했다. "피곤해서 자고 싶구나." "그래요, 주무세요." 하고 참새가 대답했다. "그동안 나는 나뭇가지 위에 앉아 있겠어요." 개는 길에 누워 잠이 들었다. 개가 누워 자는 동안에 마부가 다가왔다. 마부는 말 세 필이 끄는 수레에 포도주 두 통을 싣고 있었다. 그런데 마부가 비켜 가지 않고 개가 누워 있는 길을 그대로 지나가려는 것을 보고 참새가 외쳤다. "마부님, 그러지 말아요, 그러면 가난해지게 만들 거예요." 하지만 마부는 혼자 툴툴거렸다. "네가 나를 가난뱅이로 만들진 못하지."

그러고는 채찍을 날려 개 위로 마차를 몰아 개가 바퀴에 치여 죽었다. 참새가 말했다. "우리 개 형님을 치여 죽였네. 수레와 말로 대가를 치르게 하겠어." "그러렴, 수레와 말로 대가를, 흥." 하고 마부가 말했다. "너 따위가 나한테 무슨 해를 끼치겠어!" 하고 그는 계속 수레를 몰고 갔다. 그러자 참새가 마차 덮개 밑으로 들어가 마침내 깨질 때까지 마개를 쪼아 댔고, 마부가 알아차리지 못하는 사이에 술이 모두 흘러나왔다.

한순간 마부가 뒤를 돌아보니 마차에서 물이 떨어지는 게 보였고, 통들을 조사해 보니 하나가 비어 있었다. "아, 난 가난한 사람이야!" 하고 그가 외쳤다. "아직은 충분히 가난하지 않아." 하고 참새가 말하며 말 머리 위로 올라가서 두 눈을 쪼았다. 마부가 쇠스랑을 꺼내서 치려 했으나 참새는 높이 날아오르고 마부가 때린 건 말의 머리여서 말이 쓰러져 죽었다. "아, 난 가난한 사람이야!" 하고 그가 외쳤다. "아직은 충분히 가난하지 않아." 하고 참새가 말했다.

마부가 말 두 필로 계속 가고 있을 때 참새가 다시 덮개 밑으로 기어들어 두 번째 포도주 통의 마개를 쪼아 술이 다 쏟아졌다. 마부가 그것을 알자 다시 소리쳤다. "아, 난 가난한 사람이야!" 그러나 참새는 "아직은 충분히 가난하지 않아." 하며 두 번째 말의 머리에 앉아 두 눈을 쪼았다. 마부가 달려와 쇠스랑을 꺼냈으나 참새는 높이 날아올랐다. 그러자 타격은 말을 맞추어 말이 쓰러졌다. "아, 난 가난한 사람이야!" "아직은 충분히 가난하지 않아." 하고 참새가 말하며 세 번째 말의 머리에 앉아 두 눈을 쪼았다. 마부는 화가 나 둘러보지도 못하고 참새를 향해 내리쳤으나 참새는 못 맞히고 세 번째 말을 때려죽였다. "아, 난 가난한 사람이야!" 하고 그가 외쳤다. "아직은 충분히 가난하지 않아." 하고 참새가 말했다. "이제 당신 집이 가난해지게 만들겠어." 하며 참새가 날아갔다.

마부는 마차를 세워 두고 화가 있는 대로 나서 집으로 걸어갔다. "아……." 하고 그가 아내에게 말했다. "무슨 불운인지! 술은 새어 나가고 말 세 필은 모두 죽었어." "아, 여보……." 하고 아내가 말했다. "무슨 고약한 새가 집 안으로 들어왔는지! 이 새가 세상의 모든 새를 다 불러왔는데 그 새들이 저기 우리 밀 위에 내려앉아 다 먹어 치우고 있어." 그리하여 마부가 다락으로 올라가 보니 새들 수천 수만 마리가 다락방에 앉아 밀을 먹고 있었다. 그 한가운데에 참새가 앉아 있었다. 그래서 마부가 외쳤다. “아, 난 가난한 사람이야!” 그러자 참새가 말했다. “아직은 충분히 가난하지 않아.” 참새가 “마부, 이건 당신 목숨으로 값을 치러야 하는데.” 하며 날아갔다.

마부는 모든 재산을 잃고 방으로 내려와 난로 뒤에 앉았는데 화가 머리끝까지 나서 독이 올라 있었다. 그런데 참새가 바깥 창문 앞에 앉아서 외쳤다. “마부, 이건 당신 목숨으로 값을 치러야 하는데.” 그러자 마부가 쇠스랑을 집어 참새에게 던졌다. 그러나 유리창만 두 쪽 내고 새는 맞히지 못했다. 참새는 이제 풀쩍 뛰어 들어와 난로 위에 앉아 외쳤다. “마부, 이건 당신 목숨으로 값을 치러야 하는데.” 화가 나서 완전히 제정신을 잃고 물불 가리지 않게 된 마부는 난로를 때려 두 동강을 냈다. 그렇게 참새가 이리저리 날아가는 대로 모든 집기, 거울, 의자, 탁자, 마지막으로 벽을 박살 냈건만 참새는 맞힐 수 없다. 그러자 아내가 말했다. “이놈을 때려죽일까요?” “아니.” 하고 그가 외쳤다. “그건 너무 온화해, 저놈은 훨씬 더 흉악하게 죽어야 해, 내가 저걸 집어삼키겠어.” 그러고는 참새를 잡아 꿀꺽 삼켰다. 그러나 참새는 그의 몸속에서 파닥거리기 시작하더니 다시 입으로 날아올랐다. 그러고는 입 속에서 머리를 내밀고 외쳤다. “마부, 이건 당신 목숨으로 값을 치러야 하는데.” 마부는 아내에게 쇠스랑을 내밀며 말했다. “여보, 내 입 속에 든 새를 쳐서 죽여 줘.” 여자가 쳤으나 잘못하여 마부의 머리를 정통으로 쳐서 마부가 쓰러져 죽었다. 참새는 날아올라 떠났다.

59

대단한 프리더와 대단한 카터리스헨

옛날에 프리더라는 남자와 카터리스헨이라는 여자가 있었다. 두 사람은 결혼해서 젊은 부부가 되어 함께 살았다. 어느 날 프리더가 말했다. "지금 밭에 가야겠어, 카터리스헨. 내가 돌아오면 배고플 거라 뭔가 구운 것이 식탁에 차려져 있어야 해. 목마를 테니 신선한 음료도 곁들여야 하고." "가기나 해, 프리더." 하고 카터리스헨이 말했다. "가기나 하라고, 다 당신한테 맞추어 놓을 테니." 그리하여 식사 시간이 다가오자 그녀는 굴뚝에 매달아 둔 소시지를 하나 꺼내 프라이팬에 넣고 버터를 둘러 불 위에 올렸다. 소시지가 익으며 지글거리기 시작했다. 카터리스헨은 옆에 서서 프라이팬 손잡이를 잡고 생각했다. 그러자 좋은 생각이 떠올랐다. '소시지가 준비되는 동안 지하실로 가서 맥주를 따르면 되잖아.' 그래서 프라이팬 손잡이를 잘 두고 주전자를 들고 지하실로 내려가 맥주를 따랐다. 맥주가 주전자 속으로 흘러 들어갔고, 카터리스헨은 그걸 바라보고 있다가 문득 생각이 났다. '이런, 위에 개를 묶어 놓지 않았네. 개가 프라이팬에서 소시지를 꺼낼지도 몰라. 그러기만 했단 봐라!' 하여 단숨에 지하실 계단을 달려 올라왔다. 그런데 스피츠는 벌써 소시지를 입에 물고 땅에 질질 끌며 빙글빙글 돌고 있었다. 하지만 카터리스헨은 게으르지 않아 멀리 들판으로 개를 뒤쫓았다. 그러나 개가 더 재빨랐다. 소시지도 놓치지 않으면서 고랑을 풀쩍 풀쩍 뛰어넘었다. "간 건 간 거야!" 하며 카터리스헨은 몸을 돌렸다. 달리느라 피곤했기 때문에 꽤 천천히 걸으면서 몸을 식혔다. 그동안 맥주는 통에서 계속 흐르고 있었다. 카터리스헨이 꼭지를 감그지 않았기 때문이다. 하여 주전자가 가득 차도 맥주는 그치지 않고 마침내 커다란 술통

이 다 빌 때까지 지하실로 흘렀다. 카터리스헨은 이미 계단 위에서 그 불행한 사태를 보았다. "난리 났네." 하고 외쳤다. "프리더가 모르게 하려면 지금 무얼 해야지!" 잠깐 생각하다 마침내 좋은 생각이 떠올랐다. 지난 장날에 사 온 품질 좋은 밀가루가 든 포대가 아직 다락에 있었다. 그걸 가져와 맥주 위에 뿌릴 생각이었다. "그래. 제때 뭘 아껴 두는 사람은 나중에 어려울 때 그걸 쓰지." 하며 카터리스헨은 다락으로 올라가 자루를 가져다 던졌는데 맥주가 가득 찬 주전자 위에 바로 떨어져 주전자가 쓰러지고 프리더가 마실 맥주마저 지하실에 흘렀다. "이러는 게 정말 맞아." 하고 카터리스헨이 말했다. "하나가 있는 곳에 다른 것도 있어야 해." 그러면서 지하실 전체에 밀가루를 뿌렸다. 그게 다 끝나자 자기가 한 일에 무척 기뻐하며 말했다. "얼마나 말쑥하고 깨끗해 보여."

점심때 프리더가 집으로 왔다. "자, 여보, 나를 위해 무얼 준비해 두었지?" "아, 프리더……." 하고 그녀가 대답했다. "소시지를 구우려고 했어. 그런데 내가 맥주를 따르는 동안 개가 프라이팬에 든 소시지를 물고 갔고, 내가 개를 뒤쫓아 뛰어가는 동안 맥주가 다 흘렀고, 내가 밀가루로 맥주를 말리려는데 주전자마저 엎어졌어. 하지만 안심해, 지하실은 다시 말랐으니." 프리더가 말했다. "카터리스헨, 카터리스헨, 그러지 말았어야지! 소시지를 물고 가고 맥주가 술통에서 흘러 버리게 두고, 게다가 우리 고운 밀가루를 쏟아 버리다니!" "글쎄, 프리더, 그건 내가 몰랐어, 나한테 이야기해 주었어야지." 남편은 생각했다. '아내가 이러면 네가 좀 더 조심해야지.'

이제 그는 상당한 돈을 모아 그걸 금으로 바꾸고는 카터리스헨에게 말했다. "봐, 이게 누런 엽전이야. 이걸 냄비에 담아 외양간 소 여물통 밑에 파묻을 거야. 하지만 당신은 가까이 가지 마. 그러면 좋지 않을 거야." 그녀가 말했다. "안 그럴게, 프리더, 절대로 가지 않을 거야." 그런데 프리더가 떠났을 때 그릇을 파는 행상들이 마을로 와서 젊은 여자에게 거래할 게 없느냐고 물었다. "오, 여러분." 하고 카터리스헨이 말했다. "나는 돈이 없어서 아무것도 못 사요. 하지만 여러분이 누런 엽전을 필요로 하신다면 아마 나도 사겠지요." "누런 엽전, 좋고말고! 한번 보여 주세요." "외양간으로 가서 소 여물통 밑을 파 봐요. 그러면 누런 엽전을 찾을 거예요. 나는 거기 있으면 안 돼요." 나쁜 사람들은 거기로 가서 땅을 파고 순금을 찾아냈다. 그러자 냄비며 그릇들은 내버려 둔 채 그걸 집어 들고 내뺐다. 카터리스헨은 새 그릇을 써야겠다고 생각했다. 부엌에는 그릇이 부족하지 않아 있던 모든 그릇의 밑바닥에 구멍을 내고 집 둘레의 울타리 기둥들 위에 장식으로 꽂았다. 프리더가 와서 새로운 장식들을 보고 말했다. "카테리스헨, 무얼 한 거지?" "샀어, 프리더, 외양간 소 여물통 밑에 있던 누런 엽전을 주고. 나는 가까이 가지 않고 행상들이 파내야 했지." "아, 여보." 하고 프리더가 말했다. "무슨 짓을 한 거지! 그건 엽전이 아니야, 그건 순금이고 우리의 전 재산이었어. 그런 짓은 하지 말았어야지." "글쎄, 프리더." 하고 그녀가 대답했다. "그건 몰랐어, 미리 이야기해 주었어야지." 카테리스헨은 한참 서서 생각해 보고 말했다. "이봐, 프리더, 그 금을 되찾아. 도둑들을 뒤따라가." "자, 그럼……." 하고 프리더가 대답했다. "해 보자고. 하지만 빵과 치즈는 가지고 가, 가는 길에 먹을 게 있어야지." "그래, 프리더, 그건 가지고 갈게."

그들은 떠났다. 프리더가 더 잘 걸었기 때문에 카테리스헨은 뒤떨어져서 걸었다. '이게 나한테 유리하지.' 하고 카테리스헨은 생각했다. '우리가 방향을 바꾸면 내가 조금 앞서 있는 거야.' 그러다 길 양쪽으로 바큇자국이 깊이 파인 언덕에 다다랐다. "저기 좀 봐." 하고 카테리스헨이 말했다. "가엾은 땅을 왜 찢고 껍질 벗기고 짓눌러 놓았지! 이건 평생 다시 회복이 안 될 거야." 불쌍히 여기는 마음이 들어 그녀는 그렇게 짓눌리지 않도록 버터를 바큇자국 왼쪽 오른쪽에 문질렀다. 그러고는 그 따뜻한 마음으로 몸을 숙이고 있을 때 치즈가 주머니에서 빠져 산 아래로 굴러 내려갔다. 카터리스헨이 말했다. "나는 일단 길을 올라왔으니 또 내려가진 않겠어. 아마 다른 애가 달려가서 다시 가져올 거야." 그래서 다른 치즈를 꺼내 굴렸다. 그러나 치즈가 되돌아오지 않아 세 번째를 굴러 떨어뜨리며 생각했다. '그들은 어울려 있고 싶지 혼자 다니긴 싫을 거야.' 셋 다 돌아오지 않자 그녀가 말했다. "이게 무슨 의미인지 모르겠네! 하지만 셋째가 길을 못 찾고 헤매고 있을지 몰라. 다들 불러오게 넷째를 보내야겠어." 그러나 네 번째가 세 번째보다 더 잘하지는 않았다. 그러자 카터리스헨은 화가 나 다섯째 여섯째마저 아래로 내던졌는데 그게 마지막 치즈였다. 카터리스헨은 한동안 서서 그들이 돌아오기를 기다렸다. 그러나 아무리 기다려도 오지 않자 말했다. "오, 너희는 죽어 봐야겠구나. 집에 안 오고 이렇게 멀쩡하게 오래 바깥에 있다니! 내가 더 이상 너희를 기다릴 줄 알아? 난 내 길을 갈 테니 너희는 뒤따라와. 나보다 더 젊은 다리를 가졌잖아."

카터리스헨은 계속 가서 프리더를 찾았다. 그는 뭔가 먹으려고 서서 기다리고 있었다. "자, 이제 가져온 것을 좀 꺼내 봐." 그녀는 아무것도 안 바른 빵을 내밀었다. "버터와 치즈는?" 하고 남편이 물었다. "아, 프리더……." 하고 카터리스헨이 말했다. "버터는 바큇자국에 칠했고 치즈

들은 곧 올 거야. 하나가 내게서 달아나서 다른 걸 보내 불러오게 했어." 프리더가 말했다. "그러지 말았어야지, 카터리스헨, 버터를 길에다 바르고 치즈를 산 밑으로 굴리다니." "글쎄, 프리더, 당신이 미리 이야기해 주었어야지."

그리하여 두 사람은 마른 빵을 함께 먹었다. 프리더가 말했다. "카터리스헨, 당신 떠날 때 집 단속했지?" "아니, 프리더, 당신이 미리 했어야지." "그럼 우리가 더 멀리 가기 전에 다시 집으로 가서 우선 집부터 살펴보고 다른 먹을 것도 가져와. 나는 여기서 당신을 기다릴 테니." 카터리스헨이 돌아가며 생각했다. '프리더는 뭔가 다른 걸 먹고 싶은 거야, 버터와 치즈는 맛이 없나 봐. 한 보자기 가득 마른 과일과 식초 한 항아리를 가져가야지." 그러고서 카터리스헨은 위쪽 쪽문에 빗장을 채우고 아래쪽 쪽문은 경첩을 풀어 어깨에 멨다. 문을 안전하게 두면 집이 잘 지켜질 게 틀림없다고 믿었다. 카터리스헨은 느긋이 길을 가며 생각했다. '프리더가 그만큼 더 오래 쉬겠지.' 다시 프리더에게 가서 그녀가 말했다. "여기, 프리더, 문이야. 이제 당신이 직접 집을 지킬 수 있어." "아, 하느님." 하고 그가 말했다. "내가 얼마나 똑똑한 아내를 두었는지! 뭐든 다 들어갈 수 있도록 아래 쪽문을 떼 오고 위 쪽문은 잠그다니. 이제 다시 집으로 가기는 너무 늦었어. 하지만 당신이 여기로 문을 가져왔으니 더 멀리도 지고 가겠지." "문은 내가 질게, 프리더. 하지만 마른 과일과 식초 항아리는 너무 무겁네. 그건 문에다 매달면 문이 지고 가겠지."

그들은 숲으로 들어가 나쁜 사람들을 찾았지만 찾지 못했다. 마침내 어두워지자 밤을 지내려고 나무에 올라갔다. 그러나 나무 위에 앉자마자 같이 가지 않으려는 것을 들고 가고, 그 물건들을 잃어버리기 전에 찾아내는 녀석들이 왔다. 녀석들은 마침 프리더와 카터리스헨이 있는 나무

밑에 주저앉아 불을 피우고 노획물을 나누려고 했다. 프리더가 다른 쪽으로 내려가 돌들을 모아 가지고 다시 올라와 도둑들에게 던져 죽이려고 했다. 그러나 돌들은 맞지 않았고, 나쁜 사람들이 외쳤다. "곧 아침이야, 바람이 솔방울을 흔들어 떨어뜨리네." 카터리스헨은 여전히 문을 어깨에 메고 있었다. 문이 어찌나 무겁게 누르는지 그녀는 마른 과일 탓이라고 생각하며 말했다. "프리더, 마른 과일을 내던져야겠어." "안 돼, 카터리스헨, 지금은 아니야." 하고 프리더가 대답했다. "마른 과일들이 우리가 여기 있는 걸 알게 할 거야." "아, 프리더, 던져야만 하겠어. 이게 나를 너무 심하게 짓눌러." "그럼 그러든가, 사형 집행인의 이름으로!" 그래서 마른 과일들이 나뭇가지들 사이로 굴러떨어지자 밑에 있는 녀석들이 말했다. "새들이 똥을 싸는군." 한참 지나 문이 여전히 짓눌렀기 때문에 카터리스헨이 말했다. "아, 프리더, 식초를 쏟아 버려야겠어." "안 돼, 카터리스헨, 그러면 안 돼. 식초가 우리가 여기 있는 걸 알게 할 거야." "아, 프리더, 쏟아 버려야만 하겠어, 이게 나를 너무 심하게 짓눌러." "그럼 그러든가, 사형 집행인의 이름으로!" 그래서 카터리스헨이 식초를 쏟아 녀석들이 식초로 젖었다. 그들은 서로 이야기했다. "벌써 이슬이 내려." 마침내 카터리스헨은 '날 이렇게 짓누르는 것이 아마도 문짝이겠지?' 생각하며 말했다. "프리더, 문짝을 내던져야겠어." "안 돼, 카터리스헨, 지금은 아니야. 문짝이 우리가 여기 있는 걸 알게 할 거야." "아 프리더, 나는 내던져야겠어, 이게 나를 너무 심하게 짓누르거든." "안 돼, 카터리스헨, 그거 단단히 잡고 있어." "아, 프리더, 나 이거 떨어뜨려." "에에……." 하고 프리더가 화가 나서 대답했다. "그럼 떨어뜨려, 악마의 이름으로." 그래서 문짝이 우당탕탕 요란한 소리를 내며 떨어지자 밑에 있던 녀석들이 "악마가 나무에서 내려온다." 하고 외치며 모든 걸 그냥 내버려 두고 후다닥 달아났다. 이른 아침에 아래로 내려왔을 때 두 사람은 모든 금을 되찾아 집으로 가져왔다.

다시 집에 왔을 때 프리더가 말했다. "카터리스헨, 이제 당신도 부지런해지고 일을 해야 해." "응, 프리더, 그럴게, 밭에 가서 곡식을 벨 거야." 밭에 도착하자 카터리스헨은 혼자 말했다. "자르기 전에 먹을까, 아니면 자르기 전에 잠을 잘까? 에이, 나는 먼저 먹겠어!" 그러고는 먹었고, 먹고 나자 졸렸고, 자르기 시작했는데 반쯤 꿈을 꾸며 앞치마, 치마, 윗옷까지 자기가 입은 옷을 모두 두 쪽으로 잘랐다. 긴 잠을 자고 난 듯 다시 정신이 맑아지자 카터리스헨은 반벌거숭이로 서서 자신에게 말했다. "이게 나야, 아니면 내가 아니야? 아, 이건 내가 아니야!" 그사이 밤이

되어 카터리스헨은 마을로 달려가 남편의 창문을 두드리며 외쳤다. "프리더?" "무슨 일이지?" "카터리스헨이 그 안에 있는지 알고 싶어." "응, 그럼." 하고 프리더가 대답했다. "아마 안에 누워 자고 있을걸." 그녀는 "좋아, 그럼 나는 분명 이미 집에 있네." 하고 떠났다.

바깥에서 카터리스헨은 도둑질을 하려는 나쁜 사람들을 만났다. 그러자 그들 곁으로 가서 말했다. "훔치는 것을 도와줄게." 도둑들은 여자가 지역의 상황을 잘 알려니 하며 흡족했다. 카터리스헨은 집들 앞으로 가서 외쳤다. "여러분, 뭐가 좀 있나요? 우리가 훔치려는데요." '이거 제대로 되겠군.' 하고 도둑들은 생각했고 다시 카터리스헨을 떨치기를 바랐다. 그래서 카터리스헨에게 말했다. "마을 앞 신부님 밭에 무가 있으니 가서 우리가 먹을 무를 뽑아 와." 카터리스헨은 밭으로 가서 무를 뽑기 시작했다. 그러나 하도 게을러 몸을 일으키지 않았다. 그때 어떤 사람이 지나가다 보고 멈추어 서서 저렇게 무를 파헤치는 건 악마라고 여겨 마을 신부에게 달려가서 말했다. "신부님, 무밭에서 악마가 무를 뽑고 있어요." "아, 하느님." 하고 신부가 말했다. "나는 한쪽 발을 절어요. 나가서 악마를 쫓을 수 없어요." 그 사람이 말했다. '그럼 제가 신부님을 업겠습니다." 그러고는 그를 업고 나갔다. 그들이 밭에 다다랐을 때 카터리스헨이 몸을 곧게 펴며 일어섰다. "아, 악마!" 하고 신부가 외쳤고, 두 사람은 서둘러 달아났는데 얼마나 겁이 났는지 신부는 그를 업은 사람이 성한 두 발로 달리는 것보다 다리를 절며 더 재빠르게 달렸다.

60

두 형제

옛날에 두 형제가 있었는데 하나는 부자이고 하나는 가난했다. 부자는 금 세공사이고 마음씨가 나빴다. 가난한 형제는 빗자루 엮는 일로 생계를 삼았으며 착하고 정직했다. 가난한 형제는 아이가 둘이었는데 쌍둥이라 두 개의 물방울처럼 서로 닮았다. 두 소년은 이따금 부자의 집을 오가며 남은 찌꺼기에서 뭔가 먹을 것을 얻었다. 한번은 가난한 사람이 삭정이를 주우러 숲에 갔다가 아직 한 번도 본 적이 없을 만큼 아름다운 황금빛 새를 보았다. 그래서 돌멩이를 집어 새를 향해 던졌고 운 좋게 맞혔지만 황금 깃털 하나만 떨어졌을 뿐 새는 날아가 버렸다. 그가 그 깃털을 형에게 가져가니 유심히 본 형이 "이거 순금인데!" 하며 대가로 많은 돈을 주었다. 다음 날 가난한 남자는 잔가지를 몇 개 자르려고 자작나무에 올라갔다. 그때 똑같은 새가 날아와 찾아보니 둥지에 황금으로 된 알 하나가 놓여 있었다. 그 새알을 집으로 가져와 형에게 주니 다시 "이거 순금인데!" 하며 그만한 값을 주었다. 마침내 형이 말했다. "그 새를 통째로 가지고 싶네." 가난한 동생은 세 번째로 숲에 갔고 다시 황금새가 나무 위에 앉아 있는 게 보였다. 그는 돌을 집어 들어 새를 떨어뜨려 형에게 가져다주었고, 형은 그 대가로 큰돈을 주었다. '이제 내 힘으로 해 나갈 수 있어.' 생각하며 그는 흡족해서 집으로 갔다.

금 세공사는 똑똑하고 꾀가 많았으며, 그게 어떤 새인지 잘 알았다. 그가 아내를 불러서 말했다. "이 황금새를 구워 줘요. 거기서 아무것도 없어지지 않게 마음을 쓰시오. 나는 그걸 온전히 혼자서만 먹고 싶어." 하지만 그 새는 흔한 새가 아니라 놀라운 종류여서 그 심장과 간을 먹은 사람은 아침마다 베개 밑에서 금화 한 개를 찾아냈다. 아내가 새를 준비해 꼬챙이에 꿰어 구웠다. 그런데 새를 불 위에 올려놓고 아내가 다른 일로 부엌에서 잠깐 나간 사이 빗자루 엮는 사람의 두 아이가 달려 들어와 꼬챙이를 잡고 몇 번 돌렸다. 그때 마침 새의 작은 고기 두 점이 양철통으로 떨어지자 한 아이가 말했다. "이 쬐그만 조각은 우리가 먹자. 난 너무 배고파, 아무도 눈치채지 못할 거야." 그래서 둘은 그 작은 조각을 먹어 치웠다. 그런데 금 세공사의 아내가 와서 애들이 뭔가 먹는 것을 보고 말했다. "너희 뭘 먹었니?" "새한테서 떨어진 작은 조각 몇 점요." 하고 아이들이 대답했다. "그건 심장과 간이었어." 하고 아내가 몹시 깜짝 놀라 말했다. 그러고는 남편이 그것들을 놓쳐 아쉬워하거나 화내지 않도록 얼른 작은 닭 한 마리를 잡아 심장과 간을 꺼내어 황금 새 옆에 놓았다. 새가 다 익자 아내는 금 세공사에게 가져갔고, 금 세공사는 새를 온전히 혼자만 먹고 아무것도 남기지 않았다. 다음 날 아침 그가 베개 밑을 더듬으며 금화를 꺼내리라고 생각했을 때 평소와 마찬가지로 금 조각은 없었다.

두 아이는 자기들에게 어떤 행운이 주어졌는지 알지 못

했다. 다음 날 아침 일어났을 때 뭔가 땅바닥으로 쨍그랑 떨어져서 주워 보니 금화 두 개였다. 아이들이 그걸 가져가자 아버지가 놀라며 말했다. "어떻게 이런 일이 일어났지?" 다음 날 아침에 다시 두 개를 발견했고, 날마다 그러자 아버지는 형에게 가서 이 이상한 이야기를 들려주었다. 당장에 금 세공사는 어떻게 된 일인지를, 아이들이 황금 새의 심장과 간을 먹었다는 것을 알아차렸다. 그는 질투심 많고 무정했기 때문에 복수를 하기 위해 동생에게 말했다. "네 아이들이 악마와 결탁했으니 그 금을 갖지 말고 더 이상 애들을 집에 두지 마라. 악마가 애들에게 마수를 뻗쳐 너까지 파멸시킬 수 있으니까." 악마가 무서웠던 아버지는 그 말이 너무 무겁게 다가와 쌍둥이를 숲속으로 데려가 슬픈 마음으로 거기 남겨 두고 왔다.

두 아이는 숲속을 이리저리 달리며 집으로 가는 길을 찾았으나 점점 더 멀리 길을 잃고 헤매었다. 마침내 사냥꾼을 만났는데 사냥꾼이 물었다. "뉘 집 애들이냐?" "저희는 빗자루 엮는 가난한 사람의 아들들이에요." 하고 두 아이는 매일 아침 황금이 그들 베개 밑에 놓여 있어 아버지가 더는 집에 데리고 있지 않으려 한다는 이야기를 들려주었다. "그래." 하고 사냥꾼이 말했다. "그런데도 너희가 정직하고 게으름을 부리지 않는다면 그건 전혀 나쁜 일이 아니다." 선한 남자는 아이들이 마음에 들고 자식이 없었기 때문에 두 아이를 집으로 데리고 갔다. 그가 말했다. "내가 아버지가 되어 너희를 키우마." 사냥꾼 집에서 아이들은 사냥을 배웠고, 각자 일어났을 때 발견한 금화는 장래에 필요할 때를 대비하여 사냥꾼이 아이들을 위해 간수했다.

아이들이 자라자 양아버지는 어느 날 아이들을 데리고 숲으로 가서 말했다. "내가 너희를 사냥꾼으로 만들어 주기 위해 오늘은 사격을 시험해 봐야겠다." 아이들은 사냥꾼과 함께 가서 짐승들의 길목을 지키며 오랫동안 기다렸다. 그러나 들짐승은 오지 않았다. 사냥꾼이 위를 쳐다보니 흰 기러기가 삼각형으로 줄지어 날아가고 있었다. 그가 한 아이에게 말했다. "자, 저 꼭짓점마다 한 마리씩 쏘아 떨어뜨리거라." 아이는 그렇게 했고, 시험 사격을 완수했다. 곧 또 다른 대열이 날아왔는데 숫자 2 모양이었다. 사냥꾼이 다른 아이에게 역시 한 꼭짓점에 한 마리씩 쏘아 떨어뜨리라고 했고, 아이는 시험 사격에 성공했다. 양아버지가 말했다. "너희를 자유롭게 풀어 준다, 너희는 수련을 끝낸 사냥꾼들이다."

그 후 두 형제는 함께 숲에 들어가 서로 의논하여 뭔가 약속을 했다. 그리고 저녁에 식사를 하기 위해 자리에 앉아 양아버지에게 말했다. "청을 들어주시기 전까지 저희는 이 음식을 건드리거나 한 입도 먹지 않겠습니다." 그러자 양아버지가 말했다. "청이 무엇이냐?" 아이들이 대답했다. "이제 저희는 다 배웠고, 저희를 세상에서 시험해 봐야 합니다. 그러니 집을 떠나서 방랑하는 것을 허락해 주십시오." 그러자 사냥꾼이 기뻐하며 말했다. "용감한 사냥꾼처럼 말하는구나. 너희가 원하는 것은 바로 내 소망이었다. 떠나거라, 다 잘될 거다." 그런 다음 그들은 즐겁게 함께 먹고 마셨다.

약속한 날이 오자 양아버지는 둘에게 좋은 총과 개를 한 마리 선물하고 아껴 둔 금화를 각자 원하는 만큼 가지고 가게 했다. 그런 다음 아이들과 얼마간 함께 걷다가 번쩍이는 칼을 하나 주면서 말했다. "언젠가 너희가 헤어지거든 이 칼을 그곳에 있는 나무에 꽂거라, 한 사람이 되돌아오면 다른 형제가 어떻게 지내는지 볼 수 있을 것이다. 형제가 죽으면 그가 간 방향의 칼 옆면이 녹슬고, 살아 있는 한 계속 번쩍일 것이다."

형제는 점점 더 멀리 가 어떤 숲으로 들어갔는데 어찌나 큰지 하루 만에 벗어날 수가 없었다. 그래서 숲에서 밤을 보내며 사냥꾼 가방 속에 넣어 온 음식을 먹었다. 또 이틀을 걸었지만 숲을 벗어나지 못했다. 더 이상 먹을 게 없어서 하나가 "뭔가를 쏘아 잡아야겠어. 안 그러면 배를 곯겠다." 하고 총을 장전해 두리번거렸다. 늙은 토끼 한 마리가 달려오는 걸 보고 겨누었으나 토끼가 외쳤다.

"사냥꾼님, 나를 살려 주세요,

어린 것 둘을 드릴게요."

그러고는 금방 덤불 속으로 뛰어들더니 새끼 두 마리를 가져왔다. 그러나 작은 짐승들이 어찌나 쾌활하게 놀고 예쁜지 사냥꾼들은 죽일 마음이 들지 않았다. 그래서 데리고 다녔고, 그 작은 토끼들이 걸음걸음 따라왔다. 그 후 얼마 지나지 않아 여우 한 마리가 살금살금 지나가 쏘아 죽이려 했으나 여우가 외쳤다.

"사냥꾼님, 나를 살려 주세요,

어린 것 둘을 드릴게요."

여우는 새끼 여우 둘을 데리고 왔고, 사냥꾼은 그것들을 죽이고 싶지 않아 토끼들에게 동무하라고 주니 그 새끼 여우들도 그들을 따라왔다. 오래지 않아 늑대 한 마리가 무성한 덤불에서 나와 사냥꾼들이 겨누었으나 늑대가 외쳤다.

"사냥꾼님, 나를 살려 주세요,

어린 것 둘을 드릴게요."

사냥꾼들은 다른 동물들 옆에 새끼 늑대 둘을 두었고, 그들도 뒤따랐다. 그다음에 곰 한 마리가 와서 한참 더 어슬렁어슬렁 돌다가 외쳤다.

"사냥꾼님, 나를 살려 주세요.

어린 것 둘을 드릴게요."

어린 곰 두 마리가 다른 동물들과 어울렸고, 그들은 벌써 여덟이 되었다. 마침내 누가 왔을까? 사자 한 마리가 와서 그 갈기를 털었다. 그러나 사냥꾼은 놀라지 않고 사자를 겨누었다. 하지만 사자 역시 외쳤다.

"사냥꾼님, 나를 살려 주세요,

어린 것 둘을 드릴게요."

사자는 새끼들을 데려왔고, 이제 두 사냥꾼은 그들을 뒤따라와서 섬기는 사자 두 마리, 곰 두 마리, 늑대 두 마리, 여우 두 마리, 토끼 두 머리가 있었다.

한편 그들의 허기는 그걸로 달래지지 않았다. 그래서 여우들에게 말했다. "듣거라, 살금살금 기어온 것들아, 너희는 꾀 많고 교활하니 우리를 위해 먹을 걸 좀 마련해라." 여우들이 대답했다. "여기서 멀지 않은 곳에 마을이 있는데 거기서 우리가 벌써 많은 닭을 가져왔어요. 거기로 가는 길을 가르쳐 줄게요." 그래서 그들은 마을로 가 먹을 것을 사고 짐승들에게도 좀 준 다음에 여행을 계속했다. 여우가 그 지역과 닭장이 있는 곳을 훤히 알아 사냥꾼들을 잘 안내했다.

그들은 한동안 여기저기 돌아다녔으나 함께 머물 곳은 찾지 못했다. 그래서 말했다. "할 수 없구나, 우리는 헤어져야겠다.” 그들은 동물들을 각자 사자, 곰, 늑대, 여우, 토끼를 한 마리씩 나누었고, 그런 다음 작별하며 죽을 때까지 형제의 사랑을 지켜 가자고 약속하며 양아버지가 준 칼을 나무에 꽂았다. 그 후 하나는 동쪽으로, 다른 하나는 서쪽으로 갔다.

동생은 짐승들을 데리고 온통 검은 천으로 뒤덮인 도시로 들어갔다. 그는 여관에 들어가서 주인에게 동물들을 묵게 해 줄 수 있는지 물었다. 주인은 짐승들에게 벽에 구멍이 하나 나 있는 외양간을 내주었다. 그 길로 토끼가 기어 나가 통배추를 가져오고 여우는 닭을 물어 왔다. 여우는 배추를 먹고 나서 닭도 곁들여 먹었다. 그러나 늑대, 곰, 사자는 몸이 너무 커서 밖에 나갈 수 없었다. 그래서 여관 주인은 배부르게 먹도록 그들을 암소 한 마리가 누워 있는 풀밭으로 데려갔다. 그렇게 짐승들을 돌보고 나서야 사냥꾼은 왜 도시에 이렇게 검은 상장이 내걸렸느냐고 주인에게 물었다. “내일 우리 왕의 하나뿐인 딸이 죽거든요.” 하고 주인이 대답했다. 사냥꾼이 물었다. “죽을병이 든 건가요?” “아닙니다.” 하고 여관 주인이 말했다. “공주는 생생하고 건강한데도 죽어야 한답니다.” “어떻게 된 일이지요?” 하고 사냥꾼이 물었다. “저 도시 바깥에 있는 높은 산에 괴룡이 살아요. 그 괴룡에게 매년 정결한 소녀 한 명을 바치지 않으면 괴룡이 나라 전체를 황폐화시키지요. 모든 소녀를 다 바쳐서 이제 왕의 딸 외에는 더 남아 있지 않습니다. 그럼에도 은총이 없어 공주를 넘겨주어야만 합니다. 그게 내일이지요." "왜 괴룡을 죽이지 못합니까?" 하고 사냥꾼이 물었다. "아……." 하고 여관 주인이 말했다. "참 많은 기사가 시도했습니다만 모조리 목숨을 잃었어요. 왕은 괴룡을 이기는 사람에게 공주를 아내로 주겠다고 약속했지요, 그 사람은 왕이 죽은 뒤 왕국도 물려받고요."

사냥꾼은 거기에 대해 아무 말도 하지 않았다. 그러나 다음 날 아침 짐승들을 데리고 괴룡이 있는 산을 올랐다. 높은 곳에 작은 교회가 서 있고, 제단 위에는 채워진 잔이 세 개 놓여 있었다. 거기에 이런 글이 쓰여 있었다. "이 잔을 다 비우는 사람은 세상에서 가장 강한 사람이 되며, 문턱 앞에 묻힌 검을 차고 다닐 것이다." 사냥꾼은 잔을 마시지 않고 밖으로 나가 땅속에 있다는 검을 찾아보았다. 검은 그 자리에서 꼼짝하지 않았다. 그러자 그는 들어가 잔들을 비웠고, 이제 검을 들어 올릴 만큼 충분히 강해졌으며 그의 손이 그것을 아주 쉽게 다룰 수 있었다. 소녀를 괴룡에게 바칠 시간이 오자 왕과 원수, 궁정 인사들이 딸과 동행했다. 소녀는 멀리서 산 높은 곳에 있는 사냥꾼을 보고 괴룡이 기다리는 줄 알고 올라가려 하지 않았다. 그러나 그러지 않으면 도시 전체가 파괴되기 때문에 무거운 걸음을 떼었다. 왕과 궁정 인사들은 큰 슬픔에 가득 차 집으로 돌아갔다. 하지만 왕 휘하의 원수는 멈추어 서서 멀리서 모든 것을 지켜보았다.

공주가 산 꼭대기에 올랐을 때 거기에는 괴룡이 아니라 젊은 사냥꾼이 서 있었고, 사냥꾼은 공주를 위로하며 그녀를 구하겠다고 말하고는 그녀를 교회 안으로 인도해 안에 두고 문을 잠갔다. 오래 지나지 않아 요란한 소리를 내며 머리가 일곱인 괴룡이 날아왔다. 괴룡은 사냥꾼을 보자 이상하게 여기며 말했다. "여기 높은 산에서 뭘 하려는 거냐?" 사냥꾼이 대답했다. "너와 싸우려 한다." 괴룡이 말했다. "그렇게 많은 기사가 여기서 목숨을 버렸지. 너도 끝장내 주겠다." 그러고는 일곱 목구멍에서 불을 뿜었다. 마른 풀에 불이 붙고 사냥꾼은 화염과 연기 속에서 질식하기 직전이었다. 그러나 짐승들이 달려와 불을 짓밟아 껐다. 그러자 용이 사냥꾼을 향해 달려들었지만 사냥꾼이 휘두른 칼이 공중에서 소리를 내며 괴룡의 목 세 개를 베었다. 그러자 괴룡이 제대로 화가 나서 공중으로 올라가 사냥꾼에게 불꽃을 토하며 달려들었다. 사냥꾼이 다시 한번 칼을 뽑아 괴룡의 머리 셋을 잘랐다. 괴수가 힘없이 스르르 주저앉았다. 그럼에도 또다시 달려들어 덮치려 하자 사냥꾼이 마지막 힘을 다해 괴룡의 꼬리를 베고 더

이상 싸울 수 없어 동물들을 불러 괴룡을 갈기갈기 짓찢었다.

싸움이 끝나 사냥꾼이 교회 문을 여니 싸움이 벌어지는 동안 겁나고 놀라서 의식을 잃은 공주가 바닥에 누워 있었다. 사냥꾼은 공주를 안아 바깥으로 데리고 나왔고, 공주가 다시 정신을 차려 눈을 뜨자 사냥꾼이 짓찢긴 괴룡을 가리키며 이제 구원받았다고 말했다. 공주가 기뻐하며 말했다. "이제 당신은 더없이 사랑하는 내 남편이 될 거예요. 아버지가 괴룡을 죽이는 사람에게 저를 주기로 약속하셨으니까요." 그 후 그녀는 산호 목걸이를 벗어 동물들에게 사례로 나누어 주었고, 사자는 작은 황금 자물쇠를 받았다. 그녀의 이름이 수놓인 손수건도 사냥꾼에게 선물했다. 사냥꾼은 일곱 개의 머리에서 혀를 잘라 내어 손수건에 잘 싸서 간직했다. 불길과 싸움으로 기운 빠지고 지친 사냥꾼이 공주에게 말했다. "우리 둘 다 기운이 빠지고 지쳤으니 조금 잡시다." 그러자 공주가 "네." 했고 그들은 땅 위에 누웠다. 사냥꾼이 사자에게 말했다. "자는 동안에 아무도 우리를 습격하지 않도록 지켜라." 그리고 둘은 잠이 들었다.

사자는 망을 보기 위해 그들 곁에 누웠는데 사자도 싸움으로 지친 터라 곰을 불러 말했다. "내 곁에 눕거라, 나는 조금 자야겠으니 뭐가 오면 나를 깨워라." 그러자 곰이 사자 곁에 누웠는데 곰도 지친 터라 늑대를 불러 말했다. "내 곁에 눕거라, 나는 조금 자야겠으니 뭐가 오면 나를 깨워라." 그러자 늑대가 그 곁에 누웠는데 늑대도 피곤해서 여우를 불러 말했다. "내 곁에 눕거라, 나는 조금 자야겠으니 뭐가 오면 나를 깨워라." 그러자 여우가 그 곁에 누웠는데 여우도 피곤해서 토끼를 불러 말했다. "내 곁에 눕거라, 나는 조금 자야겠으니 뭐가 오면 나를 깨워라." 토끼가 그 곁에 앉았는데 가엾은 토끼도 피곤했고 망을 보라고 부를 이가 없어 그냥 잠이 들었다. 그리하여 공주, 사냥꾼, 사자, 곰, 늑대, 여우, 토끼가 모두 곤하게 잤다.

이때 멀리서 지켜보던 원수가 괴룡이 소녀를 데리고 날아가는 것이 보이지 않고 또 산 전체가 조용해지자 마음을 다잡고 산으로 올라갔다. 거기에 괴룡이 토막이 나고 짓찢긴 채 누워 있고, 멀지 않은 곳에 공주와 사냥꾼이 짐승들과 함께 깊은 잠에 빠져 있었다. 그는 고약하고 사악했기 때문에 칼을 뽑아 사냥꾼의 머리를 베고는 공주를 안고 산 아래로 내려왔다. 그러자 그녀가 잠에서 깨어나서 몹시 놀랐다. 원수가 말했다. "너는 내 손안에 있으니 괴룡을 죽인 것이 나라고 말해야 한다." "그럴 수는 없다." 하고 공주가 대답했다. "어떤 사냥꾼이 자기 짐승들과 함께 한 일이니까." 그러자 그가 칼을 뽑으며 말을 듣지 않으면 죽이겠다고 위협하면서 약속을 강요했다. 그 후 원수가 공주를 왕에게 데려갔고, 왕은 괴물한테 짓찢겼다고 생각한 사랑하는 자식이 살아 돌아온 것을 보자 기뻐서 어쩔 줄 몰라 했다. 원수가 왕에게 말했다. "제가 괴룡을 죽이고 공주와 왕국 전체를 구했습니다. 그러니 정해진 대로 공주를 아내로 주기를 요구합니다." 왕이 소녀에게 물었다. "원수가 하는 말이 사실이냐?" "아, 네." 하고 공주가 대답했다. "사실이에요. 그러나 결혼식은 일 년 뒤에 올리겠어요." 그사이에 사랑하는 사냥꾼으로부터 무언가 소식을 들으리라고 생각했기 때문이었다.

그러나 괴룡의 언덕 위에서 아직 짐승들이 죽은 주인

곁에 누워 자고 있었다. 그때 큰 벌 한 마리가 토끼의 코에 앉았는데 토끼는 앞발로 쓱 문지르고 계속 잤다. 벌이 두 번째로 왔지만 토끼는 다시 쓸어 버리고 계속 잤다. 벌이 세 번째로 와서 코를 쏘았을 때 토끼가 잠에서 깼다. 잠에서 깨자마자 토끼는 여우를 깨웠고, 여우는 늑대를, 늑대는 곰을, 곰은 사자를 깨웠다. 사자는 잠이 깨어 소녀가 사라지고 주인이 죽은 것을 보고 무섭게 으르렁대며 외쳤다. "누가 이런 짓을 했지? 곰아, 왜 나를 깨우지 않았어?" 곰이 늑대에게 물었다. "왜 나를 깨우지 않았어?" 여우가 토끼에게 물었다. "왜 나를 깨우지 않았어?" 가엾은 토끼만 아무 대답할 바를 몰랐고, 죄는 계속 토끼에게 매달려

있었다. 그래서 짐승들이 토끼에게 덤벼들려 했는데 토끼가 간청하며 말했다. "내가 우리 주인을 다시 살려 놓을 테니 나를 죽이지 말아요. 입에 물고 있으면 모든 병과 상처가 낫는 뿌리가 있는 산을 알아요. 그런데 그 산이 여기서 200시간 거리예요." 사자가 말했다. "스물네 시간 안에 너는 달려가서 그 뿌리를 가지고 돌아와야 한다." 그러자 토끼가 뛰어가더니 그 뿌리를 가지고 시간 안에 돌아왔다. 사자가 사냥꾼의 머리를 다시 붙여 놓고 토끼가 그의 입에 뿌리를 물렸다. 곧 모든 것이 다시 한데 붙으며 심장이 뛰고 생명이 되돌아왔다.

사냥꾼은 깨어나서 소녀가 보이지 않자 깜짝 놀라며 생각했다. '아마 내가 자는 동안 나를 떨쳐 버리기 위해 떠났나 보다.' 사자가 몹시 서둘다가 주인의 머리를 반대로 놓았는데 주인은 공주에 대한 슬픈 생각으로 알아차리지 못했다. 한낮이 되어 뭘 좀 먹으려다 머리가 등 쪽으로 달린 것을 알고 이해가 안 되어 자는 동안에 무슨 일이 있었냐고 동물들에게 물었다. 그러자 사자가 이야기를 들려주었다. 자기들도 모두 지쳐서 잠이 들었으며, 깨고 보니 그가 머리가 잘린 채 죽어 있었고, 토끼가 생명의 뿌리를 가져왔다고, 서둘다가 머리를 거꾸로 놓았다고. 하지만 잘못은 다시 바로잡겠다고. 그런 다음 그는 사냥꾼의 머리를 다시 떼어 돌려놓았고, 토끼가 그 뿌리로 확실하게 고쳤다. 하지만 사냥꾼은 마음이 슬펐고, 세상을 이리저리 떠돌며 사람들 앞에서 짐승들이 춤을 추게 했다. 꼭 한 해가 흘러 그는 공주를 괴룡으로부터 구한 도시에 다시 오게 되었는데 이번에는 온통 빨간 천이 내걸려 있었다. 그가 여관 주인에게 말했다. "이게 무슨 뜻입니까? 일 년 전에 이 도시는 검은 상장으로 뒤덮였는데 오늘은 왜 빨강색이지요?" 여관 주인이 대답했다. "일 년 전에 공주님을 괴룡에게 바쳐야 했는데 원수가 괴룡과 싸워 괴룡을 죽였어요. 그래서 내일 그들의 혼인 잔치가 열린답니다. 그러니 당시에는 검은 상장을 내걸었고, 오늘은 기뻐서 진홍색을 내건 것이지요."

다음 날 결혼식이 열릴 때 사냥꾼이 점심 시간 즈음 여관 주인에게 말했다. "주인장, 내가 오늘 이곳 왕의 식탁에서 온 빵을 주인장과 함께 먹겠다면 믿겠소?" "아니요." 하고 주인이 말했다. "그럴 리 없다는 쪽에 금화 100냥이라도 걸겠소." 사냥꾼은 내기를 하기로 하고 그에 맞서 역시 그만큼의 금화가 든 주머니를 걸었다. 그러고는 토끼를 불러 말했다. "가거라, 뛰는 아이야, 왕이 먹고 있는 빵을 좀 가져와라." 그런데 작은 토끼는 제일 미미해서 그 일을 시킬 동물이 없었고, 그래서 자기가 가야 했다. '이런…….' 하고 토끼는 생각했다. '내가 이렇게 혼자 길거리를 여기저기 뛰어다니면 푸줏간 개들이 뒤쫓아 올 텐데.' 토끼가 예상한 일이 벌어져 개들이 쫓아와 토끼의 죄 없는 가죽을 물어뜯으려 했다. 그러나 토끼는 펄쩍 뛰어서, 너도 봤겠지! 군인들이 눈치채지 못하게 보초 막사로 도망쳐 들어갔다. 그러자 개들이 와서 토끼를 끌어내려고 했지만 군인들이 장난을 이해하지 못해서 몽둥이를 내리쳤고 개들은 비명을 지르고 컹컹 짖으며 달아났다. 토끼는 공기가 깨끗해진 걸 알아차리자 성안으로 뛰어 들어가 곧장 공주에게 가서 의자 밑에 앉아 공주의 발을 긁었다. 그러자 공주가 자기 개라고 생각하며 말했다 "저리 가!" 토끼가 두 번째로 발을 긁자 공주는 다시 자기 개라고 생각하며 말했다. "저리 가!" 토끼는 흔들리지 않고 세 번째로 긁었다. 그러자 공주가 내려다보고는 그 목줄로 그 토끼인 줄 알아보았다. 공주는 토끼를 품에 안고 방으로 데려가서 말했다. "얘, 토끼야, 원하는 게 뭐니?" 토끼가 말했다. "괴룡을 죽인 내 주인이 여기에 있는데 왕이 드시는 빵 하나를 달라고 나를 보냈어요." 그러자 공주가 기쁨에 가득 차 빵 굽는 사람을 불러 왕이 먹는 빵 하나를 토끼에게 가져다주라고 명령했다. 작은 토끼가 말했다. "그런데 푸줏간 개들이 내게 아무 짓도 하지 않게 하려면 빵 굽는 분이 가져다주어야 해요." 빵 굽는 사람이 빵을 여관 앞까지 가져다 주자 토끼가 뒷발로 일어서서 앞발로 빵을 받아 주인에게 가져갔다. 그러자 사냥꾼이 말했다. "보시죠, 주인장, 그 금화 100개는 내 것이오." 주인은 의아했으나 사냥꾼이 계속 말했다. "주인장, 빵은 있고, 이제 왕의 고기 구이도 좀 먹으려 하오." 그러자 주인이 "그거 보고 싶네." 했다. 그러나 더 이상 내기는 하려고 들지 않았다. 사냥꾼이 여우를 불러 말했다. "얘 내 작은 여우야, 가서 왕이 먹는 고기 구이를 가져와라." 빨강 여우는 샛길을 더 잘 알아서 개 한 마리도 그를 알아차리지 못하게 모퉁이를 돌고 구석을 지나 공주의 의자 아래에 와 앉아 발을 긁었다. 그러자 공주가 내려다보고 목줄로 여우를 알아보고는 방에 데려가서 말했다. "얘, 여우야, 원하는 게 뭐니?" 여우가 대답했다. "괴룡을 죽인 내 주인이 이곳에 있어요. 왕이 먹는 고기 구이를 달라고 나를 보냈어요." 그러자 공주가 요리사를 불렀고, 요리사가 왕이 먹는 고기 구이를 요리해서 문 앞까지 날라 주었다. 그러자 여우가 접시를 받고 꼬리를 흔들어 우선 고기 구이 위에 앉은 파리들을 쫓고는 그걸 주인에게 가져갔다. "보시지요, 주인장." 하고 사냥꾼이 말했다. "빵과 고기는 여기 있고, 이제 나는 왕이 먹는 곁들이 야채를 먹으려 하오." 그러고는 늑대를 불러 말했다. "얘 늑대야, 가서 왕이 먹는 곁들이 야채를 가져와라." 그러자 늑대가 곧장 성으로 갔다. 아무도 두려워하지 않았기 때문이다. 그러고는 공주의 방에 가서 등 뒤에서 옷을 잡아당겨 돌아보게 했다. 공주는 목줄로 늑대를 알아보고는 방에 데리고 들어가서 말했다. "얘, 늑대야, 원하는 게 뭐니?" 늑대가 대답했다. "괴룡을 죽인 내 주인이 여기 있는데 나더러 왕이 먹는 곁들이 야채를 달라고 하래요." 그러자 공주가 요리사를 불렀고, 요리사는 곁들이 야채를 왕이 먹는 대로 요리해 문 앞까지 날랐다. 거기서 늑대는 접시를 받아 주인에게 가져갔다. "보시지요, 주인장." 하고 사냥꾼이 말했다. "이제 나는 빵, 고기, 곁들이 야채가 있어요. 하지만 왕이 먹는 단 후식도 원해요." 그가 곰을 불러 말했다. "얘 곰아, 넌 뭔가 단 걸 즐겨 핥지. 가서 왕이 먹는 단 음식을 가져와라." 그러자 곰이 성으로 타달타달 갔는데 그가 가는 길을 누구든 비켜 주었다. 그러나 보초에게 가자 총을 들이대며

왕궁에 들여보내지 않으려 했다. 곰은 펄쩍 뛰어 앞발로 왼편 오른편 따귀를 몇 번 갈겨 전체 보초병을 쓰러뜨리고 곧장 공주에게 가 뒤에 서서 살짝 으르렁거렸다. 그러자 공주가 돌아보고 곰을 알아보고는 방으로 데려가서 말했다. "얘, 곰아, 원하는 게 뭐니?" 곰이 대답했다. "괴룡을 죽인 내 주인이 여기 있는데 나더러 왕이 먹는 단 음식을 가져오래요." 그러자 공주가 과자 굽는 사람을 불렀다. 그는 왕이 먹는 과자를 구워 문 앞까지 날랐다. 그러자 곰은 우선 굴러떨어진 완두콩을 핥고 나서 똑바로 서서 접시를 받아 주인에게 가져갔다. "보시지요, 주인장." 하고 사냥꾼이 말했다. "이제 나는 빵, 고기구기, 곁들이 야채, 단것이 있소. 그러나 왕이 마시는 포도주도 마시려고 하오." 그러자 사자가 성큼성큼 길을 활보하니 사람들이 피해 갔고 보초가 길을 막으려 했지만 사자가 한 번 으르렁하니 모두 펄쩍 뛰어 도망쳤다. 사자는 왕궁으로 가서 꼬리로 문을 두드렸다. 그러자 공주가 나왔고 사자를 보고 놀란 것 같았으나 목줄의 황금 자물쇠로 그를 알아보고 함께 방에 들어가자고 하며 말했다. "얘, 사자야, 원하는 게 뭐니?" 사자가 대답했다. "괴룡을 죽인 내 주인이 여기 있는데 나더러 왕이 마시는 포도주를 가져오래요." 그러자 공주가 술 담당관을 불렀고, 그는 왕이 마시는 포도주를 사자에게 주어야 했다. 사자가 말했다. "내가 함께 가서 맞는 포도주를 받는지 보겠소." 그러고 나서 사자는 술 담당관과 같이 내려갔고, 그들이 포도주 지하 저장실에 다다르자 술 담당관이 왕의 시종들이 마시는 보통 포도주를 통에서 따르려 했다. 그러자 사자가 말했다. "멈춰! 우선 포도주 맛을 봐야겠어." 하며 사자는 큰 잔으로 반을 따라 단번에 꿀꺽 삼켰다. "아닌데." 하고 사자가 말했다. "이건 제대로 된 게 아니야." 술 담당관이 사자를 삐딱하게 바라보고는 다른 술통으로 가서 왕의 원수를 위한 포도주를 술통에서 따르려 했다. "멈춰! 우선 내가 포도주를 맛봐야겠어." 하며 사자가 반 잔을 따라서 마셨다. "이건 좀 낫지만 아직 제대로 된 게 아니야." 그러자 술 담당관이 화가 나서 말했다. "이런 멍청한 짐승이 술에 대해 뭘 안다는 거야!" 그러자 사자가 귓등을 한 대 갈겨 그는 땅바닥으로 꽈당 쓰러졌다. 다시 일어나자 그는 아무 말도 없이 사자를 특별한 작은 지하실로 데려갔다. 왕 외에는 어떤 사람도 마시지 못하는 왕의 포도주가 있는 곳이었다. 그러자 사자가 반 잔 정도 따라 마시더니 "이건 제대로네." 하며 술 담당관에게 여섯 병을 채우라고 했다. 둘은 다시 위층으로 올라갔다. 그러나 바깥으로 나오자 사자가 약간 취해 이리저리 비틀거렸다. 포도주는 술 담당관이 문 앞까지 날라야 했다. 그런 다음 사자가 손잡이 달린 바구니를 입에 물고 주인에게 가져갔다. 사냥꾼이 말했다.

"보시지요, 주인장, 여기 나는 왕이 먹는 빵, 고기, 곁들이 야채, 단것, 그리고 포도주가 있어요. 이제 내 짐승들과 식사를 하겠습니다." 그는 느긋이 앉아 먹고 마셨으며 토끼, 여우, 늑대, 곰, 사자에게도 좀 먹고 마시게 주었다. 공주가 아직 그를 좋아한다는 걸 알았기 때문에 그는 기분이 좋았다. 식사를 하고 난 그가 말했다. "주인장, 나는 왕이 먹고 마시듯 먹고 마셨소. 지금 나는 왕의 궁정으로 가서 왕의 딸과 결혼하겠소." 여관 주인이 물었다. "공주는 이미 신랑감이 있고 오늘 혼인이 치러지는데 어떻게 그런 일이 일어난단 말이오?" 그러자 괴물의 혀 일곱 개를 넣어 둔, 공주가 괴룡 언덕에서 준 손수건을 꺼내며 사냥꾼이 말했다. "내가 여기 가지고 있는 것이 도울 거요." 그러자 여관 주인이 손수건을 들여다보며 말했다. "내가 모든 걸 다 믿어도 이것만은 못 믿겠소. 집과 마당을 모두 걸겠네." 사냥꾼이 금화 1000개가 든 주머니를 탁자 위에 놓으며 말했다. "나도 이걸 걸지."

왕이 연회에서 딸에게 말했다. "내 성안으로 들어왔다 나간 짐승들이 원하는 게 뭐더냐?" 그러자 공주가 대답했다. "저는 말하면 안 됩니다. 하지만 사람을 보내서 그 주인을 부르면 잘하시는 걸 거예요." 왕은 시종을 여관으로 보내어 낯선 사람을 초대했고, 시종은 마침 사냥꾼이 여관 주인과 내기를 벌일 때 도착했다. 사냥꾼이 말했다.

"보시지요, 주인장, 여기 왕께서 시종을 보내 나를 초대했소. 하지만 나는 이렇게는 가지 않습니다." 하고 시종에게 말했다. "왕실의 의복과 말 여섯 필과 시종들을 보내라고 왕께 부탁드려라." 왕이 이 대답을 듣자 딸에게 말했다. "내가 어떻게 해야 할까?" 딸이 말했다. "그 사람을 그가 요구하는 바와 같이 데려오시면 잘하시는 걸 거예요." 그러자 왕이 왕실 의복과 말 여섯 필이 모는 마차와 사냥꾼의 시중을 들 시종들을 보냈다. 그들이 오는 것을 보자 사냥꾼이 말했다. "보시지요, 주인장, 이제 나는 내가 요구한 대로 불려 갑니다." 하고 왕실 의복을 입고 괴룡의 혀가 든 손수건을 가지고 왕에게 갔다. 그가 오는 것을 보자 왕이 딸에게 말했다. "내가 저 사람을 어떻게 맞이해야 할까?" 딸이 대답했다. "그를 맞이하러 가시면 잘하시는 걸 거예요." 그러자 왕이 그를 향해 가서 위쪽으로 인도해 오니 동물들이 사냥꾼을 뒤따랐다. 왕은 그를 자신과 딸의 옆자리에 앉혔고 신랑인 원수는 반대편에 앉았다. 원수는 사냥꾼을 아직 알아보지 못했다. 마침 구경거리로 괴룡의 머리 일곱 개가 들어왔다. 왕이 말했다. "원수가 괴룡의 머리 일곱 개를 베었고, 그래서 오늘 그에게 내 딸을 아내로 준다." 그러자 사냥꾼이 일어나 일곱 개의 목구멍을 열며 말했다. "괴룡의 혀 일곱 개는 어디 있습니까?" 그러자 원수가 깜짝 놀라 얼굴이 하얘지며 무슨 대답을 할지 모르다 겁에 질려 말했다. "괴룡은 혀가 없습니다." 사냥꾼이 말했다. "거짓말쟁이들은 혀가 없어야 마땅하지요. 하지만 괴룡의 혀는 승리자의 상징입니다." 하고 사냥꾼이 손수건을 풀자 그 안에 일곱 개의 혀가 모두 놓여 있었다. 사냥꾼이 혀들을 그 목구멍에 넣으니 하나하나가 꼭 맞았다. 그런 다음 공주의 이름이 수놓인 손수건을 들어 보이며 그것을 누구에게 주었느냐고 물었다. 그러자 공주가 대답했다. "괴룡을 죽인 사람에게 주었습니다." 사냥꾼이 짐승들을 불러 하나하나 목줄을 풀고 사자에게서 황금 자물쇠를 떼어 공주에게 보여 주며 누구 것이냐고 물었다. 공주가 대답했다. "목줄과 황금 자물쇠는 제 것이고, 괴룡을 무찌르도록 도와준 짐승들한테 내가 나누어 주었어요." 그러자 사냥꾼이 말했다. "제가 싸움으로 지쳐 잠들었을 때 원수가 와서 내 머리를 베었습니다. 그러고는 공주를 데려가 괴룡을 죽인 사람이 자기라고 했습니다. 그가 거짓말한 것을 제가 혀와 손수건과 목걸이로 증명했습니다." 사냥꾼은 짐승들이 놀라운 뿌리 하나로 자기를 치유했고 일 년 동안 짐승들과 이리저리 돌아다니다 마침내 다

시 여기로 와 여관 주인을 통해 원수의 사기 행각을 듣게 되었노라고 말했다. 그러자 왕이 딸에게 물었다. "이 사람이 괴룡을 죽인 것이 사실이냐?" 딸이 대답했다. "예, 사실입니다. 그 비행이 제가 말하지 않고도 드러나 버렸기 때문에 이제 저는 원수의 수치스러운 행동을 밝혀도 됩니다. 그가 저에게 침묵하라는 약속을 억지로 받아 냈기 때문이지요. 그래서 제가 일 년 뒤 결혼식을 올리자고 미루었습니다." 그러자 왕은 열두 명의 대신들을 불러 원수에 대해 판결을 내리게 했다. 그들은 네 마리 황소에 의해 갈기갈기 찢기는 형을 선고했다. 그렇게 원수는 심판받았고, 왕은 사냥꾼에게 딸을 주고 그를 전체 왕국에서 자신의 대리인으로 삼았다. 결혼식은 큰 기쁨으로 치러졌으며, 젊은 왕은 아버지와 양아버지를 모셔 와 보화를 넘치게 주었다. 여관 주인도 잊지 않고 불러서 말했다. "보시지요, 주인장, 공주와 내가 결혼했으니 당신의 집과 마당이 전부 내 것입니다." 여관 주인이 말했다. "예, 그게 옳습니다." 그러나 젊은 왕은 말했다. "은사를 내리지요. 집과 마당은 그대로 가지고 금화 1000개도 덧붙여 선물합니다."

젊은 왕과 젊은 왕비는 온전히 행복했고 함께 즐겁게 살았다. 왕은 그것이 기쁨이었기 때문에 자주 사냥을 나갔고, 충직한 짐승들도 그와 함께 갔다. 그러나 근처에 무시무시하고 한번 들어간 사람은 쉽게 다시 나오지 못한다는 숲이 있었다. 그 숲에서 사냥하고 싶은 젊은 왕이 자꾸 졸라 마침내 늙은 왕이 허락했다. 젊은 왕은 많은 동행과 더불어 말을 타고 나갔다. 숲에 다다랐을 때 눈처럼 흰 암사슴을 보고 사람들에게 말했다. "내가 돌아올 때까지 여기서 기다려라, 나는 저 아름다운 생명체를 뒤쫓겠다." 그러고는 뒤따라 말을 달려 숲속으로 들어갔고, 그의 짐승들만 그를 따랐다. 사람들은 저녁까지 기다렸으나 사슴을 뒤쫓은 사람이 돌아오지 않았다. 그러자 집으로 돌아가 젊은 왕비에게 말했다. "젊은 왕이 무법의 숲에서 흰 암사슴을 뒤쫓았는데 돌아오지 않았습니다." 왕비는 큰 근심에 사로잡혔다.

그는 아름다운 들짐승을 뒤따라 계속 말을 달렸지만 사슴을 따라잡을 수 없었다. 이제 쏘아도 되겠다 생각하면 금방 사슴이 다시 먼 곳에서 뛰는 게 보였고, 그러다 마침내 완전히 사라져 버렸다. 그는 숲속 깊이 들어온 것을 알고 뿔피리를 꺼내어 불었으나 아무런 대답이 없었다. 사람들이 듣지 못했기 때문이다. 어둠이 내리기 시작해 그는 그날로 집에 돌아갈 수 없으리라는 걸 알고 말에서 내려 나무 옆에 불을 피우고 밤을 지내려 했다. 젊은 왕이 모닥불가에 앉아 있고 짐승들이 곁에 누웠을 때 그는 마치 사람 목소리를 들은 것 같았다. 둘러보았으나 아무것도 알아볼 수 없었다. 곧이어 다시 위에서 한 가닥 신음이 들려 올려다보니 노파가 나무 위에 앉아 소리 내어 탄식하고 있었다. "아이구, 아이구, 아이구, 추워라!" 그가 말했다. "추우면 내려와 몸을 녹이시지요." 그러나 노파가 말했다. "안 돼, 네 짐승들이 나를 물어." 그가 말했다. "얘들은 아무 해도 안 끼쳐요, 할머니, 내려오기만 하세요." 그러나 여자는 마녀였다. "내가 막대기를 하나 던질 테니 네가 그걸로 짐승들 등을 치면 나한테 아무 짓도 안 할 거다." 그러고는 작은 막대기를 떨어뜨렸고 젊은 왕이 그걸로 치니 곧 짐승들이 돌로 변해 조용히 누워 있었다. 짐승들로부터 안전해지자 마녀가 뛰어내려 그마저 막대기로 건드려 돌로 바꾸었다. 할멈은 웃으면서 그와 짐승들을 구덩이로 끌고 갔는데 구덩이에는 이미 그런 돌이 많았다.

젊은 왕이 돌아오지 않아 왕비의 불안과 근심은 점점 커졌다. 마침 이때 헤어져서 동쪽으로 갔던 다른 형제가 그 나라에 왔다. 그는 일자리를 찾지 못해서 이리저리 돌아다니며 자기 짐승들에게 춤을 추게 했다. 그러다 문득 두 형제가 헤어질 때 다른 형제가 어떻게 지내는지 알기 위해 나무 등걸에 찔러 놓은 칼을 보고 싶었다. 그곳으로 가니 아우 쪽이 절반은 녹슬고 절반은 번쩍거렸다. 그는 깜짝 놀라 생각했다. '아우에게 큰 불행이 닥쳤음에 틀림

없어. 어쩌면 내가 구할 수 있을지도 몰라. 절반이 아직 번쩍이니까.'

그는 짐승들을 데리고 서쪽으로 갔다. 그가 도시 성문으로 들어서자 보초가 맞이하며 왕비에게 그의 도착을 알릴지 물었다. 그러면서 젊은 왕비가 며칠 전부터 왕이 돌아오지 않아 큰 불안에 휩싸여 있으며, 그가 마법의 숲에서 죽지나 않았을까 두려워하고 있다고 전했다. 그가 젊은 왕과 닮았고 들짐승들이 뒤따르고 있었기 때문에 보초는 그가 젊은 왕이라고 믿었던 것이다. 그는 아우의 이야기임을 알아차리고 생각했다. '내가 아우인 척하는 것이 최선이겠다. 그러면 아마 더 쉽게 아우를 구할 수 있을 거다.' 그래서 그는 보초의 호위를 받으며 성으로 들어갔고 큰 기쁨으로 환영받았다. 젊은 왕비는 남편이 아니라고는 생각하지 못하고 그에게 왜 그렇게 오래 밖에 머물렀느냐고 물었다. 그가 대답했다. "숲에서 길을 잃어 더 일찍 빠져나올 수 없었다오." 저녁에 그는 왕의 침대로 인도되었다. 그러나 그는 젊은 왕비 사이에 양날의 검을 놓았다. 왕비는 무슨 뜻인지 몰랐지만 감히 물어보지 못했다.

며칠 머무는 동안 그는 마법의 숲에 대해 조사했고, 마침내 말했다. "나는 다시 한번 그곳에서 사냥을 해야겠소.” 늙은 왕과 젊은 왕비가 그러지 말라고 설득했으나 그는 고집을 부려 많은 수행원과 함께 떠났다. 숲에 다다르자 그에게도 아우에게와 같은 일이 일어났다. 그는 흰 암사슴 한 마리를 보고 사람들에게 “내가 돌아올 때까지 여기서 기다려라, 나는 저 아름다운 짐승을 쫓겠다.” 하며 말을 타고 숲속으로 들어갔고, 그의 짐승들이 뒤따랐다. 그러나 암사슴을 따라잡지 못했고, 숲속으로 깊이 들어가 그곳에서 밤을 지내야 했다. 그가 불을 피웠을 때 머리 위에서 신음 소리를 들었다. “아이구, 아이구, 아이구, 추워라!” 그가 쳐다보니 똑같은 마녀가 나무 위에 앉아 있었다. 그가 말했다. “추우면 내려와서 몸을 녹이시지요.” 그러자 할멈이 말했다. “안 돼, 네 짐승들이 나를 물 거야.” 그러자 그가 말했다. “애들은 해를 끼치지 않아요, 할머니, 내려오기만 하세요.” 마녀인 여자가 말했다. “내가 막대기 하나를 던질게, 네가 그걸로 짐승들 등을 치면 나한테 아무 짓도 안 할 거다.” 그 말을 듣자 사냥꾼이 할멈을 믿지 않고 말했다. “내가 내 짐승들을 치진 않아요, 내려오지 않으면 내가 데리러 갈게요.” 그러자 할멈이 외쳤다. “원하는 게 뭐냐? 나를 건드려선 안 돼.” 그가 대답했다. “내려오지 않으면 쏴서 떨어뜨리겠어.” 마녀가 말했다. “쏴 보라지, 네 총을 겁내진 않아.” 그러자 그가 장전하여 그녀를 겨냥하고 쏘았다. 그러나 마녀는 모든 납 총

알에 대비가 되어 있어 찢어져라 웃으며 외쳤다. "넌 아직 나를 못 맞춰." 사냥꾼은 사정을 잘 알아 저고리에서 은 단추 세 개를 빼어 총에 장전했다. 마녀의 기술이 은 단추에 맞서서는 힘을 못 쓰기 때문이었다. 그가 방아쇠를 당기자 마녀가 곧 비명을 지르며 떨어졌다. 그가 마녀에게 발을 얹고 말했다. "늙은 마녀야, 내 아우가 어디 있는지 당장 실토하지 않으면 너를 두 손으로 움켜잡아 불 속에 던져 넣겠어." 마녀는 크게 겁을 먹고 자비를 구하며 말했다. “짐승들과 함께 돌이 되어 구덩이 속에 누워 있어.” 그러자 그가 마녀를 윽박지르고 위협하며 말했다. “이 늙은 원숭이야, 이제 내 아우와 여기 누워 있는 모든 피조물을 살려 놓거라. 안 그러면 너는 불 속으로 들어간다.” 마녀가 막대기 하나를 집어 돌들을 건드렸다. 그러자 그의 아우와 짐승들이 되살아 나고 많은 다른 이도 살아났다. 상인들, 수공업자들, 양치기들이 일어나 구해 준 데 대해 감사하고 집으로 돌아갔다. 쌍둥이 형제는 서로를 다시 보자 입맞춤을 하고 진심으로 기뻐했다. 두 사람은 마녀를 붙잡아 묶어서 불 위에 놓았다. 마녀가 타 버리자 숲이 저절로 열리고 밝고 환해졌다. 세 시간 거리에 있는 왕궁도 보였다.

두 형제는 함께 집으로 갔고, 도중에 서로 자기들의 운명에 대해 이야기했다. 아우가 왕을 대신해 온 나라를 다스리고 있다고 하자 형이 말했다. “그건 내가 너를 대신했을 때 내게 왕실의 모든 명예가 주어졌기 때문에 아주 잘 알아. 젊은 왕비는 나를 남편으로 알았고, 나는 그녀 곁에서 밥을 먹고 네 침대에서 자야 했어.” 그 말을 듣자 동생은 너무 질투가 나고 화가 나 칼을 뽑아 형의 머리를 베었다. 그러나 형이 죽어 누워 있고 그의 붉은 피가 흐르는 것을 보자 몹시 후회되었다. “형은 나를 구해 주었는데…….” 하고 외쳤다. “그런데 나는 그 대가로 형을 죽였어!" 그는 크게 탄식했다. 그때 토끼가 생명의 뿌리를 가져오겠다고 나서더니 뛰어가 제때 그 뿌리를 가져왔다. 죽은 사람이 다시 살아났고, 상처에 대해서는 전혀 알지도 못했다.

그 후 그들은 여행을 계속했고, 동생이 제안을 했다. "형은 나처럼 생기고, 나처럼 왕실의 옷을 입고, 짐승들이 나와 같이 형을 따르지. 우리 서로 맞은편 성문으로 들어가서 양쪽에서 동시에 늙은 왕 앞에 나타나 보자." 그리하여 그들은 헤어졌다. 늙은 왕에게는 서로 다른 문에서 같은 시간에 보초가 와서 젊은 왕이 짐승들과 함께 사냥에서 돌아왔다고 알렸다. 늙은 왕이 말했다. "있을 수 없는 일이야, 두 성문은 서로 꽤 멀리 떨어져 있는데." 그러나 양쪽에서 두 형제가 궁전 뜰로 들어와 둘이 계단을 올라가자 왕이 딸에게 말했다. "말하거라, 누가 네 남편이냐? 두 사람이 똑같아 나는 모르겠구나." 딸은 몹시 겁이 나 말할 수가 없었다. 드디어 공주는 자기가 짐승들에게 주었던 목걸이가 생각났고, 사자에게서 그녀의 작은 황금 자물쇠를 발견했다. 그러자 그녀가 기뻐하며 외쳤다. "이 사자가 따르는 이가 진짜 남편이에요." 그러자 젊은 왕이 웃으며 말했다. "그래요, 그가 진짜 남편이오." 그들은 함께 식탁에 앉아 먹고 마시며 즐거워했다. 저녁에 젊은 왕이 잠자리에 드니 아내가 말했다. "왜 지난밤들에는 우리 침대에 늘 양날의 검을 놓았나요? 나는 당신이 나를 베어 죽이려는 줄 알았어요." 그래서 그는 형이 얼마나 사려 깊은 사람인지 알게 되었다.

61

작은 농부

구연 동화 듣기

온통 부자 농부들만 사는 마을이 있었는데 그 마을에 가난한 농부가 딱 한 명 있었다. 사람들은 그를 '작은 농부'라고 불렀다. 그는 소 한 마리도 가지고 있지 않았고 소를 살 돈은 더더욱 없었다. 그와 아내는 소 한 마리를 참으로 갖고 싶었다. 한번은 그가 아내에게 말했다. "여보, 내

게 좋은 생각이 있어. 우리에겐 대부 목공이 있잖아, 그분이 나무 송아지를 하나 만들어 다른 송아지처럼 보이게 갈색으로 칠하는 거야. 시간이 가면 그게 자랄 테고 우리도 소 한 마리가 생기겠지." 아내도 그 생각이 마음에 들었다. 그리하여 대부 목공이 송아지를 깎고 대패질하고 그럴듯하게 색칠했는데, 송아지가 무언가를 먹는 듯 고개를 숙이게 만들었다.

다음 날 아침 작은 농부는 마을 소들을 풀밭으로 몰고 가는 목동을 불러 말했다. "봐요, 저기 내 송아지가 있어요. 그런데 아직 작아서 안고 가야 해요." 목동이 "좋습니다." 하고 송아지를 안아 풀밭으로 가져가 풀 사이에 세웠다. 송아지는 풀을 뜯는 송아지처럼 내내 거기에 서 있었다. 목동이 말했다. "재는 머지않아 혼자 걷겠군, 벌써 먹

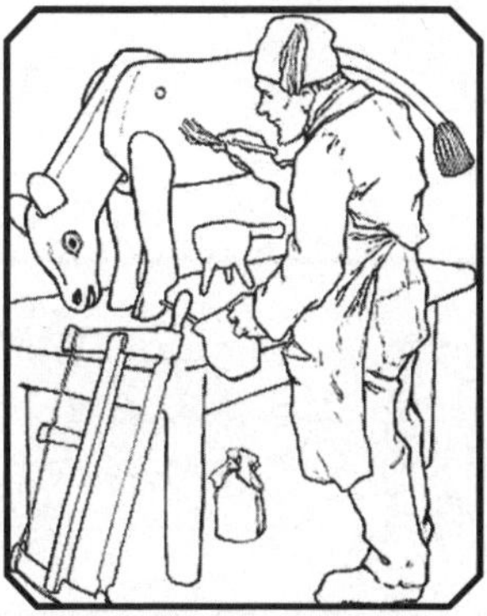

는 것 좀 보게나!" 저녁에 소 떼를 다시 집으로 몰고 오려다 목동이 송아지에게 말했다. "넌 거기 서서 배부르게 먹어라, 그럼 네 발로 걷게 되겠지. 널 또 안아서 집에 데려다 주고 싶진 않구나."

작은 농부는 문 앞에 서서 송아지를 기다렸다. 목동이 소를 몰고 마을을 가로지르는데 자기 송아지만 없자 농부가 송아지에 대해 물었다. 목동이 대답했다. "걔는 아직 바깥에서 풀을 뜯고 있어요. 풀 뜯는 걸 그만두려 하지도 않고 같이 오려고도 하지 않았어요." 농부가 말했다. "에이, 뭐라고, 난 우리 송아지를 찾아와야겠어." 그래서 두 사람은 함께 풀밭으로 갔다. 그런데 누군가가 송아지를 훔쳐 가서 송아지가 거기 없었다. 목동이 말했다. "달아났을 거예요." 작은 농부가 말했다. "내 생각은 달라!" 하며 목동을 읍장 앞에 데려갔고, 읍장은 목동이 태만했다고 꾸짖으며 없어진 송아지 대신 소 한 마리를 작은 농부에게 주라고 했다.

그리하여 작은 농부와 아내는 오래도록 원하던 소를 가졌다. 그들은 진심으로 기뻐했다. 그러나 사료가 없고 아무런 먹이도 줄 수 없어서 머지않아 소를 도살해야 했다. 고기를 소금에 절였고, 작은 농부는 가죽을 팔아 그 돈으로 송아지 한 마리를 사려고 도시로 갔다. 도중에 그는 물방아 근처를 지나게 되었는데 까마귀 한 마리가 두 날개가 꺾인 채 앉아 있었다. 불쌍한 마음에 작은 농부는 그 까마귀를 집어 가죽으로 감쌌다. 날씨가 아주 나빠져 비바람이 몰아쳤기 때문에 더 가지 못하고 물방앗간 안으로 들어가 하룻밤 묵을 곳을 부탁했다. 물방앗간 안주인이 혼자 집에 있다가 작은 농부에게 "저기 짚 위에 누우세요." 하며 그에게 치즈 얹은 빵을 주었다. 작은 농부는 먹고 나서 가죽을 옆에 두고 누웠다. '저 사람이 피곤해서 자는구나.' 하고 안주인은 생각했다. 그사이 신부가 찾아와 물방앗간 안주인이 그를 맞이하며 말했다. "남편이 외출했으니 내가 대접을 좀 하지요." 작은 농부는 귀를 기울였다. 그리고 그 대접이라는 말에 화가 났다. 자기는 치즈 얹은 빵도 좋아라 먹었는데 안주인이 들여 오는 것을 보니 구운 고기, 샐러드, 케이크, 포도주까지 온갖 것이 식탁에 올라왔다.

두 사람이 막 앉아서 먹으려는데 바깥에서 문 두드리는 소리가 났다. 여자가 말했다. "아, 맙소사, 남편이네!"

그녀는 잽싸게 구운 고기를 벽난로에, 포도주는 베개에, 샐러드는 침대에, 케이크는 침대 밑에, 그리고 신부는 벽장에 숨겼다. 그런 다음 남편에게 문을 열어 주며 말했다. "세상에, 돌아왔군요! 폭풍이 몰아치네요, 마치 세상이 멸망하려는 듯이!" 물방앗간 주인은 짚 북데기 위에 누워 있는 작은 농부를 보고 물었다. "저기 저 녀석은 뭐요?" "아……." 하고 아내가 대답했다. "저 가엾은 사람이 폭풍 속에 와서 비 피할 곳을 청했어요. 그래서 치즈와 빵 한 조각을 주고 짚 북데기로 안내했죠." 남편이 말했다. "그렇다면 어쩔 수 없지. 하지만 얼른 뭔가 먹을 걸 주시오." 그러자 아내가 말했다. "치즈 얹은 빵밖에는 아무것도 없는데요." "난 뭐든 만족해." 하고 남편이 대답했다. "뭐 치즈도 괜찮지." 하며 그는 작은 농부를 바라보고 말했다. "와서 좀 더 같이 먹읍시다." 그 말을 두 번 하게 하지 않고 작은 농부가 얼른 일어나서 함께 먹었다. 물방앗간 주인이 까마귀가 든 가죽이 땅바닥에 놓여 있는 것을 보고 물었다. "저게 뭐요?" 작은 농부가 대답했다. "점쟁이가 들었어요." "점쟁이가 내 점도 봐 줄 수 있나?" 하고 방앗간 주인이 물었다. "그럼요!" 하고 작은 농부가 말했다. "하지만 얘는 네 가지만 말합니다. 다섯 번째는 말 안 해요." 방앗간 주인이 호기심이 동해 말했다. "점을 한번 봐 주구료." 그러자 작은 농부가 머리를 눌러 까마귀가 깍깍거리고 "크르르 크르르." 하게 했다. 물방앗간 주인이 말했다. "뭐라고?" 작은 농부가 대답했다. "첫째로는 하고 얘가 그러는데, 베개 밑에 포도주가 들었대요." "그렇다면야 좋지!" 하며 물방앗간 주인이 가서 술을 찾아냈다. "자, 더 해 봐요." 하고 물방앗간 주인이 말했다. 작은 농부는 다시 까마귀를 깍깍거리게 하고는 말했다. "둘째로는 하고 얘가 그러는데, 난로 속에 스테이크가 있대요." "그렇다면야 좋지!" 하며 물방앗간 주인이 가서 고기 구이를 찾아냈다. 작은 농부는 까마귀를 한 번 더 점치게 하고 말했다. "셋째로는 하고 얘가 그러는데, 침대 위에 샐러드가 있대요." "그렇다면야 좋지!" 하고 외치며 물방앗간 주인이 가서 샐러드를 찾아냈다. 마침내 작은 농부는 까마귀를 한 번 더 크르르거리게 누르며 말했다. "넷째로는 하고 얘가 그러는데, 케이크가 침대 밑에 있대요." "그렇다면야 좋지!" 하고 외치며 물방앗간 주인이 케이크를 찾아냈다.

두 사람은 함께 식탁에 앉았다. 그러나 물방앗간 안주인은 죽도록 겁이 나서 모든 열쇠를 가지고 침대 속에 들어가 누웠다. 물방앗간 주인은 다섯 번째도 궁금해했지만 농부가 말했다. "우선 다른 네 가지를 조용히 먹읍시다. 다섯 번째는 뭔가 나쁜 거거든요." 그들은 먹은 다음 물방앗간 주인이 다섯 번째 점에 대해 얼마를 주어야 할지 흥정했다. 마침내 그들은 은화 300탈러로 합의했다. 그러자 작은 농부는 까마귀가 커다랗게 깍깍거릴 때까지 눌렀고 물방앗간 주인이 물었다. "뭐라고 했소?" 그러자 작은 농부가 대답했다. "저기 입구에 있는 벽장에 악마가 들었다네요." 물방앗간 주인이 "악마는 쫓아내야지." 하며 집 문을 활짝 열어젖혔다. 아내는 열쇠를 내주어야 했고, 작은 농부는 벽장을 열었다. 신부가 있는 힘을 다해 밖으로 달려 나갔다. 물방앗간 주인이 말했다. "검은 녀석을 내 두 눈으로 똑똑이 보았어. 진짜였어." 다음 날 아침 어스름 녘에 작은 농부는 300탈러를 들고 슬쩍 자취를 감추었다.

집에 온 작은 농부는 차츰차츰 진행해 멋진 집을 지었다. "작은 농부는 분명히 황금 눈이 내리는 곳에 다녀왔어. 돈을 말로 들고 돌아왔다니까." 하고 농부들이 수군거렸다. 그리하여 작은 농부는 읍장 앞에 불려 가 어디서 그 많은 재산이 생겼는지 말해야 했다. 작은 농부가 대답했다. "제 소가죽을 도시에서 300탈러에 팔았어요." 그 말을 듣자 농부들은 큰 이득을 누리고 싶어 집으로 달려가 소를 다 때려죽여 가죽을 벗겼다. 그러나 읍장이 말했다. "하지만 우리 집 하인이 먼저 가야 해." 하인이 도시로 갔을 때 도시 상인은 가죽 하나에 3탈러 이상을 주지 않았다. 다른 사람들이 왔을 때는 그만큼도 주지 않으면서 말했다. “이 많은 가죽을 가지고 나더러 무얼 하란 말이오?”

농부들은 작은 농부가 자기들을 속였다고 화를 내며 앙갚음하려고 그를 사기 혐의로 읍장에게 고발했다. 죄 없는 작은 농부는 만장일치로 사형 선고를 받고 구멍이 숭숭 뚫린 술통에 담겨 물속으로 굴러떨어져야 했다. 작은 농부가 끌려 나오고 그의 마지막 종부성사를 위해 성직자를 불러왔다. 다른 사람들은 모두 물러나야 했다. 그런데 작은 농부는 성직자가 물방앗간 안주인과 함께 있던 바로 그 신부라는 걸 알아보았다. 농부가 신부에게 말했다. “제가 신부님을 벽장에서 달아나게 해 주었으니 저를 술통에서 빼내 주세요.” 때마침 목동이 양 떼를 몰고 왔다. 그 양치기가 벌써 오랫동안 읍장이 되고 싶어 했던 걸 농부는 알고 있었다. 그래서 힘껏 외쳤다. “아닙니다, 나는 하지 않겠어요! 온 세상이 다 고집해도 난 안 하겠어요!” 그걸 들은 양치기가 다가와서 물었다. “무엇 때문에 그러는 거요? 뭘 하지 않겠다는 거요?” 작은 농부가 말했다. “사람들이 나를 읍장으로 만들려고 하네. 내가 통에 들어가 앉으면 말야. 아니, 나는 안 하겠어!” 목동이 말했다. “읍장이 되기 위해 그 이상 별다른 일이 필요하지 않으면 내가 당장 통 속에 들어가 앉으련만.” 작은 농부가 말했다. “들어가 앉기만 하면 자네가 읍장이 되네.” 목동은 기쁘게 들어가 앉았고 작은 농부는 그 위로 뚜껑을 덮었다. 그런 다음 목동의 양 떼를 자기가 떠맡아 몰고 갔다. 신부가 교구로 가서 종부성사가 끝났다고 말하자 사람들이 와서 통을 물로 굴렸다. 통이 구르기 시작하자 양치기가 외쳤다. "나는 기꺼이 읍장이 되겠어." 그들은 작은 농부가 외치는 줄 알고 말했다. "우리도 생각한 바이지만 우선 자네는 저 아래를 둘러보게."

그 후 농부들은 집으로 갔는데 그들이 마을로 들어설 때 작은 농부도 양 떼를 몰며 아주 흡족한 표정으로 태연히 따라왔다. 그래서 농부들이 놀라 말했다. "작은 농부, 자네 어디서 왔나? 물에서 나오는 거야?" "물론이죠." 하고 작은 농부가 대답했다. "나는 깊이깊이 가라앉아 마침내 바닥에 닿았지요. 술통 바닥을 밀어내고 기어 나왔어

요. 거기에 많은 양이 풀을 뜯는 아름다운 초원이 있었고, 그중에 이 양 떼를 데리고 왔어요." 농부들이 말했다. "거기 더 있나?" "아, 있지요." 하고 작은 농부가 말했다. "여러분이 필요로 하는 것보다 더 많지요." 그러자 농부들이 양들을 한 무리씩 가져오기로 약속했는데 읍장이 말했다. "내가 먼저 가야지." 그래서 그들은 함께 물가로 갔다. 거기 마침 푸른 하늘에 사람들이 양떼구름이라고 부르는 작은 양털구름이 떠 있어 그 구름이 물에 비쳤다. 그러자 농부들이 외쳤다. "물 아래에 있는 양들이 벌써 보이네." 읍장이 앞으로 밀치고 나오며 말했다. "이제 내가 먼저 내려가서 둘러보지. 만약 좋으면 자네들을 부를게." 그러고는 뛰어들었다. 물에서 "풍덩." 소리가 났다. 사람들은 그가 "와!" 하고 부른다고 굳게 믿으며 무리 전체가 황급히 그를 뒤따라 뛰어들었다. 그리하여 마을 사람들 전체가 죽었고, 작은 농부는 유일한 상속자로서 부자가 되었다.

62

여왕벌

한번은 왕자 둘이 모험을 떠났다가 무질서하고 방종한 생활에 빠져 다시 집으로 돌아오지 못했다. '어벌벌'이라 불리던 막내가 형들을 찾아 길을 나섰다. 그러나 드디어 찾았을 때 형들은 똑똑한 우리도 잘하지 못했는데 모자란 주제에 세상을 헤쳐 나갈 수 있다고 믿는다며 그를 비웃었다. 셋은 함께 가다 개밋둑을 지나게 되었다. 두 형은 작은 개미들이 겁에 질려 사방으로 기어 나가며 알을 나르는 것을 보고 싶어 개미집을 파헤치려고 했다. 그러자 '어벌벌'이 말했다. "동물들을 내버려 둬요. 형들이 개미들을 괴롭히면 내가 가만히 안 있겠어요." 그들은 계속 가서 많은 오리가 헤엄치고 있는 호수에 다다랐다. 두 형은 몇 마리 잡아서 구워 먹으려고 했다. 그러자 '어벌벌'이 그러지 못하게 말리며 말했다. "동물들을 내버려 둬요. 형들이 재들을 죽이는 걸 두고 보지 않겠어요." 마침내 꿀벌 집을 지나게 되었다. 어찌나 많은 꿀이 들었는지 등걸에서 꿀이 흘러내리고 있었다. 두 형은 꿀을 가져가고 싶어 나무 밑에 불을 질러 벌들을 질식시키려고 했다. 그러자 '어벌벌'이 다시금 말리며 말했다. "동물들을 내버려 둬요. 형들이 벌들을 불태우도록 두지 않겠어요."

세 형제는 어떤 성으로 들어갔는데 외양간에는 온통 돌로 된 말들이 서 있고 사람이 보이지 않았다. 그들은 모든 홀을 지나 마침내 자물쇠 세 개가 달린 방문 앞에 다다랐다. 문 한가운데 있는 조그만 덧창을 통해 방 안을 볼 수 있었다. 그들은 탁자에 앉아 있는 백발의 난쟁이를 보았다. 그 사람을 한 번, 두 번 불렀지만 그는 듣지 못했다. 마침내 세 번째로 외치자 그가 일어나서 자물쇠를 열고 나왔다. 그러나 한마디도 하지 않고 그들을 잘 차려진 식탁으로 인도했다. 그들이 먹고 마시자 난쟁이는 한 명 한 명을 침실로 데려갔다.

다음 날 아침 백발의 난쟁이는 맏형에게 와서 손짓하여 불러내 그를 어떤 석판이 있는 곳으로 데려갔다. 그 위에는 과제가 적혀 있었다. 첫 번째는 숲속 이끼 밑에 있는 공

주의 진주알 1000개를 줍는 거였다. 해가 지기 전까지 한 알이라도 빠뜨리면 찾는 사람은 돌이 되었다. 맏형이 가서 종일 찾았으나 날이 저물 때 겨우 100개를 찾았을 뿐이었다. 석판에 적힌 일이 벌어져 그는 돌로 변했다. 다음 날 둘째 형이 그 모험에 착수했다. 그도 맏형보다 사정이 나을 게 없었다. 200개도 안 되는 진주를 찾아 돌이 되었다. 마침내 '어벌벌'이 이끼를 뒤질 차례가 되었다. 그러나 진주알을 찾는 일이 어렵고 진척이 느려 돌 위에 앉아 울었다. 그렇게 앉아 있자니 그가 살려 준 개미 왕이 5000마리의 개미와 함께 왔고, 그리 오래지 않아 작은 동물들은 모든 진주를 모아 수북하게 쌓았다.

두 번째 과제는 바다에서 공주의 침실 열쇠를 건져 오는 것이었다. '어벌벌'이 바다로 가자 그가 구해 준 오리들이 헤엄쳐 와 잠수를 해 깊은 곳에서 열쇠를 건져다 주었다. 세 번째 과제는 가장 어려웠다. 잠자고 있는 왕의 세 딸 중 가장 어리고 가장 사랑스러운 딸을 찾는 것이었다. 그런데 딸들은 완전히 똑같았고, 잠들기 전 다른 단것을 먹었다는 점으로만 구분이 되었다. 맏이는 사탕 하나를, 둘째는 시럽을 조금, 셋째는 꿀을 한 숟갈 먹었다. 그러자 '어벌벌'이 불길로부터 지켜 준 벌들의 여왕이 와서 세 명의 입술을 맛보고 꿀을 먹은 입 위에 앉았다. 그래서 왕자는 정확히 공주를 알아보았다. 그러자 마법이 풀려 모두 잠에서 깨어났고, 돌이 된 사람들은 사람의 모습을 다시 얻었다. '어벌벌'은 제일 예쁜 막내 공주와 혼인했고, 그 아버지가 죽은 뒤 왕이 되었다. 두 형은 다른 두 자매를 얻었다.

여왕벌

63

깃털 세 개

옛날에 세 아들을 둔 왕이 있었다. 둘은 영리하고 똑똑했으나 셋째는 말을 많이 하지 않고 단순해서 '어벌벌'이라 불렸다. 노쇠해져 죽을 날을 생각하자 왕은 아들들 중 누구에게 자기 뒤를 이어 왕국을 물려줄지 고민했다. 그래서 아들들에게 말했다. "집을 떠나거라, 가장 고운 양탄자를 구해 오는 사람이 내가 죽은 뒤 왕이 되어라." 그리고 아들들 사이에 다툼이 없도록 왕은 그들을 성 앞으로 인도해 깃털 세 개를 공중으로 불어 올리며 말했다. "너희는 깃털이 날아가는 대로 가거라." 깃털 하나는 동쪽으로, 다른 하나는 서쪽으로 날아갔는데 세 번째 깃털은 똑바로 날아올랐다가 멀리 날지 못하고 곧 땅으로 떨어졌다. 한 형제는 오른편으로, 다른 형제는 왼편으로 갔다. 그들은 세 번째 깃털이 떨어진 곳에 머물러야 하는 '어벌벌'을 비웃었다.

'어벌벌'은 주저앉아 슬퍼했다. 그러다 문득 깃털 옆 바닥에 작은 뚜껑 문이 있는 것을 보았다. 그는 그걸 들어 올리고 계단을 발견하고는 내려갔다. 다른 문 앞에 이르러 문을 두드리니 안에서 외치는 소리가 들렸다.

"풋내기 작은 아가씨,
쪼그랑 다리,
쪼그랑 다리 작은 개
쪼그랑, 이리저리
쪼그랑쪼그랑 이리저리
얼른 보이거라, 바깥에 있는 이."

문이 열리자 뚱뚱하고 커다란 두꺼비가 앉아 있고, 그 주위에 작은 두꺼비 무리가 모여 있었다. 뚱뚱한 두꺼비가 왜 왔느냐고 묻자 그가 대답했다. "가장 아름답고 가장 고운 양탄자를 갖고 싶어요." 그러자 어린 두꺼비가 소리치며 말했다.

"풋내기 작은 아가씨,
쪼그랑 다리,

쪼그랑 다리 작은 개
쪼그랑, 이리저리
쪼그랑쪼그랑 이리저리
커다란 상자를 가져다 다오."

어린 두꺼비가 상자를 가져왔고, 뚱뚱한 두꺼비가 그걸 열어 '어벌벌'에게 양탄자를 꺼내 주었다. 위쪽 땅에서는 아무도 짤 수 없을 아름답고 고운 양탄자였다. 그리하여 그는 두꺼비에게 감사하고 다시 올라왔다.

다른 둘은 셋째를 워낙 멍청하다고 여겨 아무것도 찾아오지 못할 거라고 생각했다. "우리가 뭣 하러 찾느라고 큰 수고를 하겠어." 하고 둘은 길 가다 처음 맞닥뜨린 착한 목동의 아내가 입은 거친 천을 빼앗아 왕에게 가져왔다. 같은 시간에 '어벌벌'도 돌아왔는데 그는 아름다운 양탄자를 가져왔다. 왕이 그것을 보고 놀라며 말했다. "정의에 따르자면 왕국은 막내

의 것이다." 그러자 다른 두 형제가 모든 일에서 이해력이 떨어지는 '어벌벌'이 왕이 될 수는 없다면서 왕에게 새로운 조건을 달라고 부탁했다. 그러자 아버지가 말했다. "가장 아름다운 반지[12]를 내게 가져오는 자식에게 나라를 물려주겠다." 그러고는 세 형제를 데리고 나가 아들들이 따라갈 깃털 세 개를 공중으로 날려 보냈다. 두 형들은 다시 동쪽과 서쪽으로 가고 어벌벌을 위한 깃털은 똑바로 날아가 지하로 들어가는 문 옆에 내려앉았다. 그는 다시 뚱뚱한 두꺼비에게 가서 가장 아름다운 반지가 필요하다고 말했다. 두꺼비는 곧 큰 상자를 가져오게 해 반지 하나를 꺼내 주었는데, 그 반지는 보석들로 반짝였고, 너무나 아름다워 지상의 어떤 금 세공사도 만들 수 없을 듯했다.

두 형은 금반지를 찾아 다닐 '어벌벌'을 두고 비웃었다. 그러고는 아무런 수고를 들이지 않고 낡은 마차 바퀴에서 못을 쳐서 빼 내고는 그걸 왕에게 가져왔다. 그러나 '어벌벌'이 금반지를 내보이자 아버지가 또다시 말했다. "왕국은 막내의 것이다." 두 형은 세 번째 조건을 만들어 선포할 때까지 왕을 귀찮게 했다. 조건은 가장 아름다운 여자를 데려오는 사람이 나라를 갖는 것이었다. 왕은 다시 한

---

12 Ring. 반지로 흔히 쓰이지만 '고리', '동테' 등 고리 모양의 여러 가지 물건을 나타낸다.

번 깃털 세 개를 공중으로 날렸고, 깃털들은 지난번처럼 날아갔다.

'어벌벌'은 지체 없이 뚱뚱한 두꺼비에게 내려가서 말했다. "가장 아름다운 여자를 데려가야 해요." "이런……." 하고 두꺼비가 대답했다. "가장 아름다운 여자! 그건 손닿는 데 있지 않지만 갖게 해 줄게요." 두꺼비는 생쥐 여섯 마리가 끄는 속을 파낸 당근을 주었다. 그러자 '어벌벌'이 몹시 슬프게 말했다. "이걸로 무얼 하라고요?" 두꺼비가 대답했다. "내 작은 두꺼비들 중 하나를 그 안에 태우기만 해요." 그러자 그는 무리 중 아무나 하나를 붙잡아 노란 마차에 태웠다. 그 두꺼비는 마차 안에 앉자마자 놀라울 만큼 아름다운 아가씨로 변했고, 당근은 마차가, 여섯 마리 생쥐는 말이 되었다. 그는 그녀에게 입맞춤을 하고 말들을 몰아 왕에게 데려갔다. 형들이 뒤따라왔는데 아름다운 여자를 찾는 수고를 전혀 하지 않

고 그냥 가다 만난 농부의 딸을 데리고 왔다. 막내가 데려온 여자를 보자 왕이 말했다. "내가 죽은 뒤 왕국은 막내의 것이다." 그러나 두 형은 "어벌벌이 왕이 되는 걸 저희는 인정할 수 없습니다." 하고 소리소리 질러 또다시 왕의 두 귀를 먹먹하게 했다. 그러면서 데려온 여자가 홀 한가운데 걸린 둥그런 고리를 뛰어서 통과하는 사람에게 우선권을 줘야 한다고 요구했다. 두 사람은 생각했다. '그런 건 농부의 딸들이 잘할 거다. 충분히 강하거든. 하지만 고운 아가씨는 뛰어넘다가 죽지." 늙은 왕이 그것도 받아들였다. 그리하여 농부의 딸 둘이 뛰어올라 고리를 통과했는데 너무 둔해서 넘어지는 바람에 팔과 다리가 두 동강이 났다. 그다음에 '어벌벌'이 데려온 아름다운 아가씨가 훽 뛰어 마치 한 마리 노루처럼 가볍게 통과하니 모든 반대는 그칠 수밖에 없었다. 그리하여 '어벌벌'이 왕관을 받고 오래도록 지혜롭게 다스렸다.

64

황금 거위

옛날에 아들이 셋인 남자가 있었는데 그중 막내는 '어벌벌'이라 불렸고 조롱당했으며 매번 뒷전이었다. 한번은 맏이가 나무를 베러 숲으로 가려 하자 어머니가 허기와 갈증에 시달리지 말라고 맛있고 좋은 달걀을 넣은 케이크와 포도주 한 병을 주었다. 그가 숲에 들어갔을 때 백발의 늙은 난쟁이를 만났다. 난쟁이가 인사를 하며 말했다. "네 주머니에서 케이크 한 조각을 꺼내 주고 포도주를 한 모금 마시게 해 다오. 너무 배고프고 목마르구나." 그러자 똑똑한 아들이 대답했다. "내 케이크와 포도주를 주면 나는 아무것도 없잖아, 저리 꺼져." 그러고는 난쟁이를 세워 두고 떠났다. 그런데 그가 나무를 베기 시작했을 때 오래 지나지 않아 잘못 내리쳐 도끼가 팔을 찍어 집으로 돌아와 붕대를 감아야 했다. 이것은 백발의 난쟁이가 한 일이었다.

그 후 둘째 아들이 숲으로 갔고, 어머니는 그에게도 맏이에게처럼 달걀을 넣은 케이크와 포도주 한 병을 주었다. 둘째 아들도 백발의 난쟁이를 만났고, 난쟁이는 케이크 한 조각과 포도주 한 모금을 간청했다. 그러나 둘째 아들도 아주 똑똑하게 말했다. "너에게 주면 내 것이 없어지는 거잖아. 꺼져." 그러고는 난쟁이를 세워 두고 계속 갔다. 그도 벌을 면하지 못해 나무를 몇 번 치고는 자기 다리를 찍어 집으로 실려 가야 했다. 이번에는 '어벌벌'이 말했다. "저도 나가서 나무를 베게 해 주세요." 아버지가 대답했다. "네 형들이 그러다가 해를 입었으니 아서라, 넌 나무 베는 건 아무것도 모르잖니." 그러나 어벌벌이 어찌나 오래 조르는지 마침내 아버지가 말했다. "가거라, 해를 입다 보면 똑똑해지겠지." 어머니는 물로 반죽해 재 속에서 구운 케이크와 시어 빠진 맥주 한 병을 주었다.

숲으로 가자 그 역시 백발의 난쟁이를 만나게 되었다. 난쟁이가 인사하며 말했다. "네 케이크 한 조각하고 네 병에서 마실 것을 한 모금 다오. 배고프고 목마르다." '어벌벌'이 대답했다. "제가 가진 걸 재에 구운 케이크와 시어 빠진 맥주뿐이에요. 그것도 괜찮다면 앉아서 함께 먹어요." 두 사람은 앉았다. '어벌벌'이 재에서 구운 케이크를 꺼내니 달걀을 넣은 맛있는 케이크가 되어 있었고, 시어 빠진 맥주는 좋은 포도주가 되어 있었다. 먹고 마시고 나자 난쟁이가 말했다. "넌 마음이 착하고 네 것을 즐겨 나누니 행운을 선물하마. 저기 서 있는 고목 나무를 베어라. 그러면 뿌리에서 뭔가를 찾을 게다." 그러고서 난쟁이는 떠났다.

'어벌벌'은 가서 나무를 베어 넘겼다. 나무가 쓰러지자 그 뿌리 속에 순금의 깃털을 가진 거위가 한 마리 앉아 있었다. 그는 거위를 꺼내 그걸 들고 하룻밤을 보내기 위해 여관으로 갔다. 여관 주인에게는 세 딸이 있었다. 그들은 거위를 보고는 무슨 놀라운 새인지 궁금해했고, 그 황금 깃털 하나를 몹시 가지고 싶어 했다. 맏딸은 생각했다. '내가 황금 깃털을 하나 뽑을 기회가 있겠지.' '어벌벌'이 밖으로 나가자 맏딸이 거위의 날개를 잡았는데 손가락과 손이 그만 거위에게 단단히 들러붙었다. 그 뒤 머지않아 둘째가 왔고, 그도 오로지 황금 깃털 하나를 가지겠다는 생각뿐이었다. 그러나 언니를 건드리자마자 둘째도 단단히 들러붙어 버렸다. 셋째도 같은 의도로 왔다. 그러자 언니들이 소리쳤다. "떨어져 있어, 제발 제발, 떨어져 있어." 그러나 셋째는 왜 떨어져 있으라는지 알지 못하고 '언니들이 거기 있으면 나도 있을 수 있어.' 생각하며 뛰어왔다. 이윽고 언니들을 건드리자마자 셋째도 언니에게 들러붙었다. 그렇게 그들은 거위 곁에서 밤을 보내야 했다.

다음 날 아침 '어벌벌'은 거위를 안고 떠났는데 거기에 매달린 세 소녀는 개의치 않았다. 세 소녀는 내내 그를 따라 그의 두 다리가 가는 대로 좌우로 달려야 했다. 들판 한가운데서 신부를 만났는데 신부가 그 행렬을 보자 말했다. "부끄러워들 하거라, 너희 못생긴 소녀들아, 어째서 밭을 가로지르며 젊은 총각을 뒤따르느냐, 그게 온당하느냐?" 신부는 막내의 손을 잡고 뒤로 잡아당기려 했다. 그러나 막내딸을 건드리자 신부 역시 들러붙어 뒤따라 달려야 했다. 오래지 않아 성당지기가 와서 세 소녀를 걸음걸음 뒤따라가는 신부를 보았다. 그는 어리둥절해져서 "에이, 신부님, 어딜 그렇게 급히 가세요? 오늘 영아 세례식이 있다는 걸 잊지 마세요." 하고 신부를 향해 달려와 옷소매를 붙들어 성당지기도 단단히 붙어 버렸다. 다섯 명이 그렇게 줄줄이 타박타박 걸어가는데 농부 둘이 쇠스랑을 들고 들판에서 돌아오고 있었다. 신부가 농부들을 부르며 자기와 성당지기를 떼어 달라고 부탁했다. 그러나 성당지기를 건드리자마자 농부들도 들러붙었고, 이제 들러붙은 사람들 일곱이 거위를 든 '어벌벌'을 뒤따라 달렸다.

그 후 '어벌벌'은 어느 도시로 들어갔다. 왕이 다스리는 곳이었는데, 왕에게는 누구도 웃게 할 수 없을 만큼 엄숙한 딸이 하나 있었다. 왕은 공주를 웃게 만드는 사람을 공주와 결혼시킨다는 칙령을 내렸다. '어벌벌'은 그 말을 듣자 거위와 거위에 매달린 사람들을 데리고 공주 앞으로 갔다. 공주가 이 일곱 사람이 줄줄이 달리는 것을 보고 깔깔거리더니 도무지 그치려 하지 않았다. 그러자 '어벌벌'이 공주를 신부로 요구했다. 왕은 사위가 마음에 들지 않아 온갖 핑계를 대다 지하실에 가득한 포도주를 다 마셔 버릴 사람을 데려와야 한다고 말했다. '어벌벌'은 백발의 난쟁이가 도와줄 수 있으리라 생각하고 숲으로 갔다. '어벌벌'은 나무를 베었던 자리에 사람이 앉아 있는 걸 보았는데 굉장히 슬픈 얼굴을 하고 있었다. '어벌벌'이 무엇이 그토록 마음에 걸리느냐고 묻자 그가 대답했다. "나는 어찌나 목이 마른지 갈증을 끌 수가 없어. 찬물은 내가 소화

하지 못 하고, 포도주를 한 통 다 비웠지만 달군 돌에 떨어뜨리는 물 한 방울이 무슨 소용이겠나?" "그렇다면 제가 도와드릴 수 있어요." 하고 '어벌벌'이 말했다. "같이 가기만 하세요, 실컷 마시게 해 드릴게요."

'어벌벌'은 그 사람을 왕의 지하실로 데려갔고, 그가 커다란 술통들을 넘어 가며 마시고 또 마셔서 허리가 아플 지경이었다. 하루가 다 가기 전에 지하실의 술통은 바닥이 났다. '어벌벌'은 또다시 신부를 요구했으나 왕은 누구나 '어벌벌'이라고 부르는 시원찮은 녀석이 딸을 데려간다는 데 화가 나 새로운 조건을 제시했다. 산만큼 쌓인 빵을

먹어 치울 사람을 대령해야 했다. '어벌벌'은 오래 생각하지 않고 숲으로 갔다. 같은 자리에 사람이 앉아 있는데 가죽띠로 몸을 꽁꽁 묶고 있었다. 그가 화난 얼굴로 말했다. "빵 굽는 화덕 전체를 채운 프랑스 빵을 먹었지만 나처럼 이렇게 심하게 배가 고프면 그게 무슨 소용인가. 내 배는 늘 비어 있고 나는 배고파 죽지 않으려면 몸을 졸라매어야 해." '어벌벌'이 그 말에 기뻐하며 말했다. "같이 가기만 하세요. 배불리 먹게 해 드릴게요." '어벌벌'이 그 사람을 왕의 궁정으로 이끌었고, 왕은 왕국 전체에서 밀가루를 모두 모아 엄청난 산만큼 빵을 굽게 했다. 그러자 숲에서 온 사람이 그 앞에 서서 먹기 시작했는데 하루 안에 산이 사라졌다. '어벌벌'은 세 번째로 신부를 요구했다. 그러나 왕은 또 한 번 핑계를 찾아내어 뭍에서나 물에서나 다니는 배 한 척을 요구했다. "자네가 그런 돛단배를 타고 도착하는 대로……." 하고 왕이 말했다. "내 딸을 주겠네."

'어벌벌'은 곧장 숲으로 갔다. 거기에 그가 케이크를 주었던 백발의 난쟁이가 앉아 있다가 말했다. "내가 너를 위해 먹고 마셨지. 그 배도 주마. 내가 이 모든 일을 하는 건 나를 대하는 네 마음이 따뜻했기 때문이야." 그러고는 물이든 뭍이든 가는 배를 그에게 주었다. 왕은 이제 딸을 내주지 않을 도리가 없었다. 결혼식이 열렸고, 왕이 죽은 뒤에는 '어벌벌'은 왕국을 물려받아 오랫동안 아내와 즐겁게 살았다.

65

누덕누덕 누더기

옛날에 금발의 아내를 둔 왕이 있었다. 아내가 어찌나 예쁜지 비슷한 사람이 이 땅에 없었다. 왕비가 앓아눕게 되어 머지않아 죽으리라는 것을 예감하자 왕을 불러 말했다. "내가 죽은 다음에 당신이 다시 혼인할 때 꼭 나처럼 예쁘고 나 같은 금발 머리를 가진 사람이 아니면 취하지 마세요. 약속해 주세요." 왕이 약속하자 왕비는 눈을 감고 죽었다. 왕은 오랫동안 마음을 달랠 길이 없어 두 번째 아내를 얻을 생각을 하지 못했다. 마침내 왕의 대신들이 말했다. "달리는 안 되겠습니다. 저희가 왕비를 모실 수 있도록 왕께서 다시 결혼하셔야겠습니다." 왕은 그 아름다움이 죽은 왕비와 필적할 신부를 찾기 위해 사신들을 널리 보냈다. 그러나 세상 어디에서도 그런 여자는 찾지 못했다. 찾았더라도 그런 금발을 가진 사람이 없었다. 사신들은 번번이 임무를 완수하지 못한 채 되돌아왔다.

그런데 왕에게는 죽은 어머니처럼 예쁜 딸이 있었는데 똑같은 금발이었다. 왕은 어른이 된 딸을 유심히 보다 모든 점에서 죽은 아내와 비슷하다는 걸 알고 갑자기 격렬한 사랑을 느꼈다. 그러자 왕이 대신들에게 말했다. "죽은 아내와 똑같은 모습이니 딸과 결혼하겠다. 그 외에는 죽은 아내와 닮은 신부를 찾을 수 없다." 대신들이 그 말을 듣고 깜짝 놀라 말했다. "아버지가 딸과 결혼하는 건 하느님이 금하셨습니다. 죄악에서는 어떠한 좋은 것도 나올 수 없으며 나라가 멸망으로 이끌려 들어갈 겁니다."

아버지의 결심을 들은 딸은 대신들보다 더 놀랐다. 그러나 곧 아버지의 마음을 바꾸게 하려고 이렇게 말했다. "아버지의 소망을 이루어 드리기 전에 우선 저는 옷 세 벌이 필요합니다. 하나는 태양처럼 금빛인 것, 하나는 달처럼 은빛인 것, 또 하나는 별들처럼 반짝이는 것. 나아가 1000가지 모피 조각을 이어 만든 겉옷입니다. 아버지 나라에 있는 모든 짐승은 어느 것이든 그 옷을 위해 자기 가

죽의 한 조각을 주어야 합니다." '그런 걸 마련한다는 건 절대 불가능해. 그렇게 아버지를 나쁜 생각으로부터 돌려놓아야지.' 하고 딸은 생각했다. 그러나 왕이 그 생각을 포기하지 않아 나라의 솜씨 좋은 소녀들이 불려 와 세 벌의 옷을 짰다. 하나는 태양처럼 금빛인 것, 하나는 달처럼 은빛인 것, 또 하나는 별들처럼 반짝이는 것. 또 왕의 사냥꾼들이 나라에 있는 모든 짐승을 포획해 그들에게서 살갗 한 점씩을 떼어 냈다. 그렇게 해서 1000개의 조각을 이어 누덕누덕 누더기 옷을 만들었다. 마침내 모두 완성되자 왕은 그 겉옷을 가져와 딸 앞에 펼쳐 놓으며 말했다. "내일은 결혼식을 거행하겠다."

아버지의 마음을 돌려놓을 희망이 없다는 것을 알자 공주는 도망치기로 했다. 모두가 잠든 밤에 일어나서 공주는 귀중품 중 금반지와 작은 금 물레, 작은 금 실감개를 챙겼다. 태양, 달, 별의 세 가지 옷은 호두 껍질 속에 넣고 누덕누덕 누더기 옷을 입고서 얼굴과 두 손에 검댕을 칠했다. 그러고는 무작정 떠나 밤새 걸어 마침내 큰 숲에 다다랐다. 공주는 지쳐서 속이 빈 고목 나무에 들어가 앉았다가 잠이 들었다.

해가 떴고 대낮이 되어도 공주는 여전히 자고 있었다. 때마침 이 숲의 주인인 왕이 숲에서 사냥을 하고 있었다.

왕의 개들이 나무로 와서 킁킁거리며 사방을 빙빙 돌고 짖어 댔다. 왕이 사냥꾼들에게 말했다. "어떤 짐승이 저기 숨어 있는지 좀 보아라." 사냥꾼들이 명령을 따랐고, 그들이 돌아와서 말했다. "속이 빈 나무 속에 저희가 아직 한 번도 본 적 없는 놀라운 짐승이 누워 있습니다. 가죽이 다른 종류의 1000가지 털로 되어 있습니다." 왕이 말했다. "너희가 그 짐승을 산 채로 사로잡아 수레에 묶어 데려가자." 사냥꾼들이 손을 대자 공주가 몹시 놀라 잠에서 깨어 외쳤다. "저는 아버지 어머니로부터 버림받은 가엾은 아이입니다. 불쌍히 여겨 데려가 주세요." 사냥꾼들이 말했다. "누덕누덕 누더기야, 너는 부엌일을 잘하겠구나, 같이 가자, 부엌에서 재를 쓸어 모을 수 있겠다." 그리하여 그들은 공주를 수레에 태워 왕궁으로 돌아왔다. 그들은 계단 밑에 있는 햇빛이 들지 않는 작은 외양간을 가리키며 소녀에게 말했다. "털북숭이야, 넌 여기서 지내며 잠을 자면 되겠다." 그 뒤 소녀는 부엌으로 보내졌다. 거기서 장작과 물을 나르고, 불을 피우고, 닭이나 다른 깃 달린 것들의 털을 뽑고, 재를 긁고, 온갖 궂은일을 다 했다.

누덕누덕 누더기는 오랫동안 아주 비참하게 살았다. 아, 아름다운 공주야, 네가 이제 어떻게 될까! 한번은 성에서 잔치가 열려 그녀가 요리사에게 말했다. "저도 올라가서 구경해도 될까요? 문밖에 서 있을게요." 요리사가 말했다. "그래, 가거라. 하지만 삼십 분 안에 다시 와서 재를 쓸어 모아 내다 버려야 한다." 소녀는 등불을 들고 작은 외양간으로 가 모피 겉옷을 벗고 얼굴과 손에서 그을음을 씻어 냈다. 그리하여 온전한 아름다움이 다시 드러났다. 소녀는 호두를 열어 태양처럼 반짝이는 옷을 꺼내 입고 잔치가 열리는 곳으로 올라갔다. 모두가 그녀에게 길을 터 주었다. 그녀가 누구인지 아무도 몰랐으며 어떤 공주라고만 생각했다. 왕이 와서 손을 내밀고 함께 춤을 추며 마음속으로 생각했다. '이렇게 예쁜 사람은 내 두 눈이 아직 보지 못했다.' 춤이 끝나자 그녀는 절을 했고, 왕이 다시 돌아보았을 때는 사라져 아무도 그녀가 어디로 갔는지 몰랐다. 궁전 앞에 서 있는 보초들을 불러 물었으나 아무도 그녀를 보지 못했다.

그녀는 외양간으로 달려가 얼른 드레스를 벗고 얼굴과 두 손을 검게 만들고 모피 겉옷을 둘러 다시 누덕누덕 누더기로 돌아갔다. 그녀가 부엌으로 들어가 일을 시작하며 재를 쓸어 모아 버리려 할 때 요리사가 말했다. "그건 내일까지 그냥 두고 왕이 드실 수프를 끓여라. 나도 올라가 구경하련다. 그런데 머리카락을 빠뜨리지 않도록 해라, 안 그러면 아무것도 먹지 못할 줄 알아." 요리사가 나가자 누덕누덕 누더기는 왕을 위한 수프를 끓였고, 빵이 들어간 수프를 최선을 다해 끓였다. 수프가 완성되자 작은 외양간으로 가 금반지를 가져와 수프를 담을 그릇에 넣었다. 춤이 끝나자 왕이 수프를 가져오게 해 먹었다. 수프가 참 맛있어서 왕은 이보다 나은 수프는 먹어 본 적이 없다고 생각했다. 그런데 다 먹었을 때 바닥에 금반지가 있는 것을 보

았고, 어떻게 반지가 그 안에 있는지 영문을 몰랐다. 왕은 요리사를 불러오라고 명령했다. 요리사는 명령을 듣자 깜짝 놀라 누덕누덕 누더기에게 말했다. "분명히 네가 머리카락을 수프에 빠뜨렸구나. 만약 그게 사실이면 매를 흠씬 맞을 줄 알아라." 요리사가 오자 왕은 누가 수프를 끓였느냐고 물었다. 요리사가 대답했다. "제가 끓였습니다." 왕이 말했다. "그건 사실이 아니다. 수프가 여느 때보다 더 좋았다. 훨씬 더 잘, 다른 식으로 요리했다." 요리사가 대답했다. "사실대로 말씀드리면 제가 수프를 끓이지 않고 털북숭이가 끓였습니다." 왕이 말했다. "가서 그 애를 올라오라고 해라." 누덕누덕 누더기가 오자 왕이 물었다. "너는 누구냐?" "저는 아버지도 어머니도 없는 가엾은 아이입니다." 왕이 계속 물었다. "무엇 때문에 내 성에 있느냐?" 누덕누덕 누더기가 대답했다. "제 머리에 던지는 장화짝들을 맞는 것 말고 저는 아무짝에도 쓸모가 없습니다." 왕이 계속 물었다. "수프에 든 반지는 어디서 났느냐?" 누덕누덕 누더기가 대답했다. "반지에 대해서는 아무것도 모릅니다." 그렇게 아무것도 알아내지 못하고 왕은 누덕누덕 누더기를 돌려보내야 했다.

얼마 후 다시 잔치가 열렸다. 누덕누덕 누더기는 요리사에게 지난번처럼 구경하게 해 달라고 허락을 구했고 요리사가 그러라고 했다. "하지만 삼십 분 이내에 다시 와서 왕이 좋아하시는 빵 수프를 끓여야 한다." 누덕누덕 누더기는 외양간으로 달려가 얼른 씻고 호두에서 달처럼 은빛인 옷을 꺼내 입었다. 그러고 올라갔는데 공주 같았다. 왕이 그녀와 다시 만나게 된 것을 기뻐했다. 방금 춤이 시작되었기 때문에 두 사람은 함께 춤을 추었다. 그러나 춤이 끝나자 그녀가 또 어찌나 빨리 사라져 버렸는지 왕은 그녀의 행방을 알 수 없었다. 그녀는 작은 외양간에 뛰어들어 다시 털북숭이가 되어 빵 수프를 끓이러 부엌으로 갔다. 요리사가 위에 있을 때 누덕누덕 누더기는 작은 금 물레를 가져와 그릇에 넣고 그 위에 수프를 담았다. 수프를 왕에게 가져가니 왕은 지난번과 같이 맛이 좋아서 요리사를 불렀다. 요리사는 이번에도 누덕누덕 누더기가 수프를 끓였다고 실토해야 했다. 누덕누덕 누더기가 다시 왕 앞으로 왔으나 자기는 장화짝들을 머리에 던지라고 거기 있노라고, 또 작은 황금 물레에 대해서는 전혀 모른다고 대답했다.

왕이 세 번째로 잔치를 열었을 때도 지난번과 다르지 않았다. "너 마녀지, 털북숭이야, 스프에 늘 뭔가를 집어넣어 왕께서 내가 끓인 것보다 더 좋아하실 만큼 맛나지." 하면서도 요리사는 정해진 시간 안에 잔치에 다녀오게 했다. 이제 누덕누덕 누더기는 별처럼 반짝이는 옷을 입고 홀로 들어섰다. 왕은 다시 이 아름다운 소녀와 춤을 추었고, 이렇게 예쁜 소녀를 본 적 없었다고 생각했다. 왕은 춤이 정말 오래 계속되도록 명령해 놓았고, 춤을 추는 동안 그녀가 알아차리지 못하게 손가락에 금반지를 끼웠다.

춤이 끝나자 왕이 두 손을 꼭 쥐었지만 그녀는 뿌리치고 잽싸게 사람들 사이로 뛰어들어 왕의 눈앞에서 사라졌다. 그녀는 계단 밑에 있는 작은 외양간으로 힘껏 달려갔다. 삼십 분이 넘도록 오래 나가 있었기 때문에 그 아름다운 옷을 벗을 겨를이 없어 위에 털옷만 걸쳤다. 그리고 서두르느라 몸까지 완전히 검댕을 묻히지 못해 손가락 하나가 그대로 하얬다. 누덕누덕 누더기는 부엌으로 달려가 왕을 위해 빵 수프를 끓였고, 요리사가 떠나자 황금 실감개를 집어넣었다. 왕이 그릇 바닥에서 황금 실감개를 보자 누덕누덕 누더기를 부르게 했다. 그때 흰 손가락이 왕의 눈에 들어왔고, 춤추며 끼워 준 반지가 보였다. 왕은 손을 잡고 그녀를 붙들었다. 그녀가 몸을 빼어 도망가려 하자 모피 겉옷이 약간 벌어지며 옷이 반짝였다. 왕이 겉옷을 잡아당기자 금빛 머리가 흘러내렸고, 거기에는 완전한 화려함에 감싸인 그녀가 서 있었다. 그녀는 더 이상 자신을 숨길 수 없었다. 얼굴에서 검댕과 재를 씻어 내자 그녀는 세상에서 아무도 본 적 없는 아름다운 모습이 되었다. 왕이 말했다. "당신은 내 사랑하는 신부요. 그러니 이제 결코 헤어지지 맙시다." 그 후 결혼식이 거행되었고 두 사람은 죽을 때까지 행복하게 살았다.

66

토끼 신부[13]

구연 동화 듣기

옛날에 배추가 있는 아름다운 뜰에 사는 여자와 딸이 있었다. 거기에 작은 토끼 한 마리가 와서 겨울 동안 배추를 먹었다. 그러자 여자가 딸에게 말한다. “뜰에 가서 토끼를 내쫓아라!” 소녀가 토끼에게 말한다. “슈! 슈! 토끼야, 여전히 우리 배추를 죄다 먹고 있구나!” 토끼가 말한다. “이리 와, 내 토끼 꼬리 위에 앉아, 함께 내 오두막으로 가자!“ 소녀는 그러려고 하지 않는다. 다음 날 토끼가 다시 와서 배추를 먹자 엄마가 말한다. “뜰에 가서 토끼

13 북독일 북부 메클렌부르크 지방 사투리로 적힌 이야기다.

를 내쫓아라.” 소녀가 토끼에게 말한다. “슈! 슈! 토끼야, 여전히 우리 배추를 죄다 먹고 있구나.” 토끼가 말한다. “이리 와, 내 토끼 꼬리 위에 앉아, 함께 내 오두막으로 가자!” 소녀가 거절한다. 세 번째 날 토끼가 다시 와서 배추를 먹는다. 그러자 여자가 딸에게 말한다. “뜰에 가서 토끼를 내쫓아라!” 소녀가 말한다. “슈! 슈! 토끼야, 여전히 우리 배추를 죄다 먹고 있구나!” 토끼가 말한다. “이리 와, 내 토끼 꼬리 위에 앉아, 함께 내 오두막으로 가자!” 소녀가 토끼 꼬리 위에 앉는다. 그러자 토끼는 소녀를 멀리 자기 오두막으로 데려가서 말한다. “이제 초록 배추와 좁쌀을 끓여라. 나는 결혼식 하객들을 초대하겠다.”

그리하여 결혼식 하객이 모였다. 결혼식 하객들은 대체 누구일까? 그건 다른 사람들한테서 들은 대로 내가 말해 줄 수 있어. 모두 토끼들이었고, 까마귀가 신랑 신부의 결혼식 주례를 하기 위해 신부로 있었어. 여우는 성당지기로 왔고, 제단 위로는 무지개가 걸려 있었지. 하지만 소녀는 혼자였기 때문에 슬펐어. 토끼가 와서 말한다. "열어라, 열어라, 결혼식 하객들은 즐겁다!" 신부는 아무 말을 하지 않고 운다. 토끼는 떠난다. 토끼가 다시 와서 말한다. "열어라, 열어라, 결혼식 하객들이 배고프다." 신부는 다시 아무 말을 하지 않고 운다. 토끼는 떠난다. 토끼가 다시 와서 말한다. "열어라, 열어라, 결혼식 하객들이 기다린다." 신부는 다시 아무 말을 하지 않고 운다. 토끼는 떠난다. 신부는 짚으로 인형을 만들어 자기 옷을 입힌다. 그러고는 인형에게 주걱을 쥐여 주고 좁쌀이 든 솥가에 앉히고 어머니에게 간다. 토끼가 다시 한번 와서 "열어라, 열어라." 하고 일어나 인형의 머리를 치니 머리쓰개가 떨어진다. 그러자 토끼는 그게 자기 신부가 아닌 걸 알고 떠나는데 슬프다.

67

열두 명의 사냥꾼

옛날에 사랑하는 여인과 약혼한 왕자가 있었다. 그런데 그가 그녀 곁에서 아주 즐거워할 때 아버지가 병으로 쓰러져 왕자를 죽기 전에 보고 싶어 한다는 소식이 왔다. 그래서 애인에게 말했다. "나는 지금 당신을 두고 떠나야 하오. 당신에게 나를 기억하도록 반지를 하나 주겠소. 왕이 되면 다시 와서 데리고 가겠소." 그렇게 그는 떠났고, 왕에게 가니 병이 위중해 사경을 헤매고 있었다. 아버지가 아들에게 말했다. "사랑하는 아들아, 죽기 전에 너를 다시 보고 싶었다. 내 뜻에 따라 혼인하겠다고 약속해 다오." 왕은 그의 아내가 될 공주의 이름을 말했다. 아들은 워낙 슬퍼서 깊이 생각하지 않고 말했다. "네, 아버지, 아버지 뜻대로 하겠습니다." 그 후 왕은 눈을 감고 숨을 거두었다.

아들이 왕으로 선포되고 애도 기간이 끝나자 그는 아버지에게 한 약속을 지켜야 했다. 그래서 공주에게 구혼을 했고 그녀가 승낙했다. 이 이야기를 첫 약혼자가 듣고 그의 불성실함에 몹시 슬퍼하며 거의 죽을 지경이 되었다. 그러자 아버지가 딸에게 말했다. "사랑하는 아이야, 왜 그

렇게 슬퍼하니? 네가 원하는 건 뭐든 가지도록 해 주마." 딸은 잠시 생각해 보고 말했다. "아버지, 저는 얼굴, 자태, 크기가 저와 완전히 똑같은 열한 명의 소녀를 원해요." 아버지가 말했다. "가능하다면 네 소원이 이루어질 게다." 그러고는 온 나라를 뒤져 마침내 얼굴, 자태, 키가 완전히 딸과 똑같은 소녀 열한 명을 찾아냈다. 그들이 오자 그녀는 모두 똑같은 열두 벌의 사냥꾼 옷을 만들게 했다. 열한 명의 소녀들은 사냥꾼 옷을 입어야 했고 열두 번째 옷은 자기가 입었다. 그런 다음 그녀는 아버지와 작별하고 그들과 함께 말을 타고 그녀를 그토록 사랑했던 옛 신랑의 궁정으로 갔다. 그러고는 혹시 사냥꾼이 필요하지 않은지, 또 그들 모두 왕을 모시게 해 줄지 물었다. 왕이 그들을 살펴보았는데 그녀를 알아보지 못했다. 그러나 참으로 아름다운 사람들이었기 때문에 왕이 기꺼이 받아들였고, 그들은 이제 왕의 열두 사냥꾼이 되었다.

왕에게는 신기한 동물인 사자가 한 마리 있었는데 모든 숨겨진 것과 비밀스러운 것을 다 알았다. 어느 날 저녁 사자가 왕에게 말했다. "열두 명의 사냥꾼을 두고 있다고 생각하나요?" "그렇다." 하고 왕이 말했다. "열두 명의 사냥꾼이지." 사자가 계속 말했다. "틀렸습니다. 저들은 열두 명의 소녀들이랍니다." 왕이 대답했다. "그건 사실일 리가 없어. 어떻게 네가 그걸 증명하겠느냐?" "오, 접견실 앞방에 완두콩을 뿌려 두십시오." 하고 사자가 말했다. "그러면 금방 보일 겁니다. 남자들은 단단히 발을 디뎌 완두콩 위를 걸을 때 콩이 조금도 움직이지 않습니다. 하지만 가볍게 깡충깡충 미끄러지듯 걷는 아가씨들이 디디면 완두콩들이 굴러다니지요." 그 충고가 마음에 들어 왕은 완두콩을 뿌려 놓게 했다.

그러나 사냥꾼들을 좋아하는 왕의 신하가 그들이 시험당하리라는 것을 듣고는 가서 들은 대로 이야기해 주며 말했다. "사자가 자네들이 여자라는 걸 왕에게 알리려고 해." 그러자 그녀가 그에게 감사한 후 열한 명의 소녀들에게 말했다. "힘을 주어 완두콩을 단단히 밟아라." 다음 날 아침 왕이 열두 명의 사냥꾼을 불러 콩이 깔린 접견

실 곁방으로 들어갈 때 그들은 콩을 단단히 밟았다. 어찌나 확실하고 힘차게 걸었는지 콩이 한 개도 구르거나 움직이지 않았다. 그들이 다시 떠나자 왕이 사자에게 말했다. "네가 나를 속였구나, 그들은 남자답게 걷는데." 사자가 대답했다. "시험당하리라는 걸 알고 억지로 그렇게 한 겁니다. 물레 열두 개를 접견실 곁방에 들이게 하십시오. 그러면 그들이 와서 보고 기뻐할 겁니다. 남자들은 그러지 않지요." 왕은 그 권고가 마음에 들어 물레를 접견실 곁방에 갖다 두게 했다.

그러나 사냥꾼들을 좋아하는 신하가 또다시 계획을 알려 주었다. 그들만 남았을 때 그녀가 열한 명의 소녀들에게 말했다. "스스로를 통제해 물레를 돌아보지 말아라." 다음 날 아침 왕이 열두 명의 사냥꾼을 부르자 그들이 접견실 곁방을 지나갔는데 물레는 전혀 쳐다보지 않았다. 왕이 다시금 사자에게 말했다. "네가 나를 속였구나, 남자들이다. 그들은 물레를 쳐다보지도 않았다." 사자가 대답했다. "그들이 시험당하리라는 걸 알고 억지로 그렇게 한 겁니다." 그러나 왕은 더 이상 사자를 믿으려 하지 않았다.

열두 명의 사냥꾼들은 꾸준히 왕을 따라 사냥을 나갔고, 그만큼 왕은 그들을 총애했다. 한번은 사냥을 나가 있을 때 왕의 신부가 오고 있다는 소식이 전해졌다. 그 말을 듣자 진짜 신부가 어찌나 괴로웠는지 심장이 거의 터져 나와 정신을 잃고 땅에 쓰러졌다. 왕은 아끼는 사냥꾼에게 무언가가 닥쳤다 생각하고 달려가 그를 도우려고 장갑을 벗겼다. 그리하여 왕은 첫 신부에게 준 반지를 보게 되었고, 얼굴을 보자 그녀를 알아보았다. 그의 마음이 매우 감동을 받아 그녀에게 입을 맞추었고, 그녀가 눈을 뜨자 말했다. "당신은 나의 것이고 나는 당신 것이오, 세상 어느 누구도 이걸 바꿀 수는 없소." 그는 이미 아내가 있었기 때문에 다른 신부에게 사신을 보내 그녀의 나라로 돌아가게 했다. 쓰던 열쇠를 되찾은 사람은 새 열쇠가 필요 없는 법. 그 후 결혼식이 거행되었고, 사자는 결국 진실을 말했기 때문에 다시 용서받았다.

68

도둑 사술꾼과 그 스승[14]

얀은 아들에게 생업을 익히게 하고 싶어서 교회로 가서는 주님께 무엇이 아들에게 맞을지 기도했다. 그때 성당지기가 제단 뒤에 서 있다가 말했다. "사술, 도둑질, 사술, 도둑질." 그러자 얀은 아들에게 돌아가 도둑질을 배워야 한다고 말했다. 그게 주님의 말씀 아닌가. 그는 아들과 함께 도둑질을 좀 아는 사람을 찾아 나섰다. 내내 걸어 마침내 큰 숲으로 들어갔는데 작은 집에 할머니가 서 있었다. 얀이 할머니에게 말했다. "사술과 도둑질을 좀 하는 사람을

14 독일 북부쪽 뮌스터 지방 사투리로 적힌 이야기다.

아십니까?" "그거라면 여기서 배우면 될 거야." 하고 할멈이 말했다. "내 아들이 그 분야의 대가이거든." 그래서 그는 아들과 이야기하고 그가 정말 잘 아는지 물었다. 사술과 도둑질의 대가가 말했다. "당신 아들을 제대로 가르치겠소. 해가 바뀌거든 다시 오시오, 그때 당신이 아들을 알아본다면 수업료를 받지 않겠소. 하지만 아들을 못 알아보거든 내게 200탈러를 내야 하오."

아버지는 집으로 돌아가고 아들은 사술과 도둑질을 철저히 배웠다. 해가 바뀌어 아버지는 어떻게 하면 아들을 잘 알아볼까 하는 생각으로 걱정이 많았다. 그가 그렇게 혼자 생각하며 가고 있는데 난쟁이가 마주 오며 말했다. "이보시오, 어째서 그리 슬퍼 보이시오?" "오……." 하고 얀이 말했다. "내 아들을 한 해 전에 도둑질과 사술의 대가에게 맡겼다오. 그자가 말하길 해가 바뀌어 다시 오되

그때 내가 아들을 알아보지 못하면 200탈러를 내야 한다고 했지. 하지만 내가 아들을 알아보면 아무것도 주지 않아도 된다오. 나는 아들을 알아보지 못할까 봐 두렵소. 어디서 그런 돈을 마련할지 모르겠거든." 그러자 난쟁이가 빵 껍데기 하나를 가져다 벽난로 아래에 두라고 했다. "거기 막대기 위에 달린 작은 바구니에서 작은 새 한 마리가 내다볼 거요. 그게 아들이오."

얀은 그곳으로 가서 흑빵 껍질 하나를 광주리 앞에 던졌다. 그러자 작은 새가 나와서 쳐다봤다. "이런, 아들아, 네가 여기 있니?" 하고 아버지가 말했다. 아들은 아버지를 보는 것이 기뻤다. 그러나 스승이 말했다. "악마가 속삭여 준 거야. 어떻게 당신이 아들을 알아볼 수 있지?" "아버지, 우리 가요." 하고 소년이 말했다. 아버지는 아들과 함께 집으로 향했다. 도중에 마차가 한 대 오자 아들이 아버지에게 말했다. "아버지, 제가 커다란 그레이하운드로 변신할게요, 그러면 저와 함께 많은 돈을 벌 수 있어요." 그때 마차에서 주인이 외쳤다. "이보시오, 그 개 팔 거요?" "예." 하고 아버지가 말했다. "그 값으로 얼마를 받으려오?" "300탈러요." "좋소, 비싸지만 대단히 멋진 사냥개이니 내가 이놈을 사리다." 신사는 개를 마차에 태웠다. 그러나 좀 더 가자 개가 창문을 통해 마차에서 뛰어내려 아버지에게 돌아갔고, 더 이상 개가 아니었다.

두 사람은 함께 집으로 갔다. 다음 날 이웃 마을에 장이 섰다. 아들이 아버지에게 말했다. "아버지, 제가 멋진 말로 변신할 테니 저를 파세요. 그렇지만 저를 팔고 나면 재갈을 떼어야 해요. 그러지 않으면 제가 다시 사람이 될 수 없어요." 아버지는 말을 몰고 장터로 갔다. 거기에 사술과 도둑질의 대가가 와서 말을 100탈러에 샀다. 그런데 아버지가 그만 잊어버리고 재갈을 빼지 않았다. 대가는 말을 집으로 데려가서 외양간에 세워 두었다. 하녀가 통로를 지나가는데 말이 말하는 것이 아닌가. "재갈을 빼 줘요, 재갈을 빼 줘요!" 그러자 하녀가 멈추어 서서 귀를 기울였다. "아니, 네가 말을 할 수 있는 거야?" 하며 하녀가 재갈을 빼 주니 말은 참새가 되어 문밖으로 날아갔다. 마법사도 참새가 되어 뒤따라 날아갔다. 그들은 만나서 서로를 쪼았다. 그러나 마법사가 져서 물속으로 들어가 물고기가 되었다. 그러자 소년도 물고기가 되고, 둘은 다시 서로 물고 뜯다가 마법사가 졌다. 그러자 마법사는 수탉으로 변신하고 소년은 여우가 되어 스승의 머리를 물어뜯었다. 그리하여 마법사는 죽었고, 오늘날까지 죽은 채 누워 있다.

69

요린데와 요링엘

구연 동화 듣기

옛날에 넓고 빽빽한 숲 한가운데에 오래된 성이 있었고, 그 성에는 마녀들의 우두머리인 할멈이 살고 있었다. 할멈은 낮에는 고양이나 부엉이로 있다가 저녁이면 다시 사람의 모습으로 돌아왔다. 할멈은 들짐승이나 새들을 불러 모을 수 있었고, 그렇게 불러들여 잡아서 굽거나 끓여 먹었다. 누구든 성 가까이 백 걸음 이내에 들어오면 그대로 굳어 할멈이 풀어 주기 전에는 몸을 조금도 움직일 수 없었다. 그런데 예쁜 소녀가 성에서 백 걸음 거리 안에 들어왔고, 할멈은 소녀를 새로 바꾸어 새장에 집어넣고는 성으로 데려갔다. 성안에는 그렇게 잡힌 희귀한 새가 든 새장이 7000개쯤 되었다.

요린데라는 소녀가 있었는데 다른 소녀들보다 예뻤다. 요린데는 요링엘이라는 아주 멋진 청년과 미래를 약속했다. 두 사람은 약혼했고 서로를 지극히 사랑했다. 한번은 단둘이 해야 할 이야기가 있어서 둘이 숲속으로 산책을 갔다. "성에 너무 가까이 가지 않도록 조심해요." 하고 요링엘이 말했다. 아름다운 저녁이었다. 짙은 초록빛 숲속으로 태양이 비쳐 들고 산비둘기가 해묵은 너도밤나무 가

지 위에 앉아 슬프게 울었다. 그런데 큰일이 생겼다. 돌아갈 때가 되었는데 요린데와 요링엘은 집으로 가는 길을 찾을 수 없었다. 요린데는 이따금씩 울었고, 햇빛이 드는 곳에 앉아 탄식했다. 요링엘도 탄식했다. 금방 죽게 된 사람들처럼 그들은 당황하여 어쩔 줄을 몰랐다. 아무리 주위를 둘러봐도 길을 찾을 수 없었다. 해는 반쯤 져서 산등성이에 절반이 걸려 있었다. 한참을 두리번거리던 요링엘은 덤불 사이로 낡은 성벽을 발견했다. 깜짝 놀라 죽을 듯 두려워진 요린데가 노래를 부르기 시작했다.

"나의 새, 빨간 반지를 끼고
노래한다네 슬프게, 슬프게, 슬프게.
작은 비둘기에게 그 죽음을 노래한다네
노래한다네 슬프게, 슬프게 꾀꼴, 꾀꼴, 꾀꼴."

요링엘이 요린데를 바라보니 요린데가 밤꾀꼬리로 변해 울고 있었다. "꾀꼴, 꾀꼴." 이글이글 타는 눈을 가진 부엉이가 날아오더니 두 사람의 머리 위를 세 바퀴 돌면서 "부엉, 부엉, 부엉." 하고 세 번 소리쳤다. 갑자기 요링엘은 몸을 움직일 수 없었다. 돌처럼 그 자리에 서서 울 수도 이야기할 수도 없었고 손발을 꼼짝달싹하지 못했다. 해가 졌다. 부엉이가 나무 덤불 속으로 날아갔고, 곧 누렇고 비쩍 마른 구부정한 할멈이 덤불에서 나왔다. 크고 빨간 눈에 매부리코가 늘어져 턱까지 닿았다. 할멈은 웅얼웅얼하면서 밤꾀꼬리를 붙잡더니 손 위에 올려 놓고 성으로 들어갔다. 요링엘은 아무 말도 못 하고 그 자리에서 움직일 수도 없었다. 밤꾀꼬리는 떠났다. 드디어 할멈이 다시 와서 소름 끼치게 무서운 목소리로 말했다. "안녕한가, 천사 양반. 달빛이 새장 속으로 비쳐 들면 풀어 주지, 천사 양반, 좋은 시각에." 할멈의 말이 끝나자 요링엘은 요술에서 풀려났다. 요링엘이 무릎을 꿇고 요린데를 돌려 달라고 빌었지만 할멈은 절대 돌려주지 않겠다며 떠나 버렸다. 요링엘은 부르짖고 울고 탄식했으나 소용없었다. "우우, 나는 어떻게 될까?"

요링엘은 숲을 떠나 마침내 낯선 마을로 들어섰다. 그곳에서 요링엘은 오랫동안 양을 치며 살았다. 성 주위를 자주 맴돌았지만 너무 가까이 가지는 않았다. 마침내 어느 날 밤에 그는 꿈을 꾸었다. 꿈속에서 아름다운 진주가 박힌 피처럼 붉은 꽃을 발견했다. 그 꽃을 꺾어 들고 성으로 가니 꽃이 닿은 모든 것이 요술에서 풀려났다. 그의 요린데도 되찾게 되는 꿈이었다.

아침이 되어 잠에서 깬 요링엘은 혹시라도 꿈에서 본 꽃이 있을까 싶어 산과 골짜기를 샅샅이 뒤지기 시작했다. 요링엘은 아홉 번째 날까지 찾아보았고, 아홉 번째 날 아침 일찍 마침내 피처럼 붉은 꽃을 찾았다. 한가운데에 커다란 이슬방울이 맺혀 있는데 더없이 아름다운 진주만 한 크기였다. 꽃을 꺾어 든 요링엘은 성까지 쉬지 않고 걸었다. 성에서 백 걸음 떨어진 곳에 들어섰는데도 몸이 굳지 않아 요링엘은 계속 성문 앞까지 갔다. 꽃으로 성문을 건드리자 문이 활짝 열렸다. 안으로 들어가 뜰을 지나며 새소리에 귀를 기울였다. 마침내 그 소리가 들렸다. 소리를 따라가 보니 넓은 방에서 할멈이 7000개의 새장에 든 새들에게 먹이를 주고 있었다. 요링엘을 보자 할멈은 성이 나서 몹시 화를 내며 요링엘에게 욕을 하고 독과 쓸개즙을 내뱉었다. 그렇지만 요링엘에게 두 걸음 거리까지 다가서지 못했다. 요링엘은 할멈을 전혀 신경 쓰지 않고 새장 쪽으로 가서 새들을 살펴보았다. 거기에는 밤꾀꼬리만 해도 수백 마리가 있었다. 그러니 어떻게 요린데를 찾겠는가. 그때 할멈이 새 한 마리가 든 작은 새장을 들고 몰래 문 쪽

으로 가는 게 보였다. 요링엘은 펄쩍 날듯이 뛰어 그 새장을 건드리고 할멈도 건드렸다. 그러자 할멈은 더 이상 마법을 쓰지 못했고, 거기 요린데가 서 있었다. 요린데는 요링엘을 안았다. 그녀는 여전히 예뻤다. 요링엘은 다른 새들도 모두 다시 소녀로 만들어 주었다. 그 후 요린데와 요링엘은 집으로 돌아가 오랫동안 즐겁게 함께 살았다.

70

세 행운아

어떤 아버지가 한번은 세 아들을 불러 첫째에게는 닭을, 둘째에게는 낫을, 셋째에게는 고양이를 주었다. "나는 이미 늙었다." 하고 아버지가 말했다. "죽음이 가까우니 그전에 너희에게 뭘 좀 주마. 돈은 없고, 내가 지금 주는 것은 그다지 가치 없어 보이지만 너희는 그걸 영리하게 쓰거라. 사람들이 아직 그런 물건을 모르는 곳을 찾기만 하면 너희에게 행운이 따를 것이다."

아버지가 죽은 뒤 맏이는 닭을 들고 나갔는데 가는 곳마다 사람들이 닭을 이미 잘 알고 있었다. 닭이 도시의 탑 위에 앉아 바람을 맞으며 돌아가는 것이 멀리서부터 보였고, 마을에서는 제법 여러 마리가 우는 소리가 들렸다. 아무도 이 동물에 대해 놀라워하지 않아 그가 닭으로 행운을 만들 길은 없어 보였다. 그러나 마침내 사람들이 닭을 전혀 모르고 심지어 시간도 구분할 줄 모르는 섬에 가게 되었다. 아침이나 저녁이 되는 것은 알지만 밤에는 자느라 놓치는 게 아니더라도 아무도 시간을 알 길이 없었다. "보세요." 하고 그가 말했다. "이 무슨 당당한 동물인지 루비처럼 붉은 관을 머리에 쓰고 기사 같은 며느리 발톱이 달렸어요. 이건 밤에 특정한 시간에 세 번 깨웁니다. 마지막으로 울면 곧 해가 뜨지요. 하지만 훤한 대낮에 울면 주의하세요, 분명히 날씨가 바뀔 거예요." 그게 사람들 마음에 들었다. 그들은 닭이 밤새 잠을 자지 않고 새벽 2시, 4시, 6시에 크게 잘 알아듣게 시간을 알리는 소리를 매우 기뻐하며 들었다. 그들은 그 짐승을 팔겠느냐고, 값은 얼

마인지 물었다. 맏이는 "대략 당나귀 한 마리가 실을 수 있는 만큼의 황금이요." 하고 대답했다. "그런 귀한 동물에 대한 값으로는 터무니없이 싸지."라고 다들 말하고 그들은 기꺼이 그가 요구한 값을 치렀다.

맏이가 그렇게 많은 수입을 가지고 집으로 돌아오자 형제들은 놀랐다. 둘째가 말했다. "그럼 나도 떠나서 내 낫을 그렇게 잘 처분할 수 있을지 봐야겠어." 그러나 낫은 그럴 것 같지 않았다. 어디서나 농부들을 만났는데 그와 마찬가지로 좋은 낫 하나를 어깨에 메고 있었다. 그러다 마지막으로 그 역시 사람들이 낫에 대해 아무것도 모르는 섬을 우연히 발견했다. 그곳에서는 곡식이 다 익으면 들판에 대포를 세워 놓고 쏘았다. 그런데 대포는 정확도가 높지 않아 어떤 대포알은 그 너머로 가 버렸고, 어떤 대포알은 줄기 대신 이삭을 맞추었다. 그렇게 계속 쏘면 잃는 게 많은 데다 번거로운 소음까지 있었다. 거기서 그가 참으로 조용하고 재빠르게 이삭을 베자 사람들은 놀라워서 입과 코를 다 벌리고 다물지 못했다. 사람들은 값으로 그가 원하는 것을 줄 생각이었고, 그는 말이 싣고 갈 만큼 황금이 실린 말 한 필을 받았다.

이제 셋째가 고양이를 가져가려 했다. 그도 다른 형들과 형편이 같아 육지에 머물러 있는 한 아무것도 할 수 없

었다. 어디에나 고양이가 있었고, 어찌나 많은지 새로 태어난 새끼를 대개 물에 빠뜨려 죽였다. 드디어 셋째도 배를 타고 섬으로 건너가게 되었는데 거기서는 아직 한 번도 고양이가 눈에 띈 적 없었고, 덕분에 쥐가 감당이 안 되게 많아 집주인이 있건 없건 탁자며 의자 위에서 춤을 추었다. 이 괴로움에 대해 사람들이 몹시 탄식했다. 왕도 성에서 쥐에 맞설 방법을 몰랐다. 구석구석에서 생쥐가 찍찍거리고 이빨로 움켜잡을 수 있는 것은 뭐든 갉아 댔다. 그런데 고양이가 사냥을 시작하자 큰 홀 몇 개가 금방 깨끗해졌다. 사람들은 왕에게 나라를 위해 이런 기적의 동물을 구입하자고 청했다. 왕은 요구받은 것을 기꺼이 주었다. 그건 황금을 실은 나귀였고, 셋째는 가장 많은 보물을 가지고 집으로 돌아왔다.

고양이는 왕궁에서 쥐들을 보자 신이 나서 더 이상 셀 수 없을 만큼 많은 쥐를 죽였다. 마침내 고양이는 열이 나고 목이 말랐다. 그래서 멈추어 서서 고개를 들고 울었다. "야옹, 야옹." 왕과 모든 신하가 그 이상한 울음 소리를 듣자 깜짝 놀라 겁에 질려 모조리 성 밖으로 나갔다. 왕은 어떻게 하는 게 좋을지 회의를 열었다. 마침내 고양이에게 사신을 보내 성을 떠나라고 요구하고, 그러지 않으면 폭력을 각오하라고 권고하기로 결정했다. 대신들이 말했다 "저런 나쁜 동물에게 우리 생명을 바치느니 차라리 쥐들한테 괴롭힘을 당하겠다, 그 괴로움은 그래도 익숙하다." 귀족 소년이 올라가서 고양이에게 물어봐야 했다. "고양이는 성을 선선히 비워 주겠는가?" 그러나 갈증이 더욱 심해진 고양이는 그저 "야옹, 야옹"이라고 대답했다. 귀족 소년은 "안돼, 절대 안 돼."라고 이해하고 왕에게 그 대답을 가져갔다. "이제……." 하고 대신들이 말했다. "무력으로 퇴치해야겠다." 대포들을 가져와 쏘니 곧 건물에 불이 붙었다. 고양이가 앉아 있는 홀 안으로 불길이 번지자 고양이는 운

좋게 창밖으로 뛰어내렸다. 그러나 포위한 사람들은 성 전체가 폭삭 무너질 때까지 포격을 그치지 않았다.

71

여섯이 온 세상을 누비다

옛날에 별별 재주를 다 가진 남자가 있었다. 그는 전쟁에 나가 용감하게 복무했지만 전쟁이 끝나자 면직되어 급식비 3탈러를 받아 가지고 길을 떠났다. "잠깐만……." 하고 그가 말했다. "이것에 내가 만족하진 않겠어. 제대로 된 사람들만 찾으면 왕이 온 나라의 보물을 나에게 주게 될 거야." 그러고는 화가 잔뜩 나서 숲으로 갔고, 거기서 그는 어떤 남자가 서 있는 걸 보았다. 그 사람은 나무 여섯 그루를 마치 곡식 이삭인 양 쑥 뽑고 있었다. 남자가 그에게 말했다. "내 하인이 되어 같이 가지 않겠소?" "그러지요. 하지만 우선 저 땔감을 우리 어머니한테 갖다주고요." 하고 그는 나무들 중 하나를 집어 나머지 다섯 그루를 감싸더니 어깨에 둘러메고 떠났다. 그러고는 되돌아와 주인과 함께 갔다. 주인이 말했다. "우리 둘이 함께면 온 세상을 잘 헤쳐 갈 거야."

둘은 한참 가다 무릎을 꿇고 총을 어깨에 대고 조준하고 있는 사냥꾼을 만났다. 주인이 그에게 말했다. "사냥꾼 양반, 무얼 쏘시려나?" 사냥꾼이 대답했다. "여기서 3킬로미터가량 떨어진 참나무 가지에 파리 한 마리가 앉아 있는데 그 왼쪽 눈을 쏘아서 빼려 하오." "오, 나와 같이 갑시다." 하고 남자가 말했다. "우리 셋이 함께면 온 세상을 잘 헤쳐 갈 거야." 사냥꾼은 준비가 되어 있어 그와 함께 갔다.

그들은 일곱 개의 풍차에 다다랐다. 왼쪽으로도 오른쪽으로도 바람이라고는 불지 않고 작은 나뭇잎 하나 움직이지 않는데 풍차의 날개들이 씽씽 돌아가고 있었다. 남자가 "무엇이 풍차를 돌리는지 모르겠네, 바람 한 점 없잖아." 하며 하인들과 계속 갔다. 3킬로미터를 더 가니 나무 위에 사람이 앉아 있는 게 보였다. 그 사람은 콧구멍 하나를 막고 다른 구멍으로 콧김을 불고 있었다. "이런, 높은 곳에서 무얼 하는 거요?" 하고 남자가 물었다. "여기서 3킬로미터 떨어진 곳에 일곱 개의 풍차가 서 있는데, 보시오, 그 풍차들이 돌아가도록 내가 콧김을 불어 보내는 거요.” “오, 나와 함께 갑시다.” 하고 남자가 말했다. “우리 넷이 함께면 온 세상을 잘 헤쳐 갈 거야.” 그래서 콧바람 불던 사람이 내려와 함께 갔다.

한참 지나 그들은 한쪽 다리를 떼어 옆에 놔두고 외다리로 서 있는 사람을 보았다. 그러자 주인이 말했다. “자네 쉬려고 아주 편안히 있구먼.” “나는 달리는 사람이라오.” 하고 그가 대답했다. “너무 빨리 뛰지 않으려고 한 다리는 묶어 둔 거요. 내가 두 다리로 달리면 새가 나는 것보다 빠르거든.” “오, 나와 함께 갑시다.” 하고 남자가 말했다. “우리 다섯이 함께면 온 세상을 잘 헤쳐 갈 거야.” 그래서 그는 함께 갔다.

오래지 않아 그들은 작은 모자를 쓴 사람을 만났는데 모자를 완전히 한쪽 귀 위에 올려 놓고 있었다. 주인이 그에게 말했다. “멋을 냈군! 멋을 냈어! 모자를 한쪽 귀 위에 걸지 말게. 바보 한스 같아 보이잖아.” “그렇게 못 하오.” 하고 상대방이 말했다. “내가 모자를 똑바로 쓰면 대단한 추위가 오고, 하늘 아래 새들이 얼어 죽어 땅으로 떨어지기 때문이라오.” “오, 나와 함께 갑시다.” 하고 남자가 말했다. “우리 여섯이 함께면 온 세상을 잘 헤쳐 갈 거야.”

이제 여섯은 어떤 도시로 갔는데, 거기서는 왕이 자기 딸과 달리기 경주를 해서 이기는 사람은 누구든 공주의

남편이 되어야 한다고 선포해 놓았다. 그러나 만약 지면 머리를 내놓아야 했다. 남자가 나서서 말했다. “하지만 저는 하인이 저 대신 뛰게 하겠습니다.” 왕이 대답했다. “그러면 너는 그의 목숨 또한 담보로 걸어야 한다. 그의 머리와 네 머리를 걸고 승리를 거두어야 한다.” 그게 약속되자 남자는 달리는 사람의 다른 다리를 붙여 주며 말했다. “이제 민첩하게 움직여 우리가 이기도록 도와.” 멀리 외진 곳에 있는 샘에서 물을 먼저 길어 오는 사람이 승자였다. 달리는 사람이 항아리를 받고 공주도 받아 둘은 동시에 달리기 시작했다. 항아리를 공주가 겨우 조금 갔을 때 달리는 사람은 이미 보이지 않았으며, 마치 바람이 휘몰아치는 것 같았다. 순식간에 그는 샘에 닿아 항아리 가득 물을 길어 몸을 돌렸다. 그러나 돌아오는 길에 피곤해서 항아리를 내려놓고 잠이 들었다. 하지만 불편하게 누워서 곧 다시 일어날 수 있도록 땅에 놓인 말의 해골을 베개로 삼았다.

그사이 역시 보통 사람처럼 잘 달릴 수 있었던 공주도 샘에 도착해 항아리에 물을 가득 채웠다. 그러고는 서둘러 되돌아오는데 달리는 자가 누워 자는 것을 보고 기뻐하며 말했다. "적이 내 손안에 있구나." 공주는 그의 항아리를 비워 놓고 계속 뛰었다. 다행히 사냥꾼이 그 예리한 눈으로 성 위에 높이 서서 모두 보지 않았더라면 모든 것을 망쳤을 것이다. 사냥꾼이 "공주는 여전히 우리를 이기지 못하지." 하고는 총을 장전해 참으로 능숙하게 달리는 사람이 다치지 않게 머리 밑에 있는 해골을 쏘아 치워 버렸다. 그러자 달리는 사람이 잠에서 깨어 펄쩍 뛰어 일어나 자기 항아리가 비어 있고 공주가 멀리 앞서가는 걸 보았다. 용기를 잃지 않고 그는 항아리를 들고 다시 샘으로 돌아가 물을 길어서는 공주보다 십 분 일찍 돌아왔다. "보게……." 하고 달리는 사람이 말했다. "지금 나는 두 다리를 들어 올렸어. 그전에 달린 건 전혀 달리기라고 부를 수도 없지."

천한 퇴역 군인이 공주를 데려가게 되자 왕은 마음이 상했고, 그 딸은 더욱 그랬다. 그래서 두 사람은 어떻게 그 사람과 친구들을 모조리 떨쳐 버릴지 의논했다. 왕이 딸에게 말했다. “내가 방책을 찾아냈으니 두려워 말아라. 그들이 다시 돌아오지 않게 하겠다.” 왕은 그들에게 “이제 함께 즐기며 먹고 마시게.” 하며 바닥이 쇠인 방으로 데려갔다. 문들도 쇠였고 창문에 쇠창살이 있었다. 그 방에 맛난 음식들로 연회가 마련되어 있었다. 왕이 말했다. “들어가서 편안히들 있게나.” 그들이 들어가자 왕은 문을 닫고 빗장을 질렀다. 그런 다음 요리사를 불러 그 방 밑에 쇠가 이글거릴 때까지 불을 피우게 했다.

방 안에 있던 여섯 사람은 연회석에 앉아 있는 동안 몹시 더워졌고, 음식 때문에 그렇다고 생각했다. 그러나 더위가 점점 심해져 밖으로 나가려는데 문이며 창문들이 잠긴 것을 보고 왕이 나쁜 생각을 품고 자기들을 질식시켜 죽이려 한다는 것을 알아차렸다. “하지만 그렇게 되진 않을걸.” 하고 작은 모자를 쓴 사람이 말했다. “서리가 내리게 하겠어, 그 앞에서는 불이 부끄러워하고 숨어들지.” 그가 작은 모자를 똑바로 썼고, 곧 서리가 내려 모든 열기가 사라지며 그릇에 담긴 음식들이 얼기 시작했다.

몇 시간이 지나 그들이 열기 속에서 목말라 죽었다고 여겨질 때 왕이 문들을 열고 직접 그들을 살펴보았다. 그러나 문이 열렸을 때 여섯 명이 모두 건강하게 서 있었고, 방 안의 추위가 심해서 그릇의 음식들이 단단하게 얼었기 때문에 방을 나와 몸을 덥히니 좋다고 말했다. 왕은 화가 잔뜩 나서 요리사에게로 내려가 어째서 명령받은 일을 하지 않았느냐고 꾸짖었다. 그러자 요리사가 대답했다. "여기 불이 충분히 이글거리지 않습니까, 직접 보십시오." 거기서 왕은 쇠 방 아래 불이 거세게 타고 있는 것을 보고 그 여섯에게 이런 식으로는 아무런 해도 끼칠 수 없다는 것을 알았다.

왕은 어떻게 이 불쾌한 손님들을 떨칠지 궁리하다 대장을 불러 말했다. "자네가 내 딸에 대한 권리를 포기하겠다면 원하는 만큼 금을 주겠네." "아, 네, 폐하." 하고 그가 대답했다. "제 하인들이 나를 수 있을 만큼 주십시오. 그러면 따님을 요구하지 않겠습니다." 이에 왕은 만족스러웠고, 대장이 말했다. "그럼 제가 두 주 안에 와서 가져가겠습니다." 그 후 그는 나라에 있는 재단사를 모두 불렀고, 재단사들은 두 주 동안 앉아서 자루 하나를 꿰매어야 했다. 자루가 완성되자 나무들을 잡아 뽑던 힘센 사람이 자루를 어깨에 메고 그와 함께 왕에게 갔다. 왕이 말했다. "집채만 한 천을 어깨에 멘 저 힘센 녀석은 누구인가?"

왕은 생각했다. '그래 봤자 금을 얼마나 끌고 가겠어!' 그러고는 황금 1톤을 가져오게 했다. 그걸 옮기는 데 가장 힘센 남자 열여섯 명이 필요했다. 그런데 힘센 사람이 한 손으로 움켜잡아 자루 속에 넣으며 말했다. “어째서 더 가져오지 않지? 이건 바닥도 채 못 덮잖아.” 그러자 왕이 차츰차츰 자신의 보물 전부를 가져왔고, 그걸 힘센 자가 자루에 밀어 넣었지만 자루는 아직 절반도 차지 않았다. “더 가져와.” 하고 그가 외쳤다. “이 부스러기 몇 개로는 채우질 못해.” 그리하여 황금을 실은 700대의 마차를 왕국 전체에서 모아야 했다. 강한 자가 그걸 앞에 매인 황소들과 함께 자루에 밀어 넣더니 “오래 살펴보진 않겠어.” 하고 말했다. “자루가 가득 차기만 하면 오는 건 받지.” 모든 것이 자루에 들어가 쌓였는데도 많은 것이 더 들어갔다. 그가 말했다. “일을 끝내야지. 자루가 아직 차지 않았지만 그래도 한 번은 묶어야지.” 그런 다음 자루를 등에 지고 친구들과 함께 떠났다.

왕은 한 사람이 나라 전체의 재물을 다 쓸어 가는 것을 보자 화가 나 휘하의 기병대에게 그 여섯 명을 추적하도록 하고 강한 자에게서 자루를 다시 빼앗아 오라는 명령을 내렸다. 두 연대장이 곧 그들을 따라잡으며 외쳤다. “너희는 사로잡혔다. 금이 든 자루를 내려놓지 않으면 너희를 박살 내겠어.” “무슨 소리를 하셔?” 하고 콧바람 부는 이가 말했다. “우리가 사로잡혔다고? 그전에 너희가 모조리

공중을 떠돌며 춤출 텐데." 하며 그가 한쪽 콧구멍을 막고 다른 쪽 콧구멍으로 두 연대장에게 콧바람을 불었다. 그러자 그들은 서로 흩어져 하나는 여기, 다른 하나는 저기, 모든 산 너머 푸른 허공으로 날아갔다. 상사 하나가 자기는 아홉 군데에 상처를 입었고 욕을 당할 만하지 않은 용감한 사람이라며 자비를 구했다. 그래서 콧바람 부는 사람은 그가 해를 입지 않고 다시 내려오도록 콧바람을 조금 멈추고 말했다. "이제 돌아가서 왕에게 말해라, 내가 그들 모두를 공중으로 날려 버릴 테니 기병대를 좀 더 보내라고." 사정을 들은 왕이 말했다. "녀석들을 가게 두어

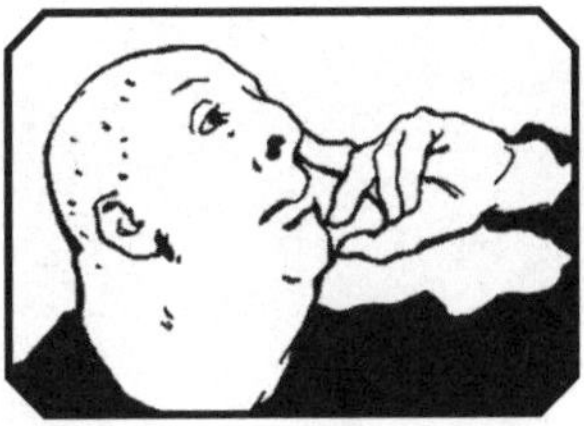

라. 뭔가 있는 녀석들이다." 그리하여 그 여섯은 막대한 재산을 집으로 가져가 서로 나누고 죽을 때까지 즐겁게 살았다.

72

늑대와 인간

한번은 여우가 늑대에게 인간의 힘에 대해 이야기했다. 여우는 어떤 짐승도 인간을 당해 낼 수 없으며 인간에 맞서 버텨 내려면 꾀를 써야 한다고 말했다. 그러자 늑대가 대답했다. "언젠가 인간을 만날 기회가 오면 나는 덤벼들 텐데." "그렇게 되도록 도와주진 못하겠지만……." 하고 여우가 말했다. "내일 아침 일찍 나한테 와. 그럼 내가 인간 하나를 보여 주지."

늑대가 아침 일찍 왔고, 여우는 사냥꾼이 날마다 다니는 길로 늑대를 데려갔다. 처음에는 늙은 퇴역 군인이 왔다. "이게 인간이야?" 하고 늑대가 물었다. "아니……."

하고 여우가 대답했다. “인간이었어.” 다음에는 학교에 가는 작은 소년이 왔다. “이게 인간이야?” “아니, 이제 인간이 될 거야.” 드디어 사냥꾼이 왔다. 쌍발 엽총을 등에 메고 사슴 잡는 단도를 옆구리에 찼다. 여우가 늑대에게 말했다. “보이지, 저기, 네가 덤벼들어야 할 인간이 온다. 하지만 나는 내 굴로 가겠어.” 늑대가 인간을 향해 덤벼들었고, 늑대를 본 사냥꾼이 “포탄을 장전하지 않은 게 유감이로군.” 하고 조준하여 늑대의 얼굴에 산탄을 쏘았다. 늑대는 얼굴을 심하게 찡그렸으나 겁먹지 않고 앞으로 나아갔다. 그러자 사냥꾼이 두 번째로 총알을 발사했다. 늑대는 이를 악물고 고통을 꾹 참으며 사냥꾼에게 몸을 밀어붙였다. 그러자 사냥꾼이 번쩍이는 사슴용 단도를 꺼내 좌우로 한 번씩 찔러 늑대는 피를 쏟으며 울면서 내달려 여우에게로 돌아갔다.

“자, 늑대 형제…….” 하고 여우가 말했다. “어떻게 인간을 끝장내 주었나?” “아…….” 하고 늑대가 말했다.

"인간이 그렇게 강하리라고는 상상을 못 했어. 처음에는 어깨에 맨 막대기를 내려 입김을 불어넣자 뭔가가 내 얼굴로 날아와서 날 완전히 끔찍하게 간지럽혔어. 그다음에 다시 한번 막대기를 입으로 불자 내 코 주위로 뭐가 번개와 우박처럼 날아왔지. 그리고 내가 아주 가까이 가자 번쩍이는 갈비뼈 하나를 몸에서 뽑아서 날 내리쳤어. 난 그대로 죽을 뻔했어." "거봐." 하고 여우가 말했다. "네가 얼마나 허풍선이인지. 너는 도끼를 다시 가져오지 못할 만큼 멀리 던진 거야!"

73

늑대와 여우

늑대가 집에 여우를 데리고 있었고, 여우는 약자였기 때문에 늑대가 원하는 걸 해야 했다. 여우는 이 주인을 떨쳐 내고 싶었다. 한번은 둘이 숲을 지나가게 되었다. 그때 늑대가 말했다. “빨간 여우야, 먹을 것을 좀 마련해라. 안 그러면 너를 잡아먹겠어.” 그러자 여우가 대답했다. “어떤 농장을 아는데 거기에 어린 양이 몇 마리 있어. 마음이 있거든 우리 한 마리 가져오자.” 늑대는 그 제안이 마음에 들었고, 둘은 그곳으로 갔다. 여우는 어린 양을 훔쳐서 늑대에게 가져다주고 떠났다. 늑대는 그걸 잡아먹었으나 만족하지 못하고 한 마리를 더 원해서 또 가지러 갔다. 그러나 늑대는 참으로 서툴러서 어린 양의 어미가 알게 되어 끔찍하게 울어 대기 시작해 농부들이 달려왔다. 농부들이 보고는 어찌나 무자비하게 패 주었는지 늑대는 절뚝거리면서 울부짖으며 여우에게 갔다. "네가 날 속였어." 하고 늑대가 말했다. "내가 다른 양을 가져오려고 했는데 농부들이 나를 잽싸게 붙들어 흐물흐물해지도록 팼다고." 그러자 여우가 대답했다. "넌 어쩜 그렇게 '배부를 줄 모르는 거'야."

다음 날 그들은 다시 들판으로 갔고 욕심 많은 늑대가 또 말했다. "빨간 여우야, 먹을 걸 마련해 다오. 안 그러면 너를 잡아먹을 거야." 그러자 여우가 대답했다. "어떤 농가를 알아. 거기서는 아낙이 오늘 저녁에 팬케이크를 구우니 우리 그걸 좀 가져오자." 그들은 갔고, 여우는 살금살금 집 주위를 돌며 아주 오래 살피고 킁킁거리다 마침내 열쇠가 어디 있는지를 알아낸 다음 팬케이크 여섯 개를 늑대에게 갖다주었다. "여기 네가 먹을 게 있어." 하고 여우가 늑대에게 말하고는 자기 갈 길을 갔다. 늑대는 팬케이크들을 순식간에 꿀꺽 삼키고 말했다. "맛있어서 좀 더 있어야겠는데." 하고는 가서 곧장 열쇠 꾸러미를 통째로 잡아채어 내리다 꾸러미가 터져 열쇠들이 튀어 나갔다. 그 소리가 너무 요란해 농부 아내가 나왔다. 아낙이 늑대

를 보자 사람들을 불렀고, 사람들이 급히 달려와 들고 있던 물건으로 늑대를 패서 늑대는 두 다리를 절뚝이고 요란하게 울부짖으며 숲속 여우에게 갔다. "날 야비하게 속였어!" 하고 늑대가 외쳤다. "농부들이 나를 붙들어 내 살갗에 무두질을 했잖아." 그러자 여우가 대답했다. "넌 어쩜 그렇게 '배부를 줄 모르는 거'야."

셋째 날 둘은 함께 바깥에 있었고, 늑대는 힘겹게 절뚝절뚝 걸으며 다시 말했다. "빨강 여우야, 내게 먹을 걸 마련해 다오, 안 그러면 너를 잡아먹을 거야." 여우가 대답했다. "도살한 사람을 알아. 소금에 절인 고기가 지하실에 있는 통에 들었어. 우리 그걸 가져오자." 늑대가 말했다. "내가 도망치지 못하면 네가 도울 수 있게 나도 기다리지 않고 곧장 함께 가겠어." "그러지 뭐." 하며 여우가 늑대에게 책략과 길들을 알려 주었고, 그 길로 둘은 드디어 지하실에 도착했다. 거기에는 고기가 넘치게 있었고, 늑대는 곧장 먹으며 생각했다. '내가 그칠 때까지는 시간이 충분하지.' 여우는 식사를 즐겼지만 사방을 둘러보고 이따금 그들이 들어온 구멍으로 달려가 자기 몸이 아직 그 구멍을 충분히 빠져나갈 만큼 날씬한지 시험해 보았다. 늑대가 말했다. "여우야, 말해 봐, 왜 너는 그렇게 이리저리 뛰고 들락날락 뛰어다니는 거야?" "누가 오나 망을 봐야 하거든." 하고 꾀 많은 여우가 대답했다. "너무 많이 먹지 마." 그러자 늑대가 말했다. "나는 통이 비기 전에는 떠나지 않을래."

그사이 여우가 뛰어다니는 소리를 들은 농부가 지하실

로 들어왔다. 여우는 농부를 보고 한걸음에 구멍을 빠져 나갔다. 늑대도 따라가려 했지만 뚱뚱해지도록 먹어서 구멍을 통과하지 못하고 그대로 끼였다. 그러자 농부가 곤봉을 들고 와 늑대를 때려죽였다. 그러나 여우는 그 늙은 '배부를 줄 모르는 것'을 떨쳐 기뻐하며 숲으로 뛰어갔다.

74

여우와 자매님

암늑대가 새끼 한 마리를 낳아 여우를 대부로 초대했다. "여우는 우리와 가까운 친척이잖아." 하고 암늑대가 말했다. "머리가 좋고 아주 노련하지. 내 아들을 가르치고 세상에서 앞으로 나아가도록 도울 거야." 아주 존경할 만한 모습으로 나타난 여우가 말했다. "존경하는 자매님, 내게 보여 주신 호의에 감사드립니다. 나도 당신이 기뻐하도록 애쓰겠어요." 세례식 잔치에서 여우는 맛있게 먹고 즐긴 뒤 말했다. "자매님, 아기를 보살피는 것이 우리 의무죠. 당신에겐 아기가 튼튼해지도록 좋은 음식이 있어야 해요. 내가 양 우리를 하나 아는데 거기서 쉽게 한 마리 가져올 수 있어요." 암늑대는 그 노랫가락이 마음에 들어 여우와 함께 나가 농가로 향했다. 여우가 멀리 양 우리를 가리키며 암늑대에게 말했다. "저기서 들키지 않게 들어갈 수 있어요. 그사이 나는 다른 쪽에서 닭 같은 거라도 채어 올 수 있나 살펴볼게요." 그러나 여우는 가지 않고 숲 초입에 퍼질러 앉아 다리를 뻗고 쉬었다.

암늑대는 외양간으로 기어들었는데 거기 있던 개 한 마리가 요란한 소리를 내어 농부들이 달려왔다. 그들은 자매님을 잽싸게 붙잡고 다 타지 않은 재의 독한 잿물을 그 가죽에 쏟아부었다. 그래도 마침내 도망쳐 암늑대는 몸을 질질 끌고 밖으로 나왔다. 거기 여우가 누워 아주 불쌍한 시늉을 하며 말했다. "아, 자매님, 내 형편이 여간 나쁘지 않았어요! 농부들이 나를 습격해 사지가 짓찧기도록 때렸어요. 내가 이 자리에 그대로 누워 굶어 죽기를 바라지 않으면 자매님이 끌고 가야 해요." 암늑대는 자기도 가까스로

걸었지만 여우를 크게 걱정해 등에 업고 완전히 건강하고 멀쩡한 대부를 천천히 집까지 데려다주었다. 그러자 여우가 자매님에게 "안녕, 자매님, 구운 고기를 잘 소화시키세요." 하고 외치며 깔깔 웃고 뛰어가 버렸다.

75

여우와 고양이

구연 동화 듣기

고양이가 숲에서 여우 어르신을 마주쳤다. '여우는 똑똑하고 경험이 풍부해서 세상에서 인정받지.' 하고 생각하며 고양이는 여우를 향해 다정하게 말했다. "안녕하세요, 여우 어르신, 어떻게 지내시죠? 어떠세요? 이 혹독한 시절을 어찌 헤쳐 나가는지요?" 여우는 온갖 거만을 다 떨며 고양이를 머리 꼭대기부터 발끝까지 살펴보았고 대답을 할지 말지 골몰하더니 드디어 말했다. "오, 가엾은 수염 치장쟁이야, 얼룩덜룩한 바보야, 이 굶주린 생쥐 사냥꾼아, 무슨 생각이 난 거니? 네가 감히 내게 어떻게 지내느냐고 묻는 거야? 넌 뭘 배웠어? 얼마나 많은 재주가

있지?" "내가 아는 재주는 한 가지뿐이에요." 하고 고양이가 겸손하게 대답했다. "무슨 재주인데?" 하고 여우가 물었다. "개들이 뒤에서 따라오면 나무 위로 뛰어올라 스스로를 구할 수 있지요." "그게 다야?" 하며 여우가 말했다. "나는 100가지 재주를 마음대로 쓸 수 있고 꾀도 한 자루 가득 있어. 너 참 안됐구나, 나와 같이 가자. 어떻게 개들에게서 벗어나는지 내가 가르쳐 줄게.” 그사이 사냥꾼이 개 네 마리를 데리고 왔다. 고양이는 잽싸게 펄쩍 나무 위로 뛰어올라 가지와 잎들이 완전히 가려 주는 나무 꼭대기에 앉아 있었다. “자루를 여세요, 여우 어르신, 꾀자루를 열어요.” 하고 고양이가 외쳤다. 그러나 개들이 벌써 여우를 잡아 단단히 움켜잡고 있었다. “에이, 어르신.” 하고 고양이가 외쳤다. “100가지 재주를 가졌으면서 꼼짝 못 하시네요. 만약 나처럼 기어 올라올 수 있었더라면 목숨은 잃지 않았을 텐데.”

76

패랭이꽃

옛날에 하느님이 그 태를 닫아 아이를 낳지 못하는 왕비가 있었다. 왕비는 아침마다 뜰로 나가 하늘에 계신 주님께 아들이든 딸이든 하나 주십사 기도드렸다. 그러자 천사가 하늘에서 내려와 말했다. "마음을 놓아라, 생각하면 소망이 이루어지는 능력을 가진 아들 하나를 얻을 것이다. 지상에서 그 애가 소망하는 것은 무엇이든 가지게 될 것이다." 왕비는 왕에게 가서 이 기쁜 소식을 전했고, 때가 되어 아들을 낳으니 왕이 크게 기뻐했다.

왕비는 아침마다 아기와 함께 동물들이 노니는 뜰로 가서 맑은 샘에 몸을 씻었다. 아기가 어느새 조금 컸을 때 한

번은 아기를 품에 안고 있던 왕비가 잠이 들었다. 그때 아기가 생각을 하면 소망이 이루어지는 능력을 가졌다는 것을 아는 늙은 요리사가 와서 아기를 훔치고는 닭 한 마리를 잡아 찢어 그 피 몇 방울을 왕비의 앞치마와 옷에 떨어뜨렸다. 그러고는 아기를 숨겨진 곳에 데려다 놓고 유모에게 젖을 먹이게 하고 왕에게로 달려가 왕비가 아기를 들짐승이 훔쳐 가게 놔두었다고 고발했다. 요리사의 앞치마에 묻은 피를 본 왕은 그 말을 믿고 어찌나 노했는지 해도 달도 비쳐 들지 않는 깊은 탑 감옥을 짓게 해 아내를 안에 앉혀 두고 벽으로 막았다. 거기서 왕비는 칠 년을 먹지도 마시지도 못하고 지내며 목마르고 배고파 죽어야 했다. 그러나 하늘에서 주님이 천사 둘을 흰 비둘기의 모습으로 보내어 칠 년이 지날 때까지 날마다 두 번 날아와 그녀에게 먹을 것을 가져다 주었다.

요리사는 생각했다. '아기가 생각을 하면 소망이 이루어지는 능력을 가졌는데 내가 여기 있으면 나를 쉽게 곤경

에 빠뜨릴지도 모른다.' 그래서 그는 아이와 함께 성을 떠나 벌써 말을 할 만큼 자란 아이에게 말했다. "정원이 있는 멋진 성과 거기에 딸린 것들을 소망하거라." 그 말이 소년의 입에서 나오자마자 그가 원한 모든 것이 거기 있었다. 얼마 지나 요리사가 말했다. "네가 그렇게 혼자 있는 것은 좋지 않으니 동무해 줄 아름다운 소녀를 하나 원하렴." 왕자가 소녀를 소망하자 금방 그의 앞에 서 있었는데 어떤 화가도 그릴 수 없을 만큼 예뻤다. 두 사람은 같이 놀고 서로를 충심으로 좋아했다.

늙은 요리사는 귀족처럼 사냥을 갔다. 그런데 왕자가 언젠가는 제 아버지와 함께 있기를 소망해서 자기를 큰 곤경에 빠뜨릴 수도 있다는 생각이 들었다. 그래서 밖으로 나가 소녀를 불러 말했다. "오늘 밤 소년이 잠들거든 침대로 가서 심장에 칼을 찔러 넣고 나에게 그의 심장과 혀를 다오. 만약 그렇게 하지 않으면 네 목숨이 달아날 거야." 그 후 늙은 요리사는 떠났는데 다음 날 돌아오니 소녀는 그렇게 하지 않고 말했다. "어째서 죄 없는 사람을 죽여야 해요, 아직 아무도 괴롭힌 적 없는 사람을요?" 요리사가 다시 말했다. "하지 않으면 너의 목숨으로 값을 치를 거다." 요리사가 떠나자 소녀는 작은 암사슴을 데려다 도살하여 심장과 혀를 꺼내 접시 위에 놓고는 늙은이가 오는 것을 보자 소년에게 말했다. "침대에 누워서 이불을 뒤집어쓰고 있어." 그때 악당이 들어와서 말했다. "소년의 심장과 혀는 어디에 있지?" 소녀가 접시를 내밀었다. 그러나 왕자가 이불을 젖히며 말했다 "너 늙은 죄인아, 왜 나를 죽이려 했느냐? 이제 내가 너에게 판결을 내리겠다. 너는 검은 복슬강아지가 되어 목에 금줄을 걸고 불길이 목구멍을 넘어 넘실거리도록 이글거리는 숯을 먹어야 한다." 그 말을 입밖에 내자 늙은이는 한 마리 복슬개로 변하고 목에는 금빛 목줄이 있었다. 요리사들은 활활 타는 숯을 가져오라는 명령을 받았고, 개가 그걸 먹어 목구멍에서 불길이 넘실거렸다.

왕자는 그곳에 머물며 어머니를 생각했고 어머니가 아직 살아 있는지 궁금해졌다. 마침내 왕자가 소녀에게 말했다. "나는 내 나라로 돌아가겠어. 함께 가겠다면 내가 너를 돌볼게." "아……." 하고 소녀가 대답했다. "길이 참으로 멀고, 또 사람들이 나를 모르는 낯선 나라에서 내가

무엇을 하겠어.” 소녀의 뜻이 그의 뜻과 같지 않지만 서로 헤어지고 싶지 않아 소년은 소녀가 한 송이 아름다운 패랭이꽃이 되기를 소망하여 주머니에 꽂았다.

그 후 왕자는 그의 나라로 떠났고, 복슬개도 함께 달려야 했다. 어느덧 왕자는 어머니가 앉아 있는 탑 감옥으로 갔으나 탑이 너무 높아 위까지 닿는 사다리를 소망했다. 그러고는 올라가서 안을 들여다보며 외쳤다. “충심으로 사랑하는 어머니, 왕비님, 아직 살아 계신가요, 아니면 돌아가셨나요?” 왕비는 천사들이 왔다고 생각하며 “저는 방금 밥을 먹었고 아직 배가 부릅니다.” 하고 대답했다. “저는 어머니의 사랑하는 아들입니다. 사나운 짐승들이 품에서 훔쳐 갔던 아들이요. 하지만 아직 살아 있고 곧 어머니를 구하겠어요.” 그러고는 내려가 낯선 사냥꾼이라고 나서며 왕을 모실 수 있는지 물었다. 왕은 사냥을 배웠고 사냥감을 마련할 수 있다면 허락한다고 했다. 그러나 그 지역에는 야생동물이 산 적이 없었다. 왕자는 왕의 연회에서 쓸 만큼 많은 사냥감을 마련하겠다고 약속했다. 그러자 왕은 사냥꾼들을 소집해 그와 함께 숲으로 가라고 명령했다. 왕자는 사냥꾼들에게 커다란 원을 만들게 하고, 그 원의 한끝은 열어 둔 채 안으로 들어가 소망을 빌기 시작했다. 곧 200마리가 넘는 사냥감이 원 안으로 달려 들어왔고, 사냥꾼들이 그걸 쏘았다. 그러고는 농부 수레 여섯 대에 모두 실어 왕에게 가져가니 왕은 여러 해 만에 연회석을 사냥한 고기로 장식할 수 있었다.

왕은 크게 기뻐하며 다음 날 모든 신하가 성에서 함께 식사하도록 주문하고 큰 연회를 열었다. 그들이 모두 모이자 왕이 사냥꾼에게 말했다. "자네가 그토록 노련하니 내 옆에 앉으라." 사냥꾼이 대답했다. "괜찮습니다, 폐하. 저는 신통찮은 사냥꾼 총각인걸요." 그가 그렇게 할 때까지 왕이 주장하며 "너는 내 곁에 앉아야 한다." 하고 말했다. 왕자는 사랑하는 어머니를 생각하고 왕의 일등 신하들 중 한 사람이라도 어머니 이야기를 시작하기를 바라며 왕비님이 탑 감옥 속에서 어떻게 지내는지, 아직 살아 있는지 죽었는지 물었다. 그가 바라는 대로 대원수가 입을 열며 말했다. "폐하, 저희는 여기서 즐겁게 살고 있습니다. 탑 감옥의 왕비님은 어떻게 지내실까요. 아직 살아 계실까요, 아니면 굶주리고 목말라 돌아가셨을까요?" 그러자 왕이 대답했다. "왕비는 내 사랑하는 아들을 들짐승들에게 찢기게 했다. 그 얘기라면 아무것도 듣지 않겠다." 그러자 사냥꾼이 일어서서 말했다. "자비로우신 아버지, 어머니는 아직 살아 계시고 제가 어머니의 아들입니다. 들짐승들이 훔쳐 간 게 아니라 악당, 늙은 요리사가 그랬습니다. 그는 저를 어머니가 잠든 사이에 품에서 빼내고 앞치마에 닭의 피를 떨어뜨려 놓았습니다." 그러고는 금줄에 매인 개를 데려와 말했다. "이게 그 악당입니다." 왕자는 이글거리는 숯을 가져오게 했다. 개는 그 숯을 모두의 면전에서 먹어야 했고, 목구멍에서 불길이 넘실거렸다. 그는 왕에게 개의 진짜 모습을 보겠느냐 묻고는 다시 요리사가 되라고 소망했다. 그러자 금방 요리사가 흰 앞치마에 칼을 들고 서 있었다. 왕은 그를 보자 노해서 가장 깊은 감옥에 처넣으라고 명령했다. 사냥꾼이 계속 말했다. "아버지, 아버지도 그 소녀를 보고 싶지 않으십니까? 저를 참 다정하게 보살폈고 나중에는 저를 죽여야 했지만 자기 목숨이 걸렸는데도 하지 않은 소녀 말입니다." 그러자 왕이 대답했다. "그 소녀를 보고 싶구나." 아들이 말했다. "자비로우신 아버지, 저는 그녀를 한 송이 아름다운 꽃의 모습으로 보여 드리겠습니다." 그러고는 주머니에 손을 넣어 패랭이꽃을 꺼내 왕의 연회석 위에 세웠다. 꽃은 왕이 아직 한 번도 본 적이 없을 만큼 예뻤다. 아들은 "이제 저는 그녀를 진짜 모습으로 보여 드리겠습니다." 하며 그녀가 소녀가 되기를 소망했다. 그러자 그녀가 거기 서 있었고, 어찌나 아름다운지 어떤 화가도 더 아름답게 그릴 수는 없었으리라.

왕은 시녀 둘과 시종 둘을 탑 감옥으로 보내 왕비를 왕의 연회석으로 데려오게 했다. 그러나 이끌려 들어왔을 때 왕비는 아무것도 먹지 않고 말했다. "탑 감옥에서 저를 지켜 준 자비로운 은총의 하느님이 지체 없이 저를 구원해 주실 겁니다." 그녀는 사흘을 더 살고 복되게 죽었다. 그녀가 묻힐 때 그녀에게 먹을 것을 날라다 준 하늘의 천사인 두 마리 흰 비둘기가 뒤따라와 무덤 위에 앉았다. 늙은 왕은 요리사를 네 토막으로 자르게 했으나 회한이 가슴을 파먹어 머지않아 죽었다. 아들은 꽃으로 주머니 속에 넣어 온 아름다운 소녀와 결혼했다. 그리고 그들이 아직 살아 있는지 아닌지는 하느님만 아실 일이다.

77

똑똑한 그레텔

구연 동화 듣기

옛날에 그레텔이라는 요리사가 있었는데 빨강 뒷굽이 달린 구두를 신고 다녔다. 그걸 신고 밖에 나가 이리저리 돌고 아주 즐거워하며 '넌 예쁜 아가씨야.' 하고 생각했다. 집으로 오면 즐거워서 포도주를 한 모금 마셨고, 그 포도주가 식욕을 일으키면 자신이 요리할 수 있는 최상의 것을 참으로 오랫동안 배가 부를 때까지 먹으며 "요리사는 음식 맛이 어떤지 알아야지." 하고 말했다.

한번은 주인이 말했다. "그레텔, 오늘 저녁에 손님 한 분이 오신다. 닭 두 마리를 맛있게 준비해 다오." "그러고말고요, 주인님." 하고 그레텔이 대답했다. 그녀는 닭을 죽여 뜨거운 물을 부어 털을 뽑아 꼬챙이에 꿰었고, 저녁 무렵 불에 구웠다. 닭은 잘 익어 갈색이 되기 시작했다. 그런데 손님이 아직 도착하지 않았다. 그레텔이 주인을 불렀다. "손님이 오지 않으면 닭을 불에서 내려야 하는데 닭의 육즙이 최상일 때 금방 먹지 않으면 참 애석하지요." 주인이 말했다. "그럼 내가 직접 달려가서 손님을 모셔올 수밖에 없겠구나." 주인이 돌아서자 그레텔은 닭을 꿴 꼬챙이를 옆에 내려놓으며 생각했다. '불 곁에 너무 오래 서 있었더니 땀이 나고 목마르네. 사람들이 언제 올지 누가 안담! 그사이 나는 지하실로 뛰어가서 한 모금 하고 와야지.'

그녀는 달려 내려가 항아리 하나를 휘젓고 “하느님께서 축복해 주시길, 그레텔” 하며 쭉 들이켰다. “술이야 한 잔 한 잔 이어지는 거지. 그걸 끊는 건 안 좋아.” 그러면서 또 한 번 숙연하게 쭉 들이켰다. 그레텔은 가서 닭들을 다시 불 위에 올려 놓고 버터를 발라 꼬챙이를 신나게 돌렸다. 그러자 통닭구이 냄새가 참 좋아서 그레텔은 ‘뭐가 잘못된 거 같아, 맛을 봐야지!’ 생각하며 손가락을 빨다가 말했다. “에이, 닭이 어째 이리 맛있어! 이런 걸 곧바로 먹지 않는 건 죄악이고 수치야!” 주인이 손님과 함께 이제라도 오나 하고 창가로 달려갔지만 아무도 보이지 않았다. 그레텔은 다시 닭 앞에 가서 생각했다. ‘날개 하나가 탔네. 이건 내가 먹어 없애는 편이 낫겠어.’ 그래서 날개를 잘라 먹어 치웠는데 맛있었다. 그레텔은 생각했다. ‘다른 날개도 떼야지. 안 그러면 주인이 뭔가 빠졌다는 걸 알아챌 테니.’ 날개 두 개를 먹고 나서 주인이 오나 다시 가 보니 보이지 않았다. 그레텔은 생각했다. ‘누가 알겠어. 손님은 아예 안 올지도 몰라, 어딘가 들렀을 거야.’ 그러고는 말했다. “헤이, 그레텔, 즐겨, 하나는 손을 댔잖아, 한 모금 시원하게 마시고 싹 먹어 치워, 다 없어지면 네 마음도 안정이 되겠지. 이 좋은 신의 선물을 왜 썩혀?” 그레텔은 다시 한번 지하실로 달려가 엄청나게 들이켜고 몹시 신이 나서 닭 한 마리를 다 먹어 치웠다. 닭 한 마리를 다 먹었는데도 주인이 아직 오지 않자 그레텔은 다른 한 마리를 바라보며 말했다. "하나가 있는 곳에 다른 것도 있어야지, 두 마리는 원래 함께잖아. 하나에 합당한 것, 그게 다른 것에도 합당한 거야. 한 잔 더 마셔도 나한테 해롭진 않을 거야." 그래서 그레텔은 또 한 잔을 통 크게 들이켰고, 두 번째 닭도 다른 닭한테로 내려가게 했다.

그렇게 한창 잘 먹고 있는데 주인이 와서 불렀다. "서둘러, 그레텔, 손님이 금방 뒤따라온다." "네, 주인님, 준비하다마다요." 하고 그레텔이 말했다. 그사이 주인은 식탁이 잘 차려졌는지 보고 닭을 자를 큰 칼을 가져다 통로에서 날을 갈았다. 곧 손님이 도착해서 공손하고 예의 바르게 현관문을 두드렸다. 그레텔이 달려가서 누가 왔는지 보았다. 손님을 보자 그레텔은 손가락을 입술에 갖다 대며 말했다. "조용! 조용히! 얼른 다시 떠나세요. 제 주인이 어

르신을 붙들면 안 좋아져요. 저녁을 드시라고 어르신을 초대했습니다만, 주인은 오로지 어르신의 두 귀를 잘라 내겠다는 생각뿐 다른 아무 생각이 없어요. 들어 보세요, 저렇게 칼을 가는 소리를.” 칼 가는 소리를 듣고 손님은 최대한 서둘러 다시 계단을 내려갔다. 그레텔은 게으르지 않았다. 그녀는 소리치며 주인에게 달려갔다. “멋진 손님을 초대하셨네요!” “어, 왜 그러느냐, 그레텔? 그게 무슨 소리야?” “네…….” 하고 그레텔이 말했다. “그 사람이 제가 막 들고 오던 닭 두 마리를 그릇에서 집어 들고 가 버렸어요.” “그거 참 고약하군!” 하고 주인이 말했다. 주인은 먹음직스러운 통닭을 잃어 유감이었다. “내게도 뭔가 먹을 게 남아 있어야지, 적어도 한 마리는 나한테 남겨 두었어야지.” 주인이 멈추라고 소리쳤으나 손님은 못 들은 척했다. 그러자 주인이 칼을 여전히 손에 쥔 채 손님을 쫓아가며 외쳤다. “하나만! 하나만!” 닭을 두 마리 다 가져가지 말고 자기가 먹을 한 마리는 두고 가라는 뜻이었다. 그러

나 손님은 두 귀 중 하나만 내놓으라는 뜻으로 생각해 두 귀를 다 온전히 집으로 가져가려고 발바닥에 불이 붙은 듯 달렸다.

78

늙은 할아버지와 손자

옛날에 눈이 침침하고 귀가 멀고 무릎이 떨리는 파파 노인이 있었다. 노인은 식탁에 앉아 숟가락을 온전히 잡고 있을 수 없어서 수프를 식탁보에 쏟고, 또 입에서도 좀 흘렸다. 아들과 며느리는 그게 구역질 났다. 그래서 마침내 늙은 할아버지를 난로 뒤 구석에 앉히고 음식을 질그릇에 담아 주었는데 배부를 만큼도 아니었다. 거기서 노인은 두 눈이 젖어 슬프게 식탁 쪽을 바라보았다. 한번은 그의 떨리는 손이 그릇을 꽉 쥐지 못해 그릇이 바닥에 떨어져 깨졌다. 젊은 며느리가 비난했으나 그는 아무 말 못 하고 한숨만 쉬었다. 그러자 며느리는 그를 위해 몇 푼 안 되는 나무 그릇을 샀고, 노인은 이제 그 나무 그릇으로 먹어야 했다. 식구들이 그렇게 앉아 있을 때 네 살 난 어린 손자가 땅바닥에서 작은 판자 조각들을 짜 맞추기 시작했다. "거기서 무얼 만드니?" 하고 아빠가 물었다. "개 밥그릇을 만들어요." 하고 아이가 대답했다. "내가 크면 아빠 엄마가 이 그릇으로 먹게요." 남편과 아내는 한동안 서로를 바라보더니 이내 울음을 터뜨렸다. 그러고는 늙은 할아버지를 식탁으로 데려가 늘 함께 식사하도록 했고, 조금 엎질러도 아무 말 하지 않았다.

79

물귀신

구연 동화 듣기

어떤 오누이가 샘물가에서 놀다 둘이 물에 풍덩 빠져 버렸다. 샘에 사는 물귀신이 말했다. "이제 너희는 내 것이니 나를 위해 착실하게 일하거라." 그리고 그들을 데리고 떠났다. 물귀신은 누이에게 물레를 돌려 실을 자으라고 헝클어지고 거친 아마를 주었다. 또 누이는 물을 힘겹게 날라 커다란 빈 술통에 부어야 했고, 오빠는 뭉툭한 도끼로 커다란 나무를 찍어 베어야 했다. 오누이는 돌처럼 딱딱한 으깬 감자 덩이 말고는 아무것도 받지 못했다. 그러다 결국 아이들은 더 이상 못 견디고 어느 일요일 물귀신이 교회에 갈 때를 기다렸다 도망쳤다. 교회가 끝났을 때 물귀신은 아이들이 새처럼 날아가 버린 것을 알고 펄쩍펄쩍 뛰어 그들을 뒤쫓았다. 오누이가 멀리에서 물귀신의 모습을 보았고, 누이가 솔 하나를 뒤로 던지니 그것이 수천 개의 가시가 돋은 큰 솔 산이 되었다. 물귀신은 매우 힘들게 그 산을 기어올라 마침내 넘었다. 오누이가 그걸 보았을 때 오빠가 빗 하나를 뒤로 던지니 그것이 수천 갈래의 빗살을 가진 거대한 빗 산이 되었다. 그러나 물귀신은 단단히 매달릴 줄 알아 마침내 그걸 넘었다. 그러자 누이가 거울 하나를 뒤로 던졌고, 그것이 거울 산이 되었다. 그 거울 산은 참으로 미끄럽고 미끄러워 물귀신도 넘을 수 없었다. 그러자 물귀신은 생각했다. '얼른 집으로 가서 도끼를 가져와 거울 산을 두 쪽 내야겠다.' 그러나 물귀신이 돌아와서 거울을 내리쳤을 때 아이들이 이미 오래전에 멀리 도망치고 난 뒤여서 물귀신은 별수 없이 다시 샘물 속으로 사라져야 했다.

80

수탉의 죽음에 관하여

한동안 지내 볼까 하고 수탉이 암탉과 함께 산비탈 호두밭으로 갔다. 둘은 호두알을 찾으면 서로 나누기로 했다. 그런데 수탉이 큰 호두알을 찾았지만 아무 말 하지 않고 혼자 먹으려 했다. 그러나 알맹이가 어찌나 큰지 삼킬 수가 없어 호두가 목에 걸리자 숨이 막혀 죽을까 봐 겁이 났다. 그래서 수탉이 외쳤다. "암탉아, 부탁인데 힘껏 달려가서 물을 좀 갖다 줘, 안 그러면 내가 숨 막혀 죽어." 암탉은 힘껏 샘으로 달려가면서 말했다. "샘아, 물 좀 다오. 수탉이 호두밭에 누워 있어, 커다란 호두알을 삼켰다가 숨 막혀 죽으려고 그래." 우물이 대답했다. "우선 새색시에게 달려가서 빨간 비단을 달라고 해." 암탉은 새색시에게 달려갔다. "새색시, 빨간 비단을 주세요. 빨간 비단을 샘에게 주려고 해요, 샘에게 물을 달라고 했거든요, 물은 수탉에게 갖다주어야 하고요, 수탉은 호두밭에 누워 있는데 커다란 호두 알맹이를 삼켜서 숨이 막혀 죽으려고 해요." 신부가 대답했다. "우선 달려가서 버드나무에 매달린 작은 화환을 내게 갖다 줘." 그러자 암탉은 버드나무로 달려가 그 가지에서 작은 화환을 벗겨 내어 신부에게 갖다주었고, 신부는 그 대가로 빨간 비단을 주었다. 암탉은 그걸 샘에게 갖다주었고 샘은 그 대가로 물을 주었다. 그러자 암탉은 물을 수탉에게로 가져갔다. 그러나 암탉이 가 보니 그사이 수탉이 숨이 막혀 죽어 버려 누운 채로 꼼짝도 하지 않았다. 그러자 암탉은 너무 슬퍼서 큰 소리로 울었고, 모든 짐승이 다 와서 수탉의 죽음을 애도했

다. 생쥐 여섯 마리가 수탉을 태워 무덤으로 실어다 주려고 작은 마차를 만들었다. 마차가 완성되었을 때 생쥐들이 그 앞에 말인 양 매이고 암탉이 몰았다. 그런데 가던 중 여우가 왔다. "어디로 가나, 암탉?" "내 수탉을 묻으려고 해요." "내가 함께 타고 가도 될까?"

"네, 하지만 마차 뒤쪽에 앉으세요,
앞에 앉는 건 이 작은 말들이 감당할 수 없어요."

여우가 뒤에 앉았고, 그다음에 늑대, 곰, 사슴, 사자, 그리고 숲속의 모든 짐승이 앉았다. 그렇게 계속 달려서 어떤 개울가에 다다랐다. "이제 어떻게 건너가지?" 하고 암탉이 물었다. 거기 개울가에 놓여 있던 지푸라기가 말했다. "내가 개울 위로 가로누울 테니 나를 딛고 건너가면 돼." 하지만 여섯 마리 생쥐가 다리 위로 왔을 때 지푸라기가 미끄러지며 물에 빠졌고 여섯 마리 생쥐는 모두 떨어져 물에 빠져 죽었다. 그러자 어려움이 새롭게 시작되었다. 숯 하나가 와서 말했다. "내가 물 위로 다리가 되어 가로누울 만큼 몸이 충분히 크니 너희가 나를 건너가렴." 숯이 물가에 눕기로 했다. 그러나 불행하게도 숯이 물에 조금 닿아 푸지직 꺼져서 죽어 버렸다. 그걸 돌덩이 하나가 보고 가엾어서 암탉을 도우려고 물 위로 가로누웠다. 그러자 암탉이 직접 마차를 몰아 죽은 수탉과 함께 물 건너 땅에 닿았는데, 뒤에 앉은 다른 이들을 끌어당기려니 그 수가 너무 많아 마차가 뒤로 미끌어져 모두 한꺼번에 물속으로 떨어져 빠져 죽었다. 그래서 암탉은 죽은 수탉과 단둘이 남았고, 수탉을 위해 무덤을 파서 그를 눕히고 봉분을 만들고는 그 위에 앉아 슬퍼하다 마침내 자기도 죽었다. 그리하여 모두 죽었다.

81

재미난 친구

한때 큰 전쟁이 있었고, 전쟁이 끝나자 많은 병사가 떠나야 했다. '재미난 친구'도 떠나게 되었는데 그는 작은 마른 빵 하나와 동전 네 개밖에는 받은 게 없었다. 그걸 가지고 그는 떠났다. 그런데 베드로 성인이 가난한 거지의 모습으로 길가에 앉아 있다가 '재미난 친구'가 오자 동냥을 구했다. 그가 대답했다. "구걸하시는 분, 제가 무얼 드려야 할까요? 저는 군인이었는데 해고당했습니다. 조그만 마른 빵과 동전 네 개밖에 없고, 그마저 다하면 저도 당신처럼 구걸을 해야 합니다만 무얼 드리고 싶어요." 그러고는 빵을 넷으로 나누어 한 조각을 사도에게 주고 동전 한 개도 주었다. 베드로 성인은 감사를 표하고 계속 가서 다른 모습으로 다시 걸인이 되어 군인이 지나가는 길가에 앉았다. 군인이 오자 베드로 성인이 앞서처럼 동냥을 빌었다. 재미난 친구가 앞서처럼 말하고 그에게 다시 빵의 4분의 1과 동전 한 개를 주었다. 베드로 성인은 감사하고 계속 갔는데 세 번째로 다른 모습을 하고 거지가 되어 길가에 앉아 재미난 친구에게 말을 건넸다. '재미난 친구'는 그에게도 빵의 4분의 1 조각을 주고 동전 한 개를 주었다. 베드로 성인은 고마워했고, '재미난 친구'는 계속 갔다. 이제 그에게는 빵 4분의 1 조각과 동전 한 개밖에 남은 게 없었다. 그걸 가지고 그는 여관에 들어가 빵을 먹고, 그 동전 한 개로 맥주를 주문했다. 그것을 다 먹자 그는 계속 갔다. 그때 베드로가 해직당한 군인의 모습으로 와서 말했다. "안

녕하시오, 동지, 빵 한 쪽과 마실 것 살 동전 한 개를 줄 수 있나?" "내가 그게 어디서 난단 말이오." 하고 '재미난 친구'가 대답했다. "나는 제대를 했고, 마른 빵 하나와 동전 네 개밖에는 아무것도 받지 않았다오. 오는 길에 거지 셋을 마주쳤는데 내가 빵 4분의 1과 동전 한 개씩 주었지. 마지막 4분의 1 조각은 여관에서 먹었고 마지막 동전 한 개로 한잔했네. 지금 나는 빈털털이고, 만약 자네 역시 아무것도 없다면 함께 구걸을 다닐 수 있겠네." "아니." 하고 베드로 성인이 대답했다. "꼭 그럴 필요는 없겠는데. 내가 의술을 조금 아니 그걸로 필요한 만큼 벌이를 하겠어." "그러시게." 하고 '재미난 친구'가 말했다. "나는 그런 건 전혀 모르니 구걸은 혼자 다녀야겠네." "자, 같이 가기만 하게." 하고 베드로 성인이 말했다. "내가 좀 벌거든 자네가 그 절반을 가지게." "그거 좋겠군." 하고 '재미난 친구'가 말했다. 그래서 둘은 함께 계속 갔다.

그들이 어떤 농가를 지나가는데 안에서 요란한 신음과 비명 소리가 들렸다. 들어가 보니 남편이 죽을병이 들어 숨을 거둘 때가 가까웠고, 아내가 큰 소리로 울고 있었다. "소리치고 울부짖기를 그치시오." 하고 베드로 성인이 말했다. "남편을 다시 건강하게 만들어 드리리다." 그러고는 주머니에서 향유를 꺼내 아픈 사람을 순식간에 치유했다. 아프던 사람이 일어섰고 완전히 건강해졌다. 남편과 아내가 크게 기뻐하며 말했다. "저희가 어떻게 보답할 수 있겠습니까? 무얼 드릴까요?" 그러나 베드로 성인은 아무것도 받지 않으려 했고, 부부가 청하면 청할수록 더 거절했다. '재미난 친구'가 베드로 성인을 툭 치며 말했다. "좀 받지, 우린 그게 필요하지 않소." 농부 아낙이 양을 한 마리 가져와 베드로 성인에게 꼭 받으라고 했지만 베드로 성인은 받으려 하지 않았다. 그러자 '재미난 친구'가 베드로의 옆구리를 찌르며 말했다. "좀 받아, 멍청한 악마야, 우리 그거 필요하잖아." 그러자 베드로 성인이 드디어 말했다. "그러지, 양은 받겠어, 그러나 그걸 들고 가지는 않겠어. 자네가 원하거든 직접 들고 가야 하네." "그야 어렵지 않지." 하며 '재미난 친구'가 양을 어깨에 멨다.

그들은 떠나 어떤 숲으로 갔다. '재미난 친구'는 양이 무거워지고 배가 고파 베드로 성인에게 말했다. "보게, 저기 좋은 장소가 있네, 저기서 양을 요리해 먹어도 되겠네. "나는 괜찮아." 하고 베드로 성인이 말했다. "그리고 요리는 잘 몰라. 자네가 요리하겠다면 솥은 있네, 그동안 나는 양이 준비될 때까지 좀 돌아다니겠어. 다만 내가 다시 돌아올 때까지 먼저 먹으면 안 되네. 제때 올게." "그럼 가보게." 하고 '재미난 친구'가 말했다. "요리야 내가 할 줄 알아, 하지 뭐." 베드로 성인이 떠났고 '재미난 친구'는 양을 잡고 불을 피워 솥 안에 고기를 던져 넣고 끓였다. 그러나 양이 다 익었는데 사도가 돌아오지 않았다. 그러자 '재미난 친구'는 솥에서 고기를 꺼내어 자르다가 심장을 보았다. "이게 최고라는데." 하며 그는 맛을 보았다. 그러다 결국 다 먹어 버렸다. 드디어 베드로 성인이 와서 말했다. "양고기는 자네가 혼자 다 먹어도 되고 나는 심장만 먹지, 그걸 주게." 그러자 재미난 친구가 칼과 포크를 들어 양고기를 열심히 이리저리 헤집으며 찾는 시늉을 했다. 하지만 심장을 찾지 못하다가 불쑥 말했다. "아무것도 없는데." "그럼 그게 대체 어디 있을까?" 하고 사도가 말했다. "그건 모르겠네." 하고 '재미난 친구'가 말했다. "그러나 보게, 우리 둘 다 무슨 바보인가. 양의 심장을 찾으면서 우리 중 누구도 어떤 양은 심장이 없다는 생각을 떠올리지 못하니!" "이런……." 하고 베드로 성인이 말했다. "그거 아주 새로운 소식이로군. 어느 동물이건 심장이 하나 있는데 왜 어떤 양은 심장이 없단 말인가?" "아니, 확실히, 형제, 어떤 양은 심장이 없어. 곰곰이 생각해 보면 양이 정말 심장이 없다는 걸 알게 될 거야." 그럼, 좋아." 하고 베드로 성인이 말했다. "심장이 없으면 나는 양고기가 전혀 필요 없어. 자네가 혼자 먹게." "내가 다 먹지 못하는 건 배낭에 챙기지." 하고 '재미난 친구'가 말하며 양 반 마리를 먹고 나머지는 배낭에 넣었다.

그들은 계속 갔고, 그 후 베드로 성인이 큰 물줄기가 길을 가로질러 흐르게 해 그 물을 지나가야 했다. 베드로 성인이 말했다. "자네가 앞서가게." "싫어." 하고 '재미난 친구'가 말했다. "자네가 앞서가." 그러면서 생각했다. '물이 너무 깊으면 나는 뒤에 남아 있어야지.' 그러자 베드로 성인이 건너갔는데 물이 무릎밖에 오지 않았다. 그래서 '재미난 친구'도 건너려는데 물이 불어나 목까지 닿았다. 그러자 그가 외쳤다. "형제, 살려줘." 베드로 성인이 말했다. "네가 양의 심장을 먹었다는 걸 고백하겠느냐?" "아니." 하고 그가 대답했다. "내가 먹지 않았어." 그러자 물이 더욱 불어나 입까지 올라왔다. "살려 줘, 형제." 하고 군인이 외쳤다. 베드로 성인이 다시 한번 말했다. "양의 심장을 먹었다는 걸 고백하겠나?" "아니." 하고 그가 대답했다. "내가 먹지 않았어." 그래도 베드로 성인은 그를 빠져 죽게 두지 않고 물이 다시 줄게 해 그가 건너도록 도왔다.

그들은 계속 가서 어느 왕국으로 들어갔고, 거기서 공주가 죽을병이 들어 누워 있다는 이야기를 들었다. "어이, 형제." 하고 군인이 베드로 성인에게 말했다. "이건 우리에게 기회야. 공주를 치료하면 우린 평생 동안 대책이 마련된 셈 아니겠나." 그러나 베드로 성인은 전혀 서둘지 않았다. "자아, 일어나 서두르세." 하고 그가 말했다. "그래도 제때 가야지." 하지만 베드로 성인은 '재미난 친구'가 몰고 밀어 대도 점점 더 천천히 걸었고, 마침내 그들은 공주가 죽었다는 소식을 들었다. "이렇게 되었군." 하고 '재미난 친구'가 말했다. "자네의 굼뜬 걸음걸이 때문에." "조용히 해." 하고 베드로 성인이 대답했다. "나는 아픈 사람을 치료하는 것 이상을 할 수 있어. 죽은 사람을 살릴 수 있지." "그래, 그렇다면……." 하고 '재미난 친구'가 말했다. "그거 훌륭하네. 그러면 분명 적어도 나라 절반을 얻을 거야."

그 후 그들은 왕궁으로 들어갔는데 그곳에서는 모두 큰 슬픔에 빠져 있었다. 베드로 성인이 왕에게 딸을 다시 살려 놓겠다고 말했다. 공주에게 인도되자 그가 말했다. "물이 든 솥 하나를 가져다주시오." 그러고는 솥이 오자 모두 나가게 하고 '재미난 친구'만 곁에 머물도록 했다. 그 후 그는 죽은 사람의 팔다리를 잘라 물에 넣고 솥 아래 불을 피워 끓였다. 모든 살이 뼈에서 떨어져 나가자 아름다운 흰 뼈를 꺼내어 연회 식탁에 놓고 원래 순서에 따라 맞추어 배열했다. 그런 다음 그 앞에 서서 세 번 말했다. "가장 신성한 삼위일체의 이름으로, 죽은 여인아, 일어나라." 그러자 세 번째에 공주가 살아나 건강하고 아름다운 모습으로 몸을 일으켰다. 왕은 크게 기뻐하며 베드로 성인에게 말했다. "보상을 말해 보아라. 내 왕국의 절반이라도 주겠다." 그러나 베드로 성인은 대답했다. "저는 아무런 대가도 바라지 않습니다." '아, 이 바보!' 하고 재미난 친구는 속으로 생각하고 동료의 옆구리를 찌르며 말했다. "그렇게 멍청하게 굴지 말게. 자네는 아무것도 원하지 않아도 나는 좀 필요해." 그러나 베드로 성인은 아무것도 원하지 않았다. 왕은 '재미난 친구'가 내심 뭘 좀 바라는 기색을 보자 재무 대신을 시켜 그의 배낭을 금으로 채워 주었다.

그 후 그들은 계속 갔고 어떤 숲으로 들어가자 베드로 성인이 '재미난 친구'에게 말했다. "이제 그 금을 나누지." "그러지." 하고 그가 대답했다. 그래서 베드로 성인이 금을 나누었는데 삼등분을 했다. '재미난 친구'는 생각했다. '머릿속에서 또 무슨 지그재그가 일어난 거야! 우린 둘인데 셋으로 나누다니.' 그러나 베드로 성인이 말했다. "지금 나는 정확하게 나눴어. 하나는 나를 위해, 하나는 자네를 위해, 또 하나는 양의 심장을 먹은 사람을 위해." "아, 그건 내가 먹었지." 하고 '재미난 친구'가 말하면서 얼른 금을 쓸어 담았다. "그건 나를 믿어도 돼." "어떻게 그게 사실일 수 있지?" 하고 베드로 성인이 말했다. "양은 심장이 없잖아." "에이, 이런, 형제, 무슨 생각을 하는 거야! 모든 동물이 그렇듯 양은 심장이 있지, 왜 양만 심장이 없겠어?" "그래, 그럼 좋아." 하고 베드로 성인이 말했다. "금은 자네 혼자 다 가져. 그러나 나는 더 이상 네 곁에 머물지 않고 내 길을 혼자서 가겠어." "원하시는 대로, 친구." 하고 군인이 대답했다. "잘 가시게!"

베드로 성인은 다른 길을 갔다. 재미난 친구는 생각했다. '그가 떠난 건 잘됐어. 어쨌든 별스러운 성자 다 봤네.' 이제 그는 충분한 돈을 가졌지만 다루는 법을 몰라 낭비했고 얼마가 지나자 다시 아무것도 남은 게 없었다. 그렇게 어떤 나라로 들어갔는데 거기서 왕의 딸이 죽었다는 이야기를 들었다. '이런…….' 하고 그는 생각했다. '이거 좋아질 수 있겠는데. 내가 공주를 다시 살려서 폼 나게 대가를 받아야지.' 그래서 그는 왕에게로 가서 죽은 여자를 살리겠다고 제안했다. 왕은 퇴역 군인이 돌아다니며 죽은 사람들을 살린다는 이야기를 들은 터라 '재미난 친구'가 그 사람일지 모르겠다고 생각했다. 하지만 그가 미덥지 않아 우선 대신들에게 물어보았다. 대신들은 공주가 어차피 죽었으니 그가 시도해도 되겠다고 말했다. '재미난 친구'는 솥에 물을 담아 오게 해 모든 사람을 나가게 하고 베드로 성인이 하는 것을 본 대로 팔다리를 잘라 물에 넣고 그 아래 불을 피웠다. 물이 끓기 시작하고 살이 녹아내리자 그는 뼈를 꺼내어 연회 식탁 위에 놓았다. 그러나 순서를 몰라 모두 뒤섞어 놓았다. 그다음에 그는 그 앞에 서서 말했다. "가장 신성한 삼위일체의 이름으로, 죽은 여인아, 일어나라." 그 말을 세 번 했다. 그러나 뼈들은 꼼짝달싹하지 않았다. 또 세 번 말해 보았으나 역시 아무 소용이 없었다. 그가 "이 멍청한 계집애야, 일어나." 하고 외쳤다. "일어나, 안 그러면 좋지 않을 거야." 그가 그 말을 하자 갑자기 베드로 성인이 퇴역 군인의 모습을 하고 창문으로 들어와 말했다. "이 불경한 인간아, 여기서 무슨 짓을 벌이고 있느냐. 네가 뼈를 그렇게 뒤섞어 놓았는데 어떻게 죽은 여자가 부활하느냐?" "친구, 나는 최선을 다했단 말일세." 하고 '재미난 친구'가 대답했다. "이번에는 내가 곤경에서 구해 주지. 그러나 한 번만 더 이런 짓을 벌이면 너는 불행해질 것이다. 또 왕에게 눈곱만큼도 그 대가를 요구하거나 받아서는 안 된다." 그 후 베드로 성인은 뼈들을 순서대로 놓고 세 번 말했다 "가장 신성한 삼위일체의 이름으로, 죽은 여자야, 일어나라." 그러자 공주가 일어났으니 이전처럼 건강하고 아름다웠다. 그 후 베드로 성인은 다시 창문을 통해 나갔다. '재미난 친구'는 모든 일이 잘되어 기뻤으나 아무런 대가를 받아서는 안 된다는 것이 화가 났다. '궁금할 뿐이네.' 하고 그는 생각했다. '머릿속에 무슨 버러지가 든 거야, 이 손으로 준 걸 다른 손으로 뺏으니. 저 머리에는 든 생각이 없어.' 그때 왕이 재미난 친구에게 무엇이든 원하는 것을 주겠다고 제안했으나 그는 아무것도 받아서는 안 되었다. 하지만 은근한 암시와 꾀로 왕이 그의 배낭을 금으로 채워 주게 만들고는 그 배낭을 메고 떠났다.

그가 나오자 베드로 성인이 문 앞에 서 있다가 말했다. "보아라, 네가 어떤 인간인지. 나는 네게 무언가를 받지 말라고 금했다. 그런데 배낭 가득 금을 가지고 있구나." "내가 어쩌겠어." 하고 '재미난 친구'가 말했다. "그걸 넣어 주는데." "말해 두는데 다시 한번 그런 일을 벌이면 고통을 겪게 될 거야." "아, 형제, 걱정 말게, 지금 나는 금이 있으니 뭣 하러 뼈 씻는 수고를 하겠나." "그래." 하고 베드로 성인이 말했다. "금이 오래가겠지! 그러나 그다음에라도 네가 허락되지 않은 길을 다시 가지 않도록 내가 네 배낭에 힘을 부여하겠다. 네가 거기에 집어넣고 싶어 하는 것이 무엇이든 그 안에 들어 있을 것이다. 잘 가게, 이제 다시는 날 못 볼 걸세." "신의 명령이라면……." 하고 말하며 '재미난 친구'는 생각했다. '자네가 떠나는 게 난 기뻐, 이 별스러운 괴짜야. 네 뒤를 따라가진 않을 거야.' 그리고 그는 배낭에 부여된 기적의 힘 생각은 더 이상 하지 않았다.

'재미난 친구'는 황금을 가지고 이리저리 돌아다니며 첫 번째와 마찬가지로 허비하여 거덜 냈다. 동전 네 개 말고는 더 이상 남지 않았을 때 그는 어느 여관을 지나며 생각했다. '돈은 떠나야 하는 거지.' 그러고는 동전 세 개를 내고 포도주를, 또 동전 한 개를 내고 빵을 받았다. 그가 거기 앉아 마시고 있는데 구운 거위 고기 냄새가 콧속으로 들어왔다. '재미난 친구'가 살펴보니 여관 주인이 식지 말라고 난로 연통 속에 놔둔 거위 두 마리가 보였다. 그러자 동료가 한 말이 생각났다. 그가 배낭 속에 있으면 하고 바라는 모든 것이 그 안에 들어 있을 거라고 했다. "이런, 난 거위를 가지고 시험해 봐야 겠어!" 그래서 그는 밖으로 나가 문 앞에서 말했다. "나는 구운 거위 두 마리가 난로 연통에서 나와 내 배낭 속으로 들어가기를 바라." 그 말을 하고 배낭을 열어 안을 들여다보니 구운 거위 두 마리가 들어 있었다. "아, 이거 제대로일세. 이제 나는 난 사람일세." 하며 그는 풀밭으로 가서 거위 구이를 꺼냈다. 그가 더없이 신나게 먹고 있는데 도제 청년들이 와서 아직 손을 안 댄 거위 한 마리를 배고픈 눈으로 유심히 바라보았다. '난 한 마리면 충분하지.' 생각하며 '재미난 친구'는 두 청년을 불러 말했다. "여러 가지를 가져가 내 건강을 빌며 먹게." 그들은 감사해하며 그걸 가지고 여관으로 가서 포도주 반병과 빵 하나를 시켜 선물받은 거위를 풀어 먹기 시작했다. 여관 안주인이 그들 쪽을 보다가 남편에게 말했다. "저 두 사람이 거위 한 마리를 먹고 있는데 저게 난로 연통에서 꺼낸 우리 거위 중 한 마리가 아닌지 살펴봐요." 여관 주인이 달려가서 보니 난로 연통이 비어 있었다. "이런!" 하고 주인이 소리쳤다. "도둑놈들아, 이렇게 뻔뻔하고 쉽게 공짜로 거위를 먹으려 들다니! 당장 돈을 내지 않으면 아작이 나도록 패 줄 거야." 두 사람이 말했다. "우리는 도둑이 아닙니다. 어떤 퇴역 군인이 바깥 풀밭에서 우리에게 이 거위를 줬어요." "딴소리 하지 마. 그 군인이 여기 있었지만 정직한 자로 내 집 문을 나갔어. 내가 유심히 봤다. 도둑은 바로 너희니 돈을 내야 해." 그러나 그들은 돈을 낼 수 없었기 때문에 주인이 몽둥이를 들고 문밖으로 쫓아냈다.

'재미난 친구'는 길을 가다 화려한 성이 서 있는 곳에 이르렀는데 거기서 멀지 않은 곳에 초라한 여관이 하나 있었다. 그는 여관으로 들어가 잠자리를 청했다. 그러나 주인이 거절하며 말했다. "더는 방이 없어요, 집이 귀족 손님들

로 가득 찼다오." "그거 이상한데요." 하고 '재미난 친구'가 말했다. "그런 사람들이 화려한 성에 가지 않고 댁으로 오다니." "그래요." 하고 여관 주인이 대답했다. "다 이유가 있지. 저기서 하룻밤 묵으려 했던 사람은 살아서 나오지 못했단 말이오." "다른 사람들이 시도해 봤다면……." 하고 '재미난 친구'가 말했다. "나도 해 봐야겠는걸." "그만둬요." 하고 주인이 말했다. "당신 목이 달린 일인데." "목이 당장에 달아나는 건 아니겠지요." 하며 '재미난 친구'가 말했다. "열쇠만 주시오, 좋은 음식과 마실 것도 함께." 그래서 여관 주인이 열쇠와 음식과 마실 것을 주었고, '재미난 친구'는 그걸 가지고 성으로 가서 우선 먹었다. 마침내 졸립자 침대가 없었기 때문에 땅바닥에 누웠다. 곧 잠이 들었지만 밤에 큰 소리가 나 깨어 보니 방 안에서 흉한 악마 아홉이 둥그렇게 그를 에워싸고 돌며 춤을 추고 있었다. '재미난 친구'가 말했다. "그래 너희가 원하는 만큼 춤을 추어라. 다만 아무도 나한테 가까이 오지는 마라." 그러나 악마들이 점점 가까이 다가와 흉측한 발로 그의 얼굴을 밟을 뻔했다. "진정해, 이 악마 유령들아." 하고 그가 말했다. 그러나 악마들은 점점 더 못되게 굴었다. '재미난 친구'는 화가 나서 외쳤다. "어라, 빨리 조용히 시켜야겠군!" 그러고는 의자 다리 하나를 잡아 한가운데로 내동댕이쳤다. 그러나 군인 하나에게 아홉 악마는 너무 많았다. 앞에 선 악마를 내려치면 다른 악마들이 뒤에서 머리채를 잡아 그를 가련하게 낚아챘다. "악마놈들……." 하고 그가 외쳤다. "이젠 너무 화나는데. 하지만 기다려! 아홉 모두를 내 배낭에 집어넣겠어!" 순식간에 악마들을 집어 넣고 배낭을 닫아 방 한구석에 던져 두었다. 그러고 나자 갑자기 조용해져 '재미난 친구'는 다시 드러누워 환한 아침까지 잠을 잤다.

다음 날 여관 주인과 성의 주인인 귀족이 그가 어떻게 되었는지 살펴보러 왔다. 그런데 그가 건강하고 명랑한 것을 보자 놀라서 물었다. "유령들이 자네한테는 아무 짓도 안 했단 말인가?" "왜 아무 짓 안 했겠어요?" 하고 '재미난 친구'가 대답했다. "그래서 아홉 모두가 지금 내 배낭 안에 있습니다. 이제 다시 성에 조용히 머무실 수 있습니다. 더 이상 아무도 성안을 돌아다니지 않을 겁니다!" 그러자 귀족이 그에게 감사를 표하고 넉넉히 선물을 주고는 남아서 자기를 위해 일해 달라고, 그러면 평생 돌봐 주겠다고 했다. "아닙니다." 하고 그가 대답했다. "저는 이리저리 떠돌아다니는 데 익숙하니 계속 가렵니다." 재미난 친구는 떠나 어떤 대장간으로 들어가서 악마 아홉이 든 배낭을 모루 위에 내려놓고는 대장장이와 그 도제들에게 때려 달라고 부탁했다. 그들은 커다란 망치로 있는 힘을 다해 내리쳤고, 악마들은 가련한 비명을 질렀다. 그다음에 배낭을 열자 여덟이 죽어 있었다. 그러나 접힌 주름 속에 앉아 있던 하나가 아직 살아서 미끄러져 나오더니 지옥으로 돌아갔다.

그 후로도 재미난 친구는 오래 세상을 떠돌았고, 그걸 누가 혹시 안다면 많은 이야기를 할 수 있으리라. 그러나 마침내 그도 늙었고, 자신의 마지막을 생각했다. 그래서 경건한 사람으로 유명한 은둔자에게 가서 말했다. "저는 방랑에 지쳐 이제 천국으로 가고자 합니다." 은둔자가 대답했다. "두 가지 길이 있는데 하나는 넓고 편안하여 지옥에 가닿고, 다른 하나는 좁고 험하여 천국에 가닿지." '나는 분명 바보일 거야…….' 하고 재미난 친구는 생각했다. "내가 좁고 험한 길을 간다면 말이야." 그는 일어나서 넓고 편안한 길로 갔고 마침내 크고 검은 성문에 다다랐다. 지옥문이었다. 재미난 친구가 문을 두드리니 누가 왔나 하고 문지기가 내다보았다. 그런데 '재미난 친구'를 보자 깜짝 놀랐다. 문지기는 바로 배낭에 함께 박혀 있다가 눈에 퍼런 멍이 든 채로 도망친 아홉 번째 악마였기 때문이다. 그래서 그는 얼른 빗장을 지르고 악마들 중 제일 높은 악마에게 달려가서 말했다. "바깥에 있는 배낭을 진 작자가 들어오려고 합니다. 하지만 절대 들이지 마십시오. 안 그러면 그가 지옥 전체를 배낭 안에 집어넣을 겁니다. 한 번은 저를 흉측하게 배낭 속에 집어넣고 망치질을 했습니다." 그래서 그들은 '재미난 친구'에게 못 들어오니 다

시 가 버리라고 외쳤다. '저들이 여기서 나를 원하지 않는다면…….' 하고 그는 생각했다. '나도 어딘가에는 머물러야 하니 천국에서 거처를 찾을 수 있나 봐야겠군.' 그래서 그는 돌아서서 마침내 천국 앞으로 가 문을 두드렸다. 베드로 성인이 마침 문지기로 거기 앉아 있었다. '재미난 친구'는 그를 금방 알아보고 생각했다. '여기 옛 친구가 있으니 지내기가 낫겠다.' 그러나 베드로 성인이 말했다. "보아하니 천국으로 들어오려는 거냐?" "들여보내만 주게, 형제. 나도 어딘가에는 들어가야지. 지옥에서 받아 주었더라면 여기까지 오지는 않았을 텐데." "안 돼." 하고 베드로 성인이 말했다. "자네는 들어오지 못해." "그런데 나를 들여보내 주지 않겠다면 배낭이라도 다시 받게. 그러면 내가 자네에게 아무것도 바라지 않겠네." 하고 '재미난 친구'가 말했다. "그럼 가방을 주게." 하고 베드로 성인이 말했다. 그러자 그가 천국으로 들어가는 문의 창살을 통해 배낭을 디밀었고, 베드로 성인이 그걸 받아 의자 옆에 걸어 놓았다. 그러자 '재미난 친구'가 말했다. "이제 나는 나 자신이 내 배낭 속으로 들어가길 소망한다." 그리고 순식간에 그가 그 안에, 천국에 들어앉아 있었고, 베드로 성인은 그를 천국에 머물게 두어야 했다.

82

노름 한스[15]

구연 동화 듣기

옛날에 노름 외에는 세상에서 하는 게 없는 사람이 있었다. 그래서 사람들은 그를 그냥 '노름 한스'라고 불렀다. 노름을 그칠 생각은 꿈에도 없어서 집이며 뭐며 모두 노름으로 날렸다. 빚쟁이들이 집을 빼앗기 바로 전날 주님과 베드로 성인이 와서 하룻밤 묵게 해 달라고 부탁했다. 그러자 '노름 한스'가 대답했다. "밤에 여기서 지내도 되지만 잠자리나 먹을 것은 못 드립니다." 주님은 받아들여

15 옛 독일(현 체코령) 뵈멘(보헤미아) 지방 사투리로 적힌 이야기다.

만 주면 먹을 건 직접 사겠다고 했다. '노름 한스'도 반대하지 않았다. 베드로 성인은 한스에게 3그로셴을 주며 빵집에 가서 빵 하나를 사오라고 했다. 그래서 노름 한스가 갔는데 그에게서 다 딴 도박꾼들이 그 집에 모여 있었다. 도박꾼들이 한스를 보고 소리쳤다. "한스, 어서 들어와!" "아." 하고 한스가 말했다. "나한테서 이 3그로셴도 따고 싶어?" 그들은 그를 놓아주지 않았다. 그는 들어가서 그 3그로셴까지 노름으로 날려 버렸다.

한편 베드로 성인과 주님은 기다리고 있다가 한참이 지나도 오지 않아 마중을 나갔다. 그런데 '노름 한스'가 둘을 보자 3그로셴을 빠뜨린 척 웅덩이를 열심히 쑤셔 댔다. 그가 노름으로 돈을 날렸다는 걸 주님이 모를 리 없었다. 베드로 성인은 다시 그에게 3그로셴을 주었고, 이번에는 그가 더 이상 유혹에 넘어가지 않고 그들에게 빵을 가져

다주었다. 그러자 주님이 포도주가 있느냐고 물었다. 그가 말했다. "오, 주님, 술통은 전부 비었습니다." 주님은 지하실에 내려가 보라고, 저 아래에 아직 최고의 포도주가 있다고 말했다. 그 말을 어떻게 믿겠는가. 한스는 한참을 못 믿다가 마침내 말했다. "저 아래 포도주가 없다는 걸 알지만 내려는 가겠습니다." 그렇게 그들에게 포도주를 갖다주었고, 두 분은 거기서 밤을 지냈다.

다음 날 일찍 주님이 세 가지 은총을 빌어 보라고 한스에게 말했다. 그래서 '노름 한스'는 첫째로 뭐든 다 딸 수 있는 패를, 둘째로 뭐든 다 딸 수 있는 주사위를, 셋째로 모든 과일이 달리는데 그 위로 올라간 사람은 그가 명령하기 전까지 내려오지 못하는 나무 한 그루를 달라고 빌었다. 그래서 주님은 그가 원한 모든 것을 주고 베드로 성인과 함께 다시 떠났다.

'노름 한스'는 당장 도박을 시작해 머지않아 세상의 절반을 따 모았다. 그러자 베드로 성인이 주님에게 말했다. "주님, 이 일은 좋지 않습니다. 저자는 결국 세상 전체를 얻을 테니까요. 우리가 죽음을 보내야겠어요." 그래서 그에게 죽음을 보냈다. 죽음이 가서 보니 '노름 한스'는 당연히 도박을 하고 있었다. 죽음이 말했다. "한스, 좀 나와 봐!" '노름 한스'는 꿈쩍하지 않고 말했다. "노름이 끝날 때까지 조금만 기다려. 그리고 그참에 저기 바깥에 있는 나무에 올라가서 우리가 가는 길에 군것질할 것을 따 봐." 죽음이 나무로 올라갔는데 다시 내려오려 하니 내려올 수가 없었다. '노름 한스'는 죽음을 칠 년 동안 나무 위에 그냥 내버려 두었다. 그동안에는 아무도 죽지 않았다. 그러자 베드로 성인이 주님에게 말했다. "주님, 이 일은 좋지 않습니다. 이제 어떤 인간도 죽지 못하잖아요. 주님과 제가 가 봐야겠어요." 그래서 두 분이 직접 왔다. 주님이 죽음을 내려오게 하라고 '노름 한스'에게 명했다. 한스는 나무로 가서 죽음에게 말했다. "내려와!" 그러자 죽음은 내

려오자마자 한스를 붙들어 목을 졸라 죽였다.

죽음과 '노름 한스'는 함께 떠나 저승으로 갔다. 그곳에서 우리의 '노름 한스'는 천국 문으로 가서 두드렸다. "거기 누구요?" "노름 한스입니다." "아, 징징 소리, 궁상이라면 여기도 충분히 있어. 우린 너 같은 이는 필요 없어. 우린 노름을 안 하니까 다른 데 가 봐." 그래서 '노름 한스'는 지옥문으로 갔고, 거기서 그를 들여보내 주었다. 그 집에는 늙은 루시퍼와 비뚤어진 악마들 외에는 아무도 없었다. 똑바른 악마들이야 세상에 나가 저지를 일이 많았으니까. 한스는 당장 앉아서 다시 노름을 했다. 그런데 루시퍼가 가진 게 비뚤어진 악마들뿐이었기 때문에 '노름 한스'는 루시퍼에게서 비뚤어진 악마들을 땄다. 그의 카드는 모든 걸 반드시 따니까 말이다. 그렇게 해서 한스는 비뚤어진 악마들과 함께 떠났고, 호엔퓌르트로 가서 홉 넝쿨 지지대들을 뽑아 가지고 하늘로 올라가 쑤셔 대니 하늘이 삐걱거리기 시작했다.

그래서 베드로 성인이 다시 말했다. "주님, 이 일은 좋지 않습니다. 저자를 들어오게 해야겠어요. 안 그러면 하늘을 무너뜨리겠어요." 그리하여 그를 들어오게 했다. 그런데 '노름 한스'는 금방 또 노름을 시작했고, 사방이 어찌나 시끌벅적요란한지 그들은 자기가 하는 말도 귀에 들리지 않았다. 그리하여 베드로 성인이 다시 말했다. "주님,

이 일은 좋지 않습니다. 저자를 내쳐야겠습니다. 안 그러면 저자가 하늘 전체를 폭도로 만들고야 말겠어요.” 그래서 두 분은 “이게 우리가 너를 내쫓는 방식이다.” 하며 한스를 내리쳤다. 그러자 ‘노름 한스’의 영혼이 산산이 쪼개져 오늘날 살아 있는 모든 노름꾼 속으로 들어갔다.

83

운 좋은 한스

한스는 칠 년 동안 주인을 섬겼다. 칠 년이 지나자 한스가 주인에게 말했다. "주인님, 시간이 다 되었습니다. 이제 다시 고향의 어머니께 가야겠습니다. 임금을 주십시오." 주인이 말했다. "너는 충직하고 정직하게 봉사했다. 임금은 봉사한 바와 같이 주겠다." 그러고는 그에게 금 한 덩이를 주었는데 한스의 머리통만 했다. 한스는 주머니에서 손수건을 꺼내 금덩이를 싸서 어깨에 메고 집을 향해 길을 떠났다. 한스가 한 발 한 발 내디디며 걸어가는데 활기 넘치는 말을 타고 재빨리 즐겁게 속보로 지나가는 기사가 눈에 들어왔다. "아." 하고 한스가 아주 크게 말했다. "말을 타는 것은 얼마나 멋진 일인가! 저기 어떤 사람은 의자에 앉은 양 앉아 있잖아. 돌에 걸려 넘어지지도 않고 신발도 아끼며 어떻게 가는지도 모른 채 가네." 그 말을 들은 기사가 멈추어 서서 외쳤다. "어이, 한스, 왜 자네는 걸어가지?" "그럴 수밖에 없어요." 하고 한스가 대답했다. "여기 이 덩어리를 집으로 가져가야 해요. 금이기는 하지만 머리를 똑바로 들지 못하고 어깨가 눌려 아파요." "그럼, 이보게." 하고 기사가 말했다. "우리 바꾸세. 내 말을 줄 테니 자네는 그 덩어리를 주게." "진심으로 기꺼이." 하고 한스가 말했다. "하지만 이걸 들면 몸을 질질 끌고 가야 해요." 기사는 내려서 금을 받고는 한스를 부축하여 말에 태우고 고삐를 손에 단단히 쥐여 주고 말했다. "정말 빨리 가야겠거든 혀를 딱딱 차며 뛰어 뛰어 하고 외치게."

말에 올라앉아 참으로 거리낌없이 자유롭게 달려가니 한스는 한껏 신이 났다. 한참 지나 좀 더 빨리 가도 되겠다는 생각이 들어 혀를 딱딱 차며 외쳤다. "뛰어뛰어." 말은 세게 타그닥타그닥 달렸고, 순식간에 한스는 내동댕이쳐져 밭과 길 사이의 구덩이 속에 누워 있었다. 길을 따라 소 한 마리를 몰고 오던 농부가 막지 않았더라면 말을 제어할 수 없었을 것이다. 한스는 몸을 추스르며 다시 일어섰다. 그러나 기분이 좋지 않아 농부에게 말했다. "말을 타는 건 별로 재미가 없네요. 특히 사람 목이 부러져라 내동댕이치는 이런 늙은 말에 올라앉는 건요. 절대로 다시는 말 위에 앉지 않겠어요. 지금은 아저씨의 암소가 마음에 드네요. 느긋하게 뒤를 따라가고 젖, 버터, 치즈가 날마다 어김없이 생기잖아요. 이런 암소를 가질 수 있다면 뭐든 주겠지!" "음……." 하고 농부가 말했다. "그렇게 마음에 들거든 내가 이 소를 줄 테니 말과 바꾸세." 한스는 수천 번 기뻐하며 수락했다. 농부는 휘익 몸을 날려 말 위에 앉아 서둘러 떠났다.

한스는 암소를 앞세우고 느긋이 몰며 그 운 좋은 거래를 생각해 보았다. "내가 빵 한 조각만 있으면…… 그럼 없는 게 없지…… 버터와 치즈를 마음대로 곁들여 먹을 수 있어. 목이 마르면 소젖을 짜서 우유를 마시지. 마음아, 네가 무얼 더 원하겠느냐?" 어떤 음식점에 가게 되자 한스는 가던 길을 멈추고 크게 기뻐하며 가지고 있던 것을 다 먹었다. 점심과 저녁 빵을 깨끗이 먹어 치우고 마지막 동전으로 맥주 반 잔을 마셨다. 그러고 나서 어머니가 사는 마을로 계속 소를 몰고 갔다. 점심때가 가까울수록 더위가 심해졌고, 한스는 아직 한 시간은 더 가야 하는 벌판에 있었다. 몹시 더웠고 목이 말라 혀가 입천장에 달라붙었다. '이런 건 어찌해 볼 수가 있지.' 하고 한스는 생각했다. '소의 젖을 짜서 우유로 목을 축여야지.' 그는 메마른 나무에 소를 묶었다. 그러고는 양동이가 없어서 가죽 모자를 밑에 받쳤다. 그러나 아무리 애를 써도 우유가 한 방울도 나오지 않았다. 그가 서툴러서 참을성 없는 짐승이 마침내 뒷다리로 이마를 한번 호되게 걷어차 그는 비틀거리다 바닥으로 쓰러져 한동안 어디에 있는지 통 정신을 차리지 못했다. 다행히 마침 어떤 푸주한이 새끼 돼지 한 마리를 태운 수레를 끌고 오고 있었다. "이 무슨 일이야!" 하며 그가 착한 한스를 도와 일으켜 주었다. 한스는 무슨 일이 있었는지 이야기했다. 푸주한은 물병을 건네며 말했다. "한 모금 마시고 힘을 내게. 이 소는 젖이 안 나겠네, 늙은 짐승일세. 기껏해야 수레를 끄는 데나 쓰이겠고, 아니면 도살당해야지." "이런이런." 한스가 말하며 머리카락을 뒤로 쓸어 넘겼다. "누가 그런 걸 생각했나요! 물론 좋지요. 이런 짐승을 집에 데려가 도살할 수 있으면 얼마나 좋은 고기가 생길지! 하지만 육즙이 충분치 않아 소고기는 별로예요. 그래요, 저런 어린 돼지가 있다면! 맛이 다르겠지요. 그리고 소시지도 만들고." "들어 보게, 한스." 하고 푸주한이 말했다. "자네를 생각해서 내가 바꿔 주지. 소를 주고 돼지를 받게." "보여 주는 우정에 신이 보답하기를." 하며 한스는 그에게 소를 넘기고 작은 돼지를 수레에서 내려 돼지를 묶은 끈을 손에 쥐었다.

한스는 계속 걸어갔다. 어떻게 모든 것이 소망대로 이루어질까 하고 생각을 곱씹었다. 언짢은 일이 닥치면 곧 해결되었으니, 그 후 흰 거위를 옆구리에 끼고 들고 가던 젊은이와 합류했다. 한스는 자신의 행운에 대해서, 또 어떻게 늘 유리하게 교환했는지에 대해 이야기했다. 청년은 그 거위를 세례식 잔치에 가져간다고 말했다. "한번 들어 봐." 하며 그가 두 날개를 잡았다. "얼마나 무거운지. 팔 주 동안 살을 찌운 거야. 구우면 베어 무는 사람 누구나 양쪽 입가에서 기름을 닦아 내야지." "그러네." 하고 한스가 말하면서 한 손으로 거위의 무게를 가늠해 보았다. "이거 무게가 나갈 만큼 나가지만 내 돼지도 아무 돼지가 아니지." 그사이 청년은 사방을 아주 신중하게 살펴보고는 고개를 가로저었다. "들어 봐." 하고 그가 마침내 말했다.

"자네 돼지는 미심쩍은 구석이 있는 것 같아. 내가 지나온 마을에서 마침 시장님 댁 우리에서 돼지 한 마리를 도난당했어. 걱정이네, 걱정이야, 그게 자네 수중에 있군. 거기서 사람들을 보냈어. 그 사람들이 자네가 돼지를 가지고 있는 것을 붙잡으면 고약한 사태일 거야. 최소한 자네는 캄캄한 구덩이에 처박히게 될걸."

착한 한스는 겁이 났다. "아, 하느님." 그가 말했다. "저를 어려움에서 구하소서. 자네가 여기 주위는 더 환히 잘 아니 내 돼지를 가지고 거위를 넘겨 줘." "위험을 감수하지." 하고 청년이 말했다. "그러나 자네가 혹시 불행에 빠지는 원인이 되고 싶진 않아." 그래서 그는 줄을 손에 쥐고 돼지를 빨리 곁길로 몰며 떠났다. 착한 한스는 근심을 털고 거위를 옆구리에 끼고 고향을 향해 걸었다. "내가 제대로 숙고해 보면……." 하고 그가 혼잣말을 했다. "나는 심지어 거래에서 얻은 게 있지. 첫째는 맛있는 구이를, 그다음에는 뚝뚝 흘러 떨어지는 기름을, 그거면 석 달 동안

거위 기름 빵이 생겨. 그리고 마침내 아름다운 흰 깃털. 내 베개에 그것들을 채우겠어. 그런 베개에서는 아마 금방 잠이 들겠지. 어머니가 얼마나 기뻐하실까."

그가 마지막 마을을 지나갈 때 가위 가는 사람이 자기 수레 곁에 서 있었다. 바퀴가 달그닥달그닥 돌아가고 거기에 맞춰 그 사람이 노래를 불렀다.

"나는 가위를 갈며 잽싸게 돌린다오,

내 외투는 바람에 나부끼고."

한스는 가만히 서서 그를 바라보았다. 마침내 그에게 말을 건넸다. "갈면서 그렇게나 즐거우니 형편이 좋으시군요." "그렇지." 하고 가위 가는 사람이 말했다. "손으로 하는 일은 실속이 있지. 가위를 제대로 가는 사람은 주머니에 손을 집어넣을 때마다 손에 돈이 잡혀. 한데 자네는 그 멋진 거위를 어디서 샀나?" "산 게 아니라 돼지와 바꿨어요." "그럼 돼지는?" "그건 소 대신 얻었지요." "그럼 소는?" "그건 말 한 마리 대신 받았지요." "그럼 말은?" "제 머리통만 한 금 한 덩이를 주고 받았지요." "그럼 금은?" "에이, 그건 칠 년 일한 임금이었지요." "자네는 언제든 헤쳐 나갈 줄 알았군." 하고 가위 가는 사람이 말했다. "이제 일어설 때마다 주머니에서 돈이 짤랑거리는 소리를 듣는 데까지 이르면 자네는 부를 쌓은 거야." "어떻게 하면 될까요?" 하고 한스가 말했다. "자네는 나처럼 가위 가는 사람이 되어야 해. 그러자면 사실 숫돌 하나밖에는 아무것도 필요 없어. 다른 건 저절로 다 찾아져. 약간 망가지기는 했지만 숫돌은 여기 있어. 그 대신 그 거위 한 마리 말고 더는 아무것도 줄 필요 없네. 어떤가?" "물론이죠." 한스가 대답했다. "제가 세상에서 가장 행복한 사람이 되는데요. 호주머니에 손을 넣을 때마다 돈이 있으면 뭘 더 근심하겠어요?" 하며 한스는 가위 가는 사람에게 거위를 내밀고 숫돌을 받았다. 가위 가는 사람은 "자." 하며 옆에 있던 평범하고 무거운 돌 하나를 집어 들었다. "덧붙여서 실한 돌 하나도 가지게. 이런 돌에 대고 치면 잘 쳐져, 낡은 못을 놓고 두드려 똑바로 펼 수 있지. 이거 받아서 잘 간수하게."

한스는 돌을 받아 지고 기쁜 마음으로 계속 갔다. 두 눈은 기쁨으로 빛났다. "나는 행운아로 태어난 게 틀림없어." 하고 그가 외쳤다. "일요일에 태어난 아이처럼 소망하는 것은 다 이루어지네." 그는 날이 밝아 올 때부터 두 발로 서 있었기 때문에 피곤했다. 허기도 그를 괴롭혔다. 암소를 흥정해 얻고 기뻐서 가진 식량을 한꺼번에 다 먹어 버렸기 때문이다. 마침내 그는 겨우겨우 계속 걸었고 순간 순간 쉬어야 했다. 돌덩이들도 아주 무섭게 그를 짓눌렀다. 그러자 바로 지금 아무것도 지고 있지 않으면 얼마나 좋을까 하는 생각을 거역하지 못했다. 달팽이처럼 느릿느

릿 그는 들판의 우물로 가 거기서 쉬며 시원한 물 한 모금으로 기운을 되찾으려 했다. 앉다가 돌들을 다치지 않게 하려고 샘물 가장자리에 조심스럽게 놓았다. 그러고는 주저앉아 물을 마시려고 몸을 숙였는데 잘못해서 아주 살짝 건드려 돌 두 개가 풍덩 물에 빠져 버렸다. 돌 두 개가 깊은 곳으로 가라앉는 모습을 두 눈으로 본 한스는 기뻐서 펄쩍 뛰다가 무릎을 꿇고 눈물을 글썽거리며 신에게 감사했다. 신이 은총을 베풀어 그렇게 좋은 방법으로, 그가 스스로를 비난할 필요 없이 유일한 걸림돌이었던 무거운 돌들로부터 그를 해방시켜 준 것에. "나처럼 운 좋은 사람은……." 하고 그가 부르짖었다. "태양 아래 아무도 없어." 한스는 이제 모든 부담에서 벗어나 가벼운 마음으로 계속 달렸다, 집에 있는 어머니에게 닿을 때까지.

84

한스 결혼하다

옛날에 한스라는 이름의 젊은 농부가 있었는데 사촌이 그에게 부자 아내를 얻어 주고 싶어 했다. 그래서 그는 한스를 난로 뒤에 앉히고 몸을 잘 덥히게 했다. 그런 다음 우유 한 단지와 흰 빵을 잔뜩 가져와 그에게 새로 찍어 낸 반짝반짝하는 동전 하나를 손에 쥐여 주며 말했다. "한스야, 그 동전을 단단히 쥐고 있어. 그리고 흰 빵을 우유에 부수어 넣고 내가 다시 올 때까지 거기 가만히 앉아서 움직이지 마." "네." 하고 한스가 말했다. "그거 다 할게요."

중매쟁이는 너덜너덜 낡은 기운 바지를 입고 옆 마을 부유한 농부의 딸에게 가서 말했다. "제 사촌 한스와 결혼하지 않겠어요? 늠름하고 똑똑한 남편을 얻을 텐데. 마음에 들 거예요." 인색한 아버지가 물었다. "그의 재산은 어떠하오? 국에 넣을 건더기는 있소?" "이보세요." 하고 중매쟁이가 말했다. "내 사촌 동생은 따뜻하게 앉아 멋진 동전을 손에 들고 있고, 국에 넣을 건더기도 많아요. 또 땅뙈기(재산을 일컫는다.)도 나만큼이나 헤아려 볼 만하지요." 그러면서 여기저기 기운 바지를 툭툭 쳤다. "수고스럽겠지만 나와 함께 가 보면 모든 게 내가 말한 대로라는 걸 바로 아실 겁니다." 그러자 구두쇠는 좋은 기회를 놓치려 하지 않으며 말했다. "그의 사정이 그렇다면 나는 결혼에 더 이상 아무런 반대가 없소."

정해진 날에 결혼식이 거행되었고, 젊은 아내가 들판으로 가서 신랑의 재산을 보려 했을 때 한스는 우선 그의 일요일 옷을 벗고 누덕누덕 기운 작업복을 걸치며 말했다. "좋은 옷을 더럽힐 수도 있잖아." 그리고 함께 들판으로

갔는데 한스는 길 위에서 포도나무가 표시하거나 경작지와 풀밭이 나뉘는 곳을 손가락으로 가리킨 다음 자기 작업복을 기운 크고 작은 누더기 조각을 여기저기 툭툭 치며 말했다. "여기 이 뙈기는 내 것이지, 또 저기 저 뙈기도, 여보, 보기만 하구려." 아내더러 넓은 들판을 얼빠지게 보지 말고 자기 옷을 보라는 말이었다. 옷은 자기 것일 테니 말이다.

"결혼식에 다녀온 건가?" "물론, 갔었지, 한껏 성장을 하고. 내 머리 장식은 눈이었어. 그때 해가 났고, 눈은 녹아 버렸지. 옷은 거미줄이었어. 그래서 가시를 뚫고 지나가니 걸려 떨어져 나가 버렸지. 구두는 유리였어. 돌멩이에 부딪히자 쨍그랑! 하고 두 쪽이 나 버리더군."

85

황금 아이들

옛날에 가난한 남편과 가난한 아내가 있었는데 가진 거라고는 작은 오두막 하나뿐이었으며 고기를 잡아 하루하루 겨우 먹고살았다. 어느 날 남편이 물가에 앉아 그물을 던져 온통 황금빛인 물고기 한 마리를 건졌다. 그가 물고기를 놀라움에 가득 차 바라보자 물고기가 말을 하기 시작했다. “이보세요, 어부님, 나를 다시 물에 던져 주세요. 그러면 내가 댁의 작은 오두막을 화려한 성으로 만들어 줄게요.” 어부가 대답했다. “먹을 게 아무것도 없는데 성이 무슨 도움이 되겠느냐?” 황금 물고기가 계속 말했다. “그것도 배려했어요, 성안에 찬장이 있는데 그걸 열면 최고의 음식이 담긴 그릇들이 원하는 만큼 들어 있을 거예요.” “그게 사실이면…….” 하고 남자가 말했다. “그럼 내가 네 부탁을 들어줄 수 있지.” “네…….” 하고 물고기가 말했다. “하지만 조건이 있어요. 그게 누구든 세상 어느 누구에게도 당신의 행운이 어디서 왔는지 밝히면 안 됩니다. 단 한 마디만 하면 모든 것이 끝나 버려요.”

그리하여 남자는 놀라운 물고기를 다시 물에 놓아주

고 집으로 갔다. 그런데 오두막이 있던 자리에 커다란 성이 서 있었다. 그가 놀라 눈을 크게 뜨고 들어가니 아내가 아름다운 옷으로 치장을 하고 화려한 방에 앉아 있었다. 아내는 몹시 기뻐하며 말했다. “여보, 어떻게 이런 게 갑자기 생겼을까? 퍽 마음에 들어요.” “그래.” 하고 남편이 말했다. “내 마음에도 들어요, 하지만 배가 몹시 고프니 먹을 것부터 줘요." 아내가 말했다. "아무것도 없고 새집에서 뭘 찾아야 할지 모르겠어요." "어렵지 않아." 하고 남편이 말했다. "저기 커다란 장을 한번 열어 봐요." 아내가 장을 열자 거기 케이크, 고기, 과일, 포도주가 사람을 보고 환한 웃음을 보내는 것 같았다. 아내가 기쁨에 가득 차 외쳤다. "마음아, 더 이상 무얼 원하겠어?"

그들은 앉아서 함께 먹고 마셨다. 배가 부르자 아내가 물었다. "하지만 여보, 이 큰 재산이 어디에서 난 거지?" "아……." 하고 그가 말했다. "당신한테 그 말을 하면 안 되니 묻지 말아요. 만약 내가 누군가에게 그걸 밝히면 우리 행복은 다시 사라져 버려." "좋아요." 하고 아내가 말했다. "내가 알아선 안 된다면 알려고도 하지 않겠어요." 그러나 진심이 아니었다. 그게 밤이나 낮이나 마음의 안

정을 주지 않아 아내는 참으로 오랫동안 남편을 괴롭히고 졸라 댔다. 마침내 그가 견디다 못해 모든 게 잡았다 다시 풀어 준 놀라운 황금 물고기로부터 왔다고 털어놓았다. 그 말이 입 밖으로 나오자마자 장이 있는 아름다운 성이 사라지고 그들은 다시 어부의 옛 오두막에 앉아 있었다.

남편은 이전 생업을 좇아 고기를 낚아야 했다. 그런데 행운의 뜻으로 황금 고기를 한 번 더 건져 올렸다. "이보세요." 하고 물고기가 말했다. "나를 다시 물에 던져 주면 다시 한번 끓고 구운 것이 가득한 장이 있는 성을 돌려주겠어요. 다만 단단히 견디고 누구한테서 그걸 받았는지 절대로 누설하지 마세요. 그러지 않으면 다시 사라져 버려요." "조심하고말고." 하고 어부가 물고기를 물에 던져 넣었다. 집에서는 모든 것이 다시 이전처럼 찬란해졌고, 아내는 이 행복에 기뻐했다. 그러나 호기심이 가만히 두질 않아 며칠 지나자 어찌 된 일이었으며 어떻게 시작했는지 또 묻기 시작했다. 남편은 한동안 잠자코 말이 없었으나 마침내 아내가 어찌나 화를 돋우는지 폭발해서 비밀을 누설했다. 그 순간 성은 사라지고 그들은 다시 옛 오두막에 앉아 있었다. "이제……." 하고 남편이 말했다. "우리는 다시 배고픔을 달래기 위해 헝겊이나 씹고 있어야겠군." "아……." 하고 아내가 말했다. "어디서 났는지도 모르면 차라리 그 큰 재산은 없는 편이 나아요.”

남편은 다시 고기를 잡으러 갔고, 한동안 다르지 않다가 황금 물고기를 세 번째로 끌어 올렸다. “이보세요.” 하고 물고기가 말했다. “내가 거듭거듭 당신 수중으로 떨어져야 하는 운명인 걸 잘 알겠어요. 나를 집으로 가져가 여섯 토막으로 잘라 그중 두 토막을 아내가, 두 토막은 말이 먹게 하고, 두 토막은 땅에 묻어요. 그러면 축복을 받을 거예요.” 남편은 물고기를 집으로 가져와 물고기가 말한 대로 했다. 그런데 땅에 묻은 두 토막에서 황금 백합 두 개가 자라났고, 말이 망아지 두 마리를 얻었으며, 어부의 아내가 완전히 황금빛인 아이 둘을 낳았다.

아이들은 자라서 크고 아름다워졌으며 그들과 함께 백합과 말도 자랐다. 그러자 아이들이 말했다. “아버지, 우리는 우리의 황금 준마를 타고 세상으로 나가겠어요.” 그러나 아버지는 침울해져서 대답했다. “너희가 떠나고 어찌 지내는지 모르면 내가 어떻게 견디겠느냐?” 그들이 말했다. “두 송이 황금 백합이 여기 남아 있어요. 저희가 어떻게 지내는지 그걸 보고 아실 거예요. 꽃이 생생하면 저희가 건강하고, 꽃이 시들면 저희가 아픈 것이고, 꽃이 지면 저희가 죽은 겁니다.”

그들은 말을 타고 떠나 사람들이 많은 여관에 들었다.

황금 아이들을 보고 그들이 웃으며 놀리기 시작했다. 하나는 놀림을 당하자 부끄러워 세상으로 나가지 않고 돌아서서 다시 고향의 아버지에게로 갔다. 그러나 다른 하나는 계속 말을 타고 가서 큰 숲에 닿았다. 그가 말을 타고 숲속으로 들어가려 할 때 사람들이 말했다. "말을 타고 숲을 지나가면 안 돼, 숲은 강도들로 가득한데 자네를 좋게 대하지는 않을걸. 게다가 자네가 황금이고 말도 그런 걸 보면 때려죽일 거야." 그는 놀라지 않고 말했다. "숲을 지나가야 하고 그래야 마땅해요." 그는 황금빛이 보이지 않도록 곰 가죽을 가져다 자신과 말에게 덮어씌우고는 안심하고 숲속으로 들어갔다. 조금 나아가니 덤불 속에서 부스럭거리는 소리와 서로 이야기하는 사람의 목소리가 들렸다. 한쪽에서 외쳤다. "저기 누가 온다." 그러나 다른 쪽에서는 "가게 놔둬, 교회 생쥐처럼 가난하고 헐벗어 곰 가죽을 뒤집어쓴 자를 우리가 어쩌겠나!" 그래서 황금 아이는 무사히 숲을 통과했고 아무런 괴로운 일도 일어나지 않았다.

어느 날 그는 어떤 마을로 들어갔는데 거기서 한 소녀를 보았다. 세상에 그보다 예쁜 소녀는 있을 수 없는 것 같고, 큰 사랑을 느껴 그는 그녀에게 가서 말했다. "당신을 온 마음으로 사랑합니다, 내 아내가 되어 주겠어요?" 소녀도 그가 참 마음에 들어 승낙하며 말했다. "네, 당신 아내가 되어 평생 변하지 않을 거예요." 그리하여 그들은 결혼식을 올렸다. 그들이 더할 나위 없이 기뻐하고 있을 때 신부 아버지가 집으로 와서 딸의 결혼식을 보고 놀라며 말했다. "신랑은 어디에 있지?" 사람들이 황금 아이를 가리켰는데 그는 여전히 곰 가죽을 두르고 있었다. 그러자 아버지가 화가 나서 말했다. "곰 가죽을 뒤집어쓴 자는 결코 내 딸을 가지지 못한다." 그러고는 그를 죽이려 하자 신부가 아버지에게 온 힘을 다해 애원하며 말했다. "그는 제 남편이고 저는 그를 충심으로 사랑해요." 마침내 아버지가 진정되었다. 그렇지만 그 생각이 뇌리를 떠나지 않아 다음 날 아침 딸의 남편이 누더기 입은 천한 거지인지 보려고 일찍 일어났다. 그런데 곰 가죽은 땅바닥에 있고 찬란한 황금 남자가 침대에 누워 있는 게 아닌가. 그는 돌아와 생각했다. '내가 노여움을 억제한 것이 얼마나 잘한 일인지. 하마터면 큰 잘못을 저지를 뻔했구나.'

황금 아이는 사냥을 나가서 멋진 사슴 한 마리를 뒤쫓는 꿈을 꾸었고, 아침에 깨자 신부에게 말했다. "사냥을 나가야겠어요." 신부는 걱정이 되어 그냥 있으라고 부탁하며 말했다. "당신은 쉽사리 큰 불행을 맞닥뜨릴 수 있어요." 하지만 그는 일어나 숲으로 갔고, 그리 오래지 않아 멋진 사슴 한 마리가 정확히 꿈대로 그의 앞에 서 있었다. 그가 총을 겨누고 쏘려 했으나 사슴이 뛰어 달아났다. 그는 종일 지치지 않고 구덩이를 넘고 덤불을 지나 사슴을 뒤쫓았다. 그러나 저녁 무렵 사슴은 눈앞에서 사라져 버렸다. 황금 아이가 둘러보았을 때 그는 마녀가 앉아 있는 작은 집 앞에 서 있었다. 문을 두드리자 할머니가 나와서 물었다. "큰 숲 한가운데서 이렇게 늦게 무얼 하려는 거요?" 그가 말했다. "사슴을 못 보셨나요?" "봤지." 하고 할멈이 대답했다. "그 사슴은 내가 잘 알아." 그때 할멈을 따라 집 밖으로 나온 강아지가 남자를 보고 거칠게 짖어 댔다. "조용히 못 해, 이 나쁜 두꺼비야." 하고 그가 말했다. "안 그러면 쏴 죽이겠어." 그러자 마녀가 노해서 외쳤다. "뭐라고, 내 강아지를 죽인다고!" 그러고는 곧바로 마법을 써서 그는 돌이 되었다. 신부는 헛되이 그를 기다리며 생각했다. '나를 그토록 두렵게 만들고 무겁게 가슴을 짓누르던 일이 벌어진 게 분명해.'

집에서는 다른 형제가 황금 백합 곁에 서 있었는데 갑자기 하나가 축 늘어졌다. "아, 하느님……." 하고 그가 말했다. "형에게 큰 불행이 닥쳤구나! 내가 그를 구할 수 있을지 보러 떠나야겠다." 그러자 아버지가 말했다. "여기 그냥 있거라, 너마저 잃으면 나는 어쩌란 말이냐?" 그가

대답했다. "저는 떠나야 마땅하고 떠나야겠어요." 그러고는 황금 말을 타고 떠나 형이 돌이 되어 있는 큰 숲으로 들어갔다. 마귀 할멈이 집에서 나와 그를 부르며 사로잡으려 했으나 그는 가까이 가지 않았다. "우리 형을 다시 살려 놓지 않으면 널 쏘아 쓰러뜨리겠어." 할멈이 마지못해 손가락으로 돌을 건드리자 곧 그는 인간의 생명을 되찾았다. 두 황금 아이는 다시 보자 기뻐하며 입맞춤을 하고 얼싸안고 함께 숲을 떠나 하나는 신부에게, 하나는 아버지에게 갔다. 아버지가 말했다. "황금 백합이 갑자기 다시 꼿꼿이 일어나 꽃을 피웠단다." 그 후 그들은 행복하게 살았으며 죽을 때까지 잘 지냈다.

86

여우와 거위들

구연 동화 듣기

한번은 여우가 보기 좋게 살찐 거위 떼가 앉아 있는 풀밭으로 와서 웃으며 말했다. "내가 아슬아슬하게 때를 맞추어 왔군. 너희가 예쁘게 모여 앉아 있으니 하나하나 차례로 잡아 먹을 수 있겠구나." 거위들은 놀라 꽉꽉거리다 튀어 오르고 탄식하며 불쌍하게 살려 달라고 빌기 시작했다. 그러나 여우는 아무 말에도 귀 기울이지 않고 말했다. "은총은 없어. 너희는 죽어야만 해." 마침내 거위 한 마리가 용기를 내어 말했다. "저희 가엾은 거위들이 젊고 생생한 목숨을 버려야 한다면 다만 자비를 베풀어 우리가 죄에 싸인 채 죽지 않도록 기도하게 해 주세요. 그다음에 언제든 가장 살찐 거위를 고르도록 저희가 한 줄로 서겠습니다." "그래." 하고 여우가 말했다. "그건 경건한 부탁이고 합당하다. 기도해라. 그동안은 기다리겠다." 그리하여 첫 번째 거위가 계속 "꽉! 꽉!" 하며 긴 기도를 시작했다. 첫 번째 거위가 전혀 그치려 하지 않아 두 번째 거위는 차례를 기다리지 못하고 "꽉! 꽉!" 하기 시작했다. 세 번째와 네 번째가 그 뒤를 따랐고, 머지않아 모두 함께 꽉꽉거렸다. 거위들이 기도를 끝냈더라면 동화가 계속되어야겠지만 거위들은 여전히 멈추지 않고 기도 중이다.

그림 동화 1: 아이들과 가정의 동화

1판 1쇄 펴냄 2023년 9월 8일
1판 3쇄 펴냄 2024년 11월 19일

지은이 야코프 그림, 빌헬름 그림
옮긴이 전영애
발행인 박근섭, 박상준
펴낸곳 (주)민음사

출판등록 1966. 5. 19. (제 16-490호)
주소 서울특별시 강남구 도산대로1길 62(신사동)
강남출판문화센터 5층(우편번호 06027)
전화 02-515-2000 팩시밀리 02-515-2007
홈페이지 www.minumsa.com

ISBN 978-89-374-2781-7 04850
ISBN 978-89-374-2780-0(세트)

* 잘못 만들어진 책은 구입처에서 교환해 드립니다.

전영애 옮김(1, 2권)

서울대학교 독어독문학과 명예교수이며 여백서원과 괴테의 집을 지어 운영하고 있다. 독일 프라이부르크 고등연구원 연구원, 독일 바이마르 고전주의 재단 연구원을 역임했으며, 유서 깊은 바이마르 괴테 학회에서 수여하는 괴테 금메달을 동양 여성 최초로 수상했다. 『어두운 시대와 고통의 언어—파울 첼란의 시』, 『독일의 현대문학—분단과 통일의 성찰』, 『괴테와 발라데』, 『맺음의 말』, 『시인의 집』, 『꿈꾸고 사랑했네, 해처럼 맑게』 등 많은 저서를 국내와 독일에서 펴냈다. 옮긴 책으로 『장화 신은 고양이』(동화집), 『데미안』, 『변신·시골의사』, 『나누어진 하늘』, 『파우스트 I, II』, 『괴테 시 전집』, 『괴테 서·동 시집』, 『나와 마주하는 시간』, 『은엉겅퀴』 등이 있다.

김남희 옮김(2권)

경북대학교 인문대학 독어독문학과 교수. 독일 마인츠 대학교에서 일반통번역학으로 박사학위를 취득 후 국제회의 통역 활동, 번역이론서 번역 및 독일어, 한국어 문학 번역 등 이론과 실제의 관계와 연계를 탐색하고 있다. 독일 슈트랄렌의 유럽번역공동체에 레지던스 초청번역가 활동 및 오스트리아 빈 문학협회 초청 등 독일어와 한국어 문학 및 번역 기관들과 관계망을 지속적으로 확장해 나가고 있다. 대산문화재단의 한국문학 번역 지원 사업으로 기형도의 『입속의 검은 잎』, 황정은의 『百의 그림자』를 독일어로 공동 번역하고 현재 출판 준비 중이다. 옮긴 책으로 독일의 기능주의 번역학자 파울 쿠스마울의 『번역 쉽지 않다』가 있다.